U0126384

彙編校註綴白裘

第五冊

黃婉儀 編註

臺灣學生書局印行

彙編校註綴白裘
第五冊

目　次

第十一集

第五階段增收選齣

學耕堂改輯系統增收選齣

副末

春日纔遊芳草
夏天欣賞荷池
秋來黃菊綻東籬
又見雪花滿地
百歲光陰似箭
人生不樂何如
浮雲富貴總非眞
盡是槐安螻蟻
且乘年少樂
莫悔老來遲
　　　　——交過排場

浣紗記・前訪

小生：范蠡，越國大夫。
小旦：西施。

（小生上）

【遶池遊】尊王定霸，不在桓文下。為兵戈幾年鞍馬，回首功名，一場虛話，笑孤身空淹歲華。

少小豪雄俠氣聞，飄零仗劍學從軍。何年事了拂衣去？歸臥荊南夢澤雲。下官姓范，名蠡，字少伯，楚宛之三戶人也。倜儻負俗，佯狂玩世。幼慕陰符之術，長習權謀之書。先計後戰，善以奇而用兵；包勢兼形，能以正而守國。爭奈數奇不偶，年長無成，因此忘情故鄉，遊宦列國。蒙越王拔于眾人之中，厠之大夫之上，志同道合，言聽計從。邇年以來，邦家多故，廟乏善算，外有強隣；正君子惕勵之時，人臣幹蠱之日。今日春和景明，柳舒花放，暫解印綬，改換衣裳。潛遊田野，正欲問俗觀風；浪迹溪山，兼可尋眞訪道。迤邐行來，早是山陰道上了。只見：千[1]巖競秀，萬壑爭流，雲水週遭，溪山罨畫。家家耕牧，燕雀賀生成；處處歌謠，桑麻深雨露。正是：旭日初升，海上紅雲萬國；東風布暖，湖邊細雨千家。其實好遊玩也！

【金井水紅花】農務村村急，溪流處處斜。迤邐入煙霞，

1　底本作「山」，據《六十種曲》本《浣紗記》改。

景堪誇，峯巒如畫。拚把春衣沽酒，沉醉在山家。唱一聲水紅花也囉！偶爾閑行，試看世情，奔走侯門，馳驅塵境。我仔細想將起來，貧賤雖同草芥[2]，富貴終是浮雲。受禍者未必非福，受福者未必非禍。與時消息，隨勢變遷，都是一場春夢也！

【前腔】我更衣變服，究古論今，較勝爭強，不知何年纔罷。笑你驅馳榮貴，還是他們是他；笑我奔波塵土，終是咱們是咱。追思今古，都付漁樵話。

　　行過山陰了，不免到諸暨走一遭。正是：為愛山林最深處，令人忘卻利名心。（下）

　　（小旦上）

【遶地遊】苧蘿山下，村舍多瀟灑，問鶯花肯嫌孤寡？一段姣羞，春風無那，趁晴明溪邊浣紗。

　　溪路沿流向若耶，春風處處放桃花。山深路僻無人問，誰道村西是妾家。奴家姓施，名夷光，祖居苧蘿西村，因此喚作西施。居既荒僻，家又寒微，貌雖美而莫知，年及笄而未嫁。照面盆為鏡，誰憐雅淡梳妝；盤頭水作油，只是尋常包裹。甘心荊布，雅志貞堅。年年針線，為他人作嫁衣裳；夜夜辟纑，常向隣家借燈火。今日晴爽，不免到溪邊浣紗去也。只見溪明水淨，沙暖泥融，宿鳥高飛，游魚深入。飄颻浪蕊流花靨，來往浮雲作舞衣。正是：日照新妝水底明，風飄素袖空中舉。就此石上，不免浣紗則個。

【金井水紅花】綠水全開鏡，清溪獨浣紗。波冷濺芹芽，濕裙釵，姣羞誰訝。弄得慨慨春倦，不覺髻兒斜。唱一聲水紅花也囉！

2　底本作「木」，據《六十種曲》本《浣紗記》改。

　　浣紗已畢，且收拾回去罷。（收竿，立整衣，歎介）咳！梅花雖好，浪影溪橋；燕子多情，空巢村店。我仔細想來，世間多少佳人才子，不能成就鳳友鸞交。我既不能見他，他又不能遇我，日復一日，年又一年，不知何時得遂姻緣也！

【前腔】朝朝自出，夜夜空歸。樹黑山深，恰又夕陽西下。笑我寒門薄命，未審何時配他；笑你王孫芳草，未審何年配咱。花枝無主，一任東風嫁。

　　（作下，遇小生上，住介）（小生）轉過若耶渡，來到苧蘿村。呀，小娘子拜揖。（小旦）客官萬福。（小生背介）世間有這等女子，豈非天姿國色乎！（轉介）小娘子，我且問你，你在何方居住？姓甚名誰？若非採藥之仙姝，必是避世之毛女。請道其詳。（小旦）客官，妾就住苧蘿山下，寒家姓施，世居西村，因此名喚西施。（小生）小娘子青春幾何？曾出嫁否？（小旦）年方二八，尚未適人。（小生）小娘子，我不敢容隱，下官就是越國上大夫范蠡，尋春到此。（小旦）賤妾不知貴人，失于迴避。（小生）你乃上界神仙，偶謫人世，如此豔質，豈配凡夫？你既無婚，我亦未娶，即圖同居坵壑，以結姻盟。但以身許君，遭時多難，敢冀少停旬月，即當奉遣冰人。乞告嚴親，萬勿他適！（小旦）蓬茅陋質，田野村姑，蒙君子不遺葑菲之微，實賤妾得荷絲蘿之託。雖遲年月，豈敢變移。（小生）敢問小娘子，手中拿的什麼東西？（小旦）家貧無以營生，聊藉浣紗為業。（小生）下官微行，失帶禮物。卿是漢女，僕乃鄭生。取借溪水之紗，權作江皋之佩，以此為定，勿背深盟。（小旦將紗遞小生介）小物輕微，不足留贈。

　　（小生）

【玉抱肚】行春到此，趁東風花枝柳枝。忽然間遇著姣

娃，問名兒喚作西施。感卿贈我一縑絲，欲報慚無明月珠。

（小旦）

【前腔】何方國士？看他貌堂堂風流俊姿。謝伊家不棄寒微，卻教人惹下相思。勸君不必贈明珠，猶喜相逢未嫁時。

日暮途黑，就此告歸。（小生）多謝娘行，前途保重。芙蓉脂肉綠雲鬟。（小旦）罨畫樓臺青黛山。（小生）千樹桃花萬年藥。（小旦）不知何事憶人間。（下）

（小生）今日偶然邂逅遇著，真個好有緣也！（下）

按　語

〔一〕本齣出自梁辰魚撰《浣紗記》第二齣〈遊春〉。

〔二〕選刊此齣的坊刻散齣選本還有：《賽徵歌集》、《怡春錦》、《萬錦清音》、鬱岡樵隱輯《新鐫綴白裘合選》、《樂府歌舞台》、《來鳳館合選古今傳奇》、《歌林拾翠》、《方來館合選古今傳奇萬錦清音》、石渠閣主人輯《綴白裘全集》。

浣紗記‧回營

丑：伯嚭，吳國太宰。
淨：伯嚭的下屬。
末：文種，越國大夫。
旦：春燕，女伎。
貼：秋鴻，女伎。

　　（雜扮小軍、中軍，旗幟引丑上）叫眾將官。
【出隊子】與我連營分隊、連營分隊，前纛高張朱雀旗。弓刀簇處列戎衣，萬騎城南戰勝歸。試問三吳，豪傑有誰？
　　（眾軍下）（丑）哈哈哈！誰似堂堂貌出群，從來不曉武和文。行師全得三軍靠，親手何曾殺一人。下官太宰伯嚭是也。性踰梟獍，狠甚虎狼。包藏險戾，真千態萬狀而鬼莫能知；做下機關，似千蹊萬徑而人不能禦。慣用輕巧之智，搆成疑似之端。況兼舌劍唇鎗，奴顏婢膝。屈身之際疑無骨，談笑之中若有刀。但知奉承一人，哪曉恩及百姓。由是聲騰列國，權傾滿朝。狐假虎而前行，何愁追捕；鼠依社而久住，哪怕薰燒。一味妒賢嫉能，可以尸祿保位。兩日統領前軍，追趕越寇，長驅深入，圍住會稽。小醜尚棲此山，大軍未即歸國。爭奈轉輾困倦，未得少息。今晚軍中稍閑，暫且卸甲解冑。頭目哪裡？（淨上）有。（丑）傳令帳下守定營門，若有軍情，速來通報。（淨）吓。

（末上）

【前腔】潛攜金幣，打聽前軍在淅水西。晝行猶恐外人疑，等到黃昏星斗稀，驀地私行有誰見知。

　　長官請了。相煩通報，越國使臣文種要見。（淨）吓，你就是文種麼？來得正好，俺爺正要拿你。快走快走！（末）長官不須如此，有白金百兩送與長官，敢煩通報一聲。（淨）是便是，我進去怎麼樣說？（末）說越國使臣文種，一人一騎，有事相求，昏夜至此。（淨）我便進去通報了，你不要去了；你若去了，我快馬來追你，少不得也是個死。站著！（進介）

　　（丑）可笑文種，那日陣上，他一鎗，我一鎗……（淨）啟爺，越國使臣文種要見。（丑）文種！看鎗，看披掛，看馬！來得好，來得好，拿他去見主公。（淨）他一人一騎，有事要求見，昏夜至此。（丑）既如此，搜檢明白，著他進來。（淨）吓。

　　（領末進介）（末）越國下臣文種參見。（丑）唗唗唗！你就是文種麼？（末）不敢。（丑）前日陣上說我包羞忍恥的就是你？（末）不敢。（丑）說我不忠不孝、奸佞立朝的就是你？（末）不敢。（丑）今日天兵到臨，你命在旦夕，還來見我怎麼？拿去見主公！（末）太宰大人請息怒，容文種告稟。（丑）有何話說，你且講來。（末）小國寡君勾踐，感太宰恩德，無以為報。（丑笑介）你那越王老頭兒也曉得感激我麼？（末）著實感激。（丑）感激我便怎麼樣？（末）特遣小臣送些禮物，少伸寸敬。（丑）不是吓，只是前日在陣前不該罵我，這許多千軍萬馬之際，我哪裡當得起。今日沒人在此，就罵我幾句何妨。（末）各為其主。（丑）你也是各為其主，無怪其然。論來，該拿你去見主公……（淨）他說送禮與老爺。（丑）他說送禮麼？（淨）是。（丑）既是送禮，沒有跪

的理[1]，請起作揖。（淨）大夫，請起。（末）不敢。（丑）請
起。

（末）大人。（丑）文大夫，方纔那小校只管說越國使臣要
見，竟不說文大夫，下官有罪了。（末）先獻禮單呈電，禮物都在
帳外，人伕頗多，每樣先進上一件，倘蒙叱留，方敢盡進。黃金五
千兩，這是呈樣的。（丑）許多禮物，止收兩錠罷。（末）一定要
全收。（丑）既如此，全收。吩咐擺酒、宰雞！（末）彩緞五千端
也是呈樣的。（丑）好花樣！五千端，止收這兩端罷。（末）一定
要全收。（丑）如此，一發收了。吩咐宰羊！（末）白璧二十雙。
（丑）白璧乃是無價之寶，一發收了。宰牛！文大夫，怎麼要你家
主公送這許多禮物？我好快活也！

（末）太宰不要快活盡了，還有一對活東西，只怕太宰用不
著，不敢送進。（丑）活東西敢是仙鶴？（末）不是。（丑）鳳
凰？（末）不是。（丑）吓，我曉得了，敢是你們會稽山的老虎？
（末）也不是。（丑）唔，方纔禮單上沒有什麼活東西吓？驀得是
個三脚癩革巴？（末）益發不是了。（丑）我這裡哪有一件用不著
的？你們有的只管拿來。（末笑介）秋鴻、春燕走動。（旦、貼
上）舞低楊柳樓頭月，歌罷桃花扇底風。（末）過來見了。（旦、
貼）秋鴻、春燕叩頭。（丑）這就是活東西？阿喲喲！活東西起
來。大夫，你們那裡標致女客叫做「活東西」麼？（末）寡君勾踐
無以寸敬，特進美女二人：一個喚秋鴻，一個喚春燕，以伴枕蓆，
伏乞鑒納。（丑）不瞞大夫說，我將就討得一個丫頭，喚做千姣，
也略略有些風韻，怎到得二位美人這樣標致！娉婷嬝娜，風韻匹

1　底本作「禮」，參酌文意改。

拍，停當有趣！我的知趣的文大夫，文老爺，文皇帝，文伯伯，文叔叔！（跪介）（末）請起。

（丑）我問吓，你主公送這許多東西與我，不知有何吩咐？（末）寡君著我多多拜上太宰。寡君受吳國太宰大人許多教訓之恩，情願率其妻室，率其陪臣，親到吳國，君請為臣，妻請為妾。竊恐大王見棄，先遣小官拜上太宰，望乞週庇。（跪介）（丑）請起，請起。我如今受了你家主公的許多恩惠，我的身子通是你家主公的了，這些小事，不難一一從命。看酒來！文大夫，倉卒之間，多多有慢。（末）豈敢。

（丑）

【玉山頹】謝你君王不棄，遠相投金帛禮儀，況纍纍數對璠璵，更纖纖一雙花蕊。大夫，我是知恩知義，休錯認是無情伯嚭。你回去多多拜上你家主公，教他及早來吳地，莫稽遲，管教羈鶴出籠飛。

（末）你兩個過來進酒。（旦、貼）

【前腔】雲鬟高髻，繡鴛鴦蹁躚舞衣。遇春風笑摟花間，值秋宵醉眠幃底。偎紅倚翠，看世上誰人百歲？（丑）和你今夜同歡會，夢魂飛，巫山一對暮雲歸。

（末）你二人好生伏侍。就此告別，明日軍前相會。（丑）請了。文大夫，還有一句要緊話對你說，我家相國伍子胥為人倔強，甚不知趣，他若在那邊，必然阻擋。我領前軍圍住山前，他領後軍圍住山後，參謁之期都在午時。大夫，你可清晨約我同行，乘其未到之時，待我在中間說定，主公親口允從，那時節他雖到來，已無及矣！（末）謹依尊命。（下）

（旦、貼）秋鴻、春燕再叩頭。（丑）起來，起來。女客家只

管磕頭介，今後拱拱手嘿是哉。請吓。哪一個秋鴻？（貼應介）
（丑）介嘿，吓是春燕哉！可愛你一對俊俏姣娘，恰遇我老爺是風
流子弟，正是才子佳人，也是前緣宿世。今夜不可分床，三人同
睡，一來一往，一沖一撞，上半夜秋鴻，下半夜春燕。快活！湖州
人說個：「樂殺齊」！（掰二旦下）

按　語 ✎

〔一〕本齣出自梁辰魚撰《浣紗記》第七齣〈通嚭〉。
〔二〕選刊此齣的坊刻散齣選本還有李希海嘉趣簃藏洞庭蕭士輯
《綴白裘三集》。選抄此齣的散齣鈔本有中國國家圖書館藏朱執堂
抄《時劇集錦》。

浣紗記‧姑蘇

淨：夫差，吳王。
丑：伯嚭，吳國太宰。
旦、貼：宮女。

　　（雜扮二太監、四小軍，旦、貼扮二宮女，引淨上）
【引】豔陽天氣遊人擁，花爛熳，芳草蒙茸。（丑上）舞鳳扳龍，前呼後擁，喜君臣宴樂和同。
　　伯嚭參見。（淨）太宰少禮。（二旦）內侍們叩頭。（淨）起來。（眾）眾將官叩頭。（淨）起過一邊。（眾）吓。（淨）孤家虎據三吳，鷹揚一世。天子之下第一，諸侯之上無雙。光景無多，天下山河也無用；富貴已極，不圖歡樂待何時。今當暮春天氣，風景晴和，不免帶著諸侍女，領著諸將官，前往都城之外，水郭山村之地，尋花問柳。歌舞的歌舞，打圍的打圍，歡樂一番多少是好。正是：壓地旌旗開曉日。（眾）揭天歌舞醉春風。（淨）眾將官。（眾）有。（淨）各架鷹犬，一路打圍前去。（眾）得令。
　　（合）
【北醉太平】長刀大弓，坐擁江東，車如流水馬如龍，看江山在望中。一團簫管香風送，千羣旌旂祥雲捧，蘇臺高處錦重重，管今宵宿上宮，管今宵宿上宮。
　　（淨）眾將官，前面是哪裡了？（眾）錦帆涇、百花洲了。（淨）傳令暫停鞍馬，同上蘭舟，就往錦帆涇、百花洲去。（眾）

得令。

　　（旦、貼）

【南普天樂】錦帆開，牙檣動，百花洲，清波湧。蘭舟渡、蘭舟渡萬紫千紅，鬧花枝浪蝶狂蜂。（合）看前遮後擁，歡情似酒濃。拾翠尋芳來往，遊徧春風。

　　（淨）侍女們，歌來。（二旦領旨）

【北朝天子】往江干水鄉，過花溪柳塘，看齊齊彩鷁波心放。鼕鼕疊鼓，起鴛鴦一雙，戲清波浮輕浪。青山兒幾行，綠波兒千狀，渺渺茫茫茫渺渺茫。趁東風蘭橈畫槳，蘭橈畫槳，採蓮歌齊聲唱，採蓮歌齊聲唱。

　　（淨）太宰，前面是哪裡了？（丑）吓，眾將官。（眾）有。（丑）前面是哪裡了？（眾）是鬥雞坡、走狗塘了。（丑）啓主公，是鬥雞坡、走狗塘了。（淨）傳下號令，暫住蘭舟，再上鞍馬，到鬥雞坡、走狗塘去。（丑）吓。嗻！眾將官。（眾）有。（丑）主公有令，暫住蘭舟，各上鞍馬，往鬥雞坡、走狗塘去。（眾）得令。

　　（旦、貼）

【南普天樂】鬥雞坡，弓刀簇，走狗塘，歡聲閧。輕裘掛花帽蒙茸，耀金鞭玉勒青驄。（合）看前遮後擁，歡情似酒濃。拾翠尋芳來往，遊徧春風。

　　（淨、眾合）

【北朝天子】馬隊兒整整排，步卒兒緊緊捱，把旌旗列在西郊外。紅羅繡傘，望君王早來，滾龍袍黃金帶。幾千人打歪，數千聲喝采，擺擺開擺開擺擺開。鬧轟轟翻江攪海，翻江攪海，犬兒疾鷹兒快，犬兒疾鷹兒快。

（淨）眾將官。（眾）有。（淨）前面是哪裡了？（眾）是姑蘇臺了。（淨）傳令眾軍，就往姑蘇臺去。（眾）得令。

（旦、貼）

【南普天樂】姑蘇臺，浮雲拱，浣花池，清泉瑩。湖光灩，湖光灩雪浪翻空，見汪洋出沒魚龍。（合）看前遮後擁，歡情似酒濃。拾翠尋芳來往，遊遍春風。

（眾）已到姑蘇臺了，請大王登臺。（吹打，上臺介）（淨）眾將官。（眾）有。（淨）臺下打圍者。（淨）得令。（下）

（丑上）（淨）太宰來得快吓。（丑）主公是龍駒馬，來得快，伯嚭再也趕不上。（淨）太宰，前面白滾滾一帶是什麼所在？（丑）是太湖。（淨）有多少大？（丑）團團三萬六千頃，重重七十二高峯，是個大觀。（淨）真個好大觀也！這座是什麼山？（丑）是洞庭山。（淨）那座呢？（丑）也是洞庭山。（淨）咦！為何有兩座洞庭山？（丑）一座是東洞庭，一座是西洞庭。（淨）這座呢？（丑）是陽山。（淨）那座呢？（丑）是穹窿山。（淨）看那穹窿山比陽山更高。（丑）自古道：「陽山萬丈高，不及穹窿半截腰。」（淨）果然高峻！那山下望去，黑洞洞一帶瓦房，是什麼所在？（丑）這是主公養龍駒的石室。（淨）我記得那年將越王勾踐發在石室養馬，可是這個所在麼？（丑）就是這個所在。前日伯嚭下鄉勸農，在那裡經過，只見越王勾踐坐在中間，夫人端端正正坐在右邊，好個陪臣范蠡，恭恭敬敬立在左邊。（淨）吓，我想勾踐是小國之君，夫人是裙釵之女，這范蠡不過是草莽之士。當此流離困苦之時，不失君臣之禮，殊為可敬！（丑）非但可敬，抑且可憐。（淨）他拘留在此已經三載，寡人意欲赦之，太宰以為何如？（丑）主公以聖王之心，哀憐窮困之士，願主公千歲，千千

歲！（淨）我想先王昔年破楚，孤家今又伐越，今日在此姑蘇臺上，好不快哉樂哉也！

【北朝天子】遍江南獨我尊，氣凌雲將河海吞，看威行四海聲名振。（合）英豪勇猛，說甚麼秦楚，半乾坤皆從順。你蕭蕭一身，些些兒海郡，小小君小君小小君。羨君臣夫妻恭敬，夫妻恭敬，我待放他歸全恩信，放他歸全恩信。

　　（淨）天色已晚，不歸都城，就住臺上。太宰，你同眾將校臺下帳房歇宿。（丑）領旨。（淨）正是：笙歌歸院落，燈火下樓臺。（二旦扶淨下）

　　（丑）主公吓主公，你好受用也！

【南普天樂】貫魚似宮人寵，繡幃裡效鸞和鳳，拚沉醉倚翠偎紅，任年華暮鼓晨鐘。看前遮後擁，歡情似酒濃。拾翠尋芳來往，遊遍春風。（隨意渾下）

按　語

〔一〕本齣出自梁辰魚撰《浣紗記》第十四齣〈打圍〉。

〔二〕選刊此齣的坊刻散齣選本還有：《樂府萬象新》、《樂府玉樹英》、《樂府紅珊》、《八能奏錦》、《玉谷新簧》、《萬曲合選》、《來鳳館合選古今傳奇》、《歌林拾翠》、《崑弋雅調》。不同聲腔選本文字差別不大，惟錢德蒼編《綴白裘》齣首的【引】、《崑弋雅調》的【尾聲】，是該書獨有。

〔三〕選抄此齣的散齣鈔本有中國國家圖書館藏朱執堂抄《時劇集錦》。

浣紗記‧採蓮

末：太監。

淨：夫差，吳王。

老旦、正旦、小旦、丑：宮女。

貼：西施。

（末扮太監上）萬頃清波波蕩橈，千羣畫艇各爭搖。笙歌簇擁姣娥隊，彩鷁分划旗幟飄。拂拂湖光翻綠蓋，紋紋碧水映蓮姣。太平天子歌堯日，始信吳王樂富饒。咱家乃吳國中一個穿宮內監是也。昨日大王吩咐，準備畫船簫鼓，要同西施娘娘往湖上採蓮。諸事都已完備，只等大王發駕。呀，道猶未了，大王早到。

（雜扮四太監，引淨上）

【引】秋來勝事知多少？別殿風來，夾岸荷香。

寡人自從西施美人入宮，妙舞清歌，朝歡暮樂。不多時，算不盡上千遭雲雨之情，記不起吃了幾萬鍾合歡之酒。不但姿容姣媚，更兼性格溫柔，我這幾根老骨頭，一定要斷送在他手裡！昨日吩咐諸女侍往湖上採蓮，想是我的魂靈先飛到湖上去了，今日去尋他回來。內侍們。（眾）有。（淨）後宮請娘娘上殿。（眾）吓，後宮請娘娘上殿。

（老旦、正旦、小旦、丑扮四宮女，引貼上）

【引】丹楓葉染，乍湖光清淺，涼生商素。

臣妾西施見，願大王千歲。（淨）美人請起。（貼）千千歲！

（淨）坐了。美人，你方纔梳洗麼？（貼）夜來乘涼睏倦，不覺起來遲了。（淨）美人，可記得夜來乘涼的光景麼？（貼）〈洞仙歌〉冰肌玉骨，自清涼無汗，水殿風來暗香滿。繡簾開，一點明月窺人，人未寢，欹枕釵橫鬢亂。（淨）起來携素手，庭戶無聲，時見疏星渡河漢，試問夜如何？夜已三更，金波淡，玉繩低轉。（眾）但屈指西風幾時來，又不道流年暗中偷換。

　　（淨）美人，昨已吩咐整備畫船簫鼓，同往湖上採蓮去。（眾）啓上大王，畫船簫鼓都已齊備，請大王娘娘登舟。（淨）擺駕。（眾）吓。（眾同轉作打扶手各下船介）（淨）擺宴。（眾應，擺宴，貼定席介）（換衣坐介）

　　（淨）

【念奴嬌序】澄湖萬頃，見花攢錦繡，平鋪十里紅妝[1]。夾岸風來，宛轉處微度衣袂生涼。搖颺，百隊蘭舟，千羣畫槳，中流爭放採蓮舫。（合）唯願取，雙雙繾綣，長學駕鴦。

　　（淨）

【前腔】堪賞，波平似掌，見深處繚繞，歌聲隱隱齊唱。秀面羅裙，認不出那綠葉紅花一樣。（貼）空想，藕斷難聯。（淨）今年的花生得好茂盛，看酒過來，待孤家賞他一盃。（笑介）哈哈哈！（貼）珠圓卻碎，無端新[2]刺故牽裳。（眾）請娘娘上席。（合）唯願取，雙雙繾綣，長學駕鴦。

　　（貼）大王，妾家越溪有〈採蓮歌〉一曲，試為大王歌之。

---

[1]　底本作「姿」，據《六十種曲》本《浣紗記》改。

[2]　底本作「心」，據《六十種曲》本《浣紗記》改。

（淨）生受美人。內侍們。（眾）有。（淨）各駕小舟同宮女們往湖上採蓮。（眾）領旨。

（貼）

【採蓮歌】秋江岸邊蓮子多，採蓮女兒棹船歌。花房蓮實齊戰戰，爭前競折歌綠波。恨逢長莖不得藕，斷處絲多刺傷手。何時尋伴歸去來？水遠山長莫回首。

（淨）妙哉！取酒過來，孤家飲一大觥。吩咐採蓮。

（眾合）

【古歌】採蓮採蓮芙蓉衣，秋風起浪梟雁飛。桂棹蘭橈下極浦，羅裙玉腕輕搖櫓。葉嶼花潭一望平，吳歌越吹相思苦。相思苦，不可攀。江南採蓮今已暮，海上征夫猶未還。

（眾）採蓮畢。（淨）各報名上來。（老旦）西番蓮。（正旦）觀音蓮。（丑）倒垂蓮。（小旦）並頭蓮。（淨）美人，你喜哪一種？（貼）並頭蓮。（淨）孤家也喜並頭蓮。各各有賞。（貼）浦口風廻，山頭日落，轉船去罷。（淨）吩咐轉船。（眾）吓，吩咐轉船。

（眾合）

【古輪臺】日蒼黃，蘭橈歸去遍船香，秋風吹起寒潮漲，蓮歌爭唱。況十里迴塘，處處月兒初上。（淨看貼介）冷眼端詳，可憎模樣，紅裙宜嫁綠衣郎。頓然心癢，恨不得就上牙床。（貼背介）顛鸞倒鳳，隨蜂趁蝶，怎生攔擋？（眾合）歸路暮雲黃，聽空中響，館娃高處奏笙簧。

（眾）已到館娃宮了，請大王，娘娘進宮。（淨）內侍掌燈，打扶手。（眾）領旨。（打扶手各上岸介）（淨）宮女們，各執蓮

花送娘娘到館娃宮去。（眾）領旨。

　　（合）

【前腔】千行，宛轉處燈燭輝煌，夾道裡羅綺盤旋，笙歌嘹亮。香霧氤氳，處處有麝蘭飄蕩。（淨）今夜歡娛，忙投羅帳，看雙雙被底效鸞凰。肯教輕放？趁良宵恣意顛狂。（貼）殘香破玉，蹂紅踐翠，只得支吾勉強。（眾合）鴛瓦散飛霜，銀河朗，娟娟殘月下迴廊。

　　（淨）

【尾聲】昏沉醉，入洞房。（貼）聽野外數聲雞唱。（眾合）但願得萬歲千秋樂未央！

　　（同下）

按　語

〔一〕本齣出自梁辰魚撰《浣紗記》第三十齣〈採蓮〉。開頭略有刪改，與劇作不同，也與其他散齣選本不同。

〔二〕選刊此齣的坊刻散齣選本還有：《怡春錦》、李希海嘉趣簃藏洞庭蕭士輯《綴白裘三集》、鬱岡樵隱輯《新鐫綴白裘合選》、《醉怡情》、《歌林拾翠》、聞正堂刊《綴白裘全集》。

醉菩提‧付篦

外：道濟和尚的師父。
付：道濟和尚的師兄。

（外上）

【引】言下辨真龍，慧[1]劍原無缺。

　　老僧自從前日披剃一個道濟在此出家，他本來原未全迷，頑性猶然未退，若不重加磨煉，怎能心下豁然？兩日我叫他到禪堂隨眾功課，不知可有些啓發否？正是：欲生極樂地，須下死工夫。（付上）石牛難轉磨，死犬怎耕田。監院參見和尚。（外）我正要問你，這兩日道濟在禪堂用何功課？做什麼生活？細細說與我知道。（付）啓和尚，那道濟全不像個出家人！（外）怎見得？（付）他未晚先圖昏睡，日高猶自安眠。禪堂吃飯亂聲喧，佛殿竟來方便。常向茶寮煖酒，又來香積求羶。聽人念佛叫胡言，戲耍掀翻經案；全不像個出家人的體統！

　　（外）你莫管，我自有道理。他是個宦家公子，膏粱子弟，從來不曾受此清淡，須要漸漸的開示他，自然有個水到成川的日子。（付）容留不妨，怕亂了清規，大眾要埋怨和尚。（外）這也不難，我如今將這竹篦付你，著他隨眾上蒲團打坐，若是渾亂磕睡，

1　底本作「琴」，據精鈔本《醉菩提傳奇》（《古本戲曲叢刊》三集景印）改。

就打，自然漸漸成熟了。（付）曉得。（外）監院，你雖把禪門戒律去拘禁他，他是個初來入道的吓！

【玉抱肚】須要從寬簡節，慢慢的將他磨接。讀書人狂裡生機，出家人苦中覓活。（合）蒲團竹篦建功烈，哪怕他意馬心猿能跳越。

　　（外）監院，你可去對他說：求個超生併出世，豈圖吃飯與穿衣？（付）十年打坐無人問，一悟[2]成功天下知。（同下）

按　語

〔一〕本齣主體曲文、情節與精鈔本《醉菩提》第七折〈付篦〉接近。

2　底本作「晤」，據精鈔本《醉菩提傳奇》改。

醉菩提‧打坐

生：道濟和尚。
付：道濟的師兄。
外：道濟的師父。

（生上）

【上馬踢】書生時未達，願向空門臘。頭上頂僧伽，身上穿直裰。吃素持齋，粥飯持一缽。此情怎說？無酒無漿，熬得個人乾癟。

　　咳！只因一著錯，滿盤都是空。我前日一時高興，連夜剃了頭髮，只道做和尚與俗家一般，阿呀喲，原來大不相同！每日裡止不過白粥淡飯，口兒裡淡出鳥來！我想，在表兄家中，醉的是酒，飽的是肉，哪裡知道做和尚這般苦楚！咳，若得成佛作祖，也不枉了。正是：貴人昔未貴，終日飽黃虀，及至登樞要，何曾問布衣。吓，我的出家也只願如此吓。

　　（付上）法語下蓮座，山僧上法堂。道濟哪裡？（生）在這裡。怎麼說？（付）方丈和尚法旨，著你隨眾蒲團打坐，不許昏亂；若是昏亂攧下禪床，打竹篦十下！（生）你怎麼打得我吓？（付）這竹篦是善知識留下的，和尚亂了清規，打殺了不償命的。（生）這卻苦也！我如今只做和尚，不打坐，便完一樁事了。（付）歷代祖師都從蒲團上打坐出來的，你既做和尚，怎麼不打坐參禪？（生）吓，原來打坐參禪，便可成佛作祖的？（付）正是。

（生）既如此，師兄，你來教導我，買酒請你！（付）又來取笑了。我來教導你。（生）你來教導我。（付）盤著脚。（生）吓，盤著脚。（付）挺著背。（生）吓，挺著背。（付）清著心，理著氣，手用叉，眼用閉，神忌昏，魂忌睡。莫跌落，須仔細，稍差池，看竹篦！（生）師兄不須費心，我已都明白了。（付）既如此，你在此打坐，我各處去看看來。可信成人不自在，須知自在不成人。（下）

　　（生）吓，原來打坐參禪，就可成佛作祖，這樣容易的，不免打點精神坐起來。

【曉行序】死灰木橛，活潑潑卻做了死人生活。心嘈雜，漫空游編青紅粉烈。不好了！這一回昏倦起來了。周折，背癢難熬，一陣陣脚麻手瘸。不好了！團捏，沉沉見大蝴蝶，栩栩忽喇撲跌。

　　（跌介）阿喲，跌殺人也！（付上）隔牆須有耳，窗外豈無人？道濟，怎麼跌了下來？（生）師兄，我是好端端坐著，不知哪個怪我，把我推上一跤，頭上跌出一個疙瘩來了。（付）和尚吩咐，若跌下來，要打十下竹篦。（生）師兄，這是哪個捉弄我，不干我事，饒了我這次罷。（付）也罷，饒你這次，今後再跌下來，一定要打十下竹篦。（小生）如今再不跌下來。（付）坐上去！

【前腔】休說，須要神氣清潔。來時境界，怎生粧疊？牢拿住不許馬馳猿越。（生）我如今都明白了。（付）既如此，我去點了定香再來。無常迅速，一心念佛。（下）（生）咳，連我也不信，怎麼好端端坐著，就跌了下來。我如今再來！通徹，流水行雲，白日青天，清風明月。哎！又來了，不許，不許！團捏，沉沉見大蝴蝶，栩栩忽喇撲跌。

　　（跌介）阿呀跌殺了！（付上）吓，道濟，怎麼又跌了下來？
（生）師兄，我是好端端坐著，不知又是哪個推我下來的。（付）
不管推不推，受幾下竹篦。（生）呵呀，苦吓！連跌兩跤，又打了
幾下竹篦。頭上跌得高高低低，塊塊壘壘，明日叫我怎麼出去見人
吓。（付）坐上去！（生）連跌兩跤還要坐？（付）不坐上去？又
要打了！（生）師兄，你如今不要打，你今坐在此，看哪個推我
的，只打那推我的人便了。（付）也罷，我如今坐在此陪你，看哪
個推你，我就打他便了。（生）師兄在此陪我，極好的了，待我再
來坐。（付）坐好了！（生）吓，坐好了。

【黑麻序】（付）呼吸按宮商，調律須要合協。運精神，
觀[1]想七寶蓮葉。（生）心熱，喉中煙火焫，眼昏背脊折。
（付）你莫昏跌，須信道超凡入聖，實悟真徹。

　　（生跌介）今番跌殺我也！（付）如今難道又是哪個推你？這
竹篦一定要打了。（生）不要打。（付）什麼規矩！（生）我如今
不做和尚了。（付）不做和尚做什麼？（生）噯！

【錦衣香】怎見得為菩薩？怎見得輪迴脫？何必受盡悽
惶，遭此磨折。（付）漸入佳境有功烈，妙理誰知，妙法
難說。（生）苦一宵磨折，早跌上幾個跐搭。（付）難在初
時節，到久久熟滑，參禪悟道，不消一霎。

【漿水令】咳！（生）扯下了僧伽亂撇，脫落了緇衣直裰。
從今不做這苦生活，就參證菩提，有甚風月？（付）跳不
出，走不脫，（生）為何吓？（付）你摸摸頂上沒頭髮。
（生）我這幾日好苦吓！葷腥味，葷腥味，沒些啜啜；淡白

1　底本作「貫」，據精鈔本《醉菩提》（《古本戲曲叢刊》三集景印）改。

酒，淡白酒，沒鍾呷呷。

（付）哪裡去？（生）我要回去了。（付）和尚有請。

（外上）

【尾】晚鐘敲斷松頭月。（生）和尚殺人吓！（外）呀，何事你扯我拽？（付）啓師父，監寺教道濟打坐，連跌幾次，怪監寺責他幾下，就使性要跑回去了。（外）喚過來。（付）和尚喚你。

（外）哇！你這野驢！打坐參禪，乃出家人之本等，為何亂我的清規？（生）師父吓，其實熬不過這口淡身虛，少不得一命絕。

（外）吓，你沒有東西吃，因此要回去麼？（生）正是。（外）既如此，到我方丈中陪我吃，何如？（生）且住，這老光定有些好東西吃……既如此，多謝師父慈悲了。（外）道濟，你既要皈依佛法，須聽禪門拘攝。（生）若要打坐參禪，頭上萬千疙搭。

（外）隨我來。（下）

（生扯付介）呔！你看老和尚何等好說話，偏你動不動就打，難道打死了人不要償命的？（付）不償命。（生）真個不償命？我就還俗，不做這牢和尚了。（探和尚帽丟場上）（下）

（付）看你怎麼了吓……（下）

按　語

〔一〕本齣主體情節、曲文與精鈔本《醉菩提》第八折〈打坐〉接近。

醉菩提‧石洞

丑、付（前）：游童、路人。
生：道濟和尚。
淨：幹辦，道濟表兄毛子實家的傭人。
末：虞候，道濟表兄毛子實家的傭人。
付（後）：道濟的師父。

　　（白猿觔斗先上）（生隨觔斗上）原來在這裡快活快活！我一拳打倒北高峯，一脚踢翻西湖水。世人多來同我翻觔斗，還你死來不做鬼，原來卻在這裡好快活也！

【端正好】祖師禪，如來藏，兀突賬祖師禪，葫蘆提如來藏。好一個世界也！山共水好、好、好也不下西方。寺裡鳴鐘，那和尚都去吃齋飯了。一個個掛緇衣剃光頭都學些僧伽樣。禿驢，禿驢，你每好可憐也！少不得披毛戴角一個眾生相[1]。

　　（丑、付上）淅淅索，落葉滿屋角。攢入飛來峯，石佛子自摸。我每到飛來峯尋顛和尚耍子去。痴和尚！（生）來來來！

【滾繡球】我與你豎蜻蜓。（丑）我不會。（生）我與你緣木杖。（付）也不會。（生）既不會呵，我與你相持打仗。不然呵，使劍掄鎗。（付）我與你個肉餅。（丑）我與你個牛肉饀饀，你可要吃？（生）好吓！要吃要吃。我與你肉團圓攢心

1　底本作「像」，據精鈔本《醉菩提》（《古本戲曲叢刊》三集景印）改。

喜，吃下個冷饋饋撲鼻香。你是個大施主大檀那功德無量，止少些大壜老酒嚐嚐。（付、丑）痴和尚，你要吃酒麼？明日把與你吃，你翻幾個觔斗兒耍子。（生）我的觔斗非同小可。（付）姐的哩。（生）只教阿彌尊者哈哈笑，穢跡金剛狠狠粧，打、打、打、（丑、付）為什麼要打？（生）打殺無常。

　　（丑、付）那邊許多猢猻來了，我每打去。（下）（生）那些小厮去趕猢猻，我也去趕。（下）

　　（淨、末上）上命差遣，蓋不由己。奉老爺之命，送酒餔與李相公。到靈隱寺去，都說前日瘋顛了，在飛來峯石洞裡住。想真是瘋了，若不然，為什麼相公不做，倒去做和尚？這裡是飛來峯，並不見他，敢是又到哪裡去了。（生上）翻觔斗，打虎跳。孩子嚷，猿猴叫。一個耍，兩個笑。喜事來，酒肉到。（淨、末）那個是李相公！果然是！弄得這般嘴臉。李相公，李相公！

　　（生）呀！

【叨叨令】見一個大哥一個老爹齊來看我顛和尚。（末）你是李解元，李相公？（生）哪個是相公哪個是解元前來認我顛和尚？（淨、末）我二人是太尉老爺差來的。（生）誰人是太尉誰人是老爺差來請我顛和尚？（淨、末）我二人一個是幹辦，一個是虞候。（生）既然是幹辦既然是虞候哇！休來惱我顛和尚。（淨、末）果然瘋顛得這個光景了。（生）兀的不笑殺人也麼哥，（末）為何大笑？（生）兀的不苦殺人也麼哥！（淨）為何又哭起來？（末）我問你，為何不住在寺裡，卻走到這裡來，住在石洞裡？（生）我是個鐵菩薩理合住在石方丈。

　　（淨、末）住在這裡，哪裡來的東西吃？（生）有有有！

【倘秀才】爛熰肉一斤四兩，白煮雞蒜泥蘸醬，還有那老酒三罈儘意嚐。（淨、末）你既做和尚，便不該吃酒肉了。（生）卻不道肉林中優曇發，酒池裡白蓮香，醉飽後高歌拍掌。

　　（淨、末）我每老爺思念相公在此清淡，差我送鹿餔、美酒在此，只怕相公不要吃了。（生）和尚不吃酒肉，誰人敢吃？（末、淨）既要吃，我每擺在地上儘你受用。

　　（生）好好好！吃得暢快。

【脫布衫】捲殘雲煞煞風狂，吸鯨鯢滾滾波揚。飽伊肉還伊肉長，醉人德飽人佳貺。

　　（淨、末）還有蘭英、月英二位姐姐，多多拜上相公，還要等相公去成其好事哩。（生）妙！

【小梁州】原來是情重青樓窈窕娘，倚妝臺想念才郎。鴛鴦被底效雙雙，情懷放，請看我骯髒爛臭乍光光。（末、淨）李相公，趁無人知道，叫乘轎來，抬到老爺府中去，還了俗罷。（生）更妙，更妙！你叫我繁華重做官人相，圖得個衣錦還鄉。你每快走，虎來了！（淨、末）不好了，走吓！（下）（虎上）（生）畜生，你來，同你耍子去。狠毒勢，猙獰相，留著你呼風嘯月，非我能降。

　　耍子去！（騎虎下）

　　（付上）不信道人皆合道，人言痴子恐非痴。我，遠豁堂打坐方丈。報說道濟在飛來峯石洞裡，顛狂特甚，慟哭狂笑，垢面蓬頭，不免前去指示他一番。（生趕虎上）虎哪裡去？我來也！（虎下）

　　（付）哇！道濟，你做和尚，須存你和尚的品。（生）師父，

你做你的和尚，我做我的和尚。（付）你的和尚比我何如？

【朝天子】（生）你比我貌莊，我比你略狂，都一樣光頭相。（付）穿衣吃飯，兩事要緊。（生）穿衣吃飯兩平常，打渾在法堂上。（付）還該學些經咒。（生）法師姓唐，居士姓龐，鳩摩羅什稱三藏。（付）人道你是真，我道你假。放出正經來，借此臭皮囊，仗三寶力，立些功德也好。（生）你道我假裝，我道我合當，待建功經佛在何方仗？（付）你兀自不知，即日淨慈寺要興大工，你代我去做這段功德，那時佛寶爭光，老僧在七寶池邊相會。（生）謹依法旨，弟子從今洗心懺悔也！

【煞尾】脫痴顛，還去立主張。建功德，佛有光。（付）同我洗澡去。（生）從今後把七香湯洗淨身心漾。（同下）

按　語

〔一〕本齣主體情節、曲文與精鈔本《醉菩提》第十二折〈伏虎〉接近。

〔二〕選抄此齣的散齣鈔本有中國國家圖書館藏朱執堂抄《時劇集錦》。

醉菩提‧醒妓

生：濟顛、濟公，和尚。
旦：蘭英，青樓女子。
貼：月英，青樓女子。
淨：龜公。
老旦：鴇母。
小生：沈提典，濟顛和尚的表兄。

　　（生上）酒渴思吞海，詩狂欲上天。若除詩共酒，何必學登仙？我濟顛在毛太尉府中吃了酒，恰與促織兒下了火。一徑出了府門來，卻又遇著小廝王溜兒，扯我到酒肆中，吃了好幾壺老酒，不覺有些意思了，不免從西湖岸邊回寺去罷。
【新水令】醉鄉深處聖賢留，不知那酒味兒幾人參透？花香緇袖染，雲散杖頭流。嘯傲悠遊，只見那小茅扉倚紅袖。（下）
　　（旦、貼上）
【步步嬌】一片楓林芙蓉瘦，衣怯輕羅衫袖。（貼）妹子，今已薄暮，正當新秋天氣，好一[1]派光景！（旦）姐姐，同到門前眺望一回。（貼）如此卻好。見澄波碧荇流，鏡裡人行，斷橋孤岫。方纔沈老爺差人來說，今夜要來看我，怎麼此時還不見到

1　底本原無「一」字，參酌文意補。

來？（旦）你看：那邊一個和尚乜乜斜斜，想是個吃醉的，倒好看。人影望煙投，高歌一曲清風候。

　　（生上）削髮披緇已有年，只因詩酒作良緣。茫茫宇宙無人識，總道顛僧擾市廛。（二旦）可笑！出家人吃得這般爛醉，好沒正經。（生）你兩個娘子沒正經，倒說我沒正經。（二旦）咻！怎麼倒是我兩個沒正經？什麼來由？

　　（生）

【折桂令】你笑山僧著甚來由？一醉無功，萬慮皆休。（二旦）出家人可知五戒麼？（生）五戒十戒，哄著皮袋。戒的是戰馬耕牛，殺羊屠狗，射虎擽彪。（二旦）為什麼吃得這等爛醉？（生）普天下無非醉酒，醉人兒幾個扶頭？（二旦）你敢是化緣麼？（生）你問我何求，我問你何求，掉轉頭來，自反知羞。

　　（二旦）我姊妹二人好意問你，反把我來奚落。叫後生出來，打這和尚。（淨上）打個禿驢！（生）呀，娘子，救我和尚則個。

　　（老旦隨小生上）

【江兒水】載酒尋花苑，飄然[2]驟紫騮，（老旦）沈老爺到了。（小生）見紅妝兩兩欣相候。（二旦）沈老爺來了。（小生）你姊妹每為何在此喧嚷？（二旦）我姊妹在門前恭候老爺，不想那裡走來一個醉和尚，調戲奴家，因此喧嚷。（小生）這等可惡，拿過來！（生）救救我和尚吓！（老旦）吓！這是李相公。啓老爺，不是醉和尚，是李相公。（小生）他為何在此？扶他起來。

2　底本「飄然」二字脫，參考曲格，並據精鈔本《醉菩提》（《古本戲曲叢刊》三集景印）補。

（生）哪個在此？你來救我則個。（小生）表弟，你自何來花前酒？（生）可喜，可喜！你來了，我今夜又有酒吃了！（小生）這個何消說得，管教你脂香染卻袈裟袖。（二旦）這和尚是哪個？（小生）原來你不認得了，這就是李子修，元名舊。（旦）就是李相公！竟不認得了。（二旦）[3]就是靈隱寺出家的李相公麼？（小生）然也。（二旦）這等說，多唐突了。（生）咳！不必煩文，竟做東道。（小生）有理，與我剪韭烹葵，把舊意還如新湊。

（貼）早上老爺差人吩咐，奴家已備在此久了。（小生）如此甚妙。取酒來，你姊妹奉濟公一杯。（旦）曉得。奴家自從那日邂逅，不想今日重晤。（生）請了。

【雁兒落】你道我今宵重晤舊青樓，我道你是前生少欠這魔頭。我今日破袈裟去偎紅袖，你休笑戴南冠學楚囚。
（貼）李相公，我妹子想慕非止一日，滿飲此杯，休辜美意。
（生）呀！多謝你想念甚綢繆，今日裡緣到豈人謀。取大觥來。（小生）表弟，滿飲大盃。（生）乾！再來，再來。快活，快活！須信道酒向歡腸受，說甚麼情由酒上鈎！英姐，你與我擁著衾裯，分明是海棠花下葫蘆湊。表兄，你明日裡呵，與我扶頭，說不得獅子林中鸞鳳儔。（醉臥介）

（小生）二姐，你好生扶舍弟到房中安置，我每去了。（旦）老爺請便罷。（貼）丫鬟，取茶到二娘房裡去。結成鸞鳳青絲網，牢鎖鴛鴦碧玉籠（下）

（旦）李相公，李師太，我扶你到房裡去睡罷。（生不應）

3　底本作「小旦」，參酌文意改。

（旦）李相公，請安置罷。（生）咻！這裡是什麼所在？（旦）是奴家房裡。（生）拿刀來，拿刀來。（旦）要刀何用？（生）殺你。（旦）怎麼殺起我來？（生）我不殺你，你要殺我。（旦）這個和尚卻也奇怪。（生）這個娘子卻也聰明。（旦）你做和尚光著頭，赤著腳，腌腌臢臢，是個酒徒。（生）你這婦人，朱的唇，粉的面，姣姣怯怯，是個色鬼。（旦）咳，你如此光景，不思量犯了戒律！（生）咦，你如此光景，卻不思量迷了真性。（旦）莫怪我說，你既具佛相，不修本業，墮落畜生餓鬼，地獄裡面尋活計。（生）你也莫怪我說，你投女身，不學貞靜，玷污父母宗族，青樓高處作生涯。（旦）你立定腳，飲酒食肉，昏昏沉沉，倒在堦頭，受著行人打罵。（生）你掉轉頭，人老珠黃，悽悽惶惶，掩上門兒，愁聽別院笙歌。（旦）我穿羅錦，吃珍饈，好也！情願攢心，鮫綃帳裡鴛鴦夢。（生）你頭髮變，面皮黃，苦吓！年紀上身，草薦捲來豬狗食。

　　（旦）呀！

【僥僥令】劈頭驚一棒，刺骨冷冰心！師父，弟子理會得，望慈悲超度則個。眼見得漏盡鐘鳴無人救，願在火坑中把身早抽。

　　（生）呀！

【收江南】你道是火坑中及早把身抽，少不得繡羅叢裡還你個粉骷髏，只怕你鴛鴦被底撇不下舊風流。你能早休，你不如免休，須知道黃金鎖骨是好因由。

　　（旦）念弟子五漏賤質，承大師一擊金針，情願棄卻繁華，從師學道；望師父慈悲，早早救度。（生）既肯皈依，當先洗心。凡念不除，從師無益。（旦）弟子從此洗心也，師父，容弟子拜從。

（生）佛門廣大，無所不容。一念若真，入道如箭。

（旦）

【園林好】謝吾師將孽軀早收，謝吾師將禪機暗投，向火坑中輕垂金手。把恩愛事一時丟，恩愛事一時丟。

（生）

【沽美酒】軟溫鄉錦繡裯，軟溫鄉錦繡裯，鴛鴦枕翠雲裘，抵多少月白光明水自流。菩提兒在口，蒲團上靜中求。有靈光不朽，把幻中身豁然參透。七寶閣蓮花開茂，西方路逍遙行走。天色已明，喜得桌兒上有紙筆，不免剔起殘燈，作詩一首而去。（寫介）暫借夫妻一宿眠，禪心淫慾不相連。昨宵辜負君家意，多與虔婆五貫錢。俺呵！須信道樂修，苦修，人有，我有。你將此詩少間送與沈老爺看，我回寺去也。呀！吩咐那魔登女早收神咒！（下）

（旦）你看，師父一塵不染，飄然回寺去了。吓，卻早沈老爺來了。

（小生、貼上）

【尾】曉鐘敲破巫山漏，從今月下柴扉有僧叩。濟公表弟！（旦）他清早就去了，留詩在此與老爺看。（小生）有這等事！（取來介）呀，奇怪！難道做柳下懷中一些不妄求？

（貼）難道是有名無實的相知。（旦）倒做了滌志洗心的師弟。（小生）這是怎麼說？（旦）少間細細告稟。（貼）既然濟公去了，原到我房中去吃早飯罷。滿座羣芳綻錦鮮，瓶中一朵更堪憐。饒伊萬種風流態，唯有禪心似鐵堅。（同下）

按　語

〔一〕本齣情節近精鈔本《醉菩提》第二十折〈醒妓〉，但曲文多有不同。

〔二〕選抄此齣的散齣鈔本有：復旦大學藏《戲曲五種選抄》、中國國家圖書館藏《戲曲選抄》。

醉菩提‧天打

生：道濟和尚。

淨：黃小二，代父受過的孝子。

（生上）

【駐馬聽犯】世道縱橫，真偽誰知然是懵。[1]我道濟借色身而度世，仗痴顛而說法；忉耐肉眼頑鈍，認幻為真，被寺中眾僧見逐，起單而來，卻也可笑。真個黃鐘毀棄，大呂無音，瓦礫雷轟。眼見得紅塵顛倒若此，怎教不風魔也？語不得真假總歸空，還你個生生死死皆成夢。迤邐行來，已是六橋了，好一派景色也！呀，那邊烏雲隨起，想有驟雨來了。此間是龍王廟，不免就在拜臺上坐一坐，雨過再行。牛背上照得夕陽，鵲巢前架起奇峯。

（淨上）

【前腔】驟雨狂風，不測天時一霎中。雨來了！且喜湖堤一望，只有六橋疏柳搖空。走到前面龍王廟躲雨去。聽鴉鳴鵲噪避旋風，濃雲黑霧天如夢。這裡是了。先有一個師父在此躲雨，躲一躲，雨過再行。又何須大廈千間庇，此身權遮[2]一

1　底本作「真偽誰知分然是情」，據精鈔本《醉菩提》（《古本戲曲叢刊》三集景印）改。

2　底本作「把茅」，據精鈔本《醉菩提》改。

棟。

　　（生）呀！這人頭上空中插著招旗，即刻天嗔了，待我問他是何等樣人。請問居士尊姓？從哪裡來？（淨）師父問我怎麼？（生）閑在這裡，大家說說兒。（淨）在下姓黃，叫小二，住在城中竹竿巷裡。（生）為什麼尊幹到此？

　　（淨）

【催拍】椿庭逝萱堂病中，家零替衣食不豐。昨日夢見我的先父對我說，今日有難臨身，叫我往西方躲避。醒來對我阿姆說了，阿姆道：「敢是你父親討祭？」因此特地到墳上去做碗羹飯。一時山色空濛，一時山色空濛，一片濃雲失去高峯。閃電隨雷，未雨先風。（生）你心上害怕麼？（淨）小子不怕別的，只愁母親在家懸望，要急急趕回去；又恐怕打濕了衣服，沒有替換。為人子心下悲沖，相依命，死生同。

　　（生）如此看起來，倒有一點孝心。吓，居士，我且問你：

【前腔】你可曾毀三寶絕道滅宗？（淨）我每雖窮，偏歡喜齋僧布施的。（生）你可曾罵天地恨暑怨冬？（淨）天時冷熱，大家受[3]的，何敢怨。（生）少可也五穀縱橫、五穀縱橫？（淨）罪過！終日忙忙碌碌，皆為個碗飯，怎敢輕賤它。（生）你可曾忤逆爹娘，慢長欺宗？（淨）有大有小，故是再不敢的。（生）終不然暗裡傷人，鍊汞熔銅？（淨）這樣沒天理的事務，一發不去做哩！（生）依你這般說呵，因甚事遭此奇凶？多應夙世業，恰相逢。

　　（淨）師父是會相面的僧？替小子看看兩日阿有僧晦氣。

3　底本作「到」，據精鈔本《醉菩提》改。

（生）話兒有一句，說出來不要驚怕。（淨）偌說話？（生）你今年今月今日今時犯著天嗔了，即刻之間，天雷來打殺你了。（淨）阿呀苦惱吓！（生）起來。（淨）我去哩。（生）你往哪裡去？（淨）師父吓，果然天雷要打死我，待我跑回去，再見見我的娘，死也甘心哩！（生）咳！你如今回去，萬一雷神下臨，電火上燒，不惟你不免其死，連累你母親也要驚壞了。（淨）師父吓，我今日有緣，遇你來報。我少間若打殺了，你替我寄一個信兒回去，叫我的娘不要哭壞了——我是前世事哩。（生）這個是了。（淨）等我拜別子娘介。我的娘吓！我今日要天打殺哩，我拜辭你了……

【前腔】念孩兒夙業犯凶，念孩兒不能孝終。涕淚濛濛，涕淚濛濛！（生）雨來了。（淨）阿呀天爺爺，慢慢的哩。閃電金蛇，震雨雷轟，魄散魂飛，腸痛心崩。（生）可憐他孝義孤窮，輕舒手，奏奇功。

漢子，不要慌，我念你孝義，我救你一命罷。（淨）師父吓！你救了我的性命，再不敢忘記你的哩。（生）你把我這領褊衫裹著，蹲在我身後，不可驚怕，我叫你出來方可出來。（淨）多謝多謝！（生）雷火來了，快些躲！（雜扮四將、風伯、雨師、雷公、電母上，轉介）

（生）後生、後生，勿犯天嗔，前生冤孽，今世纏身。速退，速退。（眾下）且喜已過了一難也，只怕還有二難。

（眾又上介）（生）我今救人，事奉母親。天雷避孝，自古相聞。（眾下）

（生）雷火之難已過，且看他第三難。

（雷神復上介）（生）雷神聽者：此人雖有夙孽，念其孝心，老僧特來拯救。（雷神立定不退介）（生）哇！雷神不遵法旨。護

法神何在？（韋馱上）（生）與我打下去！（韋、雷下）

　　（生）漢子，起來，漢子起來！你的大難過了，快回去罷。（淨）嚇殺我哩！（生）不妨了，起來。自今回去，孝敬母親，不可違背。（淨）小子何幸得遇活佛！請上受弟子叩拜。

【一撮棹】前業重，今生合遭凶。夙緣在，慈悲苦孤窮。（生）我憐汝孝，天神感在通，從今後，孝敬活慈容。

（淨）請問師父住在哪裡？明日好同母親來拜謝。（生）我就是淨慈寺裡濟書記。不必來謝，你孝敬母親，謝我一般。快快回去罷。

（淨）如此，小子去哩。記取名和姓，歸將老親奉。心急也，行步敢從容？（下）

　　（生）你看他拖泥帶水，號哭而去，果然是個孝子，也不枉我一番救他。天色已晴，不免回寺去罷。萬善之中孝獨尊，孝心能感上天聞。從空伸出拿雲手，提出天羅地網人。（下）

按　語

〔一〕本齣主體情節、曲文與精鈔本《醉菩提》第二十二折〈天打〉接近。

義俠記‧打虎

淨、末：獵人。
生：武松，好漢。

　　（淨、末上）
【水紅花】官司懸賞有明文，捕山君，看看著緊。咱每獵戶受災迍，枉勞辛，徘徊難進。退只恐違嚴限，進又恐亡身，算來總是命難存也囉！

　　我每乃陽穀縣中獵戶是也。近日景陽崗上出了一個吊睛白額大蟲，傷人無數，本縣太爺立限要我們捉獲。但此虎猛惡異常，我每如何拿得牠？（淨）哥吓，我們穿著虎皮，伏在嶺下，多擺些窩弓藥箭，待牠自來納命便了。（末）有理！就此前去。正是：狹路難迴避。（淨）官差不自由。（下）

　　（生執棍上）道傍車馬日繽紛，行路悠悠何足云。未知肝膽向誰是，令人卻憶平原君。俺，武松。久住在柴皇親莊上，意欲投奔宋公明，為此，別了柴大官人，一路來，就往陽穀縣尋俺哥哥走遭也。

【北新水令】老天何苦困英雄，二十年一場春夢。不能夠奮雲程九萬里，只落得沸塵海數千重。想俺今日的武松，好一似浪迹浮蹤，任烏兔枉搬弄。

　　迤邐行來，已是景陽崗下了。呀，你看：那酒旗上寫著「三碗不過崗」。這是怎麼講？我行路飢渴，且進去少坐一回。店家！

（丑上）來哉！酒酒酒，有有有；賒賒賒，走走走！客人，阿是吃酒個僑？（生）正是渴酒的。（丑）請裡向坐。

　　（生）店家，我且問你。（丑）哪說？（生）你那酒招子上寫著「三碗不過崗」，這是怎麼說？（丑）客人，我里個酒好，比別家的不同，吃子三碗就過弗得景陽崗；為此出名個「三碗不過崗」。（生）不信這等利害。（丑）直頭吃弗得多個嚡！（生）你去拿來，待俺吃他十來碗，看俺過得崗也過不得這崗。（丑）我去拿拉吓吃嘿就曉得哉。喂，夥計，拿一壺酒來。吓，客人，酒拉里。（生）就是這個碗？（丑）就是個隻碗，看吭阿吃得三碗？（生）斟。（丑）吙。客人，斟拉哈哉。（生吃介）乾！（丑）吃得快丞。（生）斟。（丑）吙。客人，亦斟拉哈哉。（生又吃介）乾！斟。（丑）是哉。（生）燥些。（丑）拉里篩哉。客人，阿要拿介點僑菜來過過酒吓？（生）店家，

【折桂令】又何須炙鳳烹龍。（丑）個個朋友倒歡喜吃寡酒個。（生）斟來。（丑）無哉。（生）怎麼講？（丑）無得哉。（生）纔吃，怎說就沒有了？（丑）我里個把壺號定個三碗，一滴弗多，一滴弗少個。（生）噯！有酒只管拿來，什麼三碗、四碗！（丑）客人吃得高興丞哉，阿要我去掇介一甏來吓？（生）好！你去拿一甏來。（丑）吙哉。夥計，掇一甏得來吓。（生）待俺吃個爽快的。（丑）客人，一甏拉里。（生）打開。（丑）是哉。（生）燥些。（丑）嚟等我來得及咭。吓唷，打開子個泥頭，眞正噴香撲鼻！（生）蠢才！（丑）僑個蠢才！無非坌狠點嘿哉酒丞哉，吭看個個酒，琥珀能個顏色丞？（生指酒介）妙吓！鸚鵡盃浮，琥珀光濃。（吃介）乾！斟來。（丑）來哉。個個喉嚨退光漆個僑？（生）這酒比前的好多了。（丑）個是原甏頭，一點金生

麗阿沒得個，比前頭個大差須遠。（生吃介）乾！（丑）客人，吃
子五碗哉。（生）店家，卻不道五斗消醒？（丑）客人，真正
滿肚豬屎。（生）咴！（丑）滿肚個書史吓！（生立起介）（丑）
客人吃酒搭酒保一樣個，坐子吃弗下，立起來豎兩碗哉。（生又吃
乾介）斟。（丑）吓。（作倒滿舖桌上介）（生）滿了，滿了。
（丑）客人，快點拿個瓶鬆罐蠻多羅嘘。（生呵桌上酒介）可惜，
可惜！（丑）十粒米難成滴嘘。（生吃酒介）（丑）客人，吃子九
碗哉。（生）店家，三盃合道，自有神功。（坐介）妙吓！
（丑）看仔細。（生）斟來。（丑）客人吃得跌跌銃銃，舌頭纏大
亂哉，還要吃來？（生）多講，快斟來！（丑）嚇個小男兒牙拳頭
是介[1]吃手亂。客人，吃子十二碗哉嘘。（生）噯！別人吃酒，何
用恁虛擔怕恐。（丑）有心開飯店，落怕大肚漢？吃，吃，
吃……（倒酒介）沒有了，鬆底朝天了。（生接鬆看介）沒有了，
拿去！（丑）等我拿子鬆去介。（生）好酒，爽快！（丑）客人，
酒錢來。（生）酒錢？（丑）正是。（生）多少？（丑）吃子一壺
一鬆，該銀三錢六分七厘八毫。（生）有。（丑）有嘿拿得來哉
那。（生）多蒙柴大官人贈我的盤纏，一路用來，剩不多了。店
家，你拿去。（丑）阿是銀子拉亂包裡？等我打開來吓。（生）不
是，連這包裹放在此，改日來取吓。（丑）連個包裹放拉里，改日
來拿？（生）趙吓！（丑）介嘿夥計，客人個包裹當拉里，拿進去
收好子吓。（生）好教俺羞澀囊空。咳，上崗趲路。（丑）客
人，囉里去？（生）上崗去。（丑）去弗得個！（生）怎麼說去不
得？（丑）景陽崗上如今新出了一個吊睛白額虎，吃人無限，官府

1　底本作「个」，參酌文意改。

大張告示:「一應來往客商須要結伴成羣,于巳、午、未三個時辰過崗,單身客人不許行走,恐傷性命。」去弗得個!(生)噯!你不說猛虎,俺不去也罷,若說起有猛虎,俺不覺精神抖擻,毛髮倒竪。俺偏要去!(丑扯介)去弗得個!(生)放手!**按不住怒氣沖沖。**(丑)去弗得個!(生)呔!誰要你管。(推丑跌介)(丑)好跌丑!哝要去,不拉老虎當瓜子吃,關我偺事吓。(下)(生)**俺只是行色匆匆,趁著這落日熹微,醉眼的這朦朧。**

　　虎在哪裡?虎在哪裡?這廝每多是胡說,連那官府的榜文也是渾賬。下崗趲路。阿啾啾,這個酒湧上來了。妙吓!好塊大石,俺且睡他娘一覺再走。(睏介)

　　(內吹銅角,虎跳上)(生醒介)好大風!涼快吓……(見虎介)吓!果然有個大蟲來了!

【雁兒落】**覷著這潑毛團體勢雄,**(作打折棍介)呀!狼牙棍先摧迸。(虎三撲生三躲介)**俺這裡趨前退後忙,這孽畜舞爪張牙橫。**

　　(虎又撲,生又躲介)

【得勝令】**呀!閃、閃得牠回身處撲著空,轉眼處亂著蹤。這的是虎有傷人意,因此上冤家對面逢。虎吓,你要顯神通,便做道力有千斤重。今日遇著俺武松呵,途也麼窮,抵多少花無百日紅。**

　　(拿住虎介)你這孽畜要來尋俺,俺先把你雙眼踢瞎,看你跑到哪裡去!(作踢打虎死介)哪?怎麼不動了?死了麼?噯,管他死不死,下崗趲路。

　　(淨、末執鎗上)(生)呀!你看又有兩個大蟲來了,俺武松

今番死也！

【沽美酒】只索逞餘威闖晚風，逞餘威闖晚風。呀！不是虎，只見雙舉步兩挪蹤。（淨、末）嗾！你是人是鬼，敢在此獨自行走？（生）俺、俺是個蓋世英雄喚武松。（淨、末）可曾遇見大蟲麼？（生）你每問我那個大蟲麼？（淨、末）正是。（生）你們聽者：試言牠兇猛。（淨、末）請試說一遍。（生）負嵎處怎威風，身一撲山來般重，尾一剪鋼刀般橫。一聲高千人驚恐，數步遠眾生含痛。（淨、末）你怎麼不被牠害了？（生）俺呵！憑著俺膽雄，氣雄，空拳兒結果了這大蟲，（淨、末）原來這大蟲被你打死了，感謝不盡！（生）呀！教眾口將咱稱頌。

　　（淨、末）實不相瞞，我每是陽穀縣獵戶，官府立了限期要拿這虎，我每近牠不得；今被你打死，我每卻是不信。（生）你每不信麼？隨我來。

【尾】早難道巖前虎瘦雄心橫，這不是虎麼？（淨、末）叱喲！這樣一個大虎，被你精拳打死，就是卞莊、存孝也不如你了。（生）嗳！笑怎那提防鎮日也全無用。（淨、末）你如今來得去不得了。（生）嗳！來去由俺，怎說去不得？（淨、末）不是吓，少不得要同你到縣中去請賞。（生）請賞？（淨、末）正是。（生）俺本是逆旅經商，誰承望奏績呈功。（淨、末）一定要去的。（生）俺若去呵，怕只怕六巷三街前遮後擁，沸沸揚揚……（淨、末）說些什麼？（生）道陽穀縣一個大蟲沒人打得，倒被俺清河縣人打死了，怕你那陽穀縣人相譏諷。（淨、末）壯士，也叫陽穀縣中這些百姓認認你這打虎的好漢。（生）退後。我正要到縣中去尋俺的哥哥，俺可也只索相從。（淨、

末）夥計，把虎拴起來，先抬下崗去。壯士請。（生）二位請。俺不去也罷，**怎當得他每恁趨奉？**

　　（淨、末）壯士請。（生）二位請。（同下）

按　語

〔一〕本齣出自沈璟撰《義俠記》第四齣〈除兇〉。

〔二〕選刊此齣的坊刻散齣選本還有：《萬壑清音》、《歌林拾翠》。

繡襦記·樂驛

付：樂道德，幫閒。
淨：驛子，驛站的僕工。
丑：來興，鄭元和的書僮。
小生：鄭元和，貴公子。

　　（付上）

【光光乍】赴京都，已發軔，親友皆無贐。行李蕭然全沒興，且買杯淡酒消渴吻。

　　自家樂道德。真正造化，坐拉屋裡，個個銅錢銀子自家來尋我個！昨日鄭太爺府中著來興前來，請我陪侍他公子赴京應試。他說道，弗消到府中去，竟到毘陵驛登舟。弗知個是僇意思，自然到府裡去見見府尊，府尊送得出來，纔覺得有點道理，哪叫我到驛前去等嚛？罷嚛，且到驛前去。若果有人舟相等，弗消說起，我且踱得去看。

　　（走介）幾里是哉。（看介）弗像吓……一個太爺公子起身，必定人伕、轎馬、船隻拉里伺候，沿門結綵，鬧熱蓬生，哪了是介冰生測冷介拉里？莫非不拉來興個男兒騙哉？哦！沒得傳話差子，弗拉幾里吓？（看介）「直隸常州府鄭為嚴禁打降事」。個是虛套，那間遍地盡是道兄，囉里禁得住。（又看介）「府正堂奉憲嚴禁窩賭窩娼事」。個個是官禁私弗禁，衙門裡只要兩個常規使用，瞞得鐵桶能，官府囉里曉得？吓，吃力哉，且坐坐，看阿有僇人

來。（坐介）

（淨上）阿有囉個乭蘆蓆氈單拿來鋪鋪，綵子也掛掛，人伕催齊子，公子一到，就要點個嘻。囉里說起！我個天地神聖爺爺！太爺公子上京，今日起身，要一百名人伕。有子五十名，還少五十名，出子五分一名，無場化僵乭，眞正急殺爺爺子哉！

（進見付介）個是哪說？囉里來個？（付看念介）「欽差督理糧儲兵備道為緊急軍餉事」（淨推介）吥！走出去！（付）咻？個是僇意思？（淨）僇意思介？走出去哉啥！（付呆看）（淨拿椅攢介）老早拿個老實劈當中介擺乭哉，嚷弗拿個掃帚來地浪打掃打掃。（付）哧、哧、哧！（淨）哧、哧、哧！（付）個是哪說？（淨）吘個個人阿是有羊頭瘋病個僇？叫吘走沒走吘娘個清秋路哉，拉個搭纏僇子曰了。（付）賊狗骨頭！吘是僇人？（淨）人嘿人哉那。（付）弗是呀，人嘿有幾等人，吘是僇等樣人吓？（淨）我麼，是米裡個件物事。（付）米裡個，阿是糠？（淨）弗是。（付）粞？（淨）弗是，是活個。（付）蛀蟲？（淨）弗是。（付）介沒到底是僇物事介？（淨）哪！兩隻翅甲撲列撲，是個驛子。（付）吓，吘個賊狗骨頭就是驛子吓。打殺，活活里介打殺，叫人送俚府裡去！（淨）僇送我府裡去吓？好大來頭吓！只怕吘個個人是痴個。（付）旣是驛子，為僇了見子我弗磕頭？（淨）僇磕頭吓？我里幾里驛裡，向來千去萬個人多得勢，若要磕起頭來，網巾邊纏要磕斷乭來。（付）是介說磕弗得頭個哉？吘阿認得我吓？（淨）我認得吘倒像□□[1]班裡個二花面。

（付坐介）賊狗骨頭！（淨）咦！砝穿吘個花娘，倒坐乭哉。

---

[1] 底本這裡是兩個空白符號，留待演員臨場抓哏，逗樂取笑。

（付）聽者：我乃四遠馳名榮陽三家村樂相公，本府太爺至親鄉里。今日公子上京應試，為此，特地請我來陪侍同往，叫我不消到府，竟到毘陵驛相等。（淨背介）壞哉，壞哉！我聽得有個僑姓樂個陪去，沒得就是俚阿？（付）介了我坐拉里，哪說拿我是介一推？倘然跌壞子點僑嘿哪處？跌壞子別樣呢還好，倘然跌壞子我個手指頭嘿，叫我哪亨做文章？我相公中舉人，中進士，中狀元，全靠此手；若然跌壞子，豈不是誤盡天下之蒼生耳？叫小厮！拿帖子送俚府裡去，重責四十板，枷號兩月。（淨磕頭介）求樂相公饒子小人罷！（付）個個狗骨頭囉里去哉？（淨）小人拉里磕頭。（付）弗要磕斷子網巾邊個。（淨）弗番道個，個是灰漆灰布個，磕弗斷個。（付）送俚府裡去！（淨）樂相公，小人弗曉得了，饒子小人罷！（付）個個如何饒得？（淨）小人因公子起身，拉里打點人伕，僱弗出來，心忙兜亂。走出來，眼睛裡是介墨黑介一團，弗曉得是樂相公了，得罪哉，求相公饒恕子小人罷！（付）吓，呒為子無處僱人伕，心裡著急了，得罪子我吓？（淨）正是哉。（付）介嘿饒吓起來。（淨）多謝子相公。（起介）

　　（付）我且問你，如今要多少人伕？（淨）要一百名，那間有子五十名，還少五十名，竟無僱處哉丑。（付）多少銀子僱一名？（淨）五分一名。（付）吓，五分一名。我照顧你，一百名只要五十名罷。（淨）多謝相公，極好個哉！（付）弗要謝，只要照顧就是了。（淨）小人曉得哉。一兩銀子拉里，送拉相公買茶吃。（付）弗是，照者，顧也；五五二兩五，花落知多……（淨）阿是「少」？再加五錢如何？（付）拿來，罷了吓。（袖銀介）（淨）正是，晏歇恐怕公子要點數個嘿，哪哼答應俚？（付）呒說道：「樂相公點過個哉」就是哉。

（丑扮來興，雜扮兩軍牢，引小生上）

【探春令】賓王觀國氣英英，暫拋離鄉井。（丑）漫登程日遠長安近。（合）觀山水，忘勞頓。

（淨）驛子迎接公子。（丑）起去。（淨）吓。（小生見付介）樂兄，有勞久待了。（付）學生也弗得閑，把人伕都點齊了，崇候公子起程。（小生）有勞了。（付）當得。（淨）打扶手（眾各上船介）

（付）這驛子因賢喬梓分上，把學生何等欽敬！（小生）吓，來興，把人伕點一點。（付）不消點得，方纔學生已點過了。若公子要點，還是學生代勞。（小生）不好重勞。來興，你去點一點。（丑）吓。（淨）排齊子。（丑）一五，一十，十五，二十，二十五，三十，三十五，四十，四十五，五十。相公，只得五十名。（付）咿！方纔我點過個，哪說只得五十名？讓我再去數。一十，二十，三十，四十，四十五，五十，眞正只得五十名。吓，是哉，方纔拉日頭裡數個了，連影子纏算拉哈哉。

（小生）吓，來興，把驛子鎖了！（丑）吓。（鎖介）（淨）阿呀樂相公，樂相公！（付）望公子饒了他罷。（小生）這個怎麼饒得？送到府裡去發落。（淨）樂相公，樂相公！（付）且住！不要忙，人伕都在袖中藏。喂，人伕，走得出來吓。（取銀付小生介）這個不是人伕？（小生開看介）為何是一包銀子？（付）實不瞞公子說，學生被尊价催迫，忙了一些，盤纏不曾帶得，因此賣幾名人伕路上使用，並不是學生欺心，望公子饒了這驛子罷。（小生）旣是樂相公討饒，把驛子放了。（丑）吓。（放介）（淨）多謝公子。（渾下）（小生）樂兄，盤纏小弟儘有，何勞費心。（付）不是吓，要與公子省些，方見朋友通財之道吓。

（小生、付合）

【甘州歌】隔林相應，聽嚶嚶黃鳥尚爾呼朋。同袍志合，又何必骨肉相親。雖然四海皆兄弟，未必知心能幾人。芝蘭契，金石盟，客窗樽酒共論文。東風軟，綺陌春，馬蹄踏碎落花塵。

【尾】過前村，長安近，龍蟠虎踞帝王城，十里樓臺繞慶雲。

（作篩鑼同下）

按　語

〔一〕本齣主體情節、曲文接近明末朱墨本《繡襦記》第六齣〈結伴毘陵〉。

繡襦記・當巾

小生：鄭元和。

淨（前）：旅店老闆。

外、生：崔尚書的僕人。

丑：來興，鄭元和的書僮。

淨（後）：轎伕。

末：熊佬，客棧老闆。

付：熊婆，客棧老闆娘。

　　（小生上）

【六么令】顛危老死，在他人尚要扶持。況我為女婿感恩私，心急急，走遲遲。不辭辛苦忙歸去，不辭辛苦忙歸去。

　　適纔在賈二媽家裡等待鴇兒帶馬來接，再不見來，只得步行到此。吓，此間已是李大媽家。吓！為何門兒封鎖在此？待我問一聲隣家。大哥，借問一聲。（內）問什麼？（小生）李大媽家為何門兒封鎖在此？（內）他家搬了去了。（小生）可曉得搬到哪裡去了？（內）不知去向。（小生）不知去向！好奇怪，李家搬去，又不知去向，怎麼處？吓，有了！原到賈二媽家去問他便了。

【前腔】呀！朱門深閉，不知他何方僦居？回頭悵望彩雲飛，天已暮，日沉西。奈林深路黑難行矣，奈林深路黑難行矣。

　　阿唷！走了半日，一步也走不動了。天色已晚，這裡有個宿店在此，且借宿一宵，明日再處。店家有麼？（淨上）來哉來哉。高掛一盞燈，安歇四方人。是囉個？（小生）是借宿的。（淨）相公是借寓個？請裡向去。（小生）店家，可認得李大媽麼？（淨）大賣沒得個。（小生）鴇兒吓。（淨）包子賣完哉。（小生）不是，李亞仙吓。（淨）海鮮我裡革裡弗賣個。（小生）咳！是妓女吓。（淨）個歇程光，囉里還有鯽魚。（小生）是個人吓！（淨）是一個人吓？介嘿弗認得。阿用夜飯哉？（小生）飯倒不消，取兩碟小菜，一壺酒來。（淨）噢哉。伙計！拿兩碟小菜，一壺酒得來。相公，酒菜拉裡哉。（小生）放下。

　　（淨）夥計，收子燈籠，落子鎖罷。（小生）店家，你門兒不要落鎖。（淨）為僭了？（小生）我明日五更[1]就要起身的。（淨）吓，既然相公五更頭就要去個，會子點鈔罷。（小生）會鈔，要多少銀子？（淨）一壺酒，兩碟[2]菜，連房錢只要得一錢銀子。（小生）不多，不多。（淨）原弗多，就見賜子點罷。（小生）上在我賬上。（淨）我弗相認喂。（小生）我是鄭大爺，你不曉得？（淨）吓？吽姓鄭？我弗認得。（小生）蠢才！難道你不曉得滎陽鄭大爺？怎麼說不認得？（淨）直頭弗認得，吽且放亂，明朝吃罷。（小生）為什麼放下？（淨）我弗賒個那了。（小生）咳！（小生去巾，拿網巾介）（淨）夥計，撞著子吃白食個拉裡哉，出來相幫打吓！

　　（小生）住了！蠢才，我相公豈是與你厮打的？不是吓，我相

─────────────────────

1　底本作「鼓」，參考下文改。

2　底本作「賣」，參考上文改。

公今日出門得早，卻不曾帶得銀錢，把這網巾當在此，明日我將銀錢來取。（淨）個頂網巾也弗值一錢銀子吓。（小生）蠢才，網巾小事，你看嚄，看嚄……（淨）看儜？（小生）這兩條網巾繩子是李亞仙親手打的嚄。（淨）個䞐養個是痴個。喂，夥計，網巾一頂押一錢銀子！等我來作樂作樂俚列介。喂，相公，你方纔說個李亞仙阿是？（小生）正是，如今在哪裡？（淨）我認得個，拉丟對門走堂，是個其長其大個連邊阿鬍子。（小生）喲唪！（淨笑下）

　　（小生）咳！亞仙吓亞仙，不知你今晚在于何處？這酒叫我哪裡吃得下？睡又睡不去，好生煩悶人也！

【普天樂】想玉人飄泊、歸何處？全沒有半句叮嚀語。約先行吾當隨至，誰知半路拋離？嘆烏鵲無棲止，卻教我踏枝不著空歸去。看燈半滅、他也羞照愁眉。（內擂鼓介）咦！聽漏已斷、我猶垂雙淚。阿呀亞仙吓！早知如此，何不步步追隨？

　　（內雞叫介）呀，天明了。酒保，我去了。（內）弗要偷子我個酒壺去吓。（小生）酒壺在桌兒上，你收好了吓。

【憶鶯兒】咳！聽雞亂啼，鴉亂飛，野寺晨鐘渡水遲。月小山高星漸稀，穿東過西，魂消思迷。來此已是賈二媽門首。（看介）他為何也把門兒閉？好蹺蹊，美人庭院翻作武陵溪。

　　正門雖則封鎖，角門半開在此，待我挺身而進。呀，為何一個人也沒有？倒貼告條在此？「示諭一應閑雜人等，不許擅入。」放屁！娼家貼起告條來。我且進去。

　　（外、生上）侯門深似海，不許外來人。什麼人？（小生）是學生。（外、生）學生？書包呢？（小生）沒有書包。（外）敢是

相面先生？（小生）不會風鑑。（外、生）看風水的麼（小生）九流術士，一無所曉。（外）想是打抽豐的？（小生）沒相干，是尋人的。（外、生）尋什麼人的？（小生）賈二媽。（外、生）哪個賈二媽？是何等樣人？（小生）吓，是鴇兒。（外、生）咳！這是崔尚書老爺的花園，又不是教坊司裡，在此尋什麼鴇兒。還不走！（小生）吓，阿呀！我昨日在此相叙，今日何故匿之？（外、生）咳！打這厮。（外、生打小生介）（丑急上）（小生）救人吓救人！（丑）聽得喧嚷，摩拳擦掌。是倘？阿呀！兩位叔叔伯伯放手，弗要打，弗要打！這是我舊主人。（外、生）吓？這是你的舊主人？罷了，造化他，放他去。（下）

　　（丑）阿呀相公，我來興在此。（小生）吓，果然是來興！（丑）相公為何在此？（小生）不好了！我被煙花撥賺了。（丑）相公，如何你不聽店主人之言？今日果中煙花之計了！如今呵，

【前腔】你無所依，無所歸，計中煙花懊悔遲。身世伶仃泣路歧，鴛鴦伴離。（小生）如今叫我哪裡去尋他？（丑）鱗鴻信稀。（小生）我必要尋著他纔好。（丑）好似捕風捉月無憑據。（合）好蹊蹺，美人庭院翻做武陵溪。

　　（丑）相公居去罷！

【鬥黑麻】（小生）我欲賦歸歟，行囊罄澀。欲在此依棲，又無舊識。無技倆、養身策。（丑）在此等待科舉，倘得中了也好。（小生）來興呵，我今學業已荒廢了！休擬登科，觀光上國。（合）相逢可惜，風波遭陷溺。進退無門，進退無門，仰天嘆息。

【前腔】（丑）相公，你戴月行來，滿身露濕。我這件衣服呵，是白苧新裁，未沾汗迹。相公請著子。（小生）我怎麼倒

要穿你的衣服？（丑）相公，常言道：「此一時，彼一時」吓。
情願奉恩主，少遮飾。還有一貫青蚨，略支旦夕。（合）
相逢可惜，風波遭陷溺。進退無門，進退無門，仰天嘆
息。

　　（內）七叔，老爺叫！（丑）來哉！相公，老爺拉亙叫，我只
得要進去哉。相公快點居去罷。（小生）如今你在此叫什麼？
（丑）我弗叫來興哉，叫崔東喬，亦叫七叔。（內）老爺叫，快
些！。（丑）吓，來哉！（奔下）

　　（淨扮轎伕上）七叔，老爺要緊出門哉，叫子吾半日，拉亙做
僮？（小生）崔東喬，七叔……（淨撞小生介）吾是僮人？（小
生）我是尋七叔的。（淨）弗要是白日撞吓。（小生）狗才，胡
說！（淨）前日子書房裡弗見子一個古董老壽星，亦弗見子轎幔，
日日拉裡淘氣，分明吾個班瘟賊偷子去，今日亦拉個搭撞哉。（小
生）胡說！崔東喬，崔東喬！（淨）咦，吾身上個件衣裳是我裡七
叔個吓，你偷得來著拉亙哉，脫下來！（小生）狗才！這是七叔與
我穿的。（淨）呔！吾快點脫下來罷哉，弗然，拿吾鎖拉庭柱上，
打你個腳骨！（小生）狗才，胡說！（淨打，剝衣介）（小生）狗
才！（淨）圭穿吾個花娘！（轉身介）（小生）我不管！（淨）哪
哼？（小生）我不管！坐在此，等你家老爺出來，懲治你這狗才。
（坐椅介）（淨推介）啐！圭穿吾個花娘！還弗走來？（小生）放
肆的狗才！（淨推轉身介）捉賊！（小生）呃喲，呃喲！（走介）
（又轉介）（淨）個圭養個還要轉來個來。（兩撞面介）（淨）捉
賊！（小生）呃喲，呃喲……（走介）（淨）嚇殺子個個狗圭養個
哉。（下）

　　（小生走，呆定介）阿呀，阿呀！如今叫我投到哪裡去好？阿

唦皇天吓：

【玉抱肚】我只得望門投主，好羞慚籧篨戚施。想桃源路隔天台，使劉郎腸斷遐思。一朝無奈，妒花風雨便相摧，忍兩地分開連理枝。

信步行來，已是舊店主門首了。（看介）罷，不免叫他一聲。有人麼？（末上）來了，忽聞人笑語，未審是何人。是哪個？（小生）是我。（裝羞遮面，末扯住介）阿呀呀！我說是誰，原來是鄭相公，請進去。

【前腔】原來是相公來至，為甚的足趑趄？吾心有疑。（小生）店主人，不好了，我被煙花掇賺了！（末）如何？到今日始信吾言。（小生）如今叫我哪裡去尋他？（末）這樣人家萍蹤浪迹，哪裡去尋他，駕高車駟馬難追。（小生）若如此，叫我進退無門。罷！我不如死了罷。（末）相公，你說哪裡話來！死有輕於鴻毛，重於泰山。你功名未遂，況雙親老矣。勸君不必喪溝渠，且在寒家住幾時。

相公來得早，可曾用過早飯麼？（小生）不瞞店主人說，還是昨日吃的。（末）阿呀呀，餓壞了。媽媽，鄭相公在此，快收拾飯出來。（付上）來哉。

【川撥棹】一碗飯，長腰米，十八樣小菜兒。（末）兩碟菜，哪有十八樣？（付）兩碟韭菜，阿是十八樣？（末）好算！（付）飯拉裡。（末）放下。（付）鄭相公，飯拉裡。（末）相公，請用飯。你且努力加餐，努力加餐，祿享千鍾自有時。（小生）謝恩施救我飢，謝恩施[3]救我飢。

3　底本作「人」，參考上文改。

（付）鄭相公，我聞得吓搭亞仙成子親哉㘞。（小生）咳！

【前腔】婚姻事休提起，他哄求子潛脫離。（付）豈不曾讀《大學》之[4]書？豈不曾讀《大學》之書？未有學[5]養子而後嫁娶。（末）媽媽，莫胡言笑大儒，莫胡言笑大儒。（付下）

【尾聲】（小生）撐腸拄腹難消氣，我一病多應是死！（末）請自保萬金之軀。請到裡邊去。（小生哭介）（末）且免愁煩。（同下）

按　語

〔一〕本齣主體情節、曲文接近明末朱墨本《繡襦記》第二十一齣〈墮計消魂〉。

〔二〕選刊此齣的坊刻散齣選本還有：鬱岡樵隱輯《新鐫綴白裘合選》、《來鳳館合選古今傳奇》。選抄此齣的散齣鈔本有中國社科院圖書館藏《集錦》。

4　底本作「詩」，參考下文改。

5　底本「未有學」三字脫，據明末朱墨本《繡襦記》（《古本戲曲叢刊》初集景印）補。

繡襦記・教歌

丑：蘇州阿大，乞丐。
淨：揚州阿二，乞丐。
小生：鄭元和。

此齣丑用蘇白，淨用揚州白。

（丑上）

【水底魚】跛足難行，經年不出門。卑田甲長，所任信非輕，所任信非輕。

自家乃卑田院中頭兒腦兒頂兒尖兒一個甲長的便是。好笑揚州阿二個毬養個，人吃飯，狗做主，弗知囉里去馱介一個死弗死、活弗活蓋個鄭元和居來——不個老老打得兩腿腐爛，臭不可當。我儂老娘家買買脚弗點地介討得來，養得俚肥頭胖耳朵，那是擔輕弗得、負重弗得；有個樣好場化，倒作成我去子罷。等我叫個阿二出來，若是肯跟我俚去叫化呢，罷哉；若是弗肯，連搭阿二個入娘賊纔趕出去！阿二拉厾囉俚？走出來！

（淨上）

【前腔】薄藝隨身，弄蛇弄猢猻。終日酩酊，濁酒滿瓢吞，濁酒滿瓢吞。

阿哥，請吓。（丑）呸！囉個搭呧個毬養勾請吓。（淨）嗳！害傷寒的老毬養的，我道你是卑田院中的頭兒，敬重你阿哥、阿

哥。你開口就是甋養的，閉口就是甋養的。我是甋養的，難道你是屁股裡撒出來的？（丑）我嗓弗搭吥個甋養個又嘴，單問吥個入娘賊個膽能介大？（淨）我的膽麼……弄蛇弄大的。（丑）哪了弄蛇沒就弄大哉介？（淨）你不聽見呂洞賓老爹說的「袖裡弄蛇膽氣粗」？粗者，大也。（丑）袖裡龍蛇！倈個弄蛇。（淨）是個龍上了天。（丑）啐，臭甋養個！（淨）你這害傷寒的老甋養的，把你這孤拐都打折你的！你為甚子拿這戒顆羅打我介一記？（丑）為倈了麼？為鄭元和！

（淨）吓，鄭元和麼？你做不得孟嘗君，常養三千客，你一個就多餘了麼？（丑）放吥個臘騷豬婆狗臭屁！我俚叫化子哉，比起孟嘗君來，真正叫化孟嘗君哉。有素說個：「叫化子有個甲頭猢猻，有個洞主。人吃飯，狗做主。」我里老娘家千腳萬步介討得來，倒是養得俚是介肥頭胖耳朵，那是擔輕弗得、負重弗得。吥倒說哪哼？穿堂裡阿是養豬個吓？

（淨）阿哥，你莫要動氣。這個鄭元和呢，不是我的親，又不是我的眷，我馱他回來，止不過「糰子多，湯也膩」吓。（丑）我倒弗曉得倈個「糰子多，湯也膩」，只曉得討弗來嘿，餓；討下來嘿，吃。（淨）阿哥，我對你說吓，天下者，非一人之天下。（丑）吓，天下者，非一人之天下。（淨）你一把年紀，做甚的死冤家？（丑）多說，勞叨！吥叫俚出來問俚，若是肯跟我里去叫化便罷；若弗肯，連搭吥個甋養個盡替我走出去！（淨）甚子？你要趕我出去吓？入他娘！分家分家！（丑）呸出來！兩個破砂鍋，一個破缽頭，分出倈個來？走吥娘個路！（淨）阿哥，我和你多年的老弟兄，為了小鄭就傷了情分，不要被人笑話的麼？待我叫他出來——怎樣個說法呢？（丑）叫俚出來，讓我替你說嘿哉。（淨）鄭

元和，鄭元和，走出來吓！

（小生上）

【引】死裡復逃生，牟田院聊寄殘形。

　　二位甲長。（丑）夾子娘個篤！叫吓出來就淘氣。兩個人討飯，三個人吃哉，打子吓僚夾賬！（淨）吓！不識好的老彶養的，他道我每兩個是頭兒，稱呼我每是甲長，甚子開口就罵？（丑）稱我吓，帶屎肚廿五斤拉里！（淨）為甚的這樣輕？（丑）阿曉得我是個輕骨頭叫化了夾茬！鄭元和，我對吓說，吓不拉個爺打得兩腿腐爛，臭不可當，虧我里阿二馱吓居來，養得吓是介肥頭胖耳朵，擔輕弗得、負重弗得，吓噪要想個長便啥！（淨跳凳介，丑打下）啐，彶養個，我嘿認認眞眞介替吓說，吓個彶養個拉丑跳僚？（淨）我在這裡串戲。（丑）彶養個，串僚個戲？（淨）我串的張生跳粉牆。（丑）好個張生，弗看看自家個鬼臉。（淨）不敢欺，我若沒得這幾根鬍子，還要做小旦哩。（丑）老面皮。

　　（淨）鄭元和，你這個彶養個，我馱你家來，養得你肥肥胖胖夾夾壯壯；為了你這彶養的，害我每多年的老弟兄，終日在家聒聒噪噪鬧鬧吵吵，你也要思量個道理出來啥。（小生）學生在此坐而食之，自覺惶恐。（淨）吓！彶養個開口就是學生，閉口也是學生，我與孔天子老爹沒相干。（丑）彶養個，孔夫子！僚個孔天子。（淨）阿哥如今怕出頭了，今後你便是你，我便是我，不曉得甚的學生先生。你如今既在這個落地，若是肯學我們這個貴行呢，那哼、那哼……不肯學我們這個貴行呢，也要那哼、那哼……

　　（丑）阿二，弗是介個，等我來。喂，鄭元和，吓那間弄得來是介郎弗郎、秀弗秀，難道倒養吓一世弗成？若是肯跟我里出去叫化呢，罷哉；若是弗肯呢，牢牢實實替我走出去！（小生）願隨二

位便了。（丑）第二個，肯勾哉！揀日弗如撞日，就是今日，帶俚出去發個利市吓。（淨）阿哥，叫化學三分，他一分也不在行，叫他哪裡去討啥！（丑）旣是介，吚教俚點偾。（淨）來，你拜我家阿哥做師父。（丑）正是，我老娘家個兩塊老骨頭怕弗脆了阿拉。（淨）嗳，你做不得孔夫子。（丑）亦是偾孔夫子哉。（淨）他三千徒弟子、七十二賢人，你一個小鄭就多了？（丑）多說！拜吚做師父，等我做個現成師伯。（淨）還是阿哥做師父。（丑）我是老哉。（淨）老當益壯。（丑）少者當受其事。（淨）太公八十遇文王。（丑）甘羅[1]十二為丞相。（淨）龍頭屬老臣。（丑）科場出少年。（淨）這嘿，佔了罷。不合是我馱你家來，就拜我為師，今後叫他是師伯。（丑）第二個，吚坐子。鄭元和來，拜子師父。（淨）先拜師伯。（丑）自然先拜子師父，然後我來。（小生拜介）

　　（淨）兒子，今日開新務要學好！願你聰明智慧，易學易成，溫故而知新。阿哥坐了，鄭元和來，拜了師伯。（丑）罷哉，罷哉。但願吚一學就會，一會就叫化。（淨拜介）（丑）做偾？（淨）受一禮還一禮，師生之禮，古之常禮。阿哥，有佔了。（丑）兄弟，承挈哉。

　　（淨）我教你個「伏虎韜」。（小生）什麼「伏虎韜」？（淨）弄猢猻。（丑）弄猢猻是第二個拿手。（淨）阿哥，猢猻在哪裡？（丑）猢猻……我押拉丑酒店裡嘿哪？（淨）這沒怎處呢？也罷，你權做個猢猻罷。（丑）個個使弗得！（淨）不是的，學會了本事大家好。（丑）吓，學會子本事大家好。罷哉，來嘻。

1　底本作「露」，參酌文意改。

（淨）鄭元和，你看著。那猢猻頸上一條繩，繩上一個圈，鬆鬆的拿在手裡，走到人家店門首，把繩兒一扯，那猢猻往上一跳，你嘴裡就是這樣念：「著吓！小小猴兒奔深山，毛長腳又彎。不將辛苦易，跳圈也不難。做個常流水，滿擔挑，富貴人家走一遭。八十公公是老年，手扳花樹淚漣漣。花開花謝年年有，人老何曾再少年。啲！打觔斗，打觔斗，一個不算數，兩個湊成雙。再打一個。店家開開手，養個兒子做小丑。打發得快，一年四季好買賣。」

　　（小生）這個難得緊，難學，簡便些的便好。（淨）這兩句話都學不會？虧你文章怎的做！（丑）第二個亦弗在行哉，個是各服一經㘈。（淨）這沒，你做師伯的也教他些甚的。（丑）呒教子俚「伏虎韜」哉，我教俚「降龍韜」罷。（小生）什麼叫做「降龍韜」？（丑）弄蛇。（小生）阿嗄！怕人的，蛇是要咬人的吓。（丑）弗[2]番道個，我里個[3]蛇不咬人，當蟮弄個。要無酒三分醉，瘄瘄銃銃走到人家門前，是介一晃……兩晃……晃上子個堦頭。有個入門訣個嚱：「吓！二相拉店裡，阿二多時弗來哉！」那沒就念哉：「朝南門面向陽開，店官娘子好像活招牌。三日糶子二升米，兩日賣子一簇柴。厘戥盤裡灰塵起，酒缸蓋浪起子青衣苔。黃胖店官獸獸坐，竈毛洞裡爬出個死猫來。大官人！打發打發……」（小生）這幾句不明白。（丑）僥弗明白介！說道：「大官人！阿二多時弗來哉，打發打發罷。」（小生）難得緊，學不會。（丑）啐！毧養個，僥難介？個樣弗會、那樣弗會，只好弄乱！第二個，滿身大汗介教俚，亦弗會乣。

2　底本原無「弗」字，參酌文意補。

3　底本作「是」，參酌文意改。

　　（淨）阿哥，把看家拳頭教會了他罷。（丑）偌個看家拳頭？
（淨）削金板！（丑）好吓，個是唔勾獨行，竟教俚削金板。（小
生）什麼「金板」？（淨）這個就叫做金板。（小生）這是塊磚
吓。（淨）不是磚，倒是金的？你拿到李亞仙家去嫖吓！我們出去
要錢要米，多在這塊磚上刮下來的，故此叫做「削金板」。看著！
走到那個鬧市叢中，當街跪著，把手這等撐著，不要就是這等叫，
把喉嚨癢著些。你看我叫：「餓吓，餓吓！我叫著南來北往的老爹
們，對門對戶的老爹們，我叫著千年長壽萬年富貴的老爹們，我那
修好男積好女的老爹們！我花子肚裡餓咻餓咻！餓咻餓咻！
呃……」（打背介）（小生）這一下可不要打死了？（淨）這樣不
長進的，不打死了要你做甚？（小生）益發難，不會。

　　（淨）又不會！也罷，教你裝啞子罷。（小生）怎麼樣裝？
（淨）你拿著這個鈴兒，跪在人家門首，只管搖，總不要開口。人
家把你錢，你就收了，再到下家去；把你米，你就不要他的。（小
生）這個容易，待我來學。（跪搖鈴介）（丑）第二個，試試俚
看。呪[4]！告化子，拿子米去。（小生）要錢不要米。（淨）吓！
徙養的，啞巴子嘿開起口來。

　　（淨、丑合）咳！小鄭，小鄭：
【羅帳裡坐】你並[5]無一長可取，又無門路可投。自古道寧
增數斗，常言道莫添一口。你今休怪我，在當場出醜。勸
你莫待雨淋頭，早趁晴乾急走。

4　底本作「捉」，參酌文意改。
5　底本作「就」，據明末朱墨本《繡襦記》（《古本戲曲叢刊》初集景印）
　　改。

（小生）

【前腔】念我一身狼狽，又無親戚見憐。（淨）難道我是你的祖宗？（丑）吓噤該感激俚介點。（小生）蒙君收錄，（丑）收留子吓，難道養吓一世？（小生）我願為乞丐。（丑）只怕吓受弗得個樣卑賤吓！（小生）怎辭卑賤？（淨）你到底要學甚的本事吓？（小生）我把〈蓮花落〉唱出叫求錢，望老爹奶奶方便。

　　（丑）好吓！我聞得吓拉天門街浪唱得好聽，吓唱幾句拉我里聽聽看。（淨）是的，你唱幾句我每聽聽看。（小生唱介）一年介纔過，不覺又是一年介春，哩哩蓮花，哩哩蓮花落也。（下）

　　（丑）阿二，個個徒弟不吓收著虱哉嘻！（淨）阿哥，這個小鄭個徛養個，學起來，不在你我之下的呢！（丑）直頭強爺勝祖介個告化料虱！（渾下）

按　語

〔一〕本齣根據《繡襦記・教唱蓮花》情節編創而成。錢德蒼編《綴白裘》中有十餘齣崑腔選齣是梨園表演藝術家編創的，它們與原作的關係，可以分為擴充、補述、稼接三種類型。本齣是擴充類，此類折子保留原作的核心題旨與情節走向，大幅增加表演內容。本齣在原作的題旨與情節之上，加入雜技身段、說嚛講唱，添濟娛樂效果。

後尋親・後府場

付：張禁，押解犯人的解差。
老旦：張敏之妻。
淨：張敏，土豪。
末：張千，張敏的僕人。

　　（付上）

【吳小四】值當該，命運乖，迢遞軍州點苦差。吸露餐風經雨灑，伴著窮囚逐步捱，無控訴呆打孩。

　　自家解子張禁便是。自從在金山大王廟中釋放了周羽，他兒子得第，我曾將喜信報與周娘子知道。如今他家比前大不相同，我欲待要去望他一望，如今是官宦人家了，不便造次登門。不道皇天有眼，那張員外問罪在獄，遇赦減等，恰恰的也問在廣南雍州為民。太爺又點我做個長解，不免到監中，帶他到府裡去候點、領批。若不是當初神道顯靈，怎能今日明白。這樣惡人，一路上須叫他吃些苦楚，也使他懊悔懊悔。正是：善惡到頭終有報，只爭來早與來遲。（下）

　　（老旦上）阿呀，好苦吓！從前作過事，沒興一齊來。方纔張千來報說，員外問在廣南雍州蠻地為民，今日起解。老身趕到監中，說我員外同了解子到府前候點、領批去了，為此急急趕來。來此已是府前了。（內打鼓吆喝介）掩門。（末扶淨上）（淨）阿呀痛殺哉！（老旦）員外在哪裡？（淨）咳，院君，吓來做僥介？

（老旦）阿呀員外吓：

【哭相思】我看你囊頭三木苦難挨，鐵鏈郎當怎奈。

　　員外，你可央求解子哥方便，容你到家去將息兩日，待棒瘡略好些，然後起身。（淨）大阿哥是我個舊相與，自然肯個。（末）老爹是員外的舊交，自然容情的。（付）吓，你每的意思，要想回去幾日，等棒瘡好了然後起身吓？（淨）正是哉。（末）召吓！老爹是好人吓。（付）叱黑！我且問你，當初周羽起身的時節，你可肯容他停留幾日吓？憑限緊急，一刻也停不得，就要起身的，走走走！（淨）阿呀大阿哥吓，我裡夫妻兩個分散子，弗知今生今世會得成會弗成嚛！有兩句話吩咐吩咐，還求大阿哥方便方便。（付）吓，你每還有什麼說話，諾！就在這府場上說了罷。

　　（老旦）阿喲！既是解子哥不肯容情，張千，你可念家主之情，可伏侍員外到了廣南，你就回來罷。（末）小人情願伏侍員外到廣南去。（付）是你？也要到廣南去麼？（末）我伏侍員外去。（付）這個……太爺的批文上，只有張敏一人，並無張千的名字，怎麼去得？（淨）大阿哥，批上有名字個，是少弗得個；就是無名字個，同去何妨。（末）是吓，同去也不妨事吓。（付）也罷！來來來，同你到太爺堂上去，批文上填上你的名字，然後同去，如何？（末）老爹，不要動氣，不是我要去吓。現今員外棒瘡疼痛，行走不便，待我一路扶著些，也好趕路，省得誤了限期，也是老爹身上的干係。（付）沒有你扶，也不怕他不趕路。走你娘的路！

　　（老旦）解子哥，張千本是不該去的，是老身放心不下，望你做個方便。若員外棒瘡略好，就打發他回來便了。老身有個薄敬在此，大哥勿嫌輕褻。（付）也罷！我聞得院君一向做人甚好，看你面上讓他同去。但是路上要緊就緊，要慢就慢，若不依我，就要打

發你回來的嚎。（末）但憑老爹就是了。我且和你到酒肆中去飲三盃，待員外與院君在府場上敘一敘，然後起身。（付）你們有話快些講，不要耽擱了路頭，我就來的吓。（同末下）

（淨）咳！我張敏當初何等豪強，那間弄得蓋個田地，受個樣小人之氣，真正氣殺子我哉！（各坐地介）（老旦）這是你不聽好人言，終有恓惶淚。員外吓，你千般奸計成空，百萬家私安在？此去山遙水遠，凶吉難保，我在家中影單形隻，衣食靠誰？阿呀員外吓！

【紅衲襖】早知道恃豪強種禍胎，又何如奉公平免受災。（淨）已往之事，說俚做僥！那間我路浪個盤纏一點噪無得沒，哪處？（老旦）我倒忘了！還虧那周秀才不念舊惡，慨然周濟四錠銀子，你拿去路上盤費罷。（淨）我纔拿子去，叫吓嘿哪哼過日腳？留子兩錠罷。（老旦）你不要管我。員外吓，這宗債負，做了兩家當年起禍之根，又做了你今日遠涉之費。你當初害他夫妻拆散，他如今還你這般恩惠。如今，你遭發配，他享榮華，這一座府場倒做了兩家公案。**還是為善的好呢，為惡的好？似雨下畫檐頭，點滴何曾姅。**（合）**鐵合盡錦州城，躊躕難遣懷。**（淨）院君，吓嘿弗要埋怨我哉，難道我張敏就無得個還鄉日腳哉？這是我命中招晦災，少不得斗轉回春否轉泰。周羽去子廿年，原居來哉，一樣的似水長流，可曉鑒在前車也，舊時巢有日來。

（老旦）但願得有這一日便好。只是，周秀才有個遺腹孝順兒子，尋訪父親回來，你我是絕嗣之人，有哪個來尋你？只怕今生不能個重圓再聚的了嚎！（淨）阿呀是吓！我是無尾巴個，囉個來尋我個幾塊窮骨頭？無個轉家鄉個日腳個哉。我個院君吓：

【前腔】今日個痛甍甍實可哀，多管要喪他鄉難盼睞。
（末、付同上）（付）遠送終須別，兼行慮越期。張敏，快些上
路！（淨）大阿哥，求咍再停介一歇。（付）你還要慢騰騰使那財
主的性兒麼？如今是用不著了。（淨）院君吓，我搭咍此一別，再
無得相見個日脚哉嘘！若承望返家門，再世重連袂。（付扯淨
介）快些走！（淨）院君，我去哉，呒轉去罷。（老旦）員外，路
上要保重吓。（末）院君，男女是去了。（老旦）你在路上小心伏
侍。（末）這個自然。（淨）早隨著領魂旛，急似拘死牌。
（付）死囚快走！（淨）阿呀院君！（老旦）阿呀員外！（付打
淨，末下）（老旦跌、起介）他那裡回顧慢捱，我這裡遙觀淚
灑。雖不能個並坐同行，生拆散了恩愛夫妻也，掛愁腸年
暮衰。

　　　阿呀員外吓……（哭下）

按　語

〔一〕本齣主體情節、曲文與清道光三十年載福堂鈔本《後尋親
記》第十六齣接近。

後尋親·後金山

外：金山大王，神仙。

付：張禁，押解犯人的解差。

淨：張敏，土豪。

末：張千，張敏的僕人。

　　（雜扮鬼判，引外上）

【神仗兒】名山永鎮，羣黎索隱，天遙地亘，徧處旌飄幢引。小聖乃金山大王是也。察萬姓之賢愚，降一方之休咎。靈通八極，福庇千秋。連日出遊山岳，今歸殿宇。叫鬼判。（眾）有。（外）肅整威儀歸殿者。（眾應介）（外）神儀軒冕，赫然施行。密參造化洽鴻鈞，密參造化洽鴻鈞。（下）

　　（付上）死囚，快些走！（末扶淨上）（付）你這死囚，一日行不到二三十里，幾時纏得到？我只是個打！（淨）阿呀大阿哥吓，弗是我懶朴弗肯走嗟！只因前夜頭洗澡，棒瘡浪浸子水了，爛得起來，疼痛難當，故此走不動吓。

【絳都春序】哀求上懇，望垂慈俯憐扶危濟困。（付）要我扶危濟困？我且問你，當初放債的時節，為何偏要把那些危困之人，盤他的家產，佔他的妻女？我就一棍打死你這死囚便好。還不走！（淨）咳，我張敏雖然有點無良心，搭大阿哥無偆交關，況且我是將本求利，只恨貪婪，幾個輕財誰拚本？（付）原說是將本求利，只是世上沒有你這樣狠心的。我幸虧得與你沒有交關，不

然，又是一個周秀才了。（淨）罷罷罷！還要提起個周秀才勒！我那年曾將二十兩銀子送你，要吥拉路浪擺佈殺俚，囉里曉得吥倒把他釋放了！到那間我嗉並弗曾提起個廿兩頭吓。（末）正是，我員外也不曾替你討，要算在老爹面上有些恩德的了。（付）吀！死囚，我當初險些兒受你哄騙，錯害了好人。若提起舊情，益發該打了。看棍！（末扯棍勸介）喂，老爹，如今呢也並不想你知恩報恩，只求你念我家員外棒瘡疼痛，慢慢的走，這就是你的恩典了吓。（合）**總然負違祈相憫，急掙挫長途忙奔。**（付）暫且饒你。天色將晚，還不快走！若再慢騰騰的，叫你不要慌！（末）老爹，公門裡面好修行吓。（付）多講！快些走。（走介）（末、淨合）**只見夕陽西下，寒雲四集，暮鴉成陣。**

　　（付）不打不走的！（打介）（末勸介）老爹，我家員外果然是一步也走不動了，就在這裡地上歇息歇息再走罷。（付）放你娘的屁！你眼睛想是瞎的，不見那日已過西？快快的走還怕趕不上宿店，怎麼還好在這個所在耽擱？前日起身的時節，我原先說過的吓，要緊就緊，要慢就慢，若不依我，就打發你回去的。你如今不依我，快些回去罷。走你娘的路！走走走。（末）老爹，不要煩惱，走便是了。員外，沒奈何，只得捱上前去。（淨）咳，走嚄。（付）你看他這麼大模大樣，可不悶死了人！（同走介）（外引鬼判暗上）（外坐介）

　　（付）「敕建金山大王廟」阿呀！二十多年不到這裡，就忘記了。張敏，你要歇息麼？（淨、末）正是。（付）哪！到這廟裡去歇息歇息，就要走的吓。（淨）是哉。（同進，付拜介）小子張禁，向蒙指示，不敢有違。今日又解張敏到此，重瞻聖像。全仗神靈陰空保佑弟子，此去逢凶化吉，遇難成祥。張敏，起身趲路。

（淨）阿呀大阿哥吓，吪就打殺子我嚦是走弗動哉。（末）老爹，求你就在這裡歇了罷。（付）有你這樣不知事的！我老爹也走得辛苦了，豈不要歇？但是飢又飢，渴又渴，捱到前面尋個飯店，纔好弄些熱湯水吃吃。你看，此處冷秋秋的，門窗都沒有，怎好棲身。（淨）飢餓事小，若要趕路，我個親阿爹，明朝等我起個早，一日走子兩日個路嘿就是哉耶。

　　（付作肚痛介）阿唷，阿唷！為什麼霎時肚中疼痛起來？（末）老爹，只怕是烏痧脹吓。（付）放你娘的屁！吓嘎嘎……造化你這狗頭，我一時肚痛起來。住著，我去出個大恭就來。（末）看仔細些，不要撩在毛坑裡了。（付）狗頭！（走又轉介）不好，倘然這死囚逃走了，怎麼處？待我把這廟門拴住了著。（下）

　　（末）員外，旰耐張禁這狗頭，一路來非打即罵，員外如何受得起？況他口口聲聲要趕我回去，員外這條性命卻是難保，想個計策纔好。（淨）阿呀，俚是解子，我是犯人，死活纔虱俚手裡，有僑個計策吓？男兒吓，吪是居去弗得個嚧。

【滴滴金】何時得抵雍州境？晨夕摧殘怎耐禁。苦孤身曠夜須炚殞。（末）員外，我張千想得一計在此了！（淨）僑個計策介？（末）如今也說不得了，不是他死，就是我亡。少停張禁來時，員外睡在這裡，待我打發他睡在那邊。待等三更時分，將棍兒照准一下，將他打死，捱到天明，我和員外逃往他方，有誰知道。此計如何？（淨）阿呀好計吓！張千，愛歇打個時節，必要照俚個制命場化吓。（末）不是我張千誇口說，我起手時，管叫他登時了賬。比連雞栖必損，頃刻裡如虀似粉。（淨）打殺個狗入個！（付上）遠郭山村，悵行人斷魂。

　　（開門介）（末）老爹來了，天色昏黑，大家睡了罷，明日好

早些趲路。（付）死囚，好睡吓。（末）老爹，我見那邊地上乾淨些，讓與老爹睡，可好麼？（付）就在這裡罷，你與我把行李薦子攤好了，這護身龍放在一邊。（末）是，老爹請睡。（付）你也睡罷，明日黎明就要起身的吓。（末）這個自然吓。老爹，頭在這裡，那裡有風，傷了風是要生傷寒症的吓。（付）狗頭，誰要你管！（末）這是我的好意吓。（各睡介）

（外）善哉，善哉，禍福無門，惟人自造。你看，殿前張千與張敏，設計要害張禁。可見世上惡人，終無悔過之日，誰知果報就在眼前。那張禁應該死於此地，因他二十年前釋放周羽，改過自新，必得善終；那張敏惡貫滿盈，大數已絕。今借張千之手，使他代了張禁。福善禍淫，昭昭不爽。叫鬼判。（雜）烏！（外）與我把張敏刑具去了，換轉來。（雜）烏！（換介）

（外）

【賞宮花】愚哉世人，巧機關害己身。蔓毒絕無悔，惡業怎長存？便漏網一時逃顯戮，那陰謀用盡有神明。（下）

（末醒介）正是：有事在心頭，惺惺睡不著。此時約有三更時分了，我正好行事。待我來叫他一聲。喂，老爹，老爹。聽他鼾聲如雷，須早些下手。（先摸取棍，再摸淨頭介）張禁，你這狗頭，我這一棍打將下去，不怕你不腦漿迸裂。（打介）（抖介）好了，他已命斷氣絕了。（想介）且住，我每走的時節，那屍首丟在殿上，倘然被人見了趕來，怎麼處？呣呣呣，有了！那神像背後是空的，將屍首拋在裡邊，遮掩耳目。有理！（抱淨下）你看天色如此昏黑，要走也尋不出路徑，況我也勞倦得緊了，且略睡一回，扶了員外好走吓。咻！張禁，你這狗頭，如今你再來打嘘再來打。這狗頭！（作睡介）

　　　（付起介）�！天明了，張敏，張敏！起身趲路吓。066？這是張千，為何睡在我這邊來了？吥！起來趕路。（末）吓，員外，張禁被我打死了。（見付呆介）（付）你看我是哪個吓？張敏，趲路。阿呀哪裡去了？你看滿地都是鮮血！吥，原來是你要害我，錯把主人打死了。（末）阿呀！（走介）（付）吥！哪裡走！你這賊子要想害我，誰知反把一個主人打死了。（末想介）住了！你將我主人打死，怎麼倒推在我身上？（付）好賊子！我若非神道有靈，已遭毒手，你還要賴麼？（末）神道有靈，有何憑據？（付）你主人睡在西首，怎麼移在東首來？還不是憑據麼？

【滾】[1]眼朦朧當夜分，眼朦朧當夜分，命殞黃荊棍。怨毒於人，人卻毫無損。就中暗昧，伊須思忖。（末）有誰見證？（付）彰明報，[2]暗指揮，神明證。

　　　我也不與你多講，到了官府自然明白。

【尾】謀殺家主情難逭，更起狼心反噬人。（末）老爹，你不要性急，我倒有一計在此。（付）姆！又來使計了。（末）不是吓，我和你若到官司，大家不得乾淨。你莫若放了我去，只消寫一角地頭文書，只說我家主在路身亡，投了批文，大家撒開。（走介）（付趕扭住介）好賊子！你想要脫身，只怕天理也不容你。和你到憲鏡臺前去辨假真。

　　　（各扭、喊介）（末）地方，解子謀殺犯人吓！（付）狠僕謀死家主吓！（扭下）

---

[1]　指南黃鐘宮過曲【黃龍滾】。

[2]　底本作「彰明報應」，參考曲格，並據清道光載福堂鈔本《後尋親記》刪。

按　語 ✎

〔一〕本齣主體情節、曲文與清道光三十年載福堂鈔本《後尋親記》第十七齣接近。

紅梨記‧趕車

小生：趙汝州，書生。
丑、付：丞相府的僕人。

（小生上）

【引】黍離宮殿，今古興亡閱遍。

玉容何處成終訣，立向西風淚流血。昨夜分明夢裡來，醒時依舊寒燈滅。自從謝素秋被王黼拘留之後，小生日日去訪問，並無消息。豈意金兵犯闕，京城危若纍卵，上皇東幸，新帝草草即位，二三奸臣，還在左右。眼見得社稷坵墟，趙氏宗廟不食矣！咳！可嘆，可嘆！前日有旨，朝覲官兒免朝，盡行復職，我會試的亦許暫往隣郡逃避。錢兄已赴任雍丘去了，他去時曾與我有約，且到彼暫避。咳！只為素秋尚無實信，未便即往。好歹今日再去尋訪一番，若得個下落，也不枉了許多思想。（走介）咳！你看，九廟灰飛，萬家煙滅。銅駝遍生荊棘，石馬埋沒蒿萊。別院秋涼黃葉墜，寢園春盡碧苔封。好不傷感人也！

【獅子序】陵谷變，朝市遷，痛宮車碾破關山野煙，更深宮寂寞晝漏空懸。若論那廢興的旋轉，祇教人怨野鹿，恨宮鶯，妬飛鳶。夢迷春苑，只聽得萬年枝上，日暮啼鵑。

此間已是王黼府前了。吓，怎麼沒有一人在此？不免問一聲。吓，大哥，借問一聲，王丞相可在家中麼？（內）不在。（小生）哪裡去了？（內）軍中議事去了。（小生）吓，軍中議事去了。大

哥，再借問一聲。（內）問什麼？（小生）有個教坊妓女，叫謝素秋，可曾放出去麼？（內）不曉得。（小生）怎麼，不曉得……

【太平歌】咳！只見重門閉，草色連，鳥雀聲從花外囀。似唐環不見沉香遠，漢宮難見昭陽燕。卻似廣寒宮裡去覓嬋娟，叫我會面杳無緣。

　　此處杳無尋覓，不免再到他家去尋問尋問。（走介）

【賞宮花】歌樓在那邊，新愁眼欲穿。來此已是他家，並無一人在此，必竟是不曾回來的了。客館輪蹄絕，看繡閣網蟲沿。

　　兩處並無消息，只得且回下處，明日打點起身。且往雍丘暫住幾日再作道理。正是：昔日酒旗歌舞地，今朝誰是拗花仙？（下）

　　（丑上）歌殘翡翠簾前月，醉倒巫山夢裡雲。豈料中原窈窕女，穹廬深處結良姻。自家王丞相府中一名打差官的便是。奉丞相爺鈞旨，押送歌妓到軍前去。迤邐行來，已是南薰門了。眾車伕，好好把車兒一溜兒擺著，不許擠前落後吓。（內應介）

　　（小生上）呀！前面那官兒說是王丞相府中的，不免上前去問一聲，或者得個信兒也未可知。尊官請了。（丑）相公請了。（小生）請問尊官是何衙門？（丑）在下是王丞相府中打差官便是。（小生）今將何往？（丑）奉丞相爺鈞旨，著俺押送歌姬到幹離不丞相軍前去的。（小生背介）吓，好古怪！押送歌妓，莫非素秋也在其內。（轉介）待我問他。還要請問尊官，有多少名數？（丑）一百二十名。（小生）吓，可有謝素秋在內麼？（丑）謝素秋頭名就是。（小生）吓！第一名就是？（丑）第一名就是他。（小生）咳！素秋吓素秋，此番是石沉海底，永無見面之期了。（丑）相公，我且問你，他是相府中的人，你怎麼知他的名字？（小生）

咳，尊官吓：

【降黃龍】堪憐，我與他是中表姻聯，自幼相從，意投情眷。（丑）你每是從小認得的吓？（小生）尊官，真個有謝素秋沒有？（丑）誰來哄你。這不是花名冊子？你拿去看。（遞冊小生看介）歌妓一百二十名，第一名謝素秋。（哭，拭淚介）（丑搶介）咳，怎麼淌起淚來？（小生）呵呀素秋吓，似銀瓶斷綆，墜深深井底，再出是何年？尊官，後邊這些車輛都是歌妓在內麼？（丑）這個人有些獃的。（小生揖丑介）尊前望行方便。（丑）吓，你要怎麼樣？（小生）小生欲與謝素秋講句話兒。（丑）講話？（冷笑介）（小生）但相容近車兒一面，就死也無怨。（丑）這人想是瘋顛的，這是軍情大事，好當耍的？（小生）管什麼軍情大事，容小生近前去看。（丑推介）走你的路罷！車伕們，快快把車輛推出城去。（眾推車介）（小生撲車介）（丑阻介）（小生）素秋吓素秋，小生趙伯疇在此。（眾下）（小生扯住付車介）（小生）素秋吓素秋，小生在此。（付）冒！儌個素秋？只怕唔倒是個夢秋。（眾、丑下）（小生）總然有一腔心事，對面難宣。

【大聖樂】素秋吓，似明妃遠嫁祁連，他抱琵琶在馬上眠。方纔明明素秋在第一輛車兒上，要說句話也不能彀。素秋吓！我與你這等無緣麼？似黃昏門掩梨花院，人不見，月空懸。他那裡載將愁怨征車上，我這裡拾得淒涼逝水前。此夜更長漏永，咳，素秋吓素秋，怕沒個千番腸斷，萬遍魂牽。

不免回到寓所去罷。千山萬水玉人遙，銅雀春深鎖二喬。幾處吹笳明月夜，卻教江漢客魂消。阿呀素秋吓，我那素秋吓！（哭

介）想你金屋嬋娟，膏粱自立，如今這一路風霜，腌臢穢濁腺羯之氣，怎生受得吓！（哭下）

按　語 ✎

〔一〕本齣出自徐復祚撰《紅梨記》第十一齣〈探訪〉。

紅梨記・解妓

淨：哈兒答撒，金國的差官。

三旦、丑：教坊女伎。

（淨上）

【點絳唇】生長金邦，醉眠虎帳，屠蘇釀。聽觱篥聲揚，鼉鼓喧天響。

　　貫斗朱纓頂上紅，腰間劍氣橫高空。堅城只用靴尖踢，哪怕南朝兵將雄。俺乃大金斡離不丞相麾下哈兒答撒是也。俺那國中，牛羊滿山，馬駝蔽野。毳帳穹廬，不減華堂曲室；袵金靸韃，何必絲竹管絃！久居朔漠，獨霸一方。射獵為生，攻殺成性。俺丞相提兵南下，直抵汴京。有叛臣王黼前來議和，將傳國玉璽一顆，歌妓一百二十名，金珠綵緞六十車，獻與丞相，欲求退兵。俺奉丞相將令，先帶歌妓北往。昨晚在草地裡宿了一夜，如今日色已亮，不免催他們耶步。嗎，眾歌妓們，快些趲路。

　　（三旦、丑扮歌姬，雜扮四馬伕跟上）

【粉蝶兒】去國離家，為甚麼去國離家？急煎煎把人驚諕。一會兒逼上征車，斷送人上煙霄，臨潼樹向老單于僉押。（淨）羯鼓琵琶。（三旦）怕聽那羯鼓琵琶，都載上玉鞍金轄。

　　長官萬福。（淨）列位姐姐，罷了。（眾）不知我們作何罪孽，罰我們到邊塞來？（淨）列位姐姐，也是你每合該如此，快些

上馬趲路罷。（眾馬伕）列位姐姐，請上馬。

（三旦、丑合）

【泣顏回】回首盼京華，為甚的奔走天涯？姣姿嫩蕊，幾曾經途路嗳！波查。受風吹雨打，更難禁跋涉高和下。涕盈盈兩淚交加，展不開滿面塵沙。（淨）列位姐姐，你看桃紅柳綠，好景致也！

（眾合）

【上小樓】俺可也無心問柳去觀花，（淨）列位姐姐，你看這壁廂山青，那壁廂水綠，真好看也！（眾）更和那山青水綠也不關咱。（淨）你每下馬來，喝些打辣酥再走罷。（眾）便有那羊羔美酒怎咽下喉咱。（淨）你們南邊愛插花朵，待俺折些來與你每插戴插戴。（眾）又何須去插鳳，任意兒去堆鴉。（淨）列位姐姐，打疊起苦嗟呀，（眾）苦吓！打疊起苦嗟呀。（淨、眾合）把憂愁抑鬱都丟下，聽碌碌喇喇馬蹄兒也那雜踏。（三旦、丑合）回首處望眼巴巴，盼家鄉不知何年歸夏，不由人不形消骨化淚如麻。（內吹喇叭介）（眾聽介）

（三旦、丑合）呀！

【黃龍滾】聽一聲塞外胡笳，聽一聲塞外胡笳，好一似文姬歸夏。彈一曲馬上琵琶，彈一曲馬上琵琶，好一似昭君出嫁。斷送人粉褪香消悶轉加，哪裡去清夢託梅花？淅撒撒塵滿羅襪，淅撒撒塵滿羅襪，撲簌簌淚沾也那羅帕。

（淨）列位姐姐，下馬來望望家鄉再走。（眾下馬，望介）

【下小樓】盼前途那幾程，阿呀爹娘吓，望家鄉那一答。（淨、眾）列位姐姐，明日裡挨到穹廬對著胡人說著蠻話，他那裡白草黃沙難同衾枕怎傳盃斝？這幾椿將人磨殺！

（馬伕）列位姐姐，請上馬。（眾合）

【尾聲】向郵亭權一榻，（三旦、丑）姊妹們挑燈清話，怎能個做一個團圓夢到家！

（鑼鼓串陣下）

按　語

〔一〕本齣是梨園表演藝術家編創。錢德蒼編《綴白裘》中有十餘齣崑腔選齣是梨園表演藝術家編創的，它們與原作的關係，可分為擴充、補述、稼接三種類型。本齣是補述類，這類選齣根據劇作內隱或外顯的線索編創而成，若與同劇其他選齣串演，情節線更加完整。本齣補述金國士兵押解歌妓事，齊唱多支曲牌，表現行路奔走的舞台調度，展演歌舞並作的北進行程。

風雲會‧訪普

末：趙普，宰相。

丑：張千，趙普的僕人。

生：趙匡胤，宋太祖。

老旦：趙普之妻。

小生：曹彬，宋將。

淨：石守信，宋將。

外：王全斌，宋將。

付：潘仁美，宋將。

　　　（末上）

【引】調元補袞，掃蕩妖氛。佐明君，佇看圖影麒麟。

　　　柳絮紛紛飛徧地，梨花裊裊撒長空。光照乾坤增氣概，銀裝世界壯威風。老夫趙普。官居首輔，位列三台。目今天下稍定，還有四處未平，我主計將討亂，老夫日夜思維，一時無策。今夜風雪漫天，不免到書房中去檢閱書史。張千。（丑上）有。（末）謹守府門，恐有緊急軍情，速來報我。（丑）曉得。（下）（末）正是：檢今閱古權為伴，獨坐挑燈暫息眠。（下）

　　　（生上）幾處干戈未得平，寡人日夜費勞心。獨坐玉樓寒氣冷，禁闈私出訪元臣。寡人，趙匡胤。自陳橋兵變，即登大位，天下雖然粗定，尚有四寇猖獗。今夜風雪滿天，因此私出禁廷，往丞相趙普家商議平定之策。出得宮來，只見：

【端正好】水晶宮，鮫綃帳，光射了水晶宮，冷透了鮫綃帳，夜深沉睡不穩龍床。離金門私出天街上，正風雪空中降。

【滾繡球】似紛紛蝶翅飛，看漫漫柳絮狂。舞冰[1]花旋風兒飄蕩，踐瓊瑤將腳步兒奔忙。俺將那白藍衫兩袖遮，把烏紗小帽搪。猛回頭將那鳳樓凝望，全不見碧琉璃瓦甃鴛鴦。一霎時九重宮闕如銀砌，半晌間萬里江山似玉妝，卻便是粉填滿了封疆。

　　說話之間，早來到丞相趙普門首。更深夜靜，早已閉門了。（丑暗上）

　　（生）呀！

【倘秀才】俺只見鐵桶般重門掩上，我將那銅獸面的雙環來扣響。（丑）管門的是張千，扣門的是誰？（生）俺是萬歲臺前趙大郎。（丑）什麼大郎小郎？（生）料堂中無客伴。（丑）俺相爺在燈下看文章哩。（生）怎道是燈下看文章，俺特來聽講。

　　（丑）你既要聽講，何不到北寺裡、南寺院尋幾個沒頭髮的和尚去講？俺這裡是調和鼎鼐三公府，聽什麼講！（生）這廝好沒分曉！

【呆骨朵】俺為甚沖寒風冒瑞雪來相訪，俺有些機密事緊待商量。（丑）既有機密事，何不早說。住著。張千啟事。（末上）啟甚事來？（丑）外邊有一人，說有機密事要見。（末）張

1　底本作「水」，據《脈望館鈔校本古今雜劇》本《宋太祖龍虎風雲會》（《古本戲曲叢刊》四集景印）改。

千，你去問他何處官員，有何緊急事，這時候來報？（丑）他說是萬歲臺前趙大郎。（末）原來是聖駕到了！夫人，快來同去接駕！張千，快些掌燈，開正門！（丑應介）（吹打）（末、老旦上接介）臣趙普夫妻接駕。不知聖駕降臨，有失迎接，萬死，萬死！（生）你們不要忙。卿家平身。（末、老旦）萬歲，萬歲，萬萬歲！（生）恁這裡是調和鼎鼐三公府，張千，恁教俺哪裡去尋幾個沒頭髮的唐三藏？（丑）罪該萬死。（生）寡人待要恁跟前聽講一回書。（老旦）張千，快點茶湯。（生）休得在耳邊廂叫點茶湯，恁是個招賢的宰相。

（末）如此風雪滿天，聖駕何故私出禁門？（生）丞相：

【滾繡球】朕不學漢高王身居在未央，朕不學唐天子停眠在晉陽，常只是翠被生寒金鳳凰。有心思傅說，無夢到高唐，這的是為君的理當。

（末）臣有一書室，稍可避寒，請聖駕一行。（生）這個使得，卿可引導。（走介）（生）桌兒上是什麼書？（末）是半部《論語》。（生）《論語》是小孩童讀的，看它何用？（末）這書雖是兒童讀的，那齊家、治國、平天下都在這半部書上。

（生）

【倘秀才】卿道是用《論語》治朝綱有方，（看介）呀！卻原來半部山河在上，聖道如天不可量。今日個談經論講，索強似筵宴出紅妝，聽說罷神清氣爽。

（末）臣有薄酒可以禦寒，不敢進上。（生）就將來何妨！（末）領旨。張千，看酒。（丑）吓。

（生）

【天邊雁】俺只見銀臺上畫燭明，金爐內寶篆香。（末）

微臣執壺，臣妻把盞。（生）不當煩老兄自斟佳釀，（老旦）請陛下滿飲此盃。（生）又何勞嫂嫂親捧著霞觴。（末）臣糟糠之妻，何敢當聖上嫂嫂稱之。（生）卿道是糟糠妻不下堂，朕想著貧賤交不可忘。常言道表壯不如裡壯，妻若賢夫免災殃。朕與卿嫂兩下有個比方。（末）陛下有甚比方？（生）朕得卿好似那太甲逢伊尹，卿得嫂卻便是梁鴻配孟光。只願恁兩口兒福壽縣長。

（丑暗下）朕要與卿商議天下大事，嫂嫂，請回步者。（老旦）萬歲，萬萬歲！斂衽歸香閣，烹茶待聖人。（下）

（末）陛下，今夜當此寒天，何故私出禁門？就有機密事，合該召臣商議，何故聖駕親自降臨？（生）丞相，寡人不為別的。

【倘秀才】卿道是錢王與李王，劉銀與孟昶，那廝每無仁義萬民失望，行霸[2]道百姓遭殃。差何人守泗州，遣誰人定兩廣？取吳越必須名將，下江南須用忠良。定奪江山須得個碧玉擎天柱，誰是那宇宙黃金駕海梁？你可也仔細參詳。

（末）臣啟陛下：依臣愚見，先取西川，後取上党。況今西川孟昶、兩廣劉銀、江南李王、吳越錢王，皆沉迷酒色，暴虐不仁，荒淫無度。陛下若興一旅之師，解百姓倒懸之苦，疾捲長驅，戰無不克也。（生）卿家有何良策？（丑暗上）

（末）臣計已定。令曹彬下江南，石守信取吳越，王全斌收[3]

2　底本作「不」，據《脈望館鈔校本古今雜劇》本《宋太祖龍虎風雲會》改。

3　底本作「守」，參考下文改。

泗州，潘仁美定兩廣；此四將，微臣力保。（生）張千。（丑）小
人有。（生）你休傳寡人旨意，只說丞相的鈞旨。速令四將到來，
不可有誤！（丑）領旨。口傳萬歲旨，忙宣四將來。（內三鼓介）
（丑）卻好四將都在此飲酒。四位將軍，丞相鈞旨：請四位將軍速
到相府議事，不得遲誤！

　　（小生、淨、付、外四將上）來了。太平原是將軍定，還許將
軍定太平。（末）聖駕在此。（眾）臣等見駕。願吾王萬歲，萬
歲，萬萬歲！（生）卿等平身。（眾）萬萬歲！（生）丞相宣旨。
（末）是。趙普奉旨，命曹彬下江南。（小生）領旨。（末）石守
信取吳越。（淨）領旨。（末）王全斌收泗州。（外）領旨。
（末）潘仁美定兩廣。（付）領旨。（末）刻日興師，毋得遲誤！
（眾）臣等蒙聖上隆恩，願效犬馬。（生）寡人還有曉諭，爾等聽
者。（眾）是。

　　（生）

【脫布衫】取金陵飛渡長江，下錢塘平定他方。西川路休
辭棧道，南蠻地莫愁煙瘴。陣沖開虎狼，身冒著風霜。恁
將六韜三略定邊疆，把元戎印掌。則願恁身披鐵甲添雄
壯，馬啣玉勒難遮擋。只聽那鞭敲金鐙響叮噹，早班師汴
梁。

【醉太平】有那等順天心達天理去邪歸正的恁與俺皆疏
放，有那等霸王業抗王師耀武揚威盡滅亡。休傷殘民命，
休擄掠民財，休淫污民妻，休得要燒毀民房！惜軍馬施仁
政聚草屯糧，定賞罰明天討柔遠招降。沿路上掛一道安民
文榜，逢賑濟任開倉。

　　（眾）領旨。臣等一等天明，各路分兵起行便了。（生）卿等

班師回朝呵,

【尾】朕待要整衣冠尊相貌,向凌煙閣上圖畫恁的功臣形像,莫負勒金石銘彝鼎,清史標名姓字香。能用兵善為將,有心機有膽量。仰望天文算星象,俯察山川辨雄壯,決勝先將九地量。[4]畫戰多將旗幟張,夜戰須將大鼓揚。步戰長弓護軍帳,水戰隨風使帆槳。奇正相生兵最強,仁智兼行勇怎當!專聽將軍定這廂,凝望元戎取那廂。遠望邊庭進表章,齊賀昇平達帝鄉。裂土分茅拜卿相,丞相。(末)臣有。(末)先將那各部下軍兵一個個賞。

(末)領旨。(生)出師千里盡賢臣,不憚驅馳仗赤心。(眾)管取羣雄皆袖手。(合)山河一統定昇平。(眾)臣等送駕。(生)眾卿免送,平身。(眾)萬萬歲!(生下)

(末)列位將軍成功之日,凌煙閣上標名,五鳳樓前畫影,皆列位將軍之名,不負老臣所舉。(眾)多蒙丞相保舉,小將等敢不盡心竭力?正是:文官執筆安天下,武將提刀定太平。請了。

(末)請了。(各下)

4　《脈望館鈔校本古今雜劇》本《宋太祖龍虎風雲會》作「作戰先將九地量,決戰須將五間防」。

按　語

〔一〕本齣出自元代羅貫中撰《宋太祖龍虎風雲會》雜劇第三折。

〔二〕選刊此齣的坊刻散齣選本還有：《樂府紅珊》、《萬壑清音》、《怡春錦》、《崑弋雅調》、敏修堂刊《清音小集》，但本齣的開場和前述諸選本不同。選抄此齣的散齣鈔本有北京大學圖書館藏佚名抄《綴白裘選抄》。另，《樂府歌舞台‧雪集》有《金藤‧訪普》選目、《來鳳館合選古今傳奇》有《金藤‧雪訪》選目，惜在佚失的卷冊，不知是不是此齣。

金鎖記・思飯

付：張驢兒，無賴。
丑：張媽媽，張驢兒之母。

（付破衣上）

【雙勸酒】天不湊人，失時落運。積年欠銀，挪移誰信？又沒處捱身縈回，好窮吓！窮得我進退無門。

我，張驢兒。只為嫖賭無閑暇，家事光光乍。帽兒沒了邊，褲兒沒了衩。老娘餓不慣，瘦得牙齒齟。即日到街坊，娘兒同叫化。（丑內叫介）大個拉丑囉里？我要飯吃吓！（付）咳！亦丑叫哉。人家有子個樣娘，做兒子個就該窮起哉。（丑破衣搖頭扶杖上）

【前腔】錢沒半文，粥無一頓，餓得我頭空眼昏，筋疲力盡。若不去掙力尋趁，霎時間性命難存。

大個。（付）叫命儕！看吓僵個冷魂起來做儕？咳，閻羅王直頭忘記哉。（丑）阿呀呀，有話也弗好好能說，老是亂喊亂嚷，亂推亂磋。（付）要好好里吓？今生今世弗能夠哉！（丑）大個。（付）叫我做儕？（丑）我要⋯⋯（付）你要儕個？（丑）我要吃點儕。（付）吓心浪阿是要吃點儕？（丑）正是哉。（付）吓，吓說得來要吃儕個，讓我去弄拉吓吃嘿是哉。（丑）我嘿想儕個介，單想碗飯吃。（付）啐出來！偏偏想介件儕物事吃，吓直腳困著丑鐵鏟柄浪丑來！

（丑）咳，吓看別人家娘要吃儕，兒子就去買儕拉娘吃哉那。

吓看我餓得鶯鶯乾能介哉，還弗不點僭我吃吃，要養個兒子得來做僭？（付）我個肚皮倒飽拉里耶？吓個句說話直頭說差哉。（丑）養得吓是介大子列飯阿無得吃，說話還是差吇來。（付）還虧吓說得出來！我張大官人當年若投子好爺、好娘肚裡去，吃好個，著好個，家婆受用子。我張大官人倒子運了，一投投來吓介一個斂減肚皮裡！吓，問吓嘻，當年夫妻兩個吃子呷臭腦漿睏吇，稻柴裡躺子個冷屍也罷哉，僭個拉柴裡向悉速悉速，矩我介一個張大官人出來？那間害得我阿好吓！（丑）阿呀天誅地滅個！（付）阿是罵僭？（丑）說子個樣爛心肺個生氣，是少不得要天打殺個嘻。（付）阿是莫非倒傳僭拉我子敗式子了，要天打殺介？（丑）當初你吇爺原有星家私傳不拉吓個嘻。（付）有僭家私？（丑）哪無得？（付）吓，住子，倒要說說個哉，僭個家私？（丑）兩個燙鑼、一把酒壺、一把茶壺。（付）燙鑼？介且拿來當點僭，好去翻翻本。（丑）個夜頭貓相咬了，打碎個弗是？（付）呸！就是個瓦燙鑼吓，原值介六七個銅錢吇。（丑）酒壺、茶壺纏打落子嘴哉。（付）阿有哉？（丑）還有一個腳爐。（付）腳爐吓，我自從出世也弗曾看見歇僭個腳爐。（丑）個日子烘拉個棉胎裡子了，吓吃醉子居來，一腳踢拉地浪，打碎個弗是？（付）一個火鬏吓，僭個腳爐！（丑）還有一副照壁。（付）照壁介？（丑）日日不拉吓吇個星好朋友，今日一根，明朝一根，纏抽完哉。（付）看吓介副嘴臉，只管擺架子。人家個照壁是白牆個、硃紅漆個，我俚個捲同照壁蘆蓆簾子，弗要拉吓捱神哉！（丑）罷罷罷！弗要相埋怨哉。（付）相埋怨，我搭你還要大分別來。

　　（丑）阿呀我個兒子，弗要說哉，囉里去借點僭得來活活命嘿好嘻。（付）叫我到囉里去借介？（丑）鄉鄰吇罷哉。（付）鄉鄰

吓，十家鄉鄰九家斷，無借處。（丑）介嘿，吓個朋友是多個耶。（付）我張大官人朋友是實在多勾，纏不拉我頂穿哉。（丑）阿呀，介沒直腳要餓殺個哉！（哭介）阿呀我個天吓，天吓！（付）來，阿姆弗要哭，有商量里哉。到東門外頭三娘姨丒，去借點儕來活搭活搭罷。（丑）還要說起個三娘姨丒來！（付）哪了？（丑）吓舊年借俚丒一條夾被當子，至今討殺弗還，帶累我受子多哈個溫悶氣，還要想俚丒來！（付）吓出來！鬼話連片。我何曾借歇俚丒勾夾被列介？（丑）哪說弗曾？明光光有勾，說說嘿就賴哉。（付）吓，是兩條單被吓，儕個夾被。（丑）兩條單被縫得攏來嘿阿是一條夾被了？（付）嚷無儕了弗得，等我張大官人發發財，贖還子俚哉，渴介氣！那間去替俚再借點儕，將來一齊還俚。

　　（丑）介嘿去嘻。（付）叫囉個去？（丑）吓去哉那。（付）我是弗去勾，原要吓去丒。（丑）阿呀呀，餓得四肢無力，叫我囉里走得動吓！（付）你走弗動，我倒弗去嘻。（丑）咳，真真要死個哉！咻！大個，好兒子，吓攙子我走沒好嘻。（付）吓要我攙吓？先要說過子，我朋友極多個，倘然掽見子，就要放手個嘻。我張大官人薄薄里要點體面勾了，弗要吊牢子弗肯放，是我就甩殺子勾嘻。（丑）放嘿是哉。（付）介沒走嘻走。（丑）還有要緊事務來，關子門里介。（付）吓出來！擺儕松香架子，拿勾破蓆片扯子下來嘿是哉，儕個門吓！走罷。（扶介）咳，我看吓儕弗死吓。（丑）死是要死得勢拉里，但是一時頭浪弗肯死吓。咳，苦惱吓！

【三月海棠】我命窘，別無計策堪滋潤。向親戚拜懇，望他愛老憐貧。（付）走嘿是哉，只管吊牢子。（丑）還忖，錦上添花千個有，雪中送炭誰能肯。（付回看介）朋友來哉！放子罷，弗放，是我要甩殺哉嘻。（丑）便罷哉，再扶我幾步罷。

富在深山有遠親，貧居鬧市無人問。

　　（付推丑跌介）啐出來！說子朋友來哉，死嚷弗肯放，我就介一脚嘿好！咳，削盡我張大官人個體面。我張大官人囉里個搭弗去子，乞虧殺個帶脚柱哉。正所謂：「中年不喪母，大不幸也」！（下）

　　（丑）阿呀，大個，大個！攙子我起來……阿咦哇！拖牢洞個，阿記得小時節，一把尿一把屎抱大子俚，今日拿我是介光景。要緊囉里去？讓我趕上去，拿個殺千刀個肉咬落一塊介。大個！大個……（拐下）

按　語 ✒

〔一〕本齣出自《金鎖記》第十三齣〈計貸〉。

金鎖記・羊肚

小旦：竇娥。
老旦：魯氏，蔡婆，竇娥的婆婆。
丑：張媽媽，張驢兒之母。
付：張驢兒，無賴。

　　（小旦扶老旦，丑隨同上）

【引】輕移慢扶，朝來倦體坎坷，強抬身暫離床褥。

　　（小旦）婆婆萬福。（老旦）罷了。（丑）老親娘，呒身向裡阿好點？（老旦）略覺好些。（丑）阿思量吃點儕個？（小旦）婆婆，可思想吃什麼東西？（老旦）我只想羊肚做些湯吃。（丑）吓，羊肚好吃個耶！（小旦）只是沒人去買。（丑）叫我裡大個去買沒哉。（小旦）如此甚好。張媽媽，你伴我婆婆在此坐一坐，我到廚房下去收拾起來便了。（丑）大娘娘，呒自去沒哉，有我拉裡。（小旦）是。但求婆病好，不惜我身勞。（下）

　　（丑）眞眞好難得！吓，老親娘，呒個病是哪哼起個介？（老旦）張媽媽吓，我的病麼……（丑與老旦跌背介）

　　（老旦）

【羅帳裡坐】我只為前朝受驚，（丑）阿是貓相咬嚇個？（老旦）歸來病篤。（丑）纏虧子大娘娘嘘。（老旦）全虧孝媳，委曲調護。（丑）呒個造化，討著介位大娘娘。（老旦）今朝略好，想吃羊肚。（丑）好個，有益個。（老旦）借他濃味補

飢虛，勝似白湯淡粥。

　　（丑說閑話介）（付上）計就月中擒玉兔，謀成日裡捉金烏。我正要謀殺蔡老媽，無處下手。方纔叫我去買子羊肚子不拉個丫頭拉丑收拾，等俚拿出來，騙開子個丫頭好下藥。（小旦托碗上）羊羹雖美，眾口難調。（付）寶姐姐，湯收拾好哉啥？（小旦）姆。（付）阿曾嚐嚐鹽淡？（小旦）沒有嚐。（付）哪說弗嚐嚐？生病人最難伏侍個，讓我來嚐嚐看。（付接碗，小旦放在地下）（付嚐介）淡得勢個來，阿是忘記放子鹽哉？（小旦）待我再加些便了。（付）快點去拿鹽出來。（小旦下）（付作下藥介）個一吃，包吓百病俱除。（小旦上）鹽在此。（付）放拉哈沒哉。（小旦）請再嚐一嚐。（付）那間弗消嚐得，弗鹽弗淡，快點拿去吃嘿哉。（小旦拿湯走介）（付）等我避開掀勒介。（下）

　　（小旦）婆婆，湯有了，請用些。（丑見，嘁涎唾介）大娘娘，吓能個哱嘛，一歇歇就燒好哉，香味亦介好。老親娘趁熱吃嘿。（老旦看、聞，欲吐介）（小旦替老旦跌背介）婆婆，敢是煮得不好？

【前腔】（老旦）**羊羹甚美，**（丑在背後咽唾偷吃介）（老旦）**我卻胃虛。**（丑）多少吃子點罷。（老旦）**我聞羶怕嚐，**（丑）弗要聞，吃下去倒弗羶氣哉。（老旦）**幾番欲吐。**（丑）**他處心煮就，你且試嚐一筯。**吃嘿，親娘趁熱吃嘿。（老旦）我不吃了。媳婦，你拿去與張媽媽吃了罷。（小旦）婆婆怕羶不吃了，張媽媽，你吃了罷。（丑）罷嘿。大娘娘，老親娘要吃個，特地買起來個，哪說倒不我吃起來！（小旦）婆婆怕羶，不要吃了。（丑）羶氣了一點嚛弗吓，噴香個。（小旦）張媽媽，吃了罷。（丑）認真老親娘弗要吃哉？（老旦）我真個不吃了，你吃了罷。

（丑）蓋沒親娘弗吃，大娘娘吃子罷。（小旦）奴家從未吃過羊肉的。（丑）弗吃羊個？（笑介）眞眞纔弗吃，等我來謝聲介。（福介）多謝老親娘。（老旦）好說。（丑）多謝子大娘娘。（福介）（小旦）何謝之有？（丑）**我謝你解衣推食意何如，此德眞難報補。**

（作吃介）阿呀呀，眞正阿彌陀佛！大娘娘是介忙兜兜收拾得起來，我倒現成吃。（作吃噎介）（二旦）看仔細，為何？（丑搖頭做手勢介）弗番道，弗番道。我有點毛病個，一動嘴就要噎個哉。（又大吃介）大娘娘，伍個手段有儕說，好滋味，眞正好吃吓！（老旦）吓，好吃的？（丑又吃噎介）（二旦）看仔細，慢些吃。（丑搖手介）弗妨得個，弗妨得個，亦噎哉。咳，我要想個樣物事吃，世生世裡弗能得個哉。（又吃，落筯地下，拾介）我俚個殺千刀路倒屍個，哪得肯買拉我吃？就買也弗會收拾得是介好吃。只好吃個一轉，弗能再吃個哉。（老旦）好好的吃。（丑）可惜吓，罪過動動。（作餂碗介）（小旦）罷了。（丑）弗是，省子大娘娘淨碗哉耶，好吃吓好吃。大娘娘，阿有呷湯厾哉？（小旦）沒有了。（丑）阿是無得哉？（小旦）正是，沒有了。

（丑）大娘娘，多謝子伍。（剔牙介）老親娘，伍前世修到子了，討著子個位大娘娘，穩口善面，啤啤嗻嗻，亦介標致。我歡喜殺俚個哉！燒個物事亦介好吃，眞正是伍個造化。咳！若說起我個樣兒子，弗如弗養，倒像寃家測死個！囉怕伍餓殺下來阿關得俚事；說說沒，倒像害神打個能，有儕相干吓！咳，提著子就要苦殺哉！（作哭介）

（二旦）咳，看他可憐。（丑作吐舌介）大娘娘，只怕花椒多放子兩粒哉。（老旦）媳婦，可曾用椒？（小旦）沒有。（老旦）

張媽媽，沒有放椒。（丑）吓，無得花椒。（抓喉介）蓋嘿……多放子點生薑哉。（老旦）可曾用薑？（小旦）有些，也不多。（老旦）吓，張媽媽，略有些，也不多。（丑）蓋列為僥了辣齊齊？（作吐舌、做鬼臉介）（二旦）張媽媽！為什麼？（丑）舌頭上辣得勢，阿呀，過弗得哉！（跳介）（二旦）阿呀張媽媽！為何如此？看仔細！（丑）讓我去吐吐罷。（走右場角吐介，又走左場角吐介，又走中坐，立起介）阿呀弗好哉！吓唧唧！（二旦驚叫介）張媽媽！為什麼呢？（二旦扶丑，丑做手勢介）

【雁過沙】舌頭漸麻木，（跳介）心內漸糊塗。（二旦）為什麼？（丑）兒子拉乑囉里？（二旦）在外面。（付上）個歇拉乑發作哉。（進見驚介）阿呀，為僥介利介？（丑指二旦）都因中了湯內毒，（付）個個羊肚湯，阿是吽吃哉僥？阿呀壞哉！（丑）兒子吓！你須為我鳴冤苦。（付）呸！為僥倒是吽吃子？（丑跌左場角，付跌右場角介）（二旦）這卻是為何？（丑爬起，做鬼臉遶場走，上椅，跳下，跌烏龍入洞，地上遊，扶起跳介）（二旦驚介）（丑歸正場做鬼臉，跳，仰跌死介）（付）好！把我娘親藥死緣何故？看他飲恨黃泉死不瞑目。

　　（二旦嚇叫介）張媽媽，張媽媽！

【前腔】（合）三人亂聲呼，看看氣全無，如何瞬息歸陰府？（付）且抬了俚床浪去介。（同抬下）老、小花娘，一個也走弗脫！（二旦）呀啐！我婆媳為好留伊住，怎將人命相耽誤？（付）我救吽性命，倒藥殺我個娘，恩將仇報。（小旦）吓，是了！方纔叫我去取鹽，你把毒藥放在湯內。（付）哪說倒藥殺自家娘了？（小旦）你本要藥死我婆婆，誰知天網恢恢，倒將你母親藥死。你毒人不遂反害自母。

（付）放吘� 娘個屁！要官休私休？（二旦）官休便怎麼？
（付）

【六么令】官休告狀，害我娘親，人命須償。（二旦）私休呢？（付指小旦）私休嫁我做妻房，（二旦）啐！啐！啐！（付）須索要，自斟量。（二旦）這是哪裡說起！（付）我上天入地不輕放，除非嫁我終無恙。

（二旦）呀啐！張驢兒：

【前腔】你奸謀暗藏，孤寡奴身，潔似冰霜。于心無愧怕誰行？（付）跟我到當官去！（二旦）咱寧可，到公堂。（付）嫁子我也罷哉。（二旦）伊家謾把邪言講，到官自有真情講。

（付扯老旦介）當官去講。老花娘，走走走！（老旦）阿呀媳婦，你快鎖上了門，隨我去。（小旦）是，曉得。（付）老花娘，快點走，快點走！（老旦）這是哪裡說起！（小旦）婆婆，慢些走。（付扯老旦下）（小旦隨後急下）

按　語

〔一〕本齣出自《金鎖記》第十七齣〈誤傷〉。

〔二〕選刊此齣的坊刻散齣選本還有：《醉怡情》、聞正堂刊《綴白裘全集》。

幽閨記・走雨

老旦：張氏，兵部尚書之妻，王瑞蘭之母。
旦：王瑞蘭，官宦千金。

　　（老旦上）
【破陣子引】況是君臣分散，哪堪母女臨危！（旦上）嚴父東行何日返？天子南遷甚日回？（合）家邦無所依。

　　（老旦）身狼狽，慌急便奔馳。貼肉金珠揣得甚，隨身衣服著些兒。母女緊相隨。（旦）離帝輦，前路去投誰？風雨催人辭故國，鄉關回首暮雲低，何日是歸期？吓，母親，孩兒鞋弓襪小，怎生行走？如何是好？（老旦）阿呀兒吓！也顧不得你鞋弓襪小，待我打起傘來，趲行前去。（旦哭介）

　　（合）
【漁家傲】天不念去國愁人最慘悽，淋淋的雨似盆傾，風如箭急。侍妾從人皆星散，各逃生計。身居處華屋高堂，但尋常珠圍翠遶，哪曾經地覆天翻受苦時！
【剔銀燈】（老旦）迢迢路不知是哪裡，前途去未審安身在何地。（旦）一點點雨間著一行行恓惶淚，一陣陣風對著一聲聲愁和氣。（合）雲低，天色傍晚，母女命存亡兀自尚未知。
【攤破地錦花】（旦）繡鞋兒，分不出幫和底，一步步提，百忙裡褪了跟兒。（老旦）冒雨溫風，帶水拖泥。

（合）步難移，全沒些氣和力。

　　（老旦）

【麻婆子】路途、路途行不慣，心驚膽戰摧。（旦）地冷、地冷行不上，人慌語亂催。（老旦）年高力弱怎支持？泥滑跌倒在凍田地。（老跌介）（旦扶老起介）只得款款扶娘起。（合）正是心慌步行遲。

　　（旦）最苦家尊遠去。（老旦）怎當軍馬臨城？（旦）正是福無雙至。（老旦）果然禍不單行。兒吓，看仔細！這裡來。（旦）阿呀苦吓！（同下）

按　語

〔一〕本齣主體情節、曲文接近汲古閣《六十種曲》本《幽閨記》第十三齣〈相泣路歧〉。

〔二〕選刊此齣的坊刻散齣選本還有：《徵歌集》、《賽徵歌集》、《纏頭百鍊二集》、鬱岡樵隱輯《新鐫綴白裘合選》、《來鳳館合選古今傳奇》、《方來館合選古今傳奇萬錦清音》。

幽閨記‧踏傘

小生：蔣瑞隆，秀才。

旦：王瑞蘭，官宦千金。

　　（小生上）

【金蓮子】百忙裡散失差了路頭，尋妹子不見叫人怎措手？瑞蓮，瑞蓮！（旦內應介）（小生）好了！謝神天佑，這答兒自有親骨肉。見了尋路向前走。吓，瑞蓮。（旦內應介）（小生）妙吓！如今是尋著了吓，瑞蓮！

　　（旦內）

【菊花新】[1]你是何人我是誰？（小生）應了還應見又非。（旦內）原何將我小名提？向前去問他詳細。

　　（旦上）吓，母親在哪裡？（小生）吓，妹子在哪裡？（旦）呀，我只道是母親，原來是一位秀才。（小生）我只道是妹子，原來是一位小娘子。敢是驚疑了？

【古輪臺】（旦）自驚疑，相呼厮喚兩三回。瑞蘭小字，和先輩我也不曾相識。（小生）瑞蓮名兒，本是卑人親妹。不知小娘子因甚到此？（旦）吓，秀才，妾因兵火急，離鄉井，母女隨遷往南避。（小生）在何處失散了令堂？（旦）

---

[1]　底本牌名脫，據《李卓吾先生批評幽閨記》（《古本戲曲叢刊》初集景印）、《六十種曲》本《幽閨記》補。

在中途相失。吓，秀才，在何處不見了令妹？（小生）在喊殺聲，各各逃生，電奔星馳。中途路裡差遲，因循尋至，應聲錯了偶逢伊。吓，小娘子，你不見了令堂，卑人不見了舍妹。正是俱錯意，一般煩惱兩心知。

【前腔】名兒應聲錯了，我自先回。（旦）阿呀秀才，哪裡去？（小生）急急便往跟尋，豈容遲滯？（旦）事到如今，怎生惜得羞恥？吓，秀才，念孤惜寡，救奴殘喘，帶奴離此免災危，久以後不忘你的恩義。（小生）且住，但見他身材甚美，未知他面龐如何。吓，待我來哄他一哄。吓，小娘子，你方纔說不見了令堂，你看：遠遠望見一位媽媽來了。（旦）在哪裡？（小生）在這裡。（旦）吓，母親在哪裡？（小生）吓。（旦）吓。（小生）阿呀妙吓！（旦）啐！（小生）曠野間獨自一個佳人，生得千姣百媚。他也無夫無婿，眼見得落便宜。待我諕他一諕。吓，小娘子，不好了，天色昏迷暮雲低。

　　（小生）是去了。（旦）秀才，帶奴同行則個。（小生）吓，小娘子差矣！我自家妹子尚且顧不來，怎帶得你。

【撲燈蛾】自親妹不見影，自親妹不見影，他人怎周庇？（旦）吓，秀才，可曾讀過書麼？（小生）吓吓！秀才家何書不讀，哪書不覽？倒說我可曾讀書，豈、豈有此理吓！（旦）既然讀詩書，惻隱之心怎不周急也？（小生）吓，小娘子，你但知有惻隱之心，哪曉得有別嫌之禮！我是孤男你是寡女，厮趕著教人做猜疑。（旦）亂軍中有誰來問你？（小生）你道是亂軍中有誰來問我，緩急間，有語言須是要支持。

【前腔】（旦）路中不擋攔。（小生）路中若擋攔？（旦）可憐做兄妹。（小生）吓，兄妹雖好，只是面龐不同，語言各

別，有人厮盤問，教咱把甚言抵對也？（旦）沒個道理。
（小生）旣沒個道理，小生去也。（旦）阿呀秀才！有個道理。
（小生）有什麼道理？（旦）怕問時，（小生）怎麼說呢？
（貼）吓。（小生）吓？（旦）吓。（小生）說噓，說噓。（旦）
權……（小生）權什麼呢？（旦）吓。（小生）權什麼？（旦）
權說做夫妻。（小生）妙吓！恁般說方纔可以，便同行，訪
蹤窮迹去尋覓。

【尾】（旦）今日得君提拔起，免使一身在污泥。（小生）
久後常思受苦時。

　　半路兄尋妹。（旦）中途母失兒。（小生）情知不是伴。
（旦）事急且相隨。（小生）吓，不知妹子在哪裡？吓，妹子！
（旦）吓，秀才！（小生）吓，在吓，來了，來了……（同下）

按　語

〔一〕本齣主體情節、曲文接近汲古閣《六十種曲》本《幽閨記》第十七齣〈曠野奇逢〉。

〔二〕選刊此齣的坊刻散齣選本還有：《風月錦囊》、《大明天下春》、《樂府萬象新》、《樂府玉樹英》、《樂府菁華》、《樂府紅珊》、《滿天春》、《大明春》、《詞林一枝》、《摘錦奇音》、《堯天樂》、《徽歌集》、《賽徽歌集》、《玄雪譜》、《新鐫歌林拾翠》、鬱岡樵隱輯《新鐫綴白裘合選》、《醉怡情》、《來鳳館合選古今傳奇》、《歌林拾翠》、廣平堂刊《崑弋雅調》、石渠閣主人輯《續綴白裘》。結尾可分為四系：第一系，《大明天下春》、《樂府萬象新》、《樂府菁華》、《樂府紅珊》、《大明春》五種年代較早的本子，【尾聲】前有兩支【皂羅袍】（漸漸紅輪西下、暗想溪山跋涉），這兩支世德堂本《拜月亭記》也有。第二系，《詞林一枝》、《堯天樂》、《歌林拾翠》三種，【尾聲】後有兩支【皂羅袍】（千般憂不自在、俺爹在朝奉欽差）。第三系，《摘錦奇音》與《崑弋雅調》兩種，前者【尾聲】後有【孝順歌帶皂羅袍】，後者【尾聲】後有【孝順歌】。【孝順歌帶皂羅袍】與【孝順歌】有部分文句與第二系的【皂羅袍】接近。第四系，只到【尾聲】為止，《風月錦囊》、《徽歌集》、《賽徽歌集》、《玄雪譜》、《新鐫歌林拾翠》、鬱岡樵隱輯《新鐫綴白裘合選》、《醉怡情》、石渠閣主人輯《續綴白裘》、錢德蒼編《綴白裘》幾種。另，《樂府玉樹英》與《來鳳館合選古今傳奇》的這齣在佚失的卷冊，內容不得而知。

荊釵記・哭鞋

老旦：錢玉蓮的婆婆。
末：李成，錢玉蓮娘家的僕人。
外：錢流行，錢玉蓮之父。
付：姚氏，錢流行的繼室。

（老旦上）

【東甌令】兒媳婦，哭啼啼，昨夜三更出繡幃。今朝起來沒尋處，教我沒把臂。一重愁翻做兩重悲，使我淚珠垂。

（末上）不好了！莫取非常樂，須防不測憂。老安人在哪裡？（老旦）李舅回來了。小姐可曾尋著？（末）不好了，小姐投江死了！（老旦）你怎麼曉得？（末）現有小姐的繡鞋在此。（老旦）取來我看。吓！這繡鞋果然是我媳婦的。阿呀，阿呀！（暈倒介）（末）阿呀，老安人甦醒，老安人甦醒！男女不好攙扶。

（老旦）

【山坡羊】撇得我不尷不尬，閃得我無聊無賴。親家母吓！你一霎時認真故意將他害，教我怎佈擺？這禍從天上來。（末）老安人，你早晚也該防備他些纔是。（老旦）李舅，你說哪裡話來！他有嫡親嚴父尚且不遮蓋，反將他諧老夫妻生拆開。（合）哀哉，撲簌簌淚滿腮。傷懷，生擦擦痛怎捱？

（外、付上）姣女無尋處，痛殺白頭親。親母為何在此啼哭？（老旦）阿呀親家，不好了，媳婦投江死了！（外）怎麼曉得？

（末）男女在江邊拾得小姐的繡鞋在此。（付）投江死哉，謝天地！（外）在哪裡？（末）哪！這不是？（外）這，這，這繡鞋果是我女兒的。阿呀，阿呀！（倒介）（老旦）阿呀，親家醒來！（末）員外甦醒！（付）阿呀，老老醒醒！前門叫弗應，後門去叫。老老，吭出來！老入娘賊，好臭屁！

　　（外）

【前腔】不念我年華高邁，不念我形衰力敗。（付）李成，吭個入娘賊！弗知囉里拾介隻鞋子居來，吵得屋裡落江水渾。（外）**不念我無人養老，不念我絕宗派**。（末）員外且免愁煩。（付）老老弗要哭哉。（外）吓，李成，你道此禍是哪個起的？（末）男女不知。（付）老老，是囉個起個了。（外打付介）咏！**都是你這老禍胎**。（付）阿唷，阿唷！打子我個爛痔膀哉。關我儕事了？（外）**你受了孫家聘禮財，逼得他含冤負屈投江海**。（付）我是要俚上天，囉個叫俚對子水底下鑽個介？（外）親母，老夫掙得一塊空地，指望令郎和小女把我這幾塊老骨頭埋葬，不想令郎贅居相府，小女又投江死了。咳！我錢流行好命苦，好命薄也！閃得我有地無人築墓臺。（合）哀哉，撲簌簌淚滿腮。傷懷，生擦擦痛怎捱？

　　（付）李成，吭既饒得小姐死子，為儕弗打撈打撈屍首？（末）阿呀安人吓：

【川撥棹】乞聽解，這長江無邊界，況三更月冷陰霾，況三更月冷陰霾。這其間有誰人來往，知骸骨安在哉？只尋得一繡鞋。（合）淚灑西風傷懷痛，憶幽魂無依賴。青春女身喪在江淮，身喪江淮，白頭親誰埋草萊？不由人心痛哀。這愁眉何日開，這愁眉何日開？

（付）住子，老老弗要哭哉，親家母囉弗要氣哉。我有一句說話拉里：長話弗如短說，撈魚弗如摸鱉。有數說個：「阿哥死子嫂弗親」，哐丟兒子入贅相府，我里囡兒投江死哉，搭哐親絲絲囉無哉。冷廟裡菩薩請出，鹽菜缸裡石頭掇出，皮匠擔裡楦頭搬出，脚湯水濺出，親家母依我請出！（外）哐！老不賢！女兒死了，骨肉未冷，況親母是個隻身，趕他到哪裡去？（付）開口便見喉嚨，提起尾巴就見雌雄，眼睛前頭單單多得我一個。一點弗難個，等我走子出去，讓哐丟兩個做人家，如何？（外）老乞婆，你好含血噴人！（付）怕翻弗是故意思了。

（老旦）親家在上，老身有一言相告。（外）親母有何見諭？（老旦）只為小兒一封書信，致使令嬡身亡，老身在此實切不安。待老身親往京師，訪問小兒下落，作意就要起身，望親家鑒察。（外）親母親往京師去見令郎，極是有理，但親母是個隻身，怎生去得？吓，也罷！待我打發李成相送到京便了。（老旦）多謝親家。（付）李成是去弗得個。（外）為何？（付）我要用個。（外）胡說！（付）屋裡無人。（外）有我在此。（付）哐只好了我個事。（外）嗨！（老旦）老身此去，未知何日回來，意欲往江邊祭奠一番，以表姑媳之情。（外）多謝親母費心。李成。（末）有。（外）你去收拾行李盤纏，送老安人進京。再整備祭禮，同老安人順便到江邊祭奠小姐。（末）曉得。（下）

（老旦）親家請上，老身就此拜別。（外）老夫也有一拜。（同拜介）

【勝如花】（老旦）辭親去，別淚零。（付）迎新弗如送舊，等我囉拜拜噓。親家母，拉里怠慢哐。（外）咗！誰要你拜。（付）呋，就弗拜。介齣哐看阿像拉丟拜堂？好肉麻！囉里看得？

倒讓我走開點罷。（下）（外、老旦合）豈料登山驀嶺。只因他遞柬傳書，反教娘離鄉背井，又未知何日歡慶。愁只愁一程兩程，況未聞長亭短亭。暮止朝行，趨長途曲徑。

（付、末暗上）（外）李成。（末）有。（外）你休辭憚跋涉奔競，願身安早到神京。

（老旦）拜別親家心痛酸。（付）從今客去主人歡。（外）正是妻賢夫禍少。（合）果然子孝父心寬。（老旦）親家，老身去了。（外）親母，路上保重（老旦）多謝親家。阿呀，媳婦的兒吓！（下）

（外）李成，你送王老安人到京，見了狀元，即便回來，家裡無人。（末）男女曉得，員外在家須要保重。（付）李成轉來。（末）怎麼說？（付）吾送到子奔牛就轉來嘍哉。（末）為何？（付）有數說個：「奔牛李成連牽個」。（末）什麼說話！（下）

（外）阿呀，玉蓮我的親兒吓！（付）老老，弗要哭哉。死個是死，活個是活，搭吾挽起子眉毛做人家。（外）老乞婆，女兒死了，還要做什麼人家！（付）難道俚死子就弗要做人家哉？（外）我如今不許你住在家裡，與我走出去！（付）趕我到囉里去？（外）親戚人家去。（付）親眷吾吓？有數說個：「親眷人家盤博盤，鄉鄰人家碗博碗」，俚吾大盤大盒介送子來，我里薺薺大個盤弗曾送去，叫我哪去？（外）到隣舍人家去。（付）十家鄉鄰九家斷，便是對門口嬸嬸搭我說得頭來點，前日俚吾滬醬荳弗耽甌腰拉我吃了，不我罵斷哉。（外）到庵堂寺院裡去。（付）個個老老要死嚇，介無塌煞個！個和尚道士是色中餓鬼，看見子我個樣如花似玉個老太婆，阿饒得我過個？（外）你原來也沒處去！（付）我是踏盡竈前灰個，叫我囉里去？（外）老乞婆吓：

【憶虎序】我當初娶你，（付）弗是娶個，難道倒是我走上大門個了？（外）指望生男育女。（付）夾子吓個篤！自家貪子個呷黃湯，到子夜頭，頭未上床脚先睏。個出事務，難道我倒爬拉吓身浪來弗成？（外）沒廉恥！誰知你暗使牢籠之計，逼勒我的孩兒投江身死。（付）俚自家短壽命，關我俙事。（外）我寫狀經官呈告你，（付）告我俙個？（外）告你是不賢婦、薄倖妻。告到官司，告到官司，（付）就到當官嘍無俙個罪。（外）雖沒有罪，打得你皮綻肉飛。

　　（付）且住，老老認眞氣拉丒。倘然眞眞去告到官府，個個官府拿我一看，說道：「這個婆子花嘴花臉，一定不是個好人。吩咐與我捼起來！」阿呀呀，尿頭纔要捼出來丒！個嘿哪處？吓，有里哉！個個老老最怕哭個，等我不一哭俚使使。無得眼淚哩哪處？吓，有拉里！塌點饞吐嘿是哉。阿呀，我個老老吓：

【前腔】我當初嫁你，也是明媒正娶。又不是暗裡偷情，和你強結夫妻。（外）什麼夫妻！分明是冤家。（付）相隨百步，尚有徘徊之意，可見男子心腸，薄情負義。我非不賢婦、薄倖妻。老老吓！免告官司，免告官司，和你團圓到底。

　　我搭吓做子十年個夫妻，十年弗好嘍有一年好，一年弗好嘍有一月好，一月弗好嘍有一日好，一日弗好嘍有一個時辰搭吓肉骨肉細介好。我個好老老吓！（外）不要哭！（付）吆，就弗哭。（外）退後！（付）吆，走開點。（外）且住，我若趕他出去，外人知道的，說這老不賢不好；不知道的，說我錢流行一個妻子養不得，趕在外頭。出乖露醜，豈是儒家之道？過來。（付）拉里。（外）你旣要住在家裡，須要依我三件。（付）弗要說三件，就是

三百三千三萬纏依吓。（外）第一件，我見了你就要惱，不許和我同桌吃飯。（付）弗希罕！我搭皇帝同吃。（外）什麼皇帝？（付）竈君皇帝哉那。（外）嗨！第二件，凡有客人在堂和我講話，不許你來插嘴。（付）倘然吓說人家弗過，插介一句。（外）走出去，走出去！（付）吠，弗插，弗插。（外）那第三件，李成不在家，尿瓶、馬桶都要你倒。（付）兩件依子吓，個一件難依個。吓歡喜吃個星生葱、生蒜，希臭彭天弗對個。（外）走走走！香的所在去，香的所在去。（付）吓，香個香個，黃熟香，安息香，零零香。（外）咮！老不賢吓，自今以後，須要改過前非做好人。（付）從今怎敢不依遵。（外）收拾書房獨自睡。（付）打點精神養子孫。（外）咮！我牙齒都沒有了，還想養什麼兒子，沒廉恥！（下）

　　（付）蓋個老冒入！吓倒問聲個星看戲個，看人家養兒子要用㑳牙子個了？真正老魘子！看吓哪道吓……（下）

按　語

〔一〕本齣主體情節、曲文接近汲古閣《六十種曲》本《荊釵記》第二十八齣〈哭鞋〉以及第二十九齣〈搶親〉前半齣。

〔二〕選刊類似情節的坊刻散齣選本有：《風月錦囊》、《歌林拾翠》、閩正堂刊《綴白裘全集》。《風月錦囊》版的曲文與其他選本都不同。《歌林拾翠》與本齣的文字相當接近，不過本齣多了一支【川撥棹】。閩正堂刊《綴白裘全集》下落不明，內容不詳。

白兔記‧鬧雞

淨：馬鳴王廟的廟官。

生：劉智遠。

外：李文魁，李大公，鄉紳。

老旦：李大婆，李大公之妻。

旦：李三娘，李大公之女。

丑：李家的婢女。

末：李家的管家。

（淨上）官清公吏瘦，神靈廟祝肥。自家馬鳴王廟中一個廟官的便是。今日是鳴王的聖壽，會首是前村李大公，此人清奇古怪，比眾不同。自古「工欲善其事，必先利其器」，不免排下香案，先請下神道，有何不可。道人。（內）怎麼？（淨）拿個鐃鈸鐘鼓打起來，待我請神道。（內應打介）

（淨）洞中空虛光朗，大元爐焚寶香。虔誠拜請，奉請東方五千五百五十五個大金剛，都是銅頭銅腦銅牙銅齒大將軍尊神。（內）不見下來。（淨）弗見下來？吓，東方請弗來，西方去請。有數說個：「東方不養西方養」，再打起鐘鼓來。（內又打）

（淨念介）奉請西方五千五百五十五個大金剛，都是鐵頭鐵腦鐵牙鐵齒大將軍尊神。（內）不見來。

（淨）阿呀，東請弗來，西請弗來，難為子邀客個哉。曉得哉，像是我今朝吃子牛肉麵了，故此請弗下來。噯，求人不如求自

己。道人，坑缸板浪扛子養家神道出來罷。（內）香閣板浪？（淨）正是，香閣板浪。（作抱神判鬼上介）神道，今年會首是前村李文魁，此人最是志誠，年常舊例要討三個笤。隔歇他要陰笤就是陰笤，要陽笤就是陽笤，唔若是弗陰弗陽，是唔個兒兒子呵，宴點進子戲房，眉毛根纏摔唔個下來氹。吓，道人，燒起茶來伺候。暫辭神道去，崰等祭主來。（下）

（生上）

【一江風】雪晴時，拂拂和風起，冉冉寒威退。自思之，枉有一旦英雄，到此成何濟。身寒肚又飢，身寒肚又飢，愁煩訴與誰？空教我滴盡英雄淚。

迤邐行來，已是馬鳴王廟前。為何今日燈燭輝煌？嗄，我倒忘了，今日是鳴王爺的聖誕，我不免進去，將平日心事告訴神道一番。

【前腔】告神祗，神靈聽咨啟：可憐我三日無糧米，淚偷垂。我，劉智遠。只為身畔無錢，香也不曾買得一炷。罷！只得撮土為香，拜告天和地。別人賭錢十賭九贏，偏我劉智遠呵，蒲牌買快時，蒲牌買快時，十番倒有九遍輸。望神靈與我空中庇。

（內吹打介）呀，你聽，那邊鑼鼓聲喧，想是賽願的來了。不免躲在案桌底下，取些福物充飢，有何不可。正是：一日不識羞，三日不忍餓。（躲桌下介）

（外上）

【女臨江】跋涉不辭筋力悴，杖藜扶過橋西。（老旦、正旦、丑、末上）（老旦）不因神聖顯威靈，豈能移老步？叩首了歸依。

　　（外）大婆你看，好一座廟宇！（老旦）便是。（外）後面山如岳岱，前邊水遠平流。香煙不斷永千秋，願保人間福壽。（老旦）只見耀日山門華麗，兩廊壁畫神仙。（旦）御書碑額字新鮮：「敕賜鳴王寶殿」。（外）當值的，請廟官出來。（末）曉得。廟官。（淨上）來哉，來哉。

【雜犯宮調】廟官來，廟官來，點起香爐蠟燭臺。但辦志誠心，何愁神不靈。但辦志誠意，何愁神不至。至，至，至……

　　（末）好，住休。（淨）若弗住休，直到開年立秋。（末）休胡說，大公在此。（淨）大弓拿得來，讓我射箭。（末）嗨！會首李大公。（淨）吓，會首李大公位肮囉里？（末）在殿上。（淨）介嘿說一聲。（末）廟官出來了。（淨）大公拜揖。（外）少禮。（末）見了大婆。（淨）三錢一隻。（末）什麼？（淨）吭說大鵝。（末）掌家大婆。（淨）吓，大婆拜揖。此位是何人？（末）三娘。（淨）交泰。（末）怎麼？（淨）三陽嘿交泰哉那。（末）是三小娘。（淨）三小娘拜揖。咳，哪得我里弗老！個年來燒香，欄杆阿巴弗著個來，那間個樣長成哉。（丑）道士，還有我拉里來。（淨）弗好哉！道人，快點拿個十王殿關好子。（丑）為偧了？（淨）走子鬼婆婆出來哉。（丑）唪，醮鬼！（淨）我倒是個妙人。（丑）渾道士！

　　（外）休得胡說！快請神道。（淨）是哉。伏以水，水，水，井水三擔，河水三擔。（外）怎麼要這許多水？（淨）無水無漿，不成道場。（外）減些罷。（淨）要減省點，每樣擔半。（外）當值的，那廟官一是誤，二是故，不至誠，請了李廟官罷。（末）是。李廟官。（淨掩末口介）為偧了請起李廟官來？（末）大叔道

你一是誤，二是故，不志誠，故此要請李廟官。（淨）阿呀使弗得個！沒奈何，煩大叔對大公說，今朝天氣冷，吃子呷早酒，一時亂話；如今誠誠志志，志志誠誠，再弗敢哉。全仗大叔幫襯幫襯，停歇香金、福雞、三果纏搭吓八刀。（末）什麼八刀？（淨）嗒！少頃事畢搭吓分。（末）哪個要你的果子！便拿幾個去與我小兒吃便了。（淨）果子是小事體，有有有。（末）大公，張廟官說今朝天氣冷，吃了幾盃早酒，一時胡言亂語；如今改過前非，誠誠志志，志志誠誠，再不敢了。

（外）改過了麼？（末）改過了。（外）請過來。（末）請你過去。（淨）大公，適間得罪，吃子幾盃早酒了，一時唐突。莫怪，莫怪。（外）講明了就是。如今志誠些。（淨）個個弗消吩咐。大公，此位是宅浪個傗人？（外）是我家當值的。（淨）傗叫當值？（外）家中諸事託他承值，故此叫當值的。（淨）介嘿大公，吓託人託子鬼哉。（外）為何？（淨）方纔央俚拉大公面前說聲，個星香金福物，纏要分我個丑。（末）呸！方纔是你說與我分，哪個要你的。爛小人！（淨）弗嚷說明白子，吓拿去吃嘿安逸個嚷。

（外）不要閑說。請神道。（淨）是哉。伏以奉請上八定，中八定，下八定，三八二十四定。桌子歪斜，圾墊端正。香煙濛濛，神道空中；香煙馥郁，神道吃肉。雞兒雖小，墩脯底下，一塊壯肉。奉請馬鳴王慢吞細嚼，細嚼慢吞，骨頭骨腦，剩些與廟祝吞吞。請祭主上坑。（末）上香！（淨）正是，上香。我忒個急子點了直闖哉。

（外）神道，弟子李文魁，

【滾遍】燃起道德香，燃起道德香，超三界爐煙細。業守

田園，保佑豐稔無災異，人口咸寧，吉祥如意。（合）同家眷男女，特來瞻禮。

（生桌下伸手偷雞介）（眾）阿唷！為何滿殿紅光？（外）不要嚷。（淨）足見大公來意至誠，無不感應。（眾）這也奇了！

（老旦、正旦合）

【前腔】稽首拜神祇，稽首拜神祇，擺設牲和醴。燭影爐煙，繚繞連天際。願無水旱蝗蟲，麥生雙穗。今日裡，仗名香，叨神庇。（合）合家眷男女，特來瞻禮。

（淨看介）

【前腔】三牲不見雞，三牲不見雞，桌上空空的。酒果全無，又沒香和紙。一派虛花，如同見鬼。馬鳴王，蠟塌嘴，空歡喜。（外）你每休得胡言亂語！神道非同兒戲，好把虔心對聖祇。

神道親臨下降，願得消除災障。（淨）香金多與我些，笤牌拋在梁上。（外）上上。（淨）正是，上上。（外）大婆，你同三小娘先回去，我隨後就來。（二旦應下）（丑）吼乓倒去哉，我還要到後殿去散子福列去來。（下）

（外）張廟官，常年規矩，要討三個笤。（淨）請大公通誠。（外）神道，弟子李文魁叩問三笤：第一笤要保合家安吉，人口平安。付其聖笤。（淨）喂，神道，方纔吩咐吼個，弗要淘氣，順順溜溜介來吓。（外打笤介）（淨）好！是聖笤。（外）謝天地，果然是聖笤。第二笤保佑官司不染，火盜無侵。也要聖笤。（外打，淨翻介）（末）不要動。（淨）弗曾動。是聖笤。（外）第三笤要保六畜興旺，田疇茂盛。也付聖笤。（外打，淨翻介）（外）不要動。（淨）弗曾動。亦是聖笤喂！

　　（外）卦書上可有判語？（淨）有個。三聖連連大吉昌，年豐歲稔喜非常。六畜田蠶都茂盛，貴星落在李家上！看此卦上，不惟六畜興旺，還有個貴星落在寶莊。（外）應在幾時？（淨）說個時辰來。（外）午時。（淨）好！五馬歸槽，目下就見。（外）神道，若果有貴星落在我莊，自當重修廟宇，再塑金身。（淨）請大公後殿拈香。（外）正是，我還要各殿拈香。（淨）大公請。（外下）

　　（淨扯末介）道人，拿點鹽醋來。（末）做什麼？（淨）哪！姜姜我搭吓說個，個隻福雞拿出來，我搭吓消繳落子嘿是哉。（末）咻！我何曾拿什麼福雞。（淨）大叔弗要簍咭，吓原說三果嘿吓收子去，個隻福雞嘿，我搭吓兩個八刀個喂。（末）呸！我何曾拿你的福雞。（淨）便只得我搭吓兩個人拉里，弗是吓，囉個拿個？小道辛辛苦苦念子半日，哪說吓倒獨啖哉？故倒弗相干盂！（扭末介）（末）這是哪裡說起！

　　（外）為何在此喧嚷？（淨）大公，是個個阿拉，就是個隻福雞吓。小道念子半日，念得口苦舌乾，思量要受用個哉，竟不拉吓盂個位大叔纔拿子去哉，個沒阿覺道阿拉？（末）我何曾拿他的！（外）吓，廟官，不是他拿的。方纔你不曾見麼？（淨）看見儕個？（外）老夫方纔拜下去的時節，只見紅光滿殿，神帳中伸出五色金龍抓去了。（淨笑介）大公介星年紀哉，還會說鬼話個來！我拉里二三百年哉。（外）二三十年！（淨）正是，二三十年，弗曾看見儕個五爪金龍。（外）老夫親眼見的。（淨）弗相信！個菩薩是泥塑木雕個，難道就活起來哉？（外）你若不信，老夫賠還你一隻便了。（淨）弗要騙我吓。（外）就著人送來。（淨）大公有心賠，揀介一隻壯點個吓。（外）這個容易。（同末下）

　　（淨）好，拿得乾淨相，要算會偷物事個哉。喂，判官，小鬼，吚虣兩個鋑能大個四隻眼睛，一點事嘸弗管，要吚虣做偌！（打鬼判下）菩薩，我且問吚，人人道是吚坐觀天下，立見四方。一隻雞攞拉吚面前弗見子，哪管個一方一境個人吓？吃糧弗管事，還弗走進去來！（打下）說嘿是介說，讓我再尋尋看。喂，四隣八舍，我里一隻福雞阿曾走到囉虣？放還子我；弗放出來，我是要罵個嘻。（內）雞是死的活的？（淨）弗死弗活，頭頸底下割子點血，滾蕩裡瀲子一個浴個哉。（內）呸！死活弗知，還要做道士。（淨）咳，眞正渾道士哉！（生桌底下吃，響介）

　　（淨）咦？囉里響吓？拉虣供桌底下多時弗收拾，像道王紫狼，弗知是野貓做了窠拉哈哉？等我掇開來看……（掇桌，生起介）（淨）咦！我沒念得口苦舌乾，個隻雞倒是吚啖拉肚裡哉。（生）嗨，是我吃了。（淨）說得好自在，「是我吃了」。阿有點雞翅膀雞頭雞尾剩哉？（生剔牙介）吃完了。（淨）倒拉虣希牙我剔起牙子來哉。還我來！（生）改日買一隻賠你罷。（淨）改日吓，個倒等弗及，今日要個。（生）今日沒有。（淨）今日偏要。（生）偏沒有。（淨）無得吓，雪落頭裡打出汗來，嘸弗怕吚弗賠。（打生，生拿桌壓倒淨介）（淨）阿呀，弗好哉，弗好哉！（外上）不要動手，不要動手！（生放介）（淨）弗定當哉。（外）起來。（淨起介）我倒問吚，吚虣今日備偌大筵席了，拿我道士做起壓桌來打個，入娘賊！（作打生，生亦欲動手介）

　　（外）你每不要動手，有話好好的講。卻為著何事來？（淨）大公，起初弗曉得，冤枉子宅上大叔，囉里曉得個隻福雞倒是個賊坯吃哉。（外）是哪個？（生作揖介）（外看介）是他吃的麼？（淨）正是。打個入娘賊！（外）不要打，這是我的遠房姪兒，我

賠還你的雞就是了。（淨）是介了。喂，大公個樣阿姪有幾個虱？
（外）只他一個。（淨）再有幾個嘿好。（外）為何？（淨）哪！
宅上若是備起酒來，偷雞個偷雞，偷肉個偷肉，一點物事弗要買個
哉。（外）不消說了，我回去就賠來。（淨）多謝多謝。大公說
子，且饒吥個賊坯。（生）嗏！炎涼出于僧道。（淨）大公聽聽
看，偷我個雞吃子，倒說是「炎涼出于僧道」，阿有介一款禮個？
（外）看我分上，不要聽他。（淨）既是介，個個萬忽常常拉我廟
裡來，不俚打攪得怕哉。大公，吥阿使得，收留子俚居去罷！
（外）待我留他回去是了。（淨）大公，弗曉得是令姪了，小道是
介「無雞之談」；大公嘿，弗要「雞鳴而氣」吓。（生看淨介）
（淨）看我儕？姜姜吃得一隻雞，莫非再拿我個道士得來，生擘擘
吃子下去了？（下）

　　（生）多謝大公相勸。（外）漢子：
【好姐姐】看你堂堂貌美，因甚的不謀生計？家居哪裡？
姓名還是誰？聽我語，你肯務農桑耕田地，帶你回家作道
理。
　　（生）
【前腔】祖居在沙陀村裡。（外）上姓大名？（生）字智
遠，劉家嫡子。（外）父母在麼？（生）雙親早喪。（外）倚
靠何人？（生）此身無所倚。（外）你肯隨我回家去麼？（生）
蒙週庇，若得大公相留取，結草啣環當報伊。
　　（外）既肯隨我回去，可會鋤田耕種麼？（生）不曉得。只會
牧牛、放馬。（外）既如此，我家有一匹豹劣烏騅馬，諸人降他不
得，你可降得麼？（生）降得。（外）還有一件，我家兒子心性不
好，凡事不要記懷。（生）曉得。（外）看你堂堂七尺貌英雄。

（生）自恨時乖運未通。（外）今日得我提拔起。（生）免教人在
污泥中。（外）隨我來。（生）是。（同下）

按　語

〔一〕本齣曲文與明汲古閣《繡刻演劇》本《白兔記》第四齣接
近，但有三處不同：一、本齣多了【女臨江】而少【疏影急】。
二、本齣【雜犯宮調】汲古閣系稱【小引】。三、汲古閣系【花
滾】三支與本齣【滾遍】的內容相對應，而【滾遍】的曲文與劇情
較貼合。
〔二〕選刊此齣的坊刻散齣選本還有《醉怡情》。

長生殿‧醉妃

丑：高力士，太監。
貼：楊貴妃。
小生：唐明皇。

（丑上）玉樓天半起笙歌，風送宮嬪笑語和。月殿影開聞夜漏，水晶簾捲近秋河。咱家高力士。奉萬歲爺之命，著咱在御花園中安排小宴，要與貴妃娘娘同來遊賞，只得在此伺候。（雜扮二內侍，老旦、正旦扮二宮女，引小生、貼乘輦上）

（合）

【北粉蝶兒】天淡雲閒，列長空數行新雁。御園中秋色爛斑，柳添黃，蘋減綠，紅蓮脫瓣。一抹雕闌，噴清香桂花初綻。

（作到介）（丑）請萬歲爺、娘娘下輦。（小生、貼下輦）（丑同內侍暗下）（小生）妃子，朕和你散步一回者。（貼）陛下請。（小生攜貼手行介）

（貼）

【南泣顏回】攜手向花間，暫把幽懷同散。涼生亭下，風荷映水翩翩[1]。愛桐陰靜悄，碧沉沉並遶廻廊看。戀香巢秋

---

[1] 底本作「翩」，據清康熙稗畦草堂《長生殿》（《古本戲曲叢刊》五集景印）改。

燕依人，睡銀塘鴛鴦蘸眼。

　　（丑暗上）（小生）高力士。（丑）奴婢有。（小生）將酒來
朕與娘娘小飲數盃。（丑）宴已排在亭上，請萬歲爺、娘娘上宴。
（貼把盞，小生止介）妃子，你且坐了。

【北石榴花】不勞你玉纖纖高捧禮儀煩，只待借小飲對眉
山。俺與你淺斟低唱互更番，三盃兩盞，遣興消閒。妃
子，你飲一盃。今日雖是小飲，倒也清雅。廻避了御廚中、廻
避了御廚中烹龍炰鳳堆盤案，咿咿啞啞樂聲催趲。只幾味
脆生生、只幾味脆生生蔬和果清餚饌，雅稱你仙肌玉骨美
人餐。

　　妃子，朕與你清遊小飲，那些梨園舊曲，都不耐煩聽他。記得
那年在沉香亭上賞牡丹，召翰林李白草〈清平調〉三章，令李龜年
度成新譜，其詞甚佳。不知妃子還記得否？（貼）妾還記得。（小
生）妃子可為朕歌之，待朕按板。（貼）領旨。（丑暗下）

　　（貼唱，小生按板介）

【南泣顏回】花繁，穠豔想容顏，雲想衣裳光燦。新妝誰
似？可憐飛燕嬌懶。名花國色，笑微微常得君王看。向春
風解釋春愁，沉香亭同倚欄杆。

　　（小生）妙哉！李白錦心，妃子繡口，真乃雙絕也！宮娥，取
巨觥來，朕和妃子對飲。（老、正二旦送酒介）

　　（小生）

【北鬭鵪鶉】暢好是喜孜孜駐拍停歌，喜孜孜駐拍停歌，
笑吟吟傳盃送盞。妃子，乾一盃。（照杯介）不須他絮煩煩
射覆藏鈎，鬧紛紛彈絲弄板。妃子，再乾一盃。（又照介）
（貼）臣妾量窄，不能飲了。（小生）今日必須盡興。宮娥每，跪

勸。（二旦）領旨。（跪介）娘娘請上一盃。（貼勉強飲介）（二旦連勸，貼連飲，醉介）（小生笑介）我這裡無語持觴仔細看，早只見花一朵上腮間。（貼作醉態介）妾眞醉矣。（小生）一會價軟咍咍柳軃花敧，軟咍咍柳軃花敧，困騰騰鶯嬌燕懶。

妃子醉了。宮娥們，扶娘娘上輦回宮去者。（二旦）領旨。（二旦扶貼，貼作醉態呼介）萬歲。

【南撲燈蛾】態懨懨輕雲軟四肢，影濛濛空花亂雙眼。姣怯怯柳腰扶難起，困沉沉強抬姣腕。軟設設金蓮倒褪，亂鬆鬆香肩軃雲鬟。美甘甘思尋鳳枕，步遲遲，倩宮人扶入繡幃間。

（二旦扶貼下）

按　語

〔一〕本段出自洪昇撰《長生殿》第二十四齣〈驚變〉前半齣。

長生殿・驚變

丑：高力士，太監。
小生：唐明皇。
付：楊國忠，宰相。

　　（丑同內侍暗上）（內擊鼓，小生驚問介）何處鼓聲驟發？（付急上）漁陽鼙鼓動地來，驚破〈霓裳羽衣曲〉。（問介）萬歲爺在哪裡？（丑）在御花園內。（付）軍情緊急，不免逕入。（進見介）陛下，不好了！安祿山起兵造反，殺過潼關，不日就到長安了。（小生大驚介）那守關將士何在？（付）哥舒翰兵敗，已降賊了。（小生）呀！

【北上小樓】你道失機的哥舒翰，稱兵的安祿山。赤緊的離了漁陽，陷了東京，破了潼關。諕得人膽戰心驚，諕得人膽戰心寒，腸慌腹熱，魂飛魄散，早驚破月明花粲。

　　卿家有何良策可退賊兵？（付）當日臣曾再三啓奏，祿山必反，陛下不聽，今日果應臣言。事起倉卒，怎生抵敵？不若權時幸蜀，以待天下勤王。（小生）依卿所奏，快傳旨諸王百官，即時隨駕幸蜀便了。（付）領旨。（急下）（小生）高力士，快些整備兵馬。傳旨令右龍武將軍陳元禮，統領御林軍士三千，護駕前行。（丑）領旨。（下）（內侍）請萬歲爺回宮。（小生轉行介）咳！正爾歡娛，不想忽有此變，怎生是了也！

【南撲燈蛾】穩穩的宮庭宴安，擾擾的邊庭造反。蓁蓁的

鼉鼓喧，騰騰的烽火黑。的溜撲碌臣民兒逃散，黑漫漫乾坤覆翻，碜磕磕社稷摧殘，碜磕磕社稷摧殘。當不得蕭蕭颯颯西風送晚，黯黯的，一輪落日冷長安。

（向內問介）宮娥們，楊娘娘可曾安寢？（老旦內）已睡熟了。（小生）不要驚他，且待明早五鼓時同行便了。（泣介）天吓！寡人不幸，遭此播遷，累他玉貌花容，驅馳道路。好不痛心也！

【南尾】在深宮兀自姣慵慣，怎樣支吾蜀道難！妃子吓妃子，愁殺你玉軟花柔要將途路趲。（下）

按　語

〔一〕本段出自洪昇撰《長生殿》第二十四齣〈驚變〉後半齣。

長生殿・埋玉

小生：唐明皇。

貼：楊貴妃。

丑：高力士，太監。

末：陳元禮，大將軍。

　　　（小生、貼騎馬，引老、正二旦，丑同行上）

【粉孩兒】匆匆的棄宮闈，珠淚灑。嘆清清冷冷，半張鑾駕。望成都直在天一涯，漸行來漸遠京華，[1]五六搭剩水殘山，兩三間空舍崩瓦。

　　　（丑）來此已是馬嵬驛了，請萬歲爺暫駐鑾駕。（小生、貼下馬，進坐介）（小生）寡人不道，誤用逆臣，致此播遷，悔之無及。妃子，只是累你勞頓，如之奈何！（貼）臣妾自應隨駕，焉敢辭勞。但願早早破賊，大駕還鄉便好。（內喊介）楊國忠專權誤國，今又交通吐蕃造反，我等快斬賊臣，以洩公憤！（雜扮四軍卒，提刀趕付上，繞場奔介）（眾追殺付，吶喊下）

　　　（小生）高力士，外面為何喧嘩？快宣陳元禮。（丑）領旨。萬歲爺問何事喧嘩，快宣陳元禮進見。（末上）領旨。臣陳元禮見駕。（小生）眾軍為何吶喊？（末）臣啓陛下：楊國忠專權誤國，

又與吐蕃外將私通，激怒六軍。臣未及奏知，眾軍竟將楊國忠殺了。（小生驚介）呀！有這等事！（貼背哭介）（小生沉吟介）這也罷了，傳旨起駕。（末）領旨。聖上有旨：「賊臣已誅，赦汝等無罪，作速起駕。」（內）楊國忠雖死，貴妃尚在；不殺貴妃，誓不護駕！（末）臣啓陛下：眾將道國忠雖死，貴妃尚在，不肯起行，望陛下割恩正法。（小生大驚介）咄！國忠縱有罪惡，貴妃身在宮中，有何干涉？（貼牽小生衣介）陛下，怎生是好？（小生）妃子休慌，有朕在此。吓，將軍：

【紅芍藥】國忠有萬過千差，現如今已被刼殺。妃子在深宮自隨駕，不知情有何疑訝。（末）聖諭極明，只是軍心已變，如之奈何！（小生）卿家可速曉諭他，那狂言沒些高下。（內又喊介）（末）陛下，聽三軍恁地喧嘩，教微臣怎生彈壓？

　　（貼哭介）阿呀聖上吓：

【耍孩兒】事出非常難禁架，堪痛兄遭戮，奈臣妾又受波查。前生，事已定薄命應折罰。願吾王莫為奴牽掛，只一句傷心話。

　　（小生）妃子休說此話。（內）不殺貴妃，誓不護駕！（末）臣啓陛下：貴妃雖則無罪，但乃是國忠之妹，在陛下左右，軍心如何得安？軍心安，則陛下安矣。願陛下三思。

【會河陽】（小生）無語沉吟，意亂如麻。（貼哭介）痛生生怎地捨官家！可憐一對鴛鴦，打開片霎，直恁地施強霸。（內又喊介）（貼）眾軍逼得我心驚詫，（小生作呆想，忽抱貼哭介）貴妃好教我難禁架！

　　（眾軍上，遶場轉作圍下）（丑）萬歲爺，外邊軍士已把驛亭

圍住了，若再遲延，恐有他變。怎麼處？（小生）陳元禮，你快去安撫三軍，朕自有道理。（末）領旨。（下）

（貼）萬歲吓：

【縷縷金】魂飛颭，淚交加。（小生）堂堂天子貴，不得保渾家。早難道把恩和義，一齊拋下。（貼跪介）臣妾受國深恩，殺身難報。今事勢危急，望陛下賜妾自盡，以定軍心。陛下得以安穩至蜀，妾雖死猶生也。算將來無計解軍嘩，殘生願甘罷，殘生願甘罷。

（小生）妃子說哪裡話來！你若捐生，雖有九重之尊，四海之富，朕還要他則甚！寧可破國亡家，決不肯捨你也！（貼）陛下雖如此深恩，但事已如此，無路求生。若再留戀，倘玉石俱焚，妾罪益深。望陛下捨之以保宗社。（丑）娘娘既是慷慨捐生，望萬歲爺以社稷為重，勉強割恩罷。（內又喊介）

（小生）罷罷罷！妃子既執意如此，朕也做不得主了。高力士，只得但憑娘娘罷！（作哽噎、掩面哭下）（貼朝上拜介）萬歲。（作哭倒介）（丑向內介）眾軍聽者：萬歲爺已有旨，賜楊娘娘自盡了。（眾內呼萬歲介）（丑扶貼起介）娘娘，請到後邊去。

【哭相思】百年離別在須臾，一代紅顏為君盡。

（丑扶貼行介）這裡有個佛堂在此。（貼）且住，待我禮拜佛爺。佛爺吓，念楊玉環呵，

【越恁好】罪孽深重，罪孽深重，望我佛度脫咱。（丑拜介）願娘娘好處生天。（貼起哭介）高力士。（丑跪哭介）娘娘有甚說話，吩咐奴婢。（貼）高力士，聖上春秋已高，我死之後，只有你是舊人，能體貼聖意，須要小心伏侍。更為我轉奏聖上，切勿以我為念。（丑哭應介）奴婢曉得。（貼）我還有一言。（除釵、

出盒介）這金釵一對，鈿盒一枚，是皇上定情所賜。你可將來與我殉葬，亂軍之中，切不可遺失。（丑哭介）奴婢都記得。（貼）**斷腸痛殺，說不盡恨如麻。**（眾內吶喊）（末上，立椅上喊介）嗬！楊妃既奉旨賜死，何得遲延，稽留聖駕。（貼）咄！陳元禮吓陳元禮，我與你有甚冤仇？你兵威不向逆寇加，向裙釵強暴加，威風忒大。（內又喊介）（丑）不好了，軍士每擁進來了！（貼）咳，罷，罷！這一顆梨樹是我楊玉環結果之處了。阿呀萬歲，臣妾叩謝聖恩了。（丑哭介）（貼出白練介）**我一命兒便死在黃泉下，一靈兒只傍著黃旗下。**

（縊死下）（末）楊妃已死，眾軍速退。（下）

（丑哭介）我那娘娘吓！（小生上）六軍不發無奈何，宛轉蛾眉馬前死。（丑）啓萬歲爺，楊娘娘歸天了。（小生作呆不應介）（丑又啓介）楊娘娘歸天了。（小生）吓！歸天了？呵呀，妃子吓妃子，兀的不痛殺我也！

【紅繡鞋】當年貌比桃花，桃花；今朝命絕梨花，梨花。（丑）啓萬歲，這金釵鈿盒是娘娘吩咐殉葬的。（小生）這釵和盒，是禍根芽。長生殿，怎歡洽；馬嵬驛，好收煞。

高力士，倉卒之間，沒有棺槨，你可將錦褥包裹，將金釵鈿盒一齊埋于道北坎下，記明穴道，待朕回來時改葬便了。（丑）領旨。（下）（小生哭介）

【尾】香柔玉豔須臾化，今世今生怎見他？（末上啓）請陛下起駕。（小生頓足恨介）咄！便不去西川也值甚麼！（虛下）

（內掌號，末、眾騎馬上，丑引小生騎馬上，行介）

（合）

【朝元令】長空霧黏，旌旆寒風颭。征途路淹，隊仗黃塵
染。誰料君臣，共嘗危險。恨賊勢橫與逆焰，烽火相兼，
何時得把豺虎殲？回首將鳳城瞻，離愁幾度添。浮雲數
點，咫尺把長安遮掩。

（同下）

按　語

〔一〕本齣出自洪昇撰《長生殿》第二十五齣〈埋玉〉，部分曲文
與稗畦草堂本不同。另外值得注意的是，舞台演出本乾隆十五年沈
文彩鈔本《長生殿‧定情》的曲文與本齣接近，也和稗畦草堂本有
所不同。

琵琶記‧思鄉

小生：蔡伯喈。

　　（小生上）

【喜遷鶯引】終朝思想，但恨在眉頭，人在心上。鳳侶添愁，魚書絕寄，空勞兩處相望。青鏡瘦顏羞照，寶瑟清音絕響。歸夢杳，繞屏山煙樹，哪是家鄉？

　　怨極愁多，歌慵笑懶，只因添個鴛鴦伴。他鄉遊子不能歸，高堂父母無人管。湘浦魚沉，衡陽雁斷，音書要寄無人便。人生光景幾多時？蹉跎負卻平生願！

【雁過聲】思量，那日離故鄉。記臨期送別多惆悵，攜手共那人不廝放。教他好看承我爹娘，料他每應不會遺忘。聞知饑與荒，只怕捱不過歲月難存養。若望不見信音卻把誰倚仗？

【二犯漁家傲】思量，幼讀文章，論事親為子也須要成模樣。真情未講，怎知道吃盡多魔障？被親強來赴選場；被君強官為議郎；被婚強做鸞凰。三被強我衷腸事說與誰行？埋怨難禁這兩廂，這壁廂道咱是個不撐達害羞的喬相識，那壁廂道咱是個不覷親負心的薄倖郎。

【二犯漁家燈】悲傷，鶺序鶺行，怎如那慈烏反哺能終養？漫把金章，縧著紫綬，試問斑衣，今在何方？斑衣罷想，總然歸去，又恐怕帶麻執杖。阿呀天吓！只為那雲梯月

殿多勞攘，落得個淚雨如珠兩鬢霜。

【錦纏樂】幾回夢裡，忽聞雞唱。忙驚覺錯呼舊婦，同問寢堂上。待朦朧覺來，依然新人鳳衾和象床。怎不怨香愁玉無心緒？更思想，被他攔擋，教我怎不悲[1]傷？俺這裡歡娛夜宿芙蓉帳，他那裡寂寞偏嫌更漏長。

【錦家傲】漫悒怏，把歡娛翻成悶腸。菽水既[2]清涼，我何心貪著美酒肥羊？悶殺人花燭洞房，愁殺我掛名在金榜。魆地裡自思量，正是在家不敢高聲哭，只恐猿聞也斷腸。

　　終朝長想憶，尋便寄書人。眼望捷旌旗，耳聽好消息。（下）

1　底本作「怨」，據清陸貽典鈔本《新刊元本蔡伯喈琵琶記》（《古本戲曲叢刊》初集景印）、《六十種曲》本《琵琶記》改。

2　底本作「寄」，據清陸貽典鈔本《新刊元本蔡伯喈琵琶記》、《六十種曲》本《琵琶記》改。

按　語

〔一〕本齣主體情節、曲文接近汲古閣《六十種曲》本《琵琶記》第二十四齣〈宦邸憂思〉。

〔二〕本齣牌名與傳世《琵琶記》諸版本、傳世坊刻散齣選本（詳下條）不相同。

〔三〕選刊此齣的坊刻散齣選本還有：《風月錦囊》、《樂府萬象新》、《樂府玉樹英》、《樂府紅珊》、《大明春》、《玉谷新簧》、《新鐫樂府時尚千家錦》、《時調青崑》、《怡春錦》、《萬錦嬌麗》、《歌林拾翠》、《方來館合選古今傳奇萬錦清音》、《千家合錦》、石渠閣主人輯《續綴白裘》、《審音鑑古錄》。值得注意的是，《風月錦囊》、《樂府玉樹英》、《樂府紅珊》、《大明春》、《玉谷新簧》、《時調青崑》、《歌林拾翠》、《千家合錦》這幾個版本的結尾有【尾聲】（或作【餘文】）。

琵琶記・饑荒

旦：趙五娘，貧婦。

外：蔡從簡，趙五娘的公公。

付：秦氏，趙五娘的婆婆。

　　（旦上）

【憶秦娥前】長吁氣，自憐薄命相遭際。相遭際，暮年姑舅，薄情夫婿。

　　夫妻纔兩月，一旦成分別。沒主公婆甘旨缺，幾度思量悲咽。家貧先自艱難，哪堪不遇豐年？恁的千辛萬苦，蒼天也不相憐！奴家自從丈夫去後，遭此荒年，況兼公婆年老，朝不保夕，叫奴家如何獨自應承？婆婆日夜埋怨著公公，道當初不合教孩兒出去；公公又不服氣，只管和婆婆爭鬧。外人不理會的，只道我做媳婦的不會看承，以至公婆如此。且待公婆出來，解勸則個。公公有請。

　　（外上）

【憶秦娥後】孩兒一去無消息，雙親老景難存濟。（旦）婆婆有請。（付上接）難存濟！（將杖打外介）咏！（外）阿唷！（付）阿呀，老賊吓。（旦）婆婆，不要如此。（付）你不思前日，強教孩兒出去。

　　（旦）公婆萬福。（外、付）罷了。（付）老賊吓，你今日也叫孩兒去做官，明日也叫孩兒去赴選，如今做得好官，忍得好餓吓！如今沒有飯吃，餓死你這老賊；沒有衣穿，凍死你這老賊！

（外）阿嗄，阿婆吓！我當初教孩兒出去做官，知道今日恁的饑荒？你看這般年歲，誰家不忍飢，哪家不忍餓，誰似¹你這般埋怨。難道我是個神仙？（付）像個神仙，三兩日弗動煙火哉，豈不是神仙。

（旦）公公、婆婆請息怒，聽媳婦一言分剖。（付、外）你有何說話？（旦）婆婆，當初公公教孩兒出去的時節，不想今日恁地饑荒。婆婆吓，你也難埋怨公公。（外）老乞婆，你聽嗜。（付）我只是氣他不過。（旦）公公，婆婆見這般饑荒，孩兒又不在眼前，心下十分焦躁。公公，你也休怪婆婆埋怨。（付）老賊聽嗜。

（旦）如今且自寬心，媳婦還有幾件釵梳首飾之類，典些糧米，以充公婆一時口食；寧可餓死奴家，決不把公婆落後的。（付）阿呀，我那孝順媳婦吓！釵梳解當，自有盡期的。千虧萬虧，只是虧了你。（旦）媳婦是應當的。（付）咏！只是可恨那老賊，一子眼前留不住，五株丹桂倩誰栽。

【金索掛梧桐】區區一個兒，兩口相依倚，沒事為著功名，不要他供甘旨。你教他去做官，指望要改換門閭，只怕他做得官時你做鬼。老賊，孩兒出門的時節，你說的話，我一句句都記在這裡。（外）我也不曾說什麼。（付）你還說不曾！你要圖他三牲五鼎供朝夕。（外）這句是有的。（付）有的？（外）有的。（付）有的，有的！（打介）（旦）吓！婆婆，不要如此。（付）不要說是三牲五鼎，今日裡呵，要一口粥湯卻教誰與你？相連累，我孩兒因你做不得好名儒。（合）空爭著閒是閒非。（付）老賊吓，我偏要爭著閒是閒非。

1　底本作「是」，據《六十種曲》本《琵琶記》改。

（外）

【前腔】養子教讀書，指望他身榮貴。黃榜招賢，誰不去求科試？阿婆，我倒有個比方。（付）飯也沒得吃，還有僭屁放噓？（外）比方吓！譬如那范杞梁，差去築城池。（付）范杞梁是官差的，我孩兒被你生生的逼勒去的吓。（外）想他的娘親埋怨誰？（付）你不如死了罷。（外）阿婆，然雖如此，合生合死皆由命，哪哪哪！你看前街後巷這些人家噓，少甚麼孫子森森也忍飢。（付）還我兒子來！（外）阿呀阿婆吓，你休聒絮，畢竟是咱每[2]三口受孤悽。

（旦）

【前腔】婆婆，孩兒雖暫離，須有日回家裡。奴有些釵梳，解當充糧米。公公、婆婆恁般爭鬧呵，教傍人道媳婦的有甚差遲。（付）你有甚差遲？（旦）致使公婆爭鬥起。婆婆，當初公公教孩兒出去的時節，他心中愛子指望功名就。（外）老乞婆，你聽噓。（旦）婆婆見此饑荒，他眼下無兒因此埋怨你。難逃避，兀的不是從天降下這災危？

（付）老賊，別人家沒有兒子，還要螟蛉過繼，偏是你這老賊，

【劉潑帽】有兒卻遣他出去。我要飯吃！（外）你看這樣年成，叫我哪裡來？（付）可又來！你是個男子漢，尚然沒來方，教、教媳婦怎生區處？阿呀媳婦吓！（旦）婆婆！（付）我今日就死也罷，只是可憐誤你的芳年紀。（合）一度思量，一度肝腸碎！

---

2 底本作「門」，據《六十種曲》本《琵琶記》改。

【前腔】（外）吾門不幸須傾棄，嘆當初是我不是。（付）不是你不是，難道倒是我不是？難道倒是我不是？（外）是，是，是我不是。嘎，我孩兒又不在眼前，遭此饑荒，少不得是個死；更被這老乞婆終日埋怨，也是個死。也罷！**不如我死倒無他慮。**（作撞，旦扯住介）阿呀公公吓！（付背扯住介）阿唦，個是使弗得勾嚕！（眾大哭介）（合）**一度思量，一度肝腸碎！**

【前腔】（旦）媳婦便是親兒女，勞役事本分應為。但願公婆從此相和美。（合）**一度思量，一度肝腸碎！**（旦）嘎，公公，婆婆，大家相叫一聲嘎。阿呀公婆嘎！媳婦是跪在此了，大家相叫一聲。（外）與你什麼相干？（旦）吓，公公，大家相叫一聲罷。（外）看孝順媳婦分上吓！（各看介）阿呀，我不去叫他。（旦）吓，婆婆叫公公一聲罷。（付）哟。（旦）來嚕。（付）哟。（各看介）阿呀，我弗去叫俚。（旦）終不然罷了不成？吓，只是公公相叫婆婆一聲罷。（外）阿呀，媳婦吓……（哭介）（旦）公公，來嚕。（外）罷！（各看介）嘎，阿婆。（旦）吓，婆婆，公公是在那裡叫，婆婆也來叫一聲。（付）哟，哟。（各看介）嘎，阿老。（外）阿婆。（旦）好了！謝天地。（外）你今後不要來埋怨我了。（付）我那間再弗來埋怨吓哉。（外）阿婆。（付）阿老。（旦）吓，公公。（外）媳婦。（旦）婆婆。（付）媳婦。（眾大哭介）（合）**一度思量，一度肝腸碎！**

　　（旦）公公婆婆請進去罷。（外、付、旦各哭介）（付）媳婦，隨我進來。（旦）曉得。（同哭介）

按　語

〔一〕本齣主體情節、曲文接近汲古閣《六十種曲》本《琵琶記》第十一齣〈蔡母嗜兒〉。

〔二〕選刊此齣的坊刻散齣選本還有《風月錦囊》、《徽池雅調》。

琵琶記‧拐兒

淨：騙子。

丑：貝戎，騙子。

末：牛丞相府的管家。

小生：蔡伯喈，牛丞相的女婿。

（淨上）

【打球場】幾年間，為拐兒，脫空說謊為最。遮莫你怎生備俏，也落在我圈套。

　　自家脫空為活計，掏摸作生涯。舌劍唇鎗，伶俐的也教他懵懂；虛脾甜口，奸巧的也哄他裝瘋。鄉貫從來無定居，姓名誰個知真實。裝成圈套，見了時自然進來；做就機關，撞著的怎生出去？騙了鍾馗手中寶劍，偷了洞賓瓢裡仙丹。真個來無影，去無蹤，對面騙人如撮弄。縱使和你行、同你坐，當場賺你怎埋怨？拐兒陣裡先鋒，哄騙門中大將。何用剷牆挖壁，強如黑夜偷兒；不須挾斧持刀，賽過白晝劫賊。正是：天不生無祿之人，地不長無根之草。但是京師中都曉得我是拐騙的，難做買賣，這兩日手中乏鈔，如何是好？

　　（丑內）毡穿唔個花娘！到三郎廟裡去許許願心勒介。（淨）咦！你聽，這個人要到三郎廟裡去許願，待我先去看他許什麼願。咻？三郎老爺不在！吓，想是人家抬去賽願了。我且假做三郎老爺，看他來許什麼願心。（坐介）

（丑上）

【四邊靜】終日街坊閒串走，斂減膜豬油。渾名叫瞎雞，綽號叫夢鰍。偷雞偷狗，淘摸剪絡。夜裡掘壁洞，日裡三隻手。

終朝拐騙過光陰，見人財物便欺心，若還晦氣撞著我，縱然不奪也平分。區區名字叫貝戎，綽號「三隻手」。兩日街浪緝捕個多得勢，做弗得生意，打聽得一注[1]大財香拉里，且到三郎廟裡去許個願心介。革里是哉。喂，廟祝，廟祝。吓，無人拉里。三郎老爺，我是個……弗消說得，吥是曉得個。若是騙得故注大財香到手，一生一世吃著弗盡，我買個大大能個三牲來祭獻。（拜介）

（淨伸二指介）（丑）吓嘎！我個弗曾到手，三郎老爺倒先要加二扣頭乬。咦？手裡個把扇子倒好乬，且借去用用介。（作拿扇，淨扯佳介）在這裡了！（丑）阿呀，阿呀！（淨）好吓，正要拿你們這班拐子。小厮，拿鏈子來，鎖他到五城兵馬司去。（丑）阿呀苦惱吓！老爹救命吓，小人原是好人家肚細，不拉騙子騙子了，留落拉里個。求老爹饒子小人罷。（淨）要我饒，拿出買命錢來。（丑）苦惱子，身邊半個低銅錢嘸無得拉里。（淨）待我來搜一搜看。（搜介）這狗頭果然沒有。虧得遇了我，若遇著別人，就是個死。造化你，去罷。（丑）多謝老爹。（淨）吥！這把傘還不值得送與我老爹，還要拿去！（丑）老爹，吥認差哉，我是拿起來是介雙手送與老爹吓。（淨）吓，原要送與我的吓？（丑）正是。（淨）去罷。

（丑）哄。個個覷養個，貪小利個，等我上俚一上介。

---

1 底本作「主」，參考下文改。

（淨）這把傘拿去換酒吃，也值得三十個錢。（丑）俉個？五十個銅錢買個噓。（淨）呔！你去了怎麼又轉來？（丑）哪！小人蒙老爹恩德，請問老爹尊姓大名，日後好補報老爹個意思吓。

（淨）你這狗頭！問了我老爹的姓名，日後做出歹事，破了，好攀扯我老爹吓。（丑）烏龜亡八！是吓個妮子嘿有個樣心腸。

（淨）我且問你，你方纔許願心，說有一注大財香到了手，就一生受用不盡。是什麼財香？實對我說。（丑）我方纔個說話，老爹纔聽見個哉？（淨）都聽見了。（丑）弗瞞老爹說，小人是陳留郡人，打聽得蔡狀元也是陳留郡人，一向贅在牛府，不許他音信往來。近聞得他瞞過牛府，私下訪問，若有鄉親在此，要託他寄封家書居去。我想決非空信，極少寄介四百、五百兩銀子居去。那間我寫俚一封假家信拉里，要去發個注大財香，但是我身浪是介難看拉里，千思百量，弗好去得，故此許介一個願心。（淨）吓！有這個緣故。書呢？（丑）拉里。（淨）拿來，我去。

（丑背介）吓，原來個個屄養勾嚟是個騙子，倒不個屄養個赫子一跳。個蠻屄養個身浪倒冠冕亞，等我來騙俚介一騙，發個利市。

（轉身介）吓，老爹去？（淨）拿書來，我去。（丑）吥去動阿動弗得。（淨）為什麼？（丑）小人是陳留郡人，舌頭是圓個；老爹是京中人，舌頭是方個。到那里言語不對，露出馬腳來，就穿繃哉喂。（淨）吓，語言不對，去不得的？（丑）去弗得個。（笑介）小人倒有介一個意思拉里。（淨）什麼意思？（丑）弗好說。（淨）不妨，你說。（丑）說出來，只怕老爹弗肯。（淨）你且說看。（丑）哪！若是老爹身浪個套衣裳肯借拉我著子嘿，就體體面面走得去，銀子就到手哉。（淨）狗入的！我老爹的衣服倒把你

穿。（丑）我原說老爹弗肯嘵個！單是弗白著個噱，銀子到子手，另外有賃衣裳錢革噱。（淨）吓，先講明白了，銀子到了手，怎樣分法？（丑）三七。（淨）你得三分，我得七分？（丑）嗳！我得七分，吓得三分。（淨）不對，不對！（丑）竟是對分；有一千，五百兩一個，何如？（淨）對分了，另外還我賃衣服錢。（丑）就是介，要幾哈？（淨）五兩。（丑）多哉，多哉，只好一兩。（淨）少。（丑）二兩。（淨）便宜你，三兩罷。（丑）就是三兩。脫下來。（淨脫介）（丑）咦！老爹外面冠冕，裡向一包葱。（淨）這是老爹的便服。（丑著介）正好配身得勢；真正人要衣裝，佛要金裝。頭浪個帽子來。（淨）大帽也要賃錢。（淨）幾哈？（淨）二兩。（丑）啐！紙糊頭貨色，五錢。（淨）一兩。（丑）就是一兩。（淨）衣服三兩，帽子一兩，共是四兩了。（丑）小人囉個少子吓個？靴來。（淨）靴子我老爹自己要穿的。（丑）吓看噱，身浪著了大衣裳，頭浪戴了大帽子，腳浪像偌樣？脫下來。（淨）也要賃錢。（丑）再加子一錢嘿是哉。（淨）要五錢。（丑）就是五錢。偌要子我個了？（淨一面脫靴，一面說介）衣服是三兩，帽子是一兩，靴子是五錢，一總是四兩五錢，另外的。（丑）嗳，只管說！吓住拉幾裡，我去了就來。（淨）吓？你去了，我哪裡來尋你？（丑）是吓，吓囉里來尋我？有里哉！省得吓弗放心，吓竟扮子我個家人跟子我去，阿好？（淨）呔！我老爹倒做你狗頭的家裡人。（丑）也不過遮掩一時，過頭子老爹原是老爹，狗頭原是狗頭——要看銅錢銀子的分上。（淨）吓，看銀子錢分上……罷了。（丑）打傘。（淨）看銀子錢分上，打傘。

　　（走介）（丑）弗好，弗好，轉去。（淨）為什麼？（丑）欺主。（淨）什麼欺主？（丑）吓看：我做家主公個，是介兩根狗嘴

髭鬚，吾屋裡人倒是介一嘴阿鬍子，弗像樣。（淨）這是老爹的貴相生成的。（丑）要去掉幾根。（淨）這個使不得。（丑）若是去掉幾根，另外加你養鬚錢二兩。（淨）如此，難道拔下來不成？（丑）一根一根介拔，拔到幾時？哪！有剪刀拉里。（淨）我原說你這狗頭是剪絡的！（丑）剪絡個用剪刀就是笨賊哉。（淨）這嘿，少去幾根。（丑）是哉，無交話。（作剪下）

　　（淨摸，打丑介）狗入的，我叫你少去幾根，怎麼一嘴鬍子都去了！（丑）啐！毪穿吾個娘！我搭你合夥計做生意，儕個開口就罵，動手就打。脫子去，弗去哉，弗去哉……（淨）不是吓，教你少去幾根，如今像什麼！（丑）為儕了？加吾二兩養鬚錢了。拿子銀子居來，買星肉來白燜燜吃拉肚裡子，拿個白肉湯放拉鉢頭裡子，是介出綽出綽介一滅，再拿個草荇得來一遍，明朝就像韭菜能介長子出來哉儕。（淨）吓？原長得出的？（丑）哪說長弗出？還要比子那間長點亂來。

　　（淨）不要說了，走罷。（丑）哪哪哪！打傘嘿要彎子個腰纔像，是介直僵僵像儕樣。（淨）吓？要彎腰的？（丑）故嘿是哉。喂，吾生平歡喜儕個？（淨）一生最喜歡吃酒。（丑）個個容易。倘然俚亂問吾說：「你家相公是轎來的？馬來的？」吾哪亨說？（淨）怎麼樣說呢？（丑）吾只要說介兩句說話：「卻不道怎的，又不道怎麼」。（淨）吓，卻不道怎的，又不道怎麼，記得了。（丑）若是要吃，只說一個字：「倏」，我就只管拿拉吾吃哉。（淨）倏。（丑）拿去吃。幾里是哉。門上哪位大叔在？

　　（末上）來了。當值輪該我，叫門卻是誰？是哪個？（丑）管家請了。（末）相公是哪裡來的？（丑）我是狀元老爺的鄉親，從陳留郡來的。（末）請少待，待我進去通報。（丑）且住。請問大

叔是牛府中的呢，還是狀元老爺身伴的？（末）我是從幼跟隨狀元老爺的。（丑）咿！既是從幼跟隨狀元的，為何不認得我？只怕是說謊，倒要盤你一盤。你家太老爺叫什麼名字？（末）吓，相公只道我不是狀元爺身伴的，為此要盤問我？（丑）就是這個意思。

（末）我家太老爺叫蔡從簡，太夫人秦氏，小夫人趙氏五娘，可錯？（丑）差是弗差。可還有什麼好親戚、好鄰居？（末）我家老爺間壁有個張廣才張大公，是我家老爺的好友。（丑）不錯！有個，有個。一個張大公，一個張廣才。（末）咿！張大公就是張廣才吓。（丑）怕我弗曉得了？不是，我來盤問你吓，恐怕你是太師身伴的，不當穩便。既是狀元身伴的，相煩通報，說鄉親求見。（末）請少待。老爺有請。

（小生上）

【鳳凰閣】尋鴻覓雁，寄個音書無便。謾勞回首望家山，和那白雲不見。淚痕如線，想鏡裡孤鸞影單。

（末）啟爺，外面有個鄉親求見。（小生）鄉親麼？道有請。（末）老爺出來。（小生）吓，鄉兄請。（丑）大人請。大人請上，晚生有一拜。（小生）下官也有一拜。（丑）久旱逢甘雨。（小生）他鄉遇故知。請坐。（丑）告坐了。（淨混坐，末推介）（丑）他是有些痴的，不要睬他。

（小生）請問鄉兄尊姓？（丑）晚生姓那。（小生）居住哪裡？（丑）就在大人拐角對過，難道大人就忘了？（小生）我每那邊只有個梅小溪，並沒有姓那的。（丑）這就是妻父家裡了。晚生出門的日子多，在家的日子少，晚生回去，那些小舅、小姨都說道：「咦！那姐夫回來了，那姐夫回來了。」所以晚生順口就姓了「那」哉。（小生）鄉兄幾時到的？（丑）明日到的。（小生）

吓？今日現在，怎麼說是明日到？（丑）呀呸！晚生說差了。今早清晨，我說：「船家，這樣行法，幾時纔得到？」那船家道：「相公，風不順，只好明日到了。」晚生在舟中悶得緊了，倒頭竟睡，誰想一時轉了順風，一時就到，晚生記了船家的言語，因此說是明日到的。（小生）可曉得下官家中的光景如何？（丑）大人別後，比前大不相同了：前有典當舖，後有米穀倉。幾枝大槐樹，一帶大樓房。（小生）下官儒素之家，哪得有此！（丑低問介）請問大人，這位管家還是令岳這裡的？還是跟隨大人的？（小生）這是跟隨下官的。（丑）晚生只道是牛府中的，所以替大人裝個體面；既是跟隨大人的，一些不曾動，原是舊門牆。（小生）家父在家好麼？（丑）好，令尊是越保養得妙了。長又長，大又大，肥又肥，胖又胖，委實軒昂！（小生）家父是五短身材。（丑）又有個緣故：那日晚生起身，送行的多得緊，那一個梅兄長，這一個梅兄短，只見令尊老大人站在那上馬石上說：「梅兄，若見小兒，千萬叫他寄封書回來。」我看他倒像長大，以後站下地來，原是五短身材。（小生）過來。（末）有。（小生）聽他語言顛倒，是個假的。打發他去罷。（下）

　　（丑）管家，你家老爺為何進去了？（末）我家老爺道你語言不對，是假的。（丑）咻咻咻！我為鄉親分上，故此來望他，還是衣服是假的？帽子是假的？人是假的？你家太老爺有書在此，難道也是假的？小廝，打傘！到王老爺那裡取了回書，下船去罷。（末）相公請住步！太老爺有書，何不早說。老爺，有請。

　　（小生上）怎麼說？（末）太老爺有書在此。（小生）吓！太老爺有書的。鄉兄，得罪了。家父既有書，何不早說。（丑）方纔大人相問，所以未及呈上。令尊大人蔡從簡，太夫人秦氏，小夫人

趙五娘，還有比鄰張大公廣才俱著晚生多多致意。（送書介）告辭了。（小生）豈敢。還有小飯。（丑）怎好相擾？（小生）吩咐備飲。（末）吓。

　　（小生）聞得陳留郡饑荒，下官曾上本賑濟百姓的，可曾到否？（丑）到的，這些百姓都感激大人恩德。（小生）還是旱荒呢是水荒？（丑）是旱荒。府縣官祈雨，再祈不下來，誰想來了一位道人，用了什麼悶雷法，雨便求了下來，惱了雷神公公，大雷閃電打死了無數的人。（小生）打死的是何等樣人？（丑）打死的都是這些扒灰老兒。（哭介）（小生）鄉兄為何哭起來。（丑）老父不幸，亦遭此難。（小生）休得取笑。（末）啟爺，飯完。（小生）鄉兄，草草簡慢，幸勿見嫌，請到西廳少坐。只是，下官要寫回書，不得奉陪，怎好？（丑）大人請便。（小生）你在此照管。（末）曉得。（小生下）

　　（末）相公請酒。（丑）管家，你坐了。（末）相公在此，怎好坐？（丑）何妨！我與你老爺是鄉親，你也是鄉親了。吓，坐了坐了。（末）多謝相公。（丑）你出門也久了，也該寫封信回去。（末）信是要寄的，只是沒有便人。（丑）何妨！我就與你帶去便了。（末）怎好有勞相公。（丑）這是順便，叫做「因風吹火，用力不多。」（末）如此嘿，待我去寫。只是，無人斟酒怎麼？（丑）不妨，有我們小廝在此。（末）勞你斟一斟酒，有罪了。（下）（丑）好酒，好酒！（淨）倏。（丑）拿去吃。（淨）倏。（丑）再拿去吃。（混介）（末上）老爺出來。

　　（小生上）鄉兄，失陪，有罪。（丑）豈敢，盛擾不當。（小生）書一封，白銀三百兩，煩鄉兄寄交家父。（丑）大人的書，晚生便領了帶去；銀子不敢奉命。（小生）為何呢？（丑）恐怕晚生

是假的吓。（小生）適纔唐突，幸勿見罪，請收了。（丑）從命了。（丑將銀袖袋過，另拿出假銀與淨介）過來，你拿好了。（淨接介）（小生）還有白銀三十兩，送與鄉兄為路費。（丑）這個不敢受。（小生）不必嫌輕，請收了。（丑）多謝大人。可還有什麼話吩咐？（小生）鄉兄吓：

【駐馬聽】書寄鄉關，說起教人心痛酸。傳與我八旬父母，道與俺兩月妻房，隔著萬水千山。啼痕緘處翠綃斑，夢魂飛遠銀屏遠。（丑）大人，待晚生回去呵，報道平安，想一家賀喜，他日再相見。

（小生）憑伊千里寄佳音。（丑）說盡離愁一片心。（小生）須知相別經多載。（合）方信家書抵萬金。（小生）請了。（丑）請了。（小生下）

（丑）大叔，你的信呢？（末）在這裡。書一封，銀子五十兩，煩相公順交舍下。這個小意思，送與相公路上買點心的。（丑）信便與你帶去，這個決不敢受。（末）須些薄意，請收了。（丑）如此，多謝了。（末）好說。吓，管家，起來。（淨裝睡著介）（丑）大叔，不要叫他，他要殺酒風的。等他醒來，叫他到舊所在來便了。（末）曉得。（丑）阿呀，恐怕天要下雨，這把傘待我帶了去，便當些。請了，再會。（末）相公慢請罷。（丑）我這馬扁行業，勝如戎貝生涯。（下）

（末）起來，起來。（淨混介）（末）你家主人去了，只管睡。（淨）哪裡去了？（末）教你原到舊所在去。（淨）卻不道怎的。（末）去罷。（淨）又不道怎麼。（末）吓！（淨）倏！（末下）

（淨）這個屄養的，銀子三百兩，一大封在我身邊，他先到三

郎廟裡等我去分，我還去做什麼？打從小巷裡走他娘。（走介）
（丑奔上，見淨，拿傘遮下）（淨嚇，急背走介）阿喲，阿喲！這
個屍養的來尋我了，待我再轉個彎兒……著！這裡有個毛坑在此，
倒也僻靜。待我來把銀子打開來看看……著！我如今有了這三百兩
銀子，做他一套好衣服，這是要的。（帶白帶唱介）（唱）這是
那個羊毛出在那個羊身上。（白）我三兩銀子買他一個叫驢騎
騎，也是要的。（唱）那羊毛出在那羊吓羊身上。（白）買他
幾間房子，再討個老婆，這也是要的。（唱）這也是羊毛出在
那個羊身上吓。（白）怎麼這麼幾層紙？太小心了。再買他一個
小廝跟著，這也是要的。（唱）那羊毛出在那羊吓羊身上。
（內）賣海螄。（淨聽作嚇掉包在地介）什麼東西？（內）賣海
螄。（淨）呸！入他娘遭瘟的！「賣海螄」吓，我聽錯了，只道
「拿拐子」，倒嚇我這麼一跳，把銀子都掉在毛坑裡去了。說不
得，淘它起來……（拿起看介）阿呀，阿呀，弗好哉！咳，我一生
一世做大騙，今日倒不拉小騙騙子去哉。故嚥是我自家弗好吓！

【水紅花】我一生好酒蜜駝哆，醉雜呼，諸般弗顧。誰知
今日遇強徒，被他局，渾身脫付。無子衣裳還猶可，那得
出租蘇，倒做光下巴阿鬍子也囉！

　　衣裳騙子去，學子兩句話：「卻不道怎的，又不道怎麼。」還
有來：「倏，倏，倏！」（下）

按　語

〔一〕本齣是根據《琵琶記》的〈拐兒給誤〉（《六十種曲》版是第二十六齣）編創而成。錢德蒼編《綴白裘》中有十餘齣崑腔選齣是梨園表演藝術家編創的，它們與原作的關係，可分為擴充、補述、稼接三種類型。本齣是稼接類，這類選齣的原作劇情暫時停止，歧生新的情節，和原作僅有淡薄的關係，開自己的花，結自己的果。原作主角淡去，另闢一片舞台給不起眼的小人物，增加詼諧的情節，發揮付、淨、丑的表演藝術。本齣以伯喈寄家書為背景，從劇作的拐兒淨這個人物發想，展演全新的情節。

連環記‧賜環

丑：柳青娘，歌伎教師。
貼：貂蟬，王允府中的歌伎，王允義女。
生：王允，司徒。
旦：梁氏，王允之妻。

　　（丑上）
【清江引】百花庭院重門閉，鼓瑟人妍麗。素手按宮商，秋水搖環佩。響冰弦，和瑤笙，聲清脆。

　　老妾乃王府中一個女教師，名喚柳青娘是也。今早老爺吩咐在百花亭上賞春，不免喚貂蟬等一班女樂在此伺候。你看，好花卉！但見白玉墀前紅間紫，紫間紅，都是姣枝嫩蕊；畫欄杆外黃映白，白映黃，盡是豔質奇葩。那壁廂合歡相對，宛如繾綣之夫妻；這壁廂棠棣聯芳，好似綢繆之兄弟。楊柳颭晴煙，弱質呈來妙舞；海棠含宿雨，朱顏露出新妝。（內）姐姐，這裡來。（丑）呀，你聽，那些丫頭們都在後花園戲耍去了，待我叫一聲：貂蟬等女樂每，走動！
　　（眾上）
【前腔】海棠花下華筵啟，整頓歌〈金縷〉。舞袖漫安排，繡褥重鋪砌。歌一回，舞一回，唱一回。
　　柳青娘萬福。（丑）千福萬福，打得你們啼啼哭哭。還不跪著！（眾）就跪。（丑）好個就跪。老爺今日集賢賓，把青玉案擺

得端正好。你每兀自踏莎行，鬥鵪鶉，把紫蘇丸打著黃鶯兒，紅芍藥引著紛蝶兒，好快活三！叫一聲又不聽，真個惱殺人！一個懶去上小樓、點絳唇；一個懶插一枝花、雙鳳翅。一個不打點穿紅衫兒，換紅繡鞋，翠裙腰舞出六么令；一個不準備捧著金盞兒，斟出梅花酒，攪箏琶唱出新水令。哪裡管老爺吃的醉花陰，醉扶歸？多似你這等懶惰，誰賞你一錠金、四塊玉？快快脫布衫，好姐姐，在鳳凰閣上取出神杖兒，各打十棒鼓，打得你們都做了哭歧婆！

　　（貼）老爺今日與夫人家宴，不款外客。我等只因伏侍夫人梳妝來遲了，望柳青娘恕責。（丑）動不動便是你來討饒。也罷，看貂蟬分上，起來演樂。（眾應）（丑）住了，〈新水令〉熟了麼？（眾）還不熟。（丑）還不熟！終日做什麼？好自在性兒！擺著演過去。（眾演介）

【柳青娘】四尺上尺六凡工尺工尺上尺上乙五六六五五六凡凡六五凡工尺六凡六五凡工尺工尺上尺……

　　（丑）你們在此演樂，我去打睡片時就來。老爺來時好生吹打，不要連累我受氣。（眾）是，曉得。（丑下）

　　（生上）

【西地錦】草表初完未奏，花亭且聽歌謳。（旦上）婦隨夫唱意綢繆，丹鳳彩鸞佳偶。

　　（生）夫人，下官復駕長安，迎候夫人來此，不覺又經兩月矣。（旦）相公連日不理朝綱，退歸林圃，其意如何？（生）夫人，你還不知。董卓未來，那朝政大小皆託下官；董卓一來，公卿將相下車迎迓，朝廷鈞軸讓與他掌管，因此，下官稍閑。（旦）你也這般屈節與他？（生）你哪知我的就裡！翠環，奉酒；貂蟬，唱曲！

（眾合）

【二郎神】朝雨後，看海棠似胭脂濕透，笑眷戀花心蝴蝶瘦。繁華庭院，春光錦簇香浮，這檀板金樽雙勸酒，好風光怎生能彀？（合）慕什麼仙遊，羨人間自有丹坵。

【前腔】清謳，珠璣落吐，櫻桃小口，聽響過行雲音律奏。且及時為樂，浮生此外何求。傲殺那長安公與侯，高尚志問君知否？（合）何必慕仙遊，羨人間自有丹坵。

（生）貂蟬，你唱的曲是新上的，舊上的？（貼）是新上的。（生）夫人，這也虧他，賞他什麼纔好？（旦）相公隨意賞他便了。（生）吓，我有白玉連環，在此賞你，你可用心習學。（貼）是。（生）這連環呵，

【集賢賓】無瑕白璧真罕有，冰肌潤澤溫柔，宛轉連環雙扣鈕，這圈套誰能分剖。也是姻緣輻湊，真個是陰陽配偶。（合）東西就，圓活處兩通情實。

（貼）

【前腔】連環細玩難釋手，教人背地含羞。此話分明求配偶，奴家若與老爺成就了此事呵，樂琴瑟便拋箕帚。（生）貂蟬，你沉吟差謬，你把它留著，他日自有應驗的。久以後自知機彀。（合）東西就，圓活處兩通情實。

（貼）

【貓兒墜】錦茵慁皺，羅襪步香浮。裊娜腰肢舞不休，三眠宮柳午風柔。（合）進酒，直飲到月轉花梢，漏滴譙樓。

（貼）

【前腔】輕翻彩袖，舞罷錦纏頭。笑整雲鬟照碧流，鈿蟬

零落倩誰收？（合）進酒，直飲到月轉花梢，漏滴譙樓。

【尾】（生）玉山頹倒扶紅袖。（旦）相公，敢是醉了？（生）夫人，沉沉非關嗜酒，端只為憂國憂民志未酬。

　　（旦）花前歌舞且盤桓。（生）國步艱難敢盡歡？（貼）朝夕焚香拜天地。（合）願祈國泰與民安。（同下）

按　語

〔一〕本齣齣首柳青娘督導家伎演樂的文字、曲文，接近竹林本《連環記》（中國國家圖書館藏）第五齣〈教技〉。王允夫婦上場之後的曲文，接近鄭振鐸藏清鈔本《連環記》（《古本戲曲叢刊》初集景印）第十三折〈賜環〉。

〔二〕選刊此齣的坊刻散齣選本還有：《樂府紅珊》、《賽徵歌集》、鬱岡樵隱輯《新鐫綴白裘合選》、《醉怡情》、《來鳳館合選古今傳奇》、《歌林拾翠》、石渠閣主人輯《續綴白裘》。其中，《醉怡情》沒有齣首柳青娘督導家伎演樂的情節。

連環記‧拜月

貼：貂蟬，王允府中的歌伎，王允的義女。
生：王允，司徒。

　　（貼上）清夜無眠暗自吁，花陰月轉粉牆西。欲知無限含情
處，十二欄杆不語時。奴家貂蟬，自幼蒙老爺、夫人教養成人，學
習歌舞，粗知文墨；感恩萬千。這兩日老爺眉頭不展，面帶憂容，
想是為朝廷有難決之事，奈何府中無得力之人。可惜奴家是個女
子，若有用我之處，縱不能如西施報君恩而酬苦志，亦當效緹縈救
父罪而去肉刑。雖然，老爺面前不敢明言，徒懷憂鬱而已。看此月
明良夜，不免到瑤臺上焚香拜禱則個。
【羅江怨】荼蘼徑裡行，香風暗引。天空雲淡籟無聲，畫
欄杆外花影倚娉婷也。環佩叮噹，宿鳥枝頭驚醒。鳳頭鞋
步月行。移步上瑤臺，焚香拜明月。恩主劍如霜，早把奸邪滅。
（拜介）（生暗上）（貼）螺甲香拜月明，頓忘卻風透羅襦
冷。
　　（生）唻！（貼跪介）（生）你這女子，半夜三更在此！
【園林好】長吁氣在荼蘼架邊，有所思過牡丹亭畔。何處
追尋劉、阮？這裡是百花園，你休錯認武陵源[1]。
　　這裡不是講話的所在，隨我到亭子上來。（走介）（貼跪介）

1　底本作「園」，據清鈔本《連環記》（《古本戲曲叢刊》初集景印）改。

（生）你快說真情，饒你的打。

　　（貼）

【嘉慶子】偶來拜月聊自遣，端不為麗情相牽。連日呵，不忍見爹行愁臉，因此上，告蒼天：凡百事，遂心田。

　　（生）你自幼在我府中，怎生看待你？

　　（貼）

【尹令】蒙養育深恩眷戀，教技藝安居庭院。（生）我也不曾凌賤你吓。（貼）未嘗把我凌賤，（生）也不曾輕慢你。（貼）幾曾把奴輕慢。自小相隨，勝嫡女相看已有年。

（生）咳！我好悶人也！

　　（貼）

【品令】爹行為何，鎮日兩眉攢？形容憔悴，有時淚雙懸。莫非為國難，運籌除奸險？奴不敢問，只得祈告蒼天憐念。武偃文修，免得忘餐寢不安。

　　（生）

【豆葉黃】這國家大事，兒女每休言。看多少元宰勳臣都無計，把奸雄驅遣。任他圖篡，有誰擅言？你是個閨門中弱質，你是個閨門中弱質，怎分得君憂、解得黎民倒懸？

　　（貼）

【玉交枝】不須愁嘆，獻芻蕘乞採奴言。論來男女雖有別，盡[2]忠義一般休辨。西施興越敗吳邦，緹縈救父除刑患。倘用妾決不畏難，這賤軀何惜棄捐。

　　（生）

2　底本作「儘」，據清鈔本《連環記》改。

【么令】你肯為國家排難，頓教人憂懷放寬。念君臣有累卵之危，時刻熬煎。百姓有倒懸之苦，不能瓦全。阿呀我的兒吓！方纔做爹爹的呵，枉把你來埋怨，恕急遽言詞倒顛。

（貼）爹爹，那董卓近日行事如何？（坐）兒吓，那董賊近日行事呵，

【江兒水】他奪篡機謀遠。他有個義兒叫呂布，他助惡羽翼聯。（貼）何不遣人刺之？（生）禁聲！（兩邊看介）阿呀兒吓，做爹爹的呵，我也曾令人暗刺反失純鉤劍。（貼）那眾諸侯便怎麼樣了？（生）諸侯合陣空勞戰。我的兒吓，我觀此二人皆溺于酒色，為此，我做爹爹的呵[3]，我只得權……（住口介）咳咳咳！豈有此理！（貼）爹爹為何欲言不語？（生）話便有一句，只是不應為父的講的。（貼）爹爹但說何妨。（生）我想，事到其間，也不得不說了。我做爹爹的呵，權把你做紅裙女陣生機變。將你先許呂布，後獻董卓，你可就中取便，此乃我反間之計，使他父子分顏，方、方遂我平生之願。

（貼）

【川撥棹】將奴獻，便隨機行反間。（生）向與你玉琢連環，（貼）今可驗計設在連環。（生）阿呀兒吓，伊若洩漏風聲，吾當滅門罪怨。（跪介）（貼跪扶介）不須憂請放寬，領嘉謀當曲全。

（生）

【尾聲】陰柔用事消陽健，重把山河來建。遠大奇功達九

3　底本作「咧」，參酌文意改。

天。

我計已定，今只是不能使呂布到來，怎麼處？有了！我聞得他在虎牢關失了金冠，我把明珠數顆嵌一金冠，差人送去，他必來謝我，我就留他在後堂飲宴。那時，喚你出來奉酒，我假意出去，你可將機就計，私結其心。我後來時，自有道理。（貼）孩兒曉得了。（生）奸惡雖強酒色徒。（貼）只消舌劍用機謀。（生）要離謾說能行刺。（貼）不及吾家女丈夫。（生）好！好個不及吾家女丈夫！隨我進來，隨我進來。（同下）

按　語　——————————————

〔一〕本齣主體情節、曲文與鄭振鐸藏清鈔本《連環記》第十八折〈拜月〉接近。

〔二〕選刊此齣的坊刻散齣選本還有：《纏頭百練二集》、《玄雪譜》、《萬錦清音》、鬱岡樵隱輯《新鐫綴白裘合選》、《醉怡情》、《來鳳館合選古今傳奇》、《歌林拾翠》。這些選本的內容概可分為二系，第一系是《醉怡情》與錢德蒼編《綴白裘》，一開始就是貂蟬上場。第二系，也就是《纏頭百練二集》、《玄雪譜》、《萬錦清音》、《新鐫綴白裘合選》、《來鳳館合選古今傳奇》、《歌林拾翠》，這幾本則先由王允上場，唱【西地錦】表現憂國心思，再接貂蟬。又，第二系貂蟬拜月時有一支【羅江怨】（朝廷，願太平，風調雨順），恰如其分地展現人物的中心思想與劇情主旨。

占花魁・種情

付：王九媽，老鴇。
旦：阿四，俗妓。
丑：龍兒，俗妓、婢女。
小生：秦種，賣油郎。
貼：王美娘，名妓。

　　（付上）
【引】東風吹動簷前鐵，喚醒幽窗殘夢歇。
　　老身王九媽。自從美兒進門之後，真個是車馬闐門，錢財日進！可又作怪，前日那賣油郎拿了十兩銀子，要與美兒相處一夜。我回他過了十日後再來，他果然過了十日又來。那日美兒沒工夫，又回了去。你道，花魁女兒哪裡有閒工夫招接你這賣油郎吓？只是，拿了他的銀子，怎生是好？美兒今日又往湖上陪酒去了，家中甚是清淨。你看天色已晚，不免喚幾個丫頭出來，到門前去招接孤老。丫頭們哪裡？
　　（旦、丑上）
【引】飄蘭麝，且款款把羅裙悄搋。
　　娘吓，喚我每出來做甚？（付）你每在裡頭做什麼？（丑）在裡頭吃泡粥。（付）好吓！鎮日吃了自在飯兒，竟不到門前去招接孤老，都像你每這班不成人的，教老娘只好喝西風過日子！（丑）

美阿姐敲起子半片毡子坐在房裡，弗去說俚，叫我們出去冰[1]風露水，阿是要俚擺樣了？（旦）好吓！可是擺樣？（付）你每要學美阿姐？腳跟也趕不上哩！站在門首去！今晚若沒有客，一百皮鞭一個，休想討饒一下！南無阿彌陀佛……（下）

（丑）我想，嘸念僊個佛？念介張硬毡個佛！前世事嘿弗知作子僊個孽了。阿四，拿燈掛拉大門前來，夜哉，客是無得來個哉。

（旦）正是。（丑、旦同坐介）（丑）阿姐，前日子一個蝦米客人告我一隻曲子，唱拉阿姐聽嘎。（旦）好吓！（丑）弗要笑吓，還弗筍會個來嘿。

【剪綻花】姐兒早起正梳頭，忽見一個大膽的冤家走上樓，立在姐後頭，拍拍姐肩頭，噯呀拍拍姐肩頭。

【又】姐兒見了笑悠悠，便把牙梳桌上丟。金簪捏在手，手挽青絲繞了一個革焦頭，且和你去幹風流。噯呀顧不得兩手油。噯呀且去幹風流。

【又】思想情哥淚如麻，見了情哥就笑添花。為什麼久不到我家？噯呀坐坐吃盃茶，看看這朵花。噯呀坐坐吃盃茶。

（小生上）天台有路應重到，月窟難逢誓不歸。列位姐姐，唱得好吓！（丑）咦！唱列唱，唱子一個客來哉。到我房裡去吃茶……（旦）這是秦小官，不幹這樣事的。（丑）阿姐，嘸弗曉得，前日拿十兩銀子不拉娘子，要嫖美阿姐一夜——俚倒是個大老官。（旦）娘在哪裡？秦小官在此。（付上）你自進去。（旦下）（丑）小秦，嘸無算計。嘸贖子我個身，我搭嘸一生一世好到底個

1　底本作「兵」，參酌文意改。

哉。（付）賤人！（丑）親娘，我接個客拉里。（付）這是秦小官，什麼客。（丑）僖個？我接個客亦要吅搶子去，我下遭再嚜弗接個牢客哉。（下）

（小生）媽媽。（付）秦小官，今日來得湊巧，將有九分九厘了。（小生）這一厘又欠著什麼？（付）小女還不在家。（小生）哪裡去了？（付）今日是余太尉約他遊湖，他是年高之人，並不夜坐，原說過黃昏就回的。（小生）如此，待小可等一等罷。（付）請到裡面去。（小生）正是：池塘盡種相思樹。（付）庭院偏裁並蒂花。秦小官，這裡是客座，各位王孫公子都在此吟詩飲酒的。你在此坐一坐，老身去整備一個小榼兒來與你消遣，如何？（小生）多謝媽媽費心。（付）丫頭，看茶來吓。（下）

（小生）你看：四壁圖書，一枰冷玉，綺榻清幽，碧窗瀟灑，真個好精室也！

【步步嬌】寂靜蘭房塵²不到，頓覺風光別，如夢入神仙關。冰絃帳，寶鼎爇，悠然竹韻蕭騷，花影橫斜。風動繡簾揭，卻又早松梢漸轉樓頭月。

（付、丑上）雪因舞態羞頻下，雲為歌聲不忍行。秦小官，老身整得一個小榼在此，你且先飲一盃。（小生）何勞媽媽如此重費。（付）小酌有慢的，丫頭，看酒。（丑）吠哉。（付、小生對坐，丑斟酒介）（合）

【沉醉東風】泛霞觴瓊漿漫啜，簇冰盤珍羞齊列。良會語霏玉屑。（付）秦小官，請一盃。（小生）媽媽請，看銀燭光

2　底本作「人」，據明崇禎間《一笠菴新編占花魁傳奇》（《古本戲曲叢刊》三集景印）改。

燁，映花紅將洞房照徹。正芳菲令節，休把金樽暫撒。猛拚個玉山頹，送入溫柔深處也。

（付）丫頭，看大盃過來。（丑）吓。（小生）小可量淺，不飲了。（付）真個不飲了麼？（小生）真個不飲了。（付）丫頭，撤過了，少停再飲罷。（丑）是哉。（下）（付）秦小官，這裡來。（小生）是。（付）這裡是小女的臥房，你在此坐坐，待我差人去接小女回來。（小生）媽媽請便。（付）酒闌歸畫舫，人去冷珠樓。（下）

（小生）這就是美娘的臥房了？妙吓！你看：香奩尚啓，寶鏡未收。殘脂剩粉，唯聞一陣香風；繡帳錦衾，妝就千般旖旎。我秦種有何福分消受得起！（內打二更介）呀！你聽，鼓聲二下，還不歸家，正所謂「有約不來過夜半」也。

【忒忒令】漏沉沉將黃昏送逑，影淒淒輸卻宿花雙蝶。聽何處玉簫，聲冷空悲咽？天際彩雲怎躡？銀河涉，鵲橋接，願風恬浪絕。

（丑內）開門，開門。（付上）是哪個？（丑）美阿姐居來哉。（付）掌燈。吓，秦小官，小女回來了。（小生）回來了，妙吓！（丑扶貼上）酒入香腮紅一捻，舞餘長袖綠雙垂。（付）兒吓，有客在此，你來陪一陪。（貼）我醉得緊了，哪裡陪得？（丑）美阿姐，嘸弗陪，讓我陪子罷。（付）賤人，還不走開！兒吓，這是臨安有名的子弟，慕你的才貌，今晚特來等你，你須要好好的接待他。（貼）有名的麼？請了。（丑）拉虼個搭。（付）在那邊！（貼）請了。（小生）請了。（貼）阿喲，我不認得他。（丑）阿姐，嘸弗認得俚，俚日日拉里賣……（付）賤人，還不走進去！（丑）僱個介賣沒賣哉啥。（下）

【好姐姐】（貼）漫說琴調瑟協，（付）酒嘿少吃些便好。（貼）我只為傳盃斝沉酣麯糵。（付）兒吓，有客在此，你來陪一陪。（貼）嗳！我要睡。（付）賤人，你吃醉了，把老娘來殺酒風的麼？（小生）媽媽，不要是這等。（付）我是嚇他。（貼）向醉鄉去者，任伊腸寸摺，空饒舌。教我羅帶難鬆結，分付莊周休將好夢瞥。

（睏介）（付）這怎麼處？待我叫醒他。（小生）媽媽，待他睡，不要驚動他。（付）既如此，你略坐一坐，也睡了罷。（小生）是。（付）秦小官走來。我對你說，他是酒醉的人，須要放溫存些吓。（小生）休得取笑。（付）丫頭，看茶到房裡去吓。（下）

（丑拿茶上）來哉。偍個大老官，還要拿茶拉俚吃，真正前世事。咦！俹養個老早拉丒親嘴哉。餓殺坯，茶拉里。（小生）哪個？（丑）茶拉里。（小生）姐姐，有勞你，放在此罷。（丑）美阿姐阿是醉哉？（小生）正是，醉了。（丑）讓我叫俚起來吃茶。美阿姐，起來吃茶，起來吃茶。（小生）姐姐，他睡著了，不要叫他。（丑）美阿姐真正醉哉，吽到我房裡去睏子罷。（小生）不消。（丑）介嘿，去吃呷茶。（小生）惹厭！（丑）吥！偍個要子吽個銅錢銀子了？我看，吽個膀哈拉裡鐄能介戳起拉丒哉，趁俚吃醉丒，做介一個慢櫓搖船捉醉魚罷。（渾下）

（小生）這丫頭惹厭得緊！你看，美娘睡熟了。酒醉的人一定怕冷，不免將些衣服替他蓋暖了。且把這壺茶暖好了，恐他醒來要吃。我且坐在此，不要驚動他。

【園林好】聽枝上烏啼慘切，覷簾畔燕雛寧貼，怎做得香偷玉竊。人自逼會空賒，雲影障月偏遮。

　　　　（貼）阿呀，醉殺我也！（小生）好了，他已醒了。（貼）我
要吐。（小生）阿呀，要吐了！可惜這床好被褥，怎麼處？吓，有
了！我把衣袖盛了罷。（貼吐介）茶來吃。（小生）吓，茶在此。
（貼吃介）再取來。（小生）吓。（貼又吃介）（小生）可要了？
（貼）不要了。（又睏介）（小生）阿呀，你看他又睡了。

【桃紅菊】他那裡醉中天神飛夢越，我這裡好一似鏡中花
難親怎捨。捱盡了永迢迢長夜，捱盡了永迢迢長夜，（內
打絕更介）恰又早曉雞聲唱疊。

　　　　（貼）阿呀，好醉也！（小生）看仔細。（貼）吓？你是哪
個？（小生）小可姓秦，昨夜在此相候小娘子的。（貼）我昨夜醉
得緊了？（小生）也不甚醉。（貼）我可曾吐麼？（小生）不曾
吐。（貼）這便還好。嗨？我記得曾吐過，又曾吃過茶來，難道是
夢裡不成？（小生）是曾吐來。小可見小娘子多飲了幾盃，也防要
吐，把茶煖好。小娘子果然吐後討茶，小可斟上，蒙小娘子不棄，
飲了兩甌。（貼）髒巴巴的，不知吐在哪裡？（小生）恐防污了小
娘子的衣服、被褥，是小可把衣袖盛了。（貼）如今在哪裡？（小
生）連衣服裹著，藏在床側。（貼）阿呀，可惜污了你的衣服！
（小生）這是小可的敝衣有幸，得沾小娘子的餘瀝。

　　　　（貼背介）有這樣識趣的人……請坐。（小生）有坐。（貼）
你實對我說，你是什麼樣人？（小生）小可秦種，常在宅上賣這
個，賣這個……（貼）賣什麼？但說何妨。（小生）賣這個……
油。（貼）吓！原來就是秦小官。昨夜為何在此？（小生）小可自
去春一見小娘子的花容呵，

【雙蝴蝶】願奢，朝和暮夢魂呆。念熱，年和歲形影子。
搗玄霜覓絳雪，恰纔的博得個半宵歡悅。（貼）我昨夜醉

了，不曾招接得你，你乾折了許多銀子，豈不懊惱麼？（小生）薄劣，想著我塵凡質，我也怎生淡冶。姣怯，想著你瑤臺種，教他怎生嫚褻。

（貼）阿呀，你是做經紀的人，積些銀子，何不留下養家活口？此地不是你來往的所在吓。（小生）小可單身一口，並無家小。（貼）吓……你只單身一口，並無家小？（小生）正是。（貼）吓……你去了，他日還來麼？（小生）小可昨宵相親一夜，已慰平生，豈敢又作痴想。

（貼）呀！

【江兒水】聽汝言真懇，令人長嘆嗟。想焚琴煮鶴多磨滅，你憐香惜玉多周折，我琴心曲意多牽惹。一段幽懷怎寫？半夜聯床，早種就相思萬劫。

（小生）天色大明，就此告別了。（貼）少住，還有話說。（小生）是。（貼開奩，取銀付小生介）昨夜難為了你，有白銀二十兩，拿去權為資本。（小生）雖承雅意，怎好領得！（貼）我的銀子來得容易，這須些報你一宵之情，休得固遜。

【川撥棹】酬瓊璃，愧些微少充資斧竭。憑著你萬種溫存，憑著你萬種溫存，不能彀霎時歡洽。（合）想藍橋成故轍，盼桃源誰理楫。

（貼）那件污穢衣服，我叫丫鬟洗乾淨了還你罷。（小生）粗衣何煩小娘子費心？小可自去煎洗。只是，領賜不當。（貼）說哪裡話！我還要親自送你出去。（小生）不勞罷。（貼）不妨，待我送你出去。

【尾聲】（小生）閒情萬種從今掣。（貼）論聚散浮萍一葉。願結個再生緣，歲歲團圓不缺。

　　（小生）小可去了。（貼）請了。（小生）請了。（貼）秦小官，轉來，轉來！（小生）小娘子，怎麼說？（貼）你今日去了，他日還來走走？（小生）另日再來看小娘子，請進去罷。（貼）請了。（小生）請了。（下）

　　（貼）天下有這等好人，又老實，又知情識趣。閱盡章臺伴，教人轉斷腸。易求無價寶，難得有情郎。（下）

按　語

〔一〕本齣出自李玉撰《占花魁》第二十齣〈種緣〉。

〔二〕選刊此齣的坊刻散齣選本還有：《醉怡情》、《來鳳館合選古今傳奇》。選抄此齣的散齣鈔本有中國社科院圖書館藏《集錦》。

占花魁‧串戲

丑：祝二青，幫閒。
淨：万俟公子，權貴。
外、末：万俟府的管家、傭人。
貼：王美娘，名妓。

　　（丑上）蘇堤春曉聽啼鶯，曲院荷香十里清。月印三潭秋色好，斷橋殘雪一僧行。自家祝二青。家兄祝方青同衛太史老先生到玄墓看梅花去了，小子今日奉陪万俟公子西湖一樂。你道這公子是誰？乃樞密使万俟卨之子。他父親靠著秦丞相的勢頭，好不顯赫！方纔著許多管家去請花魁娘子，久等不來，同我先吃了幾杯，有些醉意，往後艙去睡了。恐怕酒醒出來，只得在此拱候。

　　（淨內）小的，躭茶來吃。

　　（淨上）

【大齋郎】沒頭角，少問學，打雄吃飯酒量擴。靠著區區家父勢，橫行到處慣作惡。

　　（丑）大爺醒哉。（淨）老祝，你的量不濟吓。（丑）大爺是滄海之量，我是溝渠之酌，阿吃得過大爺個介！（淨）你還賴我一杯哩。（丑）求讓個哉。（淨）老祝，那王美兒幾次著人去喚他，為僥不來？（丑）大爺喚，一定就來。（淨）他若不來，叫他認認我大爺的手段哩！饒伊貴戚盡低頭，（丑）難道煙花不怕死。

　　（外、末擁貼上）挾將世上無雙女，來見當今第一人。（扶貼上船

介）啓大爺，王美喚到了。（丑）大爺，美娘來哉，美娘來哉。
（淨）來哩就罷休，僧子吶喊搖旗的！小的兒，帠茶來。（貼）大
爺。（丑）大爺，美娘拉里見禮哉。（淨）罷休哩。吓，老祝，不
見咱的耍子裝腔。（丑）好乃嗁。

　　（淨）王美，我大爺幾次著人來喚，你為僧子不來？（貼）大
爺雖曾來喚，奈賤妾先被各位老爺喚去，所以來遲。（淨）介膼殺
狗婦入出來的！（丑）阿唷！大爺，為僧了？（淨）你把大官府來
壓量我大爺，你去問問兒著，憑你哪一個，說了我大爺，哪一個不
怕我的？這狗婦入出來的！（丑）大爺聽差子了，美娘說各位老爺
乃來喚弗曾去，說子大爺叫，如飛就來哉。（淨）介便罷休。吩咐
開船。（外、末）吓。大爺，下雪了。（淨）下雪極妙的哩。
（丑）怪道我腳冷。（淨）我每就做個〈党太尉賞雪〉哩。（丑）
好得勢！落雪嘿大爺極歡喜個哉。（淨）耍子說話！小的兒，看熱
酒來。（外）吓。（丑）大爺，我里坐拉里，美娘立拉乃，一點風
月興趣纆無哉，阿可以嚦讓俚坐坐？（淨）這句話兒倒還說得有
理。小的兒，賞他一個坐兒。（外、末）吓。（丑）美娘告坐。
（淨）罷休哩。（丑）罷哉，罷哉，大爺說罷哉。坐子，坐子。
（淨）老祝，王美兒曉得僧物事？（丑）美娘個伎藝多得勢，對吓
彈得好琴，著得好棋，做得好詩，撇得好蘭，唱得好曲子。（淨）
他會唱曲？有興哩。王美兒，你唱一隻曲子我大爺聽聽。唱得好，
賞你介一盃酒兒吃；唱得不好，叫小的兒帠縛板兒伺候。（丑）美
娘阿當得起個介？唱介一隻。（貼）我不曉得的。（丑）俚是個樣
性格！唱一隻，弗論僧個嘿是哉。

　　（貼）

【粉蝶兒】[1]瑩瑩的淨琉璃，波縹緲。（丑）好吓！（淨）纔開口，耍子好？（丑）個個字眼滴流圓個。（淨）你也少說些歇，哪裡的字眼是方的？（丑）弗差！大爺吃酒。（淨）我們豁拳。（丑）來哉那！（豁拳介）（貼）覷千巖萬壑，四圍環繞。花堤不斷跨六橋，（淨、丑豁拳、吃酒，混介）（貼）好風光領略偏饒。費騷人攜遍詩囊，丹青手豈易摹肖。

　　（淨）姐的[2]不唱哩？（丑）好！唱完哉。（淨）姐介一丟丟兒就完哩？（丑）蠻長介一隻，唱子半日哉。（淨）你欺我大爺不在行的，打發生活兒？不瞞你這遭瘟的說，我大爺戲文也團過三四十本的哩！（丑）大爺是老團哉。（淨）耍子說話！老祝，我大爺今日高興團戲文哩。（丑）有理個！我里竟串戲。（淨）小的兒，可曾帶行頭？（外、末）帶在這裡。（淨）搬開桌兒。（外）吓。（淨）老祝，團耍子戲文？（丑）就便雜齣串兩齣嘿哉。（淨）耍子好呢？（丑）大爺，〈私奔〉如何？（淨）好哩，我大爺是李靖，王美兒是紅拂女，小的兒做更夫，待我溫溫兒著。（丑）美娘，要吾做一個紅拂女亅。（貼）我不曉得的。（淨唱介）夜深誰過叩柴門？（丑）走開來，弗要踏著了魘門。（淨笑介）遭瘟的，忘懷哩。（丑）大爺，美娘弗曉得個。（淨）介的老戲文都不曉得，串僭的哩？（丑）再換一齣。（淨）吓，〈霸王別姬〉鬧熱開兒，可好？（丑）好極！派派脚色看。大爺是王霸。（淨）啐！遭瘟的，霸王，耍子王霸！（丑）說差哉，大爺是霸王，美娘是虞姬，我是韓信，管家扮子小軍嘿是哉。吓，美娘阿曉得個？（貼）

1　這支是南中呂宮過曲【粉孩兒】，底本不確。
2　本齣「怎的」作「姐的」是為了表現劇中人的特殊口音。

我不曉得。（丑）亦是弗曉得個丕？介嘿，讓我對大爺說，再換嘘。（跌介）

（淨）遭瘟的，這個樣子是姐的！（丑）跌殺哉！大爺，個個人馬少，串弗來。（淨）又是人馬少，串姐的呢！（丑）大爺，吓想想看。（淨）竟串一齣〈鳳儀亭擲戟〉罷休。（丑）好吓！我里派派腳色介。（淨）老祝，我大爺是呂布哩。（丑）自然大爺是呂布，美娘是貂蟬，管家是李肅、李儒，我是打鼓板[3]個。（貼）我是不曉得的。（丑）吓弗要管，立拉丕嘿是哉。阿呀大爺，有點串弗成。（淨）姐的又是串不成。（丑）董卓是要緊個喂。（淨）是的，董卓阿太兒是少不得的。老祝，就是你朧朧兒歇。（丑）我是要打鼓板個。（淨）權做做兒罷休。（丑）先告子個罪介。得罪，得罪！（淨）耍子？耍子？（丑）權做大爺個爺哉。（淨）遭瘟的，扮腳色！（末）祝相公，我每不曉得的。（丑）無僥難個，亦弗要唱曲子個，鑼鼓一響，吓丕兩個奔得上去，說道：「不要動手，李肅、李儒在此。」跌子一交嘿是哉。（外、末）吓，不要動手，跌一交？（丑）正是。

（淨）遭瘟的，扮腳色啥！（丑）來哉喂。（淨）老祝，你看我扮得好勿？（丑）好丕，倒像叫化張天師。（淨）亂話！打戲房裡跑出來。（丑）是吓，打戲房裡走出來。（淨）打鑼鼓，打鑼鼓。（淨轉身上場介）（外、末）不要動手，不要動手。（淨）啐！阿姐入出來的，呂布纔上場，耍子不要動手、不要動手！（外、末）祝相公教我的。（淨）老祝，你是老串哩，董卓阿太不曾上場，李肅、李儒在場上亂跑？（丑）大爺，吓丕尊管家弗懂

3　底本作「扳」，參酌文意改。以下同。

了，我說等我上子場，那間嘿說「不要動手」，冒入鬼就奔上來哉！大爺弗要氣，再來。（淨）吓，再來。打鑼鼓，打鑼鼓。（復上，呆介）（末）大爺忘了。偶來⋯⋯（淨）呸！耍子偶來、偶來！（丑）大爺，吾丑個個管家原弗好，一陣鬧，帶累大爺上場渾哉。重新來。（淨）噯！不串個牢戲文哩！（丑）哪說弗串哉，吾看是介多哈人拉里看戲，哪說弗串。（淨）問那一齣不曉得，那一齣又不會；纔上場，李肅、李儒亂跑。（丑）大爺，摟白相動儌氣，再來。

（淨）小的兒，尵人參湯來！（丑）該吃人參湯哉。（淨）老祝，打鼓板，打鼓板。（淨）拉里打哉。（淨）偶來鳳儀亭。（丑）好吓！（淨）悶把欄杆倚，欲採芙蓉花，可憐隔秋水。（丑）好字眼！（淨）那邊好似貂蟬模樣，待我聽他說些什麼⋯⋯（對貼介）唱吓！（丑）大爺，要吾保場丑。（淨）遭瘟的，早說啥！（唱介）**青青柳，姣又柔，一枝已折在他人手。**（丑）好丑！就是集秀班裡個小生嗓唱弗出故樣好曲子。（淨唱）**把往事付東流，良緣嘆非偶。簪可惜，雙鳳頭。玉連環，空在手。**（白）貂蟬，你家老兒好沒分曉，許了小生，如何又許董卓？不要怪他，只恨我關上來遲了些。（丑）為儌弗趁子頭載了？（淨）耍子頭載？（丑）有班塘船個喂。（淨）我說的是虎牢關吓！（丑）啐！我道是滸墅關了。（淨唱〈紅衲襖〉介）**我這指望上秦樓吹鳳簫，卻緣何抱琵琶彈別調？**（白）小姐請上，小將有一拜。（丑）跪子拜下去。（外、末）福福兒。（淨）拜啥，拜啥？（貼不理介）（淨）臘煞娼根狗婦入出來的！我大爺倒跪你這阿姐的！（踢倒貼介）（丑）阿呀！貂蟬，貂蟬，為儌了？（淨）小的兒，把他丟在湖裡去！（丑）呂布，呂布，看董卓面

上，饒了他罷。（淨）耍子董卓！（丑）難道爺個說話纔弗聽個哉？（淨）小的兒，把他的衣服剝了，抽掉他的脚帶兒，推他在十錦塘上，我每自開船。（下）（外、末）吓。（推貼上岸介）（外、末下）

　　（丑）咳！蓋個忤逆種，爺個說話纔弗聽個哉。好好里一個〈鳳儀亭〉弗做，倒做子〈錢玉蓮投江〉哉。且住，等我串完子個齣戲勒介。呂布吓，呂布吓，你潛身鳳儀亭咭各咭，潛身鳳儀亭咭各咭各咭各咭……（內）祝相公，大爺叫。（丑）來哉來哉。老大哉，還要吊牢子個爺來……（渾下）

按　語

〔一〕本齣出自李玉撰《占花魁》第二十三齣〈巧遇〉前半齣。
〔二〕選刊此齣的坊刻散齣選本還有：《醉怡情》、《來鳳館合選古今傳奇》。

占花魁‧雪塘

貼：王美娘，原名莘瑤琴，避難被誘拐，誤落風塵。
小生：秦種，賣油郎。
旦：蘇翠兒，莘家僕人沈仰橋之妻。

　　（貼）阿呀，好苦吓！我莘瑤琴不知前世作何罪孽，受今日之苦。

【紅芍藥】沉劫海沾污清標[1]，青衫濕強度昏朝。又驀遇猩猩恣凌暴，痛須臾有天難告。不免捱到前面，問路歸家。呀，你看，雪兒又大，赤足難行，如何是好？前行凜凜鬥寒颷，瘦伶仃趄趄傾倒。天吓！這都是卜喬拐騙，劉四媽說誘，以致今日受此凌辱。我想，做了一個村莊婦人，也不到此地位。罷！千休萬休，不如死休。算不如一死為高，把本來面目重招。

　　（作投湖介）（小生撐傘上）斜穿霧陣梨花落，亂捲風鬚蝶翅狂。你是何人，行此短見？（扯住介）

　　（小生）

【耍孩兒】萬劫一身修不到，有甚冤和苦，卻把性命鴻毛？呀，原來是花魁娘子！（貼）原來是秦小官！（小生）小娘子，為何蓬頭垢面，獨自在此？（貼）我被万俟公子差許多狼僕搶

---

[1] 底本作「膘」，據明崇禎間《一笠菴新編占花魁傳奇》（《古本戲曲叢刊》三集景印）改。

至舟中，百般凌辱，撇在這裡。傷悲，痛煞煞薄命遭圈套。甚日來跳出污泥表？因此上向清溪蹈。

　　（小生）小娘子吃了苦了。這等非意之辱，何足掛意[2]？待我好好送你回去，不要氣壞了身子。（貼）只是，赤足難行，如何是好？（小生）我有白綾汗巾在此，扯開了櫳裏雙足，待小可扶著你走便了。（貼）如此，多謝。

　　（合）

【會河陽】裂體風吹，撲面雪飄，青山回首徧瓊瑤。斷橋更斷人行，景堪畫描。含愁淚聊凝眺，晚鴉頻向那寒林噪，暮雲早迷卻羊腸道。

　　（貼）天色昏黑，腳又疼得緊，怎麼處？（小生）那邊樹林內透出一點燈兒，想是人家了。待我敲開門來，小娘子略坐一坐，待小可去喚乘轎子來，送你回去便了。（貼）如此甚好。（小生）這裡是了。開門，開門。（旦上）數椽幽谷悄，萬籟雪宵清。是哪個？呀！好像小姐模樣。（貼）呀！你可是沈家媳婦？（旦）果然是小姐。（各哭介）

【縷縷金】欣萍聚，淚珠拋，月圓花再發，謝穹蒼。兩兩分離久，相逢湊巧。天教會合在今宵，悲時轉歡笑，悲時轉歡笑。

　　（旦）小姐為何這般模樣？（貼）我被卜喬拐騙，

【越恁好】墮入花營錦陣、花營錦陣，鸞鳳混鷗鴉。（旦）小姐墮入煙花了。咳！可憐。（貼）今日無端受辱，嗟薄命，赴波濤。幸遇此間秦官人，歧途拯救相慰勞，攜行偶

2　底本作「齒」，據明崇禎間《一笠菴新編占花魁傳奇》改。

造。（旦）難得此位官人這等好情。（貼）你為何也在此？
（旦）我被卜喬拐騙，賣在唱船上，喜得在盛澤鎮上遇見丈夫，重
得完聚。（貼）如今卜喬哪裡去了？（旦）我們在九里松開個茶
舘，不想他做了和尚，又來奸騙，被我夫婦將他哄入箱中，乘昏
夜共挈往中途掉，遇官府早撇向江潮鬧。

　　（小生）吓！前日臨安府夜巡官把一個箱內和尚撇在錢塘江
內，想必就是他了。（貼）這也處得他好。（小生）小娘子在此坐
坐，待小可去喚乘轎子來。（貼）有勞了。（小生）好說。憐香多
款曲，惜玉受驅馳。（下）

　　（貼）你丈夫哪裡去了？（旦）早上入城，想為風雪阻住，故
此未歸。小姐，請到裡面去坐坐，等轎子來，今晚且回去，明日計
較個長久之策便了。（貼）說得有理。

【尾】黃昏雪映清光皎，野僻荒居恁寂寥。何日得月現雲
開相聚好？

　　（同下）

按　語

〔一〕本齣出自李玉撰《占花魁》第二十三齣〈巧遇〉後半齣。
〔二〕選刊此齣的坊刻散齣選本還有《醉怡情》、《來鳳館合選古
今傳奇》。

占花魁·獨占

付：王九媽，老鴇。

小生：秦種，賣油郎。

貼：王美娘，原名莘瑤琴，誤落風塵成名妓，封花魁。

　　（付上）花正開時遭雨打，月當圓處被雲遮。我家花魁女兒好端端坐在房裡，被許多人口稱是万俟府中，竟把女兒搶去。四下裡訪問，杳無消息。如今天色已晚，又下這等大雪，叫我哪裡去尋？若有些山高水低，可不把我一顆搖錢樹活活的斫折了？天吓！怎得個九霄雲裡掉下我的女兒來？（小生內）轎錢、酒錢都有了，你們去罷。

　　（貼上）

【引】風波平地驚千丈，（小生上）擁護名花無恙。（貼）母親在哪裡？（付）好了，我兒回來了！拭淚喜如顛，驚覷你似從天降。

　　秦小官為何也在此？（貼）我被許多狼僕搶至舟中，那万俟公子百般凌虐以後，將我拔去簪珥，剝去衣服、鞋子，撇在十錦塘上。風雪又大，赤足難行，正要投河自盡，幸遇秦官人救取，扶我行至中途，喚轎送歸。（付）難得你這樣好人，多謝多謝！（小生）小可告辭了。（付）說哪裡話！你是我小女的大恩人，怎好恝然而去？況且前日又辜負了你一宵，今夜一定住在這裡，和小女叙叙。我兒，我陪秦官人在此，你到裡面去梳梳頭，穿了衣服出來。

（貼）曉得。母親吓，不要放了他出去，我就出來的。（下）

　　（付）秦小官請坐。（小生）有坐。小可在十錦塘上討些銀子，不想下這等大雪。行至半途，忽聽得一個女子啼哭，不想就是花魁娘子，正欲投河自盡，小可扯住了，故爾喚轎送歸。（付）秦小官，著實難為你了。（向內介）快些整治酒餚出來。（扯小生介）此處寒冷，到小女暖閣中去坐罷。（小生）小可偶爾送歸，怎好相擾。（付）小女若不遇秦官人，他性命不知如何了！（貼暗上）（付）我兒，天氣寒冷，你陪秦官人多飲幾盃酒，薰熱了被窩，早些睡罷。我為你苦了一日，身子甚倦，先要去睡了。（小生）媽媽請自便。（付）笑看綺閣搖燈影，愁聽雞聲亂曉簾。（下）

　　（小生、貼吃酒介）（貼）我和你一宵虛度，半載神交，幸蒙患難週全，不啻深恩再造。

【十二紅】[1]〔山坡羊〕憶春宵棲遲鴛帳，捱永漏沉酣佳釀，悄陽臺匆匆會難，杳巫山銘刻情和況。〔五更轉〕（小生）攪情魔夜依卿傍，啼痕點點青衫[2]上，今朝堤畔萍逢，洵是良緣天相。〔園林好〕（貼）感深恩山高水長，痛微軀殘膏剩香。（小生）小娘子流落之故，小可雖知一二，還要請問顛末。（貼）妾身莘氏，小字瑤琴，世居汴京。嚴親官拜侍中，叔父職居宮禁。因先人去世，妾依叔父為活，後因避兵南下，遂為奸

1　底本曲牌名作「十二時」，且誤置於「感深恩山高水長」句前，據明崇禎間《一笠菴新編占花魁傳奇》（《古本戲曲叢刊》三集景印）改。

2　底本作「山」，據明崇禎間《一笠菴新編占花魁傳奇》改。

賊所騙。〔江兒水〕恨墮入章臺骯髒，昔日青青，偏媿向[3]東風飄颺。（小生）此乃命中偶有幾年磨折，何必介意。（貼）君家籍貫何處？家世何業？亦請道其詳。（小生）小可也是汴京人氏，家君叨居武弁，出鎮延安，後因勤王分失。小可特至臨安尋訪家君消息，因客邸無資，權以賣油度日，言之可恧！〔玉交枝〕（貼）門楣廝仿，遇天涯雙雙故鄉，蛟龍竚待風雲壯。（小生）羞殺我四海空囊。（貼）妾有一言，幸君垂聽。妾自失身之後，日思得一志誠君子，託以終身，奈閱盡風塵，俱屬泛泛。今得遇足下，如此鍾情，況尚未娶，若不嫌煙花賤質，情願永諧伉儷。（小生）小娘子差矣！〔五供養〕自揣萍蹤浪蕩，嘆旅邸羈棲，晨昏鞅掌。玉人空有意，金屋向誰藏？（貼）你若不允，我以白綾三尺，死于君前矣！（小生）呀，小娘子，論十斛明珠，豈易商量。（貼低唱）〔好姐姐〕白鏹，躊躇非浪，早準備盈囊滿箱。（小生）說便是這等說，只是小娘子呵，〔玉山頹〕珠填翠擁，享遍豪華萬狀。荊釵和井臼，恁淒涼，怕絲鶯難撇舊風光。（貼）妾身得侍君子，雖布衣蔬食，死而無怨！〔鮑老催〕此情怎降？韶華好景終散場，糟糠有志期未央。你若猜疑未決，我和你燈前立誓便了。（共拜介）〔川撥棹〕辦虔誠稽顙，把盟言達上蒼。美前程月滿花芳，月滿花芳，願負義虧心天厭亡！〔桃紅菊〕怎教人歧路亡羊？怎教人歧路亡羊？一語同心，千秋永勿忘。（小生）既蒙娘子美意，事在幾時？（貼）這事豈可遲滯的？明日你先將三百金去準備賃房，置辦傢伙。後日清晨，你到劉四媽家來問信，候我

3　「向」底本作「問」，據明崇禎間《一笠菴新編占花魁傳奇》改。

便了。〔僥僥令〕一枝須揀擇，百種費端詳。（合）願浪息風恬無災障，早兩下成雙喜氣狂。（小生）夜已深了，去睡了罷。

【尾】（貼）百年已訂隨和唱。（小生攜貼手介）且勾卻今宵孤曠。（合）須信道二載神交一番喜欲狂！（勾貼頸下）

按　語

〔一〕本齣出自李玉撰《占花魁傳奇》第二十四齣〈歡敘〉。

〔二〕選抄此齣的散齣鈔本有中國社科院圖書館藏《集錦》。

副末

春到杏梅爭艷
夏來柳蔭荷香
中秋皓月桂飄香
冬至雪花飄颭
百歲光陰如箭
逢時作樂何妨
休將名利鎖愁腸
且聽笙歌嘹喨
　　　——交過排場

堆　仙

小旦、貼：仙女。

老旦：王母。

淨、丑、付、生、小生、外等：八仙。

（二旦扮仙女，引老旦扮王母，三面、二生、雜、眾扮八仙上）

【新水令】捧蟠桃歡笑慶千秋，老人星獻花祝壽。祥雲開寶殿，瑞靄遍朱樓。壯觀中州，看五岳昇平久。

（淨）海上蟠桃初熟。（外）人間歲月如流。（生）開花結子已千秋。（眾）我等特來上壽。

【水仙子】漢鍾離遙獻紫瓊鈎，張果老高擎著千歲韭，藍采和漫舞著長衫袖。捧壽麪是曹國舅，姚孔目、姚孔目將鐵拐拄護得千秋。獻牡丹的韓湘子，進靈丹是何仙姑，呂純陽滿捧著玉斝得這金甌。

【雁兒落】將仙桃仙菓首，把仙鹿仙丹授。聞仙花仙酒香，聽仙樂仙音奏。呀！俺這裡迎仙子下瀛洲，引仙鹿到丹丘。看仙童仙鶴舞，聽仙家仙女謳。仙座下嬉[1]遊，九尾龜、獨角獸。仙苑內清幽，萬年松千歲韭，萬年松千歲韭。（同拜介）

---

[1]　底本作「喜」，參酌文意改。

【沽美酒】禮三星忙叩首，與眾仙打稽首，俺向那金母筵前敢問候。想起那蟠桃話頭，被方朔小兒偷。但嚐的都教有壽，但吃的永遠千秋。全仗俺神通廣厚，管教怎仙緣輻輳。俺呵，今日個德修，道修，做一個聖流，呀！播萬載清風宇宙。

　　（老旦）稱慶已畢，各歸洞府。（眾）領法旨。

【清江引】瑤池捧獻蟠桃酒，福祿壽三星宿。永享萬年春，快樂延年久，頃刻間到蓬萊同聚首。（同下）

梆子腔‧上街

正旦：陳二之妻，打連相的藝人。

小旦、老旦、貼：陳二的姐妹，打連相的藝人。

付：蘇曾，花花少爺。

丑：來富，蘇曾的僕人。

　　（正旦、小旦上）

【玉娥郎】艷陽天，春色鮮。好時光，遍地花香錦繡裝。無心繡鴛鴦，腮邊淚兩行。百花開，遊蜂採，粉蝶成雙，李白桃紅柳線長。恨情郎心性太顛狂，別去戀紅妝。你拋撇了奴獨守空房，你去尋歡暢，丟我受淒涼。害相思，和你去同訴閻王。害相思，和你去告訴閻王。

　　（小旦）嫂嫂。（正旦）[1]姑娘。（小旦）天氣晴明，和你上街去做生意罷。（正旦）走吓。（合）家住在維揚，兩腳走忙忙。賺些錢共米，家去過時光。（同下）

　　（老旦、貼旦上）

【前腔】到中秋，桂飄香。月兒明，獨坐房中少知音。身心總不寧，愁恨對孤燈。睡眼的朦朧，夢見郎君摟抱著冤家臉貼唇。喜歡心，伸手解羅裙，恩情海樣深。猛然間，

1　底本作「旦」，下文有時作「正」，因本齣與下齣旦角多，為清眉目，參考上下文補作「正旦」。以下同。

驚醒來時不見了影。丫頭快點燈，床前仔細尋。尋不見妙人兒，好不傷心！尋不見妙人兒，怎不傷心？

　　（老旦）妹子。（貼）姐姐。（老旦）他們兩個都上街去了，我和你也去做些生意罷。（貼）說得有理！待我閉上了門兒同走。（老旦）走吓。行動行動，自有三分財氣。（貼）坐吃山空，出門便是活計。（同下）

　　（付上）

【字字雙】小子生來忒俏麗，詫異。花街柳巷慣嫖妓，樂地。吃酒賭錢學串戲，有趣。母親叫我讀詩書，淘氣，淘氣！

　　腹中無一字，頭戴方巾子。走到城隍廟，認了按察司。自家蘇曾，揚州人氏。母親叫我學內去攻書，我一心只想表姐，哪有心情念書。今日天氣清明，不免到街坊上去遊玩一番，有何不可。來富拉乢囉里？（丑上）來哉！來富來弗富，見錢就脫褲。相公叫我偌？阿是要個個……（付）啐出來！偌個意慮！叫呒出來跟我相公到街上去遊玩遊玩。（丑）我弗去！前日子夫人道，是我跟相公去白相子了，打子我廿記，今日還拉里痛來。弗去！（付）呒跟子我相公去，少停居來賞呒。（丑）前日子說道賞呒賞呒，一個低銅錢㗳弗見面，難間亦是賞，只好鸑頭介一搔。（付）我相公現給交介一百白銅錢拉呒，何如？（丑）看銅錢面浪，也罷㗳，單差夫人要打嘿哪？（付）阿是要介屁股種菜了？（丑）介沒，走嘻。（付）走吓！（丑）相公，前街上纏是開店開舍個，無偌好白相，個星好娘娘纏乢冷巷裡、後門頭張張望望。我俚竟到後街去看堂客，阿好？（付）說得弗差！竟走後街去。正是：牡丹花下死，做鬼也風流。（付、丑下）

梆子腔・連相

正旦：陳二之妻，打連相的藝人。
小旦、老旦、貼：陳二的姐妹，打連相的藝人。
付：蘇曾，花花少爺。
丑：來富，蘇曾的僕人。
淨：陳二。

　　（正旦、小旦同上）（正旦）不將辛苦易。（小旦）難賺世間財。嫂嫂，天色晚了，我每回去罷。（正旦）走吓。（內）走吓。（小旦）嫂嫂，那邊來的好似我們二位姐姐，我們等一等一同回去，卻不是好？（正旦）有理。

　　（老旦、貼上）只為飢寒二字，終朝兩腳奔波。（正旦、小旦）你們兩個今日可好？（老旦、貼）不濟，只做得兩個生意。（正旦、小旦）我每做了三個。（老旦、貼）嫂嫂，妹妹，天色晚了，我每一同回去罷。（正旦、小旦）我每正要回去，一同走罷。（付內）打連相的，這裡來！（貼）姐姐，那邊有一位相公在那裡叫，我們一齊走去看。（三旦）走啥！

　　（丑隨付上）子曰：「學而時習之。」（四旦）相公，街上走路，怎麼對著人懷裡亂撞！（付）相公弗曾看見了。（丑）好丒，標致丒！（付）你們是做什麼的？（四旦）相公，我每是打連相的。（付）好！我相公正要打連相，幾個錢套一套？（四旦）啐！這個相公好胡話，幾個錢打一套，什麼幾個錢套一套！（付）弗

差，要緊子點了，套差哉。（丑）好突骨老面皮！（付）放屁！（丑）好臭吓！（付）胡說！（丑）拉㑚漿鉢頭裡。

（四旦）相公，天色晚了，我們要回去了，明日來打罷。（付）住㑚。早得勢里來，十分晏子，叫人拿篾簧送吽居去嘿哉。（四旦）只沒，講講價錢。（付）要幾哈？（四旦）兩個人唱，止要五錢。（付）四個人唱呢？（四旦）四個人唱要一吊錢。（付）一吊錢什麼大不了的事？只要我相公快活，銅錢不用數，銀子弗用稱，打開瓶袋是介一把……（四旦）有多少？（付）這些……（四旦）十兩？（付）十兩要買吽㑚兩三個㑚。（四旦）敢是一兩？（付）還多。（四旦）多少？（付）一分。（四旦）啐！一分銀子要打連相，見你娘的鬼！（走介）

（付）住著，住著。吽跟我相公府上去，只要唱得好，就是一吊錢，何如？（丑）我里相公最肯撒漫個。（四旦）如此，快些走。（付一路走，一路問介）吽今年幾哈年紀哉？（老旦）三十六了。（付）吽介？（正旦）二十六。（付）吽呢？（小旦）也是二十六。（付）吽呢？（貼）我麼，今年十六歲。（付）我今年也是十六歲。（四旦）哪個來問你？（付）吽㑚少弗得要問我個吓。（丑）豬嚕嚕出痘子，好肉麻！（付）放屁！我俚阿要拜個同年罷？（四旦）相公十六歲，我每一個三十六，兩個二十六，怎拜得同年？（付）除子正數，單算零頭，四六廿四，五六得三十，阿是同年？（四旦）拜不得。（丑）一拜就拜拉哈哉。（四旦）小雜種！（丑）弗要罵咭。（四旦）快些走罷。

（付）弗要慌，這裡就是我相公的府上了。（四旦）好個府上！（付）吓，說差哉！是舍浪。（丑）我俚相公常要拉個星箏衣裳娘娘個場化去收曬浪個。（付）放狗屁！請吓。（四旦）相公府

上，自然先請。（丑）弗要推！上下肩哉，走罷。（同進介）（四旦）相公好吓。（丑）我俚相公日日是介酒勒肉勒，吃得走阿走弗動，只怕要生瘟病哉。（付）放屁！進去請夫人、小姐出來看打連相。（丑）我弗去。（付）為僔了？（丑）我進去子，吓猪八戒吃鑰匙開心哉阿拉。（付）胡說！（丑）介嘿，拿個三個讓子吓，拿個個落瓦貨讓子我罷哉。（老旦）小雜種！（丑）弗要罵吓，我嘸會罵個嘿。（老旦）你敢罵？（丑）我就……（老旦）你就怎麼？（丑）我就到戲房裡去。（奔下）

　　（付）你每先唱起來，等夫人、小姐出來。（四旦）唱不成。（付）為僔了？（四旦）沒有打咤的。（付）不妨，我相公會打咤。（四旦）好吓，相公打完了咤，就去燒湯。（付）放屁，放屁！

　　（四旦）

【玉娥郎】沒奈何，上長街，姐姐妹妹趲將上來。脫下繡花鞋，姐姐等我來。姐共妹，唱曲鬧垓垓。

　　（付）住了罷，莫說話，聽我餘下打個咤。姐兒門前一棵槐，槐樹底下搭戲臺。他做師父點鼓板，他做副末把場開。吓！打打打[1]吹鎖吶，湯湯湯把鑼篩，引出正旦小旦來。希里呼羅撒臭屁，不唱正本唱雜戲。

　　（四旦）

【又】見王孫公子，戲耍溪邊，鎮日間太陽向西旋。城中少人，閑唱一曲，花共酒，夕陽尖尖。

　　（付）且住下，莫說話，聽我餘下打個咤。一個大姐本姓唐，

---

[1]　底本作「打打」，參酌文意補。

生得邋遢又骯髒。敞開胸脯門前站，鼻涕拖在嘴唇上。丈夫與他一
疋布，叫他裁剪做衣裳。做件布衫六個袖，鈕扣釘在背心上。希里
呼羅撒琉璃，打扮起來去看臺[2]戲。

（四旦）

【又】見荒郊，化紙錢，士女嬌娃戲耍鞦韆。桃花開滿
園，雞冠賽[3]杜鵑。你是個知心人兒，不在我的跟前。

（付）住了罷，打個咓，留在肚裡做什麼？一個小官本姓盧，
年紀不多二十五。結識了十七八個大哥哥，天天吃酒肉，吃得肥頭
胖耳朵。討了一個俏老婆，只要有錢就做一窩。婆婆撞見問媳婦，
這是哪一個？媳婦叫婆婆，這是我的夫夫。

（四旦）

【又】到夏來，暑熱天，水閣涼亭鳥聲喧。鴛鴦舞翩翩，
佳人恨縣縣。狠心腸，撇下奴別戀嬋娟，撇下了奴別戀嬋
娟。

（老旦）唱完了。（付）唱完了，叫你妹子來拿銅錢。（老
旦）與我是一樣的。（付）不好，你要打偏手。（老旦）啐！妹
子，相公叫你去拿錢。（貼）是了。（三旦）這個相公獃得很，小
心些。（貼）我每走江湖的人，倒怕了他麼？相公好。（付）你
好，我也好。你是哪裡人？（貼）就是本地人吓。（付）本地人，
好得很。這是一兩銀子，另外還有二錢五分，拿好了。和你到後面
去白相相罷。（親嘴介）（貼）啐！（付下）

（三旦）好吓，怎麼同相公親起嘴來？（貼）啐！何曾吓？

2　底本作「抬」，參酌文意改。
3　底本作「寒」，參酌文意改。

（三旦）怎沒有？（貼）你每看見的？（三旦）沒有看見麼？還聽見哂哂哂，是這樣響綳綳的。我們回去告訴哥哥。（貼）告訴我也不怕。（三旦）小娼根！（貼）臭騷奴！（三旦）你和人親嘴，倒要罵我吓。（打介）（貼哭介）我的媽吓……（相打下）

（淨上）諸般生意好做，惟有王巴難當。金山腳下是家鄉，頂石碑的是我祖上。自家陳二，父親原有些薄薄家私，只為我貪吃懶做，弄得精光。幸喜得老婆同著三個妹子學了些彈唱，在街坊上做些生意，賺些銀錢回來度日。天色晚了，他每也該回來了。閑暇無事，不免把鎖吶來練練著。（吹鎖吶介）

（四旦同打上）（老旦）小娼根！（貼）我的媽媽吓……（三旦攙板介）不做這個牢生意了！（淨）咻咻咻！這是甚的意思？好好的出門，為甚的鬧起來？（貼）哥哥，我告訴你。（正旦）老兒，我告訴你。（老旦）哥哥，我告訴你。（淨）噯！告訴我嘿，一個一個來。這麼東也扯、西也扯，可不把我的身子扯散了吓？（貼）那大相公叫我們進去打連相，到後面去稱銀子，話也沒有講。（三旦）話是沒有講，同大相公親嘴！（淨）阿咻喂！你這個不爭氣的騷奴，怎麼同人家鬥起嘴來？把我的架子倒掉了吓。（貼）我是要吃茶，何曾與他親嘴。（三旦）你說要吃茶？我每明日上街去，大家同人親嘴，也說是吃茶。（淨）豈有此理！親嘴當得茶吃？我們倒去開茶館了。（貼）我的媽媽吓……（三旦）小淫婦！（貼）臭騷奴！

（淨）住了住了！你每不要吵了，看我面上和了罷。（四旦）要我們和，你在地下磕個頭，我每就和了。（淨）噯！男兒膝下有黃金，怎肯低頭拜婦人。（老旦）小淫婦！（貼）老娼根！（正旦、小旦）浪蹄子！（貼）我那媽喲……（淨）罷了罷了！若要

好，大做小。我在這裡磕頭了。（二旦）妹子，哥哥在那裡磕頭了，我每和了罷。（正旦）來來來，大家見個禮兒和了罷。（各福介）（貼）哥哥，這是我每做生意的銀子，拿去；這是淘氣的銀子，也拿去。（淨）天色晚了，你們到後面去吃些晚飯，明日好上街。（四旦）有理。

　　（合）

【尾】從今不必相埋怨，同胞姊妹被人言。整備來朝去賺銅錢。（四旦同下）

　　（淨）待我來瞧瞧看有多少銀子。咦，倒有一兩五六錢！明日去買他一疋夏布，做件褂子穿穿。剩下的銀子做什麼呢？吓，有了！明日叫張小妹的船，備他一席酒，邀幾個同行朋友到虎丘去頑頑。有理的！列位，站開些，新出魘子來哉吓！（下）

梆子腔・殺貨

貼：孫二娘，張青之妻。

付：賣皮弦、彈棉花的貨郎。

淨：張青，酒店老闆。

末、老、外：張青的手下。

　　　（貼上）

【梨花兒】奴奴青春正二八，鬢邊斜插海棠花。拈弓箭，騎大馬，手拿鞭鐧當頑耍。好吃人肉孫二娘，嗦！江河上綽號母夜叉。

　　　家住十字坡，鐵漢也難過；瘦的包饅頭，肥的熬湯喝。我乃孫二娘，丈夫張青，在此十字坡開張酒店。今日天氣清明，不免將招牌掛將出去。

【梆子腔】招牌掛在高竿上，專守的來往客商人。孫二娘坐在店門首，（內咳嗽介）那邊來了客商人。（付扮貨郎上接）猛抬頭觀見日漸西，尋一所旅店把身棲。你看店門前坐下個風流女，搽脂抹粉笑嘻嘻。手中拿把白紙扇，莫非就是掌櫃的？我欲待上前講一句話，猶恐傍人講是非。有個道理在此。大娘子。（貼）客官哪裡來？（付）我上前深深施一禮，我是江湖上問信的。（貼）問什麼信？（付）你這裡可是招商店？（貼）正是。（付）今日晚上要投宿的。（貼）客官，前面店房俱已住滿，只有小店還空。（付）就是你家。（貼）

客官，什麼行李？（付）沒有行李，只有小小一個箱籠。（貼）如此，待我來拿。（付）不敢，不敢。（貼）客官有禮。（付）大娘子也有禮。（貼）請坐，我去拿茶你吃。（下）

（付）那大娘子倒會做人，我纔進門來就去拿茶我吃。呀，進去拿茶，為何不見出來？想是裡面吃茶。待我進去。（貼上）客官哪裡去？（付）進來吃茶。（貼）在外面吃。（付）吓，叫我在外面吃麼？（貼）客官請茶。吃盃茶，我就開言問：貴郡仙鄉哪裡人？（付）家住在陝西朝陽縣，我流落在江河賣皮弦。（貼）什麼叫做「皮弦」？（付）就是那個不登不登彈棉花的，叫做「皮弦」。（貼）吓，客官，你在江河上做生意，家中還有甚何人？（付）大娘子，不要說起。只因我渾家死得早，撇我在江河受孤單。吓，大娘子，你一人在此來開店，裡面當家的為甚不出來？（貼）我的夫君亡過了，客官吓，耽擱我青春有三年。（付）你守了三年寡了麼？（貼）正是。（付）虧你。（貼）虧我什麼？（付）虧你熬得住。（貼）呀啐！（付）大娘子得罪。（貼）哪裡去？（付）告便。（貼）陪你去。（付）陪不得。（貼）怎麼陪不得？（付）我要去出小恭。（貼）如此，請便。

（付）你看他眉來眼去似有意，必定是個要錢的。他莫非看上我的容貌好？未必他心是我心，我有句話兒裡面去講。（貼看扇子介）客官便過了麼？（付）便過了。吓，大娘子，我有句話兒對你說，恐怕你著惱，不好說得。（貼）你是客，我是主，有話請說，我不著惱。（付）大娘子不著惱的？（貼）不著惱的，請說。（付）如此，告過罪兒。大娘子，是你……這個……這個……還是不說的好。（貼）說罷了。（付）大娘子當真不惱的？

再告個罪兒。（貼）你的禮數太多了。（付）大娘子，未曾開口禮當先。我見你丈夫亡得早，耽誤你青春美少年。你若肯與我姻緣配，（貼）銀子少吓。（付）有吓。到明朝找你一吊錢。老官板，沒雜邊，十足串，白銅錢，白銅錢。（貼）你若不嫌奴的容貌醜，今夜和你共枕眠。（付）阿彌陀佛！拿一壺酒來我先飲，晚上和伊談一談。（貼）我本待要將他下了手，（付）什麼下手？（貼）我說的是酒吓。（付）酒吓，手是動不得的呢。（貼）凡事還要是三思行。（下）

（付）有趣，有趣！不想我的姻緣倒落在這裡。我與他做了夫妻，要掌櫃，又要算賬；不是我誇口說，銀水，天平，戥子，哪一樣不熟！連十五省的話都會講！咻？他進去拿酒，怎麼轉不見出來？待我裡面去。

（貼持酒上）客官，哪裡去？（付）我到裡面來吃酒。（貼）外面吃。（付）我不見你出來，只道在裡面吃；和你成了夫妻，還分什麼內外？（貼）外面吃酒，裡面睡覺。（付）是的，不錯。外面吃酒，裡面睡覺。（看介）兩個人吃酒，為什麼一個杯子？（貼）我是不會吃酒的。（付）為什麼不會吃酒？（貼）吃了酒怕臉紅吓。（付）吃了酒怕臉紅？有趣吓！你有緣，我有緣，千里姻緣一線穿。（貼）吃酒。（付）我在這裡吃酒，為什麼打我這麼一下？（貼）我與你斟酒吓。（付）斟酒為什麼斟到頭上？呢！想是拿冒了些。我腰間的銀子花了罷，就死在黃泉也甘心。（貼）吃酒。（付）又是乒乒乓乓的，做什麼？（貼）我見你行路辛苦，與你搥打搥打。（付）吓，你見我行路辛苦，與我搥打搥打，妙阿！（貼）與你搥打搥打。（付）咻？為什麼重重的打我一下？（貼）搥打搥打，生成要打的。（付）你不要看輕了我，出

門的人是三脚猫！你這麼動手動脚，想是會幾下的，我也來得的噱。（貼）我是不會的，請喝一杯罷。（付）一杯吓？我就死，把這一壺多要吃下去！（貼）只怕你吃不下吓。（付）**我連二連三吃幾杯，昏昏沉沉到天明。**（作呆坐倒介）（貼）**罵一聲賊子瞎了眼，不認得江河母夜叉。叫一聲：**伙計們走動吓！（淨、末、老、外同上）（貼）張一頭牛子在此，快與我宰了！

　　　（眾應，殺付，貼自破胸介）

【急三鎗】**把賊徒破開剝，須認我母夜叉賽閻羅。**

　　　（貼下）（眾）殺人勝念千聲佛，行善空燒萬炷香。（末、老外抬付屍下）（淨）伙計，你每不要七手八脚，待我來割雞巴頭吓。（下）

梆子腔·打店

貼：孫二娘，張青之妻。

末、丑：押解武松的解差。

生：武松。

淨：張青，酒店老闆。

　　（貼上）

【活羅剎】呀！孫二娘笑嘻嘻，（開門介）忙將的招牌門上掛。住宿的歇了吾的店，準備著鋼刀把他殺下！（一鑼）把包裹行李多丟下。憑你王孫，見了咱骨軟酥麻。（坐介）

　　（生、末、丑上）走吓！（生）行來到十字坡，呀，見招牌門上掛。二位哥，把行囊放下，此店房正好打中火。

　　（末）喂，伙計，你去打話。（丑）待吾來。這個大嫂子。（貼）做什麼？（丑）要睡覺的。（貼）嗾！（生）咦，不會講話！你每這裡可是歇店麼？（貼）客官是投宿的麼？（生、末）正是。（貼）我招牌上寫得明白。（丑）伙計，你看他好標致，動火麼？（末）咦，胡說！（貼）薄餅捲臘肉，蒙山好細茶。上房都潔淨，小房更幽雅。客官宿一晚，（生、末）要多少銀子？（貼）紋銀二錢八。（丑）甚的？睡一夜只要二錢八分銀子！就是三錢也不多吓。（貼）嗾！（生）咦，多講！（貼）臨行時贈你三杯酒，（作收招牌介）（生）如此，引路。（貼）陽關大路把名揚。（引生、末、丑進介）（貼下）

　　（生）進店房四下觀……呀！你看弓箭器械掛兩傍。阿
呀二位，這裡是黑店！（末、丑）怎見得？（生）兩傍都有器械。
（末、丑）果然！（生）咳！店家。（丑）大嫂子，大嫂子快來！
（貼上）怎麼樣？（生）咳！你這裡是黑店。（貼）怎見得？（生、
末）兩傍多有器械。（丑）你看那手鐺、毛鑰、馬角，七手八腳的
掛在上邊麼？（生、末）嗯！（貼）客官，我這裡離梁山不遠，是
防家的器械吓。（生）吓，是防家的器械麼？（貼）正是。（生）
如此，去罷。（貼）是。（回看生，生喝介）咳！（貼急下）

　　（生）吾欲待與他講句話，（末、丑）武二哥請坐。（生）
猶恐怕黑暗裡將吾拿。叫店家。（丑）大嫂子，來，來！
（貼）來了。（見生介）客官犯什麼罪？（生）不必盤問咱，俺
是個江河上含牙戴髮。（生、末）你店中賣什麼東西？（貼）
我家賣的東西俱有名色。（生）報名上來。（貼）客官聽者。
（丑）大娘子你說。（貼）十字坡，十字坡前開酒樓，肉似羊
羔酒似油。吃酒的還嫌吾的杯兒小，揀肉的要揀大塊頭。
（丑欲辯貼，貼將扇打，丑跌介）（生、末）休得如此！（貼）三
杯酒能壯英雄膽，一醉能解萬事憂。可憐他少年花下死，
（生手扭拍桌介）咳！（貼）流落在他鄉外國州。（貼下）

　　（生）休說起他鄉外國州，可憐英雄似水流。（末、
付）武二哥為何哭起來？（生）俺只為殺了西門慶，恨贓官發
配到孟州。（貼上）休說他鄉外國州，叫客官先吃吾的羊肉
包饅頭。（生、末）既有饅頭，何不取來。（貼取饅頭盤放桌上
介）（丑）吾不讓二哥，吾先吃。（末）咳！武二哥還沒有
吃，你倒先吃了？（丑）吾肚子餓了。（生）二位請。咱武二饅
首拿在手……（拍開介）呀！卻原來人肉包饅頭。阿呀二位

阿，這饅首是人肉的！（末）怎見得？（生）饅首內現有人指甲。
（末）吓，有這等事！（生）店家。（丑作吐介）（末）店家快
來，快來！（貼上）又是什麼？（生）呔！你這饅首是人肉的。
（貼）哪裡曉得？（生）饅首內現有人指甲。（貼）我不信。
（生）不信，拿去看。（丟介，貼接看介）客官，我店中有兩樣包
子。（生）哪兩樣？（貼）羊肉包子早已賣完了，這是鴨子肉的，
是鴨嘴喲。（生）為何能小？（貼）吓，這是小鴨子的喲。（生）
不吃了。取酒來。（貼）是，待我取來。（生）二位，休聽他花
言巧語，此店中有蒙汗藥酒。

　　（貼持酒上）酒在此。（生）不吃了。（丑）弗吃哉，阿曉得
我要去睏哉。[1]（生）店家，吾們三人兩處安歇。（貼）客官安
宿上房。（生）引路。（貼）這裡來。（拿燈推正門，將燈與生
介）客官請進去。（末、丑）我們呢？（貼）這裡來。（開半邊門
介）請進去。（末下）

　　（丑掰貼介）噲！大嫂子，我對你說。（貼）嗷，怎麼？
（丑）[2]這個……這個……銀子錢多在我處，今夜同你睡一覺。
（貼）嗷！（踢丑下，回頭看生）（生）呔！（貼退走下）

　　（生冷笑介）你看這婦人，眉來眼去，眼去眉來，俺武二今晚
倒要防他一二。

　　（將燈照兩角，左邊摸牆踢三腳，右邊推牆打三拳，關門。又
拿燈照門，熄火放半邊，上樓睏介）

1　　集古堂共賞齋本作「我宿上房哉」。

2　　底本作「末」，本齣自始調戲孫二娘的解差是「丑」，且「末」已下場，
　　再者，說完這句話後遭踢開的也是「丑」，參酌文意改。

　　（貼上，打飛脚，立中場介）今日留下三人，兩個解差猶如籠中之鳥；你看這囚徒倒十分利害——憑他鐵金剛，也難免俺孫二娘一刀之苦！

　　（看兩邊門角，摸門。用簪撥門閂，雙手掇左右兩邊門。摸進，坐地聽。又摸，生脚踢跌出門，飛脚下）

　　（生跳下檯，將手杻膝碎。上檯立介）

　　（貼持刀上，插地坐起，看兩角。將刀撥門，直刺進去。生跳下，用杻打。刀各落地。生、貼打黑拳一路，生踢貼下）

　　（生摸出門，拾刀。貼持棍上，打落刀。生踢落貼棍，踢，貼捧陰戶下）（生追下）

　　（貼持棍上）眾伙計哪裡？（四伙計各持棍上）來了，奶奶，怎麼說？（貼）上房這囚徒與我擒了來！（眾）吓。

　　（生持棍上，每個打敗下。又與貼打，貼敗下，生追下）

　　（貼上）當家的，快來！（淨上）來也！綠林為好漢，馬上作生涯。為什麼大驚小怪？（貼）不好了！有個賊徒，拿他不住。（淨）有這等事！取吾的稍棍過來。

　　（貼取棍付淨，下。淨使棍下）

　　（貼又雙刀上，開四門下）

　　（生持棍上，淨亦持棍上，對打幾合。貼使雙刀上，三人共打。換棍打，生打，淨落棍跌倒。生接貼棍，貼跌，趴淨身上。生右脚踏貼背上）

【急三鎗】你在十字坡開黑店，傷天理，俺怎肯便饒伊。

　　（淨、貼）不要動手，好漢留名。（生放淨、貼起介）俺武松。（淨）原來是武都頭。（生）你二人叫甚麼名字？（淨）俺乃張青。（貼）俺乃孫二娘。（生）如此，得罪二位了。（淨）好

說。請問都頭為何到此？

　　（生）二位聽者：

【風入松】俺在景陽崗上打死白額虎，陽穀縣探望哥。他娶了淫婦潘家女，把毒藥灌死我的哥。一時忿怒把奸夫淫婦屠，因此上發配孟州府，從此地過。

　　（淨、貼）原來如此。（末、丑持棍打出場，淨、貼各接住，末、丑逃下）（淨、貼）這二位是誰？（生）是解差。（貼）拿他出來殺了罷。（生）這個使不得！（淨）請問都頭，為何不上梁山？（生）俺也有心，無人引進。（淨、貼）待吾夫婦二人引進便了。（生）如此甚好。

　　（合）

【尾】金蘭交誼從古少，英豪自古識英豪。有日身榮顯名姓標。

　　（淨）都頭請。（生）哥哥請。（貼）叔叔請。（生）嫂嫂請。（笑介）嫂嫂。（貼）叔叔。（貼做走不動意思下）

按　語

〔一〕林鶴宜教授〈清中葉暢銷書《綴白裘》地方戲的刊行、流傳和腔調衍變〉指出，本段本事見《水滸傳》第二十七回〈母夜叉孟州道賣人肉，武都頭十字坡遇張青〉。沈璟撰《義俠記》第二十三齣〈釋義〉有類似情節。

梆子腔・借妻

小生：李成龍，書生。
淨：張古董。
丑：酒店老闆。
旦：沈賽花，張古董之妻。

（小生上）

【亂彈腔】每日在書房，一心讀古聖文章。若得個一舉成名日，那時節衣錦早還鄉。

受盡飢寒伴聖賢，幼年勤讀在燈前。老天若得成吾願，高跳龍門獨占先。卑人李成龍，河南汶縣人也，忝在黌門。只因父母早喪，妻子亡過，家業凋零，難以度日。今當大比之年，意欲上京求取功名，奈無盤費。今日閑暇，不免到街坊散步一回。

【前腔】不幸爹娘亡得早，誰知妻子赴幽冥。恨我命薄多勞苦，何日得稱心？

（淨扮張古董上）賣線吓，賣白棉線。（相見介）吓，原來是賢弟。（小生）哥哥，哪裡來？（淨）你家嫂子紡得幾斤棉線，到街上來賣。（小生）原來如此。請了。（淨）賢弟，長久沒有見面，今日難得遇著，和你到酒店上去吃三杯，與你談談。（小生）多謝哥哥。（淨）小東，小東。這裡是了。賢弟，你且在外邊站一站，待我進去看看著。（小生）哥哥請便。（淨）店家。

（丑上）隔壁三家醉，開壇十里香。原來是張古董，可是來還

我的酒錢？（淨）未曾見面，就要酒錢！（丑）吃了酒不要還錢的？（淨）自然要還你。今日有個好朋友來吃酒，替我裝些體面，現錢開發你。（丑）就是這樣罷了。（淨出介）賢弟，店家不在，到別家去罷。（丑）張古董。（淨）吓，你在家裡，為什麼不見？（丑）我在裡邊算賬。（淨）這嘿，賢弟請進來。（丑）吃什麼東西？（淨）燒酒打三斤。（丑）菜呢？（淨）菜就隨便罷了。（丑）吓，伙計，打三斤燒酒吓。（淨）請坐。（丑）不得奉陪，得罪了。（下）

　　（淨）賢弟吃一杯。（小生）哥哥請。（淨）賢弟，學業好麼？（小生）哥哥，承問了。（淨）這個……這個……弟婦在家好麼？（小生）哥哥，你弟婦亡故了！（淨）怎麼說？弟婦亡故了麼？咳，老天，老天！偏是與窮人作對。賢弟，弟婦亡故了，今科大比之年，正好去求取功名吓。（小生）我意欲上京，奈無盤費。（淨）把那些釵環首飾變賣變賣就有盤纏了吓。（小生）哥哥有所不知，因你弟婦亡過，那些釵環首飾，岳丈俱已收去。（淨）阿呀，這個不通吓！怎麼收了去？（小生）不然，他恐我浪費了，原許我另娶了一房，依然交還我的。（淨）吓吓吓，這是遠水救不得近火吓。請一杯。（小生）請。

　　（淨）咻咻咻，這個咱處？有哪個好朋友把老婆借去走一遭就好了。（小生）別樣可以借得，那老婆如何可以借得的。（淨）沒有這個人吓，有這個人就好了。賢弟，這樣罷。（小生）怎麼樣？（淨）把你家嫂子借與你前去走一遭罷。（小生）只怕嫂嫂不肯。（淨）由得我，我叫他東去，他也不敢西去。賢弟，酒要少吃，事要多幹。你在這裡坐坐，待我去會鈔，得罪得罪。店家。（丑上）來了，可是會賬麼？（淨）寫在前日賬上。（丑）咻！你方纔說現

錢開發的。（淨）不是吓，有個好朋友在此，裝個臉面，把這個棉線當在這裡罷。（丑）罷了。（淨）店家來會鈔。（丑）這個小東擾我的，擾我的。（淨）豈敢豈敢，怎麼好擾你的。（丑）擾我的。（淨）這沒，多謝多謝。賢弟，去罷。請了。（丑）請了。（淨）好朋友，好朋友，為兄相交的都是好朋友。（小生）哥哥相交的都是這樣好朋友？（淨）都是這樣好朋友。這裡是自家門首了，你且在此等一等，待我先進去說一聲，得罪得罪。老婆！

　　（旦上）來了，奴家生來命運蹇，不曾相配好良緣。穿吃二字全不顧，哪得風光過一年？張古董，你幹了什麼正經事回來，老婆老婆的叫？（淨）當家的回來，也不問吃茶吃飯，動不動瓜嗒瓜嗒講一個不了。（旦）拿我的線賣的是銀子呢，是錢？拿來與我。（淨）你紡得好線！粗的是棉花，細的是頭髮，一塊真革搭，寄在店中賣。（旦）想是換酒吃了？（淨）我已戒了酒，不吃的了。（旦）沒有吃酒，為甚麼臉彈子紅紅的？（淨）方纔在糟坊中經過，在那裡吊燒酒，沖在臉上紅的。（旦）必定換酒吃了。（淨）老婆，你做了神仙了。（旦）家中米也沒有，還要吃酒。快還我的線來！（淨）不要吵，快去接客。（旦）怎麼說？（淨）有個好朋友在外，你去接了進來。（旦）放你娘的屁！要老婆接客，你就是開眼烏龜。（淨）是我的好朋友李相公來看你。（旦）是哪個李相公？敢是李成龍麼？（淨）是得很，你去請他進來。（旦）我不去。（淨）怕什麼？我的兄弟，就是你的兄弟；我的朋友，就是你的朋友。（旦）放你娘的屁！

　　（淨）你不肯出去，就讓我去。吓，賢弟。（小生）哥哥。（淨）你家嫂子聽得你來，連忙掃地、燒茶，請你進去。（小生）哥哥請。（淨）愚兄引道。客來了，客來了。（小生）嫂嫂拜揖。

（旦）叔叔萬福。（淨）請了請了。請坐。（對旦白）坐下來吓，怕什麼？這是我的兄弟，若是外人，我也不叫你坐了。坐下來，坐下來。（旦偏坐介）（淨）真正是醜人多作怪！（小生）嫂嫂好麼？（旦）叔叔，承問。（淨）嗳，啞巴子，客人問候你，你不曉得問候客人的麼？（旦）叔叔好？（小生）多承嫂嫂問及。（淨）賢弟，為何不講這句話？（小生）叫兄弟怎講得出口……（淨）唔，講不出口。你往這間房裡坐坐，待我來說。得罪，少陪。（小生下）

　　（旦）張古董，你不去陪客人，倒來扭嘴扭舌的什麼？（淨）老婆，他的女人死了。（旦）死了便怎樣？（淨）那些釵環首飾都被他丈人收了回去了，要他另娶了一房家小，然後還他。今科大比之年，他要上京求取功名，沒有盤費。同我商量，有那個好朋友把老婆借與他，同到岳丈家去走一遭，就將他的釵環首飾取了來了。（旦）銀子錢可以借得，那老婆哪裡借得來的麼？（淨）因為沒有這個人，特來同你商量。（旦）商量什麼？（淨）你同他去走一遭罷。（旦）放你娘的屁！既要把老婆借與人，何不把你媽借與人？（淨）好東西，好東西。難道把你借他，就是他的老婆了麼？你不曉得他女人出嫁這些東西，待我念與你聽，哪！金鐲頭、銀鐲頭、金花、銀花、珠花、翠花；還有緞襖子、緞衫子、緞裙、緞褲子；還有藍三宇送他的金崔臂、張三保送他的洒線紅紗褲子……足足有他娘三四皮箱！你竟不會打算盤，拿到我家裡來，由得我家穿，由得我家吃，好不快活過日子！你不去，不知便宜哪個。你不去，總是我們不該發財吓！

　　（旦）聽他說了多少話，連我自己倒沒個主意了……（淨）不要說別的吓，那戒指足足有他娘幾升！（旦）古董吓古董。（淨）

你娘的毡是古董，不會打算盤是古董。（旦）罷耶！去走一遭罷了。（淨）過你娘的窮日子去罷耶。（旦）不是我不肯去吓，恐怕外頭人知道了，不好意思吓。（淨）只有我們三個人知道，哪個曉得？（旦）不要過夜便好。（淨）哪個說過夜？當日去，當日回。（旦）你是個糊塗人，既說明是不過夜，同他去走一遭罷耶。（淨）好吓！這便是會打算盤的了。（旦）不要說了，請他來罷耶。

　　（淨）賢弟，賢弟。（小生上）哥哥，怎麼說？（淨）你嫂嫂肯去的了。（小生）吓！肯去的了，待我自己去問。（淨）你去問，難道哄你不成？吓，兄弟來了。（小生）嫂嫂，兄弟請嫂嫂前去走一遭，不知可使得？（旦）叔叔，同你去走一遭便了。（淨）賢弟，你家嫂嫂是極賢惠的吓。（小生）哥哥，事要趁早，今日就要去。（淨）天色晚了吓。（小生）趕得回來的。（淨）吓，還趕得回來的，進去梳梳頭就去。（旦）天色晚了。（淨）吓，還趕得回來的，快些進去打扮罷。（旦）天色晚了，明日去罷。（淨）還趕得回來的吓。（旦）沒有衣服穿。（淨）當日做新娘子的紅襖子穿去就是了。（旦）舊了。（淨）不舊，好得很哩。（旦）顏色多變壞的了。（淨）罷耶，我的奶奶，快些進去扮罷耶。（旦下）

　　（小生）哥哥，喚乘轎子來纔好。（淨）待我去問。喂，可有轎子？（內）沒有轎子，只有個驢在此。（淨）就是驢罷。賢弟，沒有轎子，只有一頭驢在此。（小生）嫂嫂會騎驢麼？（淨）怎的不會，紅頭驢子他都騎過的。（小生）休得取笑。（淨）怎麼還不出來？咄！快些出來啥。

　　（旦上）張古董這天殺的，把老娘的鏡子都偷去換酒吃了，我要搽粉，只好在水缸裡照了。（哭介）（淨）不要哭。（旦）不哭

倒笑？我不去了。（淨）多時沒有打扮，今日打扮起來，還像個新娘子哩。（旦）轎子來。（淨）沒有轎子，有一頭驢在此。（旦）驢兒我是不會騎的。（淨）怕什麼！待我牽過來，我抱你上去。來，我對你說，到他家裡不要吃酒吓。（旦）少吃些罷了。（淨）不要講話。（旦）我又不是啞巴子（淨）什麼不是啞巴！要裝個新娘子，不像自己家裡，動不動瓜嗒瓜嗒。早些回來。賢弟，愚兄奉揖了。（小生）此禮為何？（淨）凡事仗託。早些回來，不要過夜。請了。（小生）請了。（淨）賢弟，轉來，轉來！（小生）哥哥，怎麼說？（淨）好弟兄，交情要緊，切不可過夜！請了。（小生）是，曉得了。（淨）賢弟，回來、回來！（小生）還有什麼？（淨）這個……這個……（小生）什麼？（淨）就是這兩句。請了。（下）

　　（旦）

【前腔】只因仁義把奴借，借與李生配為婚，行來看看天將晚，倘然昏黑怎回程？（下）（小生）我上京博得功名就，不枉了十載守青燈。（下）

梆子腔・回門

外：王允，李成龍的岳父。
老旦：李成龍的岳母。
小生：李成龍，書生。
旦：沈賽花，李成龍好友張古董之妻。
貼：寶兒，王允之子。

（外、老旦同上）長江後浪催前浪，一派新人換舊人。老夫王允。女兒惜珠，嫁與李成龍，今已亡過。孩兒寶兒下鄉去了，怎麼這時候還不見回來？媽媽，和你到門首去看看。（老旦）有理。

（小生、旦上）

【前腔】心忙來路遠，不覺早已到門庭。

（外、老旦）喲！賢婿來了。（小生）二位在門首。（外、老旦）此位是誰？（小生）是小婿新娶的（外）請裡面去。（同進介）（小生）岳父、岳母請上，待小婿夫婦拜見。（外、老旦）常禮罷。（小生）從命了。（外）媽媽，你去吩咐準備酒飯。（小生）不消。小婿因要上京應試，特來看看岳父、岳母，就要回去的。（外）纔到，怎麼就說個「去」字？媽媽，看酒來。但願你功名成就了，榮華富貴姓名揚。（小生）此去若能功名就，那時先來報你恩。

（貼上）家無為活計，日費斗量金。（外）寶兒回來了。（貼）姐夫在此。（小生）賢弟。（貼）此是何人？（老旦）這是

你姐夫新娶來的姐姐。（小生）岳父、岳母，小婿告辭了。（貼）
為何纔來就要去？（外）寶兒，留姐夫住一宵去。（小生）家中有
事，定要回去的。（老旦）要去明日去。（旦）阿呀，我要回去的
嗜！（老旦扯外下）（貼）前門已經閉上，既要回去，打後門走了
罷，這裡來。（小生、旦走進，貼關門介）

　　（小生）阿呀，寶弟開門！（貼）天色晚了，明日去罷。
（下）

　　（小生）阿呀！怎麼處？（下）（旦）不好了，我的媽吓！
（下）

梆子腔・月城

淨：張古董。

付、丑：守城門的門軍。

旦：沈賽花，李成龍好友張古董之妻。

小生：李成龍，書生。

外（前）、末：守城門的門軍。

外（後）：王允，李成龍的岳父。

老旦：李成龍的岳母。

貼：寶兒，王允之子。

（淨急上）不好了，不好了！天晚了！

【前腔】猛抬頭觀見日落西，家家戶戶掩柴扉。行來已到月城裡。（付、丑扮門軍上）吪！哪裡去？（作閉門介）（淨）只見門軍把門閉。大哥，開一開，我要進城的。（內）吪！什麼時候，還要進城？（下）

（淨）怎麼關得這樣早？我想，他們回去，少不得看見，難道錯過了麼？且回去看看。

（外、末扮門軍上）吪！城門關了，還往那裡走。（淨）爺，小的叫張古董，住在十字坡，要進城望個朋友，不想門已閉了。如今煩大哥開一開，放我出去，送錢與你買酒吃。（外、末）吪！我每希罕你的錢麼？下了鎖了。（淨）咻！你該把我鎖在月城裡的麼？（外）這奴才討打！（末）罷了，造化這狗入的。（同外下）

（淨）這是哪裡說起！遭他娘的瘟！怎麼處？且在這寮檐底下蹲一蹲再處。（困左場角介）

　　（內起更介）（小生、旦上，坐介）

【前腔】（小生）聽譙樓初更起。（旦）恨命薄錯配我兒夫！（以下凡旦白，淨在左場角白）（淨）我想那扇[1]門是難開的。因為是好朋友，把老婆借與他，說過當日去當日回的，就不想送還了。好朋友，天理良心！（旦）張古董這天殺的！把老婆借與人，教我明日有何臉面到娘家去吓？（淨）看來他每兩個今夜是不回來的了，我明日怎好見人？真正見不得人！（旦）我想起來恨不得肉也咬他的下來！

　　（內打二更介）（淨）我想這節事與李成龍沒相干，都是我家那淫婦不好。他說住下罷，你該應拿定了主意要回來，怎的順水推船住下了？這個浪淫婦，頭都砍他的下來！

　　（內打三更介）（淨）三更了，天老子，快些明了罷。咳！我想他們到了那裡，自然留他吃了晚飯，安排姑爺、姑娘睡了。罷！少不得是一間房，一張床，一個枕頭。自己又年輕，李成龍又生得標標致致，棉花見了火，不著也要燒起來了！燒，燒，燒……（旦）我原是不肯來的呦，他說有許多金銀首飾，故此來的吓。（淨）這浪蹄子睡在床上，不知想什麼金銀首飾哩！想，想……還要想空他的心哩。

　　（內打四更介）（旦）我自從嫁了張古董，這幾年來，今日沒了米，明日缺了柴，這窮日子怎生過吓？（淨）我想那浪蹄子終日嫌我窮，那李相公又年輕，又是個秀才，自然看上了他──難道倒

1　底本作「善」，參酌文意改。

喜歡我這一嘴鬍子？咳！總是我自己倒運，叫他同去……不要說了，不要說了。（旦）我看那李相公，紅光滿面，他若到京，必然高中，這個鳳冠霞帔哪個替他戴吓？

　　（內打五更介）（淨）天老子，怎麼還不肯亮？偏偏今夜這樣長。吓，我想他兩個一頭睡著，好不受用！害我在這個落地受罪，好得狠！（旦）罷耶！把張古董一腳踢開了罷。吓，李相公，難道你坐到天明不成？（小生）自然坐到天明，送嫂嫂回去。（旦）咦，縱然我們坐到天明，也洗不清的了。依嫂嫂愚見，倒不如當真成了夫婦罷。（小生）嫂嫂說哪裡話來！老天在上：

【前腔】李成龍若有欺心意，皇天鑒察不容情。（旦）同明月對天盟誓，願會合百年春到安寧。

　　來嘘。（扯小生下）（內雞鳴介）（淨）好了，天明了。（內）開城，開城。（淨）不要擠，不要擠，捱順了走吓。

【前腔】猛抬頭觀見日已高，把旗搖，家家戶戶都開了。今朝撞見賊淫婦，必定將他砍一刀！（下）

　　（外、老旦上）（外）金雞纔報曉。（老旦）農夫起得早。（外）寶兒哪裡？（貼上）來了。爹媽有何吩咐？（外）請姐夫出來。（貼）曉得。（下，同小生、旦上）（小生）小婿告辭了。（外）賢婿為何如此要緊回去？那釵環首飾明日著寶兒送來與你罷。（小生）多謝岳丈。

　　（淨急上，作進門見旦打介）賤淫婦！好吓！（外）咊！你是哪裡來的光棍，為何打到我家來？（淨又打小生介）嘖嘖嘖！李成龍，你是好人兒吓！（老旦）嘎嘎！你是什麼人，打到我家來？（淨）吓，你認得他是誰吓？（外）這是我女婿新娶的繼女兒。（淨）他是你的繼女兒？差些！他是我的……（小生、旦搖手介）

（外）是你家什麼？（淨）你問他。赫赫，李成龍，你好快活吓。我把你這……（外）他到底是你家什麼人？（淨）他是誰吓？（外）是誰呢？（淨）是……噯！說不出口。（外）為何說不出口呢？（淨）他是我的老婆。（外）胡說！這是我女婿新娶的，怎麼說是你的老婆。打這厮！（淨）你打我，我扯你去見官府。（外）正要扯你這光棍去見官。（扭下）

（老旦）阿呀，寶兒，那人把你爹爹扯到縣前去了，你快去看看。（貼應下）

（老旦）賢婿，方纔那個是誰，打到我家來？（小生）嗨，方纔那個人麼……噯！你這老人家不曉得的。（下）

（老旦）咻！新姑娘，方纔那個是什麼人，為何打到我家來？（旦）方纔那個人……噯！你老人家不明白的。（下）

（老旦）喲！倒也好笑，問那個不曉得，問這個又不明白。他們都不曉得，嗨！連我也真正不明白。（下）

梆子腔・堂斷

生、末：衙門的皂隸。
付：衙門的僕役。
丑：成人美，縣太爺。
外：王允，李成龍的岳父。
淨：張古董。
旦：沈賽花，張古董之妻。
小生：李成龍，書生。

　　（生、末扮皂隸，付扮門子，丑扮官上）神童衫子短，尼姑偷老公。從空伸出拿雲手，兩個和尚撞木鐘。下官成人美，江右人氏。蒙聖恩特授河南夢香縣縣尹，到任以來，那些百姓倒也依頭順腦，今日是三六九放告日期，左右。（生、末）有。（丑）把放告牌抬出去。（生、末）吓。

　　（外、淨上）老爺告狀。（生、末）稟老爺，有人告狀。（丑）問他是城裡城外？（生、末）吓，老爺問你每是城裡城外？（外、淨）城裡也有，城外也有。（生、末）老爺，城內城外都有。（丑）唔？怎麼城裡城外都有？唔唔！又是他娘的革嗒事情了，帶進來。（生、末）吓。

　　（外、淨）老爺告狀。（丑）你兩個哪個是原告？（外）小的是原告。（淨）小的是原告。（丑）呔！王巴入的，你又是原告，他又是原告，難道我老爺倒是個被告不成？（外）就讓他做原告。

（丑）好吓！有個原告，有個被告，我老爺就好審了吓，報名上來。（外）小的王允。（淨）小的叫張古董。（丑）吓？仔麼叫這麼渾賬名字？（淨）老爺，不渾賬，小的古董，兄弟叫玩器。

（丑）唔唔唔，王允下去，張古董說上來。（以下淨說，丑向皂隸夾說介）（淨）小的有個朋友。（丑）過來，今日這椿事情嚕蘇。（淨）叫李成龍。（丑）把點心，（淨）向年曾有一拜。（丑）拿到堂上，（淨）又是同窗。（丑）來吃了罷。（淨）老爺，老爺！（丑）仔麼？（淨）小的在這裡回話。（丑）你是講，我對衙役說話，耳朵是在這裡聽，有話只管回。（淨）吓，老爺，小的有個朋友叫李成龍，向年曾有一拜，又是同窗。（丑）過來，西門的王老爺要上京去候選，我老爺明日，（淨）他娶王允的女兒，（丑）要與他送行。（淨）死了，那釵環首飾王允收回，（丑）你去對買辦的說，西瓜子兒、人參果兒，（淨）許他另娶一房，（丑）栗子、核桃，都要孫春陽家去買。（淨）依舊交還他。那李相公窮，（丑）燕窩要上白。（淨）娶不起，今當大比之年，要上京求取功名，沒有盤纏。（丑）海參要密刺。（淨）與小的商量個計策，小的把老婆沈賽花借與他。原說過當日去當日回，不想，他帶進城去過了一夜！（丑）再去對張裁縫說：前日奶奶那件披風做短了。（淨）小的天明趕到他門上。（丑）奶奶惱得很，叫他來。（淨）他父子兩個倒把小的打了一頓。（丑）打這王巴入的！（丑、淨各點頭介）（丑）仔麼不說話？（淨）講完了。（丑）我一句也不懂，再說！（淨照前重說一遍介）

（丑）是了，本縣明白了。你有個朋友叫做李成龍，向年與你曾有一拜，又是同窗。他娶王允的女兒，死了，把那些釵環首飾俱收回去了，許他另娶了一房，依舊還他。如今那李成龍要上京去，

沒有盤纏，與你商量，你就把老婆沈賽花借與他。說過當日去當日回的，他竟帶進城來睡了一夜了。可是麼？（淨）老爺，不獨睡了一夜；小的早上到他門上，他父子兩個倒把小的打了一頓，可憐鬍子都打碎了！（丑）你這混賬奴才！老婆怎麼借把人家？（淨）這是為朋友。（丑）仔麼這個東西為得朋友的？（淨）為朋友者死而無怨，見得小的是個漢子！（丑）王巴入的倒說是個漢子。下去。帶王允。（末）吓，帶王允。

　　（外）有。（丑）吓，王允，我老爺做了好幾年的官兒，倒沒有審過借老婆的案件。（付拿點心上）老爺用點心。（丑）擱著。那李相公到你家來，還是他自己要住下的呢，還是你留他住下的？（外）是小的強留他住的。（丑）在一個房裡，兩個房裡呢？（外）一處安歇的。（丑）一處安歇的。（吃點心，付在後口接吃介）（丑）呔！王巴入的，我老爺吃東西，仔麼你吃了？（付）我只道是老爺賞我吃的。（丑）沒臉面巴子扯的！收過了，拿到後堂去與奶奶吃了罷。（付）吓。（收下，裝菸上）老爺請菸。（丑接吃介）唔，一處安歇的。下去。請李相公。

　　（生、末）吓，請李相公。（小生上）老父母，生員見。（丑）唔，李相公，為什麼借張古董的老婆麼？（小生）這是生員的盟兄，他情願借與我的。（丑）不是他情願，難道說你是強逼他的不成？只是說過當日去當日回，不該住夜吓。（小生）生員再三辭歸，是岳父母強留住的。（丑）住在一個房裡，兩個房裡呢？（小生）是一處安歇的。（丑）在一處安歇，那些渾賬事是不用講的了。（小生）生員坐到天明，一言未搭。（丑）坐了一夜，一句話也沒有說，哪個肯信？自古說：「三女成姦，豈不成姦？」（小生）五人共傘，望大人遮蓋。（丑）請下去，帶沈賽花。（生、

末）沈賽花。

　　（旦上，付呆看介）（丑）王巴入的，煙袋不接，倒看堂客。打這王巴入的，打！（付）老爺打人麼？（生、末）打你！（付）打我嚇？阿呀老爺，饒了小的罷。（丑）打！（生、末搳付介）（付）老爺，屁股疼，打肚子罷。（丑）就打肚子。（付）還是屁股。（生、末）一五，一十，十五，二十。打完。（丑）趕這王巴入的出去。（生、末）出去。（付）阿嘎，打殺爺爺子！（下）

　　（丑）沈賽花，你男人把你借與李相公，原說當日去當日回，怎麼過起夜來麼？（旦）是強留住的。（丑）叫你在一個房裡與李相公成親的麼？（旦）老爺，我與李相公成親，是老爺看見的麼？（丑）怎沒有？（旦）在哪裡看見的？（丑）這句話倒把本縣問住了。帶張古董。（生、末）叫張古董。（淨）有。

　　（丑）張古董，本縣問你的老婆，他說沒有同李相公幹什麼混賬事，你領了回去罷。（淨）老爺，混賬不混賬，哪個曉得？這樣老婆領了回去，烏龜帽子自己戴在頭上。（丑）嚇，你怕人罵你烏龜。不妨，本縣寫張告示貼在你門上，說張古董不是真烏龜，是個披蓑衣的烏龜罷。（淨）名聲不好聽，不要，不要！（丑）不要？請李相公。

　　（小生）生員有。（丑）李相公，張古董不要老婆了，你領了去罷。（小生）生員若要了盟兄之妻，良心何在？（丑）咿！你又不要，他又不要，難道倒是我老爺要了不成？（末）老爺，奶奶要吃醋的，賞了小的罷。（丑）唉！放屁！怎麼樣呢？嚇，拿去寄庫。（末）老爺，人寄不得庫。（丑）一兩天罷了。（末）要吃飯的嚇。（丑）這，這，這怎麼處呢？張古董，還是你領回去罷。（淨）噯，入他娘！我不要，怎麼樣呢？（丑）王巴入的，不要就

罷，什麼怎麼樣。咦，這「怎麼樣」倒利害。李相公，到底你領了去罷。（小生）生員不敢。（丑）真正革韃賬！叫王允。（生、末）吓，叫王允。

（外）有。（丑）王允，那張古董不要老婆了，本縣當堂斷與李相公，好不好？（外）多謝老爺。（丑）這嘿，李相公要把三十兩銀子與張古董做財禮錢。（外）我女婿窮。（丑）他窮你不窮，你替他墊上三十兩。（外）小的也窮。（淨）他在那裡放印子錢，富得很哩。（旦）還放鞭子錢，真正財主。（丑）你這老奴才！哪個不曉得你是個土老兒財主。過來，到庫上去取三十兩銀子交與張古董。（外）老爺，這宗銀子哪個還？（丑）要你還。（外）不該小的還吓。（丑）老王巴入的！人家女兒出嫁，一應東西都是人家的了，你又拿了他的回來，弄出這樣嚕蘇事來，你不還誰還！下去，叫該班押著，明日把這宗銀子早早交上來。（生）吓。（同外下）

（丑）張古董，本縣要打你三十個板子。（淨）為什麼？（丑）那銀子錢、衣服、家伙都可借得，那老婆可是借得的麼？（淨）老爺，小的下次再不敢了。（丑）你下次再犯，本縣就一糙板子打死你這老奴才。去罷。（淨）吓。（丑）李相公，你也要罰。（小生）生員窮，罰不起。（丑）就窮也要罰！罰你一口豬，一口羊，抬去祭了聖人，把豬、羊拿來我老爺吃，你每兩個就在當堂一拜成親。吩咐掩門。（末）吓，掩門。（隨丑下）

（小生）哥哥請上，待小弟拜謝。（淨）噯，混賬朋友！

（小生）

【前腔】兄弟怎敢忘了你？黃泉瞑目不忘恩。（下）

（旦）張古董，你得了三十兩銀子，把老婆就丟了？（淨）我

的老婆！（且）放你娘的屁！走你娘的路！（下）

　　（淨）我把你這浪蹄子、臭淫婦！我把……罷！看銀子面上罷。（下）

梆子腔・猩猩

小生：木鈴關的巡察虞候。
外、丑：獵戶。
生：鄭恩，樵夫。
老旦：韓老夫人，木鈴關主韓太尉之母。

　　（小生持令箭上）浮雲不共此山齊，山靄蒼蒼望轉迷。曉月暫飛千樹裡，秋河隔在數峰西。自家乃木鈴關韓府中一個虞候是也。昨日太夫人入山進香，行到半山，忽起一陣狂風，現一怪獸，把太夫人負去，如今竟無下落。老爺著我領了眾獵戶各山搜取，不免喚他們來計較。眾獵戶哪裡？（外、丑上）來了。飢餐鳥獸肉，寒衣虎豹皮。老爹。（小生）老爺著你們搜尋怪獸巢穴，怎麼樣了？（外、丑）我每各山尋探，並無蹤跡。那小崑崙山有個猩猩怪，除非是他負了去。只是，此怪刀劍不能傷，弓箭不能入，就尋著了他的巢穴，也不敢近他的身，怎麼處？（小生）若尋著了他的巢穴，我每報與太尉知道，多點些兵馬圍住擒他便了。（外、丑）這等，我每分路去尋，鳴鑼為號便了。（小生）有理！埋伏機關擒猛虎。（眾合）安排香餌釣鰲魚。（齊下）
　　（生持扁擔、斧上）
【梆子山坡羊】鬱崚峋山巒疊翠，響潺湲溪流聲沸。影參

差寒松[1]蔽天，險嵯峨怪石渾疑墮。我，鄭恩。身貧落魄，擔柴度日。值此寒天，山下柴薪都已被人樵去，只得往山頂上去。數偶奇，寧辭努力馳？（外、丑喊上，見生介）呀，我只道是猩猩怪，倒叫我吃了一驚。（生）啐，我只道是虎狼，原來是兩個獵戶。（外、丑）我每為韓太夫人不見了，官府著我們追尋，沒奈何到此。這樣寒天，你隨便砍幾根柴便了，何苦上這樣高山去受冷？

（生）二位哥吓，俺是個會稽太守生涯舊，怎學得金谷膏粱受用儕。（外、丑）上面虎狼甚多，目下又新出了個猩猩怪，十分利害，你也要仔細些。（生）嗳，說哪裡話來！當初卞莊刺虎、劉季斬蛇，這便是大丈夫所為。男兒，須知向中宵[2]起舞鳴雞。（外、丑）罷，罷！分明指與平川路，卻把忠言當惡言。請了。（下）（生）哪裡說起！倒被他耽擱了半日工夫。不免作速上去。馳驅，好一似入商山去採薇。

　　你看，雪花下了。

【前腔】慘昏昏彤雲無際，亂紛紛漫空飄絮，冷颼颼撲面風吹，白茫茫不辨天和地。呀，這雪越發大了，哪裡躲一躲便好。望眼迷，早有個孤松石洞低。這洞中倒也寬展，又有石床、石櫈在此。早難道是神仙洞府堪閑憩？呀！你看，有許多骨殖在此。原來是虎豹窩藏且暫棲。（老旦內哭介）好苦吓！（生）咦？哪裡有婦人哭泣之聲？蹺蹊，為甚的空山岫有嫠婦啼？那邊有幾塊頑石壘砌在那裡，待俺搬它開來。籌遲，只索去

1　底本作「颭」，據清乾隆內府精鈔本《風雲會》（《古本戲曲叢刊》五集景印）改。

2　底本作「沖霄」，據清乾隆內府精鈔本《風雲會》改。

啟幽岩將禹穴追。³

　　（作搬石介）你看裡面黑魆魆的。唔！是人是鬼，早早出來。（老旦跌上）阿呀救命吓！

【梆子腔】痛傷悲，可憐衰暮受災厄。幸天日得重輝，望提攜感恩無際。（生）你是何人？為何在此？（老旦）妾乃韓關主之母，昨到山中進香，被怪獸擒來洞中，天幸得遇壯士，望乞救我一命。（生）有這等事！待我引你下山便了。（內作猩猩怪叫介）⁴（老旦）不好了！那怪獸來了。（急奔下）（生）呀，驀地裡穿林拔石長嘯震岩磯，管教他頃刻喪殘軀。

　　（猩猩上擒生，生與鬥介）

【前腔】貌猙獰，形魍魅，豎耳招風思吞噬。我翻來覆去如鷹鷙，饒伊個爪牙迫入勝熊羆。看須臾委地頭顱受狼狽，（打倒怪介）早教他斷送了喉間氣。（打死怪介）

　　（外、丑上）（丑）哥吓，你聽，岩上山崩地裂一般。不知為何？（外）我們上去看來。（作上山見介）呀，這樣一個怪獸，卻被壯士打死了。不知太夫人怎麼樣了？（生）太夫人躲在山岩洞中，你每快去報知。（外、丑）你看，這不是府中幹辦來了？

　　（小生上）眾獵戶，老爺不見你們來回話，又著我來問你每，可有些蹤跡麼？（外、丑）好了！偌大一個猩猩怪，被一勇士打死，救得太夫人在了。（小生）不信有這等事，同你們看去。呀，好怕人也！請問壯士尊姓大名？何方人氏？待我報知太尉到宅厚謝。（生）在下姓鄭名恩，住居本處集義村中，偶殺此怪，何勞致

3　底本作「只索去放幽岩將馬穴追」，據清乾隆內府精鈔本《風雲會》改。

4　底本作「怪內作猩猩叫介」，從集古閣共賞齋本改。

謝。你們快扶太夫人，將此怪去解官，俺自回去也。

【尾】深山傍晚斜陽霽，回生起死得崔嵬。（眾）明日裡整備白璧黃金報阿誰。

　　（生）你每先把怪獸抬去，一面快喚轎來接太夫人回府。正是：滿地瓊瑤不救貧，空樵明月返柴門。請了（下）

　　（外、丑）好漢子！好漢子！（扛獸下）

按　語

〔一〕本齣出自李玉撰《風雲會》第十七齣〈劈怪〉。

梆子腔·看燈（一折）[1]

小生：高公子，花花少爺。

付：和尚。

丑：盲者，和尚的親家。

旦：王大娘，孕婦。

小旦：小大姐，王大娘的甥女。

末：胡老兒。

小丑：胡大娘，胡老兒妻。

貼：陸二奶奶，婦人。

> 此齣雖係遊戲打諢，然腳色不多不能鋪張，須旦多、丑[2] 多，隨意可以增入，并各樣花燈俱可上場，令觀者悅目喝采也。

（二雜扮家丁，引小生上）有錢朝朝元旦，歡娛夜夜良宵。自家高公子是也。今日汴梁城中大放花燈，士女滿街，佳人遍地。叫小廝們。（雜）有。（小生）一路去，若有標致女子，搶他一個回

---

[1] 指本段與以下三段連演，合為完整的一齣。

[2] 底本作「回」。因本段與以下〈鬧燈〉、〈搶甥〉、〈瞎混〉三段有丑、小丑、付、小淨、淨等多個插科打諢的腳色，也就是說有好幾個丑角上場，「回」字應是「丑」字形誤，參酌內容改。

去，不可有違！（雜）是。

（合）

【燈歌】**正月裡，正月裡鬧花燈，誰似我身有勢臨？男男女女人無數，並無可意美佳人。**（下）

（付上）和尚生來笨，不把爹娘恨。念了三卷經，打破了七個磬。自家乃觀音庵裡一個肉饅頭和尚便是。今日聞得汴梁城中大放花燈，不免去同了瞎子親家一齊看燈去。說得有理。行行去去，去去行行，這裡是了。開門，開門！

（丑上）瞎子生來眼不明，終朝下雨當天晴。飯食拿來看不見，不知吃了多少死蒼蠅。（付）開門！吓，怎麼這半天，做什麼？（丑）吓，是哪個叫門？待我去看來。（開門，付進介）（丑）請吓。是哪個吓？是哪個吓？是了，又不知哪個小雜種來同我頑的，待我明日拿住了，咬他一個死。（關門介）（付）親家。（丑）阿呀親家，你來了幾時了？（付）我進來了半天了。（丑）吓，親家，你今日什麼風吹到我這裡來？（付）親家，我來拜年。（丑）得罪得罪。（付將脚頓地作響介）磕頭，磕頭。（丑）得罪得罪。（還磕頭介）（付）親家，今日城中大放花燈，特來同你去看燈。（丑）我眼又不明，看什麼燈。（付）燈雖看不見，聽聽鑼鼓也是好的。（丑）有理。待我閉上了門，鎖好了同你去。（付）走吓。

（合）

【前腔】**正月裡，正月裡鬧花燈，同了親家去看燈。男男女女人挨擠，汴梁城中人看人，抬頭要把這燈來看，**（付）親家，那邊走馬燈來了。（丑）**呀，那邊來了走馬燈。**

（付）吓嗄，好大溝。（丑）啅，啅，啅……（付）做什麼？

（丑）你說一隻大狗吓。（付）是一個陽溝。（丑）這嚘，親家，我回去了。（付）不妨吓，待我先跳過去，你把明杖遞與我，我拿了明杖，你也跳過來。（丑）這嚘，你先跳。（付跳介）過來了，快些拿明杖來。（丑）來了。（付）快跳，快跳！（丑）來了，阿呀不好了！明杖多不見了。（付）明杖在這裡。（丑）明杖上多是臭泥了。（付）親家，不要說了，前面燈來了。（下）（丑）咳，爛臭，爛臭！（下）

　　　（旦上）

【引】奴奴生來嬌態，嬌態，一表人才誰不愛。王母娘娘來做媒，九天玄女下插戴。嫁與托塔李天王，好似二郎降八怪，連我老娘算九怪。

　　　自家王大娘便是。今日汴梁城中大放花燈，不免叫外甥女兒出來，一同前去看燈。外甥女兒哪裡？

　　　（小旦上）

【引】桃符初換，好春光早先被梅占。

　　　舅母萬福。（旦）罷了，罷了。（小旦）呼喚甥女出來，有何話說？（旦）兒子，今日汴梁城中大放花燈，特地喚你出來，前去看燈。（小旦）如此，舅母請。（旦）閉上了門。（小旦）曉得。（旦）兒子，我們後街去，前街擠得很哩。（小旦）是吓。

　　　（合）

【燈歌】正月裡，正月裡鬧花燈，同了外甥女兒去看燈。男男女女人無數，汴梁城中人擠人。（下）

　　　（末上）老漢今年四十九，養個兒子叫阿狗。當今聖德田禾熟，五穀豐登年大有。自家胡老兒便是。今有汴梁城中大放花燈，與民同樂，不免叫媽媽出來去看看燈。媽媽哪裡？

　　（小丑上）來了。三百六十行，惟有莊家忙。老兒，叫我出來做什麼？（末）媽媽，今有汴梁城中大放花燈，與民同樂，故此喚你出來，也去看看燈。（小丑）阿呀，你看我身上又沒得穿，頭上又沒得戴的，看什麼燈！（末）我看你今日打扮得這樣標標致致的，還要什麼穿戴，就是這麼去罷。（小丑）如此，走罷了。

　　（末）媽媽，路上冷清清的，你唱個小曲兒開開心罷了。（小丑）老兒，我這幾日傷了些風，喉嚨不好，唱出來不好聽。（末）罷嚛，不要作嬌了。（小丑）這嚛，你不要笑吓。

【寄生草】這幾日街坊上出了一班的小促壽，他在人前人後嚼他娘的舌頭。（末）他說些什麼？（小丑）他說我眼大眉粗嘴又臭，我那當家的拿我當做心坎兒上的肉，你看我行動說話哪有一點兒的不風流？那些二八強兒想我到手也不能個。（末）吓唷，好東西！（小丑）就是那三七刮兒想得他的臉兒好像黃皮瓜兒的瘦，那三七刮兒想得他的臉兒好像黃皮瓜兒的瘦。

　　（末）真正好東西！你嫁了我，也還沒有謝媒哩。

　　（小丑）

【前腔】提起來就把媒人怪，他許我四套的衣裳還有兩行的插戴，把我哄進了門就把堂來拜。他還說你有十分的人才，哪知你一雙頭瘋眼還有一身蛇皮的癩。你看他尖嘴縮腮，好像那豬八戒。我看你尖嘴縮腮，好像那豬八戒。

　　（末）不要說胡話了，走罷。（小丑）老兒，只怕今夜要下雨呢。（末）怎見得？（小丑）我的雞眼疼得很嚛。（末）啐！（下）（小丑）阿呀，慢慢兒的走啥！（下）

　　（貼抱小兒上）

【引】青春二八正多嬌，美貌風流人盡曉。不須打扮更風騷，一見盡魂消，一見盡魂消。

今日汴梁城中大放花燈，為此，抱了孩子上街來看燈頑頑。阿呀，好燈吓！

【燈歌】正月裡，正月裡鬧花燈，我抱了孩兒去看燈。男男女女人無數，汴梁城中人看人。（旦、小旦上）小大姐，好燈吓。（小旦）正是。（合）抬頭俱把燈來看，那邊來了花鼓燈。

（貼磋介）（旦）啐！這麼一條大街，把人這麼撞麼？（貼）你自己磋了我，倒來說我麼？（旦）你抱了孩子，眼睛看了上邊，磋我的。（貼）啐！（旦）啐！阿呀，原來是陸二奶奶。真正眼睛看花了，連人都不認得了。（貼）原來是王大娘。我的眼睛真正昏了！王大娘，拜年拜年。（旦）不敢不敢。（貼）恭喜恭喜。（小旦）大娘。（貼）這是哪一個吓？（旦）你就不認得了麼？（貼）不認得吓。（旦）這就是小大姐嘛。（貼）阿咻喂！就是小大姐，幾年不見，長成得這樣標致了麼？好吓！可曾吃茶？（旦）吃過了。（貼）過了門了？（旦）過了門了，是舊年十二月十三。（貼）養了幾個兒子？（旦）啐！舊年十二月裡過門，今年正月裡就養兒子？（貼）不瞞王大娘說，我拜堂的時節就養這個兒子了。（旦笑介）好吓，叫什麼名字？（貼）叫做「現成」。（旦）怎麼取這個名字？（貼）別人辛辛苦苦與我做現成了，他的老子樂得現成，所以叫做現成。（旦）原來如此。我今日不曾帶得什麼，有一百個錢在此，與現成官買果兒吃罷。（貼）阿呀，這是不要的。（旦）要的要的。（貼）這沒，多謝奶奶。兒子來！謝了奶奶。（旦）噯，不成什麼，不要謝。（貼）要的要的。多謝奶奶。

（旦）我們走罷。（貼）走吓。

　　（合）

【前腔】正月裡鬧花燈，姊妹娘兒去看燈。城中士女多齊整，汴梁城中人看人。（同下）

梆子腔・鬧燈

貼旦：薛娘娘，媒婆。
作旦：洗衣婦。
老旦：三師太，尼姑。
小貼：小尼姑，三師太的徒弟。
旦：王大娘。
貼：陸二奶奶，婦人。
小旦：小大姐，王大娘的甥女。
小淨：賣酒的小販。
小丑：胡大娘，胡老兒妻。
淨：薛媒婆的丈夫。

（貼旦扮媒婆上）
【寄生草】冤家嫌我的腳兒大，不怨爹來不怨媽，單只為我從小兒就不肯裹腳，我的媽未曾動手我就將他的罵。到如今一雙腳兒倒有兩雙大，去年九寸，今年兩跨。恨只恨丈夫的鞋子穿不著，恨只恨丈夫的鞋子穿不著。（下）
　　　　（作旦扮洗衣婦人，背亂衣上）
【前腔】臭燒灰他把良心壞，又不糴米又不買柴。這幾日何曾買了一頓朝飯菜，有了錢就和那個騷奴去做一塊。你要貪花我也在客房去賣，那賣花錢正好與你買花戴，我的賣花錢正好與你去買花戴。（下）

（老旦扮尼姑，小貼扮徒弟上）

【前腔】新年過鬧元宵，結綵張燈滿市橋。鰲山紮得真奇巧，戶戶家家把鑼鼓敲。漁婆燈妝得嬌，年老的漁翁把頭搖。鳳陽女花鼓敲，打鑼的男人跟著跑。這多是太平景色豐年兆，這的是太平景色豐年兆。（下）

（老、正、貼、小共六旦同上，轉介）

【前腔】轉過了荼蘼架，那些姊妹們好看煞，穿紅著綠站在簷兒下，賣風流故意把人來罵。勾引那有情人說了幾句知心話，遇著了有情人就說幾句知心話。

（各見介）（貼旦）喲！王奶奶，小大姐，陸二奶奶，纔拉裡看燈拜節哉。（旦、小旦、貼）吓，原來是薛娘娘。舊年多謝子。（貼旦回身見老旦、小貼介）阿呀！三師太也拉裡。（老旦）薛娘娘也拉里看燈。（貼旦）正是，我里一齊走罷。

【前腔】元宵佳節風光好，流星爆竹多熱鬧。家家門首把燈來點，十番鑼鼓鬧吵吵。（小淨扮賣燒酒上）燒酒吓！（小丑上）（合）油花浪子甚輕佻，看燈偷看女多嬌。滿街衝捱捱擠擠人喧鬧，滿街衝捱捱擠擠人喧鬧。（眾旦隨意虛下）

（小淨）燒酒……阿呀，阿是一個鬼吓？讓我去問聲哩看。老親娘。（小丑打介）（小淨）阿唷喂！僭事體了，動手就打？莊穿吾亂個親娘！（貼旦）胡大娘娘，為僭了？為僭了？（小丑）阿呀，原來是薛娘娘。拜節了。（貼旦）多謝多謝。為僭了打哩？（小丑）這個小烏龜，我動也弗動，倒說入死你家親娘。（貼旦）個也原弗好，讓我去問俚。喂，買燒酒個。（小淨）吓嗄，薛娘娘，多時好？（貼旦）好個。正是，我要問吳，為僭了罵哩？（小淨）我何嘗罵歇哩介？我叫哩老親娘，僭個罵哩？阿要弗色頭！

（貼旦）吓，是介了。介沒弗丑罵吓，拉丑叫吓。（小丑）他叫我什麼？（貼旦）哩說叫吥老親娘。（小丑）我不要叫老親娘。（貼旦）要叫倷個介？（小丑）要叫奶奶。（貼旦）買燒酒個，阿聽見，要叫奶奶丑。（小淨）倷？嚛是[1]要叫奶奶吓？（貼旦）正是。（小淨）吓嘎，嚇個哢，奶奶嚛奶奶哉式。喂，奶奶。（小丑）我的大相公。（小淨）毪！真正弗色頭！阿要吃呷燒臕？（小丑打介）（小淨）吓嘎，亦是倷個了？（貼旦）住丑，弗要鬧弗要鬧，亦是為倷了？（小丑）這彼養的！他調戲我，說什麼與他噥噥。（小淨）我說阿要吃呷燒臕，倷個噥噥！自家弗聽見，倒怪別人。（小丑）罷了，是我聽錯了。（小淨）介嚛，倒底阿要吃介？（小丑）罷了，吃一盃罷了。（小淨）呋啅，拿去。（小丑吃完走介）（小淨）住丑，弗要走，銅錢來。（小丑）怎麼？吃了酒要錢的麼？（小淨）哪說弗要！有倷捨個了。（小丑）你該早說倷。（小淨）早說嚛哪介？（小丑）早說要銅錢，我就不吃了吓。（小淨）嗳，弗要摟！銅錢來。（小丑）既要錢，明朝罷。（小淨）囉里來尋吓？到見賜子罷。（小丑）今日有錢，我就不吃酒了吓。（下）（小淨）阿呀弗要走咭[2]，弗要走咭……（追下）

　　（眾上轉介）

【前腔】燈光底下嬌娘俏，行來行去粉香消。（淨挑白擔，作旦揌摺好衣服上，同轉介）（眾合）小金蓮走動多波俏，害傍人見了魂多掉，害傍人見了魂多掉。

　　（眾旦虛下）（淨）拉里哉。好吓！吓倒拉里看燈快活，阿曉

1　底本作「事」，參酌文意改。

2　底本作「結」，參酌文意改。以下同。

得屋裡鬧翻丑哉？（貼旦）儂了介？（淨）文州人討印錢個哉，拍
檯拍櫈個說道：「今朝有銅錢嘻罷，無銅錢嘻要毡屄丑！」（貼
旦）啐！（淨）弗是吓，說道要拆披丑，鬧子半日。（貼旦）難嘻
哪哉介？（淨）難嘻許子哩明朝，哩去哉。（貼旦）個也罷哉。
（淨）阿二個小屄養個嘻，哭死弗哭活介尋阿姆，出子一堆大屎。
（貼旦）阿呀個嘻哪呢？（淨）虧子對門個趙親娘替哩收拾子介
了。我說弗要哭，我去尋吓丑娘耶，所以來尋吓。吓倒拉里看燈勒
快活！居去罷。（貼旦）弗勒！我還要白相歇來。啤，四個喜蛋先
拿子居去，我就來耶。（淨）咲。介嘻，還有喜封呢？（貼旦）無
得。（淨）吓！別樣呢有賒個，個個也有儂賒個了？拿得來。（貼
旦）不拉吓子嘻就去轉字背壓寶勒輸落哉。（淨）難間[3]我戒子賭
個哉。拿得來拿得來。（貼旦）啤，拿去。（淨）儂了能輕介！

　　（老旦、小貼暗上）（淨）阿呀，三師太也拉里。三師太，唱
喏。（老旦）多謝吓。（淨）三師太，舊年替吓出脫子蒲包裡個沒
事，弗曾不銅錢拉我勒嘻。（老旦）吓！放吓個屁！（淨）吓唷！
個位小師太好丑，叫儂個官？（老旦）叫□□[4]官。（淨）好丑，
幾歲哉？（老旦）十六歲哉。（淨）俺吃茶個來。（老旦打介）
啐！（同小貼下）

　　（貼旦）天誅地滅個路倒屍個，罪過動動個！哩丑出家人耶，
哪是介亂嚼。（淨）儂出家人介！兒子養子三四個哉，倒瞞得我個
了？（貼旦）弗要拉故搭胡[5]言亂話，走吓個路罷，居去！（淨）

3　底本作「介」，參酌文意改。
4　底本這裡是兩個空白符號，留待演員臨場抓哏，逗樂取笑。
5　底本作「無」，參酌文意改。

是然居去売帳住里過年了，介嘸，吓就居來咭。（貼旦）就居來個。（淨）對吓說，我居去打介一斤酒，切半個下胲拉丟等吓嗻。（貼旦）是哉。（淨）我里今夜頭吃醉子，是新翻頭要毪了哉。（下）（貼旦）啐！溫測死個。（打，追下）

（內鑼鼓介）（眾旦上）（旦）你看那邊又有燈來了，我們走吓。（眾）走吓。

【前腔】花燈耀目豐年象，咸歌大有是滿村坊。家家戶戶頌君王，共慶昇平福壽長。但願得風調雨順民安樂，（付、丑上，混轉介）共辦著一炷清香答上蒼，共辦著一炷清香答上蒼。

（付將丑手把旦肩介）（旦回頭見介）啐！瞎狗入的，在我們堂客裡混起來。打這瞎狗入的！（付）阿呀奶奶，不要打，他是沒眼睛的。（旦）狗禿驢，明明是一塊兒來的，打你這個賊禿！（打付，付奔下）（旦）我們打死這個瞎狗入的！（丑）阿呀奶奶，饒了我罷，饒了我罷。（眾）打，打，打！（丑倒地介）（旦）阿呀不好了！瞎子打死了。（貼）他是詐死，待我來。（把小兒尿介）尿尿。（旦笑同下）（丑爬起介）吓嘎好大雨！（付上笑介）好大雨吓？是小孩子的尿。（丑）呸呸呸！多是你。（付）怎麼多是我？你自己不該走到堂客隊裡去吓。（丑）罷，不要說了，走罷。晦氣，晦氣！（下）

梆子腔・搶甥

旦：王大娘，孕婦。

小旦：小大姐，王大娘的甥女。

貼：陸二奶奶，婦人。

生、末：高公子家的僕人。

小生：高公子，花花少爺。

　　（旦、小旦、貼上）那邊又有燈來了！小大姐，站在這個上邊去看。（小旦）是。（內鑼鼓介）（生、末引小生上）（小生）家人們，高坡上站的這個女子生得好標致，與我搶他回去。（生、末）吓。（搶小旦介）（旦）你們是什麼人，把我外甥女兒搶去？還我人來！（小生）呔！（踢倒旦，小生下）（貼）王奶奶醒來，王奶奶醒來！（旦）阿嗄，阿嗄！（貼）阿呀，奶奶，你恐怕要生孩子了，快些走罷。（旦捧肚介）阿嗄！（貼攙旦下）

梆子腔‧瞎混

貼：陸二奶奶，婦人。
付：和尚。
丑：盲者，和尚的親家。

　　（貼又上）小大姐。（付、丑又上）（丑）哦。（貼）小大姐。（丑）哦。（貼）啐！（打丑介）（貼下）（丑）捉、捉、捉！他們叫什麼小大姐，待我也來叫叫看。小大姐。（付作女聲介）哦。（丑）小大姐。（付）哦。先生，我們那些人呢？（丑）多擠不見了。（付）阿呀，這便怎麼處呢？（丑）待我送了你回去，可好麼？（付）只是，我走不動了，怎麼處？（丑）不妨，待我馱了你去罷。（付）只是，你沒有眼睛，哪裡認得？（丑）我認得的，來來來。（馱付走介）這裡是了。待我開了門，請奶奶進去。（付）好吓，你把我馱到你屋裡來做什麼？（丑）此刻夜深了，奶奶暫住了一夜，明日送奶奶回去罷。（摸著和尚帽介）咦？你是哪個吓？（付）親家，多謝你馱了我回來。（丑）呀呸！（下）（付笑下）

清風亭‧趕子

旦：周桂英，張繼寶的生母。
外：張元秀，張繼寶的養父。
貼：張繼寶。

（旦上）

【引】兒夫一去杳無音，朝夕愁煩長掛心。

啞吃黃連苦自知，鷺鶯守定隔冰魚；望梅止渴，畫餅充飢。奴家周桂英。配與薛永為妻，誰想他上京一去杳無音信。大娘心生狠毒，將奴打入磨房，是我生下一子，朝打暮罵，奴家無奈，只得叫薛貴將兒抱出，已經一十三年，不知存亡生死。昨日隣舍贈我盤費，叫奴上京尋取兒夫，你看天色尚早，不免趲行前去。

【批子】奴本是苦命一裙釵，兒夫一別不回來。磨房產下嬰孩子，薛貴將他抱出來。若還是好人收留在，母子日後得團圓。若是歹人收留去，除非夢裡得相逢。阿呀！大雨了，怎麼處？你看，前面有一座亭子。不免進去躲避片時，再作道理。刮喇喇大風吹，滴溜溜雨又下。轉步來到亭子下，避風雨無牽掛，尋見兒夫是一家。

（看介）清風亭。你看靜悄悄的，並無一人在此。身子睏倦，不免打睡片時。

（外內叫介）張繼寶，小畜生哪裡走！（貼奔上）阿呀爹爹吓！（跌介）

【前腔】天生苦，命裡孤，纔出娘胎不見母。鳥兒亂喚子規啼，倒有愛憐意，偏我的爹娘不顧兒。為爹淚流，為母憂愁，阿呀親娘吓，又未知何日見親娘。小生張繼寶。爹爹送我學內攻書，誰想，眾學生罵我是無父之兒，是我回家要見親爹、親母，反被爹爹打了一頓，故此逃出門來。我緊走，他緊追；我慢行，他慢趕。你看，前面是清風亭了，不免進去躲避則個。**急急走，莫留停，將身躲避清風亭。**吓，你看，有一婆婆在此。不免就在他裙子邊躲避片時便了。

（外上）張繼寶，你往哪裡走？為父的來了。

【前腔】我年老無子女，恩養一子繼寶兒。送他學內習禮儀，誰想一旦惹閒氣。我將他趕打離門戶，追著他回來問因伊。

老漢張元秀，恩養他人一子，名喚繼寶。送他學內攻書，誰想，與眾學生爭鬧，回來被我打了幾下，他跑出門來。我緊趕，他緊走；我慢趕，他慢行。趕到此間，不知什麼東西把我絆上一跤？不知這小畜生往哪裡去了？小畜生吓，你上天，為父的趕你上天；你入地，為父的趕你入地。阿呀你看，亭子裡面有一個小娘子在那裡打頓。若然知道的，道我尋兒；倘若不知道的，只說我這般年紀還與婦人談講。嘓！我尋我的孩兒，什麼小娘子不小娘子。張繼寶，我的兒，同為父的回去。吓？往哪裡去了？吓，你這小畜生，躲在小娘子裙子邊，你道為父的眼花不見，卻被我看見了。小畜生，你出來便罷，若不出來，我就打死你這小畜生！（貼）阿呀婆婆，救命吓！（旦）夢魂驚詫，呀，驚見公公打小孩。見此子貌端莊，好似東京兒夫樣。（貼）上告婆婆，終朝每日受消磨。（旦）他是你什麼人？（外）小娘子多管閒事。（貼）他是

繼父來打我。（旦）親爹、親娘哪裡去了？（貼）親母、親爹無下落，他將我渾身皮肉都打破。我孤苦零仃沒奈何，望婆婆相救我，免得我一死見閻羅。

【前腔】（外）不肖子你哭哭啼啼為甚的？為父的養你方成器，誰想你一旦忘恩義。小娘子休管是和非，我打孩兒干你甚的。（旦）我是勸你吓。（外）小娘子，你往哪裡去的？（旦）我是上東京去的。（外）可又來！你往東京我向西。（旦）公公手中拿的是什麼東西？（外）是挂杖，打死這小畜生！（旦）公公，打死不如賤賣，將這孩子賣與我罷。（外）吓，這小娘子好賣富，開口就要買我的兒子。且住，不要看他吃的，只要看他穿的，我假說把這孩子賣與他，看他拿什麼東西與我。吓，小娘子，你若要這孩子，就賣與你罷。（旦）公公，不要後悔。（外）沒有後悔。（貼）賣了，賣了。（旦）既如此，公公，我有金釵雖不重，叫兒早晚相傍送。

（外）這半枝銅釵，要它何用。（旦）這是金的。（貼）是金的。（外）是金的？多少重？（旦）三錢重。（外）值幾換？（旦）七換。（外）三七二兩一錢銀子。（旦）二兩一錢。（外）二兩一錢銀子就要買我的兒子？小娘子，這孩子我要靠老的，不賣的。（貼）又不賣了。

（旦）公公，賣不賣由你。在此講了半日閑話，不曾問得公公上姓。（外）老漢姓張。（旦）尊諱？（外）名元秀。（旦）公公在家作何生理？（貼）打草鞋，磨豆腐。（外）唉！小畜生，不是為父的打草鞋、磨豆腐，怎養得你這般長大？（貼）天天吃的豆腐渣。（外）少不得打死你這小畜生！（旦）不要如此。公公今年多少年紀了？（外）老漢今年七十三歲了。（旦）家中婆婆呢？

（外）媽媽同庚的。（旦）這孩子？（貼）十三歲。（外）哎！小
畜生，哪個不曉得你十三歲，這等嘴快！（旦）且住。我想，婦人
過了四十九歲，天癸已絕，那婆婆六十一歲還生得出兒子不成？公
公，這孩子不是你養的。（外）不是我養的，難道到是你養的。
（旦）公公，婦人家過了四十九歲是不生育的了，若不實對我說，
扯你到前面大戶人家去理論。（貼）吓，原來不是他的兒子！

（外）且慢。人人說清風亭有拐子，拐子倒沒有，倒有一個女
光棍，被他一盤竟盤倒了。我想此亭只有他我兩人在此，就說了實
話，也不怕他怎麼。吓，小娘子。（旦）公公。（外）說起這小畜
生，卻也話長，我每這裡有個元宵佳節燈山會。（旦）這是處處有
的吓。（外）吓，處處有的。那些老老小小都去看燈，我家媽媽說
道：「老兒，我和你這般年紀，也該去看看燈，散散心。」我就同
媽媽一走走到大街。吓嗄！真個是人山人海，好不鬧熱！一擠擠到
揚州裡去了。（旦）敢是陽溝裡？（外）是吓，是陽溝裡。後來刮
拉拉起了一陣風，淅零零落下一陣雨，把那燈都吹映了，人都走散
了。後生的都從大路而去，我兩個老人家打從小路而回。一走走到
周涼橋下，只聽得嬰孩啼哭之聲，我上前一看，但見這樣一個盒
兒。（旦）盒兒裡是什麼東西？（外）就是這小畜生。（旦）可有
金釵？（外）沒有金釵，只有半股銅釵。被小畜生換糖吃了。
（旦）可有血書？（外）沒有什麼血書，只有一幅白紙，上有幾行
紅字。（旦）如此說來，是我的兒子了。阿呀親兒吓！（貼）原來
是我的親娘。阿呀親娘吓！

（外）住了！小娘子，我對你講不得話了。講得幾句，這孩子
是你的，若再講兩句，連老漢也是你的了。（旦）公公，尊重些！
有我的血書為證嗘。（外）吓，你說有血書為證，恰好老漢帶在身

邊。小娘子，你若背得出來不差，就是你的兒子；倘若有一字差誤，諾諾諾，也扯你到前面大戶人家去理論。（旦）這個自然。公公請看明白了，待奴家念來。

【前腔】奴是周家女，夫是薛秀才。磨房中生一子，薛貴抱出來。

（貼背後偷看介）（外）呔！小畜生，為父的送你學內攻書，識了幾行字，看了告訴小娘子，不算的。待我來打死這小畜生！（貼）阿呀母親！（旦）親兒！（外）不好了！媽媽，兒子被人認去了。媽媽，快來吓！（旦）公公請上，受奴一拜。（外）不要拜！（旦）多蒙公公恩養，奴家決不忘恩。（貼）母親，走。（外）小娘子，你帶了我兒子哪裡去？（旦）公公，這是我的兒子，同我上東京去找尋父親回來。（外）阿呀小娘子吓，這兒雖是你所生，也虧我撫養，怎麼就是這樣領了去？（旦）依公公便怎麼？（外）小娘子，你立在東邊，老漢立在西邊，這小畜生立在中間，看哪個叫得來，就是哪個的兒子。（旦）公公不要後悔。（外）沒有後悔。

（旦）且住，這孩子是我親生的，難道不跟我去不成？公公，讓哪個先叫？（外）讓你先叫。（旦）張繼寶。（貼）母親。（旦）我的兒，同我上東京尋你父親去。（外）張繼寶。（貼）爹爹。（外）你母親在家中望你回去吃飯；他是清風亭拐子，不要跟他去。（旦）親兒！（貼）阿呀親娘！（外）張繼寶親兒！（貼）阿呀爹爹，孩兒是同母親東京去尋父親了嘘。（外）不要去。（貼）去了。

（外）阿呀親兒，你真個去了？為父的還有幾句言語，你可牢牢記著。昔日元宵十五夜，抱歸撫養得成人。幾番打罵何曾走，今

日裡呵，得見親娘便負恩。阿呀兒吓，你同母親上東京回來，若在我二老門前經過，有那吃不了的飯，與我二老一碗充充飢；有那穿不得的破衣，與我二老一件遮遮寒體。若是二老亡故之後，你拿一碗水飯、一陌紙錢，到我墳上連連哭幾聲。兒吓，不但我為父的爭你一點光，也好與世上人撫養螟蛉之子看樣。（哭介）**好比燕子唧泥空費力，長大毛乾各自飛。母子今朝同路去，教我年老雙雙誰靠依？**我好苦吓！（大哭介）（旦）**看他父子抱頭苦，鐵石人聞也淚漣。**張繼寶，我的兒，走吓。（外）張繼寶，你當真去了？（貼）爹爹，孩兒當真去了。（外）果然去了？（跌介）（貼）阿呀爹爹！（旦）孩兒走罷。（貼）阿呀爹爹吓！（同旦下）（外）**只指望養兒來待老，誰想積穀今朝防不得飢！養兒須要親骨血，恩養他人總是虛。**

張繼寶，我的兒，你竟自去了。你好忘恩吓，你好負義吓！噯，待我趕上前去，張繼寶，你且慢些走，為父的來了。慢些走，為父的來了。（哭下）

梆子腔・請師

旦：周德龍，男妓。
付：王法師。
貼：千年九尾狐狸精。

　　（旦上）時來遇了酸酒店，運退撞著有情人。小生周德龍，不幸為妖魔纏擾，不免去請王法師來拿他。行行去去，去去行行。來此已是，不免叩門。王法師在家麼？（付內）不在家裡。（旦）明明是王法師的聲口，怎麼說不在家？（付內）口在人不在。（旦）休得取笑，快些開門。（付上）來哩。

【急板令】家在杭州鼓樓前，靠山。一生屁股慣朝天，要錢。賭錢吃酒括小官，撒漫。誰人門外叫聲喧？開看。原來是周小官，翻板，翻板。

　　（旦）耍子翻板？（付）烏龜嘿翻板。我說你做小官的好，屁眼會賺錢！（旦）休得取笑。（付）請問周大爺，到此有何貴幹？（旦）特來請你去拿妖。（付）請我去拿妖吓，沒工夫，前村張家請我去念三官經，後村李家請我去燒路頭，哪裡有工夫？（旦）你看我父親分上，主顧要緊的，不去是斷了一家門徒了吓。（付）不錯的，不去是斷了一家門徒了。周大爺。（旦）怎麼？（付）待我去問聲阿奶看。（旦）是吓，你去問一聲看。（付）阿奶。（內）姐的？[1]

---

[1]　本齣「怎的」作「姐的」是為了表現劇中人的特殊口音。

（付）前村張家請我去念三官經，後村李家請我去燒路頭，周大爺請我去拿妖，還是到哪一家去哩？（內）周大爺家裡去。

　　（付）周大爺。（旦）姐的？（付）我家老太婆的主意好，叫我到你家裡去哩。（旦）這是極妙的了，就請同行。（付）慢些，慢些，還有哩。阿奶。（內）姐的？（付）叫阿二出來。（內）不在家裡，城隍山上看戲去哩。（付）周大爺，這沒，去不成。（旦）為啥子去不成？（付）我家兒子不在屋裡，這些法衣行頭物事沒人軓[2]。（旦）行頭物事是要緊的，姐處呢？吓，有了！待我與你軓了歇。（付）告個罪。（旦）為什麼告個罪？（付）權當我的兒子。（旦）介嗄，你倒怕我哩。（付）為啥子怕你？（旦）我聽見人說，你是怕兒子的吓。（付）有個緣故，是別人代養的，是然[3]怕他。（旦）不要說了，去罷。（付）阿奶。（內）啥子？（付）關了門，我去哩。（內）曉得。

　　（付）周大爺請。（旦）請吓。（付）周大爺，你姓啥子哩？（旦）姓周吓。（付）吓，姓周。令尊呢？（旦）是然也姓周了吓。（付）吓！也姓周？父子同姓，難得難得！（旦）休得取笑。到了，待我開了門。（開門介）（付）阿嗄好騷氣！（旦）敢是妖氣？（付）不錯的，是妖氣。（旦）王法師，你看是什麼妖怪？（付）臭得緊，是個屁精。（旦）噯噯噯！屁哪裡有什麼精的？（付）咳，你不曉得。小官家相與得大哥哥，多受這些精華，肚皮裡結成了胎，養出一個兔子來，就變了個妖怪了吓。（旦）休要取笑。你輪一輪看。（付）吓，待我輪輪看。子丑寅卯辰巳午未……

2　本齣「端」作「軓」是為了表現劇中人的特殊口音。

3　本齣「自然」作「是然」是為了表現劇中人的特殊口音。

周大爺，是個棒槌精。（旦）噯！棒槌哪裡會成精？（付）周大爺，你不曉得，那棒槌終日在你家阿姆手裡弄咧弄，年深日久，就成了精了。周大爺，你的棒槌關還沒有過，只怕還要上當哩。（旦）休得取笑。

　　（付）舭筆硯過來，開馬賬。（旦）吓，開馬賬。（付）張天師。（旦）好吓，張天師是要緊的。（付）王靈官家堂香火，鴨蛋頭菩薩。（旦）噯噯噯！啥子鴨蛋頭菩薩？（付）哪！這個壽星老兒的頭光禿禿的，可像個鴨蛋？就叫做鴨蛋頭菩薩哩。（旦）拿妖沒要壽星做啥？（付）周大爺，我看你做人刁鑽刻薄，一定短命，替你延延壽。（旦）吓，也是要的。（付）要的吓。豬一隻、羊一腔。（旦）噯噯噯！要他何用？（付）三牲祭禮。（旦）王法師，要省些。（付）省些？介沒豆腐一塊、麵觔一個、蕨腐粉皮豆芽菜一擔。（旦）噯噯！為啥要這許多？（付）等我老人家吃了好嚼蛆。（旦）只管取笑。（付）筆一枝、銀硃一片。（旦）要他何用？（付）畫符哩。（旦）省些。（付）也要省些？（旦）省些。（付）介沒三個銅錢香一古、蠟燭五枝。（旦）噯！王法師，只有一對、二對，姐的五枝？（付）哪！壇前一對。（旦）呒，一對。（付）竈上一對。（旦）呒，一對。（付）這一枝沒，完了法事，我老人家燈籠裡要點的咧。（旦）自然有的。（付）快些照賬買來。（旦）是，照賬買。（內）曉得。

　　（付）打開了包袱，把我這些行頭物事舭出來。（旦）是，曉得。（付）周大爺，你看這件法衣好麼？（旦）好。（付）你可曉得我多少銀子買的？（旦）不曉得。（付）你估估看。（旦）吓，待我來估估看……一兩銀子買的。（付）一兩銀子買得動？你看，

雙龍戲[4]珠，大紅心子，綠鑲邊。你的面孔生得標緻咧，一兩銀子
肯賣把你！（旦）就是一兩二錢。（付）一兩二錢？買不動！我老
人家實實在在對你說了罷，是二錢四分銀子租來的。（旦）笑話。
（付）穿起來。（作反穿介）（旦）翻轉來。（付）吓，翻轉來。
（旦）是這樣翻。（付）呸！小雜種，只管翻列翻的！待我來穿子
你看。（將法衣鋪地，打觔斗穿介）除掉了個「豆腐麵」。（旦）
啥子「豆腐麵」？（付）「巾」哩！豆腐麵觔，豆腐麵觔，多不曉
得的？露出了這「怒髮衝」。（旦）又是啥子「怒髮衝」？（付）
「冠」哩！「怒髮衝冠」歇後語多不曉得的？阿呀，弄不成！
（旦）又是姐的弄不成？（付）我一個人在壇前揑訣請將，鐘罄鐃
鈸沒人打。（旦）王法師，我們鄰舍人家在那裡學串戲，會打的，
煩他們打打，何如？（付）極好的哩，叫他們快些打起來。（旦）
是，曉得。喂，鄰舍大哥。（內）怎麼？（旦）煩你列位打打鐘
鼓。（內）是列。（內亂打介）（付）慢來，慢來，人家打鐘鼓沒
要齊齊整整的，姐的麻雀入屁股樣的即扎即扎，像啥樣子哩？哪！
依了我老人家頭來，看我的頭向東，是個「當」；頭向西，是個
「齊」；中間沒，是個「同」。依我來。（內）是哩。（打介，付
學介）當當齊，當當齊，當當齊，同齊同齊。是哩，是哩。項項項
項……

　　（旦）王法師，你又不害病，姐的只管哼？（付）呸！小遭瘟
的。和尚呢有和尚的腔，道士呢有道士的腔，就是做戲沒，也有個
崑腔、高腔的哩。你曉得我老人家是啥子腔吓？（旦）不曉得。
（付）我老人家是崇明學來的，叫做「崇腔」。（旦）噯，不要打

4　底本作「喜」，參酌文意改。

咤！重來。

（付）吓，重來。項項項項。鹽炒豆腐，醬燒麵觔，吃在口內，燙了舌根，吐在地下，兩狗相爭，汪的一聲，咬痛了我的脚跟。（且）噯噯噯！請你來拿妖，你口裡念些啥物事？（付）周小官，我告訴你，前日官巷裡戚大娘請我去做法事，就出這些豆腐麵觔出來，好吃得很。不道要緊吃了，燙痛了舌根，連忙的吐在地下。不道老狗、小狗奪那麵觔吃，咬錯了，把我老人家的脚跟竟咬了一口，幾希乎咬了我的雞巴去！故此沒，也通誠在裡頭哩。

（且）噯，不好！再來，再來。（付）吓，再來。項項項項。香煙繚繞，諸聖降臨。今據杭州府錢塘縣青城山下住居信士周德龍，苦被妖魔纏擾，特請金法師到壇設醮。（且）噯！我請的是你王法師，姐的通誠起金法師來？（付）你不曉得，我的嫡姓原是金，三歲上死了老子，我家阿姆轉嫁了城隍廟裡的王道士，所以這個「王」是拖油瓶姓；神道面前是要講實話的哩。（且）吓，不錯的。再來。

（付）項項項項。五龍蕩穢天尊，五龍蕩穢天尊，奉請南方火德星君，北方火神火將，東方火龍火馬，西方火刀火石火部大將軍。（且）啐！姐的請這些火神火將來做啥子？（付）周小官，你請我來做啥子哩？（且）請你來拿妖吓。（付）吓？你請我來拿妖吓！我認了請我來打火醮哩。這嘿，周大爺，恭喜，賀喜！（且）姐的？（付）太平火醮一壇奉送，不算賬的。（且）噯！快些拿妖。（付）來哩，奉請趙錢孫李，周吳鄭王，馮陳褚衞，蔣沈韓楊。（且）啐！姐的念起百家姓來列？（付）周小官，你可曉得這個妖怪姓張姓李麼？（且）不曉得（付）可又來！我把這百家姓念起來，念著了妖怪的姓，他是然跑出來哩。等他出來，我老人家兩

個指頭就撞住了他哩。（旦）吓，是的。再來，再來。

　　（付）天王，天王，助我剛強，一夥鬼怪，躲入洞房，拿了八個，走了四雙。（旦）嗳！王法師，你說「拿了八個，走了四雙」，一個也拿不住了，見啥子鬼！（付）呸！小遭瘟的，這是我哄他的。說「拿了八個，走了四雙」，他說我不中用，是拿不住的，哄他跑出來，我就一把拿住了他，再也不放哩。（旦）吓，是這個原故吓。（付）待我來拿了這把「可憐」。（旦）啥子「可憐」？（付）可憐就是「劍」哩！跟我來。（付一面哼一面踏罡步，旦⁵跟付走，付又做鬼臉，旦拜介）

　　（付作仰睏在地介）（旦）王法師，你在那裡做什麼？（付）伏陽。（旦）只有伏陰，哪裡有什麼伏陽的？（付）你不曉得，以前原是伏陰的。我有個徒弟，到人家去做做法事，在那裡伏陰，不道他是蘇州人，愛男風的，看見我那徒弟的屁股鞠在那裡，竟被他打了個死老虎去。因此我們道士行中齊了行，大概是伏陽的哩。（旦）原來如此。（付仍作伏陽睡著介）（旦）王法師，王法師。（付）呸！我老人家正在三天門同王靈官講話，被你一叫，連累我在半天雲裡跌將下來哩。（旦）鬼話！哪裡有什麼王靈官？（付）哪哪哪！還在雲端裡咧。（唱喏介）王天君請了。（旦看介）沒有看見吓。（付）哪哪哪！金盔金甲，手裡拿著金鞭。（旦）在哪裡？沒有看見。（付）吓，你當真沒有看見？（旦）沒有看見！（付）吓，你沒有看見，介嚜連我老人家也沒有看見。（旦）扯謊！

　　（付）如今要畫符哩。（旦）吓，畫符。（付）我奉太上老君

5　底本作「小生」，小生扮的二郎神下齣〈斬妖〉才出現，參酌內容改。

急急如律令，敕！拿去貼在大門上。（旦）吓，大門上。（付又畫介）敕！貼在二門上。（旦）吓，二門上。（付）敕！後門上。（旦）我家沒有後門的。（付）姐的做小官沒有後門的？（旦）不要取笑。（付）諾，這是水缸上的。（旦）姐的水缸上多要貼符？（付）你不曉得，這個妖怪口渴起來要吃水，見了我的符就不敢吃，乾死了他哩。（旦）吓，水缸上。（付）敕！這道符貼在毛廁上。（旦）噯？毛廁上嘿也要貼符？（付）你哪裡曉得，妖怪也要登東的嚇。他見了我這符，就不敢登東，脹也脹死了他哩。（旦）是的。（付）敕！這道符貼在房門上。（旦）王法師，你去貼。（付）你去貼。（旦）我不去！你去貼。（付）你自己不去，倒叫我老人家去貼，是啥說話？（旦）王法師，我害怕。（付）你怕，難道我不怕的？（旦）王法師，你是有法的嚇。（付）不錯，我是有法的。你不要怕，同我一齊去歇。（旦）吓，一同去。（付拿符、劍一路哼，小生跟介）

　　（旦）這裡是了。（付）吓嘎，一個妖怪！一個妖怪！（旦）在哪裡？（付）哪哪哪！一個頭、四隻腳、一個尾巴。（旦）待我看來。是個尿壺。（付）尿壺吓，我只道是個團魚精哩。

　　（貼扮狐狸精，持扇上）（付）吓嘎，周小官，你這臭賊，倒討介一個好標緻老娘在屋裡。周大娘，道士作揖哩。（旦）王法師，他是精！（付）他姓金吓，這嘿，金大娘，道士再作揖。（旦）噯，王法師，他是怪！（付）要拜，我就拜，再磕個頭兒。（旦）不是，他就是妖怪吓。（付）他是個妖怪？我不信。那妖怪是長長大大青面獠牙的，哪有這樣標標緻緻的？若有這樣的妖怪，我道士就苦了這條老性命也是情願的。（旦）王法師，真個是妖怪，你去殺了他。（付）喂，大娘，周小官說你是個妖怪，叫我殺

你咧。（貼）王法師不要聽他。我是鄰舍人家女子，來看你拿妖的。清平世界，殺了人是要償命的嘘。（付）不錯，殺了人是要償命的。喂，周小官，他說是鄰舍人家女子，來看我拿妖的，殺了他是要償命的哩。（旦）嗳！王法師，你去殺了，我償命。（付）你去殺了，我償命。（旦）嗳，快些下手！（付）咳，這是沒法的哩。哒！妖怪看劍。（貼使扇介）

（付）

【高腔】 你是何方妖怪？白日裡將人纏害。周小官精精壯壯、肥肥胖胖，被你迷得他面黃肌黑，癆瘦郎當，癆瘦郎當。

（付、貼對殺，貼撥倒付。付爬起逃走，貼追。付躲桌下介）（貼）王道士，量你也不是我的對手，饒你去罷！（貼下）

（旦上）王法師，王法師……阿呀，哪裡去了？王法師，王師父……（付在桌底應介）在這裡。（旦）在哪裡？（付）在桌子底下哩。（旦）妖怪去了，快些出來。（付）當真去了？（旦）去了。（付鑽出介）他去了，我就出來哩。阿嗄嗄，好狠妖怪！（拿衣走介）（旦扯住介）吓，哪裡去？（付）放手，我去哩。（旦）嗳，王法師你住在此，拿了妖怪去。（付）你叫我拿妖怪？我如今被妖怪拿了去哩。（旦）阿呀，去不得的嘘。只看我父親分上。（付）周大爺，你看我十七八代的祖宗分上，饒了我歇。（旦）阿呀，你去了，我就不好了。（付）吓吓吓！我還有一個茅山老法在革里，你跪在此。（旦）吓，跪在這裡。（付）閉了眼睛，攤開手來，畫道符在手心裡。我在這裡行法，這妖怪走出來，在你手邊過，你就一把拿住他，不要放吓。（旦）吓，這嗄，你行起法來，等他出來，我就拿住他便了。（旦閉眼睛，付一面假哼，一面包傢

伙走介）（且扯住介）在這裡了！（付）放手！是我。

　　（且）咻！王師父，你要哪裡去？（付）周大爺，老實對你說了，這個妖怪狠，我是拿他不來的。我有個師弟雲遊到此，歇在玄都觀裡，他倒有些本事的，待我去請他來，替你拿這妖怪罷[6]休。

　　（且）阿呀，你去了一定不來的。（付）吓，也罷，我把這些法衣響器多放在此做個當頭，何如？（且）做個當頭……也罷！只是，就來吓。（付）是哩，就來的。（奔下）

　　（且）咳！沒法吓沒法。（下）

按　語

〔一〕本段與《時調青崑》的〈王道士斬妖〉前半齣以及《崑弋雅調》的〈關公斬妖〉（正文標目〈王道士斬妖〉）前半齣情節接近，惟科諢笑料大幅增加。

〔二〕第十一編選錄的〈串戲〉，主角所串之戲文，就有周小官被九尾狐狸精糾纏事，可知此故事當時頗為流行。

6　底本作「敗」，參酌文意改。

梆子腔・斬妖

生：呂洞賓。
付：王法師。
旦：周德龍，男妓。
末（前）：符籙神。
雜：四小鬼。
外、淨、末（後）、丑：東、西、南、北四大神將。
小生：二郎神。
貼：千年九尾狐狸精。

　　（生上）朝遊北海暮蒼梧，袖裡青蛇膽氣粗。三醉岳陽人不識，朗吟飛過洞庭湖。貧道，呂岩。一路雲遊到此，因見青城山下妖氣甚重，故此尋步前去一看。呀，你看，那邊來的是王師父，為何這般光景？

　　（付慌上）太乙救苦天尊！太乙救苦天尊！（撞生介）（生）王師父為何如此？（付）阿呀，阿呀師父，不好了！（生）為何如此光景？（付）這裡青城山下周小官家請我去拿妖怪，哪曉得反被妖怪拿住了，竟要殺起我來哩。（生）咻，你是有法的吓。（付）我本來是有法的，如今倒弄得我沒法哩。師父，說不得幫我去拿拿。（生）他家住在哪裡？（付）就在前邊，轉個彎兒便是。（生）你領我去。（付）去便同你去，只是，你要放出些本事來吓，他家裡只得一張桌子，躲不下兩個人呢。（生）胡說！休要墮

了志氣！

　　（付）這裡是了。（生）你去叫門。（付）你去叫。（生）你去叫。（付）我不去，恐怕妖怪跑出來哩。（生）不妨，有我在此。（付）吓，有你在此。（低聲叫介）周小官。（生）揚聲叫。（付）吓，羊聲叫。唔哈，唔哈……（生）做什麼？（付）你叫我羊聲叫。（生）高聲就叫做揚聲。（付）吓，高聲叫。周小官，開門！

　　（旦上）王法師來了麼？（開門見生介）師父請。（生）請。道高龍虎伏，德重鬼神欽。吓，原來這孽畜倒在這裡！（旦）請問師父，是什麼妖怪？（生）是個千年九尾狐狸精。（付）不錯的，是個狐狸精。（旦）王師父，你方纔說是棒槌精吓。（付）狐狸的尾巴可像個棒槌麼？（生）待貧道登壇。（旦）師父，可用什麼東西？（生）不用，只要淨水一盃、清香一炷、法鼓三通。（付）這嗄，待我去擂起鼓來。（下）

　　（內擂鼓介）（生仗劍噴水介）此水非凡水，崑崙碧水連；九龍噴出淨天地，太乙池中萬萬年。我奉太上老君急急如律令，敕值日功曹值符使者速降。（末扮符官打馬上轉，下馬見生介）真人有何法旨？（生）牒文一道，速到灌江口邀請二郎真君到此降妖，不得有誤！（末）領法旨。（上馬轉下）（生）一擊天門開，二擊地戶裂，三擊神將至。奉請灌口二郎真君速降。（雜扮四小鬼，外、淨、末、丑扮四帥，小生扮二郎神上）

　　（合）

【京腔】五色雲高，氤氳飄渺，旌旗繞。刀戟森森，要把妖氛掃。

　　（小生）九轉功成法力高，威靈赫奕鎮重霄。神光照處邪魔

滅，倒海移山神鬼號。某，灌口二郎楊。今有呂眞人牒文相召，只得走遭。眾神將。（眾）有。（小生）各駕祥雲。（眾）領法旨。（各駕雲轉作到，四小鬼先下）（小生）呂眞人請了。（生）眞君請了。（小生）相召某家，有何法旨？（生）今有青城山下周德龍，被九尾狐精纏害，特請眞君到此降妖。（小生）降妖捉怪，乃某家分內之事。眞人請坐法壇，待某家去降來。（生）請。（小生立椅上介）東南西北四大帥。（眾）有。（小生）快與我降妖者！（眾）領法旨。

【前腔】（外）今日裡天兵來到，霧騰騰煙迷雲罩。（下）（淨）明晃晃劍戟如霜，火焰焰寶刀日耀。（下）（末）哪怕他猙獰虎豹？遇了俺鬼哭神號。（下）（丑）看妖魔哪裡躲逃？管叫你頃刻魂消。（下）

（生）此劍非凡劍，屬火煆成經百煉。出匣輝輝霜雪寒，入手森森星斗現。吾奉太上老君急急如律令，妖怪速至！（貼雉尾雙刀上）（四帥逐一上，各戰下）（生）一擊天清，二擊地寧，三擊五雷震動，妖怪速現原形！（貼帶臉子紅衣上奔，轉向生拜介）（生）咻！（貼下）（跳蟲扮妖形上）（四帥各戰下）（小生下椅介）

【前腔】你作怪興妖，罪業難逃。俺這裡吹口氣天昏日暗，踏一腳地動山搖。哪怕你三頭六臂，怎當俺兩刃尖刀。（四將齊上合戰，捉住替身，妖怪脫衣逃下）（淨捉空介）（小生追妖上，斬介）（小生）看淋漓血濺污鋼刀，（眾合）霎時間，把你這殘生斷送了。

（生）有勞眞君。請了。（小生）眞人請。（生下）（小生）眾神將。（眾）有。（小生）駕雲回灌口者。（眾）領法旨。

（合）

【尾】呀！駕風雲祥光萬道，轟雷電瑞靄千條。看巍峨殿閣非遙，頃刻間紫府丹霄。斬怪誅妖，胸藏玄妙，方顯得真君法令高。（同下）

按　語

〔一〕本段與《時調青崑》的〈王道士斬妖〉後半齣以及《崑弋雅調》的〈關公斬妖〉（正文標目作〈王道士斬妖〉）後半齣情節接近。惟《時調青崑》與《崑弋雅調》呂洞賓召來關聖帝君斬妖，本段則是召來二郎神。

快活林・鬧店

旦：賽西施，惡棍蔣門神之妾。

丑：四海，酒保。

付：揚州客。

外：山東客。

淨：賣布的商販。

生：武松，好漢。

（旦上）

【梨花兒】快活林中稱第一，終日櫃中來站立。丈夫武藝甚高強，嗛！不怕別人來戲妾。

　　自家乃蔣門神之妾賽西施是也。自幼在江湖上習學拳棒，故此，教下幾個婦女丫鬟們皆能武藝。今在快活林中開張酒肆，眞個是門前車馬成羣，店內貂裘滿座！閑話少說，怎麼這時候還不見四兒出來掛望子？四兒哪裡？（丑上）來了。揩檯為活計，洗碗作生涯。自家乃快活林中一個堂官四海的便是。奶奶叫我有甚話說？（旦）怎麼這時候還不把望子掛出去？（丑）早得勢[1]來。（旦）既如此，你且把賬來算算。（丑）吓，張大官四百，李二哥二百，王老三三個銅錢。（旦）三個錢就罷了。（丑）無零不成賬。（旦）今日好天氣也！（丑）等我來掃子地介。

---

[1]　底本作「試」，參酌文意改。

【吹調】（旦）春景天，好鳥枝頭現，桃紅李白柳如煙。（丑）我把招牌掛這邊，（旦）招牌掛那邊。快活林中誰敢少錢？（旦下）

【前腔】（付扮揚州人上）艷陽天，百卉多開遍，對景芳菲懶去眠。（外扮山東客上）山東到此間，我要頑個遍，且向那快活林中去學醉仙。

（付）請了。（外）請吓。（付）老客何往？（外）咱往快活林中去頑頑。（付）小弟正欲前去，同步何如？（外）使得。請。（付）請。

【前腔】杏花天，樂事從人願，盃酒陶情同去閑。（付）來到這酒鋪間。（外）看招牌，蕩鞦韆，且吃個開懷學醉仙。

吷！酒保。（丑）來哉來哉。客人，阿是吃酒僅？（付、外）正是。（丑）請坐。喂，裡向走個把娘娘出來坐坐櫃咭。（旦上）怎麼？（丑）上生意哉，照管，照管。（旦坐介）你自去。（丑）客人，吃僅個酒？（付）木細罷。（丑）木瓜細酒革裡弗行個，福貞罷。（付）也罷了。（丑）客人，吭是吃僅酒？（外）咱喝高粱酒，小米子飯。（丑）無得個，即有大糟粞弔。（外）有什麼菜？（丑）三鮮，鴛鴦炒肉，參魚湯。（外）多不好。（丑）介沒白煮雞巴蘸毧頭。（外打介）王八入的！仔麼罵我？（丑）客人，我說是白煮雞跌介個大蒜頭蘸來吃僅介。（付）不要說了，快去備來。（丑）吷哉。（下）

（生上）好酒吓！

【前腔】且開懷，有酒須篩，休管著好和歹。更遇著三春景，桃李爭開，這光陰尋常難買。人生不飲，容易頭白。

吷！酒保。（丑上）來哉來哉。僅個？（生）吃酒。（丑）吃

酒裡向請坐。（生跳坐櫃上介）（丑）幾裡是櫃上，請交椅浪坐。
（生）呔！你們做什麼的？（付）我在這裡吃酒。（生）你呢？
（外）咱老子吃飯。（生）吓，你們不是與俺耍拳的麼？（付）說
甚的話！我們斯文人，為甚的與你耍拳吓？（外）咱們走罷。
（丑）客人，菜就來哉噓。（外）嗒們拿了銀錢喝酒倒受這狗頭的
氣！（丑）客人，虧吼出路個人，倒怕子哩了。我一拳要打哩八
個！吼自坐虱吃，有我拉里。（付、外）這沒快些拿菜來。（丑）
下子鑔哉，就來哉。

　　（生）酒保，（丑）倃個？（生）拿酒來！（丑）客人吃倃個
酒？（生）上等的燒刀。（丑）客人，我看吼有子呷虱個哉，阿要
吃子介一壺元燥罷？（生）嗳！俺要吃燒酒，快去取一壜來。（指
丑，丑跌介）（外、付）吓，你方纔說一拳要打他八個，怎的被他
一酒就跌了？（丑）客人，地浪滑了。（丑）伙計，掇一鬈燒酒得
出來吓。（丑）客人，一鬈來里。看吼阿吃得下？（生）打開。
（丑）吷。（生取碗舀酒吃介）（淨上）賣塊頭布。吓，幾里是快
活林哉，吃碗酒介。喂，第二個。（丑）做倃？（淨）倒碗酒來吃
吃。（丑）阿呀，桌子坐滿哉，得罪吼吃碗靠櫃酒罷。（淨）隨便
個。（丑洒酒與淨吃，混介）娘娘，阿要買塊揩屄布？（旦）吓！
你在此討野火吃麼？（打介）（淨）阿呀，阿呀！我說娘娘舊年作
成子我多疋布，倃個動手就打介？（丑）去罷，去罷，弗要拉裡闖
禍哉。（淨）個是落里說起！（下）

　　（生）酒保！（丑）來哉來哉。亦要倃個？（生）叫一個妓女
來陪酒。（丑）客人，弗湊巧，當槽個翻子《綴白裘》個板了，今
朝纔去吃發財酒哉。（生）如此，就叫那櫃上的婦人來陪俺吃酒。
（丑）客人，少說點罷。吼也要問問，革里是撒弗得野個，我里蔣

大爺弗是好惹個嗻。（生）放屁！（立起潑酒介）（丑）完哉，完哉！醉化丑個哉。（旦）酒保，這厮講什麼？（丑）俚叫奶奶去陪酒。（旦）有這等事！打這厮！（旦跳出櫃，生取酒罈丟介）

【秦腔】堪笑奴才直恁歹，大膽痴愚惹禍災，教人氣忿難寧耐。

　　（旦）

【又】這殺才膽兒直恁大，平白地向咱行惹禍災，怎禁得我騰騰怒氣賒。

　　（生、旦打拳，旦敗，生追下）（旦復上）孩子們哪裡？（雜扮四女人上）奶奶怎麼？（旦）那個醉漢十分了得，與我擒下。（雜）吓。

　　（同下，取棍上舞）（生上打，接棍混打介）（四雜打敗，生追下）

　　（丑持棍，生上。接棍打倒丑介）（丑）住了！你打得我希腦子爛，不伏！（生）你不伏怎麼樣？（丑）我要運氣。（生）你運了氣，再打你這狗頭。（丑運氣介）（生）呔！狗頭，怎麼樣了？（丑）運完了。（生）你的氣運在哪裡？（丑）運在這裡。（生）照打！（丑跌介）我的爺，這一下實在打不起了！（生）狗頭，我且問你，蔣門神在哪裡？（丑）拉丑著棋。（生）快去叫他來。（丑）吷，我去叫。你不要走了，走的就是王八羔子。（下）

　　（生）這厮已去報蔣門神知道，不免先把他店中家伙打成虀粉便了！（下）

按　語

〔一〕林鶴宜教授〈清中葉暢銷書《綴白裘》地方戲的刊行、流傳和腔調衍變〉指出，本段本事見《水滸傳》第二十九回〈施恩重霸孟州道，武松醉打蔣門神〉。沈璟撰《義俠記》第二十五齣〈取威〉前半齣也是類似題材。

快活林·奪林

末：張青。
旦：孫二娘。
淨：蔣門神，惡棍。
外：拳師。
生：武松。
丑：四海，酒保。
小生：施恩，酒店原老闆。

（末扮張青，旦扮孫二娘上）（合）

【四邊靜】柵差掄扎來逗遛，結束忙行走。前去助他行，方顯男兒厚。（末）俺，張青。（旦）俺，孫二娘。（末）昨接武二哥手札，要奪快活林。（旦）我們快些迎上前去。（合）英雄聚首，賊人命休。憑你惡強人，且認咱們手。（下）

（淨上）一自施恩打倒，一方讓我為尊。一爿酒店一紅裙，一世無愁無悶。自家蔣門神是也。今日天氣晴和，已曾相約拳師同往郊外閒耍，怎麼還不見來？（外上）拳打南山猛虎，腳踢北海蛟龍。（各見介）請了。（淨）請了。

（丑急上）阿呀爺，不好了！（淨、外）為何如此慌張？（丑）店中來了一個醉漢，要吃黃酒就是黃酒，要燒酒就是燒酒。他說要個妓女頑頑，我說沒有，他就要奶奶去陪他吃酒。奶奶說得一句，就把奶奶一攢……（淨、外）便怎麼？（丑）攢子酒缸裡去

哉。（淨、外）有這等事！我們同去打這廝。

　　（合）

【秦腔】賊子多強暴，為甚前來廝鬧？管教你性命難保。

　　（末、旦上）

【又】無知潑賊禍殃到，且認咱們手段高，教你命喪黃泉早。

　　（淨、外）呔！你們什麼人，敢在太歲頭上來動土？（生上，眾混打介）（淨、外下）（生趕眾齊下）

　　（淨持棍上）徒弟們，快來！（四雜短襖，拿棍上）（淨）快與我擒下這廝！（眾）吓。（生、眾上）（生奪棍，同末、旦逐一打下，一腳踢倒淨，踏住介）（淨）好漢饒命吓！（小生扮施恩，引眾上）哥哥，不要放他起來。

　　（生）蔣忠，我且問你，這快活林原是小管營的地方，你為何強奪了他的？你若要性命，須要依我三件。（淨）不要說三件，就是三萬三千三百三十件也都依好漢。（生）第一件，你把店面原產交還原主。（淨）就交，就交。（生）第二件，要請鎮上有名的替施家賠禮。（淨）依得，依得。（生）第三件，不許你住在此間，快些連夜他鄉遠避。（淨）就搬，就搬。（生）你若有一點差遲，把你做景陽崗上大蟲一般結果！（淨）原來就是打虎的武都頭，早說時，連我的小娘子領了去也不妨。（生）呃！饒你狗命，去罷。（淨下）

　　（丑上跪介）我的爺，這是快活林的賬目。（生）兄弟，收好了。（丑）小的一來賀喜，二來叩頭，三來……（生）便怎麼樣？（丑）到底磕頭。（生）這個人倒也用得。兄弟，你用了他罷。（小生）是。（生）用了你了。（丑）僖？用子我哉。介嚜，我

俚[1]爺打子半日，肚裡餓哉，滾熱個酒丒，請用一壺罷。（小生）哥哥，二位何人？（生）是我哥哥張青，嫂嫂孫二娘。（小生）請一同到舍下去。（眾）請。

【尾】從來否極還生泰，缺月重圓花再開，且去賀喜先將綺席開。（同下）

按　語

〔一〕林鶴宜教授〈清中葉暢銷書《綴白裘》地方戲的刊行、流傳和腔調衍變〉指出，本段本事見《水滸傳》第二十九回〈施恩重霸孟州道，武松醉打蔣門神〉。沈璟撰《義俠記》第二十五齣〈取威〉後半齣也是類似題材。

1　底本作「你」，參酌文意改。

梆子腔・繳令

末：吳用，梁山泊的軍師。
生：林冲，梁山泊好漢。
旦：花榮，梁山泊好漢。
淨：李逵，梁山泊好漢。
外：宋江，梁山泊總領。
小生：燕青，梁山泊好漢。

　　（末上）石碣天文聚將星。（生上）喑嗚叱咤起風雲。（旦上）義旗指處人欽服。（淨上）板斧雙飛神鬼驚。（末）小生吳用。（生）俺林冲。（旦）我花榮。（淨）咱李逵。（眾合）請了。今有神州任原，浪誇海口，高搭擂檯，要打盡天下英雄好漢；百日完滿，就起兵來勦俺梁山好漢。大哥將已升帳，我每一齊進見。

　　（雜扮四小軍，引外上）

【點絳唇】水泊英豪，替天行道，兵符飽。胸藏韜略，威名四海遙。

　　義膽忠肝蓋世無，空懷報國赤心多。他年若遂凌雲志，笑殺黃巢非丈夫。（眾）大哥在上，兄弟每參見。（外）眾兄弟少禮。俺，及時雨宋江，為因殺了閻婆惜，逃上梁山，蒙眾兄弟推我為山寨之主。前日探子前來報說，有神州總制新得一勇士任金剛，英雄無敵，高搭擂檯，放對百日，要來平定俺梁山好漢。已命燕青前去

打聽，待他回來便知分曉。

（小生上）打聽不平事，報與大哥知。（眾）燕哥回來了。（小生）列位哥請了。大哥在上，小弟參見。（外）少禮。我命你前往神州打探任原消息，果是如何？（小生）小弟奉令前往神州打聽，果然有個任原，誇下大口，賣下浪言，擺設擂檯，百日完滿，就要起兵來勦我山寨。彼時小弟本要把那廝一頓打翻，一來無大哥將令，二來小弟單身，不敢造次。（淨）噯！有這等事！哥，待咱前去，把那廝一把活活擒來，方顯俺的手段也！

【批子】忠義堂前惱了俺先鋒將，要往神州去顯豪強。

（外）兄弟，不可造次。且各歸寨，待我和軍師商議，自有道理。（眾應，同下）

按　語

〔一〕林鶴宜教授〈清中葉暢銷書《綴白裘》地方戲的刊行、流傳和腔調衍變〉指出，本段及以下〈遣將〉、〈下山〉、〈擂檯〉、〈大戰〉、〈回山〉本事見《水滸傳》第七十四回〈燕青智撲擎天柱，李逵壽張喬坐衙〉。

梆子腔‧遣將

外：宋江，梁山泊統領。
末：吳用，梁山泊的軍師。
小生：燕青，梁山泊好漢。
付：秦明，梁山泊好漢。
丑：王英，梁山泊好漢。
淨：李逵，梁山泊好漢。
生：林冲，梁山泊好漢。
旦：花榮，梁山泊好漢。
老旦、貼：梁山泊女將。

（吹打，四小軍旗幟，引外上）

【引】結黨梁山，建旌旗忠義堂前。（末上）非關逆天嘯聚，願除君側權奸。

（外上檯高坐，小生傍坐介）（外）軍師，那神州總制與俺山寨為難，命任原擺設擂檯，放對百日，就來平俺山寨。軍師當作何策處置？（末）不難，待小生調遣眾兄弟潛往神州，先把任原打翻，別路官兵就不敢正眼覷我梁山也。（外）如此，請軍師發令。（末）吩咐起鼓。（內起鼓）

（付扮秦明，丑扮王英同前四眾上）大哥在上，小弟每參見。（外）不消。（眾）軍師見禮了。（末）不敢。請眾兄弟到堂不為別事，為因神州總制王宏命任原擺設擂檯，放對百日，要來掃俺山

寨。若有哪位敢往神州，把任原打下擂檯者，忠義堂前掛紅領賞。

（小生）小弟願往！非是俺燕青誇口，若不把那廝一頓拳腳打下擂檯，誓不回山！

（外）妙吓！聽我道：

【吹調】燕青將手段強，神拿七十二敢誇張，此番去往神州府，得勝回來名播揚。（小生）得令。（下）

（末）燕青雖然本事高強，但他一人恐怕獨力難支，還有哪位前去幫助他成功者，回來忠義堂掛紅領賞。（淨）二位大哥，不是俺李逵誇口，待俺前去，若不把那廝做湯羊兒一般，一隻手揪著他的腦袋，一隻手拎著他的鸞帶，擒來山寨，摔在忠義堂前，聽憑哥哥發落，也誓不為人！

（外）妙吓！

【前腔】李旋風太兇勇，兩柄板斧染腥紅，下山去好一似黑煞神，其實英雄。（淨）得令。（下）

（末）花榮、林沖上前聽令。（生、旦）有。（末）那王宏兵強馬壯，他二人前去打翻了任原，怎肯干休？必然有一場廝殺。你二人可扮作客商，潛往神州幫助他成功者。

（外）聽我道：

【前腔】有任原太誇張，拔山舉鼎號金剛。你二人呵，端的是人強馬壯，攪得他地亂天荒。（生、旦）得令。（下）

（末）秦明、王英聽令。（付、丑）有。（末）你二人可扮做挑擔腳伕，混入城中接應者。

（外）你二人呵：

【前腔】猛如虎貌似狼，喬裝結束氣昂昂。饒你有官兵千百萬，管教他無計猖狂。（付、丑）得令。（下）

（末）傳令後山，著女將們上堂聽令。（雜）吓。軍師有令，傳後山各女將上堂。（老旦、貼上）大哥在上，女將們參見。（末）眾女將聽令，爾等可扮作乞婆，混入神州接應眾兄弟者。

（外）聽我道：

【前腔】女將們快登程，去往神州護燕青。若得成功回山轉，方顯得梁山娘子軍。（二旦）得令。（下）

（末）傳令已畢，可令戴宗扮做公差，時遷扮作花子，往來打探消息。（外下檯介）說得有理。

【尾】四下裡埋伏了牢籠計，任原吓任原，管教你插翅難飛。哈哈哈！方顯俺及時雨的威名天下知。（同下）

梆子腔・下山

生：林冲，梁山泊好漢。

旦：花榮，梁山泊好漢。

小生：燕青，梁山泊好漢。

淨：李逵，梁山泊好漢。

（生上）張弓挾矢下梁山。（旦上）四海聞名心膽寒。（小生上）饒你英雄眞好漢。（淨上）逢咱個個不生還。（生）俺豹子頭林冲。（旦）我小李廣花榮。（小生）小可浪子燕青。（淨）咱黑旋風李逵。（合）今奉宋大哥將令，潛到神州來與任原放對。眾弟兄們，走吓。

【批子】英雄一眾到神州，管教任原一命休！（同下）

梆子腔・擂檯

末：王宏，征梁山泊的大元帥。
付：任原，大力勇士，王宏的下屬。
淨（前）：沈老爹，山東客商。
生：林冲，梁山泊好漢。
旦：花榮，梁山泊好漢。
小生：燕青，梁山泊好漢。
淨（後）：李逵，梁山泊好漢。

　　（雜扮四小軍，引末上）

【引】執掌貔貅，統六軍，勦草寇，管教談笑功成。

　　金符玉帳荷恩光，捍禦邊城障一方。從軍白髮三千丈，報國丹心一寸長。下官王宏，官拜總戎之職，鎮守神州。可惱梁山草寇每每拒敵官兵，甚為可慮。下官近日得一勇士，名喚任原，他兩臂有千斤之力，一身有虎豹之威，人都稱他為任金剛。因此，高搭一座擂檯，命他放對百日，如無敵手，即授他為先鋒，發兵征勦梁山。今日已是百日了。左右。（眾）有。（末）請任將軍出來。（眾）吓。任將軍有請。

　　（付上）來也。凌雲豪氣貫長虹，千金臂力逞威風。舉鼎敢欺伍子胥，拔山不讓楚重瞳。元帥在上，任原打恭。（末）將軍少禮。（付）元帥呼喚，有何吩咐？（末）今日上檯，百日已滿，將軍須要小心。（付）元帥放心，憑著俺兩臂一身臂力，打盡英雄豪

傑。（末）仗仗將軍虎威，滅寇除兇在即。（同眾下）（付）徒弟每哪裡？（雜扮四徒弟上）元帥重英豪，掄鎗又使刀。萬般皆下品，惟有耍拳高。師父，喚徒弟們出來有何吩咐？（付）今日上擂日期，擺列旗旛，往擂檯去者。（眾）吓。

（合）

【點絳唇】擺列著長鎗大弓，旗旛簇擁，齊喧鬧。顯出英雄，擂檯上逞威風。

（眾）啓師父，已到擂檯了。（付）一齊擁上擂檯去。（眾應，作上檯分立兩邊介）（付）呔！檯下聽者：俺任原奉元帥將令，在此擂檯放對百日。若有不怕死的，上檯來會咱者，俺任原呵：

【四邊靜】浩氣凌雲貫斗牛，拳起鬼神愁。饒你千斤力，難脫翻觔斗。叱咤山崩，電飛雲走。誰敢上擂檯，來認咱家手？

哟！可有納命的上檯來麼？（淨扮山東客上）家住山東本姓沈，販賣棗兒共青餅。本錢折得乾乾淨，單單剩了一光身。咱聞說有什麼任金剛在此打擂檯，十分熱鬧，打倒了他，倒有好些利物。咱不免上去頑他一頑，有何不可。列位讓讓吓。嘚！山東的沈老爹來了。（作上檯對打介）（付打倒淨介）（付）噯，這樣人也要來打擂檯，走你娘的路罷。（作踢下檯，淨爬起捧腰下）（雜隨意扮脚色上檯，打輸下）（付笑介）

（生、旦、小生、淨同上）（生）列位兄弟，來此已是擂檯了。果然有一個大言牌在此，待我看來。（念介）打盡世間無敵手，爭交天下我為魁。（淨）噯！這廝好誇口，待咱打碎它。（作打碎牌介）（雜眾）呔！你這黑臉賊好大膽，把大言牌打碎，你敢上檯來見個高下麼？（淨）也嘚！咱黑爺爺怕著誰來？（淨作上

檯，小生扯住介）李兄弟，這個買賣要讓與我的了。呔！打擂檯的來了。（作跳上檯介）（付）呔！看你瘦骨伶仃，提起來沒有幾斤重，也要來打擂檯。（小生）你這蠢狗，豈不聞「凡人不可貌相」？俺人兒雖小，力氣最大。（付）既要送死，通個名來。

　　（小生）聽者：

【批子】俺是江河上張小乙，五湖四海盡知名。你大言牌說是無敵手，因此俺特來斷送你殘生。

　　（付）也嗽！休得胡言，照打罷。（對打介）

　　（小生拎付摜下檯，隨跳下檯。淨打死付介）

　　（雜眾亂打，對棍奪刀，各技藝俱敗下）

　　（淨）呔！咱每梁山泊好漢全夥在此，誰敢來嚇？（生、旦、小生）呀，李兄弟，打翻了他就罷了，怎麼把他打死？他每怎肯干休？一定去報知主帥了。此禍闖得不小，快快走罷。（淨）怕他娘什麼鳥！

　　（合）

【尾】俺好似失林的困鳥，忙忙的取路奔逃。（同下）

梆子腔・大戰

末：王宏，征梁山泊的大元帥。
生：林冲，梁山泊好漢。
旦：花榮，梁山泊好漢。
小生：燕青，梁山泊好漢。
淨：李逵，梁山泊好漢。

　　（末戎裝，引四將，四跳蟲扮小軍上）
【點絳唇】劍戟霜寒，衝冠氣岸，長虹貫。立志除奸，叱
咤風雲變。

　　劍戟衝開斗牛光，刀鎗耀日落星霜。踏平水泊擒晁蓋，
踢破梁山捉宋江。下官著任原在擂檯上放對百日，今日已經完滿，待授他
為先鋒之職，起兵征勦梁山草寇。不料方纔他眾徒弟來報，被一漢
子打下檯來。有一黑漢口稱梁山好漢，竟把任原打死，逃出城去
了。不免帶領眾將趕去擒拿賊眾便了，眾將官。（眾）有。（末）
與我速速趕上前去者。（眾）得令。

　　（合）
【批子】饒他走上餤摩天，我鐵騎如雲趕上前。（下）
　　（生、旦、小生、淨同上）（合）
【批子】忙忙趕出神州去，遙望梁山回轉程。
　　（末、眾上）咄！賊寇慢行，俺來也。（淨使雙斧迎住介）
嘛！你是何人，敢來納命？（末）聽者：俺乃徽宗駕前官拜總戎大

元帥王宏[1]。爾等何方毛賊，敢來送死？（淨）喲呸！放你娘的狗屁！你來認認我黑旋風李老爺的斧頭看。（對殺，淨敗下）

　　（生、眾逐一對殺，各敗下）

　　（又上，混殺，生、眾又敗，末追下）

1　底本「宏」字脫，參酌文意補。

梆子腔·回山

付：秦明，梁山泊好漢。
丑：王英，梁山泊好漢。
老旦：顧大嫂，梁山泊女將。
貼：孫二娘，梁山泊女將。
旦：花榮，梁山泊好漢。
末：王宏，征梁山泊的大元帥。
生：林沖，梁山泊好漢。

　　（付、丑、老旦、貼隨意扮撮弄、挑腳、乞婆等同上）（付）俺霹靂火秦明。（丑）俺矮腳虎王英。（老旦）我母大蟲顧大嫂。（貼）我母夜叉孫二娘。（合）我等奉軍師將令，恐眾弟兄有失，特命我等喬裝改扮，來此打探消息。你看前面殺聲震耳。諒必有官軍追殺，不免快些去接應者。（各卸裝拔刀介）

　　（末追生、眾上，混殺。付、眾接戰介）

　　（旦立高處介）啊！王宏，看俺花榮的神箭！（末）阿呀！（作中咽喉跌倒，眾搶屍下）

　　（生、眾相見介）那王宏果然利害，幸得列位來接應。眾官兵俱已逃散，我每一齊回山去罷。（合）說得有理。走吓。

　　（合）

【尾】強中更有強中手，方顯梁山手段高。堪笑王宏枉逞豪，只落得血濺錦紅袍。

梆子腔·戲鳳

生：明武宗，正德君。
貼：李鳳姐，民女。

（生上）

【梆子腔】為君的夜宿在梅龍鎮，見慘慘昏昏燈不明。嘆朝綱多少文和武，只有那江彬知我心。猛聽得譙樓更鼓響，孤身獨坐冷清清。那酒保說將木馬來敲動，裡邊自有送茶人。孤家試把那木馬敲三下，且看他提茶送酒是何人。

（貼上）

【前腔】忽聽得木馬三聲響，待奴家出去看分明。行行來到了客房外，呀！原來是一個軍家吃糧人。忙將酒兒放在桌兒上，客官，請酒。臉脹通紅轉房門。（下）

【前腔】（生）呀！見一個丫頭生得好，分明似嫦娥月裡降凡塵。孤家枉有那三宮六院多多少，怎比這丫頭腳後跟。孤家再把木馬來敲響，且喚那女子前來問個明。（貼上）耳風裡聽得木馬連連響，無奈又到店房門。

（生）吓，酒保。（貼）沒有酒保，只有酒大姐。（生）住了，這丫頭要為君的叫他一聲大姐，欲待叫他一聲，猶恐他消受不起。也罷，不免將酒為名，叫他一聲酒大姐罷。吓，酒大姐。（貼）軍爺，怎說？（生）方纔那巡更的可是你的丈夫麼？（貼）

唪！倒是你的丈夫。（生）不是丈夫卻是哪個？（貼）軍爺，你是
出外的人，眼睛多不帶的？看我頭上釵鬢未戴，哪有當家的。
（生）卻是何人？（貼）這是我哥哥。（生）你哥哥叫甚麼名字？
（貼）叫李龍哥。（生）吓，叫做李龍。酒大姐，你呢？（貼）奴
家是沒有名字的。（生）又來了！為人在世，哪一個沒有名字，就
是當今天子，也有個國號，一定要請教。（貼）名是有的，說出來
又恐軍爺要叫。（生）為君的不叫就是。（貼）我叫李……（生）
李什麼？（貼）鳳姐。（生）好一個李鳳姐！（貼）吓，方纔說過
不叫的，為何又叫起來？（生）為君的隨口叫一聲。（貼）下次不
許叫。（生）下次就不叫。我且問你，你們祖父敢是為官？（貼）
無官。（生）為宦？（貼）無宦。（生）既非官宦，為何取「龍、
鳳」二字為名？（貼）軍爺，有個緣故：當初爹娘生我兄妹二人的
時節，夢見龍、鳳落在我家，故爾應夢取名的。（生）原來是應夢
取名的。我且問你，你們梅龍鎮上就是這等酒飯麼？（貼）我家有
三等酒飯。（生）哪三等？（貼）是上、中、下三等。（生）上等
的何人所用？（貼）上等的來往官員所用。（生）中等的呢？
（貼）來往客商所用。（生）那下等的呢？（貼）軍爺在此，不好
說。（生）為何不好說？（貼）說出來恐怕軍爺要惱。（生）為君
的是不惱的。（貼）軍爺既不惱，奴家就說了。那下等酒飯就是你
們那些當軍的所用。（生）怎麼？為君的就是這等酒飯？你且把上
等的酒飯擺來為君的用。（貼）軍爺要上等的酒飯，只少一件。
（生）哪一件？（貼）哪！過渡？（生）過渡，過渡錢。（貼）吃
酒呢？（生）吃酒，要酒錢。（貼）軍爺，自古道：「酒錢酒錢，
酒後無言。」（生）敢是你要錢麼？你且站著。

【前腔】好一個伶俐酒家女，言談吐語甚聰明。為君的就

在那飛龍袋內摸一把，取出一錠官寶雪花銀。拿去。（貼）放在桌兒上。（生）放在桌上恐怕滾下地來。（貼）滾下地來奴家會拾。（生）又恐閃了你的腰。（貼）閃了我的腰與你何干？（生）為君的有些心疼。（貼）敢是心疼你家娘？（生）好大膽丫頭！拿去罷。（貼）軍爺，你進店來可曾見我們的店面？（生）在哪裡？（貼）在那邊。（生回頭，貼取銀介）（生）倒上了這丫頭的當了。（貼）呀！一見官寶心中想，此人定是不良人。莫不是江洋為大盜，因此不惜銀錢胡亂行？我上前又把軍爺叫，你後邊有幾多人？（生）為君的只有一人一騎，並無別人。（貼）如此說，銀子太多了。（生）銀子多，人的酒飯、馬的草料，多要豐盛。餘多放在賬上，明日等你哥哥回來總算就是。（貼）既如此，請軍爺換個座兒。（生）就坐在此間何妨？（貼）坐在此間，奴家是擺不來的。（生）如此，往哪裡坐？就在這裡面罷。（貼）這裡面進去不得的。（生）為何進去不得？（貼）是奴家的臥房。（生）是酒大姐的臥房。就在臥房中坐罷。（貼）又道：「男女授受不親」。（生）這丫頭也曉得授受不親。客房在哪裡？（貼）在那邊。（生）竟到客房中坐罷。（貼）這裡是了。（生）酒大姐，人的酒飯、馬的草料，俱要豐盛。（貼）曉得。（生）要你曉得。（下）

　　（貼）

【前腔】李鳳姐將軍爺請入客房內，慌忙便把桌兒整。回身來到廚房下，端出佳餚色色新。上擺著東山木耳西山筍，肉脯羊羔件件精。銀鑲盃子象牙筯，狀元紅對蜜淋漓。梅龍鎮上的美味般般有，只少龍肝與鳳心。奴將酒飯來擺好，就把軍爺叫一聲。

　　軍爺！你看這個人，先叫他進去不肯進去，如今叫他出來又不肯出來，待我取笑他一聲。戶長爺。（生）來了。（貼）吓，你這個人奇怪吓。（生）什麼奇怪？（貼）先前進來看著奴家，如今又看著奴家；你也是個人，我也是個人，什麼好看？（生）看看何妨？（貼）愛看請看，請看。（生）看你。（貼）看你家娘！可惜我是個女孩兒家……（生）住了，若是男娃子便怎麼？（貼）若是男娃子，我就把你家娘……（生）娘什麼？（貼笑下）

　　（生）妙吓！

【前腔】看他行動猶如風擺柳，站立好似玉天仙。桌兒上擺列般般有，但少侑酒女佳人。再將木馬敲三下，且喚酒保前來散散心。（貼上）又聽得木馬連聲響，想必是茶寒酒冷情。

　　軍爺，敢是酒冷了？（生）酒不冷。（貼）茶寒了？（生）茶不寒。（貼）茶不冷，酒不寒，只管亂敲，敲碎了桌兒是要賠的嚛。（生）莫說一張，就是一千張，為君的也賠得起。（貼）如此，去拿了斧頭來。（生）拿斧頭做什麼？（貼）敲碎了舊的，好賠新的。（生）又道是：「成功不毀」。（貼）你們當軍的也曉得成功不毀？（生）我且問你，這酒飯是你擺的麼？（貼）可擺得好？（生）好便好，只是少了兩樣。（貼）哪兩樣？（生）紅粉佳人雙奴婢，天仙玉女兩嬋娟。（貼）吓，軍爺，我們梅龍鎮雖小，那紅、白蘿蔔是不上酒席的。（生）蠢丫頭，我說的是紅裙妓女，什麼紅、白蘿蔔。（貼）吓，可是在人面前歌唱陪著人吃酒的？（生）正是。你去喚幾個來陪我吃酒，明日是有重賞。（貼）軍爺，先前原是有的，如今沒有了。（生）卻是為何？（貼）如今江彬大老爺在此經過，著地方官趕回鄉去了。莫說沒有，就有，更深

夜靜，叫奴家不出閨門的女子哪裡去找尋？軍爺你去想想看。
（生）是吓，莫說沒有，就有，叫你一個不出閨門的女子哪裡去找
尋？嘎，酒大姐，為君的有一句話要與你講，恐怕你要惱。（貼）
軍爺，你是客我是主，有話請講，我是不惱的。（生）不惱的？為
君的就講了。（貼）請講。（生）為君的離家已久。（貼）就該回
去走走。（生）路遠山遙，一時難到。（貼）一時難到，對我說也
枉然。（生）是吓，對你酒大姐說原是枉然。酒大姐，為君的意欲
要你斟一盃酒，不知意下如何？（貼）住了！我有酒賣你的錢，你
有錢吃我的酒；我只曉得賣酒，卻不會斟酒。（生）你不會斟酒？
把方纔的銀子來還我。（貼）待我去拿來。（生）住了，你這丫頭
好性急。你將官寶還了為君的，為君的打馬另尋別店。你哥哥天明
回來，問起昨晚歇下一位軍爺，吃了多少酒飯，留下多少銀子，那
時你將何言回答他？你去想來。（貼）待奴商量回話。（生）與哪
個商量？（貼）心與口商量。（生）何不與我商量？（貼）啐！哪
個與你商量。且住，他也說得有理。我將銀子還了他，哥哥回來問
起，叫奴家將何言語回答他？沒奈何，只得與他斟一盃酒罷。軍
爺。（生）酒大姐。（貼）你可看見白老鼠麼？（生）在哪裡？
（貼）在那邊。（生）在哪裡？（貼）在這邊。（生回頭，貼斟酒
介）（貼）軍爺請酒。（生）又上了這丫頭的當了！此酒是你斟的
麼？（貼）不是我斟的是哪個？（生）這樣斟法，就斟一千盃也不
算的。（貼）要怎麼樣一個斟法？（生）要你的手滿滿斟上一盃，
遞與我手纔算。（貼）難道奴家的手上有糖？（生）無糖。（貼）
有蜜？（生）也無蜜。（貼）無糖無蜜，有何好處，要我手遞？
（生）為君的取其一樂而已。（貼）你樂我不樂的。（生）蠢丫
頭，樂起來大家樂的吓！

【前腔】（貼）可恨李鳳姐你好差，偏偏遇著那冤家。沒奈何斟上一杯酒，叫一聲軍爺快接鍾。（生）放下來是不算的。這丫頭上了為君的當，不知我是正德君。我這裡接酒將他戲，看他知情不知情？

好酒，好酒！（貼）軍爺，你好混賬！奴家好意與你斟酒，你為何將我手心招了一下？（生）為君的沒有。（貼）明明的一下，還說沒有。（生）是吓，想必為君的久不操弓射箭，指甲長了，誤招了酒大姐，也是有之的。為君的一雙粗手在此，十下五下，憑著你搔就是了。（貼）喲啐！

【前腔】日兒晃晃照天涯，罵一聲村軍是誰家！（生）為君的住在天底下。（貼）不住天底下，難道天上不成？（生）為君的住在寨兒裡。（貼）寨兒裡？怪道有些認得你。（生）認得為君的就好講話了。（貼）認得你是我哥哥的外甥。（生）胡說！（貼）罵村軍你忒差，不該在此調戲咱。你在梅龍鎮上訪一訪，李鳳姐原是好人家。（生）說什麼好人家、好人家？你鬢邊不該斜插海棠花。（貼）海棠花、海棠花，反被村軍取笑咱。除下來丟在地下用腳踏，奴奴就不帶這枝花。（生）呀！叫一聲李鳳姐你好差，為甚將花丟地下？待為君的與你來拾起，再與你插上了海棠花。（貼）李鳳姐看來事不好，慌忙跑轉小房門。（生）前面走的是李鳳姐，後面跟隨朱武宗。任你走到東洋大海去，為君的趕到水晶宮。（貼）我雙手就把門關上。（生）慌忙趕到小房門。酒大姐，開門。（貼）門是不開的。（生）不開，為君的就打下門來！（貼）隨你打，我是不開的。（生）呀，一腳踢開門兩扇，將身走入臥房中。

（貼）軍爺，這是臥房，快些出去。（生）要你打發為君的出去。（貼）又不負欠你的東西，叫我怎生打發？（生）這丫頭偌大年紀，「打發」還不曉得。（貼）你若不出去，我是叫喊起來了。（生）叫喊什麼？（貼）叫喊地方四隣拿你到當官去，打你的桬子，桬你的板子！（生）呀，你看這丫頭倒也利害。倘然被他叫起四鄰，將我呈送到江彬手下，叫我君臣怎好相見。也罷，不免將實話與他講明。他若有福，封他一官；他若無福，打馬另尋別店便了。吓，鳳姐，你認得為君的是什麼樣人？（貼）無非是個戶長。（生）戶長原是戶長，我這戶長比眾不同！（貼）比眾不同？是打馬草的二戶長。（生）哈哈哈！為君的在梅龍鎮上倒落了二戶長的美名了。我實對你說了罷，我乃當今正德皇帝。（貼）皇帝是有三宮六院，來此調戲民間女子？（生）寡人是閒耍而來。（貼）既是皇帝，隨身就該有寶。（生）有寶便怎麼？（貼）有寶是眞的。（生）無寶呢？（貼）無寶是二戶長。（生）如此，你站在一邊，待為君的現寶。（貼）想必是現世寶。（生）胡說！

【前腔】頭上推開煙氈帽，網巾上現出兩條龍。身上解開青號衣，裡邊露出滾龍袍。叫一聲李鳳姐近前來看寶，哪一個當兵敢穿龍？（貼）呀！罵一聲鳳姐瞎了眼，認不得當今聖主公。沒奈何跪倒塵埃地，羞慚滿臉脹通紅。

（生）下面跪的是何人？（貼）是李鳳姐。（生）男女授受不親，跪遠些。（貼）如今是親的了，要討封。（生）方纔你說為君的是二戶長，如今封你做個三戶長罷。（貼）萬歲。（生）寡人再講幾句，又恐羞壞了這丫頭。閉上了門，前來聽封。

【尾聲】（貼）李鳳姐就把門關上，三呼萬歲，封我哪一宮？（生）我三十六宮都已定，七十二院盡有宮。別的宮裡

不封你，封你昭陽遊戲宮。（貼）叩頭就把龍恩謝，再把我兄長爹娘封一封。（生）封爾父為皇國丈，爾母封為皇岳娘，你的哥哥為國舅，在梅龍鎮上造皇宮。（合）忽聽得鼓打三更交半夜，（生）鳳姐，隨我來，我與你在鴛鴦枕上樂情濃。（摟貼下）

何文秀‧私行

小生：何文秀，御史。

（小生上）

【引】沉冤未洩久淹留，幸得皇恩賜職優。

下官，何文秀。只為奸臣作對，誤入彀中。適遇山東陳巡撫，向與先父有仇，聞知下官在彼經過，即著揚州理刑李綱清密拿，陷害下官。幸得李綱清是我父親的門生，故爾釋放，教我改扮作雲遊道人，終日在街坊上歌唱道情度日。那日，誤入吳府花園中，得遇蘭英小姐。承他不棄，願託終身，贈我金扣白銀以為後日相會之記。又被他父親拿住，將我打死，要與小姐一齊，把繩索捆定，送入太湖內以葬魚腹。又虧得老夫人見憐，將銀買囑家人，將我二人救轉，就在舟中成其夫婦。指望逃往他鄉，圖個功名寸進以報岳母之恩。不意逃至海寧，租房住下，正好攻書，又遇著房主張堂獸心人面，見我妻房有些姿色，假言與我結義，將酒灌醉，自殺丫環，圖詐我因奸致死，鳴官治罪，屈打成招。幸得廉明恤刑御史出我罪名，放我出獄。一路裡改名換姓，到京得中狀元。蒙聖上洪恩，封我為七省查盤都御史之職，敕賜尚方寶劍，先斬後奏。自出京以來，有三事在心：第一，張堂之仇未報；第二，岳母之恩未酬；第三，我那蘭英妻子三年不通音信，未知他近日如何？故此，我著大座船緩緩而行，下官扮作江河上算命先生模樣，私行察訪，打探個消息，有何不可。

【吹調】改衣裝私行察訪，為當年受無端禍殃，拋撇下鳳侶鸞凰。他三年寂寞芙蓉帳，埋沒我畫眉張敞，今日裡有誰人倚仗？

　　算命吓算命。（下）

按　語

〔一〕林鶴宜教授〈清中葉暢銷書《綴白裘》地方戲的刊行、流傳和腔調衍變〉指出，本段及以下〈算命〉、〈寫狀〉本事或源自心一上人撰《何文秀玉釵記》傳奇第三十三、三十四齣。

何文秀‧算命 寫狀

旦：吳蘭英，何文秀之妻。
老旦：楊媽媽，吳蘭英的義母。
貼：長兒，楊媽媽之女。
小生：何文秀。

（旦素服上）

【吹調】奴夫主久別離鄉，不知他死活存亡，好叫奴日夜的掛肝腸。想前生燒了斷頭香，因此上今世裡做夫妻不久長，做夫妻不久長。

奴家吳蘭英，得遇何郎，死裡逃生，幸成夫婦。指望功名成就，百年偕老，誰知張堂這禽獸，屈陷人命，將我夫屈打成招，問罪在獄。奴家久欲尋個自盡，多蒙楊媽媽收留；恐張堂別起風波，故同楊媽媽星夜潛逃到此鄉坊村落。禽獸之傍雖脫，不知我丈夫死活存亡，叫奴如何放心得下？今日村戶人家放來三雙鞋兒在此，且待楊媽媽出來一同趲完便了。

（老旦布裝上）

【前腔】守孀居貧老顛連，膝下無兒，女幼憨頑。眼下飢寒誰見憐？苦守孤單，又未知何日裡纏得個心歡忭。

（旦）媽媽萬福。（老旦）罷了。何大娘，我和你避難到此，且喜得張堂那廝跟尋我們不著，但不知何官人一向如何，未知消耗。（旦）多蒙媽媽收留在此避難，奴家勤作女工，苦守度日。我

丈夫多分已作他鄉之怨鬼了……（淚介）（老旦）阿呀呀，大娘子不要愁煩，自古吉人自有天相，明日待老身進城去打聽打聽，看可有什麼消息。（旦）多謝媽媽。（老旦）今日幾雙鞋兒在此，趲完則個。（旦）便是。（老旦）吓，我家女兒呢？嗨！又往鄰舍人家頑耍去了。長兒，快來！（貼作頑皮樣上）來了。怎麼？（老旦）吓，你又在那裡頑了。（貼）哪個頑吓？吃了飯叫人不要走走的？（老旦）咻！你這等頑皮，看你怎麼了吓。（旦）不要講了，大家做起來罷。（貼扭嘴介）（向外擺三椅，各朝外坐，做鞋，貼作幫[1]底勢介）

【前腔】（合）想為人切莫要虛度時光，早起三光，一生勤儉為家長。（旦）自恨我命薄時衰，被爹行撇颺，生長豪門不曾受享。與何郎不能個久長，今日裡知他在哪方？止不住淚汪汪。

　　（貼作鬼臉介）（小生搖算盤上）算命吓。

【前腔】步入村坊，見梅殘桃謝柳絮飛揚，好教我觸目心傷。猛抬頭見一家三人相向，那少年女好似我的妻房。看他愁模樣，減卻容光，莫不是另抱琵琶，把俺做陌路蕭郎？

　　不免待我高叫三聲，看他如何。吓，算命吓算命。（貼出看介）（老旦）咻！你又做什麼？（貼）大娘你來看，一個人大搖大擺的拿著一個算盤，做什麼的？（旦出看小生，各驚介）

【前腔】（旦）呀！驀地裡見一個斯文宗匠，好一似我夫君模樣。莫不是你陰魂悄悄來私訪？好苦吓！好叫我針刺柔

---

[1]　底本作「帶」，參酌文意改。

腸。（小生）呀！我見他自言自語愁模樣，分明似我的那蘭英相像。

（貼笑介）呀，大娘，你為何見了此人失驚打怪的？（旦）不是吓，媽媽，何郎一去三年，杳無音信，何不煩此位先生推算何郎命限如何？（老旦）這也使得。吓，算命先生請進來。

（小生）呀！

【前腔】猛聽得叫喚先生，想必是那佳人心中思忖。我這裡假作不知情，伴伴的進門。

（旦看呆介）（小生）媽媽，奉揖了。（老旦）不消了，先生請坐。（小生）有坐。（貼渾弄算盤介）（旦見小生哭介）（老旦）吓，大娘，何官人是何年月日？（旦）今年二十二歲，八月初一子時生的，男命。

（小生背唱）

【前腔】這年庚分明是下官命，那佳人真是我的蘭英。又緣何在此間老幼成羣？莫不是另抱衾裯嫁了別人？待我把言語來試他一試。吓，媽媽，這個八字甚是不好，年沖月令，四柱無情，煞官混雜，一生落薄。更是日犯傷官，目下土逢墓庫，恐有刑傷不測之禍。這年庚生來不幸，早年間該受些牢獄災星。休咎榮枯，凶吉皆前定。況他命限平平，只恐怕已做了黃泉怨鬼魂，撇下了妻兒好去另嫁人。（旦大哭介）阿呀何郎吓！這分明是奴家來害你，害你做了、做了黃泉怨鬼魂。我蘭英在世也羞難忍，倒不如到陰司和你來質[2]證。（老旦）吓，大娘且不要哭，可把你的八字也來推算一算。（旦）呀，楊媽媽，

2　底本作「執」，參酌文意改。

我的丈夫若果然不在的，批未亡人也無用，還要算什麼命！（老旦）大娘，吉人自有天相，或者未死亦未可定，不要因那推算就認為真實。（旦）吓，楊媽媽，承你不避水火救我到此，此恩此德，只怕今生不能個補報你了！

（小生）吓，媽媽，何故這位大娘如此悲切？不要哭，我就去了。（貼）慢點，還要饒一隻灘頭來。（老旦）嗨！又來打混。吓，先生，這位大娘吃了千辛萬苦，來到這裡避難，方纔先生算他丈夫已死，所以悲痛。（小生）原來為此。但不知他那官人姓甚名誰？為著何事，哪裡去了，丟下這位大娘在此？（老旦）不瞞先生說，那位官人叫做何文秀，原籍江陰秀士。只為仇家作對，因此同這位大娘躲避到此，租賃著張堂房屋，居住攻書。不意張堂這廝見我那大娘有些姿色，起意圖奸不遂。自把梅香殺死，誣陷何官人因奸致死，問成死罪，解往杭州。一去三年，杳無音信。張堂又來生事調戲，娘子受辱不堪，自尋短見，幸得老身救取。又恐張堂這廝別生事端，故此老身權時認作母女，同他在此鄉村躲避。（小生）呀，既有如此大冤，為何不到官司告理？（老旦）阿呀先生，那張堂勢焰滔天，官府情熟，衙內書吏盡是他門下，我們如何敢與他作對？只好到陰司閻羅殿上去伸冤的了。

（小生）媽媽說的不差。但小生一路來，聞得目下朝廷差下一位御史查盤七省，拿察貪官污吏，專除勢惡土豪，不聽人情，一清似水。何不到他手裡去告？包你冤仇得雪。（老旦）咳！先生，可憐我母女二人，辛勤力作尚且口食不週，哪得盤纏到杭州去。（小生）吓，媽媽，你不消到得杭州去的。小生在路上聽得那按院順路先到此間來看海，明日即到，你竟攔住他馬頭叫喊，有何不可？（老旦）如此甚好！只是，無人會寫狀詞，怎麼處？（小生）難道

你這裡沒有代書的麼？（老旦）代書雖有，俱是張堂心腹之人，怎肯與我寫吓。（小生）吓吓吓，既如此，小生略曉一二，待我與你代寫何如？（老旦）多感厚意，只是勞動不當。（小生）好說。取文房四寶過來。（老旦）曉得。（取筆硯擺桌上，鋪紙，貼搶介）（老旦）做什麼？（貼）個張紙頭我要畫畫畫個嘿。（老旦奪介）嗨！（小生）請問媽媽，哪個出名？（老旦）自然是乾女兒吳蘭英。（小生）抱告呢？（老旦）就是老身楊姚氏罷。

　　（小生寫介）

【前腔】上寫著告狀人蘭英吳氏，有夫主何文秀，避仇家到海寧。租賃的張堂房屋，誰知他見了奴頓起淫心。欲圖奸幾番不遂，設筵宴假意殷勤。冷熱酒把夫君灌醉，殺梅香誣陷良人。買囑了贓官縣令用嚴刑，可憐儒懦屈招成。解去杭州已三載，未卜存亡死共生。幸得天臺來按察，覆盆冤禍理應伸。苦哀哀含悲冒死，痛切切瀝血陳情。

　　媽媽，狀已寫完。小生儘知那位按臺不比別人，並不擅作威福。況他專管的是伸冤理枉，決不可害怕，明日竟去攔街叫喊，不可不告的嘻。（老旦）曉得了。些須命金，休嫌輕褻，請收了。（小生）多謝媽媽，告辭了。（回頭看旦，拭淚下）

　　（旦）吓，媽媽，方纔這位先生宛然是何郎模樣。或者他未死，特地喬裝到此看我下落，又不知是他已死鬼魂出現，好叫我委決不下。（老旦）我也在此疑想。且不要管他，他既代我寫成狀詞，明日且和你去攔住馬頭叫喊，倘能伸雪沉冤，再作道理。（旦）只是奴家生長深閨，從未出門，這萬千人矚目之所，叫奴怎好去得？（老旦）阿呀大娘阿，你今負此奇冤，哪裡還顧得拋頭露面，和你拚身捨命，一同前去便了。（貼）告狀嘎僗難介？讓我

去。（取手巾跪下混介）爺爺，告狀吓。（老旦）哇！賤人，小小年紀，倒會作怪。（貼）我是看見戲裡周娘子告狀是介個了。（老旦）嗨！小賤人。（貼起，混介）

【前腔】（旦）這衷腸好教我難解難分，生和死，未卜真情。（老旦）明日裡且自去攔街叫屈，博得個枉雪冤伸。

（旦）

【尾】嘆薄命，好一似水上浮萍，飄蓬斷梗。又未知何日裡，再得個重歡慶。

（老旦）大娘，不要哭壞了身子，且進去吃些熱湯水將息將息，端正明日之事要緊。（旦）曉得。（拭淚下）（貼隨意打混，推老旦背下）

按　語

〔一〕拙作〈善弄狡慧？——明清坊刻散齣選本目錄與正文之落差〉指出坊刻戲曲散齣選本有「分段標目」的現象：一選齣有若干個段落，在目錄頁中各段落獨立標目。本齣目錄頁題〈算命〉、〈寫狀〉二目，就是這種情形。

梆子腔‧別妻

貼：王氏，花大漢之妻。
淨：花大漢，軍人。
丑：花大漢的同袍。

（貼上）

【五更轉】怕到黃昏，怕到黃昏，黃昏已定，起了初更。忙開梳裝匣，架起青銅鏡，手挽烏雲，手挽烏雲。滿天星斗照著乾坤，忽聽撞罷鐘就把更來定，撞罷鐘就把更來定。

人生最苦是別離，難捨難分沒了期。相思相見知何日？死別生離兩處飛。奴家王氏，丈夫花大漢。明日大老爺起兵出征，我丈夫要從征出戰，為此，奴家備些酒餚，在此與他餞行，怎麼這時候還不回來？

（淨上）咳！為人莫當兵，做鐵莫做釘；做釘被人打，當兵受苦辛。自家花大漢，今早在轅門伺候大老爺發令起兵，方纔傳令，明朝五鼓起行。我想，此去不知勝敗如何，存亡難料，只得回家與妻子分別一番。來此已是自家門首了。老婆子，開門吓開門。

（貼上）是哪個？（淨）是我。（貼）原來丈夫回來了。（開門介）（淨）我回來了。（貼）丈夫萬福。（淨）罷了，罷了。嗳，為什麼要當他娘的兵！（貼）吓，漢子，大老爺明日可起營麼？（淨）明日五鼓就要起營了，捨你不得，故此回來與你分別分

別。我的腰刀、軍器、鋪蓋、行李，可曾端正麼？（貼）俱已齊備了。（淨）拿我的鋪蓋來。（貼）做什麼？（淨）躺一會兒，到了五更天，就要捱步了。（貼）且慢，奴家備得些酒餚在此，與你餞行。（淨）有酒拿來喝罷了。

　　（貼送酒介）（內起更介）

【五更轉】一更鼓兒天，呀一更鼓兒天，我兒夫征西擺著酒筵，擺酒筵就把行來餞。好傷懷，奴望丈夫早早回歸，早回歸與奴重相會。

　　（內打二更介）

【前腔】（貼）二更鼓兒深，呀！二更鼓兒深，你去了未知何日再相親，你須記妻子身懷孕。（淨）吓！你有了喜了？咳，好傷心吓！沒個人來看你，苦殺我了。（貼）奴好傷心，奴好傷心，此去邊關萬里長城。到了時早寄陽關信，到了時早寄陽關信。（淨）咳！邊關上哪得有人帶信與你？

　　（內打三更介）

【前腔】（貼）三更鼓兒催，呀三更鼓兒催，奴勸丈夫多吃幾盃。（淨）是吓，待我喝就是了。（貼）吃幾盃好與你同床睡。（淨）噯，我的騷娘，有什麼心情，還想那話兒麼？少停一會兒就要捱步了。（貼）奴好悽惶，奴好悽惶，只有今宵同著羅帳，你不眠教我如何樣？

　　（淨作睡著，貼扯介）漢子，漢子。（淨醒介）仔麼？（貼）睡吓。（淨拔腰刀四顧介）賊！賊在哪裡？（貼）啐！睡覺吓……（淨）睡覺吓。阿呀我的娘，明日要上陣跑馬射箭的，還幹得這個事麼？

　　（內打四更介）

【前腔】（貼）四更鼓兒沉，呀四更鼓兒沉，止有今宵一刻千金。出門人不好多相問，你此去不知在哪所兒睏？（淨）有什麼好所在麼？不過在帳房裡睡覺罷了。（貼）身子郎當，身子郎當奴有孕。你去後有誰來問？你去了有誰來問？

　　（內打五更介）

【前腔】（貼）五更鼓兒敲，呀五更鼓兒敲，奴對兒夫哭號啕，奴對兒夫哭號啕，叫我怎丟掉？你若是早回歸，再得個同歡笑。（淨）你且莫心焦，你且莫心焦，巴得個早回來與你同歡笑。

　　（內雞叫介）（淨）阿呀不好了！天明了。

【前腔】天色明了，天色明了，收拾行囊，馬掛鞍鞴。阿呀我的姣姣，我的姣姣。我去後你休被傍人笑，我去後休被傍人笑。

　　（丑上）傍人笑，傍人笑，大老爺放了起身砲。好笑花老大昨晚回家，這時候還不到，又要我來叫。這裡是了。老大，開門吓開門。（貼）外面有人叩門。（淨）吒！哪個小屍養的叫門？（丑）吓，吓，怎麼就罵起來麼？老大，是我吓。（淨開門介）吓，原來是第二個。得罪得罪，裡頭坐。（丑）這是哪個？（淨）是你家嫂子。（丑）婊子吓，待我來嫖……（淨）吒！是你嫂子。（丑）是嫂子！得罪了。說聲見個禮兒。（淨）罷了，罷了。（丑）嫂子，見禮了。（貼）漢子，這是誰？（淨）是我的二兄弟。（丑）老大，大老爺放了起身砲了，頭隊、二隊都捱步了，快些走罷！（貼）叔叔，大老爺放了起身砲了麼？（丑）放過了好一會了，快些走罷！（貼）阿呀漢子，你須早去早回，路上保重。

　　（淨）

【餘文】阿呀我的姣姣，我的姣姣。（丑）不要挑了，扛著走罷唎。（淨）這也奇了，出去打仗，兵器也不叫人拿麼？（丑）這沒，拿了家伙快些走罷。（淨）兄弟，你讓我進去講一句話。（丑）只許講一句。（淨）若講兩句，就是混帳亡八羔子。阿呀我的姣姣，我的姣姣。背著行囊，馬掛鞍鞴。我去後休被傍人笑，我去後休被傍人笑。

　　（丑）去罷，去罷。（扯淨下）（丑復上）吓，這個……嫂子。（貼）叔叔為何又轉來？（丑）吓，嫂子，這個，這個……見個禮。（貼）吓，方纔見過禮吓。（丑）吓，嫂子，老大這一去，只怕回來不成。（貼）為何出此不利之言？（丑）他若不回來，我與嫂子那個……（貼）呀啐！（打丑下）

　　（貼）

【前腔】冤家你去了，冤家你去了，拋得奴家獨自回房，冷清清怎生樣的熬？倒不如抱琵琶再去彈別調。養下了兒叫誰人來抱？養下兒卻叫誰人抱？

　　（束裙腰，咬手帕，作騷勢下）

梆子腔‧斬貂

淨：關羽。
貼：貂蟬。

　　（雜扮四小軍，引淨上）
【引】雄心赤膽漢英豪，撩袍勒馬破奸曹。
　　　丹心耿耿，社稷堅牢，萬馬營中逞英豪，斬華雄誰人不曉！俺乃漢室關公。自從桃園結義以來，宰白馬祭天，殺烏牛祭地，一在三在，一亡三亡。只因水淹下沛，擒了呂布，三弟擒了貂蟬，送與俺家鋪床疊被，這也不在話下。過來。（眾）有。（淨）看今夜有月無月？（眾）啓爺，有月。（淨）把四圍亮窗掛起。（眾）吓。

　　（淨）
【亂彈腔】一輪明月照山川，推去了雲霧星斗全。坐虎椅看幾本《春秋》《左傳》，《春秋》內盡都是妖女嬋娟。我想，權臣篡位，即董卓父子；妖女喪夫，即貂蟬也。想起來此事兒令人可惱，今夜裡喚他來問個分曉。過來。（眾）有。（淨）喚貂蟬入帳。（眾）吓。哟！大王吩咐，喚貂蟬入帳。（內應介）（眾退下）

　　（貼上）輕移蓮步出蘭房，想起溫侯情慘傷。兒夫呂布失了陣，擒了奴家付關王。小女子貂蟬，被三將軍擒拿，送與二大王鋪床疊被。忽聽得二大王呼喚，只得烹茶奉上。十指尖尖

捧茶湯，走上前來往王帳。我見他煞氣如山重，低頭無語拜大王。（淨）下面跪者何人？（貼）小女子貂蟬。（淨）為何不抬頭？（貼）有罪不敢抬頭。（淨）恕你無罪，抬起頭來。呀！燈光下見貂蟬十分美貌，楊柳腰肢羅裙不染灰塵。怪不得呂溫侯父子來爭論，是嫦娥離月宮降下凡塵。

　　你乃司徒之女，可知《春秋》、《左傳》前朝後代聖人褒貶之事麼？（貼）小女子不知。（淨）能知什麼？（貼）能知三傑。（淨）漢三傑？（貼）周三傑，漢三傑。（淨）周三傑？（貼）周公、召公、太公。（淨）漢三傑？（貼）蕭何、韓信、張良。（淨）自周朝到我朝，出了多少古今上將？（貼）小女子才疏學淺，倘有一字差誤，望大王恕罪。（淨）恕你無罪，講。（貼）大王容稟。（淨）講。

　　（貼）前三王後五帝年深月久，有堯舜和禹湯四大明王。周文王睡夢裡飛熊入帳，為水火手指下定國安邦。甲子日過亳州兵臨孟津，戊午日到齒州火化紂王。十八國論子胥明夫上將，十二國鍾娘娘女中豪強。前七國有孫龐二人鬥智[1]，後七國有樂毅投往齊邦。楚項羽並[2]劉邦爭奪天下，有王剪滅列國四海名揚。閏臘月初八日藥死平帝，眾文武扶王莽做了帝王。那劉家到南陽起兵取救，雲臺上剮王莽二十八將。小女子說不盡古今興廢，一朝君一朝臣直到我朝。（淨）漢關某聽此言微微冷笑，好一個貂蟬女伶俐佳人！不問你前朝興廢，單問你虎牢關上誰弱誰強？

---

[1]　底本作「志」，參酌文意改。
[2]　底本作「為」，參酌文意改。

（貼）貂蟬女聽此言心驚膽怕，心與口口與心自己忖量。論英雄我兒夫呂布……呀！眼前原有那劉備關張。我只得說人情講好話，急忙忙曲膝跪口稱大王。論英雄三將軍天下無雙，（淨）你丈夫呂布呢？（貼）我兒夫三姓奴臭名難當。（淨）可曾見我三弟麼？（貼）虎牢關鼓鼕鼕鑼鼓響，一霎時唿喇喇排開戰場。（淨）頭戴著？（貼）頭戴著烏金盔明光彩亮，（淨）身披著？（貼）身披著烏油甲蓋世無雙。（淨）跨下的？（貼）跨下的烏錐馬能行里千，（淨）手提著？（貼）手提著一點點丈八矛鎗。在陣前吼一聲如聞雷響，好一似黑煞星下天堂。（淨）漢關公聽此言雙眉倒豎，罵一聲貂蟬女無義不良！將羅袍齊捲，俺關公，今夜裡斬了他萬世名揚。

貂蟬可知俺家此劍否？（貼）小女子不知。（淨）此劍乃周文王所造，菩薩所贈，倘有不平不德便響。（貼）響過幾次了？（淨）響過三次。（貼）第一？（淨）斬了顏良、文醜。（貼）第二？（淨）你丈夫呂布。（貼）第三？（淨）你可知第三響，眼前沒別人，就出在你身上。休走！吃我一劍！（貼）呀，貂蟬女上前曲膝跪，叫一聲大王聽我言。白日斬了，似脫化男子；今夜裡斬了，奴不為姣奴。

（淨）貂蟬，可知俺家真斬假斬？（貼）大王真斬。（淨）非也！你乃司徒之女，能吹劍滾刀之法。大王教你武藝，掌燈入帳。（貼）是。（淨）為何燈不明？（貼）上有燭花。（淨）去了燭花。（貼）是。呀！去了燭花心膽搖，吉凶事兒全不曉。烏鴉不住連聲叫，今宵有命也難逃。（淨）貂蟬，你看天上月正圓。（貼）照見水底月斜圓。（淨殺貼下）滿懷心腹事，月下

斬貂蟬。大哥劉備坐西川，三弟鎮守虎牢關。水淹下沛擒呂布，春秋月下斬貂蟬。（下）

蜈蚣嶺·上墳

生：武松，好漢。
貼：張鳳琴，民女。
老旦：張鳳琴的乳娘。
末：張鳳琴的僕人。
淨：飛天大王，強盜。

（生上）削髮為僧改舊妝，雄心殺氣未曾降。平生專助不平事，何日鬚眉名姓揚？俺，武松。自從殺了淫婦，發配到孟州為軍，力舉千金石，醉打蔣門神。又遇仇人作對，除奸殺卻解差。又除了貪官，題名壁上越城逃遁。幸遇張青、孫二娘夫婦二人寫書一封，薦俺往二龍山花和尚魯智深處入夥紋義。又恐我路上難行，將俺改作頭陀模樣，剪髮齊眉，後髮披肩。又贈俺人頂骨數[1]珠一串，鑌鐵戒刀一把。自別他們之後，行了幾日，水宿風餐，辛勤勞苦。咳！英雄困守，何日得展舒懷？今日趁此天色尚早，不免趲行前去。呀，你看：山巒疊翠，峻嶺巍峨，好險僻去處也！
【梆子腔】山鳥啼鳴山樹棲，松山山草草淒淒。山風吹出山虎吼，山水潺潺山澗溪。（下）
　　（老旦隨貼上）
【引】春堤伴翠輝，芳草無意養萬卉。風雨淒淒值仲春，乍

---

[1]　底本作「素」，參酌文意改。

寒乍暖[2]近清明。一縷愁腸千萬結，對天無語暗傷神。奴家張氏，小字鳳琴，母親去世已久，幸虧乳娘扶養，今已二八。前歲蜈蚣嶺上有一飛天大王，與我爹爹商議奴家親事，我爹爹不允，誰想那強徒陡起黑心，暗地裡將我爹爹殺死！如今將近一載，這也不在話下。今乃清明佳節，奴家準備祭禮紙錢，往爹爹墳上拜掃一番。吓，乳娘。（老旦）在這裡。（貼）祭禮紙錢可曾端正麼？（老旦）完備多時了。（末暗上）（貼）既如此，隨我前去。（末、老旦）是，曉得。（合）只見那姹紫嫣紅，春真堪嘆。徐步西郊外，嘆人何處淹，覓翠尋芳，誰把花枝佔？（同下）

（淨上）

【梆子點絳唇】竊弄干戈，威名遠佈。荊莽窩，錦帳流蘇，只少個美貌姣娥。

　　金寶昏迷刀劍新，天高帝遠總無靈。廟廊聚集多凶曜，權學當初火聖嬰。俺，蜈蚣嶺飛天大王是也。那山下有個張勇，他有一個女兒，生得十分標緻，我自見了他，神魂飄蕩，魄散魂消。我心上要與他成婚，他父親執意不從，我就將他殺死。此話將近一載。今乃清明佳節，他女兒必然要到他父親墳上拜掃，不免帶領徒弟們前去搶上山來，有何不可。徒弟每哪裡？（眾上）來也！

【水底魚】聽得傳呼，未審有何故。三脚兩步，忙來問師父，忙來問師父。

　　師父，有何吩咐？（淨）徒弟們，今乃清明佳節，山下那張小姐必然要到他父親墳上拜掃。你每同我到彼，將好言相勸，成事回來，重重有賞。（眾）吓。（淨）聽我吩咐。（眾）是。

2　底本作「日」，參酌文意改。

（淨）

【包子令】用心勸諭那佳人、那佳人，好生和我結成親、結成親。（眾）倘他不從呢？（淨）他若不從，就搶來不要近傍人。今朝果有姻緣分，叫他快快來從順。（同下）

（末、老旦、貼上）小姐，這裡來。

【吹調】（合）劬勞念痛殺我老親，恨只恨強徒黑心人，又未知何日裡報仇雪恨。（末）小姐，來此已是墳上了，請小姐拜掃。（貼）阿呀爹爹吓！今乃清明節屆，孩兒鳳琴準備芹樽，特來祭掃。誰知早已向黃泉幽冥！那陰司地裡須把寃鳴。（眾隨淨上）（末）你們是什麼人吓？（眾）我們是飛天大王蜈蚣徒弟。聞知小姐在此祭掃墳墓，特來請小姐上山去成親。允不允？不允就要搶上山去了。（末）呀，清平世界，朗朗乾坤，難道沒有王法的麼？（淨、眾）也呔！（合）惱得俺怒沖沖貫斗星，須認得飛天道人。（淨）徒弟們，搶上山來！（眾）吓。（搶介）（眾扯貼、老旦下）（末）阿呀你看，他們把我家小姐竟自搶了去了。吓，也罷，苦我老頭兒性命不著，一定要救他轉來。饒他走上燄魔天，腳下騰雲須趕趁。

待我追上前去，追上前去！（下）

按　語

〔一〕林鶴宜教授〈清中葉暢銷書《綴白裘》地方戲的刊行、流傳和腔調衍變〉指出，本段及下段〈除盜〉本事見《水滸傳》第三十一回〈張都監血濺鴛鴦樓，武行者夜走蜈蚣嶺〉、第三十二回〈武行者醉打孔亮，錦毛虎義釋宋江〉。

蜈蚣嶺‧除盜

生：武松，好漢。
末：張鳳琴的僕人。
淨：飛天大王，強盜。
貼：張鳳琴，民女。
老旦：張鳳琴的乳娘。
丑：道人，飛天大王的徒弟。

（生上）

【吹調】趲長途，看羊腸曲徑多。俺，武松。為因貪趲路途，未投宿店，你看天色已晚，不知前面什麼所在了。（末內）阿呀，救人吓！（生）呀，樹木陰森黑暗途，一望無人所。（末上）阿呀，救人吓！（生）吓！你這老人家為何這般光景？（末）阿呀師父吓，不要說起。我同小姐上墳祭奠員外、安人，誰想被飛天蜈蚣這強盜把我家小姐竟搶上山去了。（生）吓！有這等事！咳，你不說強盜猶可，若說起強盜，惱得我怒髮衝冠，毛髮倒豎！憑他有三頭六臂，且叫他認得俺剪髮頭陀。（末）吓，師父，可能救得我家小姐？（生）老人家，那強人的所在你可認得？（末）認得的，就在前面。（生）既如此，前面領路，待俺相救你家小姐便了。（末）多謝師父，師父這裡來。（生）聽說罷不仁不義徒，良家女子受風波。奸淫賊盜施強暴，不怕他小醜眾凶魔。（末）師父，這裡來。（生、末下）

（淨、眾上）阿呀妙吓！俺飛天今日天緣湊巧，剛剛將那女子攄上山來，好生快活！徒弟每，準備筵宴可曾端整？（眾）端整了。（淨）如此，請新娘出來。（眾）請新人出來拜堂。（貼、老旦上）（淨）阿吓妙吓！瞧著我那俏姣娥，常言得意賽登科。（眾）師父，徒弟們辛苦一場，求師父賞賜。（淨）也罷！就將這老婆子賞與你們罷。（眾）多謝師父。（老旦）阿呀！（眾扯老旦下）（貼哭介）（淨）吓，小姐，不要哭，上得山來享榮華、受富貴。勸娘行且莫要做作，千金難買時光錯。

（生上打門介）（淨）吓？這時候誰人打門？道人哪裡？（丑上）聽得師父叫，慌忙走來到。師父有何吩咐？（淨）看外邊什麼人打門。（丑）吓。（淨）呔！看來。（下）

（丑）呋。（開門介）（生拔刀介）也呔！（丑跌介）阿呀！（生）你是哪個？（丑）我是道人。（生）你師父在哪裡？（丑）在裡面飲酒。（生）起來！（扯丑同下）

（淨上）（生趕上，同淨打）（生打淨下）（淨）徒弟們哪裡？（眾上）來也！（淨）徒弟，黑暗之中，有一強徒十分利害，你們快些明火執杖擒拿此賊。（眾）吓！（生上，同淨打介）（又與眾打介）（生打眾下）

（末上）那師父去了半日，怎麼還不見來？（生上）快隨俺走吓！（貼、老旦跌上，末見介）多謝師父相救！請到小莊，將銀錢相謝。（生）俺是出家人，豈是施恩望報的。奸盜已除，待俺燒了巢穴，送你們回去罷。（末）多謝師父。（生）快隨俺走！

【尾】今朝忽遇妖魔衃，幸得恩師相救情，這的是禍福同途天降臨。（眾同生笑下）

高腔・借靴

付：張担，張三。
淨：劉二，張三的朋友。
丑：小二，劉二的傭人。

　　（付上）

【梨花兒】小子生平說謊多，全憑舌劍兩頭唆。禮義相待是俺的哥，喋！不雅梳裝雅意多。

　　排行第三我姓張，從來說謊過時光。說得乾魚睜開眼，道得鐵佛放毫光。小子張担。前村金仰橋壽誕，我送了賀禮去，今日請我吃酒，頭上、身上多有了，脚下只少一雙靴子穿穿。聞得劉二哥新做一雙皂靴在家，不免去借他的官冕官冕，有何不可。這裡是了。開門，開門。（淨上）來了。是哪個吓？

【高腔】靜掩柴扉，（內狗叫介）剝皮的，不要叫。是何人驚動了我家汪汪的犬吠？（付）是我，開門吓。（淨）且住，我想，日間不作虧心事，半夜敲門不吃驚；舊糧已完，新糧未追。這是甚的人吓？敢只是為官糧將人拘繫？我這裡連忙整衣，向前去問個端的。（付）二哥，是我。（淨）原來是月明千里故人稀。請坐。小二，對奶奶說，不是別人，是張三爺來了。疾忙的殺雞做飯，打酒烹茶請兄弟，打酒烹茶，請兄弟穩坐中堂席。（付）我和你自己弟兄，何消這等費事。（淨）我和你如兄若弟。（付）如魚似水。（淨）管鮑分金。（付）和你雷

陳結義。（合）好一似靈山會上舊相知。

　　（淨）賢弟，你今日來，劣兄家下昨日就有許多吉兆，吾說與你聽：俺只見壁門上滴溜溜的喜蛛垂，忽喇喇的旋風吹，灶中煙火起柴灰。（付）好得緊。（淨）燈花兒報喜，燕子兒啣泥。又只見喳喳的、又只見喳喳的喜雀在枝頭上戲。我著實的想你哩！（付）怎麼的想法？（淨）我想你懶進茶飯，不似你博帶這麼寬[1]衣。（付）我一路來，嘴也沒有住著的念你哩。（淨）怎麼樣念法？（付）我說：二哥，二哥，二哥哥！（淨）怪不得我絕早在這裡打噴涕。（付）怎麼樣打法？（淨）我就瞎涕，瞎涕，瞎涕涕，一連打了二三十。今日你來做甚的？疾忙的說我知。（付）要腦漿。（淨）要腦漿，悶棍敲。（付）要鮮血。（淨）要鮮血，鋼刀刺。一任你剖腹剜心，剖腹剜心萬剮凌遲。

　　（付）實不瞞你，前村金仰橋壽誕，我送了賀禮去，今日請我吃酒，頭上、身上多有了，腳上單少一雙靴子穿穿。聞得二哥新做一雙皂皮靴在家，要借你的來官冕官冕，不知可肯？不知可肯？

　　（淨）

【前腔】諕得我戰戰兢兢，我好一似呆瘋。嗬！你把借靴二字且自擱起。虧著你這喬嘴臉，好一似柳盜跖。虧著你惡面皮，認你一似打劫賊。急得我騰騰怒氣，急得我騰騰怒氣。

　　（付）二十年的好弟兄，為了這雙靴子就變起臉來。老面皮的殺才！（淨）真正舌頭底下壓殺了人！你不曉得，劣兄為了這雙靴

1　底本作「穿」，參酌文意改。

子，費了無數心機，請了天下兩京十三省的皮匠，不要說是工錢，你想，盤川路費不知去了多少！（付）為了這雙靴子請這許多皮匠？我不信！（淨）你不信，我數與你聽。（念介）那北京衢州有個趙皮，南京蘇州有個呂皮，山東登州有個蔡皮，江西贛州有個羅皮，河南汝州有個王皮，福建漳州有個陳皮，湖廣荊州有個錢皮，

【前腔】多來與我做靴子。我這裡宰下一口烏豬，擺下筵席，擺下筵席，斟上酒忙下跪。（付）起來起來！借不借由你，怎麼跪起我來？（淨）啐！我跪你麼，我敬酒與皮匠吃。（付）吓，敬酒那皮匠吃。（淨）我自從來做起，何曾穿它有半日。我把油單紙兒包裹好好的，每日向中堂高高擱起，高高擱起。（付）敢是你捨不得穿？（淨）非是我捨不得穿，似我這般人兒常常有，那無福之人難消受。你今日果然借，生割指被你借將去，借將去。

　　（付）二十年的好弟兄，你不肯借？（淨）借便借與你了，只是費事得很哩。（付）有甚費事麼？（淨）我這靴子要祭它一祭纔可穿得。（付）若不祭呢？（淨）若不祭，穿在腳上，煞時頭疼發熱，還要害傷寒！（付）怎麼樣祭法？（淨）小意思，看得見：烏豬一口、白羊一腔、鵝一隻、雞一隻、酒一罈；金錢、紙馬、圍花、香燭；鼓手四個、禮生一雙。頭二十兩銀子，祭了它，拿去穿罷了。（付）放你娘二十四個狗臭屁！我有了這許多銀子，做他娘幾十雙，一世還穿不了，還來替你借。（淨）在你面上省事些，買了烏豬一口、雞一隻、魚一尾、金錢、紙馬，打幾斤酒，弄個禮生來念念罷了。（付）也來不起！（淨）終不然，清香一炷，淨水一盞。（付）這個使得。借重你，替我備了罷。（淨）罷了，罷了，樣樣多省了。走。（付）哪裡去？（淨）弄個禮生來念念啥。

（付）弄個禮生來免不得又要錢把銀子打發，索性借重你替我念念，一客不煩二主。老爹……（淨）也是，我念罷了。賢弟，你席上去帶些果子我吃吃，我是貪小利的。（付）罷了。

（淨）小二，對奶奶說，在描金櫥裡拿我的新皂靴出來。（內應介）（淨）輕些，不要磕了，不要碰了。走來，你就把頭頂出來罷。（丑拿上，攢介）（淨）遭瘟的，狗入的！叫你輕些，倒是一攢。（丑）這樣輕的，還說攢。

（付拿介）（淨）它認生哩。（付）破也破了，還要見神見鬼的。（淨）是我穿破的？放在櫥裡漬漬的，是老鼠咬吊的。咳！靴子，可憐你要出門了。來，來磕頭。（付）靴子要磕頭麼？（淨）請教你，不磕頭怎麼樣禱告？（付）罷了，沒奈何。

（淨）伏以主祭者進住鞠躬，伏以今年今月今日今時主祭者張担。（付）張担。（淨）謹備清香淨燭，謹祭牛皮大王、馬皮將軍、羊皮元帥、狗皮先鋒、楦頭判官、錐子祖宗、豬鬃奶奶、黃蠟膠水一切等神。但願借去靴子，腳手堅牢長長用；若是待慢靴子，萬剮凌遲。嗚呼哀哉！尚饗！（付拿靴走介）（淨）哪裡去？（付）你禱告完了，我去了。（淨）不好了！穿也沒有穿，被你一擠先擠壞了。（付）這是龍皮做的？（淨）雖不是龍皮做的，這皮來得遠。（付）叫什麼皮？（淨念介）這是貂鼠皮，出在遼東，縫著線出在陝西，下江南合了一雙氊絨底，錦家染就烏雲皂紵絲，沿廻出在雲南交趾國。

（合）

【前腔】休說非容易，今日借去，明日送還。（付走，淨扯住介）（付）天色晚了，那裡好上席了。（淨）早得很哩。我問你，借我的靴子，終久是哪個穿呢？（付）是我穿吓。（淨）反了

反了！你這個人穿我的靴子起來！（付）我不是人？什麼人纔穿得？（淨）除非是李太白方敢穿，高力士纔可脫。楊貴妃捧硯傍邊立，錦衣花帽纔敢脫，脫向窗前高擱起。（合前）

（付走介）（淨）話還沒有說完，又跑了。（付）二哥，你放我去吃些東西混混啥。（淨）早得很哩，他每客眾。這靴子借你穿……罷了，小二，把那《靴律》與他帶了去。（付）古來只有《大明律》，什麼《靴律》？（淨）劣兄愛這雙靴子，自己造成的《靴律》。（付）《靴律》怎麼樣？（淨）穿了靴假如掉了頭、綻了幫、斷了線、磨了底，多要問罪哩。（付）假如掉了頭呢？

（淨）

【前腔】假如掉了頭，綁起來將悶棍敲。（付）綻了幫？（淨）綻了幫，咽喉下將鋼刀割。（付）斷了線呢？（淨）斷了線，左膀打他三十臂。（付）磨了底？（淨）磨了底，腳下攢上幾千椎，消不盡我的胸中氣。（付）輕者？（淨）輕者流徒絞斬。（付）重者？（淨）重者萬剮凌遲。（合前）

（付走介）（淨）哪裡去？（付）這時候菜多上完了。（淨）早哩。賢弟，吾還有幾句話得罪你。你出世為人，可曾穿過皂靴麼？（付）啐！一個人靴子難道沒有穿過麼？（淨）請教怎麼樣個穿法？（付）一套，朝下一蹬。（淨）撒開，這一蹬就完了！求你輕些啥。（付）是了，是了，曉得。（淨）賢弟，他是財主家邊，倘然你多吃了幾杯酒，或是車或是馬送你回來，老爺爺，一頓磨就磨壞了。（付）你也教會了我。（淨）也是，我教你。

【前腔】倘騎馬，加上護連；坐車時，舖上席氈。左右分身輕省的，休得搖頭擺尾顛狂走，醉後行時休落後。（淨）借我的靴子，有個比方。（付）你有什麼屁，只管放罷了。（淨）

戶開了店，個個人家開了門。來來往往都是小鞋子[3]，並沒有南朝一個人。我將那招牌掛在門兒外，字字行行寫得清。上寫著羊羔共美酒，下寫著臘白共元紅。相逢不飲空歸去，洞口桃花也笑人。懷抱琵琶攔門坐，等待南來北往人。

（旦上）

【前腔】楊八姐打馬過北番[4]，地北天南總一般。來來往往都是小鞋子[5]，番婆[6]懷抱著小嬰孩。耳邊廂忽聽得琵琶響，我且打馬兒闖過了關。

（付）

【小曲】昔日昭君和北番，懷抱琵琶在馬上彈，一心捨不得劉天子，聲聲哭出了雁門關。

【又】雁門關，雁門關上無人家，多見樹木少見花。前面幾棵酸棗樹，後面幾棵桃杏花。烏里咦呀里，古羅咱不兒哇。

【披子】耳邊廂聽得鸞鈴響，丟掉了琵琶往前行。焦光普舉眼抬頭看，見一個將軍年少人。我上前擋住了將軍的馬，請問將軍往哪裡行？（旦）我是蕭后娘娘欽差將，差我關外去探軍情。（付）你既是蕭后娘娘欽差將，且請你下馬飲盃巡。（旦）我和你又非親來又非故，怎好無故擾店東。

3　集古堂共賞齋本作「小蠻子」。

4　集古堂共賞齋本作「北關」。

5　集古堂共賞齋本作「蕭邦漢」。

6　集古堂共賞齋本作「女娘」。

（付）將軍說話理欠通，自古道山在西來水在東。五湖四海皆朋友，人生何處不相逢。（旦）聽得此言就下了能行馬。（付）我將馬兒拴在馬棚中。

　　（旦）低頭進酒店。（付）將軍四下觀。（旦）上邊有佛像。（付）供奉關大王。（旦）兩傍掛古畫。（付）劉海戲金蟾[7]。（旦）壁上有絲絃。（付）不敢，不敢，小弟會頑頑。將軍見禮。（旦）你為何把我摟這麼一摟？（付）將軍，你南禮也不知，番禮也不曉。上前一抱，是個滿禮；深深一恭，名為南禮。（旦）如此，只行南禮。（付）將軍請坐。

【披子】（旦）上面坐下楊八姐。（付）焦光普提著酒壺瓶，滿滿的斟上一盃酒，叫聲將軍與你接個風。（旦）我這裡端起一盃酒，自幼不飲第一鍾。（付）將軍，你道我這酒有毒麼？我每滿洲人的良心最好，我就吃與你瞧。（吃介）我這裡忙忙的再斟上第二盃酒，叫聲將軍你請飲盃巡。（旦）呀，我這裡不吃二盃酒，辜負東家一片心。只得乾了這盃酒，叫聲店家我要行。（付）叫一聲將軍你且住，姓甚名誰說我聽。

　　（旦）你且不必問我，我且問你。（付）喒姓焦吓。（旦）姓高？（付）焦。（旦）敢是姓趙？（付）喲，將軍不懂我的話麼？我說這麼一個比方兒你聽：紅紅果兒，綠綠葉兒，放在鍋裡背囉就脆，囉囉囉，胡囉就焦，囉囉囉。（旦）如此，姓焦。（付）著。將軍，倒底你姓什麼？

【前腔】非是我店家盤問你，國舅單查外來人。光普睜開

7　底本作「蟬」，參酌文意改。

雙鳳眼，仔細看看這將軍。他在馬上似一個男兒漢，下馬來分明是一個女佳人。進店門一陣脂粉氣，耳朵上還有兩個大窟窿。莫不是宋朝的楊……

（旦）啵！住了！（拔劍介）什麼楊？（付）我說羊皮襖兒反穿著，請將軍吃個羊羔美酒。（旦）店家，說話須要小心！

（付）

【前腔】我這裡一個楊字未出口，他那裡明明白白扯出了鋼鋒。呀，自古道：膽小難把將軍做，貪生怕死是庸人。你莫不是宋朝的楊八姐？（旦）呀！大膽的胡兒[8]走了風。（殺介）（付）叫聲將軍你且休動手，我也是南朝一個人。（旦）你既是南朝，家住哪裡？（付）我家住大國三原縣，焦家莊上有聲名。（旦）你叫甚名字？（付）我名兒喚做焦光普。（旦）可認得焦贊麼？（付）那焦贊是我的叔伯兄。（旦）你不說焦家猶自可，提起焦家我有親。聽說焦家有了後，我喜在眉梢笑在心。請問焦二哥因何來到此？你把情由說我聽。（付）我本待要把真情來告訴你，又恐怕牆裡說話牆外有人聽。我且關起了鴛鴦門兩扇，同你到後面去說分明。上前便把小妹問，你到番邦有甚情？（旦）只為父兄身有難，來到幽州探聽情。遇著胡兵[9]來戰敗，因此上假妝番將出關門。（付）八妹，饒你縱有千般智，只恐怕難出這關門。我朝軍師觀星斗，說是南朝落下一將星。二國舅造下了排門冊，要捉楊家一滿門。有人拿得楊家將，一兩骨

8　集古堂共賞齋本作「哥兒」。

9　集古堂共賞齋本作「蕭兵」。

頭一兩金。

（旦）如此，二哥救我！（付）我有一計，又恐說我討了八妹的便宜。也罷！

【前腔】焦光普跪在塵埃地，對了蒼天把誓盟。上有神來下有神，日月三光作證明。焦光普若有三心并兩意，死在千軍萬馬營。要你把青絲來剃下，打個辮子坐在我店中存。（旦）二哥說話不中聽，叫我剃掉青絲萬不能。（付）你若不把青絲來剃下，教我如何救你身？

（旦）既如此，但憑二哥計議罷。（付）那年大破唐二府，將俺失落在胡地[10]。娶了一個老婆，養下一個兒子，叫做焦立子——是個啞巴子。如今將他殺了，你卻妝做我的兒子，住在此間，再作道理。（旦）話雖這等說，豈有為了救我殺你的兒子，做此忍心之事。（付）我真心救你，哪顧得兒子。（旦）這個斷難為情。（付）我且與你到後面去，見了嫂嫂，再作商議。（旦）如此，二哥請。（付）八妹請。（同下）

按　語

〔一〕乾隆四十七年金閶學耕堂本、五十二年嘉興博雅堂本、五十二年嘉興增利堂本三種，本齣正文後有插圖一幅，描繪演員過刀陣，目錄題為「刀門」，這張圖接在本齣之後，不無可能是演述楊八姐或焦光普誤陷遼國的驚險往事。

---

[10] 集古堂共賞齋本作「此地」。

梆子腔‧磨房

丑：孔懷。

貼：孔懷的妹妹。

旦：孔懷的嫂嫂。

　　（丑上）閒來無事嬉打哄，只見婆娘打老公。吾問婆娘因何事，灶下沒了一個吹火筒。正是：人平不語，水平不流；媽媽不賢，惱恨心頭。自家孔懷，哥哥孔亨，他上京求取功名，一去杳無音信，媽媽將嫂嫂打在磨房中挨磨。吾想，他弓鞋脚小，怎能做得動？故此瞞了母親，前去幫扶嫂嫂一二便了。

【亂彈腔】恨娘親心太毒，強逼嫂嫂在磨房。吾行行來到長街上，那邊來了這個小妖精。（貼上）奉母命到磨房，手執鞭桿打嫂娘。（丑）妹子，你往哪裡去？（貼）抱柴火去。（丑）抱柴火？怎麼籃筐兒多不拿一個？那手中拿的是什麼東西？（貼）沒有什麼東西。（丑）伸手吾看。（貼）沒有。（丑）拿那隻手吾看。（貼）多沒有。（丑）好吓，好一個「二仙傳道」。（貼）什麼「二仙傳道」？（丑）多拿手與吾看。（貼）沒有。（丑）妹子，吾把你好有一比。（貼）比做什麼？（丑）旱地裡急栽葱。走過來。（貼）吾不走過來。（丑）你不走，吾就打！（貼走介）啐！（丑）好吓，怪道沒有，鞭桿子多被你吃了下去了。（貼）啐，鞭桿子哪裡吃得下？（丑）不吃下去，怎麼你撒出來？（貼）哥哥，母親叫我拿了鞭桿子去打嫂嫂。（丑）你好沒良心！

嫂嫂與你梳頭纏脚，有什麼不好，你要去打他？（貼）哥哥，母親
說磨得快也要打，磨得慢也要打。（丑）這樣說起來，明明要他死
了。（貼）自然要他死，難道要他活不成？（丑）妹子，你做些好
事。吾和你倒不如瞞過了母親，前去幫扶幫扶他，可好？（貼）
好，幫扶嫂嫂去，走吓。（丑）如此，走！**湛湛青天不可欺。**
（貼）**別人作事我先知。**（丑）**善惡到頭終有報，**（貼）**只
爭來早與來遲。**

　　（丑）來此已是磨房裡了。你先進去，若嫂嫂喜歡，吾纔進
去。（貼）嫂嫂不喜歡呢？（丑）嫂嫂不喜歡，吾就不進去了。
（貼）如此，做個暗號兒。（丑）做個暗號，要吾進去，你把手這
麼一招。（貼）不要你進去呢？（丑）不要吾進去，你把手那麼一
招，我就走了。（貼）吓，如此，哥哥立著，待我敲門。嫂嫂，開
門，開門！

　　（旦上）

【引】兒夫一去杳無音，婆婆嚴命好狠心。

　　是哪一個？（貼）是我。（旦）原來是姑娘。（貼）嫂嫂有
禮。（旦）姑娘，外面什麼人？（貼）沒有什麼人，只有一隻哈叭
狗兒。（丑）咳，好不會講話！（旦）姑娘，你去看來。（貼看，
丑走介）（貼）哥哥，轉來，轉來。（丑）你把手那麼一招，吾就
走了。（貼）還沒有放下來。吓，哥哥，嫂嫂請你進去。（丑）嫂
嫂叫吾，就來。

　　（旦）

【高腔】呀！見二叔好心焦，婆嚴命膽魂消。（丑）嫂嫂拜
揖。勸嫂嫂免心焦，孔懷前來獻好心。（旦）好苦吓！（丑）
嫂嫂不必啼哭，待吾兄妹與你挨磨便了。（旦）多謝叔叔。（下）

　　（丑）妹子，和你大家來吓。（貼）哥哥來吓。（丑）阿執，阿執。（貼）阿執，阿執。（丑）調轉來。阿執，阿執。慢著，慢著，待吾來。妹子，這樣來。**勸嫂嫂放心懷，但願哥哥早回還。可恨娘親心太狠，強逼嫂嫂在磨房。**

　　阿唷！妹子，你好使乖吓，怎麼把一個指頭擎在上頭？（貼）哥哥，一指重千斤。（丑）你一指重千斤，吾十個指頭重一萬斤了，好不公道！各人來磨各人的。（貼）各人來磨，好。（丑）拿個升子量量纔好。（貼）嫂嫂，可有升子？（旦）沒有。（丑）沒有升子怎麼好？（貼）吓，有了有了！（丑）在哪裡？（貼）在這裡。（丑）好吓！吾這個帽子要討女娘嫁媳婦的，被你放在這個裡頭的。（貼）哥哥，女孩子家不妨得的。（丑）不妨得的？待吾來畫道符。我奉太上老君急急如律令，敕！拿去量。（貼）哥哥，你算。（丑）咳咳咳！把吾帽子揣壞了。（貼）揣揣好。（丑）快些量。（貼）一帽子一升羅。（丑）一帽子一升羅，是的了。（貼）二帽子二升羅。（丑）二帽子二升羅，不錯的，不錯的。（貼）三帽子一升羅，是的。（丑）是的，是的。（想介）慢著，慢著，一二不錯的，不錯的。（貼）三帽子一升羅。（丑）三帽子一升羅，差了。（貼）香爐腳，不錯的。（丑）什麼香爐腳？（貼）香爐幾隻腳？（丑）香爐三隻腳，不錯的。（貼）四帽子四升羅。（丑）四帽子四升羅。（貼）板櫈腿。（丑）什麼板櫈腿？（貼）哥哥，板櫈幾隻腿？（丑）待吾想來。吓，四隻腿。（貼）五帽子五升羅。哥哥快挨。（丑）阿呀，好多吓！

　　昔日有一個李三娘，磨房中生下咬臍郎。竇老兒送子邠州去，八角井邊認親娘。妹子，這個板櫈腿，香爐腳，一概不用。（貼）哥哥，你與我算。（丑）怎麼不算？你在那裡做什

麼？（貼）縫縫好。（丑）好吓，方纔量我的沒扯扯大，如今量自家的縫縫小。（貼）快些量罷。一二帽子一二升。（丑）一二不錯的。（貼）三四帽子三四升。（丑）三四是的。（貼）五六帽子五六升，是了。（丑）咻！方纔吾五六升，這麼一大堆，如今少了這許多。不相干，抓上一把添。（貼）捧一捧出來。（丑）你這丫頭好狠吓！吾抓上一把，你倒捧上一大捧出來。不相干，撮一撮添。（貼）抓一把出來。（丑）吓，吾撮上了一撮，你倒抓去了一大把。妹子，我做哥哥的要占點便宜的。（貼）罷了，**昔日裡有個趙五娘，身背琵琶往帝鄉，兒夫入贅牛丞相，不孝名兒天下揚。**

（丑）妹子，吾和你大家來，我和你賭。（貼）哥哥，賭什麼？（丑）你走得快，吾買花你戴。（貼）走得慢呢？（丑）吾把鞭子打。（貼）來吓。（丑）來吓，來吓。阿呀不好了！妹子哪裡去了？想是鑽在磨眼裡去了？妹子，妹子！（貼）眊！（丑）阿呀妹子，老虎來了！（貼）哥哥，不是老虎，嫂嫂在那裡叫苦。（丑）嫂嫂在那裡叫苦，待吾串戲與他開心。（貼）待吾去問嫂嫂。嫂嫂，哥哥說串戲與嫂嫂開心。（內）使得。（貼）哥哥，嫂嫂說使得。（丑）這沒，我來和你抬過了。（貼）抬過了。（抬磨介）

梆子腔‧串戲

丑：孔懷。
貼：孔懷的妹妹。
老旦：孔懷的母親。

（丑）阿呀，做不成。（貼）為什麼做不成？（丑）一個人做不來，要一個幫手。（貼）妹子幫你可好？（丑）如此，你做七腳，我做八腳。（貼）是的。哥哥，沒有行頭。（丑）有！那日我看戲，偷在這裡。（貼）你做賊吓。快打扮起來。（丑）來了，來。（貼）做什麼？（丑）頭一句什麼？（貼）你在那裡串戲，倒來問我。（丑）吓吓吓，這沒再來。十年十年又十年。（貼）啐！有多少十年的？（丑）你不曉得，十年攻書，十年考，十年做不得，豈不是三十年。（貼）人多老了，另外來。

（丑）另外來。十年身到母雞啼，一舉成名弗得知。（貼）天下知！（丑）天下知？那些人來公賀，教場中也擺不得這許多酒。（貼）再來。（丑）小生姓蘇，名秦，字伯喈，表字蔡端平。（貼）啐！一個人有這許多號的？（丑）你不曉得，為了一個人，生下來一個名，一個號，一個綽號，共有三個號。吾與張良哥哥七拜之交。（貼）八拜。（丑）那日少拜了一拜。今日閒暇無事，不免到四叔公家裡去坐坐。（貼）三叔公。（丑）那一日多公了一公。（貼）串戲！只管坐在此。（丑）吓，來吓。
【高腔】冒雪歸來，身上寒冷實難熬，又只見瑞雪團團飄

似鵝毛。老天，老天！你既要發分，就不該下血；既要下血，就不該發分了。（貼）風！雪！什麼分、血。（丑）你不曉得，老脚色沒有了牙齒，只得分吓分的了。（貼）再來。（丑）一進窰門，只見姣妻睡沉沉，本待相呼喚，又恐驚醒了南柯夢。阿呀妻吓！（貼）啐，吾去告訴母親，拿妹子叫妻。（丑）妹子，你不要去告訴母親了；方纔講過的，你做七脚，吾做八脚，權當了妻，串完了戲，原是兄妹，不妨得的。（貼）吓，權當了妻，串完了戲原是妹子，不妨得的。再來。（丑）吾那妻吓！（貼）阿呀夫吓！（丑）當初彩樓前不識吾貧窮，隨吾到窰中。你受飢寒，我呂蒙正怎不為你心腸痛？

（貼）哥哥，熱鬧些的來。（丑）吓，要熱鬧些的。串那關老爺罷，再來。又只見通通打戰鼓，挨挨擠擠摩旌旗。叫小校。（貼）你們來看戲。（丑）呸，你在那裡做什麼？（貼）叫人來看戲。（丑）呸，怕他們不會看，要你去叫？吾說：「叫小校」。你說：「爺爺，有！」。（貼）吓，這麼，另外再來。（丑）再來。又只見打鼓通通，挨挨擠擠摩旌旗。叫小校。（貼）有。（丑）呸，吾說你不會的。關老爺是大花面，周倉是二花面，要大喉嚨的，怎麼做那小旦的聲音？（貼）吓，再來。（丑）又只見通通打鼓，挨挨擠擠磨旌旗。叫小校。（貼）有！（丑）兆阿！小校的兒，你與吾多帶麻繩，少帶鎗刀，悄悄的走到華容小道，休走了奸雄曹操。

（貼）阿呀！（丑）妹子起來。（貼）不起來。（丑）你不起來，吾的戲文又來了。那挑來路兒不肖，怎的大娘焦燥，怒轟轟把機割斷了。你來就說來，不來就說不來，哄奴怎的？要奴何來？吾這裡喜盈腮笑顏開，喜盈腮笑顏開，潘

相公你且走進來。

（老旦上）不幸兒夫身早喪，孩兒一去不回來。呀，為何把門關了？開門，開門！（貼）阿呀哥哥，母親來了！（丑）又只見紅紅綠綠滿擔挑，聲聲叫過洛陽橋。洛陽橋下多少風流女，笑倚欄杆把手招。

（老旦）開門！（貼）母親來了。（丑）哪個叩門？（老旦）娘在此。（丑）聞說娘來，倒嚇得我戰戰兢兢魂不在。吾只得沒奈何，拿把椅子頂住了破窰門。又道是婦道人家，行不動裙笑不露齒不出閨門纔是道理。為何半夜三更叩吾小叔的窰門？你那裡急急叩，吾這裡只是不開門。

（貼）母親來了。（丑）門外哪一個？呔！你是何方鬼怪，白日裡將人纏害？周小官肥肥胖胖精精壯壯，被你弄得面黃肌黑，癆瘦郎當，癆瘦郎當。

（老旦）畜生開門！為娘的在此。（丑）呀，這時候還有人行走，若是男子還好，若是女子，與吾李氏三娘命兒不遠也，差不多了也麼哥。大哥走近前來，聽老娘吩咐，老娘吩咐。吾丈夫劉漢卿前娘所養，叔叔漢相後娘所生。婆婆與他二十兩低銀，往徐州貿易。折本回來，婆婆打罵不過，只得投江死了。吾想，為人不敬其兄，豈謂人乎。哥哥打罵，自有嫂嫂來相勸。吾這裡沒奈何開了破窰門，任兄打來任兄罵，憑兄長，隨著他。

（老旦打丑介）小畜生！敢是瘋了？（丑）娘娘在上，老臣潘葛接駕。老臣保娘娘立為正宮，並不保娘娘私開國庫。願娘娘千歲！說什麼福來臣不喜，禍來臣不驚？娘娘像雨打芭蕉，隨風浪飄，兩樹枯李，再敘前因。那李氏夫人青春被你活

活斷送了。（老旦打介）小畜生！氣死我也！（丑）娘娘在上，奴婢陳琳接駕。娘娘，這粧盒乃是萬歲王爺御筆所封，奴婢不敢擅開。娘娘唔，娘娘要開粧盒，同到金鑾萬歲臺，查過真實，問個明白，那時方開蓋。

（老旦）我是你的娘！（丑）卻原來水母娘娘！吾家錢氏玉蓮，不知在哪一位娘娘帳下？哪位仙官跟前？你陰魂靈隨吾到京中。（奪棍介）放手不放手？（老旦）不放手！（丑）你不放手，我的戲文來了。三娘，放手！若有夫婦之情，親手送杯茶；若無夫婦之情，但憑你心下。漫說瓜精，就是天龍吾會拿。

（跌介）（老旦）阿呀小畜生，還不下來？（丑）曹操的賊魔家，不少你錢和鈔，為甚的趕到趙周橋？俺關某有隨機應變智廣謀高，手執青龍偃月刀，好叫你謀不成計不就一場的好笑。你請了吾幾次了？（老旦）請過三次了。（丑）好吓！也是會串戲的。三請雲長不下馬，將刀割去嘴上毛。往日英雄切菜刀。

（老旦打丑介）（丑）妹子，吾和你來吓！

【急板令】花對花，柳對柳，破糞箕對子缺笤帚。今日同你拜一拜，來年養個小娃娃。妹子，我和你，好有一比。（貼）比做什麼？（丑）好似秦檜老婆長舌妻。

（貼）啐！（老旦）小畜生，小賤人！吾去告你忤逆不孝。（下）（貼）哥哥，母親告你忤逆不孝了。（丑）不妨，吾告他六日扒灰。（貼）什麼六日扒灰？（丑）吾的衙門熟。

【前腔】通政司，巡檢司，照磨司，司獄司，按察司，還有布政司。他有人情吾有禮，這場官司包他輸到底。

　　妹子，吾們串了半日戲，沒有串個團圓。（貼）串個團圓。
（丑）來吓。

【清江引】纜好纜好方纜好，丟掉了僧伽帽。養起頭髮
來，帶頂新郎帽，我和你做夫妻同諧到老。

　　阿呀，第二個吓。（貼）哥哥，做什麼？（丑）二老官吓。

【哭相思後】流淚眼觀流淚眼，斷腸人送斷腸人。

　　（貼）啐！哥哥，你敢是瘋了麼？（丑）阿呀臭花娘，打家公
僑？我學介兩記短打拉里。打個臭花娘，打個臭花娘。（貼）呀
啐！（丑）我就一脚……（貼）啐！（下）（丑）直踢子俚到戲房
裡去哉。（渾下）

梆子腔·打麵缸

淨：糊塗縣太爺。

老旦、外：皂隸。

付：王書吏。

貼：周臘梅，從良妓女。

末：張才，縣衙差役，周臘梅之夫。

丑：四衙、四老爺，縣衙遞信、查夜的差役。

　　（老旦、外扮皂隸，付扮書吏，引淨上）

【引】花花世界乾坤大，皂隸班房站立兩邊排。

　　一棵樹兒空又空，兩頭都用皮兒繃，老爺坐堂打三下，扑通扑通又扑通。自家糊塗縣太爺是也。今日閒暇無事，叫皂隸抬放告牌出去。

　　（貼上）

【梆子腔】每每離了這花柳巷，來到這糊塗縣裡來。

　　自家周臘梅便是，我想花柳巷中沒個出頭的日子，且到太爺衙門裡去討個花紅，回去從良。來此已是衙門，不免竟入。太爺在上，周臘梅叩頭。（淨）你做什麼的？（貼）稟上老爺：我是好人家兒女，想在花柳巷中沒個出頭的日子，求太爺賞個花紅，回去從良。（淨）你今願從良？（貼）正是，情願從良。（淨）周臘梅，我如今堂中替你配個人罷。（貼）如此甚好！多謝老爺。（皂）小的沒有妻子，賞與我罷。（淨）吓……不好。有了！張才是個能幹

人，喚張才過來。（眾）叫張才。（末上）來了，老爺有何吩咐？（淨）張才，我把周臘梅配你，可念我老爺一點好心。（末）多謝老爺。（同貼拜介）**雙雙二人拜天地，這段姻緣天賜成。轉身又把太爺謝，謝了太爺就回程。**

（丑持公文上）（末、貼下）（丑）吓，那是周臘梅，今晚且到他家頑頑。堂翁在上，今有轅門上送來一角公文，要往山東投遞。（淨）罷了，請回。（丑下）

（淨）今日哪個該差？（眾）張才。（淨）好，喚過來。（眾）叫張才。（末上）來了。老爺，可是又與我一個老婆？（淨）呔！今有公文一角，星夜往山東投遞。（末）老爺，待小的成了親去罷。（淨）投了公文，回來成親。（末）求老爺寬限，小人成了親去投罷。（淨）胡說！你若不去，我就打你二十，將周臘梅遷回院去。（末）小人願去。**老爺差我往山東去，幾時回來纔成親。**（下）

（皂）啓上老爺，皂隸告假。（淨）為什麼事情？（皂）小的家失了一條牛。（淨）幾時失的？（皂）明日失的。（淨）為什麼前日不來報？要告幾天？（皂）半個月。（淨）為何要許多日子？完了，完了。去罷。（皂下）

（付）書吏告假。（淨）你是為什麼事情？（付）書吏回家做親。（淨）做親什麼要緊事情！去罷，去罷。（付下）

（淨）完了，一堂書吏、人役都沒有了，叫我老爺怎麼進去？罷了，自己退堂。（打鼓取竹爿掂介，自喝下）

（付上）

【引】太爺退堂俺無事，偷個空兒看臘梅。

自家王書吏，今日早堂老爺將周臘梅配與張才為妻，又差他往

山東去了。我且到張才家去走走。此間已是。開門，開門。（叩門介）（貼上）是哪個？（開門見介）原來是王相公。老爺把我配與張才，如今不做這個勾當了吓。（付）我曉得，張才是老爺差往山東公幹去了，我走這一遭兒，下次不來了。（貼）既如此，待我關上門兒。王相公請坐。（付）周大姐，今夜你獨自一個在此，沒有人陪你，我特來陪伴你，可好麼？（貼）多謝王相公。但吃杯茶兒纔好，我初到這裡，也沒有備得，有罪了，怎麼處？（付）也不必了。大姐，你倒唱個曲兒我聽聽罷。（貼）奴家唱得不好。（付）唱得好，唱得好，快唱罷。

　　（貼）

【小曲】梔子花開白如霜，牡丹花開靠粉牆。月明和尚度柳翠，張生月下戲紅娘。小情郎，跳粉牆，鶯鶯燒夜香。

（付）好！果然唱得好。

　　（丑上）我做四衙沒偑儸，審起事來真乾鞑；沒有銀錢來送我，原告被告多打殺。好好的一個周臘梅，配與張才去了。今日他往山東去投文了，且到他家去看看故人。這裡是了。開門，開門。（貼）是誰？（丑）是我。（貼）你是哪個？（丑）我是四老爺在此。（貼驚介）王相公，不好了，四老爺來了！（付驚介）阿呀四爺來了！這便怎麼處？（貼）且在灶前去躲一躲罷。（付）也罷，也罷。正是：情知難做伴，事急且相躲。（下）

　　（貼開門見丑介）（貼）四老爺為何到此？（丑）那張才今日堂上老爺打發他山東去了，我為巡更過此，望望你。（貼）四爺，見禮了。（丑）罷了罷了。周臘梅，今日可冷麼？（貼）冷得緊，得些熱酒來與四爺擋寒纔好，只是纔到這裡，沒有備得，有罪四爺了。（丑笑介）酒倒帶得一壺在此，同你吃一盃兒，何如？（貼）

如此甚好，只是有擾四爺了。（丑身邊取出酒介，紗帽內取出鍾介）周臘梅，你的容顏一發標致了。（貼）不瞞四老爺說，黃瘦了。（丑）我有個西洋水晶眼鏡在此，我戴上看看。（帶手抽介）好吓，好得很！周臘梅，你唱個曲兒我聽聽，醒醒酒兒。（貼）四老爺，奴家唱得不好。（丑）唱得好，唱得好。（丑將扇子打板，貼唱介）

【西調寄生草】恨冤家沒有些真情義，全不管家中的柴和米。有了錢就往別處去，終朝坐在那茶舘裡。東家去打牌，西家去下臭棋，丟得奴冷冷清清真沒趣。如今新出一班油花的，眼笑眉花綽我的趣。少不得有日做出話巴戲，少不得有朝做出話巴戲。

　　（丑）唱得好！我老爺曲興發作起來了，我也來唱。（貼）好吓！（丑）只是老猫聲，不要見笑。（貼）好說。

　　（丑）

【前腔】小兄弟你生得好個模樣，身材嫋娜真像姣娘。口香兒常在那腰間放，金吹臂帶在白臂膀。我看了你惹得我魂飄蕩，一百個錢今夜和你打個風流賬，一百錢和你打個風流賬。

　　（貼）

【前腔】老面皮不想你是個什麼東西，嚼舌根討我的便宜，且照管自己的妻。和尚道士還有那些小魔子，走來走去在你門前嬉。看你的姣妻燥他的皮，烏龜號只怕今朝輪到你，烏龜號今朝只怕輪到你。

　　（丑）

【前腔】真晦氣遇著了你。看了你這姣滴滴的容顏，我又

十分在意，恨不得拿碗水來吞你在肚裡。要穿要吃我也都肯依，沒來由放出這般狗臭屁。這叫做露水夫妻不到底，露水夫妻不到底。

　　（淨執燈籠上，四邊看介）可惜周臘梅，錯配與張才。差往山東去，哪得就回來？奶奶不在家，私下走出來。且到他家去，落得把心開。這裡是了。開門，開門。（貼）是哪個？（丑）不拘哪個，說我在此，哪個敢來？（貼）你是哪個？（淨）我堂上老爺在此，快些開門。（貼）四老爺，不好了，堂上老爺來了！（丑驚跌介）這便怎麼處？有後門的麼？（貼）沒有後門。（丑）這嘿，哪裡躲一躲纔好。（貼）有隻麵缸在那裡，且去躲一躲罷。（丑）也說不得了！（下）

　　（淨）怎麼老早就睡了覺了麼？開門。（貼）來了。（開門見介）老爺在上，周臘梅叩頭。（淨）起來，起來。（袖內取出紅氈帽、大脚鞋介）一塊胭脂，一雙大紅鞋子，都是我奶奶的，我偷來送你，權當個賀禮。（貼）多謝老爺。（淨又取出金鑼鎚介）還有一個廣東消息子，送與你殺癢。（貼）休得取笑。（淨）周臘梅，你同哪個在此吃酒？（貼）曉得老爺要來，特地燙下的。（淨）難得有我的心，斟來，我和你吃一盃。吓，這把酒壺有些面善……（貼）也是人家送來的。（淨）怪道有些認得。周臘梅，我老爺吃不慣悶酒，唱個小曲兒與我聽聽。（貼）唱得不好。（淨）不要太謙了，唱罷。

　　（貼）

【西調】小乖乖真扯淡，趁著你年紀小弄著機關。顧著自己賺錢，放著妻子陪人眠，只圖吃的現成飯。愁只愁，怕你捱不過三十二歲的韓信關，只愁你捱不過這三十二歲的

韓信關。（淨）唱得好吓！斟酒來。

（末上）好事偏生多折磨，纏得相逢又別離。今早太爺將周臘梅配與我為妻，又差我往山東去，我且回去成了親，明日再去。開門，開門。（貼）是哪個？（末）是我，張才回來了。（貼）大老爺，張才回來了，怎麼處？（淨慌介）這便怎麼好？躲在哪裡去好？（貼）床底下罷。（淨）也沒奈何了！（下）

（末）快些開門。（貼）來了。（開門介）（末）有壺酒在此，拿去燙一燙。（貼）冷吃了罷。（末）你不去，待我自己去。（貼下）

（末見付拜介）阿呀，灶君老爺下界了！吓？你是王書吏，到這裡做什麼？（付）來與你送行。（末）送行到灶邊去的？（付）見你家灶裡灰多，來與你爬灰。（末）呔！（拿棍打介）（付躲，打破麵缸，丑鑽出介）（末）阿呀！你是四老爺，為何在此？（丑）查夜。（末）呔，胡說！（打介）

（丑）不要打，你聽我說：

【包子帶皮鞋】你名叫張才。（末）呃，張才。（丑）差往山東怎便回？灶堂燒出王書吏，麵缸裡打出四爺來。清官難斷家務事。請請請，（末）請什麼？（丑）床底下請出大堂來。

（末）堂上老爺也在這裡？快些出來。（淨鑽出介）張才，叫你山東去，怎麼就回來了？（末）太爺為何到我家來？（淨）我來尋你的。（末）同你到堂上去講！（付）不要喊，我們三個多湊些銀子與你罷。（末）這嚜，先是你來。出多少？（付）三十兩罷了。（末）拿來。（付）明日送來。（末）哪個保？（付）四老爺保一保。（丑）在我處，罷了。（付下）（末）四老爺出多少？

（丑）我出五十兩。（末）拿來。（丑）沒有帶得，堂翁替我保了罷。（淨）罷了，在我處。（丑下）（淨）我也與你一百兩，明日早堂來領。（末）不相干，把冠帶剝了來做當頭。（淨）噯噯噯！留些體面。（末）不管你！（剝衣探紗帽，推淨下）（貼上）這事不關我事。

　　　（末）

【吹調】休笑我家多奇事，落得個袍帽當錢銀。（貼）只為他殷勤來意厚，唱一隻曲子做人情。（末）良辰美景休錯過，快上床兒去做親。（勾貼頸笑下）

梆子腔・宿關

小生：劉唐建，漢太子。
貼：尤春風，尤家關主的長女，番邦女將。
付：蘇里煙，尤春風的部下。

（小生上）呵！休趲，休趲……我奉密旨趲君王，吉星臺上作戰場。一人一騎難招架，勒馬回頭望故鄉。俺，劉唐建。奉太后懿旨，著我追駕回朝。路遇胡兵一隊，大殺一場，難以對敵，只得逃回本國再作道理。

【梆子腔】勒馬回頭望故鄉，不知何日見君王。行行來到了關門首，下馬暫歇又何妨。

來此已是關上，不免下馬暫息片時再走便了。正是：一覺放開心地穩，夢魂先已到家鄉。（睡介）

（貼上）

【又】俺胡女生長在番邦，騎駱駝潑喇喇揚。想南朝錦繡好江山，幾時到宮中往往？

俺尤春風，奉父王之命，著俺鎮守尤家關。天色已晚，不免喚蘇里煙出來查關走遭。嗷，蘇里煙哪裡？

（付上）來了。

【鞀曲】上河流水噯哩噯哩噯，下河流水呼哩呼哩呼。兩口兒蓋著一條麻布被，扯又扯不來，拖又拖不去。噯哩噯哩噯，呼哩呼哩呼。

　　大姑娘，蘇里煙克膝。（貼）蘇里煙，你除了番話，講幾句蠻話罷了。（付）這麼，大姑娘叩頭。（貼）點亮子查關去。（付）大姑娘，昨日查了，今日又查仔馬？（貼）嗷，你昨日吃了飯，今日還吃不吃？（付）還吃。（貼）可又來！快打亮子罷。（付應，貼行介）

【梆子腔】生在胡地長在番，兩國交加。尤春風出帳閑遊戲，小靶子前面掌銀燈快走行。早來到關門上，蘇里煙近前來聽我音。

　　（坐介）（付）來了。嗘！你們這些，堆子上聽著，大姑娘在這裡查關，你們小心著。（內應介）（貼）開了關，外面去瞧。（付）罷呀，又開關仔馬？（貼）快開。（付）又要開它仔馬嚇？（開鎖撥閂開關介）阿呀大姑娘，不好了，關外失了火了！（貼）快打亮子，待我去救。（作見小生介）這是一個人，哪裡是什麼火。（付看介）呀！大姑娘，一條蛇，一條蛇！（貼看介）蛇鑽五竅，五霸諸侯；蛇鑽七竅，帝王之主。（付）大姑娘，這個蛇鑽一竅呢。（貼）嗷！（付）待我砍了他罷。（貼）慢些，把他的馬扯進關去。（付）是。嗘哆，嗘哆。（作牽馬下，又上）大姑娘，扯了進去了。（貼）把他的鎗盜了來。（付）他醒了，便怎麼著？（貼）有我在這裡。（付）盜了馬，又盜鎗。（作取鎗介）大姑娘，這喀子砍了他罷。（貼）喚醒他，問他哪裡人氏，姓甚名誰；說得明白，還他鎗馬。（付）著。啲！孩子醒來。（小生）吠！看鎗！（付）臀牌擋住。（小生）罷了，罷了，我只道是天朝，哪知還在胡地！（付）嗷，孩子，咱問你哪裡人氏，說得明白，還你鎗馬；說不明白，看傢伙！（小生）護長聽者。（付）嗐！什麼護長，叫我聲阿哥罷。

（小生）

【前腔】家住支州脫空縣，天涯府裡是家園。我父名喚謊員外，母親趙氏老夫人。要知我的名和姓，雲裡說話霧裡聽。

（付）站著。大姑娘，他住在支州脫空縣，他爹姓謊，他媽姓趙。這個孩子叫什麼雲裡霧，又叫做霧裡雲。（貼）啋，死囚囊的！天下哪來姓謊的，又是什麼雲裡霧，這是他哄你的，再去問。（付）仔馬著，他哄我？呔！你這孩子怎[1]的哄我？天下哪來的姓謊的。你不說，看刀！（小生）聽者。（付）你說罷。

（小生）

【又】家住天朝大漢地，皇城裡面是家鄉。我父元沛登天下，母是昭陽賽昭君。要知我的名和姓，劉唐建是我的的真名。

（付）站著。大姑娘，他家住在皇城裡頭。他爹叫什麼元沛，媽叫什麼賽昭君。他叫劉……劉……劉唐刀。（貼）敢是劉唐建吓？（付）著著著！（貼）如此說，是小王帝了。快喚他進來！待我細細問他。（付）來，孩子，大姑娘喚你進去。（小生）我不進去。（付）走罷，你不走，我就砍！（小生進介）（貼）是他進帳前，偷眼看，果然容貌非凡品。一心要、要與他成親事，未必他心是我的心。

蘇里煙，看打磨古來。（付）我不去。（貼）仔麼？（付）我要看著這孩子。（貼）有我在此。（付）這大姑娘看著。（貼）我看著，你去。（付下）（貼扶小生坐介）孩子，請坐。我……

1　底本作「咱」，參酌文意改。

【又】雙膝跪在寶帳內，小主公封我在哪一宮？

（付上）（小生急立起，貼急坐介）（付看介）仔麼你坐著，我家大……（看貼介）大姑娘，打磨古。（貼）該他吃罷。（付）嗳，孩子，大姑娘該你打磨古吃。（小生）我不會吃。（付）你不會吃，我吃給[2]你瞧。（貼）嗷，去取打辣酥來。（付）我不去。（貼）又怎麼？（付）這孩子有些不老實，我要看著他。（貼）有我在這裡。（付）吓吓，大姑娘也有些不老實。（貼）嗷，死囚囊的，快去罷！（付）吓，三月裡芥菜，起了心了……（渾下）

（貼）小番不解其中意，哪曉我姑娘上面討封贈？（又扶小生坐，貼跪介）雙膝跪在塵埃地，小主公封我在哪一宮？

（付拿碗上）（小生急立起，貼又急坐介）（付）吓！你怎麼又坐著？大姑娘，你怎麼跪著他？（貼）嗷，亡八羔子，你眼珠子多瞎了？是他跪著。（付見手帕介）這是我大姑娘的。（小生）拾的。（付）怎麼好拾呢？（貼）嗷，快到後營去罷。（付）唔，我不去。（貼）嗷，你不走？（付）吓，我知道，我知道……（笑渾下，又上）（貼）嗷，還不走！（付下）（貼）小靶子不解其中意，只管在此亂胡纏。（又扶小生坐，貼又跪介）雙膝跪在塵埃地，小主公封我在哪一宮？

（小生）

【又】假饒有日登天下，封你做昭陽掌正宮。（付暗上聽介）蘇里煙側耳聽他話，大姑娘上面討封贈。（亦跪介）我雙膝跪在草地上，小主公封我在哪一宮？（貼）嗷，那宮是女孩子做的，你做什麼宮？（付）大姑娘，你不曉得，如今好男風

2　底本作「合」，參酌文意改。

的多著哩。再來。我雙膝跪在寶帳內，小主公封我在那什麼
人？（小生）假饒有日登天下，封你在五府六部做公卿。
（付）不好，我只好管著百十個兵兒就夥了，哪裡管得這些子？他
們吃酒打架，扯了這個又不是，扯了那個又不是。（貼）你要做什
麼官呢？（付）我要做一個百什戶罷。（貼）小了吓。（付）小
了？這沒，大姑娘，你封我大大兒的罷了。（貼）也罷，你跪著，
我大姑娘封你罷。你大姑娘後來做正宮，我封你做滿漢大將
軍。

　　　　（付）

【又】叩頭就把恩來謝，大姑娘封我做將軍。我三呼退出
朝門外，文武官員稱咱的名。（貼）蘇里煙，快去準備打辣酥
伺候。（付）著。忽聽娘娘傳密旨，頭不敢抬來眼不敢睜。
（付下）（小生）你在番邦我在漢，（合）千里姻緣一線牽。
雙雙同入在寶帳內，鴛鴦的枕上一同眠。（勾下）

梆子腔·逃關

旦：尤春鳳，尤家關主的次女，番邦女將。

丑：蘇立馬，尤春鳳的部下。

小生：劉唐建，漢太子。

貼：尤春風，尤家關主的長女，番邦女將。

付：蘇里煙，尤春風的部下。

（旦上）

【引】無心捲翠幃，窗前懶畫眉，孤單獨自怨摽[1]梅。

繡帶繡鴛鴦，金釵金鳳凰。烏雲頭上蓋，明月耳邊璫[2]。奴家尤春鳳，姐姐尤春風把守頭關，奴家把守二關，老韃子往南朝打聽消息去了。今日輪當是我解糧，不免招蘇立馬出來。噯，蘇立馬哪裡？

（丑上）

【急板令】自家生長在邊關，武藝子兒真熟練。使的毛頭鎗，射的朴頭箭。姑娘命我看二關，黃昏獨自無人伴。牛脯煨得爛，羊肉沒鹽蘸。打辣酥斟來滿，一連喝了七八碗。一覺直睡到五更半，起來耍回猴猻拳。人人道我好像

---

1 底本作「飄」，參酌文意改。
2 底本作「廂」，參酌文意改。

個硬綳漢，哪曉得我是個沒中[3]用的王八蛋。

　　我做將軍膽大，衝鋒[4]打仗全然不怕；大營裡放了一個號砲，諕得我半年不敢講話。二姑娘在上，戎囊蘇立馬克膝。（旦）嗷。（丑）喚蘇立馬做什麼？（旦）吩咐糧草先行，奴家隨後就到。（丑）是。嗻！夥計們，二姑娘有令，吩咐糧草先行，二姑娘隨後就到。二姑娘，吩咐過了。（旦）抬鎗。（丑）吓。（旦）帶馬。（丑）吓，二姑娘請上馬。

　　（旦）

【梆子腔】忙上馬，解糧車。見蝴蝶穿花、穿花的戲耍。（下）

　　（小生上）

【前腔】心中事誰知道，未知何日轉南朝。我劉唐建只望趕駕還朝，不道行至尤家關，被他每拿住，強逼成婚。咳，我哪有[5]心情做什麼親！吓，你看四顧無人。不免盜了鎗馬，逃回本國便了。上馬加鞭急速行，一心如箭趕回程。（付上）後營奉著姑娘命，捧茶來敬太子身。有福之人人伏侍，無福之人伏侍人。

　　太子爺請茶，太子爺……吓，哪裡去了？阿吓不好了，走了！大姑娘有請。（貼上）

【前腔】忽聽得蘇里煙叫一聲，急速前來問個明。蘇里煙，仔麼這等慌張？（付）太子爺逃走了。（貼）我不信。（付）鎗馬

3　底本作「戎」，參酌文意改。

4　底本作「沖風」，參酌文意改。

5　底本原無「有」字，參酌文意補。

都不見了。（貼）有這等事！（付）去也不遠，還有個二關不得過。（貼）如此，看俺的鎗馬過來，趕到二關上去。（付）吓。大姑娘請上馬。（貼）懊恨太子好無情，撇下奴家不別行。

（付）饒他走向天邊去，（合）須知我足下會騰雲。（下）

　　（小生上）

【前腔】加鞭急速行，一心如箭趕回程。（旦、丑上）解糧已到前營裡，加鞭急速轉回程。

　　蘇立馬，你看前面有個小南蠻，想必是個奸細，與我拿下來。（丑）啜！小南蠻哪裡走？（小生）嘴！看鎗！（殺下）（丑）好傢伙！二姑娘，那小蠻子的鎗利害，拿他不倒。（旦）戎囊的！趕上去。

【批子】饒你走上焰魔天，我足下騰雲趕上前。（下）（小生上）纔離虎窟龍潭地，又遇黃翻豹尾前。

　　（旦、丑上，殺介）（小生跌介）（旦）綁進關去！（丑）吓。（捉小生同下）

梆子腔・二關

丑：蘇立馬，尤春鳳的部下。
付：蘇里煙，尤春風的部下。
貼：尤春風，姊。
旦：尤春鳳，妹。

（丑上）我家二姑娘拿了一個南朝的太子爺，好不喜歡！我也快活得很，唱一隻小曲兒頑頑。

【夜夜遊】樹葉兒黃來夜夜兒遊，忽聽得街坊上面賣蠶豆。我家姑娘吃了一碗蠶豆走進來。賣蠶豆的說，你可是吃我蠶豆的白？我說不吃你的白蠶豆，家裡還有頂破涼帽，腳下還有一雙紅繡鞋，紅繡鞋換你的蠶豆來。

（付、貼上）

【批子】饒他走上焰魔天，我足下騰雲趕上前。

（付）大姑娘，到了二關了。（貼）通報。（下）（付）吓吠！蘇立馬開關。（丑）咦？哪個王巴入的叫關這麼樣急？是了，前日少他兩個麻花兒錢，想是來討錢的，待我來答這王巴入的。吠！是哪個王巴入的？（付）噯，是我，不要罵。（丑）阿呀，原來是阿哥來了！來了。阿呀，鎖匙呢？鎖匙不見了。（付）快些。（丑）來了。鎖匙呢？吓！倒在屁股後頭。（開關，各見介）（丑）阿哥，阿哥。（付）不敢，不敢。（丑）請問阿哥到此，有何貴幹？（付）大姑娘在這裡。（丑）這麼，請進關去。二姑娘有

請。（付）大姑娘有請。（旦上）怎麼？（丑）大姑娘到了。
（旦）姐姐請。（貼上）妹妹請。（旦）請坐。（貼）有坐。
（旦）蘇立馬看打馬酥。（貼）蘇里煙看打馬酥，見了二姑娘。
（付）二姑娘，蘇里煙叩頭。（旦）蘇立馬見了大姑娘。（丑）大
姑娘，蘇立馬叩頭。（貼）這樣累堆禮。（丑）好了一大半。阿
哥，我們見個禮兒。（付）罷了，罷了。（旦）姐姐，聞得蘇里煙
唱得好小曲，請教他這麼一隻。（貼）蘇里煙，唱一隻小曲二姑娘
聽聽。（付）二姑娘，我是不會唱的。（旦）罷也。

　　（付）

【京腔】俊俏冤家獨立在簾兒下，手中拿的一方香羅帕。
遠遠望他好似一幅西洋畫，近著看他明明是尊菩薩。若到
我家，燒香點燭供養著他，怎能得個與他說句兒知心的
話？

　　（旦）好吓！蘇立馬也唱一隻與大姑娘聽聽。（丑）阿哥唱
了，我也來獻醜罷了。

【前腔】有一個美貌的佳人懶搽脂粉，獨上高樓盼不見情
人。懊恨冤家真個薄情，一去不來耽誤我的青春。將奴拋
撇冷冷清清，全不想春宵一刻價值千金。害得奴心心念念
思思想想，朝朝夜夜暮暮昏昏，短嘆長吁難捱這孤枕，難
捱這孤枕。

　　（付）好阿！再請教一隻。（丑）阿哥，你來。（付）罷了。

【前腔】奇怪奇怪真奇怪，兩個冤家一齊進來，諕得奴戰
戰兢兢的魂靈不在。留了那個，這個要怪，倒不如三個人
兒一枕的和諧。前後半夜，上班的下班，兩個哥哥，奴是
一般兒的看待。

（丑）好阿！唱的好。（付）兄弟也再請教一隻。（丑）我還要來麼？（付）請教吓。

（丑）

【前腔】春花開遍，秋月高懸，有個山西蠻子和那營外的韃子去頑拳，頑得古怪又習鑽。營外韃子罵了一聲，哇不囉蘇阿不羅多的關猴兒。山西蠻子罵的一聲，驢子入的驢囚入的王巴蛋。你踢老子一脚，兒子就打你兩拳。

阿哥，獻醜了。（旦）請問姐姐，今日到此有何貴幹？（貼）我們有一個太子爺，可曾逃到你二關上來？（旦）太子是有一個的。（貼）既在這裡，可快放他出來。（旦）呸！是我拿的，怎麼放出來？（貼）不放出來，恐要傷了姊妹情分。（旦）要傷就傷，不必多言！（各拿鎗，殺下）

（付）什麼大不了的事情，就殺起來？（攤手碰丑，丑[1]跌介）（丑）呸！什麼大不了，什麼大不了我這麼一跤！我且問你，姊妹兩個為什麼的鬧起來？（付）你不知道，我頭關上來了一個太子。（丑）買了一條帶子？（付）呸！太子吓！（丑）筷子？（付）被我大姑娘拿進關去，他就把我大姑娘封了一宮。（丑）吓？就把你大姑娘濃了一濃？（付）噯，封了一宮。阿哥，你還不知道咧，把我封了滿漢大將軍，帶管城門一百個兵。（丑）阿呀失敬了，蘇大爺，蘇大爺。（付）不敢不敢。（丑）這麼，到底為什麼鬧起來呢？（付）你不曉得，那個太子爺逃到你二關上，被你們二姑娘拿住了。我們大姑娘要二姑娘還我們的太子，二姑娘不肯放

---

[1]　底本作「土」，集古堂共賞齋本作「上」，當是「七」形訛，參酌文意改。

出來，就鬧起來了。（丑）阿哥，你這句話講差了。你們頭關上封
得宮、做得官，難道我們二關上就封不得宮、做不得官的麼？放你
媽的屁！（付）嗄，王巴入的！放我媽的屁麼？照打！（丑）阿
哥，這是什麼東西？（付）皮鎚。（丑）可吃得的？（付）吃不得
的。把太子放了出來就罷。（丑）不放呢？（付）不放我就一皮鎚
打得你的頭做個肉餅子。（丑）殺謊的王巴！我的頭好端端在這
裡，什麼肉餅子！還有什麼武藝子？（付）還有金絞剪。（丑）可
吃得的？（付）吃不得的。你把太子放出來就罷。（丑）不放出來
呢？（付）不放出來，把你一絞剪掀掉你的腦袋。（丑）殺謊的！
我的腦袋子好端端兒的在這裡。阿哥，我和你扛膀子。（付）哪個
打莊？（丑）你打莊。（付）來罷。（伸臂，丑磞付臂，丑跌介）
（丑）你的武藝子潮。（付）你跌了，倒是我的武藝子潮？如今你
打莊了。（丑）慢些，我要運氣。不許叫，一叫我的氣就走了。
（付）你運。呔！蘇立馬，運完了麼？（丑）王巴入的！叫你不要
叫，又叫了。來罷。（伸臂，付臂磞丑，丑跌介）（付）可疼吓？
（丑）不疼。（付）不疼？亡八入的！（丑）阿哥，弄你不過，我
和你磞肚子。（付）就磞肚子，哪個打莊？（丑）原是你打莊。
（付）來罷。（丑）來了。（磞肚，丑跌介）（付）豆腐腦做的
麼？輪你打莊了。（丑）我也要運氣，不許叫吓。（運氣介）來
罷。（付）來了。（磞丑，丑又跌介）阿哥，真個弄你不過，與你
講嘴頭子罷。（付）哪個先講？（丑）我先講。（付）你先講罷。
（丑）前營？（付）是我。（丑）後營？（付）是你。（丑）左
營？（付）是我。（丑）右營？（付）是你。（丑）老子？（付）
是我。（丑）兒子？（付）是你。（丑）慢著，待我算算瞧：前營
是他，後營是我；左營是他，右營是我；老子是他，兒子是我。實

在弄他不過。我和你殺罷。（各拔刀，殺下）

（丑上）殺他不過，這裡有個馬坊，在此躲一躲罷。（躲介）
（付上）蘇立馬。這亡八入的哪裡去了？（丑）不在這裡。（付）
王巴入的！你躲在馬坊裡，待我拿他出來。在這裡了。你可伏侍
我，替我裝煙？（丑）不對你裝煙。（付）不對我裝煙，我就殺你
這王八入的。（殺丑，丑走，付趕下）

（二旦上）（付、丑急上）大姑娘，二姑娘，不好了！太子爺
逃到三關上去了！（旦）姐姐，我同你趕到三關上去。

（合）

【尾】夫妻休說是同林鳥，你自留情他自飛。趕到三關作
道理。

（二旦下）（付）嗻！蘇立馬，隨我到三關上裝煙吓。（渾
下）

淤泥河・番釁

淨：蘇定方，高麗國的元帥。

　　（雜扮四小軍，引淨上）

【點絳唇】生長東遼，威名赫耀。佔海島，獨霸稱豪，四遠膽驚搖。

　　獨霸高麗武藝高，胸藏韜略逞英豪。一心要佔中華地，轉眼干戈遍野驍。俺姓蘇，名烈，字定方，本貫朔方人也。力能舉鼎，氣可拔山。十八般武藝件件皆能，十三篇兵法無所不曉。只因隋朝煬帝失政，投奔高麗，蒙國王拜俺為帥，執掌兵權。現今中原李淵霸佔太原，自立為帝，因此啓奏國王，統兵二十萬殺奔中原，奪取唐朝天下。打探得唐朝差元吉為帥，羅成為先鋒，前來與俺交戰。那羅成雖然驍勇，聞得元吉與他不睦，不發兵卒，只著羅成一人獨自前來交戰。莫說他是銅筋鐵骨，就是三頭六臂，怎敵得俺過。眾兒郎。（眾）有。（淨）前面是哪裡了？（眾）是銘關了。（淨）就此殺上前去。（眾）得令。

　　（合）

【八聲甘州】揚兵大道，駕艨艟跨海直搗唐朝。兵威將勇，覷中原如同拾草。甲兵戰士如潮湧，鐵騎長驅戰馬跑。旌旗列，繡帶飄，軍聲殺氣震天高。將軍猛，士卒驍，何愁不取大唐朝！

　　（鑼鼓轉下）

按　語

〔一〕林鶴宜教授〈清中葉暢銷書《綴白裘》地方戲的刊行、流傳和腔調衍變〉指出，本段及下〈敗虜〉、〈屈辱〉、〈計陷〉、〈血疏〉、〈亂箭〉、〈哭夫〉、〈顯靈〉本事見《說唐演義》第六十一回〈紫金關二王謀計，淤泥河羅成為神〉、第六十二回〈羅成魂歸見嬌妻，秦王恩聘眾將士〉以及明・諸聖鄰《大唐秦王詞話》第四十九回〈叔寶征服高開道，羅成戰敗蘇定方〉、第五十回〈淤泥河羅成死節，長安城秦府興兵〉、第五十一回〈再顯魂羅成雪恨，破饒州黑闥伏誅〉等。

淤泥河・敗虜

生：羅成，唐世子李世民的部將，勦寇先鋒。
淨：蘇定方，高麗國的元帥。

　　（生扮羅成，白紮巾、白紮額、白桿鎗、掛劍上）
【風入松】漫天殺氣陣雲高，堪恨番人兇狡，無端犯境寇邊郊，憑俺倆掃除強暴。俺，羅成。為因高麗反叛，興兵犯境，聖上命二王元吉為帥，起兵勦寇。只因二王與秦王不睦，我乃秦王府內之將，故意保奏我為先鋒。統兵來到銘關，臨陣作難，不發一兵一卒，命我一人一騎獨往番營討戰，我也明知他要害我性命。罷，罷！我只得拚此微軀以報國恩便了。馬到處衝開陣角，鎗起處命難逃。

　　（淨引眾上）呔！來將可是羅成麼？（生）既知我名，何不下馬？汝是何人？（淨）俺乃大遼元帥蘇定方是也。吓，羅成，我且問你，你一人一騎到此何幹？（生）呵！蘇定方，你為何不守臣節，無故興兵犯我邊界？聖上命我前來拿你，快快下馬受縛。（淨）哈哈哈！你看我雄兵二十萬，猛將千員，諒你一人縱有三頭六臂，何難擒捉。你不如早早投降，不失封侯之位。請下馬來，請下馬來。（生）嘴！逆賊休得胡言，看鎗罷！（殺介）（淨眾敗下）（生）呀，你看，蘇定方被我殺得大敗而走。咳！只可惜我一人一騎，不便追拿，且自回城稟過二王，添兵擒捉便了。
【亂彈腔】我本待一陣勦蠻寇，只因隻手未曾拿。權且暫

爾回身轉，請兵添將定擒他。（下）

　　（淨引眾上）阿呀，阿呀！了不得，了不得！那羅成果然鎗法利害，如何抵敵？為此，暫退三十里，飽餐戰飯，再與他廝殺。眾兒郎。（眾）有。（淨）少刻與羅成廝殺，爾等可左上右下，前退後進，輪流接戰，名為「車輪戰法」，使他應接不及便了。（眾）得令。（淨）饒他舉鼎拔山客，難抵輪流接戰兵。（同眾下）

淤泥河‧屈辱

生：羅成，唐世子李世民的部將，勦寇先鋒。
付：李元吉，唐世子，李世民之兄。
貼：羅春，羅成之子。

（雜扮四小軍，吹打、開門，引付上）

【引】世子拜元戎，統兵權威風壓眾。

　　建牙吹角不聞喧，拜將登壇權獨專。干戈遍地由他擾，玉關緊閉且偷安。孤家大唐世子元吉是也。只為三弟世民倚仗功高，欺凌兄長，孤家與建成哥哥設計，在父王面前告他謀為不軌，意欲置他于死地；不料父王念他有功之子，姑寬不究，只削了他的兵權，散去護衛，將他監禁天牢，不許交接朝士。哈哈哈！將來慢慢處置他便了。近因邊報入朝，高麗反叛，遣將蘇定方領兵侵奪邊城，已到銘關地方。父王命孤家為帥，領兵征討。只是，向來一切能征慣戰之將，俱屬世民府內之人，只因世民監禁天牢，俱各散歸田里，不肯出仕。朝中雖有幾十員武將，俱不能稱先鋒之任。正在憂悶，其日正下教場挑選，恰好遇著幽州羅成，私到太原來探世民，被孤家盤住，即在父王面前保奏他為掛印先鋒。羅成再三不肯，旨意一下也由不得他了，目今一同領兵到此。我想，世民手下能征慣戰之將獨有羅成為最，要除世民，必先逐一去其牙爪。今日孤家不發一兵一卒，止著他單鎗獨馬前往番營挑戰。若然戰死，也就罷了；倘若不死回來，再行處置他便了。

　　（生上）獨力勦番眾[1]，回營報首功。王爺在上，末將羅成參見。（付）嗨，你回來了麼？（生）是，回來了。（付）我著你擒拿的蘇定方呢？（生）王爺聽稟：

【亂彈腔】奉令前往番營去，蘇烈提兵便出迎。我單槍獨馬施威武，連贏幾陣勝番人。蘇烈戰敗忙逃奔，小將特地回來，求王爺發兵幫助去擒人。

　　（付）哇！好胡說！你既戰敗蘇烈，何難擒捉？你從前鎗挑楊林、擒拿五龍的手段哪裡去了？吓，我曉得了，你是秦王府內之將，在孤家這裡，焉肯出力？明明放走蘇烈不肯擒拿。左右，與我扯下去重打四十！（眾）吓。（打介）

　　（付）

【亂彈腔】我先打、打你個放走番人[2]違軍令，明明是欺負孤家非主人，今番若不擒賊首，決難饒恕重加刑。

　　著你即刻出城，再往番營討戰，斬了賊首方許來見我。吩咐掩門。（眾）吓。掩門。（付下，眾隨下）

　　（生）咳，罷了，罷了！我羅成只為秦王收禁天牢，同眾弟兄各歸田里，不料秦家表兄念主心切，患病在床，故此，帶了羅春孩兒來到太原，私探秦王安否，以釋[3]我表兄之念。豈知被二王保奏，逼我隨征！無奈聖旨難違，勉強一同到此。叵耐二王臨陣不發兵卒，教我一人獨戰。仗我一身本事，殺敗番兵，反加如此凌辱，將來凶吉未可定也。不免禱告天地一番，拚命戰死沙場便了！

1　　集古堂共賞齋本作「蠻寇」。

2　　集古堂共賞齋本作「蘇烈」。

3　　底本作「放」，參酌文意改。

【接前】拜告蒼天鑒我心，忠心一點不忘君。只為二王相凌虐，猛拚馬革裹屍靈。料來戰死無生望，望神靈引我陰魂見主人。

（貼白箭衣、白將巾扮羅春上）忽聞親受責，趨急步行遲。阿呀爹爹！孩兒在寓所聞得爹爹被責，因此急急趕來看視，不知為著何事見責起來？（生）吓，我兒，你不曉得。二王妬忌秦王功高，和他不睦，為父的是秦王府內之將，為此故意凌虐，假公濟私，要害我性命的意思也。（貼）阿呀！不知可曾打壞麼？（生）噯！既受王命，死生以之，何惜兩腿！吓，來，你可把我棒瘡裹好，好去交兵也。（貼）阿呀！爹爹方纔受責，焉能乘坐鞍馬？（生）既奉軍令，誰敢違拗。快快與我裹起來！（貼）是。（將帕與生裹腿介）

【接前】我先把衣褲來褪下，可憐皮開肉見筋。懊恨二王能殘忍，全不想自壞一長城。（生）快些！（貼）我只得將手帕來裹起，可憐血漬似桃新。（生）我今番臨陣須惡戰。帶馬。（貼）是。（生）全仗神駒保我行。（下）（貼）堪憐嚴父遭刑虐，恨不將身代出兵。

呀，爹爹已去，不免上城打聽勝負便了。正是：青龍共白虎同行，凶吉事全然未保。（下）

淤泥河・計陷

生：羅成，唐剿寇先鋒。
淨：蘇定方，高麗國的元帥。
眾：番兵。

　　（內鑼鼓吶喊，生鎗、淨刀殺上）（淨敗下）（雜扮番將，各執兵器接戰，逐一敗下）（生追下）

　　（淨引眾上）兀呀呀，可惱吓可惱！今日與羅成大戰一日，被他連挑驍將數員，殺傷兵卒千人，眞個是天神也！眾將校聽者：天色已晚，難以交戰，吩咐紥住營盤，等待天明再戰便了。（眾）得令。（作鳴金介）（淨望介）過來，為何前面一派黑漫漫？是什麼所在？（眾）啓元帥，前面一帶俱是歷年積下污泥，週圍幾十里，泥深數丈。若人誤踹下去，就是天神亦難起來，故此叫做淤泥河。（淨）吓吓吓，我有計了！爾等連夜準備火把，將蘆席在淤泥河近邊面上鋪蓋數里開闊，上用浮土蓋平。爾等整備弓弩，在沿河埋伏，明日待我引那羅成到此，誘他陷入污泥。如若降順便罷，若不肯降，擊梆為號，弓弩齊發，把他亂箭射死便了。（眾）得令。（下）

　　（淨弔場）吓，羅成吓，羅成！正是明鎗容易躲，教你暗箭最難防。（下）

淤泥河‧血疏

生：羅成，唐勦寇先鋒。
貼：羅春，羅成之子。
淨：蘇定方，高麗國的元帥。

　　（場上先設青布城頭牌寫「銘關」二字）（貼提燈籠上）奉命征蠻敢憚勞？忠心報國志難撓。叵耐奸王懷妬忌，鞭刑戰將忌功高。我，羅春。只為高麗作亂，聖上命二王元吉同我爹爹領兵前來征討。可恨二王不發一兵一卒，遣我爹爹一人出戰，連勝番兵，反將我爹爹痛責。又吩咐四門，如我爹爹沒有蘇定方首級，不許開關放進。今日我爹爹征戰一日，此時已近黃昏，為何還不見回來？不免到城頭上探望一回，多少是好。
【亂彈腔】二王爺妬忌功高弟，為此凌虐棟樑臣。秦王又在天牢內，誰曉我爹爹受苦辛。可憐我父英雄漢，無辜屈打受非刑。我行行來到城頭上，專望爹爹好信音。（內吶喊介）呀！忽聽得喊殺連聲起，想必我爹爹回轉程。
　　（生內先唱一句）
【高腔】黑夜裡戰敗了高麗將，（上）西北風一陣陣透甲寒。二王不發兵和卒，教我一身惡戰在沙場。我全仗家傳神鎗法，哪怕蘇兵萬眾強？今朝血戰已一日，夜不行兵自古防。因此勒馬回程轉，來到銘關濠下場。唓！城上哪個在？快快開關。（貼）來的可是爹爹麼？（生）咋！城上的聲音好

像我孩兒。為何在城上？待我叫他一聲：羅春孩兒，是你爹爹在此。（貼）呀，忽聽得父親回城轉，懊恨不能趨親前。

（生）羅春，你做爹爹的回來了，快快開關！（貼）阿呀爹爹，你還不知，方纔二王有令，傳示四門，如爹爹不殺得賊首，不許開關放進。孩兒聽得此言，放心不下，因此登城探望。不知爹爹可曾殺得賊首否？（生）吓，我的兒，你還不曉得。那賊首蘇定方乃高麗名將，故遣他統兵到此。你為父的一人一騎，與他苦戰了一日，連挑他數員驍將，殺傷他百萬軍兵，他纔得退去。況且天色昏黑，不便追殺，故此回來，且待明日再戰。（貼）阿呀爹爹，怎奈四門匙鑰俱有人掌管，孩兒不能作主，這便怎麼處？吓，也罷！待孩兒下城去將城門砍開，放爹爹進城便了。

（生）哎！胡說！那城門乃朝廷設立，豈可胡行。況有軍令，誰敢違背？罷！我寧在草地上坐等一夜，待等天明再去殺賊便了。（貼）阿呀爹爹吓，孩兒看起來，爹爹雖是赤心為國，但在二王手下為將，總是凶多吉少。倘有不測，聖上與秦王怎能知此冤抑？爹爹不如親作一道表章，待孩兒星夜趕回太原，奏聞秦王，轉達聖上，以表爹爹情節。（生）這也使得。羅春，你可將燈放下，待我咬破指尖，裂下戰袍，草成血疏，上達秦王便了。（貼）是。

（生）

【梆子腔】勒馬懸蹄站壕邊，（拔劍割袍介）割一副白袍舖戰鞍。（作咬指寫介）上寫著叩首叩首三叩首，上達秦王恩主前。自從來到天牢私探主，不料出城撞見了二王身。二王正奉朝廷命，去勦高麗反叛兵。統兵前往銘關去，缺少先鋒將一人。他見微臣在太原地，就在御前保奏臣。聖旨一下難違拗，勉領先鋒隨出兵。匆匆不及來辭主，同往銘

關一路行。豈知來到銘關地，二王毒意陷微臣。不發一兵并一卒，獨馬單鎗遣出征。一人一騎出關去，二十萬番兵圍一人。相持半日番兵敗，二王不賞反加刑。打臣四十黃荊棍，負痛登時又遣征。鎗挑劍砍無其數，追殺日暮轉回城。二王傳令四門不放進，馬餓人飢野地存。等候天明重征戰，只恐疲癃難保死和生。一心痛念賢恩生，料想今生難報恩。為此割帛咬指草血疏，備呈苦衷達王聞。倘若天佑不戰死，再效犬馬報王恩。我將箭頭來咬掉，我兒，看箭！你速速趕往太原城。（貼）接了爹爹陳情表，阿呀爹爹吓！天色將明即起程（下）（生）呀，城頭上不見了羅春子，（眾內吶喊介）我重整精神去接征。（虛下）

　　（淨上）（生接上）（淨）啲！羅成，還不下馬受縛，更待何時？（生）反賊，休得多言，看鎗罷！（殺介，淨敗，生追下）

淤泥河·亂箭

丑：白虎神。
淨：蘇定方，高麗國的元帥。
生：羅成，唐勦寇先鋒。

（丑扮白虎，觔斗上。隨意跌打畢，執棍跳舞介）萬般皆定數，枉自苦相爭。某乃上界白虎神是也。為有下界羅成，乃白虎星主臨凡，扶助紫微立業，今氣數已盡，當應歸位，玉旨命俺下界接引。道猶未了，星主早來到也。

（雜扮四番軍，執弓箭暗上，立四場角椅上）

（淨、生殺上）

（淨作敗，立中間椅上，生作追介）

（白虎神引至中場，暗打生馬，生作跌倒陷入淤泥河介）

【急板高腔】呀！淤泥河陷住了白龍馬，縱會飛騰難脫身。（淨）羅成，快快投降，免得一死。（生）呀，蘇烈馬上傳號令，四下齊聲要我降。呔！蘇烈，你這賊！休得小覷了我羅家將，大將軍怕死不出征。我今墮你賊奸計，一死何辭決不降。（淨）眾兒郎，與我放箭。（眾應射介）（生舞鎗招架）（白虎神將棍暗打落生鎗）（生又拔雙劍舞介）聽一聲叫放狼牙箭，萬弩攢身難避擋。阿呀聖上吓！臣死一身來報主，不圖麟閣把名揚。

也罷！（自刎介）（白虎神將棍扶生下）（眾下椅裏介）羅成

自刎了。

　　（淨）咳，可惜、可惜！好個忠勇之將，若不是二王自相殘害，如何拿得他住？

【尾】堪憐忠勇羅成將，為國捐軀死不降。今朝射死淤泥內，萬載千年名姓香。眾兒郎。（眾）有。（淨）與俺殺奔銘關，團團圍住，四面攻打便了。（眾）得令。（同轉下）

淤泥河・哭夫

旦：王氏，羅成之妻。
貼：羅春，羅成之子。

　　（場上先設白布，孝堂外桌子，上擺「先考忠勇公羅成之位」，旦扮羅夫人上）
【引】兒夫一命喪沙場，撇奴晝夜悲傷。
　　獨坐深閨心自傷，痛夫屈死在沙場。奸王何故能殘虐？拆我鸞鳳夢杳茫。妾乃羅門王氏。丈夫羅成，為因征討高麗，被二王殘害，致遭身陷淤泥河，亂箭射死。撇奴獨守孤幃，好生悲慘！今已午牌時候，不免到靈前哭拜一番。
【亂彈腔】想兒夫文武英雄將，南征北討世無雙。皇天何故不保佑，身陷淤泥萬箭亡。願你早早登仙界，望你陰靈保護我妻房。保佑伊子官高大，榮封追贈盡忠人。可憐不見親夫面，含悲痛切苦傷心。
　　（貼孝服上）義骨沙場喪，忠魂化鶴歸。母親拜揖。（旦）罷了。（貼）告母親知道，方纔徐茂功老伯差人來說，秦王赦出天牢，領兵征伐高麗，殺了蘇定方，今已班師。秦王奉旨，將蘇定方首級同眾公卿齎送靈前祭奠，即刻就到了。（旦）既如此，快排香案迎接。（貼）曉得。（同下）

淤泥河‧顯靈

外：徐勣，李世民的部將。

淨：尉遲恭，李世民的部將。

末：秦瓊，李世民的部將。

丑：程咬金，李世民的部將。

小生：李世民。

生：羅成的魂魄。

貼：羅春，羅成之子。

　　（外上）深惜皇朝折棟梁。（淨上）堪憐忠義喪沙場。（末上）中表一生成永別。（丑上）奸王誤國害忠良！（外）我，徐勣。（淨）某，尉遲恭。（末）俺，秦瓊。（丑）咱程咬金。（合）請了。（外）可喜秦王平定高麗，回朝奏凱，聖上命將蘇定方首級同我等，一同到羅賢弟靈前祭奠。（眾）道言未了，殿下早來也。（雜扮內侍或二或四，一捧祭禮，一背人頭桶上）

　　（小生）

【引】烽煙掃盡，痛擎天摧折，屈壞著萬里長城。

　　（眾）臣等接駕。（小生）平身。（眾）願殿下千歲，千千歲！（小生）擾攘煙塵起戰爭，專征獨掃宇寰清。化家為國皇圖永，一統車書賀太平。孤家秦王世民，為二位王兄讒諍，將孤拘禁天牢。不想，高麗反叛，父王命二王兄領兵征勦，保奏羅王兄為先鋒。不發兵卒，只令單身出戰，致他馬陷淤泥河，亂箭射死。不意

被蘇定方長驅直進，二王兄逃回太原。父王赦孤出獄，命孤立功贖罪。賴諸將協力，眾士同心，平服了高麗，殺了蘇定方。昨日班師覆旨，父王命孤將蘇定方首級同眾公卿，到羅王兄靈前祭奠。眾公卿。（眾）臣等有。（小生）就此一同前往。（眾）領旨。

　　（合）

【吹調】躍馬揚旗，駕輕車緩轡徐驅。功臣負屈黃泉地，奉旨去奠椒漿，獻仇首慰拜靈祇。

　　（雜報介）千歲駕到。（貼上跪介）臣羅春接駕，願殿下千歲，千歲。（小生）平身。（貼）千千歲！（小生）羅王兄靈柩在哪裡？（貼）停在中堂。（小生）卿家引孤進去。（貼）領旨。（作進介）（小生）擺下祭禮。（雜）吓。（作擺祭并人頭桶介）（小生拜，眾扶住，作揖。四將同拜畢，起介）

　　（小生）阿呀，羅王兄吓！

【亂彈腔】想王兄相從已有年，情同骨肉賽桃園。卿家開國功勳大，旗開得勝姓名揚。只因誤被奸王害，害你屈死在沙場。悲傷折我擎天柱，恩卿何日轉還陽。（外拜）靈前祭奠真悲悼，搵不住腮邊淚兩行。可憐你是英雄漢，被奸王害你、害你一命赴黃梁。（末）哭一聲表弟真可慘，你代我探主到天牢。冤遇奸王來見了，害你忠良年少亡。（淨、丑合）忙上前禱告心悲切，哭一聲賢弟好慘傷。自從識荊來結義，并膽同心扶大唐。恨殺奸王來害你，可憐萬箭喪郊荒。（貼）稽顙叩謝賢恩主，回身拜謝了伯叔眾賢良。可憐父親身先喪，不能同輔大唐王。

　　（內作響介）（眾）吓！什麼響？什麼響？（生扮羅成，頭面滿身插箭，面上流血，手執白鎗暗上，立孝堂後高桌上介）

【亂彈腔】半空中跑壞了白龍馬。為聞吾主祭靈亡，不勝惶悚來頓首，感謝王恩天樣高。又謝眾位恩兄長，陰陽間隔淚滂惶。本待犬馬圖報効，可憐我身陷淤泥魂渺茫。只因氣數應該絕，箭下難逃一命亡。但願吾王登龍位，太平千載慶皇唐。

　　臣啓殿下：陰陽間隔，不便下雲相見。感蒙千歲親臨祭奠，為此駕雲前來面謝。臣今已列星班，不敢久停。願千歲善保龍體，以慰眾望；各位兄長同心輔政，以助太平。我兒，你須孝養母親，盡忠王事。俺就此去也。（下）

　　（眾哭介）（丑）嗳！你們為何方纔不扯他下來，竟由他去了？（小生）羅賢姪過來。（貼）有。（小生）你今在家守孝，不便入朝。孤家將你父親顯靈之事奏聞，父王必加追贈。俟你服滿入朝，蔭襲爾父之職便了。（貼）多謝千歲！（小生）內侍過來。（雜）有。（小生）將蘇定方首級賫出號令，就回朝覆旨。（眾）吓。

　　（合）

【尾】一場異事堪驚詫，忠烈將凜然可嘉。萬古千年名不磨。（同下）

副末

幸遇堯天舜日

喜逢麗日佳辰

花紅柳綠鳥和鳴

莫負春光一瞬

漫自評紅品綠

須教協律調音

玉振金聲諧節奏

萬年千古長春

——交過排場

琵琶記‧請郎

淨：婚禮的掌禮人。

丑：婚禮的報喜砲手。

老旦：喜娘。

小生：蔡伯喈，新郎。

　　（淨扮掌禮上）

【水底魚】四角方巾，金花插頂門。成全好事，興拜不絕聲，興拜不絕聲。

　　全仗周公禮樂，來成秦晉歡娛。自家掌禮人便是。牛丞相府中奉旨招贅蔡狀元為婿，今日過門成親。時辰將至，諸色齊備，怎麼砲手不見？報喜個拉朆囉里？（丑上）來哉來哉。阿爹，傝個？（淨）時辰到快哉，唔畔朆囉里？（丑）弗瞞阿爹說，肚裡餓哉了，拉灶下去先噌介一碗。（淨）渾賬！裡向發出來個花紅拉里，拿子去，快點升砲。（丑）曉得哉。（作放砲介）（淨）打青龍頭上走。（雜扮家人，捧盒提燈，旦、小旦扮丫鬟，老旦扮喜娘上）

【蠻牌令】終日走千遭，走得脚無毛。何曾見湯水面？花紅也不見半分毫。倒不如做個虔婆頂老，也落得些鴨汁吃飽。那酸秀才，直恁喬，老婆與他，故推不要。

　　列位，這裡是了。（眾進，放盒立兩邊介）（淨）伏以一派笙歌列綺羅，畫堂深處擁姣娥。自從今夜成親後，休得愁多與怨多。攔門第一請，請新貴人抬身緩步，請行。

（內細吹打，小生上）

【金蕉葉】愁多怨多，我爹娘知他怎麼？擺不脫功名奈何？送將來冤家怎躲？

（坐介）（淨）列位逐班相見。（眾）曉得。（淨）掌禮人叩頭。（老旦）喜娘叩頭。（淨）起來。（雜）家人每叩頭。（小生立起介）（淨）請起。（旦、小旦）使女們叩頭。（淨）起來。（眾雜）砲手、燈夫、吹手、執事人等叩頭。（淨）起去。（眾）吓。（淨）伏以金紫佳期樂未央，鵲橋高駕彩雲上。自是赤繩曾繫足，休嗟利鎖與名韁。攔門第二請行。

（小生）

【三換頭】名韁利鎖，先是將人摧挫。況鶯拘鳳束，甚日得到家？我也休怨他，這其間，只是我不合來長安看花。（淨）請狀元爺更衣。（小生）哎！閃殺我爹娘也！淚珠兒空暗墜。這段姻緣，也只是無如之奈何。

（淨）請狀元爺更衣。（小生更衣、換紗帽，坐介）（淨）伏以畫堂今日配鸞鳳，十二金釵列兩行。不須在此徘徊坐，仙子鸞臺早罷妝。攔門第三請。

（眾同跪，合）

【前腔】鸞臺罷妝，鵲橋初駕，佳期近也，請仙郎到河。此事明知牽掛，這其間，只得把那壁廂且都拼捨。況奉君王詔，怎生拋得他？這段姻緣，也只是無如之奈何。

（淨）請狀元爺上雕鞍，早赴佳期。（小生作上馬，眾引遶場轉下）

按　語

〔一〕本齣主體情節、曲文近汲古閣《六十種曲》本《琵琶記》第十八齣〈再報佳期〉，增加了一支【水底魚】。

〔二〕選刊此齣的坊刻散齣選本還有：《風月錦囊》、《玄雪譜》。選抄此齣的散齣鈔本有中國社科院圖書館藏《集錦》。

琵琶記‧花燭

小生：蔡伯喈，新郎。
淨：婚禮的掌禮人。
老旦：喜娘。
正旦：丫鬟。
貼：牛小姐，丞相之女，新娘。
外：牛丞相。

　　（眾執事引小生騎馬上）（淨）伏以身騎白馬搖金鐙，曾向歌臺列管弦。醉後不知明月上，笙歌擁入畫堂前。狀元爺請下雕鞍。（小生下馬介）（淨）請上畫堂。（小生進介）（淨）伏以香羅帶繡菊花新，坐傍妝臺點絳唇。喜稱人心好事近，鵲橋仙降畫堂春。攔門第一請。（吹打介）（淨）伏以倘秀才陞鳳凰閣，虞美人登畫錦堂，三學士遂于飛樂，天仙子對繡衣郎。攔門第二請。（吹打介）（淨）伏以穩步蟾宮裡，攀折桂枝香。請出紅娘子，相見賀新郎。攔門第三請，請女貴人抬身緩步，請行。

　　（老旦、正旦擁貼上）（淨）請上花單，望闕謝恩，執笏山呼。（小生）萬歲。（淨）再山呼。（小生）萬歲。（淨）齊祝山呼。（小生）萬萬歲！（淨）轉班行夫婦禮。興，拜；興，拜。恭揖，成雙揖。紅綠牽巾，送入洞房。（眾擁小生、貼下）（淨）伏以東方日色漸曈曨，紫府頻開錦繡宮。篆裊金猊成霧靄，瑤臺燭影正搖紅。太師爺有請。

（四院子引外上）

【傳言玉女】燭影搖紅，簾幕瑞煙浮動，畫堂中珠圍翠擁。妝臺對月，下鸞鶴神仙儀從。玉簫聲裡，一雙鳴鳳。

（淨）伏以今日筵開醽滴醁，來春定產芝蘭玉。早已繡勒與雕鞍，方罷馬蹄與篤速。新貴人有請。

（小生上）

【女冠子】馬蹄篤速，傳呼齊擁雕轂。（外）金花帽簇，天香袍染，丈夫得志，佳婿坦腹。

（淨）伏以郎才七步三冬足，女貌大家諸子讀。今日結成鸞鳳侶，莫訝妝成聞喚促。女貴人有請。

（老、正二旦扶貼上）

【前腔】妝成聞喚促，又將姣面重遮，羞蛾輕蹙。（眾合）這姻緣不俗，金榜題名，洞房花燭。

（淨）請太師爺見禮。（小生同貼拜介）（淨）興，拜；與，拜。禮畢。請太師爺定席。（外定，小生、貼上席坐，自傍席陪介）（淨）請上酒。

（眾合）

【畫眉序】攀桂步蟾宮，豈料絲蘿附喬木。喜書中今朝，有女如玉。堪觀處絲幕牽紅，恰正是荷衣穿綠。這回好個風流婿，偏稱洞房花燭。

（淨）請太師爺換席。（小生定外席上坐，小生、貼換盃定陪席，告席坐介）（淨）請上酒。

【前腔】（外）君才冠天祿，我的門楣稍賢淑。看相輝清潤，瑩然冰玉。光掩映孔雀屏開，花爛熳芙蓉裀褥。（眾合）這回好個風流婿，偏稱洞房花燭。

（小生出位，貼亦立起介）

【滴溜子】（小生）謾說道，姻緣事，果諧鳳卜。細思之，此事，豈吾意欲？有人在高堂孤獨。可惜新人笑語喧，不知我舊人啼哭。（外）掌禮人。（淨）有。（外）請狀元爺上席。（淨）吓。請狀元爺上席。（小生）兀的東床，難教我坦腹。（上席坐，貼亦坐介）

（眾合）

【鮑老催】翠眉謾蹙，赤繩已繫夫婦足，芳名已註姻緣牘。空嗟怨，枉歡嗟，畫堂富貴如金谷。休戀故鄉生處好，受恩深處親骨肉。

（眾家人跪介）

【雙聲子】郎多福，郎多福，看紫綬黃金束。娘萬福，娘萬福，看花誥犀文軸。兩意篤，兩意篤，豈非福，豈非福。[1]似文鴛彩鳳，兩兩相逐。

（眾起介）（外）掌燈送入洞房。（眾）曉得。（二旦執燭，家人提燈走介）

（合）

【神仗兒】紗籠絳燭，照嬋娟如玉，羨歡娛和睦。擺列華筵醽醁，春光無限賽過金谷。齊唱個〈賀郎曲〉，齊唱個〈賀郎曲〉。

（二旦引小生、貼先下）（淨）掌禮人告退。（外）明日領

1　以上四句底本作「兩意篤，豈非福」，參考曲格，並據清陸貽典鈔本《新刊元本蔡伯喈琵琶記》（《古本戲曲叢刊》初集景印）、《六十種曲》本《琵琶記》補。

賞。（淨）吓。（下）（外、眾合）

【尾】郎才女貌真不俗，占斷人間天上福。百歲歡娛萬事足。（同下）

按　語

〔一〕本齣主體情節接近汲古閣《六十種曲》本《琵琶記》第十九齣〈強就鸞凰〉，但曲文略有增刪。

〔二〕選刊此齣的坊刻散齣選本還有：《風月錦囊》、《樂府紅珊》、《玉谷新簧》、《摘錦奇音》。選抄此齣的散齣鈔本有中國社科院圖書館藏《集錦》。

琵琶記‧吃飯

旦：趙五娘，貧婦。
外：蔡從簡，趙五娘的公公。
付：秦氏，趙五娘的婆婆。

　　（旦上）

【薄倖】野曠原空，人離業敗。漫盡心行孝，力枯形憊。辛然爹媽，此身安泰。恓惶處，見慟哭飢人滿道，嘆舉目將誰倚賴？

　　曠野蕭疏絕煙火，日色慘淡黯村塢。死別空原婦泣夫，生離他處兒牽母。覷此悽惶實可憐，思量自覺此身難。高堂父母老難保，上國兒夫去不回。力盡計窮淚亦竭，淹淹氣盡知何日？高岡黃土漫成堆，誰把一坏掩奴骨？奴家自從兒夫去後，遭此饑荒，衣衫首飾盡皆典賣，家計蕭然；況兼公婆年老，死生難保。朝夕又無甘旨之奉，只有淡飯一碗與公婆充飢，奴家自把些米皮糠餶來吃，苟延殘喘。我吃時又恐怕公婆撞見，只得迴避，免致他煩惱。如今飯已熟了，不免請公婆出來用早膳則個。公公有請。

　　（外上）

【夜行船】忍餓擔飢何日了？孩兒一去無音耗。（旦）婆婆有請。（付上）甘旨蕭條，米糧缺少，真個死生難保。

　　（旦）公婆萬福。（外、付）罷了。媳婦，請我兩口出來做什麼？（旦）請公婆出來用早膳。（付）吃飯！好哉，好哉，快點拿

得來。（外）阿婆，有飯吃了。（旦）待我取來。（取飯奉介）公婆請飯。（付）媳婦，饢飯嗃？（旦）沒有什麼饢飯。（付）鮭菜呢？（旦）也沒有。（付）介沒我弗吃哉。（外）阿婆為何不吃了？（付）老老，個兩日吃飯還有點饢飯，今日只得一口淡飯哉！再隔三兩日，連個口飯纔無得撥拉我俚吃哉。（外）咳，阿婆，這般時節，胡亂吃一口就罷了，分什麼好歹？

（付）喂！老老：

【鑼鼓令】我終朝裡受餒，你將來的飯叫我怎吃？媳婦，你疾忙便抬。（外）這般嘴饞。（付）老兒，非干是我有些饞態。

（外）阿婆：

【前腔】你看他衣衫都解，好茶飯將甚的去買？兀的是天災，教媳婦每也難佈擺。

【前腔】（旦）婆婆息怒且休罪，待奴霎時收去再安排。思量到此，淚珠滿腮。看看做鬼，在溝渠裡埋，縱然不死也難捱。（合）教人只恨蔡伯喈！（付）快星去換得來。（旦）是。（下）

（付）喂，老兒：

【前腔】如今我試猜，（外）你猜著什麼來？（付）老老，多應他犯著獨噇病來，他背地裡自買些鮭菜。（外）只怕沒有此事。（付）老老，我吃飯他緣何不在？這些意兒真乃是歹。（外）阿婆，他和你甚相愛，不應反面直恁的乖。（旦上）奴受千辛萬苦，有甚疑猜？可不道臉兒黃瘦骨如柴。（合）教人只恨蔡伯喈！

（旦）正是：啞子試嘗黃柏味，難將苦口向人言。（下）

　　（付）喂，老老，我想親生兒子不留在家，倒依靠媳婦供養，終日只把這碗淡飯與我每充飢。我看他自己吃飯時百般躲避，敢是他背地裡自買些饅飯受用？（外）阿婆，我看媳婦是極孝順的，只怕沒有此事，不要錯埋怨了他。（付）你若弗信，等俚吃飯個時節，我和你悄地去看他一看便知端的。（外）這也說得是。吓，阿婆，荒年有飯休思菜。（付）媳婦無知把我欺。（合）渾濁不分鰱共鯉，水清方見兩般魚。（同下）

按　語

〔一〕本齣主體情節、曲文近汲古閣《六十種曲》本《琵琶記》第二十齣〈勉食姑嫜〉。

〔二〕選刊此齣的坊刻散齣選本還有：《風月錦囊》、《審音鑑古錄》。

琵琶記・吃糠

旦：趙五娘，貧婦。

外：蔡從簡，趙五娘的公公。

付：秦氏，趙五娘的婆婆。

（旦上）

【山坡羊】亂荒荒不豐稔的年歲，遠迢迢不回來的夫婿。急煎煎不耐煩的二親，軟怯怯不濟事的孤身己。衣典盡，寸絲不掛體。幾番要賣、賣了奴身己，爭奈沒主公婆教誰看取？思之，虛飄飄命怎期？難捱，實丕丕災共危。

奴家早上安排早飯與公婆吃，非不欲買些鮭菜，爭奈無錢去買。不想公婆抵死埋怨，只道奴家背後自吃了好東西，不知奴吃的是米膜糠粃。

【前腔】滴溜溜難窮盡的珠淚，亂紛紛難寬解的愁緒。苦崖崖難扶持的病體，戰兢兢難捱過的時和歲。糠呵，我待不吃你，教奴怎忍飢？欲待吃你，教奴怎生吃？思量到此，不如奴先死，圖得個親死時奴不知。思之，虛飄飄命怎期？難捱，實丕丕災共危。

咳！縱然埋怨殺，我也不敢分說。苦吓！不免把這糠吃些充飢則個。（吃介，嗆介）

【孝順歌】嘔得我肝腸痛，珠淚垂，喉嚨尚兀自牢嗢住。糠吓！你遭礱被舂杵，篩來簸颺你，吃盡控持。好似奴家

身狼狽，千辛萬苦皆經歷。苦人吃著苦味，兩苦相逢，可知道欲吞不去。

　　（又吃介）

【前腔】糠和米，本是兩依倚，誰人簸颺作兩處飛？一賤與一貴，好似奴家與夫婿，終無見期。丈夫，你便是米，米在他方沒尋處；奴家便是糠，怎地把糠來救得人飢餒？好似兒夫出去，怎的教奴，供養得公婆甘旨？（外、付上，做手勢介）

　　（旦）

【前腔】思量我生無益，死又值甚的！不如忍飢死了為怨鬼。奴家死了也罷，只是公婆老年紀，靠奴家相依倚，只得苟活片時。片時苟活雖容易，到底日久也難相聚。漫把糠來相比，這糠尚有人吃，奴家的骨頭，知他埋在何處？

　　（外、付）吓，媳婦，你在此吃什麼？吃得好拿些來大家吃吃。（旦藏碗介）公公婆婆吓，奴家吃的東西，公婆是吃不得的嗻！（付、外）為何吃不得？

　　（旦）

【前腔】這是穀中膜，（外）穀中膜是米？（旦）不是米。（外）是甚麼？（旦）米上皮，（外）米上皮是糠了，將他何用？（旦）將他餪饢堪療飢。（付）我不信！一定什麼好東西，糠豈是人吃的。（旦）婆婆，媳婦呵，嘗聞聖賢書，狗彘食人食，（外、付）我不信！糠怎麼吃得。（旦）也強如草根樹皮。醞雪吞氊蘇卿猶[1]健，餐松食柏倒做神仙侶。這糠

1　底本作「尤」，據《六十種曲》本《琵琶記》改。

呵，縱然吃些何慮？（付）我只是不信！（旦）爹媽休疑，
（付、外）既是糠，拿來我看。（旦出糠介）**奴須是你孩兒糟
糠妻室。**

　　（外）阿婆，果然是糠。（外、付）媳婦，你吃了幾時了？
（旦）吃了有半年了。（付）阿呀老兒！他做了兩月夫妻，倒吃了
半年糠；我和你做了一世夫妻，倒沒有吃。我那孝順的媳婦！我一
向錯怪了你。老兒，和你大家吃些……（外、付吃）（旦奪介）公
公，婆婆，你二人吃不得的嘩！（付奪吃，噎死下）（外吃，噎倒
介）（旦）公公，公公！阿呀，怎麼處？

【雁過沙】他沉沉的向冥途，空教我耳邊呼。公公，婆婆，
我不能夠盡心相奉待，反教你為我歸黃土。教人道你死緣
何故？你怎生便割捨拋棄了奴？

　　（外醒介）（旦）好了。公公！（外）阿呀媳婦吓：

【前腔】你擔飢事舅姑，你擔飢怎生度？錯埋怨你、你也
不推阻，到如今始信有糟糠婦。料應我不久歸黃土。
（旦）公公請自保重。（外）省得為我死的累你生的受苦。

　　（旦）公公，坐好了，待我去看婆婆。吓，婆婆……阿呀不好
了！公公，婆婆叫不應了。（外）吓！叫不應了。阿呀媳婦吓，婆
婆死了，衣衾棺槨件件皆無，如何是好？（旦）公公請自寬心，不
要煩惱。待奴扶了公公進去，再作道理。正是：青龍共白虎同行，
吉凶事全然未保。（扶外下）

按　語

〔一〕本齣主體情節、曲文接近汲古閣《六十種曲》本《琵琶記》第二十一齣〈糟糠自厭〉。

〔二〕選刊此齣的坊刻散齣選本還有：《風月錦囊》、《玄雪譜》、《新鐫歌林拾翠》、《來鳳館合選古今傳奇》、《歌林拾翠》、聞正堂刊《綴白裘全集》、《審音鑑古錄》。值得注意的是，明崇禎以後的選本居多。

連環記・小宴

生：王允，司徒。
末：王允的僕人。
雜：呂布的隨從。
小生：呂布，董卓義子，封溫侯。
貼：貂蟬，王允義女。
丑：翠環，王允府中的婢女。

　　（生上）

【引】今朝西閣開樽酒，那人怎解機謀。

　　風光鬧引迷魂陣，錦繡妝成陷馬關。上智怎開金串鎖，搜神難解玉連環。下官欲致呂布來此，聞得他在陣上失了紫金冠，我把嵌寶金冠送去。他說今日要來面謝，不免備酒以待。院子。（末上）有。（生）少間呂溫侯來時，我就與他在後堂飲宴，待半酣之際，只說西府差人來請議機密事。你連請了幾次，我自有道理。（末）吓。（生）溫侯到來，即忙通報。（末）曉得。（下）

　　（雜扮二小軍，引小生上）

【引】柳蔭夜靜懸邊柝，正朝廷無事之秋。

　　（雜）溫侯到了。（末）少待。老爺有請。（生上）怎麼說？（末）溫侯爺到了。（生）道有請。（末）家爺出來。（生）溫侯請。（小生）司徒大人請。（生）溫侯請上，下官有一拜。（小生）小將也有一拜。蒙賜金冠，壯我雄威，特此造謝。（生）微物

拜賜，何勞致謝。近聞曹劉兵散，實乃溫侯堅守之妙策也！（小
生）惶恐，惶恐。（生）溫侯禦敵遠勞，且喜凱旋。今蒙枉顧，聊
備小酌與溫侯洗塵。看酒來。（小生）呂布是相門將佐，司徒乃朝
廷老臣，過蒙錯愛，豈敢僭越。（生）方今天下別無英雄，唯將軍
也；非敬將軍之職，乃敬將軍之才耳。（定席介）

　　（眾合）

【畫眉序】美酒泛金甌，小席華堂洗塵垢。喜雄兵星散，
高出奇謀。據虎關[1]氣壯虹霓，標麟閣名垂宇宙。（合）洞
天深處同歡笑，直飲到月明時候。

　　（末）啟爺，眾將飯完了。（生）溫侯隨從有一餐小飲。（小
生）何勞司徒費心。眾將官，過來謝了王老爺。（雜謝下）

　　（生）請問溫侯，昨聞虎牢關上交戰，英雄倍常，劉關張望風
而逃，可惜老夫不能目睹，敢請細說一遍。（小生）司徒大人聽
稟：

【前腔】三戰怯曹劉，莫笑收兵落人後。把邊疆固守，高
擁貔貅。看拔寨席捲囊收，不是小將誇口，盡倒戈雲奔電
走。（合）洞天深處同歡笑，直飲到月明時候。

　　（末上）啟爺，西府差人在外請爺議事。（生）曉得了，回他
去罷。（末應下）

　　（生）溫侯，下官送來的金冠可製度得好？（小生）果然好！
勝似小將舊日戴的，但不知哪個良工所製？（生）哪裡是什麼良
工！乃是小女所製。（小生）吓！令嬡所製。妙吓！天下有這等聰

1　底本「關」字脫，據清鈔本《連環記》（《古本戲曲叢刊》初集景印）
　　補。

明智慧的小姐。（生）女工是他本等，又且善於音樂，待我喚他出來，奉敬溫侯一盃，如何？（小生）何敢當此！（生）走來，著翠環伏侍小姐出來。（末照念，內應）

（丑隨貼上）白雲本是無心物，又被清風引出來。（生）我兒過來，見了溫侯。（貼）溫侯。（小生）小姐。（生）我兒一曲一杯，奉敬溫侯。（貼）是。

【前腔】妝罷下紅樓，笑折花枝在纖手。惹偷香粉蝶，飛上枝頭。捧霞觴琥珀光浮，敲象板宮商迭奏。（合）洞天深處同歡笑，直飲到月明時候。

（末）啟爺，西府又差人在外，請爺議機密事。（生）小姐在此，只管亂闖。（末）連催幾次了……（生）還不快走！（小生）什麼事情？（生）吓，就是令尊那裡，請老夫議機密事。我與溫侯正好飲酒，只管來催，該打！（小生）司徒大人既有公事，小將告別了。（生）豈有此理！酒尚未飲，哪有就去之理。令尊那邊也不多幾句話兒，去也就來的。也罷，我有個道理在此。我兒，你陪溫侯坐坐，我去說了就來。（小生）這個使不得！（生）老夫先飲了，告罪一盃。阿呀酒冷了。翠環，看熱酒來。（丑）吓。（生）請了。（小生）如此，就來。（生）老夫暫別，請了。（貼）爹爹。（小生）司徒。（生）溫侯你看，小女害羞，隨了老夫便走。不妨，我與溫侯是通家，就坐不妨，我去去就來的。請了。翠環，暖酒伺候。（下）（丑）等我去拿熱酒來。（下）

（小生）小姐請坐。（貼）溫侯請坐，待奴家再奉一盃。（重唱「洞天深處」兩句介）（小生）好吓！請問小姐，可識字否？（貼）識得不深。（小生）女兒家，不深倒好。青春幾何？（貼）一十八歲。（小生）曾適人否？（貼）尚未。（小生）青春正當美

年，為何錯過佳期？（貼）《易經》有云：「遲歸終吉」。（小
生）小姐但曉得易經上「遲歸終吉」，可知《詩經》云：「窈窕淑
女，君子好逑」？（貼）溫侯言及于此，使奴肺腑洞然。溫侯若要
娶妻，奴家願侍巾櫛。（小生）小將實未娶妻。（貼）既如此，何
不央媒與我爹爹說合便了。（小生）多蒙小姐厚意，小將就把鳳頭
簪相贈為記。（貼）妾聞「投之以木桃，報之以瓊瑤。」既蒙溫侯
先把鳳頭簪見賜，奴家豈無所答，就把玉連環奉贈便了。（小生）
如此，大家同拜天地。

　　（合）

【滴溜子】連環結，連環結，同心共守。鳳頭簪，鳳頭
簪，雙飛並偶。密意深情相謀，調和琴瑟絃，休停素手。
海誓山盟，天長地久。

　　（生暗上）阿呀，好吓！（貼下）

　　（生）

【前腔】男共女，男共女，立不接肘[2]。怎生的，怎生的，
[3]駢肩並首？我那女兒呵，荳蔻含香色秀，休猜做牆外花
枝，章臺楊柳。著那賤人跪在那裡。可惱吓可惱！可怪當場，
出乖露醜。

　　你是人間大丈夫，世上奇男子，如何行此苟且之事？明明欺壓
老夫了，是何道理？（小生）呂布一時酒醉錯亂，非關令嬡之事，
望乞恕罪。（生）難道真個醉了？（小生）其實醉了。（生）請
起。只是，你男子漢行此苟且之事，卻不壞了行止？你若看得這妮

2　底本作「對」，據清鈔本《連環記》改。
3　底本第二句「怎生的」脫，參考曲格，並據清鈔本《連環記》補。

子中意，明對我說，我豈惜一女子。況從幼與他算命，說他日後富貴無比。看你燕額虎頭，封侯萬里，若不嫌小女貌醜，願奉箕帚。終身之托得人，我無憂矣。（小生）司徒，不可戲言。（生）今日許了你，明日擇一吉日，備了妝奩，送到府上成親，決不戲言。（小生）請定個日子。（生）今日是十三日。（小生）就是今日好。（生）來不及。明日十四。（小生）十四更好。（生）是月忌。（小生）就是月忌也不妨吓！（生）又要請太師飲酒。後日十五，乃是團圓之日，親送到門便了。（小生）得成鸞鳳之交，願效犬馬之報。司徒岳丈請上，小婿有一拜。（生）溫侯賢婿，老夫也有一拜。

【雙聲子】拿雲手，拿雲手，反做了偷香手。洗塵酒，洗塵酒，倒做了合歡酒。開笑口，笙歌奏，看乘龍佳婿，喜氣凝眸。

【尾】天緣兩地誇輻輳，佳期准擬在中秋，月正團圓照畫樓。

　　指日門闌喜氣濃。（小生）中秋佳節近乘龍。（生）有緣千里來相會。（小生）無緣對面不相逢。告辭了。（生）有慢。（小生）司徒岳丈，十五團圓之夜。（生）溫侯賢婿，如今醒了麼？（小生）醒了。（生笑介）（小生下）

　　（生）請了。院子過來，你明日去請太師爺飲宴。（末）吓，曉得。（下）

　　（生）連環生巧計，麗色惑奸邪。（笑下）

按　語

〔一〕本齣主體情節、曲文與鄭振鐸藏清鈔本《連環記》第二十折〈小宴〉接近。

〔二〕選刊此齣的坊刻散齣選本還有：鬱岡樵隱輯《新鐫綴白裘合選》、《歌林拾翠》，前者標目〈計就連環〉，後者標目〈計就〉。洞庭蕭士輯《綴白裘三集》存目有《連環記・計就》，疑是此齣。

連環記‧大宴

淨：董卓，太師。

末：王允的僕人。

雜：董卓的僕人。

生：王允，司徒。

貼：貂蟬，王允的義女。

丑：翠環，王允府中的婢女。

（四雜著內侍服飾，隨淨上）

【雙勸酒】羣雄解圍，邊關無事。朝思暮思，謀為不遂。令行海宇好雄威，看朝中時今有誰！

（末上）奉著恩官命，來邀黃閣臣。哪位在？（雜）什麼人？（末）相煩通報，王司徒差人要見。（雜）住著。（裏介）王司徒差人求見。（淨）喚進來。（雜傳末進介）（末）小的叩頭。（淨）到此何事？（末）俺爺說，太師即日必登九五，君臣分定，不能盡寮寀之歡，特設小酌，敢屈太師爺一敍，伏乞俯臨。（淨）席上可有紅妝？（末）有女樂。（淨）如此，上覆你爺，說我就來。（末）是。（下）（淨）擺駕。（眾）吓。（同下）

（生上）

【引】香餌設絲綸，下金鉤游魚堪引。

院子。（末上）有。（生）太師爺邀過了麼？（末）邀過了，即刻就來。（生）到時即忙通報。（末）曉得。（生虛下）

（眾引淨上）

【引】儀從集如雲，聽騶[1]聲通衢肅靜。

　　（雜眾）太師爺到。（末）老爺有請。（生上）怎麼說？（末）太師爺到了。（生）道有請。（吹打接介）王允迎接太師。（淨）請。（淨進，吹打坐介）司徒，此酒為何而設？若講得明，領你的情；若講不明，我就返駕了。（生）太師旬日之間必登九五之位，則君臣之分隔絕，不能盡寮寀之歡，為此屈過一敘。（淨）只怕我到不得這個地位……（生）王允幼習天文之書，夜觀乾象，見漢家氣數已絕。太師功德巍巍，天下仰望，正合天心人意。（淨）忒過分了。（生）天下者，非一人之天下，乃天下人之天下也。自古有道伐無道，無德讓有德，何為過分？（淨）若果天命歸我，司徒當為元宰。（生）多謝太師，王允當效犬馬！（淨）司徒，你為人和順，我倒敬你。有多少抵抗我的，被我挖目斷舌，都壞了，正所謂「謙謙終吉，舌柔常存」，司徒之謂也。（生）多謝太師海涵。

　　（末）宴完了。（生）吩咐起樂。（末）吓，庭下起樂。（淨）什麼樂？（生）庭下樂。（淨）不用。（末）住樂。（淨）司徒，你差官來說你家有女樂，何不為我一奏？（生）是，喚女樂。（末）吓，女樂每走動。（三旦、丑上，吹彈介）

　　（淨）好，打得好！司徒，你在家好受用，是何人教的？（生）是個女教師。（淨）嗨！是個女教師，叫什麼名字？（生）叫做柳青娘。（淨）喚他過來。（生）告假回去了。（淨）他若來時，送到我府中來，叫他教幾十名頑頑。（生）領命。（淨）司

1　底本作「鑼」，據清鈔本《連環記》（《古本戲曲叢刊》初集景印）改。

徒，何不在女樂中選一名奉酒？（生）聽憑太師檢選。（淨）掌燈。（出位看介）（丑）奴家如何？（淨）嗨嗨嗨！就是中間打板的罷。（生）這是小女。（淨）是令嬡麼？這個使不得，另選。（生）小女正該出來奉太師的酒。我兒過來，見了太師。

（貼）

【引】舞態與歌喉，且向筵前獻醜。

太師爺在上，奴家叩頭。（淨）請起。左右，拿一錠金子來送與小姐買脂粉。（生）我兒過來，謝了太師。（貼）多謝太師。（淨）不要謝，不要謝。（生）太師，還是先歌呢先舞？（淨）先歌後舞罷。（生）我兒，先歌後舞，樂起奉酒。（貼）曉得。

【惜奴嬌】繡幃銀屏，看筵前玉饌，酒泛金樽。且從容暢飲，高歌白雪陽春。總關情，檀板輕敲揚清韻，動羣仙停盃聽。（眾合）快爽心，恰似天風兩腋，跨鶴登瀛。

（生）太師請酒。（淨）司徒，且大家散一散再飲，何如？（生）甚妙。（淨出席介）

【前腔】櫻唇，吐出新聲，愛溫香軟玉，體態輕盈。嫣然一笑，果然有傾國傾城。籌論，眼角傳情秋波炯，頓教人心猿引。（合）快爽心，恰²似天風兩腋，跨鶴登瀛。

（淨背白）妙吓！你看這佳人，貌如滿月，光彩動人，不由人不神魂飄蕩。我若要他，也不怕他不肯。（轉介）吓，司徒，你可知我近日的心事麼？（生）王允不知。（淨）我如今要選燕趙之女，鄭衛之音。（生）要他何用？（淨）我既有扛不動的金銀山，須要走得動的肉屏風。（笑介）（生）原來如此！小女頗知音律，

---

² 底本作「悄」，參考上文改。

願奉備數。（淨）咄！司徒不可戲言吓。（生）王允仰賴太師提攜，焉敢戲言。（淨）幾時送到我府中來？（生）明日十五是中秋夜，就是明日送來便了。（淨）如此，看酒來，你先吃個記心盃。令嬡進了門，你是國丈了，哈哈哈！（生）不敢，王允跪領；只要小女有托就是。

【黑麻序】[3]微臣，尚仰賴洪恩，況裙釵弱質，豈敢吝惜娉婷。使操持箕帚，灑掃空庭。甘心，承歡按錦箏，鋪床疊繡衾。（合前）

（淨）取我腰間玉帶送與小姐為定。（生）我兒過來，謝了太師。（貼）多謝太師。

【前腔】深深，下禮殷勤，笑蒹葭何幸，相依玉樹瓊林。喜門迎百兩，戶耀三星。忻忻，鸞釵壓鬢雲，腥紅點絳唇。（合前）

（淨）吩咐擺駕。（生）太師，酒還未飲，再請少坐。（淨）既如此，令嬡也坐了。（生）王允尚且不敢坐，小女焉敢望坐。

（淨）許了我就是我家的人了，便坐何妨。（生）過來，告坐了。（淨）你老子那裡也告個坐兒。（貼告坐，淨、生各坐介）

（生）請太師起一令如何？（淨）要我行令？喚一名巡酒的過來。（丑）奴家如何？（淨）你叫什麼名字？（丑）我叫翠頑。（淨）哪個「翠頑」兩字？（丑）青翠之「翠」，頑皮之「頑」。（淨）嗨！環佩之「環」。小姐呢？（丑）小姐叫「刁纏」；刁頓之「刁」，纏魂之「纏」。（生）胡說！（淨）這丫頭倒也乖巧。就著你巡酒，看哪個不乾的要罰。（丑）在我。（淨）司徒，今日

3　這支與下支是【鬥寶蟾】，底本不確。

是個喜日，要個「喜」字打頭。（生）遵令。（淨）喜酒一，乾。
（生）喜酒二，乾。（貼）喜酒……（作住口介）（淨）三，乾！
三，乾！（貼）三，乾。（丑）吓，帶吃喜酒四，乾。（生）哇！
（丑）等我來看……太師的嗶卜，老爺的積焦，小姐的有點濕搭
搭。（淨）哇！看酒來。司徒：

【錦衣香】這是酒重傾，姻重訂。步相隨，聲相應。細雨
噴雲，花前勾引，靈犀一點暗通情。令人渺視，富貴浮
雲。看鸞鳳比翼，會佳期正中秋好景。天上銀河耿，牛女
暗哂，鵲橋高駕，早先歡慶。

【漿水令】水沉煙香消寶鼎，碧梧桐月懸秋水。笙歌一派
鬧黃昏，兩行紅粉，萬盞花燈。憐嬌怯，花弄影，涼颸侵[4]
鬢雲鬟冷。瑤臺上，瑤臺上，徘徊花影。粉牆外，粉牆
外，犬吠金鈴。

【尾】興闌珊，人酩酊，漏催銀箭夜沉沉，滿地清輝月墜
銀。

　　（貼下）（淨）貂蟬。（丑）有。（淨）你到我府中受用不盡
哩。（丑）只怕奴家沒福。（淨）到了我家，自然有福了。抬起頭
來。（丑）貌！（淨）哇！（下）

　　（生）王允送太師。阿呀，阿呀，這賤婢這等無禮！哪個在？
看板子來打這賤人。（丑）打吾阿？只怕我倒要打老爺兩記丑。
（生）胡說！怎麼反要打我？（丑）儕了一家囡兒吃子兩家茶？
（生）打死這個賤人！（下）

　　（丑）說我弗過，走子戲房裡去哉。（下）

4　底本作「霧」，據清鈔本《連環記》改。

按　語

〔一〕本齣主體情節、曲文與鄭振鐸藏清鈔本《連環記》第二十一折〈大宴〉接近。

〔二〕選刊此齣的坊刻散齣選本還有《歌林拾翠》。

牡丹亭‧離魂

貼：春香，杜麗娘的婢女。

旦：杜麗娘，官宦千金。

老旦：甄氏，杜麗娘之母。

外：杜寶，杜麗娘之父。

　　（貼扶旦病上）

【鵲橋仙】拜月堂空，行雲徑擁，骨冷怕成秋夢。世間何物似情濃？整一片斷魂心痛。

　　（貼）小姐，看仔細，坐好了。（旦）枕函敲破漏聲殘，似醉如痴死不難。（貼）一段暗香迷夜雨，十分清瘦怯[1]秋寒。（旦）春香，我病境沉沉，不知今夕是何夕了？（貼）吓，是八月十五中秋佳節了。（旦）唔！（貼）是中秋佳節。（旦）吓！是中秋佳節？（貼）正是。（旦）老爺夫人為我愁煩，不曾賞玩了？（貼）這多不在話下了。（旦）前日陳先生替我推命，說要過中秋。看看病勢轉沉，今宵欠好了。（貼）吉人自有天相，不妨事。（旦）你與我推窗一看。（貼）曉得。（作推開窗介）（旦）看月色如何？（貼）小姐，微微月色，濛濛細雨。（旦）唔！（貼）微微月色，濛濛細雨。（旦）咳！

1　底本作「泣」，據明末朱墨本《牡丹亭記》（《古本戲曲叢刊》初集景印）改。

【集賢賓】海天悠，問冰蟾何處湧？怕玉杵秋空，憑誰竊藥把嫦娥奉？甚西風吹夢無蹤！人去難逢，須不是神挑鬼弄。在眉峯，阿呀心坎裡別是一般疼痛。

（悶倒介）（貼）阿呀小姐，為什麼？小姐醒來，小姐醒來！不好了，夫人快來！（老旦上）百歲少憂夫主貴，一生多病女兒姣。（貼）夫人，小姐一身冷汗，昏迷去了。（老旦）吓，有這等事！我兒醒來，我兒醒來！（旦醒介）

【囀林鶯】甚飛絲繾的陽神動？弄悠揚風馬叮咚。（貼）小姐，夫人在此。（老旦）娘在此。（旦）吓，娘在哪裡？（老旦）兒吓，娘在這裡。（旦）娘吓，孩兒要拜謝你。（老旦）兒吓，怎麼說出這等傷心話來？（旦）春香，扶我起來。（貼）小姐，你是病虛之人，勞動不得。（老旦）正是，勞動不得，不要起來罷。（旦恨介）不妨，你扶我起來。（老旦、貼）吓，扶起來。（扶起又坐倒介）（老旦）還是不要動罷。（旦）不妨。（起身介）（老旦）春香，扶好了吓。（旦）春香，你放了手。（貼）待春香扶定了好行。（旦恨介）阿呀，你放了手嚛！（老旦）吓，你放了手，看他怎麼，你遠遠防著他些。（貼）是。（旦）娘在哪裡？（老旦）兒吓，在這裡。（旦）站遠些。（老旦）吓，站遠些。（旦）再站遠些。（老旦）再遠些。（旦）娘吓，孩兒要拜謝你。（老旦）不消罷。（旦）從小來覷得千金重。（拜，跌倒介）（老旦）阿呀我兒，阿呀我兒！（貼）小姐，小姐！（老旦）咘！賤人，怎麼不扶好了？（貼）扶好的吓。（同叫介）醒來，醒來！（旦醒介）阿呀娘吓。（老旦）快扶他進去。（旦）奴是不肖女孝順無終。（老旦）咳，看你這般光景，教我怎生是好？（旦）咳，罷了。（貼）怎麼說吓？（旦）罷了，此乃天之數也。

（老旦、貼）怎麼處吓。（旦）**到今生花開一紅**，阿呀娘吓，（抱住老旦頸介）**願來生把椿萱再奉**。（老旦、貼）**恨西風，一霎裡無端碎綠摧紅**。

　　（旦）吓，娘吓，孩兒不幸，將何處置？（老旦）自然奔你回去的。（旦）咳，這個不消罷。

【玉鶯兒】**旅櫬夢魂中，盼家山千萬重**。（老旦）縱然路遠，自然要奔你回去的。（旦）是不是，聽孩兒一言。（老旦）有甚話你且說來。（旦）那後園……（老旦）吓，後園便怎麼樣？（旦）有一枝大梅樹。（老旦）可有？（貼）有的，有的。（旦）是兒心所愛。（老旦）吓，你愛它麼？（旦）我若死後，把我在葬梅樹之下，兒心足矣。（老旦）這個只怕使不得。（旦作氣別轉頭介）（貼）夫人，依了小姐罷。（老旦）兒吓，依便依你，這卻是為何？（旦）吓，娘吓，**做不得病嬋娟桂窟裡長生，則分的粉骷髏向梅花古洞**。（暈介）（老旦）呀！你看他強扶頭淚濛，冷淋心汗傾。阿呀天吓！不如我先他一命無常用。（貼合）**恨蒼穹，妬花風雨，偏在月明中**。

　　（老旦痛介）兒吓，你自保重，待我去與你爹爹說知，廣做道場，保佑你便了。春香，過來。（貼）怎麼？（老旦）你小心伏侍小姐，我去去就來的。（老旦走，貼扯住介）夫人住在此，我怕。（老旦）阿呀春香，這是小姐嚛，何須害怕！你住在此，我去去就來的。（貼）夫人就來吓。（老旦）我就來的。（下）

　　（貼）多著幾個人來吓，多著幾個人來。（旦）春香。（貼）阿呀，在那裡叫了，怎麼處？（旦）春香。（貼）在這裡。（旦）來。（貼）春香在這裡，吓……（旦）你走來。（貼）吓，阿呀天吓，偏是這燈都不亮了，好怕人也吓！（旦）春香，你來嚛。

（貼）在這裡。（走到近身，旦扯住介）（貼）阿呀小姐吓！
（旦）春香，不知我可有回生之日了？（貼）不妨。（旦）春香
吓：

【前腔】你生小事依從，我情中你意中。我死之後，你小心
伏侍老爺、夫人，不比在我身畔，不要討打吃吓。（貼）這個曉
得。（旦）我記起一事來了，我那春容題詩在上，外觀不雅，葬我
之後，盛著紫檀匣兒藏在太湖石底下。（貼）這卻是為何？（旦）
春香，我有心靈翰墨春容，倘直那人知重。（貼）小姐休說
這等傷心話兒。（哭介）（旦）春香，我有幾件舊衣在床側，你拿
去穿了罷。（貼）小姐且自寬心，將息起來，待我稟過老爺、夫
人，但是姓柳姓梅的秀才招選一個，與你同生同死，如何？（旦）
只怕等不及了。（作心痛介）阿唷！（暈昏死介）（貼）呀！這
病根兒怎攻？心上醫怎逢？（旦）春香，我死之後，你常在靈
前叫我幾聲。（貼）阿呀天吓！聽他一聲聲說向咱傷情重。
（合）恨蒼穹，妒花風雨，偏在月明中。

　　（旦痛死介）阿唷唷……（貼）不好了，老爺、夫人快來！
（老旦、外上）

【憶鶯兒】鼓三鼕，愁萬重，冷雨幽窗燈不紅。（貼）阿
呀，小姐昏迷去了。（外、老旦）呀！聽侍女傳言女病凶。
（哭叫介）阿呀兒吓！你捨得命終，拋的我途窮。當初只望
你把爹娘送。（合）恨忽忽，萍蹤浪影，風剪了玉芙蓉。

　　（外、老旦）我兒醒來，我兒醒來！（貼）小姐，小姐！老
爺、夫人在此。（旦醒介）爹爹。（外）兒吓，我在這裡。（旦看
介）母親。（老旦）我兒，在這裡。（旦看介）春香。（外、老
旦）春香，叫你。（貼）春香在這裡。（旦）快扶我到中堂去罷。

（外、老旦）扶到中堂去罷。

　　（旦）

【尾聲】怕樹頭樹底盼不到的五更風，和俺小墳邊立斷腸碑一統。今日是何夕了？（外）吓，是八月十五，中秋佳節了。（旦）吽！（老旦、貼）是中秋佳節。（旦）禁了一夜的風雨。（外）怎麼處吓？（旦）咳，怎能彀月落重生燈再紅！

　　（旦作死介）（眾）阿呀，阿呀！（扶下）

按　語

〔一〕本齣出自湯顯祖撰《牡丹亭》第二十齣〈鬧殤〉。

〔二〕選刊此齣的坊刻散齣選本還有《審音鑑古錄》。

牡丹亭・問路

淨：郭駝，柳夢梅的家僕。
丑：癩頭黿，石道姑的姪兒。

　　（淨扮老駝上）家人做事興，全靠主人命。主人不在家，園樹不開花。吓道世界天浪個奇事無得個麼？我老駝，在柳相公身邊種花樹賣菓子為活。相公拉屋裡個時節，一顆樹上溜溜球球生滿個菓子；自從相公出去之後，顆顆樹浪生滿子蛀蟲，就是生兩個，纏不拉個星男兒肚細偷子去哉。我老娘家說說欺瞞我家主公弗拉屋裡，倒是罵哩嚷。我耐弗得個氣，為此發介一個老狠，棄子屋裡，爬過嶺北來尋我里相公。一路問來，有人說道在南安府後邊梅花觀中養病，我尋得去，只見板門大個告示，南安府個封皮封子個觀門乒。亦聽見人說道姑為子事務了逃走哉，有一個阿姪叫做癩頭黿住拉小西門，等我尋得去，問一個實信例介。抹過大東路，投至小西門。（下）

　　（丑上）
【金錢花】自小瘋癲郎當，郎當。官司拿俺姑娘，姑娘。盡個法，腦皮撞。得了命，賣了房。充小廝，串街坊，充小廝，串街坊。

　　有數說個：「若要人不知，除非己莫為。」學生區區小子，自家非別，癩頭黿便是。間享無人拉里，拿我個心事來說說介。我里姑娘搭個柳秀才做個節事務，做呢做得隱秀，走呢走得乾淨。囉里

說起，乞個陳秀才個老入娘賊，上起小姐個墳來，曉得子，竟出首南安府，要捉我里個姑娘搭子柳相公。出子差人來捉，道是弗見子了。說道：「聞得有個癩頭黿是石道姑的姪兒，住在小西門，我里去捉俚來見官，就有著落哉。」我正拉乇出恭，即見兩個差人說：「個個鬕鬅頭男兒就是俚，我里動手捉吓。」我一聽聽見子，乞我奔吓，個兩個䏲養個說：「捉，捉，捉吓！」拿我一把捉住子說：「唒！你可是癩頭黿？」我說：「正是。哪了？」不俚拿個索子拉我頭頸裡一套，一個推子我個背，說道：「走，走，走！」一走走到府前，官府正坐堂乇。只聽見個䏲養個說道：「差人告進。」裡向說：「進來。」「啓爺：石道姑、柳秀才逃走了，拿得石道姑的姪兒，叫做癩頭黿在此。」官府說：「與我帶進來。」「吓，癩頭黿帶進來。」拿我得來一丟拉丹墀底下哉。個個官府看見子我，問道：「你姑娘同柳秀才哪里去了？」乞我只是弗答應，個個忒頭判就狗頭狗得起來哉，說：「馬不吊不肥，人不打不招。把這廝上起腦箍來！」

吶道個個腦箍是哪亨個？是介一個大圈，圈上胡桃大介兩個結。一戴戴拉我頭浪子，兩個皂隸兩邊立子，說道：「招上來！」我只是弗開口。官府說：「收！」只聽見用拉一收，阿呀苦惱吓！竟死子去哉。那皂隸先得子我身邊金鐘玉磬——吶道個個金鐘玉磬囉里來個？也是壙中之物。俚乇得子我物事，就替我幫襯哉說：「啓爺，那小廝箍出腦子來了。」那忒頭判道：「不信有這等事！帶上來看。」看見子我個鬕鬅頭浪是介爛腌狠臭，是介「呀呸，呀呸！帶下去。叫左右，與我召保，趕出去。」乞我奔吓，一奔奔到無人場化。我說，弗要真正箍子腦子出來，拿個手拉頭浪去一摸，看看原來是鬕鬅頭浪個膿血。個樣場哈，亦虧子鬕鬅頭救子我個性

命丟。

　　我為子俚丟列吃介一場苦，只落得身上個件衣裳，柳秀才不拉我個。今日我就著子，也讓我快活快活，再踱介踱。咦！眞正配身！等我唱介隻山歌作樂作樂介。（山歌）**搖擺搖擺擺子搖，無人所在了，吓，擺過子個條橋。**

　　（淨上）喂，小官人，唱喏。（丑白）咳，有窾。（唱）我小官人乞個腰痛了，唱弗得個喏吓。吓個樣駝子，唱喏只當伸直子個腰。（推淨跌介）（淨白）阿呀，介個賊種！我大老娘家好意來唱吓個喏，倒是偍駝子吓直子，介個小賊種！（丑）夾嘴介一記嘿好！吓看見我偷子偍個家人物事，罵我賊種？（淨）吓，個件衣裳是我俚相公個啲。（丑）吓丟相公偍？囉里人？（淨）我俚相公姓柳，嶺南人。（丑）吓，難道吓丟嶺南人著衣裳，我里間向是出毛個？（淨）弗要拉丟嘴強，有贓證拉丟，我里相公個衣裳衣帶頭浪有花字個，等我看。（丑）住丟，若是有花字呢，吓拿子去；若無得，吓個老毬養個，駝子要打直丟嚯。（淨）哪！「嶺南柳氏」，個弗是花字勒偍？地方吓地方！（丑）阿呀呀！（作唇衣帶頭介）（淨）吓囉里唇得落個了？地方捉賊！（丑）老伯伯弗要喊，脫還子吓嘿是哉。

　　（淨）起來。小官人，我是取笑，弗要吓個。（丑）阿眞個介？（淨）眞個，弗要吓個。（丑）介嘿多謝！（淨）我只要問吓一個人。（丑）即揀我認得個說來。（淨）就是方纔說個柳相公，囉里去哉？（丑）介嘿我弗得知。（淨）吓眞個弗得知？（丑）直頭法搭知。（淨）認眞弗曉得？地方捉賊！（丑）阿呀老伯伯，弗要嚷，等我對吓說。大街浪人多，弗好說，我搭吓到無人場哈去說。（淨）是個樣官官，最歡喜無人場哈個哉。（丑）啐，老毬養

個，我搭吓到教場裡官廳浪去說。（淨）有理！就走。（丑）跟我得來。（淨）喂，慢慢哩走。（丑）幾里來。（淨）拉囉里？（丑）拉里幾裡貌。（淨）小賊種，弗要奔，奔殺子我老娘家喲。（丑）也弗關我事。（淨）幾里無人哉，吓說。（丑）老老，坐子說。（淨）坐子說。（丑）弗好，立子說。（淨）吓，立子說。（丑）弗好，原是坐子說。（淨）小賊種，倒要我老娘家爬上爬下。

（丑）老老，我聞向柳秀才是有一個，弗知阿是。吓先說得來，若說得弗差，我便對吓說；若說得弗對板，弗要說叫地方，就到當官去嚇弗說個。（淨）有數說個：「天上鶻鷹乖，地下鬌髶乖。」個個男兒乖丒。（丑）也差弗多。

（淨）吓聽我說：

【尾犯序】提起柳家郎，（丑）面孔長個短個？（淨）他俊白龐兒，典雅行裝。（丑）有幾哈年紀哉？（淨）論儀表，三十不上。（丑）吓是俚個僥人了，來尋俚？（淨）是他祖上，傳留下栽花種糧。（丑）吓個老老會種花樹個？倒是個趣徒。（淨）自小兒看承他快長。（丑）吓幾時別俚個？一向阿有信？（淨）自春頭別，跟尋到此，聞¹說不端詳。

（丑）弗差，去罷。（淨）吓說阿弗曾說，就叫我去罷？（丑）吓說來搭我一樣個哉，我再說俚做僥？（淨）我是說屋裡向個多哈事務，那間吓替我說間向個星說話。幾時別個？（丑）老老，吓丒家主公做差子一節事務了。（淨）做差子僥事務？（丑）拿個耳朵來。（說介）說哉。（淨）響點說，我弗聽見了。（丑）

---

¹ 底本作「間」，據明末朱墨本《牡丹亭記》（《古本戲曲叢刊》初集景印）改。

做個節事務做得弗好。（淨）做子僊事務介？

（丑）

【前腔】**他到此病郎當。**（淨）病是原有點個。（丑）他遇著陳秀才。（淨）囉個僊陳秀才？（丑）就是教杜小姐書個陳最良。**勾引他養病庵堂，到後園遊賞。**一遊遊到杜小姐墳浪去，拾著子一幅夏容。（淨）僊叫夏容？（丑）弗是，叫僊……秋容。（淨）僊個秋容？哪亨介件物事介？（丑）是介長，是介闊，當中畫介一個女客多哈樹列。（淨）只怕是春容。（丑）是吓，正是春容。吾虱相公得子個個春容，朝也拜，夜也拜，立也叫，睏也叫，竟痴哉。（淨）竟痴哉麼。（丑）亦做出天大介事務來哉。（淨）做出僊大事務介？（丑）**那秀才為真當假，去掘墳偷壙。**（淨）掘起墳來。阿呀天吓！個出事務阿是俚做個？以後哪哉？（丑）乞個陳老老上起小姐個墳來，曉得子，出首到南安府，差人捉吾虱相公搭我俚姑娘，解到當官去問罪。（淨）苦惱吓！弗要招沒好。（丑）打列，拶列，阿怕弗招？一招招子，個個官說道：「偷墳見屍者，依律該一秋。」（淨）僊個一秋？（丑）一秋吾還弗曉得？就是個個一秋哉那。（淨）我俚相公殺哉？（丑）殺是弗曾殺，則去落得一個頭。（淨）阿呀我那相公吓！囉里說起！叫我老老走投無路哉。（丑）著實哭。（淨大哭介）（丑）老老弗要哭哉。（淨）相公殺哉，叫我哪亨弗要哭？（丑）**你休慌。**吾虱相公造化。（淨）人纔殺哉還有僊造化？（丑）弗曾殺。（淨）弗曾殺，謝天地！（丑）遇子天恩大赦哉。（淨）赦哉！阿呀我好快活吓！（丑）老老弗要快活透子，還有介椿奇事來。（淨）亦是僊個？（丑）個個杜小姐死子三年，乞吾虱相公蠻支支一頓大掘，掘活哉。（淨）弗信道無子三年亦活子轉來，只怕無介事。（丑）哪

說無介事！吓道叫囉個去掘個了？就是學生。（淨）弗信！（丑）那間搭吓虱相公做子夫妻哉。那活鬼頭做了秀才正房。（淨）吓虱姑娘介？（丑）我那死姑娘倒做了梅香伴當。（淨）那間囉里去哉？（丑）幾裡住弗得哉，恐怕人沸沸揚揚。到臨安去，是我送他上路，賞我這件舊衣裳。

　　（淨）介個緣故，吓起初說來嚇得我半死，那間說明白子，我好快活！兄弟，吓曉得我俚相公臨安去做僥？（丑）幾里安身弗得了，逃走哉。（淨）弗是。

【尾】他到臨安定是圖金榜。（丑）介多哈路，吓囉里去尋俚？（淨）說弗得，我勒掙著軀腰走帝鄉。（丑）老老去便去，路浪要小心個嘘。一路裡畫影圖形捕兇黨。

　　說話也說完哉，別子罷。（淨）來，我替吓說，我老娘家冷靜，吓當子我個兒子，陪子我去罷。（丑）介個老毧養個，討我個便宜。（淨）討便宜？孫子還透拉吓處來。（丑）喂，老老，吓個背為僥了駝子？（淨）從小駝個。（丑）阿要我搭吓醫好子？（淨）天生個，囉里醫得好介？（丑）拿吓得來夾拉個兩塊松板當中子，兩頭用子繩一收沒直哉。（淨）死哉喲！（丑）老毧養個，人沒死哉，背直哉，阿是好方法？教會子吓哪亨謝我？（丑渾先下）（淨）慢慢能介走。介個小賊種！（下）

按　語 _____

〔一〕本齣出自湯顯祖撰《牡丹亭》第四十齣〈僕偵〉。

〔二〕選抄此齣的散齣鈔本有中國社科院圖書館藏《集錦》。

牡丹亭·吊打

老旦、貼：士兵。

外：杜寶，杜麗娘之父。

小生：柳夢梅，新科狀元，杜麗娘之夫。

丑、付：報信的士兵。

淨：郭駝，柳夢梅的家僕。

末：苗舜賓，典試官。

　　（老旦、貼扮二小軍，引外上）

【引】玉帶蟒袍紅，新參近九重。

　　秋來力盡破重圍，入掌銀臺護紫薇。回頭卻[1]嘆浮生事，長向東風有是非。下官杜寶，因淮揚平寇，蒙聖恩超遷相位。前日有個棍徒，假充吾之門婿，我已吩咐遞解臨安府監候。今日閑暇，已差人去提取到來細審一番。左右，棍徒可曾解到麼？（老旦、貼）解到了。（外）帶進來。（二旦）吓，帶臨安府犯人進。（生押小生上）犯人進。（小生）咦！誰是犯人？（眾）這是衙門的規矩。啓爺，犯人當面。（二旦）打開刑具。（小生）岳父大人在上，小婿拜揖。（外）咦！誰是你的岳父？哪個與你施禮？（小生）人將禮樂為先。（外）你是個犯罪之人，誰來與你咬文嚼字！

1　底本作「都」，據明末朱墨本《牡丹亭記》（《古本戲曲叢刊》初集景印）改。

（小生）

【新水令】則這怯書生劍氣吐長虹，原來是丞相府十分尊重。（外）看刑法伺候。（小生）他聲息兒忒洶湧，咱禮數缺通融。俺這裡曲曲躬躬，他那裡端然坐全不動。（外）你這廝在相府墀前還不下跪！（小生）生員嶺南柳夢梅，乃老大人的女婿。聞知老大人被圍淮揚，因令嬡之托，特來訪問。（外）胡說！我女已故三年，莫說納彩下茶，便是指腹裁襟，一些也沒有，哪得個女婿來？可笑，可恨！左右，拿下去打！（小生）哇！誰敢？誰敢？

（外）

【步步嬌】有女無郎早把青春送，（小生）咳，哪裡是惜樹憐枝？（外）哇！剗口兒輕調閧。便是我遠房女婿呵，（小生）倒也不遠。（外）你嶺南、我蜀中，牛馬風遙，甚處裡絲蘿共？敢是一棍徒走秋風！指說關親騙得軍民動。

（小生）你這樣女婿，眠書雪案，立榜雲霄，自家行止，受用不盡，希罕秋風老大人。（外）哇！還要強嘴。左右，搜他包裹，定有假雕印信。（眾）吓，布單被一條，木梳一副，小軸兒一幅。（外）取上來。吓！這是我女孩兒的春容，怎生在他身畔？我且問你，可認得南安石道姑麼？（小生）認得。（外）可認得陳教授麼？（小生）也認得。（外）天網恢恢，原來刦墳賊就是你。左右，揣下去打！（小生）誰敢打！誰是賊？自古道：「拿賊見贓。」（外）這春容就是贓了。

（小生）

【折桂令】你道證明師一軸春容，（外）春容是殉葬之物。（小生）可知道是蒼苔石縫，迸拆了雲蹤。（外）快招來！

（小生）恁教俺一謎承供，供的是開棺見喜，攬煞逢凶。
（外）壙中有玉魚、金碗。（小生）金碗呵兩口兒同是受用，
玉魚呵和俺在九泉下比目和同。玉碾的玲瓏，金鎖的叮
咚。（外）我曉得，這都是石道姑的引逗。（小生）則那石姑姑
他識趣拿奸縱，卻不似恁杜爺爺逞那拿賊威風。

　　（外）他明明招了。左右，取紙筆與他畫供。（小生）叫我招
什麼？除非招不合做了老大人的女婿。（外）哇！

【江兒水】眼腦兒天生是賊，心機使得凶。（小生）也不
凶。（外）再不招，我要動刑了。（小生）生員這管筆則會作文寫
賦，並不曉得供招。（外）你這樣人會作文字？（小生）不敢欺，
倒也去得。（外）哇！你紙筆硯墨只好招詳用。（小生）生員
又不犯奸盜。（外）你奸盜詐偽機謀中，（小生）因令嬡之
托。（外）還說！你精奇古怪虛頭弄。（小生）令嬡現在，怎
麼虛頭弄？（外）哇！你把他玉骨拋殘心痛。後苑池中，月
冷斷魂波動。

　　（小生）誰說來？（外）陳最良來報，豈不是實麼？（小生）
生員為令嬡小姐費心，則除是天知地知，那陳最良哪裡知道。

【雁兒落】我為他禮春容叫的凶，我為他展幽期耽怕恐。
（外）氣死我也！（小生）我為他點神香開墓封，（外）嗨！
不說開墓也罷，若說起開墓，恨不得一棍打死這賊！（小生）我
為他吐靈丹活心孔。呀！我為他偎熨得體酥融，我為他洗
髮的神清瑩。我為他捨性命把陰程送，我為他度情腸款款
通。神通，醫得恁女孩兒家能活動。通也麼通，到如今風
月兩無功。

　　（外）吓，是了！我女兒當年原在後花園著魅而亡的，他必是

個花妖柳怪了。左右，將這廝吊起來，取桃條著實打，必然現出形來。（眾）吓。（吊起打介）

（丑、付扮報人上）天上人間忙不忙，開科失卻狀元郎！狀元柳夢梅哪裡？狀元柳夢梅哪裡？（老旦）喲！這是相府門前，這般大呼小叫。（眾）我們是駕上差來尋狀元柳夢梅的。（老旦）吓！裡邊吊打的賊犯是叫柳夢梅吓。（眾）我們同進去看來。（進介）小的們叩頭。（外）你們這班什麼人？（眾）我們是駕上來的。（外）到此何幹？（眾）尋狀元的。（外）哪裡人氏？叫什麼？（眾）嶺南人柳夢梅。（小生）大哥，我正是嶺南柳夢梅。（外）掌嘴！（眾）吓。（付、丑）老爺，他就是狀元了。（外）嗐！他是劫墳的賊，你們到別處去尋罷。（付、丑）他們有個家人在外，不免叫他進來認一認。老兒呢？

（淨上）哪哼？（付、丑）裡邊有個柳夢梅，你去認一認可是你主人？（淨進介）柳官人拉囉裡？柳官人拉囉裡？（小生）老駝。（淨）吓！正是我裡官人。為僥了吊拉裡？（小生）平章寃我是賊，將我百般吊打。（淨）吓，你那平章，等我拚個老性命結果子吓罷……（撞介）（外）哇！趕出去。（付、丑）我每報與苗老爺知道。（淨）有理個！一心忙似箭，兩腳走如飛。（下）

（外）你這廝方纔假充吾婿，如今一個狀元也是冒認得來的麼？左右，與吾著實打！（小生）阿唷唷，老平章吓，賊是假的，狀元是真的。打死了，聖上和你要人哩。（外）胡說！凡中狀元有登科錄為證，你可有指實？左右，與我著實打！（眾打介）

（末上）踏破鐵鞋無覓處，得來全不費工夫。（進見介）老平章請了。（外）苗先生為何光降？（末）聞得新科狀元柳夢梅在此，特來尋他。（小生）我正是柳夢梅，救門生一救！（末）呀，

正是新狀元，快放下來。（外）他是個刼墳賊，決不是他。（末）
現有登科錄在此，請看。

【僥僥令】這是御筆親標第一紅，柳夢梅為梁棟。高吊起
文章鉅公，打桃枝受用。（外）苗先生，不要認錯了。（末）
是晚生本房中取的。（小生）恩師，救門生一救！（末）快放下
來。（眾放下介）（末）原來斯文倒吃盡斯文痛，無情棒打
多情種。（小生）恩師，他是我的丈人，他把我這等難為。
（末）吓！原來倚泰山壓卵欺鸞鳳。

左右，取宮袍過來。（外）嗨！這樣人與他宮袍穿，扯碎了！
（末）此乃朝廷的宮服，斷乎使不得。（眾與小生穿服戴冠介）
（小生）

【收江南】呀！恁敢抗皇宣罵敕封，早裂綻俺御袍紅。似
人家女婿拜門也近乘龍，偏我帽光光走空，你桃天天煞
風。老平章，你看我插宮花帽壓君恩重。

（外）苗先生，天下同名同姓的儘多，怕不是這個柳夢梅？若
是他，童生應試也要候案，怎生殿試了不候開榜，到淮揚胡撞？

（末）老平章：

【園林好】嗔怪你為平章的老相公，不刮目破窖中呂蒙。
惑做作前輩們性重。敢折倒你丈人峯，折倒你丈人峯。

（外）悔不將刼墳賊先行奏請。（小生）兀自不知，因李全兵
亂，放榜稽遲，令媛聞有兵寇之事，著我一來上門，二來報他再生
之喜，三來扶助你為官。誰想好意反成惡意，今日可是你的女婿
了？（外）誰認你女婿來！（背介）

（小生）

【沽美酒】則恁那孔夫子把公冶長陷縲絏中，柳盜跖打地

爛柯山·潑水

丑：承應官府的地方總甲。
生：朱買臣，會稽太守。
旦：崔氏，朱買臣的前妻。

（丑上）總甲年年做，輪流日日忙；若逢官府到，便是活遭殃。今日新太爺到任。伙計哩，紅吓掛掛，綵子結結，新太爺即刻就到哉嘘。

【水底魚】引道前來，四方人站開。行的住步，坐的把身抬，坐的把身抬。（下）

（二小軍、二皂隸引生騎馬上）爛柯山下採樵人，誰識塵埃朱買臣？今日歸來洛陽道，蘇秦原是舊蘇秦。下官朱買臣，蒙司徒大人引荐，除授本郡會稽太守。今日走馬上任，例該宿廟行香，又早三個日期也。

【新水令】乍辭天闕出耶溪，蹴芳塵兩行僕吏。咳！鐵心愚婦遠，白髮故人稀。今日個畫錦榮歸，坐享著二千石。（下）

（旦上）好苦吓！

【步步嬌】一夜流乾千行淚，起倒難成寐。咳！如今懊悔遲。我聞「田舍翁多收十斛麥，尚且易一婦」耶，何況他做了官，是……咈！阿呀定然娶一個夫人，摟在懷裡。呀，又道是「糟糠之妻不下堂，貧賤之交不可忘」耶，我還是他舊妻，這

夫人該讓我做頭一位。（笑下）

（眾喝，生上）喚地方。（眾）地方。（丑）地方叩頭。
（生）什麼人喧嚷？（丑）都是這些百姓；也有迎接老爺的，也有
瞻仰老爺的，挨擠不上，因此喧嚷。（生）如此，不要趕，容他每
觀者。（丑）是哉。喂，太老爺說，叫吼㑚不要嚷，好好例介看。

（生）

【雁兒落】雜遝遝，黃童騎著竹馬迎；齊濟濟，白叟頂著
香盤跪。眾百姓，俺做你每的公祖官，須要守俺的法度，已往不
究，自今後呵，（丑）阿聽見？句句纔是好話嚇，聽聽吓。恁若
是馴良，咱子民；恁若不守法度，咱仇敵。（下）

（旦急上隨看介）咦？咦？咦！我丈夫老爺果然做了官了，阿
呀有趣吓！

【沉醉東風】看他擺頭踏吆喝幾回，我盼軒車遲回半日。
吓，朱買臣，當初你賣柴的時節，只有我崔氏一人隨著你，今日
是……唷唷唷！緊隨著這些人，如同簇蟻。吓，待我去叫他一
聲。有理！竟叫他一聲。喂，朱買臣，朱買臣！（內喝介）（旦）
阿唷！我高聲叫又耽干係。（丑上）走開點，走開點。（旦）
長官。（丑）咦！吼個堂客是痴個僆？（旦笑介）我非裝呆做
痴，（丑）看吼直頭是叫化子。（旦）也非求衣乞食。（丑）
快點走開來吓，新太爺來哉。（旦）長官，你若容奴一見，三
張寶鈔來謝你。

（丑）弗要個樣買帛紙個！太爺來哉，臭花娘還弗走來！
（下）

（生、眾上）喚地方。（眾）吓，地方。（丑）有，地方叩
頭。（生）又是什麼人喧嚷？（丑）有介一個痴堂客，小人趲俚弗

肯走，為此喧嚷。（生）哇！本府半月前曾有條約頒行，三日前又有告示張掛，投文收狀，自有日期，怎麼容留婦人叫喊？（丑）小人打掃得乾乾淨淨，弗知囉裡橫巷裡鑽出來個，小人弗防備了。（生）掌嘴！（眾應，打介）（丑）阿唷，阿唷！
　　（生）

【得勝令】呀！為什麼條約不遵依？為什麼告示偏忘記？可知道官來莫出戶？要懂得馬到須廻避。（丑）太老爺，太老爺！（生）打！（眾應，打介）（打完介）（旦上）（生）放起。竹篦慣打恁光兒腿，椰槌專敲恁花子蹄。

　　喚那婦人過來。（丑下）個是囉裡說起！臭花娘。（旦）喂，打得好打得好！（丑）吥！毢穿吓個花娘！吓害我打子，倒說打得好吓打得好。臭花娘，老爺拉虱叫吓。（旦）敢是請我？（丑）正是哉，大紅帖子虱請吓。（旦）不是吓，我是一位夫人吓。（丑）風菱吓？還有帶柄茨菇拉里來。（旦）哇！狗才。（丑）婦人當面。（旦）咦！丈夫老爺，丈夫老爺。（生）原來就是你這蠢婦。（丑）吓！就是俚個底老，個個清白晦氣，阿唷，阿唷！（生）執事慢行。（眾應介）

　　（旦）丈夫老爺吓：

【忒忒令】與君家生生別離，念妾身煢煢旦夕。（生）我且問你，可記得打俺的手掌？（旦）你是宰相肚裡好撐船隻。（生）你如今姓崔也不姓崔？（旦）你休記取婦人言。你今做高官，（生）認我一認是何等樣人。駕高車，我低頭跪，特來接你。

　　（生）

【沽美酒】俺年來值數奇，俺年來值數奇，貪討論假呆

痴，隱迹山中效採薇。你學楊花東復西，甚顛狂逐風飛。

（旦）阿呀丈夫老爺吓：

【好姐姐】怎知奴身就裡？嚐二十載黃連滋味，難道一朝榮貴便忘炊爨廝？怕難拋棄。落花有意隨流水，歸燕無心戀墮泥。

（生）

【川撥棹】恁娘行福分低，恁娘行福分低，恁做夫人做不得！恰纔好夫唱婦隨，舉案齊眉，受用的繡閣香閨，翠繞珠圍。為什麼年將四十，呀吓！羞羞搭搭荐誰行枕和席？

（旦）

【園林好】思蔡澤妻曾逼離，想蘇秦妻不下機，都受了鳳冠霞帔。丈夫老爺，和你親結髮怎暌違？難說道不收歸。

（生）

【太平令】收字兒疾忙疊起，歸字兒不索重提。蠢婦吓蠢婦！曾、曾記得慘酷酷雙眸流淚，滴溜溜雙膝跪你。俺呵，那時節求伊，阻你，指望你心回意回。左右。（眾）有。（生）取盆水過來。（眾）吓。（旦）要水何用？吓，敢是叫我洗澡麼？（生）蠢婦，我將覆盆之水，比你出門之婦，從我馬前傾下，你若仍舊收得盆內者，我便收你回去。（眾）水有了。（旦）這個何難？來。（生）呀！要收時將水盆傾地。

（眾傾水，旦捧水介）（眾）啓爺，收不起。（生）蠢婦，你既抱琵琶過別船，我今與你已無緣。難將覆水收盆中，呀吓！名臭千年萬古傳。打下去！（眾）嗒！下去！（旦）阿呀，水吓水，今朝傾你在街心，怎奈街心不肯盛。往常把你來輕賤，今朝一滴值千金。

【清江引】堪憐奴命眞顚沛！敎奴滿面羞難洗，這的是颺甜桃倒去尋苦李。千休萬休，不如死休！呀，你看，閘下清清流水，倒是我葬身之處了。丈夫老爺，收了奴家回去罷。（生）打下去！（眾）下去！（旦）罷罷罷！倒不如喪黃泉，免得人笑恥。

　　（跳水下）（眾）啟爺，婦人投水死了。（生）這裡是什麼地方？（眾）青山閘。（生）吩咐地方買棺盛殮，就埋在此處。（眾）吓。（生）打導。（眾喝，同下）

按　語

〔一〕本齣主體情節、曲文接近清康熙鈔本《爛柯山》念二齣。

〔二〕選刊此齣的坊刻散齣選本還有：《萬錦清音》、《醉怡情》、《歌林拾翠》、聞正堂刊《綴白裘全集》、石渠閣主人輯《綴白裘全集》。

四節記・嫖院

丑：賈志誠，挑水伕、嫖客。

淨：妓院龜公。

正旦、小旦：妓女。

貼：王四娘，妓女。

旦：杜葦娘，妓女。

外：汪朝奉，當鋪老闆。

末：趙皮匠，製皮靴的師傅。

　　是齣遊戲打諢，原無定準，不拘丑、副，聽其所長，說白、
　　小曲亦可隨口改易。

　　（丑嗽上）兀㘉！我來又一齣拉哈哉嚹！
【四邊靜】終日街坊閑蕩奔，斂臉皮猲猻，諢名叫瞎雞，
綽號柳樹精，搖頭額頸，無人作准。日裡挑水賣，夜頭看
巷門。
　　區區學生賈志誠，字背薰裡過光陰，混堂裡是我安身之處，賭
場中纔說我是吃白食個光棍。
　　個兩日（隨口說）丒搬場，叫我相幫相幫，弄得身上灰塵白
蓬。我說，混堂裡去澉一個放湯浴勒介，囉里曉得「時運來，推弗
開，煠熟蟹爿子屋裡來。河裡澉個浴，氈袋頭浪帶子鰻鯉來。」一
進進子個外簾門，嗦，拍撻一個大跟多，個一個跟多跌出大時運來

哉！連忙爿起來，只看見一根串頭繩對子我簸勒簸，我就兩個指頭一杌杌得起來，原來是銅錢。浴纔弗濊哉，著子衣裳就走。一走走到無人場哈，數介數，岡岡三十七個老黃邊！弗知是囉里個個小兄弟突丟個。我說夜哉，金剛脚跟頭去儻俚個一忽介。吓嗄，頭睏子下去，脚簸子起來哉；脚睏子下去，頭簸子起來哉，眞正弄得我是介頭簸尾簸。我想，大約是個兩個銅錢拉丟作怪哉。我說：「銅錢，伍弗要作怪，等我明朝出脫伍嘿哉。」咦！「出脫」兩個字弗曾說完，一忽直睏到大天白亮。趱起來，躊躕躊躕，劃策劃策，計較計較，算計算計哪哼出脫俚。買點儕吃，落子罷肚裡亦無淘伴；做件衣裳著著，個兩個銅錢紙頭個嚛做弗來；做子本錢去押一寶罷，時運弗耽對，輸落子嘿哪？

我想「吃、著、賭」三個字纔弗局哉，倒是去嫖罷。個個「嫖」字嘿忒子出來，只是三十七個銅錢，嫖出儕個來？個樣事體，虧我心孔巧哉。一走走到汪朝奉丟店裡去，看見多哈衣裳掛拉丟，我就拿個廿四個銅錢對子俚道：「汪朝奉，諾，廿四個上青丟，個件海青賃拉我著介一歇歇，等我去拜個壽就送還伍個，阿使得？」個個徽州朋友最貪小利，看見子個銅錢，說道：「介嘿伍耽去就耽來還，等伍挑一擔水頓茶個呢。」我說：「吃子壽麪就來個。」忒我著子就走。

剛剛轉得灣，只看見趙皮匠擔浪倒有介一雙靴拉丟，我說：「趙司務，個雙靴阿肯把我著介歇？」個入娘賊個，定道是白著俚個了，倒說道：「動阿動弗得！個是人家放拉里縫腆線個，就要來拿個，儕把拉伍著介歇！」我說：「毪養個，有賃錢個，儕白著伍個了？諾！姜姜買肉剩個十三個老黃邊拉裡，先拿子去。」俚看見子個銅錢嚛就拿個雙靴得來是介一攛，說道：「介沒就要拿來個

噱。」我說：「就來個。」就脫子草蒲鞋套拉腳浪子就走。

身浪有哉，腳浪有哉，單差個個戎骷顱暴露子嘿哪？一頭走，一頭拉丑肚裡打算。姜走到（隨口）巷裡，撞介個倒運篴養個來哉。滿面晦氣色，手裡托子個方盤，盤裡放子筆硯，手裡捻子個紙糊頭招牌，嘴裡是介喊道：「算命兼相面，不准不要錢。」我就叫住子俚，「先生替我相相面，看阿有點好日個哉。」個個入娘賊，拿我上下身介一看，說道：「你這個人，要窮吓。」我說：「不敢欺，已經窮拉裡個哉。」俚說道：「非但窮，還要告化。」「儕個？弗信我要告化！」俚亦說道：「非但叫化，叫化還要無落場。」吓嘎！我聽子個句說話，魚鱗毛直豎：「放吼娘個狗臭屁！」就是介匡嘴介一記大耳光。個個入娘賊嚇著子個，急拿個頭混一鑽，對子巷外頭直鼢，我趁手一把，一頂扁巾把我搶拉手裡哉。一奔奔到無人場哈，戴介戴……吼個個入娘賊個，十市街搭我賈老爺個新出酒一樣個，七寸三分，姜姜正好。

頭浪，腳浪，身浪纏有哉，等磨鏡子個過，照介照嘿好。咦！幾里有介隻尿桶拉里，不一照俚使使。唔！姜姜參得個冷痢，白麻薑糟，等我吹開子介。（作吹介）吓嘎，老賈賊精，好冠冕俏俐，行當風月。立拉里一個賈志誠，尿桶裡一個賈志誠，真正說個：「詩書不負人，詩書不負人。」

介嘿列位，打扮哩打扮里哉，一個騷低銅錢阿無得，哪哼去嫖吓？我亦想介個妙計，聞得杜子美與王四娘交好，一向因安祿山作亂，久無書信往來。我今朝煩○先生寫一封假書在此，只說去寄書；非一飽，即一醉，作作樂，綽綽趣，阿是仙策？說子半日，快點去罷。咳，吼道我賈志誠為儕了是介窮吓？只為：

【雁兒舞】好酒貪花，（脚哆）擎鷹¹走馬，終日閒遊打
呸。一身無籍，口中唱著哩連囉連連哩囉，又要尋個紅
裙、紅裙來戲耍。

　　咦，往常日脚挑子個擔水，再阿走弗動；今朝說子嫖，哪說一
歇歇就到哉。阿，阿爹……呸！嫖客哪叫起烏龜阿爹來。阿有烏龜
虱？卝兩個出來。

　　（淨上）烏龜不是凡人做，天上降下來的忍耐星。是哪個？
（丑）唔是倩人？（淨）此道。（丑）撮藥個。（淨）半夜回來不點
燈。（丑）烏龜嘿烏龜哉，倩個半夜回來不點燈！巧言。（淨）直
道。（丑）要改。（淨）改什麼？（丑）改唔叫踢縮。（淨）什麼踢
縮？（丑）諾，唔若拉虱曬衣，碰著子人，是介一脚，頭勒脚勒尾
毗勒纏縮子進去哉，阿是踢縮？（淨）相公不要頑吓。到這裡做什麼
的？（丑）快點裡向去說，有個天大地大希大蠻大個大嫖客拉里，
人虱拿個轎子牽了居去，少停抬個馬來接我罷。（淨）姐姐有請。

　　（正旦、小旦上）穿紅著綠賽神仙，誰悟煙花難與纏？（淨）
外頭有一個天大地大的大嫖客在那裡。（二旦）相公。（丑）我說
為倩了屁眼頭急支支，兩個屎連頭突子出來哉。（二旦）休得取
笑，相公請。（丑）不敢，是家下喲。請。（二旦）為何這等走
法？（丑）個是鶴形貴相。（二旦）相公萬福。（丑）佳子，佳
子。逐位來呢還好，唔虱兩位一齊是介一端，叫我囉里來得及？只
好唱介一個「撒網唔」一齊纏哈哉。烏龜走開點，一網撒拉哈子，
卝弗出個噓。請吓。（二旦）相公請上坐。（丑）吓，上坐。（坐
椅背上介）（二旦）請下坐。（丑）下坐。（坐椅脚上介）（二

----

¹　底本作「鶯」，參酌文意改。

旦）椅兒上坐。（丑）啐！正說個搭坐嘿哉，僭個上坐、下坐！進子吥虱個門，就弄得我上弗上、落弗落介哉。

　　（二旦）相公上姓？（丑）哪說嫖客要上秤個？（二旦）尊姓吓！（丑）姓吓，有個兩掘拉虱，西貝。（二旦）是賈相公。（丑）阿唷，好聰明唱個。（二旦）什麼話！大號？（丑）叫志誠。（二旦）何為志誠？（丑）個「志誠」兩字是吥虱個星娘娘虱叫出來個。有個娘娘對我說道：「相公，我要做雙紅布膝褲著著。」我說：「在我。」就居來買子星布，叫子星裁縫，連夜做好子，明朝絕早就送子去哉。是介了，說道：「志誠相公，志誠相公」一志直志到如今。（二旦）貴表？（丑）一撮。（二旦）這是怎麼說？（丑）個個「一撮」兩字嚜是個班賢姑們叫出來個。隔夜頭多吃子兩鍾酒，朝晨遶得起來，對子我說：「相公，我有些口渴膨生，要買些牛血酸湯吃吃。」我就攤開子銀包，是介一撮……（二旦）多少？（丑）撮得著呢，十兩半斤。（二旦）撮不著呢？（丑）二厘四忽。（二旦）多的太多，少的太少。（丑）我相公慣是介大話小結果個。

　　（二旦）做什麼貴業？（丑）說出來討二位笑殺。當初原開介十七八爿典當，難閒窮哉，漂漂洋，賣賣金剛鑽，販販水銀。（二旦）走過哪幾國？（丑）走個場哈多得勢，囉裡說得盡！單拿一蕩場哈說拉二位聽聽，要渺攤虱來。（二旦）請教。（丑）一日子漂列漂，竟漂子小人國裡去哉啥。只看見無其數個小人，成淘作塊介拉虱白相。我坐拉馬上伸個手得下去，是介一把抓子二三十，不伏水土了，路浪死子半把，到屋裡數介數，還剩十六個。我說告俚一班小班白相相，三大花面，三小旦，正好做新戲。阿是作死，個日我拉書房裡寫寫字，竟爿到硯瓦上白相起來，纏达拉硯瓦槽裡哉，

亦沉殺子幾個，還剩個六七個。我相公脫個靴拉丟，纏畔拉哈哉。朝晨爿起來著著，喲，只聽得靴筒[2]裡喊起來哉，說道：「喂！看看人頭勒著靴咭！看看人頭勒著靴咭！」一個失錯踏下去，纏踏爛哉——那間做子爛小人哉。（二旦）相公笑話。（丑）弗是笑話，還帶介點洋物拉里送與二位。（二旦）多謝相公。（丑出手扭介）諾！個是個西洋眼鏡，奉送。（旦）多謝。（丑出板刷介）個是東洋來個牙刷。我俚幾里個牙刷，是介刷個；個搭個牙刷，倒要是介刷個嘸。奉送。（貼）多謝相公。請坐。

（丑）請坐，請坐。囉里個位是王四娘？（貼）是我。（丑）十八個銅錢兩處放；久聞，久聞。（貼）好說。（丑）吓就是杜韋娘？（旦）正是。（丑）一擔麥牽子二年半；久磨，久磨。（旦）不敢。（丑）喂，老四，阿曉得有個朋友拉丟想吓？（貼）哪一個？（丑）把個謎謎子拉吓猜猜：腹中有個俊娃娃。（貼）敢是杜子美相公？（丑）好！一屁就彈著。（貼）一句吓！（丑）正是，一句。有一封書里托我寄拉吓個。（二旦）費心了。（丑）弗嘎，順帶便囌。等我拿出來，此封書是南京城隍寄與北京城隍開拆。（二旦）神道怎麼寄書？（丑）道我志誠了，神人相托個哉。此書白頭公公寄與十姊妹收覽。（二旦）這是鳥名吓。（丑）真正是鳥說。此封書吓，煩尊駕順帶交王四娘親手開拆。拉里哉，諾，半邊還有二行小字，說道：「寄書人不可怠慢，有酒燙酒，無酒括辣辣介炒飯。」看明白子。（二旦下）

（丑）倒是介貼得滿壁圖書拉里。等我看看介：「春二三月暖洋洋，標致弟弟輪淘行。燒酒海蜇吃一醉，菜花溝裡去接肚腸。趙

2　底本作「統」，參酌文意改。

伯將題。」個是春景。「六月田中曬煞蟹，蜻蜓岸浪哭蛙蛙。雖然弗是同胞養，革里革搭蓋隻李光挑。錢玉蓮題。」「新出嫗子遊虎丘，好娘娘船上賣風流。今日坐拉茶館裡乾綽趣，明朝端正當當頭。孫行者題。」「殘冬臘月雪紛紛，黑狗白狗滿街奔。有銅錢財主烘火吃白酒，窮人凍出鼻伶仃。李太白題。」好！都是名人之筆。

（二旦上）相公，是假的。（丑）哪說？（二旦）書是假的。（丑）吠吠吠！活扭扭皮撐兜，狗亂話六指頭！我相公姓賈，哪說書纔是假個？（二旦）筆力軟弱，字迹不同。（丑）吓，筆力軟弱，有個緣故，請坐子聽我說。前日子我去別俚個時節，俚害個單思病丑床上。（二旦）什麼單思病？（丑）他來想你，你不去想他，豈不是單思。俚說：「二兄替我代寫一寫。」我說：「情人之書，豈可代得。」俚只得是介撒勒勒介抖，熬子病寫個了，所以筆力軟弱。還生介兩個塊：頭頂浪生個雄個，叫子單思纍；腳骨上個雌個，叫子相思塊。有時節腳骨浪雌個，爬死爬活，爬到頭頂心浪來；有時節頭頂心浪雄個，骨碌碌介，滾到腳骨浪來，弄得來要死弗要活。個樣場哈，虧子我個樣好朋友哉嘮，祖傳介個仙方，專治一切單思纍、相思塊，我就走到山藥店浪去促拉俚吃子，那間好哉！（二旦）好了？（丑）好哉，一點騷羢也無得拉肚裡哉。（二旦）休得取笑。

（淨）相公，不要說了，做東道。（丑）吓，做東道。烏龜，拿兩隻直頭錠得去，到十盤頭店浪，只揀吃得個買嘿哉。阿呀！囉里去哉？阿呀，阿呀弗好哉！走開，走開。（二旦）什麼東西？（丑）冬瓜大介個銀包弗見哉！走開，走開。（二旦）銀包吓，多少銀子在內？（丑）二萬八千零二分銀子拉哈——個銀子還是小事，還有兩件要緊物事。（二旦）是什麼東西？（丑）兩粒紅荳，

一個鬼螺螄。只怕烏龜拾丒。（淨）我沒有見。（丑）賊忒嬉嬉，必定是丒拾個。（淨）我賭咒了：我若拿了賈相公的銀包，萬世做烏龜！（丑）弗要罰個樣眞咒，等我想想看。（二旦）相公，敢是穿差了衣服了？（丑）弗差個！今朝天氣冷，著子葛布海青，吃過子飯，身上熱哉，換子個件玄色紬海青。像是忘記拉丒個葛布海青裡，等我去拿得來。（二旦）相公，府上有多少路？（丑）弗多路，一轉一回，二百八十里。（二旦）來不及了。吓，有現成的在此，先吃起來罷。（丑）有現成個丒，極妙！是擾囉個個？（貼）是我的。（丑）擾吓個。明朝是我個，若是來弗及，擾子拿娘個。後日倘若再來弗及，烏龜小心點，要擾吓哉嘻。（淨）混帳話！（二旦）相公請。（丑）請吓。（二旦）怎麼這等走法？（丑）君子中道而行。請坐。（二旦）請。（丑吃酒介）個個酒阿好個？（二旦）相公吃酒，怎麼問我？（丑）弗曾辨得滋味，第二鍾就曉得哉。（吃介）好酒！個是煮酒，弗是白乳老。

（外上）估衣為活計，典當作生涯。賈志誠穿了我的衣服去，不見來還，我聞說他在王四娘家裡，不免尋他去。此間已是。龜子，龜子。（淨）是哪個？（外）賈志誠可在你家裡？（淨）在裡面喝酒。（外）叫他出來！（淨）賈相公，外面有人找你。（丑）吓，有人尋我。哪哼介個人？（淨）是個老頭兒。（丑）阿是鼻頭眼睛生拉一搭個？（淨）是的。（丑）等我出去。（二旦）可要我們出去？（丑）請坐，弗要相拘。（淨）相公，可要我出去？（丑）個個人會丒蟹個，弗要去。是僥人嘻？

（外）賈志誠。（丑）阿爹。（外）你穿了我的衣服好半日了，怎麼不送來還我？（丑）阿爹，姜到來吃得一鍾酒來，拉丒炒飯哉，吃子飯就耽還阿爹耶。（外）嗳！我要拿去賣的，脫下來。

（丑）好阿爹，我再替阿爹挑兩擔水嘿哉。（外）挑水？挑多少？（丑）三擔。（外）二十擔。（丑）四擔（外）最少十擔。（丑）五擔。（外）少。（丑）六擔，六擔。（外）快些送來吓。（下）

　　（丑）個入娘賊能放肆，還弗走來？能可惡！（二旦）相公，是什麼人？（丑）是我里阿媽老老。（二旦）到此何幹？（丑）後河頭到子兩載水銀，挑擔個弗在行，打翻子兩擔了。僭大事體，要俚來大驚小怪！（二旦）值得多少銀子一擔？（丑）三個白銅錢一擔。（二旦）這樣賤的？（丑）近來強拉哈。請教二位唱介一隻吓。（二旦）我每不會的。（丑）哪！有數說個：「唱個，唱個」，哪說弗會唱？（二旦）請教相公。（丑）倒要我唱。我小時節學是學兩隻個，單是那間是老貓聲哉嘘。（二旦）太謙。（丑）介嘿，篩一鍾得來，等我潤潤喉。（二旦）請。（丑作嗽介）個是曲屁。（二旦）曲意吓。（丑）弗嚇；但凡目下個星學曲子個，總有個屁塞丑喉嚨頭，故此嘿失枝脫節，只要發落子個曲屁嘿，曲子就汪朗朗介唱出來哉。二位，獻醜哉。（二旦）請教。

　　（丑唱）

【雜板令】俺待要斬三關，定四方，掃秦灰，興楚王。大哥哥是劉玄德，二哥哥是關大王。俺老三，俺老三，也是一員猛勇啤嘘將。（念介）養由基，惹禍殃，扯斷了百步穿楊紫絨韁。（唱）阿呀養男兒為卿為相，養女兒似昭君模樣。（念）祖代傳流本姓張，朝廷命我放砲仗。高不放，低不放；牆高梯也爬不上。留到明年正月十五流星爆仗，乒乓咭剌之聲，一齊都放，一齊都響。（唱）阿呀，卻原來眾公卿帶領著虎狼將。眾兒郎，你與我擺下一個長蛇陣。（念）走過了京東京西，來到這荒村裡。荒村裡見一所茅房，茅房外面立一根旗杆。旗杆上扯著

一面酒旗,酒旗上寫著八個大字:「清香美酒,醉鄉深處。」我便進去嬉嬉。只見兩個女子,打扮得多標多緻,那媽媽口裡叫:「鴇兒,扯住他!」扯到家中來坐下,看得眼花抓得手麻。吩咐開荷包,解汗巾,拿塊銀。媽媽拿來稱一稱,稱得二錢零七分。叫鴇兒,街上去,肉買上幾斤,酒打上幾瓶,直吃到沉醉東風刮鼓令。咚,鼓打上一更,銷金帳裡去成親。咚咚,鼓打上二更,好似王魁負桂英。咚咚咚,鼓打上三更,好似張生戲鶯鶯。咚咚咚咚,鼓打上四更,好似王祥去臥冰。咚咚咚咚咚,鼓打上五更,各各各雞又叫,哇哇哇犬又鳴。天大亮,姐夫要起身,誑得姐兒反穿褲子倒穿裙。送姐夫,出房門,那姐夫留下一塊白紋銀。媽媽拿來看一看,卻是一塊銅。疾如風,叫鴇兒,趕出那光棍。誰知那光棍,會耍拳,會舞風,一拳一腳踢得鴇兒倒栽蔥,兩個眼睛都通紅。時不濟,運不通,出門撞著溫六公。罷罷罷!休休休!枕邊還有一塊對冲銀,買些肉,動動葷蒜辣辣心。錫打壺瓶,銅鑄銅盆,生鐵鑄火盆,熟鐵打煤釘,釘在壁上挂油瓶。遇著兩個遭瘟老鼠去成親,雌的前頭走,雄的後頭跟。吱吱吱,咬斷繩,掉下了瓶,打碎了盆。盆說瓶不該,瓶說盆不應;瓶又不肯賠盆,盆又不肯賠瓶。(唱)**瓶盆各自歸家賣。**

　　嚇哨,吃力個!(二旦)相公果然唱得好,請酒。(丑)請。

　　(末上)千學萬學,再不要學皮作。豬鬃不離口頭,手內錐鑽亂搠。賈志誠借了我的靴子去,這時候還不見送來還我,聞說他在王四娘家裡,不免尋他去。這裡已是了。龜子,龜子。(淨)又是哪一個?(末)賈志誠可在這裡?(淨)在裡頭。(末)叫他出來。(淨)嚇,賈相公,外面有人找你。(丑)亦是傖人?等我出去。(二旦)我們一同出去。(丑)弗要拘,請坐,請坐。(淨)

可要我出去？（丑）烏龜入洞。

（末）賈志誠。（丑）阿爹。（末）把靴子脫下來。（丑）阿爹，姜到來吃得一鍾酒來，拉虯炒飯哉，吃子飯就送來還阿爹耶。（末）不是吓，靴子裡有一張當票在裡頭，取了出來，原與你穿吓。（丑）介嘿，阿爹，吓脫去看看，原要把我穿個嘘。（末）原與你穿吓。（丑）阿爹，吓是好人嘘。（末）多講！脫下來。（丑）脫去看看，原把我穿吓。（末）不在這一隻內，在那一隻。（丑）拿個隻得來著子，好脫個隻。（末）脫下來看，若是沒有，一總把你穿。（吓，阿爹是豪燥頭，脫去看看，原把拉我穿，我替阿爹挑水嘿哉。（末）挑水？（丑）挑兩擔，弗要銅錢。（末）屄養的！（下）

（丑）阿呀，阿呀！（二旦）相公，為什麼？（五）小腸氣發哉，篩熱酒來。

（外）賈志誠這屄養的，這時候還不見來，待我自己進去。咳，這是花子！同他吃起酒來。快些把衣服脫下來。（丑）阿爹，弗要出我個醜咭。（外剝衣下）

（二旦）這是花子吓，打這廝！（眾打介）（二旦）趕他出去。（二旦下）（淨）毬養的，走出去！（丑）住子，烏龜吓嚷要來打我？我兩個銅錢就結交子吓哉。一個銅錢酒，一個銅錢蔥，蔥椒燒吓起來吃！（淨）這個屄養的！（下）

（丑）咳，個是囉里說起！

【清江引】我昨日算命真晦氣，不該到此惹閑氣。被那婆娘打，又受烏龜氣，勸君再不要到娼家去。

打嘿打得好，一把酒壺把我促搭拉里哉。列位吓，歡喜嫖賭個嘿，少弗得要入我輩個淘個吓。（混下）

此齣乃蘇郡名公口授，純用吳音土語，借用白字甚多，恐不順口，故每句另加點。

按　語

〔一〕選刊此齣的坊刻散齣選本還有洞庭蕭士輯《綴白裘三集》。

鮫綃記・獄別

丑：獄官。

付：獄卒。

末：單慶，押解人犯的解差。

外：魏從道，遭土豪劉君玉誣告。

小生：魏必簡，魏從道之子。

（丑扮獄官上）

【窣地錦襠】騰騰殺氣掌刑名，凜凜威風唬殺人。前程雖是小，有錢尋，只是隄防要小心。

　　自家大理寺獄官便是。我這裡事理法曹，職司狴犴。看黑沉沉九重門戶，晝夜常關；高聳聳萬仞堵牆，日月難見。那土地堂內，日夜不絕香燈；獄神案前，何曾停歇祭賽。小買賣，不過笞杖徒流；大交易，俱是凌遲絞斬！你看，枷的枷、閘的閘，牢固著柵頭閂頂；哭的哭、叫的叫，哪放他腳鐐手杻。風雨夜，但聞鬼哭神愁；人世上，即是天堂地獄。那燕子招它不來，老鼠拈它不去。縱使窮兇狡猾，來時也要用錢；饒他鐵膽銅肝，到此也須念佛。你看，也有求籤的、打筶的，無非死裡求生；也有下棋的、鬥牌的，不過是苦中得樂。我在閻羅殿前做官，倒在鬼門關上吃飯。相交盡是蓬頭鬼，不要錢財也是痴。雖然是齷齪衙門，其實倒也有些錢賺。昨日，盧爺發下兩名重犯，卻是秦丞相的對頭。咳！可憐那魏從道，今日午時三刻就要斬首了。吓，待我喚禁子過來，吩咐他每

一番。禁子哪裡？

　　（付上）來了。往來生死路，出入是非門。世間除禁子，都是善良人。老爹，有何吩咐？（丑）禁子，今早堂上吩咐下來，今日午時三刻要將那魏從道處決了。（付）老爹，怎麼這等快？（丑）你不曉得，他是秦丞相的對頭，所以如此快。（付）既如此，老爹也該喚他出來，整頓官飯，與他吃飽了等候便好。（丑）有理，有理！且喚他出來。（付）吓，魏老爺，請出來。

　　（外上）

【引】此際身居縲絏，都應命喪黃泉。

　　禁子，喚我出來何幹？（付）獄司老爹在官廳上，請老爺說話。（外）勞你先說一聲。（付）曉得。魏老爺來了。（外）大人。（揖介）（丑）呀，老先生請了。（外）大人，罪人失禮，望乞優容。（跪介）（丑）吓吓吓！老先生。（扶外上坐介）這個再不消介意，請坐。（外）大人在上，從道怎敢坐。（丑）請坐了，還有話講。（外）告坐了。（丑）豈敢。咳！老先生，你這等高年，尋差了對頭了。（外）咳！這是平空架陷，從道怎麼與他作對。（丑）咳！看起來也是命運所招。（外）是吓。

　　（丑）吓，老先生，可曉得今早倒下文書來，你們的罪名都已定下了吓？（外）昨日還是胡敲亂打，怎麼今日就定下罪名了？（丑）便是呢，我也在此想吓，不知怎麼這等快。（外）請問大人，從道不知定了什麼罪？（丑）你且慢。令郎呢，問了淮下的軍。（外）吓！小兒問了淮下充軍。親兒吓……老夫呢？問了何罪？（丑）你且不要說。令親家問了崖州衛的軍。（外）崖州衛的軍。大人，老夫實是何罪？（丑）你且慢。（外）吓，且慢。（丑）你又近些。（外立起介）又近些麼？阿呀，多蒙聖恩寬宥。

請問大人，我在什麼地方？（丑）老先生，你在甚麼地方——今日午時三刻就要處決了。（外立起介）吓！今日午、午、午時三刻就要處決了。（丑、付）正是。（外）阿呀皇天吓！（倒地介）（丑叫介）老、老、老先生！（外起介）放我出去，放我出去！（丑、付）銅牆鐵壁，哪裡去？去不得的。（外哭介）阿呀皇天吓！（付）他是重犯，怎麼就對他說了！（丑）咦！狗才，你叫我對他說的。（外起坐正場介）阿呀，老天吓老天，我好死得無辜也！（丑）吓，老先生做你不著，認了這個晦氣罷。

　　（外）可憐我死在須臾了，望大人方便，放我小兒出來相會一面，也是大人的恩德。（丑）阿呀老先生，你說哪裡話來！卑職雖欲方便，只是秦丞相與你作對，卑職是螻蟻前程，只怕難耽這個干係吓。（外）大人，父子之情，人皆有之，或有一言永訣，死也瞑目。（跪介）（丑）請起，請起。咳！卑職看你這般哀求……也罷！我拚得這頂紗帽，奉承了你罷。（外）多謝大人。

　　（丑）禁子過來。（付）怎麼說？（丑）你可到西監去帶那魏必簡出來，父子相見一面，也是好事。（付）吓。（末上）大理寺發下批文，今朝起解軍犯。禁子哪裡？（付）怎麼說？（末）是我，勞你開一開。（付）吓，原來是單大哥來了。（開門介）請了。請問單大哥，到此有何公事？（末）大理寺差來起解軍犯魏必簡的。（付）吓，押解魏必簡麼？（末）正是。獄司老爹在哪裡？（付）在官廳上，你自去吓。（末）老爹。（丑）你自哪裡差來的？（末）是大理寺差來，押解軍犯魏必簡到淮下去的。（丑）少待，就帶出來了。（付帶小生上）

【前引】爹行負屈遭刑憲，這寃枉向誰分辨？

　　（丑）咦！後生家怎麼幹出這樣事來，連累父親？（小生）小

人是被人陷害的噓。（丑）冤枉不冤枉我也不管，你父親在官廳上，方便你父子去相見一面，只是不要高聲啼哭。（小生）多謝老爹。（丑）須要小心吓。（下）

（小生）爹爹在哪裡？（付）這裡來，不要嚷。（小生）爹爹在哪裡？（外）我兒在哪裡？呀！（立起介）（小生跪介）

（合）

【後引】天地暗，海波乾，恨無雙翼救親難！

（小生）阿呀爹爹吓！為了孩兒受此極冤痛苦，哪裡說起！（外）阿呀兒吓，如今哭也沒用了。昨日還是胡敲亂打，今日就有旨意下來，你我的罪名都已定下了。（小生）吓！爹爹，難道旨意下得這般快？（外）便是。（小生）請問爹爹問了什麼罪？（外）就是這個……且慢。吓，兒吓，你岳父問了崖州衛軍。（小生）吓！我岳丈問了崖州衛軍麼？（外）正是。（末）吓，可是沈老爺麼？今日起解去了。（外）怎麼這等要緊？（末）阿呀，秦丞相的鈞旨，誰敢遲留一刻。（外）阿呀奸賊吓！（小生）爹爹問了什麼罪？（外）且慢。兒吓，你問了淮下的軍。（小生）吓！孩兒問了淮下充軍。（末）就是小子解去。（外、小生）吓！就是大哥解去？（末）正是。（外）大哥上姓？（付）他叫單大哥，上好的好人。（外）如此嘿，小兒在路上全仗大哥照管，自當結草啣環之報。（跪介）（末扶介）阿呀，好說好說。小子還是老爺台下的子民，自然照顧，不消吩咐。（外、小生）多謝多謝。

（小生）爹爹在什麼地方？（外）兒吓，我哪裡有什麼地方！（小生）阿呀爹爹吓，就是遠近，說與孩兒知道，也放心得下。（外）阿呀兒吓，我有什麼地方——今日午時三刻就要處決了！（小生）吓！今日午時三刻爹爹就要處決了！阿呀，阿呀！（跌

介）（外叫介）阿呀我兒，我的兒！（末、付）魏必簡，魏必簡！
後生家不要是這等吓。（外）我兒甦醒！

【五更轉】來到此，（小生）我好怨吓！（外）你休怨嗟。
（末）來扶一扶。（小生）爹爹當初不來求親，也不見得有此大禍
了吓。（外）**想行藏總在天**。（扶起小生介）阿呀親兒吓，你看
多少大臣皆死于秦檜之手，何況你我麼？只是，非是國難而死，
咮！我死得好無辜也。（跌介）（眾叫介）吓！魏老爺，魏爺！
（外醒介）**我含冤負屈遭刑憲**。兒吓！（小生）爹爹！（外）
你在此三年，都虧了鄰人李叔看顧。阿呀兒吓，**你若得生還，須
把恩仇辨**。（小生）孩兒曉得。（外）兒吓，還有一句要緊話吩
咐你。（小生）爹爹，還有什麼要緊話吩咐孩兒？（外）**你去途
路上，早晚間，須防卻人謀害**。（小生）是，孩兒曉得。
（合）**思量到此腸欲斷，死別生離，似東流難轉**。

　　（內）午時了。（末、付）呀！午時了。快走快走！（付）不
要說了。（外走上場介）我好怕見午時也！（外坐悶死介）（小
生）阿呀爹爹吓：

【前腔】**看日近午，心攢箭**。阿呀，阿呀！**怎說出衷腸事萬
千**。（末拍小生介）呀吪！父子說起來，就說到明日也說不了。
（小生）阿呀大哥吓，我一生父子，只看今日面，少頃之
間，再難相見。（小生跪介）（末）等你去講。（小生）阿呀爹
爹吓！**我生不能養，死不能葬，又為我遭刑憲**。（合）**思量
到此腸欲斷，死別生離，似東流難轉**。

按　語

〔一〕本段出自沈鯨撰《鮫綃記》第十五齣〈出獄〉前半齣。

鮫綃記・監綁

旦、貼：劊子手。

付：獄卒。

小生：魏必簡，魏從道之子。

外：魏從道，死刑犯。

生：郝威，監斬官。

老旦：太監。

　　（旦、貼扮劊子手上）禁子，禁子。（付）是哪個？（旦、貼）快些開門。（付）來了。（開門介）吓，原來是二位。進來，進來。（旦、貼）犯官在哪裡？（付）在官廳上。（旦、貼）吓，哪一個是魏從道？（付）這個就是。（旦、貼）就是這個麼？綁了。（綁外介）（外）阿呀，阿呀！（小生）阿呀二位大哥，方便我父子略再說說。（旦、貼推小生介）走開，走開！（外）阿呀，阿呀！（小生）阿呀爹爹吓，我好痛心也！二位大哥呀，放鬆些，放鬆些。（付扯小生介）走走走！

　　（外）

【憶多姣】我頭似折，毛孔裂，皮膚寸寸如火熱。六魄三魂俱耗攝。（合）戶盡門滅，戶盡門滅，這段冤仇怎雪？

　　（小生）

【前腔】我難擺劃，珠淚竭。阿呀皇天吓！我叫、叫天不應喉閉噎，救父無能心迸血。（合）思量到此腸欲斷，死別

生離，似東流難轉。

（小生跪走介）（付）走吓，走吓！（小生）爹爹有話，吩咐孩兒幾聲。（外睜眼看，小生大哭介）

（外）吓！

【鬬黑麻】我、我死刀鋒，霎時命絕。（小生）吩咐孩兒幾聲。（外）阿呀我那兒吓，有什麼吩咐你來？只是捨你不得。愁你羅網難逃，千磨百折。（小生）阿呀爹爹！只是難收你市曹血。子去從軍，父遭處決。泰山崩裂，海枯塵土結。霧漫青天，霧漫青天，不分明月。（各扯下介）

（生上）

【引】天威掣電，只為奸人排陷。

執笏垂紳滿帝京，誰人能掃宇寰清？權奸執柄威天下，常使英雄淚滿襟。下官，刑部郎中郝威是也。今日奉旨監斬犯官魏從道，我素聞此公為官清正，操守廉能，不樂任仕，退守林泉；不想，卻被奸民劉君玉誣陷，遂致典刑。我想，魏公豈無門生故友保救？奈有秦檜作對，誰敢聲言？下官雖則監斬，實切不平……只是，職忝刑部，迫於王命，如之奈何！我想，那魏公實無可生之機也！

（旦、貼押外上）啓大老爺，魏老爺綁下了。（生）咳！魏老先，魏老先，下官素聞你清正，雅志廉能，避奸退歸林下；豈料[1]遭土豪賄賂當道，遂致典刑。咳！可嘆，可悲！（旦、貼）啓爺，午時了。（生）吩咐收綁、開刀。（二旦）吓！

（老旦扮內監，急上）刀下留人！聖旨下。（二旦）聖旨下了。（生）好了！（老旦）聖旨到來。詔曰：「中書省傳，奉聖

1　底本原無「料」字，參酌文意補。

旨，有大理寺少卿周三畏一本，為乞恩辨獄事。勘得魏從道雖係主使謀刺，未必是真；既罪其子，何忍又刑其父？即著監斬官釋放回籍，該衙門知道。謝恩。」（生）萬歲，萬萬歲！（老旦下）（生）劊子手，快些鬆綁。（二旦放外介）（生）果然命懸我手，方信生死須臾。（同下）

按　語

〔一〕本段出自沈鯨撰《鮫綃記》第十五齣〈出獄〉後半齣。

水泊記（水滸記）‧拾巾

付：張文遠，縣吏。
老旦：閻婆。
貼：閻婆惜，閻婆之女，宋江所定偏房。

（付上）
【引】日來公務蹉跎，無因訪問姣娥。

酒不醉人人自醉，色不迷人人自迷。我張三郎為何道此兩句？只因前日子偶然在街上閑走，見一個女客生得十分標致，我去看他，他也來看我；我與他借茶吃，他便借茶與我吃；我把幾句言語挑動，他甚是知音……咳，我一向為公務碌碌，弗曾訪問得，弗知僑等樣人家個。且喜今日縣中無事，不免步到他家門首去訪問訪問。若可以來往得個沒，我就搭俚來往來往，走動走動。咦，說話之間，幾里已是，到拉里哉。我看左隔壁是打牆，右隔壁是鎗籬，弗差個。為僑今朝關門拉里？

（老旦上）計拙無衣食，窮途仗友生。（付）咦！個是閻老媽嗉。（老旦）吓，這是張三郎吓，他為何在此？喂，你莫非是張相公麼？（付）吓，正是，正是。你阿是閻老親娘吓？（老旦）正是。（付）唔為僑打個個裡哈走出來？（老旦）這是老身的家裡吓。（付）吓！個個就是老親娘個宅上？（老旦）正是。（付暗白）吓，想前日子個個女客就是俚個囡兒哉。（老旦）吓，張相公為何到此？（付）吓，等一個朋友，約拉幾里會個了。

　　（老旦）既如此，張相公何不請到裡面去請坐奉茶？（付）嘎，動阿動弗得！我嘿坐拉裡向停歇，倘然是個個朋友走過子嘿哪？（老旦）不妨，門兒左右是開在此的，那朋友打從這裡經過，少不得看見的喲。（付）是吓，弗差。只是，輕造不當。（老旦）好說。張相公請坐。（付）老親娘請坐。

　　（老旦）

【黃鶯學畫眉】榮藉子猷過。（付看內出神，老旦將扇指住看介）吓，張相公。（付）阿呀呀！老親娘，唱喏。（老旦）**奈衰殘應接疏。**（付）房子雖小，倒收拾得乾淨相，有趣。（老旦）**蝸居窄狹慚虛左。**張相公請坐，待老身去取茶來。（付）弗消得哉，要去哉。（老旦）吓，我兒。（貼內）怎麼？（老旦）吓，有客在此，取茶出來。（貼）曉得。（付看內介）（老旦）吓，張相公請坐。（付）有坐，有坐。（老旦）吓，快些！（貼）就來了。（老旦）阿呀張相公，看仔細！請坐。（付）有坐，有坐。哈哈哈！喂，老親娘，裡向答應個還是令郎呢令嬡？（老旦）是小女吓。（付）有幾位令嬡？（老旦）只得一個。（付）青春幾何了？（老旦）**年華不多。**（付）到底幾歲哉？（老旦）吓，一十六歲了。（付）吓，十六歲哉？妙吓！二八佳人，正在妙齡之時。阿曾吃過茶個來介？（老旦）**瓜期未過。**阿呀呀，老身倒失謝了。（付）吓，老親娘，吾謝我儕個？（老旦）前日多蒙張相公攛掇，許配宋相公的，就是小女喲。（付）吓！前日子許配老宋個就是令嬡？（老旦）正是。（付）阿唷！老宋你個臭賊，好造化吓！（老旦）**東床賴贅東方朔。**（貼拿茶上）**堂前喚客嬌鸚鵡，捧龍團光映冰壺。**

　　母親，茶在此。（老旦）吓，這是冷的，去換盃熱茶來。

（貼）曉得。（下）

　　（付）

【黃鶯穿皂袍】拂袂似穿梭，俏身材，軟玉搓，嬌羞一段真無那。（貼上）母親，茶在此。（付）雙眸暗睃，我香魂欲酥。（老旦）我兒過來，見了張相公。吓，張相公，小女求見。（付）豈敢豈敢。吓，大娘娘，唱喏。（老旦）阿呀呀，張相公，他是小廝家嚜。（付）僝說話！（老旦）吓，張相公請茶。（付）亦要擾茶。（老旦）粗茶。（付）瓊漿飲自藍橋路。[1]遮遮掩掩，光生綺羅；霏霏拂拂，香穿綺疏。芳菲有主空相慕。

　　好茶，好茶！老親娘，個個茶是囉個泡個？（老旦）吓，是小女泡的。（付）個位大娘娘專會泡好茶個哉。（老旦）休得取笑。（付）多謝子老親娘，我去哉。（老旦）再坐坐去。（付）弗消哉。（老旦）有慢相公。（付）僝說話！老親娘……（老旦）張相公。（付）是個個……（老旦）吓？（付）飲中相顧色。（看貼介）妙吓！別後更留情。我去哉。（老旦）慢去。（付）吓，老親娘……（老旦）怎麼說？（付）吓，弗是弗是，個個……擾茶。（下）

　　（貼）吓，母親，這是哪個？（老旦）他麼？就是和宋相公同房做押司的，他的渾名叫做張三郎。（貼）吓，母親，他前日在此經過，和孩兒借過茶吃的就是他。（老旦）吓，吓。（貼）我看他倒也生得有趣。（老旦）嗨嗨嗨！

　　（貼）

---

[1]　底本作「瓊漿一飲自藍橋路」，「一」字衍，參考曲格，並據明汲古閣《繡刻演劇》本《水滸記》刪。

【貓兒墜玉枝】我隔簾偷覷，彷彿憶當初。鴻漸曾經駐玉
珂，看他翩翩結束自婆娑。（老旦）阿呀兒吓，我把你許配宋
相公，原是貪他的錢喲！姻盟祇是居奇貨，況檀郎風流不
負，配嬌姿姻緣不錯。

（貼欲開門，老旦扯住介）吓，我兒，張三郎是去遠了，進去
罷。（貼）啐！（笑介）（同下）

（付上）哈哈哈！有緣千里來相會，無緣對面不相逢。今日個
個閻婆惜甚覺有情于我，可恨他母親在傍，若是弗拉屋裡是……阿
呀，還有多哈好事務做出來哉！我那間再走轉去。吓，阿要轉去？
咳，罷哉，若弗轉去呵，

【前腔】可惜他回頭一顧，留意在秋波。我欲向瓊宮問玉
蜍，梧樹何年歇鳳雛？（貼、老旦上，開門介）（付見介）大
娘娘。（貼推老旦介）（付推老旦介）（老旦）阿呀呀，是老身
喲。（付）啐，啐！原來是老親娘，我只道是令媛了。（老旦）
吓，張相公，你去了為何又轉來？（付）正是。方纔多謝老親娘留
我進去吃茶，我弗見子一件物事了。（老旦）吓！弗見了什麼東
西？（付）吓，我弗見子是個個……（老旦）什麼東西？（付）是
個個……（貼指身上汗巾介）（付）吓、吓，一條汗巾！（老旦）
可有什麼東西在上麼？（付）無是無儕，只得一隻小錠，還有一副
剔牙杖；個個汗巾、銀子弗見子倒也罷哉，個副剔牙杖是弗見弗得
個。（老旦）為何？（付）個是一個小朋友□□²官送拉我個了。
（老旦）既如此，張相公請到裡面去尋嘻。（付）動也動弗得！老
親娘個宅浪，豈有此理。（老旦）不是吓，張相公進去尋一尋，大

---

²　底本這裡是兩個空白符號，留待演員臨場抓哏，逗樂取笑。

家解了疑吓。（付）介沒，老親娘，得罪哉嘻！（老旦）好說。（付）吓，老親娘，吾到個搭去尋。（推老旦介）（付）**只見他六幅瀟湘水半拖，我低徊睨處金蓮露。**（摟貼介）阿呀我個騷娘吓，哪能生得介標致！我要親個嘴。（貼）啐，啐！（推介）（付錯摸老旦腳介）（老旦）阿呀，這是老身的腳吓。（付）啐，啐！我認子汗巾頭，倒是老親娘個腳帶頭。（老旦）張相公，可曾尋著麼？（付）無得。（老旦）如此再尋嘻。（付）介嘿，老親娘，你替我到個搭去尋。（推老旦介）（付抱貼介）阿呀我個娘吓！（貼）啐！（付）**只見他遮遮掩掩，光生綺羅；霏霏拂拂，香穿綺疏。芳菲有主空相慕。**

拉里哉！（摟住貼親嘴介）（貼打介）啐，啐！（付）我個娘，便罷哉。（貼）啐！（付掰老旦介）（老旦）阿呀呀，是老身吓。（付）啐！昏頭搭腦。（老旦）吓，張相公，到底可曾尋著？（付）到底尋弗著。（老旦）如此，待老身尋著了，明日送來奉還罷。（付）就尋著子我也弗要哉。（老旦）為何？（付）個條汗巾送拉老親娘束子腰，個隻小錠送拉大娘娘買瓜子嗒白相。（老旦）休得取笑。（付）我去哉。（老旦）慢去。（付）吓，是個個……（老旦）吓？（付）弗是。大娘娘……（貼）嗨？（付）打攪。（付下）

（老旦）阿呀呀，這是哪裡說起！我好意留他坐坐吃盃茶，又是不見了什麼汗巾吓、銀子吓，尋得我老人家腰酸背痛，咻咻咻……（貼）吓，母親，他哪裡不見了什麼汗巾、銀子吓！（老旦）吓？不然他又轉來做什麼？（貼）他轉來明明是要看……（老旦）要看什麼？（貼）（笑介）哪！要看孩兒吓。（老旦）阿呀，我的好乖兒子吓，正是這個意思，正是這個意思。（貼）啐！（渾下）

按　語

〔一〕本齣出自許自昌撰《水滸記》第十二齣〈目成〉。水滸英雄聚義反政府故事向為統治者所忌，光緒二十一年的石印本之前的寶仁堂本、鴻文堂本、四教堂本、集古堂共賞齋本、學耕堂本、博雅堂本、增利堂本、藻文堂本、五柳居本、可經閣本、土洋華德堂嘉興吟稺山房本等，劇名均題作「水泊記」，避免觸犯朝廷禁忌。

〔二〕選刊此齣的坊刻散齣選本還有：洞庭蕭士輯《綴白裘三集》、《歌林拾翠》。

千金記·起霸

外：項梁，項羽的叔父。

淨：項羽，楚霸王。

　　（雜扮四小軍，引外上）

【引】曾為楚將，避仇來吳下隱藏。虎狼秦卒戰塵揚，四海興兵干戈擾攘。咱不免成群聚黨。

　　（雜扮二小軍，引淨上）

【引】過人才量，拔山力誰人敢當。強兵百萬我能降，且把那盔甲披裝。精神抖擻，你看那煙塵揚蕩。

　　王叔，恕姪兒甲冑在身，不能全禮。（外）兄子少禮。（眾）眾將官叩頭。（外）起過一邊。（眾）吓。（外）虎鬥龍爭正此時。（淨）亡秦失鹿我當追。（外）從今血染征袍污。（淨）王叔，恁姪兒此去，不斬秦關誓不歸！（外）好！好個不斬秦關誓不歸。我，項梁。昔為楚將，今號武信君。少年無賴，奮勇殺人，避仇吳下。誰想亡秦失鹿，天下興兵。我想，智謀有必戰之時，英雄無用武之地，方今豪傑並起齊驅，未知鹿死誰手。俺今日帶領八千子弟遠渡江東，殺退秦邦，復立楚國，是我之願也。兄子，你意下如何？

　　（淨）王叔所言有理。但恐立楚之後，人雖從楚，別有異心。不如精選利兵前去，疾戰長驅，勢如破竹，數節之後，迎刃而解。那時功歸于楚，一統山河，（笑介）王叔豈不為快？（外）兄子所

言有理！眾將官。（眾）有。（外）與我通行掛榜，招集義兵，不論軍民匠作人等，願充行伍者，一概收錄。刻日定秦成功之日，另行陞賞。就此起兵前去。（眾）得令。

【駐馬聽】楚業中興，發號行師眾可聽。（淨）王叔帶領多少人馬前去？（外）兄子，帶領八千子弟，遠渡江東，兵勢加增。非徒掠地與攻城，暴秦苛法我當整。（合）下慰民情，那時管取功多得勝！

　　（淨）

【前腔】智勇多能，學劍學書俱未成。待學萬人之敵，耿耿長驅，重目瞳形。量過賁育掌中擎，力如烏獲能扛鼎。（合）下慰民情，那時管取功多得勝！

　　（眾合）

【前腔】吶喊齊聲，擊破秦師再舉兵。入境秋毫無犯，伐罪弔民，敵破縱橫。弛弓矢鼓笳鳴，疾揚干羽軍營整。（合）下慰民情，那時管取功多得勝！

　　（同轉下）

按　語　✎

〔一〕本齣主體情節、曲文接近明萬曆仇實父繪像《重校千金記》第四齣〈發兵〉。

千金記‧撒斗

小生：張良，字子房，漢謀士。

付：樊噲，漢將領。

淨：項羽，楚霸王。

外：范增，項羽之亞父，楚謀士。

　　（小生上）

【出隊子】秦亡鹿放，楚漢爭鋒誰敢當？關中先破我能強，叵耐他人不肯降。使盡心機，惱我寸腸。

　　吾聞愛牛者必飽其食，圖大者不顧其小。自家助漢謀臣張良是也。昨日沛公在鴻門宴上，不想范增三舉玉玦，欲害沛公，又令項莊拔劍起舞。幸有項伯、樊噲翼蔽，得脫虎口，如今已往壩上去了。今我與樊噲，將白璧[1]一雙獻與項王，玉斗一隻奉與亞父。來此已是轅門首了，怎不見樊先鋒到來？

　　（付上）寶刀圖雪恥，白璧可酬恩。軍師請了。（小生）待項王升帳獻上便了。

　　（眾引淨上）

【前腔】英雄楚將，子弟八千遠渡江。沛公不意破咸陽，他把府庫金珠都隱藏。我卻留情，不較短長。

　　（小生、付）臣張良、樊噲叩見大王，願大王千歲，千千歲！

1　底本作「碧」，參考下文改。

（淨）張良。（小生）有。（淨）樊噲。（付）有。（淨）你主人呢？（小生、付）壩上去了。（淨）怎麼去了？（小生）二主公不勝盃酌，又不能辭，以此遣張良、樊噲將白璧一雙獻與大王，玉斗一隻奉與亞父。（淨）張良，你主人敢是怪我？（小生）怎敢怪大王！（淨）樊噲，你主人敢是疑我麼？（付）怎敢疑大王！（淨）嗤！既不怪我，又不疑我，怎麼不別而行？

　　　　（小生、付）

【雙澗瀧】告大王須聽講。（淨）前日鴻門宴上講明了，又講什麼？（小生、付）宴鴻門感激難忘，沛公量不勝盃酌，不能謙讓。使臣良和樊噲特到轅門傳上，願大王赦罪未可聽誑。

　　　　（淨）

【前腔】聽伊說我心中悒怏。料當今唯孤南向，不應他破關來，怎把秦嬰為相？（小生、付）大王，休聽細人之言！（淨）什麼細人？就是你那沛公的左司馬曹無傷來流謗，因此怒發心無狀。

　　　　（小生、付合）

【前腔】告大王再聽講。寶藏中豈乏微芒？儘恭敬必須虛幣，先將達上。轉雷霆添喜色把雙環留放，免沛公待命心懸望。（淨）既是你二人遠來，我且受了。這玉斗，待亞父出來，你自奉與他。宣亞父。（眾）亞父有請。（眾下）

　　　　（外上）

【端正好】奮鷹揚，當益壯，指揮間開拓邊疆，誰想垂成頓喪。我范增呵！空把機謀枉，圖甚麼封侯賞？大王，范增參見。（淨）亞父少禮，亞父坐了。

　　（外）大王，桌兒上什麼東西？（淨）這是沛弟遣張良、樊噲將白璧一雙獻與孤，孤已收了。玉斗一隻送與你，你也收了罷，休負了他的好意。（外）大王，你收了他的白璧了？（淨）正是，你也收了罷。（外）臣決不敢受他的。（淨）收了便怎麼？（外）大王差矣！這是置虎追麋，忘大取小，你怎麼收了他的白璧？（淨）亞父，你怪我受了他的白璧，是欺我項羽不讀詩書。我聞孔仲尼不為已甚，其交也以道，其接也以禮；他好意送來與我，受之何害。（外）大王，不是這等講比。臣隨大王五年，只望興一旅之師，以為復楚之計。臣觀沛公居山東時，貪財好色，無所不為；今入關來，不取財物，不幸婦女，此其志在不小。失而不擊，養虎自害，反受白璧，何昧輕重！（淨）我想，秦始皇併吞六國，我項羽豈無一國之能乎？你不要管，我自有三分主意。（外）前日鴻門宴上，大王三分主意哪裡去了？（淨）鴻門宴上我只是個不計較！（外）罷了，罷了，大事去矣！

【滾繡毬】俺本待要斬三關定四方，（淨）你要斬三關定四方？尚早哩。（外）掃秦灰興楚王，（淨）你要興楚？惶恐，惶恐。（外）則這五年間枉費了精神莽撞。（淨）你在此五年，淘了我五年的氣。（外）覷著那沛公的將勇兵強，他破關時勝山東氣宇昂。我想他志寬洪，不在那彈丸兒上。（淨）你怎見得他？（外）他為甚麼不貪財不戀著紅妝？這的是能強能弱，他倒定下了千年計。（淨）住了！他能強？（外）能強。（淨）能弱？（外）能弱。（淨）他倒定下了千年計？（外）定下了千年計。（淨）覷孤家哩？（外）覷著你唗！有勇無謀一旦亡。（淨）都是荒唐之言！（外）尚兀自說俺荒唐。

　　（淨）張良、樊噲在轅門外，你自去講。（外）子房。（小

生）老亞父。（外）昨日好個「五德」。（小生）各為其主。
（外）二主公在哪裡？（小生）壩上去了。（外）既已講明，請來
相見何妨。（小生）果然去了。（外）此人足智多謀，我怎麼去問
他！且去問樊噲。樊先鋒。（付）老亞父。（外）好個「臣死且不
避」吓！（付）末將亂道。（外）二主公呢？（付）壩上去了。
（外）果然去了？（付）果然去了。（外）真個去了？（付）真個
去了。（外）罷了，罷了！這孺子不足與謀，有天下者，必沛公
矣！（淨）吓，你這老賊，怎敢罵孤家？（外）老臣焉敢罵大王！
（淨）量你也不敢罵，若罵了孤家，就該死了。

　　（外）

【煞】猛拚一死溝渠喪，只落得百事無成兩鬢霜。立見英
雄起漢邦，眾叛親離誰敢當，不笑秦亡笑楚亡。三傑英雄
似虎狼，食盡兵疲類犬羊。禍到臨頭燒好香，大廈傾來誰
主張？你把蓋世英雄都淪喪，那時節瓦解冰消方悔想。

　　（淨）天下已定，還有什麼想？（外）天下已定，君王自為
之，乞賜老臣骸骨歸于田畝。（淨）你要去，我也不留。（外）我
也不住。（淨）我也不留。（外）我也不住。煉成丹藥隨煙散，磨
就連環隨地分。（撒玉斗下）

　　（淨）阿唷，可惱，可惱！（小生、付）大王請息怒。（淨）
那老賊終日在耳根前絮絮叨叨，叫孤家殺你家主人，我不聽他，故
此把玉斗傾碎而去；若來投你家主人，決不可用他。（小生）我那
裡用不著這樣瘋子。（淨）兆兆兆！范增老賊太無仁，對面含譏罵
朕身。唯有感恩并積恨，萬年千載不生塵。張良、樊噲，去罷。
（小生、付）是。（下）

　　（淨）這老賊這等無理，可惱吓可惱！（下）

按　語

〔一〕本齣主體情節、曲文接近明萬曆仇實父繪像《重校千金記》第十四齣〈謝宴〉。

〔二〕選刊此齣的坊刻散齣選本還有《萬壑清音》、《纏頭百練二集》、《歌林拾翠》。

千金記・拜將

付：周昌，宮廷的內侍。
丑：莊舍人。
生：韓信。
末：內廷宣旨傳訊的黃門官。
外：蕭何，漢軍師。

　　（付上）力拔奔牛敵萬人，拳搥猛虎冠三軍。功高未得分茅土，專主旛旗守衛人。自家內侍周昌是也。昨奉主上之命，著我打掃將臺。結綵已完，怎麼還不見莊舍人到來？

　　（丑上）

【金錢花】昨蒙內旨傳頒，傳頒，管差軍士築壇，築壇。敕封官誥錦闌珊，黃堂印繫腰間，人人要做高官。

　　周內侍請了。（付）莊舍人請了。將臺已完，怎麼韓都尉不見到來？（生上）蓋世奇才運未逢，隨行偏在伍營中，也知未入飛熊兆，暫向湘潭作臥龍。（付、丑）韓都尉請了。將臺已完，同去一看。（看介）好將臺！韓都尉，你是有才的，大家贊賞幾句。（生）請。花轎磚封白玉，臺分土迸金沙。鳳凰風月戰須誇，不教神仙戲馬。社稷鎮風令雨，山川鎖霧藏霞。雲霄聲斷楚雲遮，勝似杏壇文雅。（丑）妙吓！大將無人做，官差是我為。（付）禹門三級浪，平地一聲雷。（末上）聖旨下。（外、眾上）

【神仗兒】兵機將權，兵機將權，必須諳練。誰能擅專？

都尉堪充武選。為向轅門奏臣推薦，蒙聖旨便封官，蒙聖旨便封官。

　　（末）聖旨已到，跪聽宣讀。詔曰：「朕惟狂秦暴虐，塗炭生民，蜂起干戈，雲擾寰宇。朕奉行天討，以順人情，然而開國之秋，非將勿克。茲有[1]相國卿蕭何，薦爾臣韓信，素蘊韜略，堪膺重任。特築高臺，齋戒具禮，拜為大將軍。敕總督王師，四征不停，建功之日，另加爵賞。爾其欽哉。」謝恩。（外、生）萬歲，萬歲，萬萬歲！（生）老丞相，敢不是小生有誤朝廷大事？

　　（外）老夫呵，

【園林好】向轅門我曾諫王，封大將伊誰敢當。獨舉得將軍才量，真國士果無雙，真國士果無雙。

　　（生）

【前腔】悲歌起人都道亡，我意欲還歸故鄉。感丞相追留過獎，為大將恐難當。（眾合）拜大將正相當。

　　（末）請大將登壇受印。（生上壇坐介）（眾）眾將官叩頭。（生）眾將官，新營建在何處？（眾）十里餘外。（生）首將是誰？（眾）曹參。

　　（生）眾將官，與我：

【大環著】擺鸞旗擁道。（末）聖上有旨：「著相國卿蕭何代朕捧轂推輪。」（外）領旨。（眾）擺鸞旗擁道。（生）眾將官，軍中選一員大將代替蕭爺。（外）多謝元帥。（眾）鼉鼓轟敲，馬隊紛紜，步卒喧噪，驍騎軍營四遶。送出轅門，爭

1　底本作「尓」（爾），據明萬曆仇實父繪像《重校千金記》（《傳惜華藏古典戲曲珍本叢刊》景印）改。

看紫泥封五花官誥。齊喝彩攔街歡笑，似萬丈龍門高跳。
（合）聲名好，爵位高。看破敵功成，羽書飛報。
　　（生）
【合喬松】把秦灰盡[2]掃，把秦灰盡掃。將勇兵驍，平齊定
魏收楚趙，燕境風迷振枯槁，方顯謀猷妙。功勳立早，衣
緋羅紫綬官品要。山河可保，看青史丹書姓字標。（合）
仰瞻天表，沉煙頓消。馳車驟馬紛紜遶，爭誇大將英豪。
金鼓闐闐鬧，凱奏昇平調。
　　（生）
【越恁好】吾王登大寶，吾王登大寶，臣子佐唐堯。文功
武勳，誇伊呂、滅尤巢。除兇雪恥，啣環結草。黃金在
腰，鋒芒白刃吾當道，安危各秉松筠操。
【尾】築壇拜將從來少，跨海擎天思報効，赤膽忠心助漢
朝。（同下）

按　語

〔一〕本齣主體情節、曲文接近明萬曆仇實父繪像《重校千金記》
第二十七齣〈登壇〉。
〔二〕選刊此齣的坊刻散齣選本還有《歌林拾翠》。

2　底本作「靜」，參酌文意改。以下同。

長生殿·酒樓

生：郭子儀。

丑：酒保。

付：郭子儀的部下。

（生將巾、佩劍上）壯懷磊落有誰知？一劍防身且自隨。整頓乾坤濟時了，這回方表是男兒。自家姓郭，名子儀，本貫華州鄭縣人氏。學成韜略，滿腹經綸，要想做一個頂天立地的男兒，幹一樁定國安邦的事業。今以武舉出身，到京謁選。不想，楊國忠竊弄威權，安祿山濫膺寵眷，把一個朝綱看看弄得不成模樣了！俺郭子儀未得一官半職，不知何日纔得替朝廷出力也！

【集賢賓】論男兒壯懷須自吐，肯空向那杞天呼？笑他每似堂間處燕，有誰能屋上瞻烏。不提防柙虎樊熊，任縱橫社鼠城狐。幾回價聽雞鳴起身獨夜舞，想古來多少乘除。顯得個勳名垂宇宙，不爭的便姓字老樵漁。

旅邸無聊，不免向大街上閑步一回者。（走介）

【逍遙樂】向天街徐步，暫遣牢騷，聊寬逆旅。俺則見來往紛如，鬧昏昏似醉漢難扶，哪裡有獨醒行吟楚大夫！俺待要覓個同心伴侶，悵釣魚人去，射虎人遙，屠狗人無。

【上京馬】遙望見綠楊斜靠畫樓隅，滴溜溜一片青帘風外舞，怎得個燕市人來共沽？迤邐行來，已是長安市了。你看，有個大酒樓在此，不免沽飲一壺消遣則個。店家有麼？（丑上）來

哉來哉。我家酒舖十分高，立誓無賒挂酒標，只要有錢憑你吃，無錢滴水也難消。客人，阿是吃酒個僿？（生）正是，可有好酒？（丑）有有有，請樓上坐，我去拿來。（生上樓介）好一座酒樓也！敞軒窗日朗風疏，四週遭粉壁上都畫著醉仙圖。

（丑拿酒上）客人，酒拉里。阿要僿個過酒菜？（生）不用，有酒再去取來。（丑）吷哉。看俚弗出，倒會吃寡酒個。（內）小二哥，快拿酒來！（丑）來哉來哉。（下）（生吃酒介）

【梧葉兒】俺非是愛酒的閒陶令，也不是使酒的莽灌夫，一謎價痛飲興豪粗。撐著這醒眼兒誰瞅睬？問醉鄉深可容得吾[1]？聽街市恁喧呼，偏冷落高陽一酒徒。

（作起看介）（老旦扮內監，淨、付、外扮官，穿吉服。雜捧金幣，牽羊擔酒隨上，遶場轉下）（丑捧酒上）客人，熱酒拉里。（生）放下。酒保，我且問你，樓下這些官員往何處去來？（丑）客人，吥請坐子，一面吃酒，等我一面告訴吥聽。只因國舅楊丞相，并那韓國、虢國、秦國三位夫人，萬歲爺各賜新第在這宣陽里中，四家府門相連，俱照大內一般造法。這家造來，要勝似那家的；那家造來，又要賽過這家的。那家造得華麗，這家便拆毀了，重新再造，定要與那家一樣方纔住手，不知糜費了幾千萬貫錢鈔！今日完工，合朝的大小官員都備了禮物，前往各家去稱賀，因此打從這裡過去。（生驚介）吓！有這等事！（吃酒乾介）（丑）客人聽得高興乩哉，讓我再去拿一壺來。（下）

（生）咳！外戚寵盛，到這個地位，如何是了！

1　底本作「我」，據清康熙稗畦草堂《長生殿》（《古本戲曲叢刊》五集景印）改。

【醋葫蘆】怪私家恁僭竊，競豪奢誇土木。一班兒公卿甘作折腰趨，爭向權門如市附。咳！再沒個把輿情向九重分訴，可知這朱甍碧瓦總是血膏塗？

　　心中一時忿懣，不覺酒湧上來。（立起介）吓，且把壁間題詠，閑看一回，少遣悶懷。（看介）「世人結交須黃金，黃金不多交不深。縱令然諾暫相許，終是悠悠行路心。」呀，這詩真個罵盡世人也！（又看介）「燕市人皆去，函關馬不歸；若逢山下鬼，環上繫羅衣。」呀？這詩好生奇怪也！

【么篇】俺這裡定睛兒一直看，從頭的逐句讀，端詳這詩意少禎符。這是何人所作？（看介）「李遐周題」，嗐？李遐周這個名字好生耳熟……哦，是了！我聞得有個術士李遐周，能知過去未來，想必就是他了。多則是就裡難言藏讖語，猜詩謎杜家何處？早難道醉來牆上信筆亂鴉塗！

　　（內作鬧介）（生）酒保哪裡？（丑上）來哉來哉。客人，要僐個了？（生）樓下為何又是這般喧鬧？（丑）客人，吓靠拉樓窗上看嘘。（四雜執事旗傘，引淨上，遶場轉下）（生）這是何人？（丑）客人，此人姓安名祿山，萬歲爺十分寵愛他。說他不盡這許多恩典，今日又封做了什麼東平郡王。方纔謝恩出朝，賜歸東華門外新第，打從這裡經過；為此嗃是介鬧熱。（生怒介）呀！這就是安祿山麼？（丑）正是哉喲！吓阿看見俚個大肚皮了？（生）咻！他有何功勞，便封他為王爵？咻！我看這廝面有反相，亂天下者，必此人也！

【金菊香】見了這野心雜種牧羊奴，他蜂目豺聲一定是奸徒。卻怎生把那野狼兒引進屋？怕不將題壁詩符？更和那私門貴戚一例價逞妖狐。

（丑）呀，客人，關佤儂事了，是介狗頭狗得起來介？

（生）

【柳葉兒】呀，不由人不冷颼颼衝冠髮豎，熱烘烘氣滿胸脯，咭噹噹把腰間寶劍頻頻覷。（丑）客人，弗要動個個閑喉氣哉！等我再去拿一壺來罷。（生）呀，便教俺傾千盞，飲盡了百壺，怎能把重沉沉一個愁擔兒消除。

俺不吃了，這酒錢你收了去罷。（丑）呸哉。別人來「三盃和萬事」，個個客人倒是「一氣惹千愁」。（下）

（生作下樓、行介）俺不免回寓去罷。

【浪裡來】見著那一樁樁傷心的時事捂，湊著那一句句感時的詩讖伏，只怕天心人意兩難摸。好教俺費沉吟、跎踣地將眉對蹙，看滿地斜陽欲暮，到蕭條客館兀是意躊躕。

說話之間，已到寓所了（作進坐介）（付扮家將上）稟爺，有朝報呈上。（生看介）兵部一本，為除授官員事：「奉聖旨，郭子儀授為天德軍使。欽此。」原來旨意已下。你可早些收拾行李，即日上任便了。（付）是。（下）

（生）俺郭子儀，雖則官卑職小，便可從此報效朝廷也！

【高過隨調煞】赤緊似尺水中展鬣鱗，枳棘中拂毛羽。且喜得奮雲霄有分上天衢，直待俺把乾坤重整頓，將百千秋第一等勳業圖。縱有那妖氛孽蠱，少不得肩擔日月，隻手把大唐扶！

（下）

按　語

〔一〕本齣出自洪昇撰《長生殿》第十齣〈疑讖〉。

〔二〕選刊此齣的坊刻散齣選本還有《審音鑑古錄》。

葛衣記·走雪

小生：任西華，新安太守任昉之子，貧儒。
淨（前）、付：太常府的僕人。
丑：左丞府的皂隸。
外：秘書監劉峻，任西華的父執。
淨（後）：劉峻的僕人。

　　（小生葛衣上）
【金蕉葉】寒催恨催，淚盈盈空沾兩腮。姻緣簿須臾拆開，蒹葭誼無端悔賴。

　　倚勢令人太不禁，絲蘿空說附喬林。人情若比初相識，到底終無怨恨心。吓，我想，父親在日與到家結姻，何等相厚；如今是見我家貧，一時心變，勒寫休書，是何道理！我當日父親相厚的也不止他一人，哪個不知道這頭親事？我如今且不要回去，就往各家告訴一番，畢竟也有個公議。阿喲，只是風緊衣單，好生寒冷，叫我怎生行走？
【山坡羊】想當初許多親愛，到如今驀然更改。惡狠狠如狼似豺，好叫我恨悠悠不斷如江海。漫自猜，無端溺死灰。想梧桐吹倒自有傍人在，世變星移人情物態。傷懷，蘭蕙深交安在哉？堪哀，宿莽荒蓁土一堆。

　　逶邐行來，此間已是陸太常門首了。只是，這般光景怎好去相見？吓，貧乃士之常，相見何妨，何妨？不免叫一聲。門上有人

麼？（淨、付上）侯門深似海，不許外人來。是哪個？（小生揖介）吓，大叔，大叔。（淨、付）你是什麼人？（小生）我是任公子。（淨）到此何幹？（小生）有事相求，敢煩通報一聲。（付）正是，老爺時常說有個任公子，想就是他。（淨）待我進去通報一聲便了。（下）

（小生）吓，大叔，學生只因得了一口氣，特來告訴你家老爺。（付）他進去與你通報了。（小生）多謝。（淨上）任公子，老爺此時在那裡賞雪忙，不得工夫，說改日來會罷。（小生）怎麼說？改日？（淨）正是。（小生）不是吓，學生因著了一口氣，要告訴你家老爺，再相煩報一聲。（淨）老爺性子不好，哪個敢再進去裏。（小生）豈有此理！待我自家進去。（付推介）這等惹厭！走！正是：閉門不管窗前月，分付梅花自主張。（下）

（小生）吓！竟是閉門不納……（哭介）進去了。我且再往別家去；只是，風雪交加，如何行走？吓，雪兒吓雪兒，你是天上的東西，如何也是這等世態，偏向我沒衣服的身上只管打來。（退介）呵唷，呵唷！

【前腔】疏辣辣寒林風擺，撲簌簌雪花無賴，亂紛紛堆積悶懷，密扎扎愁鎖圍難解。（跌介）阿唷唷！我只有這件衣服，又遭一跌。這也不要怪他，也是我命運乖，偏遭顛仆災。但我冬天穿葛，他們若有故人之情，憐念我便好。咳，任西華，任西華，你好痴也！只怕綈袍戀戀古道今難再，漫自躊躕誰來瞅睞？此間已是蕭左丞門首了，不免喚一聲。門上有人麼？（丑扮醉皂隸上）囉個來哉。酒醉方酣睡，何人來扣門？僥人？阿是相面個？（小生）不是。（丑）看風水個？（小生）我是任公子。（丑）銀鐘子？倒是飯碗豪燥。（小生）嗳！任公子吓。（丑）陳

松子纏是油個喂，要俚儕？（小生）我叫任公子，有事要見你家老
爺，去稟一聲。（丑）阿稟得個介？（小生）稟得的。（丑）介沒
住乱，阿有囉個大叔乱？（末內）怎麼說？（丑）外頭有一個儕個
任公子要見老爺了。（末內）住著，待我通報。（丑）喂，朋友，
我替吓傳子進去哉。（末內）皂隸，皂隸。（丑）拉里，拉里。
（末）老爺說不認得什麼任公子，叫你打發他去。（丑）曉得哉。
個個人介？（小生）在這裡。（丑）老爺說不認得你，叫你去罷，
走走走！（小生）豈有此理！走來，我叫任西華，與你老爺是通
家，怎麼說不認得？（丑）吓，你叫儕個？（小生）任西華。
（丑）陳西瓜倒練個哉。（摸介）咏，倒是個著皮鬆。（小生）
嗨，這個人醉了。（丑）擾吓個啦，介乇個樣大雪倒兩碗哉儕個！
（小生）你不肯通報，待我自家進去。裡面有人麼？（丑推跌小生
介）吥！吥是叫化子哉，儕個直闖？（小生怒介）吓！我是化子
麼？這狗才，這等可惡！（丑）可惡吓！等我來拿一把雪泡吓使
使。（捧雪丟介）（內叫）皂隸。（丑）吓，來哉，大鑊鍋裡放一
把哈。（下）（小生）咳！走過兩家都不肯相見，若再到別家去，
我想也是枉然。只是肚中又飢，身上又冷，風雪又越發大了，不如
且回家去稟知母親，再作道理。徘徊，十謁朱門九不開。怳
惆，似捲盡寒爐一夜灰。

　　（內喝道介）（小生）前面有官長來了，或者認得亦未可知。
我且站立一邊。（雜扮二小軍，末、淨扮院子，雜扮車伏，推外
上）

【縷縷金】乘駟馬，出天街，宮闕峇巍外，展瑤臺。因念

無衣客，重裘堪愛。歌殘黃竹轉興衰，寒威怎擔待，[1]寒威怎擔待。

（看小生嘆介）住了車，這等大雪，身上穿了重裘尚不能禦寒，那邊道傍站的人還是穿著葛衣。咳！可憐，可憐！（又看介）吓！我看那人有些面善。院子，上前去問他可是任公子麼？（淨）是吓。來，老爺問你可是任公子麼？（小生）學生正是。大叔，你每老爺是姓什麼？（淨）就是秘書監劉老爺。（小生）吓！就是劉老爺。（淨）啟爺，正是任公子。（外下車見介）吓！果然就是賢姪。（小生哭）阿呀，老伯吓！（揖介，作悲介）（外）咳！可憐，把衣服換了。（淨與換衣介）（外）聞你落薄，正要差人訪你，果然如此襤縷了。你為何獨自在此？

（小生）老伯聽裏：

【山坡羊】嘆不肖一家狼狽。（外）令尊的許多書籍，如今還在麼？（小生）論遺編五車猶在。（外）好！這是賢姪能守了。令堂好麼？（小生）念寡母煢煢在堂。（外）令堂的甘旨呢？（小生）甘旨麼……（作面腆介）（外）眾人退後。（眾下）（小生）老伯吓，奈三餐菽水猶尷尬。（外）原聘到氏可曾畢姻麼？（小生）誰知事不諧，怎知是禍胎！（外）什麼禍胎？（小生）老伯還不知道麼？（外）並不知道。（小生）小姪前日在那靜貞庵中去燒香，正要出門，卻是到翁的令嬡也來燒香。因幼時相見過的，只得上前去作揖，不想，被他家人恥辱了一場。（外）你該告訴他主人纔是。（小生）小姪正欲告訴，見我衣衫襤縷，勒

1　底本作「忘威怎擔戴」，據舊鈔本《葛衣記》（《古本戲曲叢刊》五集景印）改。以下同。

寫休書。（外）可曾寫與他麼？（小生）被他逼勒不過，只得寫了。（外）吓！寫了！咳，賢姪，你不該寫與他纔是。（小生）老伯吓，把潘楊契舊都頹敗，秦晉深盟卻變做張陳冤債。（外）令先尊的相交也不止他一人，你還該往各家去告訴。（小生）因此告訴父執諸公。（外）是哪幾家？（小生）是蕭左丞、陸太常。（外）他兩家怎麼公議麼？（小生）都是閉戶不納。（外）吓，都是閉戶不納。咳！世道人情，令人可恨！這樣人就該與他絕交了。（小生）塵埃，似雪壓梅花凍不開。今日幸遇老伯呵，一似春臺，動地[2]東風雪後來。

（外）不消說了，且到我家中去。（小生）多承老伯美意，只是衣衫襤褸，恐怕玷辱了老伯。（外）咳，賢姪，你說哪裡話來！

【貓兒墜】死生貴賤，天自有安排。到兄吓到兄！你覆雨翻雲真世態。竟不念任兄呵，他白楊宿草掩泉臺。分開，（合）那些個千金一諾，重義疏財。

（眾上）請老爺上車。（外、小生同上車介）

（小生）

【前腔】徘徊顧望，邂逅在天街。念舊憐孤存慷慨，唧恩佩德意無涯。舒懷，那些個一諾千金，重義疏財。

（眾）到府了，請老爺下車。（外、小生下介）（外）眾人迴避。（眾）吓。（下）

（外）賢姪就在我家書房中看書，以圖進取罷。（小生）多謝老伯，深感不棄。只是還要回去稟過母親，然後到老伯府上來便了。（外）既然如此，且到裡邊去，飲過三盃禦寒，如何？（小

2　底本作「把」，據舊鈔本《葛衣記》改。

生）多謝。自憐蹤迹久³飄蓬。（外）學富三冬足未窮。（小生）
今日得君提拔起。（外）免教人在污泥中。賢姪請。（小生）老伯
請，小姪隨後。（外）請吓。（小生）請。（同下）

按　語

〔一〕本齣主體情節、曲文與梅蘭芳藏舊鈔本《葛衣記》第十齣接
近。

〔二〕選刊此齣的坊刻散齣選本還有《纏頭百鍊二集》，標目〈躡
雪〉。選抄此齣的散齣鈔本有中國社科院圖書館藏《集錦》。

---

³　底本作「又」，據舊鈔本《葛衣記》改。

繡襦記・剔目

旦：李亞仙。
小生：鄭元和。

　　（旦上）

【引】賣釵收古典，勸郎希聖希賢，窮理義，坐青氈。

　　倒橐收回萬卷書，明窗淨几惜居諸，寒灰餘燼漫吹噓。三寸舌為安國劍，五言詩作上天梯，願郎他日錦衣歸。奴家自與鄭郎沐浴更衣，稅[1]一書院另住，先以酥乳潤其臟腑，後以粥湯養其腸胃。未及月餘，且喜精神平復，面貌如初。奴家勸他盡棄百慮，以志于學，俾夜作晝，已經二載。業雖大就，再令精熟，以俟百戰，多少是好。言之未已，鄭郎出來也。

　　（小生上）

【引】命途遭淹蹇，鴻鵠暫困林間，毛羽長，看孤騫[2]。

　　（旦）官人。（小生）大姐。（旦）官人，妾聞：「天之將降大任於是人也，必先勞其筋骨，餓其體膚。」你貧賤患難皆已歷盡，何不奮志于學，以俟百戰？（小生）大姐，卑人聲振京闈，名聞天下，海內文章，莫不飫覽；書已讀盡，無庸再讀。（旦）鄭

1　底本作「設」，據明末朱墨本《繡襦記》（《古本戲曲叢刊》初集景印）改。
2　底本作「寒」，據明末朱墨本《繡襦記》改。

郎，自古書**囊**無底，哪有讀得盡的道理。（小生）說得有理！書**囊**無底，待我再讀。

（旦）

【沉醉東風】你且對青燈開著簡篇，須勵志莫辭勞倦。坐待旦竟忘眠，乾乾黽勉，如與那聖賢對面。（合）鳶飛戾天，魚躍于淵，察乎天地道理只在眼前。

（小生）

【前腔】看詩書不覺淚漣，（旦）你看書為何墜下淚來？（小生）這手澤非爹批點？（旦）不怨父母，還是個好人。（小生）自古天下無有不是的父母。想熊膽苦參丸，娘親曾勉，今日呵，虧殺你再三相勸。（合）鳶飛戾天，魚躍于淵，察乎天地道理只在眼前。

（小生）大姐，夜深了，進去睡罷。（旦）豈不聞「古之聖賢，懸梁刺股，以志于學」？你今懶惰，焉能有成？你且看書，待我做些針黹陪你。（小生）若如此，我再讀書。

（旦）

【江兒水】刺繡拈針線，工夫自勉旃。謾配均五彩文章炫，似補衮高才將雲霞剪，皇猷黼黻絲綸展。若論裙釵下賤，十指無能，莫逞芙蓉嬌面。

（小生）

【前腔】聽玉漏催銀箭，金猊冷篆煙，奈睡魔障眼精神倦。（內吹打介）聽紅樓猶把笙歌按，倒金樽秉燭通宵宴。（旦）你還想紅樓翠館怎麼？（小生）眼倦情懷撩亂，聽聲徹檀槽，（內）請了。（小生）想是曲罷酒闌人散。

【玉交枝】（旦）你文章不看，（小生）小生著實在此看書。

（旦）咻！口支吾一剗亂言。讀書有三到。（小生）哪三到？（旦）心到、眼到、口到。你書倒不讀，為何頻顧殘妝面，不思量繼美承前？（小生）看你秋波玉溜使我憐，一雙俊俏含情眼。（旦）你不用心玩索聖賢，卻為妾又垂青盼。（小生）我的娘，誰叫你生得這般標致。（旦）看書。（小生）大姐，身子倦了，睡了罷。（旦）你眞個不耐煩了麼？（小生）其實有些不耐煩了。（旦）既如此，且把書來收卷。（小生）有理！收拾了去睡罷，明日再看。（旦）罷罷罷！為妾一身，損君百行，何以生為？我拚一命先歸九泉。（小生）大姐何出此言？（旦）你方才說喜我的甚麼？（小生）我說喜大姐這雙俊俏的眼。（旦）吓，你喜我的眼，你何不早說？罷！我把鸞釵剔損鳳眼，羞見你不肖迍邅。（小生）呀，不好了！見涓涓血流如湧泉，潸潸卻把衣襟染。大姐，小生在此看書！子曰：「《易》其至矣乎？夫《易》，聖人所崇德而廣業也。」今始信望眼果穿，好教人感傷腸斷！

大姐甦醒，小生在此看書！子曰：「君子之道，或出或處，或默或語。二人同心，其利斷金。同心之言，其臭如蘭。」大姐吓！

（旦）

【玉抱肚】我在冥途回轉，尚兀自心頭火燃。你還只想鳳友鸞交，焉得造鷺序鵷班？亞仙，亞仙，你好痴吓！這等不習上的，管他怎麼！向空門落髮，伊家休得再來纏，紙帳梅花獨自眠。

（小生）且住。他是個女子，尚然如此立志；我是個男子，何故執迷？如此，大姐，你不須煩惱。我聞得上國開科，明日別你前去，若得一官半職，回來見你；若不得官，永不見你之面也。

（旦）如此卻好！我有白金十兩，贈君為盤費。（小生）多謝大姐。（旦）但不知幾時起身？（小生）大姐：

【川撥棹】我明日別朝金殿，把胸中經濟展。（旦）論所學達者為先，論所學達者為先，早成名吾心始安。（小生）大姐，我不成名誓不還，我不成名誓不還。

　　（旦）

【尾】孤闈再把重門掩，不堪離恨寄冰絃，斷雨殘雲思黯然。

　　（小生）阿呀，大姐吓……（哭下）（旦）才郎快著祖生鞭，騰達飛黃路佔先。從此閨中常側耳，泥金帖子好音傳。（下）

按　語

〔一〕本齣主體情節、曲文接近明末朱墨本《繡襦記》第三十三齣〈剔目勸學〉。

〔二〕選刊此齣的坊刻散齣選本還有：《樂府萬象新》、《樂府紅珊》、《賽徵歌集》、《怡春錦》、《玄雪譜》、《新鐫歌林拾翠》、鬱岡樵隱輯《新鐫綴白裘合選》、《醉怡情》、《來鳳館合選古今傳奇》、《方來館合選古今傳奇萬錦清音》、聞正堂刊《綴白裘全集》。《樂府紅珊》版李亞仙的上場詩與眾不同。

〔三〕選抄此齣的散齣鈔本有中國社科院圖書館藏《集錦》。

香囊記·看策

淨：秦檜。

丑：堂候官，秦檜的手下。

末：秦府的小兵。

外：送文書的差人。

（二旦、末扮小軍，引淨上）

【引】燮理陰陽調鼎鼐，依日月位正台階。執掌絲綸，門盈冠蓋，堪忿那書生狂態！

迴避了。（眾）吓。（下）（淨）官居黃閣，位近丹霄。贊廊廟之謀謨，為朝廷之耳目。順兩儀，遂萬物，須教玉燭調和；鎮百姓，撫四夷，願保金甌無缺。真是八柱擎天，高明之位列；以致四時成歲，停毒之功存。堂堂舟楫濟川才，落落鹽梅調鼎手。這幾日朝廷有事，老夫不能得暇檢閱省中案牘。見說新狀元廷試三策，崇言大臣失職，時政有乖；這是明明詆毀老夫了。官兒。（丑上）有。（淨）新狀元三策可曾送下？（丑）送下了。（淨）取來。（丑）是。（呈介）

（淨）第一策[1]道：「奉迎二帝於朝廷，宜盡父子溫凊之禮。修治諸陵于中土，當雪祖宗憤恥之仇。」好大話！就是張、韓、

---

[1] 底本作「冊」，據明繼志齋刊《重校五倫傳香囊記》（《古本戲曲叢刊》初集景印）改。以下同。

劉、岳尚且不能恢復，你就要迎二聖還朝。小小書生，敢發大言。取第二策過來。（丑）是。（又呈介）（淨）第二策道：「省徭賦以甦久困之民，固城池以備不虞之患。」這話講的也多，不待你言。再取第三策過來。（丑）是。（又呈介）（淨）第三策道：「權……」（搔首不語，看呆介）吓！「權臣誤國，奸佞盈朝。邊將寢兵，英雄喪氣。」這兩句明明直指下官主和議之非。我想，許多勳舊大臣尚且箝口結舌，不敢誹謗於我，他是個新進豎子，輒敢如此無狀。可惱，可惱！（外上）吏部門前傳月報，銀臺門下聽差宣。門上哪位在？（末上）什麼人？（外）請了。相煩通報，銀臺司王老爺差官送月報在此。（末）傳得的麼？（外）傳得的。（末）如此，少待。（進介）啓爺，銀臺司差官送月報在外。（淨）吓，著他進來。（末）是。相爺著你進去。（外）是。銀臺司差官叩頭。（淨）月報我這裡有了吓。（外）纔打下來的。（淨）起來。（外）是。（呈上介）

（淨）「吏部一本，為缺官事：樞密院缺樞密使一員，推得呂希灝廉能清正，堪陞尚書左僕射兼樞密院使。奉聖旨。」是。官兒，呂爺陞了麼？（外）陞了。（淨）你爺可曾去賀麼？（外）還未。（淨）揀個日子并賀罷。上覆你爺。（外）是。（淨）這老先兒有正無邪，有順無逆，陞得是。（外換呈介）

（淨）「兵部一本，為陝西諸路都統制臣吳玠等為胡虜侵邊事：兀尤統領四十餘萬人馬，勢如山倒。所過州縣，望風披靡，燒毀民房，擄剽金帛女子。臣玠父子，率兵對敵。托賴聖天子洪福，將士戮力，斬首萬餘，收得糧餉、器械、衣甲、馬匹四百餘扛。生擒番將百員，囚解到京，請旨定奪。」官兒過來。（外叩介）有。（淨）兀尤敗了？（外）敗了。（淨）如此說，我軍全勝了吓？

（外）全勝了。（淨）該差個官兒到邊犒賞三軍纔是。這捷音本誰來報的？（外）是邊上王俊飛書來報的。（淨）這等，有功了，該旌獎他。（外）是。（淨又看介）「兵部總兵官趙邦一本，為請兵事：紹興元年正月十七日大敗兀朮于河尚原。」咻！又敗了。「兀朮不憤，要復前仇。統領傾國之兵打下戰書，約在朱仙鎮大戰。兀朮雖敗，勢甚猖狂；奈因將寡兵疲，乞該部星夜檄文各省調兵遣將到邊，以解倒懸之厄。所缺督兵官一員，伏乞聖恩，速差總裁官員同岳飛再勦北虜。事在燃眉，兼趲糧草以應邊餉之用。伏乞聖裁。」（低白）我說，他怎肯服輸。官兒。（外）有。（淨）那兀朮打下戰書幾日了？（外）三日了。（淨）如此說，臨界了吓？（外）臨界了。（淨）那岳飛可曾離帥府麼？（外）還未。

　　（淨）起來。邊上又缺官，我這裡又缺官；當初老夫曾言，還是與他和的好。今日也征、明日也征，怎得個寧靜之日？豈是太平的景象？廟堂之上沸沸揚揚，豈容一人做主！那兀朮是個蠻寇，怎肯服輸？殺敗了又來，殺敗了又來，不來猶可，一來就是數百萬。他連犯中原數次，那庶民哪裡當得起。這些弄筆書生，不審國體，耗費錢糧，了不得！（又看介）「翰林院一本，賜進士狀元及第臣張九成，賜進士探花及第臣張九思，為乞恩養親事：念臣有老母崔氏，年邁在堂，乏人侍奉。臣盡節于陛下之日長，報親之日短，烏鳥私情，願乞終養。伏乞聖恩放歸，以全人子之道，不勝感恩之至。聖旨批：著中書省議報來說。」官兒過來。（外跪介）有。（淨）這養親本章也是纔下的麼？（外）是。（淨）你每爺怎麼處了？（外）家爺不敢自專，特送到相爺這裡來裁處。（淨）不是吓，聖上批下來，著中書省議報來說。議者眾議，非一人自專，何須送到我這裡來？我也曉得，明明是你爺要推乾淨，叫我做個難

人。吓，我看那廷試三策說得好，要奉迎二帝還朝，二帝不曾迎取南還，就要回家省親，如此論來，可憐二帝不能個奉迎了。妄發狂言，所以令人背議。他既有老母在堂，當初誰著他弟兄二人都來赴選？何不留一人在家侍奉，著一人前來應試？這便由得你了。你如今既已出仕，事在朝廷，這等擅便。要來自來，要去自去，好個自在的性兒！還有個戴大帽的管著你哩！我曉得他要忠孝兩全；這又差了，為人臣子，忠孝怎能夠兩全？我如今全了他的忠孝，其間又有公議，所以難容。這原不是我衙門之事，既已送來，若不與他全美，枉了他的來意了。我如今與他一個忠孝去。官兒過來。（外）有。（淨）那張九成有文武全才，該與國家做些事業。現今邊上缺官，明日同你每爺上一本，保他為督府參謀，同岳飛征剿北虜；這便全了他的忠了。再吩咐該衙門，打發一紙養親文書，著張九思星夜回去養親；這便是全了他的孝了。忠孝雖不出于一身，也全于他一門了，可處得好麼？（外）爺處得極是。

（淨）取回策來，上覆你爺，說我處便這等處了，倘若不妥再議。若你爺問起，張九成是文官，豈諳武事？就把這第二策送與你爺看。他說：「省徭賦以甦久困之民，固城池以備不虞之患。」只這兩句，莫說是參謀，就是元帥也做得來了吓。（外）是。口傳丞相命，回覆俺爺知。（末送外下）

（淨）咳，畜生吓畜生，只教你兩地不能相顧盼，回頭不見故鄉人。

【鎖牕郎】笑狂生質類駑駘，獻廷策太不才。耑非內省，歷詆西臺。他憑河暴虎，如今難悔。（合）管教他風塵千里向邊塞，親戰伐，受顛沛。

叵耐書生謗大臣，管教漂泊陷邊塵。平生不作皺眉事，世上應

無切齒人。堂候官過來。（丑）有。（淨）吩咐五城兵馬司，一應差出征調官員，不得私自停留在京；如違，該衙門拿問。（丑）是。（淨）再差一員家將到邊打探。但岳飛捷報之後，張九成不必面君，即傳符驗一道，著他往五國城問候太上皇帝、淵聖皇帝起居消息。那時覆命還朝。（末）是。（淨）過來。（丑）有。（淨）那張九成明日少不得要來辭我，吩咐門役，不許傳稟！（丑）是。（淨）連那帖兒也不許傳進吓！（下）（丑）是。（末）處得好吓！（丑）好美差吓！（同下）

按　語

〔一〕本齣出自邵璨撰《香囊記》第十一齣〈看策〉。

躍鯉記・看穀

貼：安安。

旦：龐氏，安安的母親。

付：安安的祖母。

　　　（貼持竹竿上）

【霜天曉角】婆婆囑付，曬穀看場圍。鎮日持竿守護，不容鳥雀喧呼。

　　悶似湘江水，滔滔不斷流；猶如秋夜雨，一點一聲愁。我，安安。讀了半夜書，今早婆婆把稻子曬在場上，恐怕雞鵝吃了，著我在此看穀，不免守護則個。

【二犯傍妝臺】曬穀滿場圍。咳！只是養兒待老積穀為防飢。我那親娘被逐在外，我再三勸不轉婆婆，子不肖真豚犬。（作趕雞勢介）你看那一隻母雞，他纔見食喚雛歸。我欲待要趕他，看他母子相呼廝喚，又不忍去趕。他若吃了稻子去，婆婆又要打我。早難道鸚鵡啄殘紅稻粒，那些個鳳凰棲老碧梧枝。我安安呵，好似失親慈烏。我那親娘吓，怎學得引雛牝雞？天哪！不如禽鳥倒得個母子兩相依。（作睡介）

　　　（旦持籃上）

【前腔】包羞忍恥步趦趄，起居安否？俛首問慈幃。足將進供魚膾，恐惹禍更徘徊。呀！那邊睡的好似我安安模樣。待我上前去看來。（哭介）阿吓我那兒吓！為何塵埃滿面在場邊

睡？何事啼痕濕兩頤？兒吓，多應思母朝夕淚垂。兒呀，做娘的不在你身畔，無人照顧你茶飯，餓得這般模樣了。**日來消瘦小身軀。**

吓，安安。（貼）婆婆！安安在此看稻嘐……（旦）被婆婆打怕了，睡在那裡，還叫婆婆。兒吓，娘在此。（貼）娘在哪裡？

【賺】**睡眼昏迷，雙手摩開認阿誰。**（旦）兒吓，娘在此。（貼）母親在哪裡？（抱哭介）（旦）兒吓，你且忙收淚。（貼）娘吓，你今朝到此何為？（旦）我煮得一碗魚羹在此，送與婆婆吃，你拿了進去。我去了。（貼扯介）娘且住在此！（旦）兒吓，**漫牽衣。**（貼）娘吓，**看你舉止驚惶如夢裡，且請從容慰我悲。**（旦）兒吓，**你休吁氣。倘婆婆知道了，霎時禍起蕭牆內，怎生迴避？**

（付內叫介）安安！（旦）婆婆來了。（貼）婆婆，不要出來，安安在此看稻。（付上）吓搭囉個拉里說話？（貼遮旦介）沒有人。恐怕雞吃了稻子，在此趕它。（付）小油嘴！明明里有個人拉里說話。（貼）沒有人。（付）眼淚弗曾乾來。吓，是哉！莫非吥乱娘拉里？（貼）實不瞞婆婆，我母親在此看安安。（付）竟說娘拉里就罷哉，何必瞞我。偷子幾哈穀拉俚去哉？（貼）不曾與他。（付）賊油嘴！我看見拿子三、五斗去亦來個，還要騙我來？（貼）沒有的。（付）拉乱囉里？（介見）（旦）婆婆萬福。（付）好咻！

【皂角兒】**我只道是何人高聲大氣，卻原來是賤人生計。眼中釘已自拔去，覆盆水怎生收取。**來得好！前日趕吥出去，弗曾剝得衣裳，今日裡，卸鸞釵，剝羅襦，推出去，莫待鞭笞。（剝衣介）（旦、貼）**一場好意，反成禍危。**（付）

還要回嘴來？（打介）（旦）任將奴千般屈陷也，無回對。

（付）我且問吥，吥今日來做僗？（旦）奴家把麻緕換得一尾江魚，煮得一碗魚羹湯奉敬婆婆。（付）吥騙囉個？千日萬日弗來，曉得我曬個穀拉里，要來偷穀，送僗羹湯！（旦）奴家焉有此心。（付）打出去！（打旦，哭下）

（付）小畜生，我拿吥得來像寶貝能，則是弗歡喜我，僗了見子娘能介好？（貼）婆婆，天下之禮則一，母子之情無二。婆婆這等年紀，愛惜我爹爹，教母親怎不愛惜我安安？爹爹孝敬婆婆，難道安安不該孝敬母親的？（付）小畜生，這等無禮！搭我一句對一句，氣殺我哉！

（貼）

【集賢賓】從容體恤還鑒省，（付）稻阿偷子去哉，還有僗說？（貼）聽言須辨真情。我那娘思念婆婆沒人調膳，膾切鮮鱗來引敬。（付）俚拿個衣裳腳手換慣來吃個，難間吃剩子，拿拉我吃吓。（貼）阿呀，婆婆，這羹不是殘的，也不是把衣服換來的。（付）倒是囉哩來個？（貼）我那娘呵，把麻換取，烹來潔淨。（付）我不信。（貼）婆婆吓，你心偏意鯁。（付）我心上其實惱俚。（貼）平白地剝衣凌併。（付）個件衣裳原是我個，弗是俚嫁事裡帶來個。（貼）情太冷。（付）難間直頭冰沱哉。（貼）痛母子含冤悲哽。

（付）

【鶯啼序】常聞飲食私制情，（貼）並無此事的噓。（付）于今的信詳明。（貼）我母親三飢兩飽，吃了多少苦……（付）背我面自飽饘粗，（貼）冤枉吓！（付）我怎生當此殘剩？（貼）這是殘的？你看。（付）小畜生，你不曾讀書的麼？豈不聞

「蹴爾而與之，乞兒不屑也」？這乞兒尚兀自嫌憎，他養親不誠，飼犬馬一般何敬？（貼）犬馬有這樣好東西吃？罪過。（付）還思忖，我曉得，必竟是用毒藥害吾身命。

　　（貼）

【黃鶯兒】母親呵，一片孝心誠，換江魚作鱠羹，（付）不是魚羹，是催命湯。（貼）酒盃何用疑蛇影。受寃屈非輕，罷！自有皇天鑒明。（付）吓，小畜生，你敢咒我僖？（貼）婆婆說有毒藥在內，如今待我吃一口，死不死，便見明白。（付）阿呀，個是吃弗得個嘘。（貼）我試嘗一口為明證。（吃介）（付）阿呀吃弗得個！有毒藥拉哈個，吃子是眼睛烏珠纔要爆出來個！餓牢鶯，魚汁水吃一個乾淨。（貼）婆婆，你說有毒藥在內，安安吃了怎麼不死？（付）吾阿曉得，個個藥是藥殺老娘家個，弗是藥殺小干兒個。（貼哭介）我那娘吓！你特地煮羹與婆婆吃，誰想倒是我安安吃了。痛娘親，百般辛苦，教我入口應心疼。

　　（付）

【簇御林】不知禮，小畜生，你逆婆言，重母親。畜生吓，我今年八十歲哉，就活嚇弗多時哉，卻不道報劉日短桑榆景？你不見陳情李密辭官政，在家庭？花言巧語，咳！惱得我病還增。

　　（貼）

【尾】娘親好意來誠敬，反觸婆婆怒益增。天哪！怎得黃河一旦清？

　　（付）小畜生，我常時愛你掌中珍，今日原何逆老親？（貼）婆婆，試看雞雛尚有母，安安無母枉為人。（付）枉為人，枉為人，打殺吾個小囚根！（打下）

按　語

〔一〕本齣可能是在富春堂本《姜詩躍鯉記》的基礎上改編而成。

〔二〕選刊此齣的坊刻散齣選本還有：《醉怡情》、聞正堂刊《綴白裘全集》。

一捧雪‧邊信

生：莫懷古。
丑：貨郎，原是湯經歷的僕人。

　　（生上）

【引】天外羈殘喘，度朝昏恨深仇遠。夢魂裡愁將名姓顯，幾度逢人，怕識顏和面。

　　逃魏死張祿，相秦生范雎；綈袍雖戀戀，折脅恨難灰。我，莫懷古。自遭權奸陷害，差兵擒獲，綁赴市曹。幸賴義僕莫成代死，好友縱放，潛身更名「歸復」，投托潮河川魏參將麾下為幕賓。雖則苟且偷生，只是累那莫成無辜受戮，日夕痛心！又未知雪艷行止若何？家中妻子曾知我消息否？千愁萬緒，度日如年，不覺容顏非故，鬢鬒侵霜。咳！老天吓老天！未知今生可能有個再返家鄉，報仇洩恨之日否？今日天氣晴朗，不免到塞外閒步一回，少遣悶懷則個。（行介）你看：青塚霜寒，黑山風緊；馬眠沙磧，兵倚戍樓。真個是塞北草生蘇武泣，隴西雲起李陵愁，好生悽慘人也！

【沉醉東風】捲黃雲朔風似旋，映落日斷煙如練。遙望著雁孤還，淚痕如霰，玉門關盼來天遠。長安望遠，錢塘夢牽，堪憐鎩羽何年返故園？

　　（望介）你看那邊一人，好像關內來的，不免前去向他問個信兒。正是：塞花飄客淚，邊柳掛鄉愁。（虛下）

　　（丑扮貨郎，搖鼓上）沙場曉雨塵腥在，氍帳西風馬乳香。我

乃湯經歷手下一個長班便是。俺家老爺被雪娘殺死，家業飄然。我乘機取了些金銀，置買些紬緞雜貨，來到這關外貨賣，販些人蔘回去。迤邐行來，已到潮河川了，不免趲行前去。正是：今古戰爭何日盡，往來名利幾人閒？（生上）幾處吹笳斜日外，何人倚劍白雲邊？（見介）客長請了。（丑）請了請了。（生）請問客長哪裡來的？（丑）老丈聽稟，咱家呵：

【江兒水】南北京師走，蘇杭雜貨全。（生）原來是京中來賣雜貨的。請問足下賣的什麼寶貨吓？（丑）銷金織錦兼紬絹。（生）正是邊上合用的東西。（丑）玉器金珠和詩扇。（生）本錢大哩。（丑）不瞞老丈說，還有兩件私貨哩。（生）是什麼東西？（丑）芽茶菸酒金絲線。（生）只是路途遠得緊吓。（丑）貿易敢辭勞倦？（生）可就在這邊關置些貨物麼？（丑）置買些狐腋貂皮，更把那人蔘挑選。

　　（生）這裡販人蔘去，最有利息。（丑）可要取些貨物瞧瞧？（生）使得。（丑）這是五色裝花。（生）不用。（丑）不用。這是遍地織錦，做戰袍絕妙的。（生）也不用。（丑）也不用。這是名人詩扇，可用得著？（生看介）「世蕃為北溪兄書」……（丑）這是絕妙的好字，是嚴閣老老爺親手寫的。（生）不是！是他兒子寫的。我看這扇子，不像行間攜販的貨吓。（丑）不瞞你說，這是俺舊主人的。（生）你舊主人是哪一個？（丑）是左軍都督府湯勤。（生）住了！他如今做官好麼？（丑哭介）好！被人刺死了！（生）吓！刺死了！是被什麼人刺死的？（丑）噯，說也話長。若老丈不嫌絮煩，待小人細細的說個明白。（生）願聞。

　　（丑）

【五供養】有個錢塘莫宦，與俺家爺呵，同侍豪門，詩酒留

連。誰想那姓莫的有一玉杯，乃傳家之寶，那嚴大爺要他的，這姓莫的捨不得送他，就照樣做成一隻，竟把假杯來掇賺。（生）吓，那嚴大爺可看得出來呢？（丑）那嚴大爺哪裡看得出！即時就加陞姓莫的為太常寺正卿。（生）這就好了。（丑）不要說起。那姓莫的，酒後在俺家爺面前露出眞杯──這就是俺家爺的不是了。（生）便怎麼？（丑）就在嚴爺那邊出首。那嚴爺呵，就忿怒火如燃。就帶領家丁到莫家寓所去搜取。（生）可曾搜著呢？（丑）不想那姓莫這屍養的，倒有什麼仙法的，不但那些箱兒、籠兒，連那屋上的瓦都翻過來，竟找不出來。（生）搜不出來便怎麼呢？（丑）那姓莫的呵，猶恐他機關千萬，只得棄微官遠逃殘喘。（生）他逃了去也就罷了吓。（丑）嚴爺怎饒得他過。捕緝臨邊界，不道追至薊州，竟被他拿住了，就緊牢拴，霎時梟首命歸泉。

　　（生）呀，竟殺了！（丑）殺了還是小事。（生）還有什麼？（丑）哪！

【玉抱肚】只為函頭馳獻，俺家的爺又不是了，對那嚴爺說：首非眞牢籠巧全。（生）殺人怎麼假得！嚴爺可信麼？（丑）那嚴爺呵，乍聞言頓起雷霆，把監斬戚總兵與莫雪娘兩個，命軍旗扭解株連。（生）有這等事！（丑）頭顧眞假細窮研，那日在錦衣堂上，兩命須臾憑片言。

　　講了半日，誤了我的買賣。請了，別了。（生）索性請講完了。（丑）與你我一些相干也沒有，說他仔馬？（生）只當聽新聞一般，請講完了。（丑）吓，只當講新聞。（生）講新聞。

　　（丑）吓，那日正在堂上勘問，忽然聖旨下來，有個官兒犯了法，著錦衣衛立刻監斬覆旨。那時陸老爺就對家將說：「你前日在

薊州看斬莫懷古，今日也同我去看看綁人、殺人。」那家將隨了陸老爺去，戚老爺暫在耳房安歇，堂上單單剩得莫雪娘和俺家爺兩個。俺家爺見那雪娘含悲姣媚，竟起了個邪念，便對那雪娘說：「你如今要死呢要活？」雪娘道：「一個人怎麼不要活？」俺家爺說：「你要活何難，只消我口內兩、三句話，就全了你們兩條性命了。只要依我一件，莫懷古已死，你若肯嫁了我，倒是一位現成夫人哩。」（生）唔！那雪娘從也不從？

　　（丑）那雪娘為因要救戚總兵，只得應承了。少頃，陸老爺回來，便問家將：「你前日看斬莫懷古，可是一樣看綁、看殺的麼？」那家將道：「是一般的。」陸老爺就對俺家爺說：「湯經歷，你還該細細的認一認，不可冤屈了人。」那時，俺家爺就轉過口來說：「既是家將看綁、看殺，諒來無差，這兩塊骨頭大約是人死了筋收骨縮之故耳。」那陸老爺道：「頭既是真，我要上本了。」

【玉交枝】也是天心發現，照溫犀頭真罪孽。（生）這兩個人便怎麼了呢？（丑）將軍節鉞銜重建，那雪娘呵，判羅敷鶯身諧眷。（生）後來便怎麼？（丑）俺家爺又不是了，貪圖麗容思締緣，喧天鼓樂來庭院。（生）這婦人從也不從？（丑）難得，難得！這個雪娘千貞萬烈，只說還有什麼話，講明白了然後結親，把那些眾人多哄出外邊，就把俺家爺呵……（做手勢介）濺鯤鋙須臾命捐，他自家呵，截咽喉魂遊九原。

　　（生）吓！他，他殺了你家爺，又自刎了？（丑）自己把刀來抹死了！我想，一個人酒要少喝。好好一椿事，那個姓莫的酒鬼喝醉了，弄得家破人亡，可好？如今講完了，將軍不下馬，各自奔前程。請了。（下）

　　（生）阿呀，可惱吓可惱！湯賊陷我殺身，復以假首砌陷無

辜，再行奸騙。殺得他好，殺得他好！（淚介）只是，雪娘為我自刎，好不傷心也！

【川撥棹】遭逢蹇，恨奸謀仇不淺。痛殺那誓死嬋娟，痛殺那誓死嬋娟，矢堅貞全身雪冤。痛遺骸埋在那邊，欲招魂歸九天。

【尾】斜陽千里旌旗捲，聽四野蛩聲哀怨，閃得那萬里征夫淚雨漣。（下）

按　語

〔一〕本齣出自李玉撰《一捧雪》第二十三齣〈邊憤〉。

牧羊記・遣妓

淨：衛律，漢朝降將，降匈奴後封丁靈王。
末：丁靈王的部下。
丑：妓院的龜公。
貼：張姣，妓女。

（淨上）

【出隊子】教人嘔氣，恨只恨蘇君不見機。好人不做倒做撒罕兒，美食不餐忍肚飢。你道惺惺，我道你痴。

　　心事未平空宴樂，除非降順事方休。俺只為蘇武不肯降順，費了多少心機。前日著李陵到望鄉台，治酒張筵，勸他降順。他寧甘餓死，決不失節，那李陵惶恐而回。我如今又尋思一計。想那蘇武孤眠獨宿已久，必思女色，不免著一絕色的女子前去陪奉枕席，若得收留，以作降胡[1]之計。小番哪裡？（末上）來了。聽得大王叫，慌忙走來到。大王有何吩咐？（淨）差你到受降城中去喚一個上等的行首來，我在這裡立等。（末）曉得。（淨下）

　　（末）轉過沙漠地，來到受降城。此間已是。呔！龜子。（丑上）來哉來哉。諸般生意好做，唯有王八難當。金山腳下是家鄉，馱石碑是我的本行。吓嘎，是個將爺，弗是節裡來嘻……（末）呔！我是丁大王差來的。（丑）吥出來，我道是要節規個了，倒是

---

[1]　集古堂共賞齋本作「順」。

叫生意個。這個將爺，有儕話說了？（末）你家可有上等的行首？
（丑）有，有介一個斬貨拉里，叫做張姣。（末）喚出來，待我看
看可去得。（丑）吥，等我叫俚出來。囡兒拉丑囉里？快點走出
來。

（貼上）來了。

【清江引】奴家待客方纔了，只聽得爹爹叫。忙把繡鞋
兜，鈕扣牢拴著，輕梳淡妝把蛾眉掃。

爹爹萬福。（丑）罷哉，罷哉。丁大王丑差介一個毡出將爺拉
里，見子俚。（貼）是。將爺萬福。（末）這就是你的女兒麼？
（丑）正是。阿好？（末）好！就同我去。（丑）阿要琵琶、弦子
個？（末）我那裡都有。（丑）介嘿就走。（末）行行去去。
（丑）去去行行。

（末）住著。大王有請？（淨上）行首有了麼？（末）喚到
了。（淨）先著那龜子進來。（末）吓吠！龜子，大王喚你進去，
小心些吓。（丑）阿呀，搗吓丑娘個屁連頭，好高門檻！眞正烏車
爬門檻，只看此一跌哉。（跳進爬介）（淨）什麼東西？（丑）
「此物」。（淨）什麼「此物」？（丑）橋頭巷口牆頭上寫丑個：
撒尿者，此物也。（末）啓大王，是烏龜。（淨）這廝巧言。
（丑）直道。（淨）你家有幾個行首？（丑）只有一個。（淨）還
是親生的，還是倒包的？（丑）是我親毡裡毡出來的。（淨）叫什
麼名字？（丑）名喚張姣。個星人歡喜俚，纔叫俚張小妹。（淨）
喚進來。

（丑）吓。我個兒子，一個蠻虱大王拉丑，進去見子。（貼）
是。大王在上，張姣叩頭。（淨）抬起頭來。（貼抬頭，淨笑介）
哈哈哈！（丑）哈哈哈！（末）吠！（淨）起來，你是哪裡人？

（貼）南方人氏。（淨）到了幾時了？（貼）兩個月了。（淨）咘！到了兩月，怎麼不來見我？（貼）大王的衙門大，不敢進見。（淨）我的衙門大，難道是吃人的？（丑）大王的衙門大，不吃人；我們女兒的衙門小，嚎……（末）什麼？（丑）倒會咬人個。（末）呣！（淨）張姣，我喚你非為別事，只因南漢使臣蘇武在此已久，想他孤眠獨宿，必思女色。著你扮做良家女子到那裡，姣聲嫩語，陪奉枕席。他若可收留，可就中取事，以為降順俺們之計，倘得成事，回來重重有賞。（貼）張姣啓上大王：那蘇相是個忠臣義士，不貪女色，難以近他。（丑）去弗得個。（淨）咘！你不肯去。小番，把龜子砍了！（末）吓！（丑縮頸介）阿呀兒子，救救吾丕個爺吓！（貼）張姣願去。（淨）饒了。（末）龜子伸出頭來。（丑）弗出來哉，過子驚蟄出來丕。（末）吰！（丑）我縮子頭看吾囉里下刀吓？

（淨）張姣，

【玉山頹】看你千嬌百媚，不要說是蘇武獨宿孤眠，見了你豈不歡頤？須當下禮陪枕席，小心伏侍。（丑）大王，若得他心肯，是我運通時，千金賞賜便關支。

（貼）

【前腔】娼門為妓，恐他行不怕吝鄙，若是他撞入門來，勾引他怎生脫離？蒙王差遣，當宛轉小心陪侍。（丑）大王，若得他心肯，是我運通時，千金賞賜便歡娛。（淨）明日須當到海隅。（貼）大王嚴命怎生違？（淨）正是得他心肯日。（貼）果然是我運通時。（淨）張姣。（貼）有。（淨）你今日住在我府中，明日著人送你到北海岸邊去便了。小番。（末）有。（淨）撥一所官房與龜子居住，先賞他十兩銀子，成事回來，再賞

二十兩。（丑）多謝大王！（淨）張妓，隨我進來。（淨下）（丑
扯貼介）囡兒住亐，草紙拉里。（貼）啐！（下）（丑）哪哪！要
緊嘿事，哪弗要個。（末）龜子，好造化。俺大王爺喜歡你女兒，
賞你房子，又賞你銀子。（丑笑介）我的毦出將爺，大王賞了我銀
子，我有子本錢哉，搭唔合夥計做生意哉嘘。（末）做什麼生意？
（丑）討兩個丫頭開門頭哉那。（末）呔！放屁！（下）（丑）阿
呀，好快活！（唱介）**若得他心肯，是我運通時，千金賞賜**
便關支。（渾下）

按　語

〔一〕本齣主體情節、曲文與寶善堂校改鈔本《蘇武牧羊記》第十
九齣〈遣妓〉高度接近。

牧羊記‧告雁

生：蘇武，漢使節。

（生上）

【引】仗節羝羊北海隅，天困男兒，誰困男兒？綠雲青鬢已成絲，辜負年時，虛度年時。

蘇武在匈奴[1]，臥起持漢節。節旄已落盡，忠心堅似鐵。渴飲月窟水，饑餐天上雪。牧羊邊地苦，落日歸心絕。君親不可忘，相思淚成血。只見：淅零零風飄敗葉，黑黯黯塵滾荒郊，悲切切猿蹄鶴淚，淒慘慘鬼哭神號。對此淒涼景狀，好生傷感人也！

【宜春令】西風起，雲亂飛，攪動人傷秋意兒。（內雁叫介）呀！見一隻失群孤雁，向我哀鳴聲嘹嚦。我蘇武自到胡地[2]，不曾寄封音書回去，料想朝廷也不知我存亡下落。想古人曾託鯉魚寄書，難道這雁兒偏就寄不得書？這衡陽雁正往南飛，肯將咱一封書寄？這飛禽，看他搖頭擺尾，已知人意。

阿呀，雁兒吓雁兒：

【前腔】你若知人意，我就說與恁，這寃屈自有天知地知。十九載艱辛歷盡，今日相逢必有重歸計。若天教你來相濟，好相隨不得疑忌。呀！奇異，聞呼即至，我就寫封

1　集古堂共賞齋本作「沙漠」。
2　集古堂共賞齋本作「此地」。

書仗伊傳遞。

　　且喜雁兒已下，不免寫起書來。只是一件，這個所在，怎得文房四寶？

【大聖樂】好教人無計施為。吓，有了！只得裂衣服權當紙。紙便有了，怎得筆來呢？吓，我待將草梗輕輕鋸。紙筆都有了，只是沒有墨，將什麼來寫？也罷！我只得刺……阿呀，親娘吓！刺血寫因依。呀，你看我的眼淚都成了血了，看淚珠滴下相和血，那些個血淚相和色更非。若得書至，也不枉了這場疼痛，這般心機。

　　書已寫完，不免繫在雁足之上。且住，此書若到御前，聖目觀看，非同容易。不免跪讀一遍。

【下山虎】微臣蘇武，刺血陳情：一自離朝後，投入虜庭[3]。不想衛律奸臣，便來強挺。苦逼我歸降不從順，無可奈自思忖，待引刀鋒一命殞。因此單于怒發，入于陷穽，嚙雪餐氈，苟延此生。

【亭前柳】北海牧羊群，羝乳放回程。充飢皆草木，相親是猩猩。告天天不應，好傷情，怎禁得兩淚盈盈。

【蠻牌令】持節守忠貞，回身影隨身。因循十九載，並不改忠心。囊聞得先王早崩，泣血淚效死無能。思仁主，懷聖明，鑒取微臣激切，無任屏營。

　　且喜一字不差，不免繫在雁足之上。雁兒吓：

【一盆花】仗你一封達聽，望天朝金闕，旺氣騰騰。月冷權棲蓼花汀，天寒暫宿無人境。你翅兒又輕，眼兒又明，

3　集古堂共賞齋本作「邊庭」。

須把我音書達上，更莫留停。

【勝葫蘆】翩翩去也漸無影，料克日到京城。若還達上傳宣命，差兵遣將，須有日還朝賀昇平。

【尾】賀昇平，邊疆靜，丹書竹帛定留名。雁兒吓！望你堅心達漢庭。

雁兒已去，不覺神思睏倦，且到壙中少睡片時。但願應時還得見，果然勝似岳陽金。（下）

按　語

〔一〕本齣主體情節、曲文與寶善堂校改鈔本《蘇武牧羊記》第念齣〈告雁〉高度接近。

〔二〕選刊類似情節的坊刻散齣選本有：《堯天樂》、《來鳳館合選古今傳奇》、石渠閣主人輯《續綴白裘》。

十五貫‧踏勘

付：**夏鬍子**，承應官府的地方總甲。
淨：**馮玉吾**，命案苦主。
外：**況鍾**，蘇州太守。
生：況鍾身邊隨行皂隸。
老旦、丑：況鍾的隨從。

　　（付上）小子身充總甲，全憑作事奸滑。衙門裡朋友是養家神道，書房裡相公是家堂菩薩。循環簿，朝朝奔走；居民冊，日日典閘。保甲長，月月還替；人丁手，家家要拉。圖分中賊發火起，常常嚇得心驚膽戰；地方上相打公事，遭遭吃得舌格邋遢。若遇著子人命重情，對子耳朵裡直刮，報衙門只說地方干係，陪差人做勢，兩邊周匝。專要拉哈把持搣揎，亦要兩邊指添生發，囉管俚著水干連，阿怕俚弗受吾點抑捺！弗見銅錢，反蛆搭舌，到子我手，詐眼詐瞎。肚腸好像個秤鉤，面孔亦像吊樋。硬頭船慣要先撐，退船鼓亦要准煞。囉道是遇著子馮家裡個場人命官司，真正兜搭！兇身亦是窮鬼，苦主亦介滑撻。騷低銅錢弗曾賺介一個，茶湯水何曾嚐著一呷？見官府，倒折落子幾轉點心；解上司，奔破子幾雙鞋襪。巴弗能結毀完事，囉道是有點喬軋。撞著子蘇州府太爺，竟要拿原招罪名來超豁。請子都爺個令箭，要到淮安來訪察，亦要到兩家踏勘，帶累吾地方無法。非但要擺設打掃，亦要伺候兜搭。幸喜弗曾賺個勞錢，弗然阿要嚇殺？個叫子「無役不賤」，落得無賞有罰！

閑話少說，自家淮安城中胯下橋頭一個總甲，夏鬍子便是。只為馮家裡個場人命，只道冬前處決，完子一樁事務哉。囉道是弄子蘇州府太爺況青天監斬，道是俚冤枉個了，竟要覆審。行牌到淮安府裡來，要兩邊踏看。個個況太爺比別位府太爺不同，有子皇帝親賜璽書「便宜行事」。今早淮安府裡各官出郭迎接，到子碼頭上哉，個也是地方干係，快星到馮家裡去通知聲，打點伺候。有理個！革裡是哉。馮玉吾！

（淨上）氣宇當頭坐，官符接踵臨。阿呀呀，夏大叔來哉。唔道阿好笑事體，塔尖沿頭浪哉，亦翻起招來，倒要拉吾俚來踏勘起來！亦弗是田地屋宅，有僭踏勘？況且蘇州府管弗著吾俚淮安府裡事體，阿個扯淡！（付）故也弗要說個句說話，俚是奉子都爺個令箭勒下來個官。到碼頭浪哉，即刻到耶，屋裡嚷該打掃打掃，圍屏書案端正子，弗要帶累我。（淨）纏停當個哉。少停官府面前，幫襯幫襯。（付）個個自然。（內喝介）呀！鋪兵鑼響，像是來哉，快點去迎接。（下）

（二旦扮小軍，貼扮門子，二生扮皂隸，引外上）

【一江風】閃雙旌，點染花驄影，千里風雷迅。玉壺冰，白日清風，掩映腰金冷。（末持帖上）啟爺，本府太爺邀酒。（外）今早已有辭帖致謝，本府完了公事就要回去。多多拜上。（末應下）（外）打導。名轟神鬼驚，名轟神鬼驚，威嚴狐鼠清，莽黃堂代執烏臺柄。

（付、淨上）（付）地方叩頭。（淨）小的馮玉吾叩頭。（外）你就是馮玉吾麼？（淨）小的是。（外）跪過一邊。叫地方。（付）有。（外）熊友蕙家在哪裡？（付）就在間壁。（外）其房現歸何處？（付）為寶鈔十五貫未曾追出，縣中老爺封鎖，尚

未歸結。（外）向來封鎖，沒有動麼？（付）原封不動。（外）皂
隸，押去看來。（小生）吓。（看介）稟老爺，封皮破損了。
（外）嗨！既有官封，擅行揭動，打！（付）阿呀太老爺！這是風
雨打壞的，小的不敢打動，問四鄰便曉得了。（外）風雨損壞的
麼？饒打。（付）多謝太老爺。

　　（外）喚馮玉吾。（眾）吓。馮玉吾。（淨）有。（外）你媳
婦與熊友蕙通奸，一向往來蹤跡，可曾覺察一、二麼？（淨）老
爺，小的是酒米營生，日逐在店中生理，兩下蹤跡，雖未露目，只
這金環便是證見。小的兒子現被毒死，不是奸夫淫婦同謀，卻是哪
個？（外）既係同謀，卻從何處買藥？如何下手？怎麼這問官沒個
的當，就將兩名剮罪輕易成招，卻也可笑。（淨）老爺，不是他兩
人同謀，小的兒子何由中毒？前任老爺已經檢驗過的，老爺是青
天，望乞詳察。（外）不必多言，且待本府內外一看，自有分曉。
（淨）是。

　　（外）止著皂隸一名并地方進來，各役外廂伺候。（眾）吓。
（下）

　　（淨）老爺，過了中堂，這就是小的的臥房，那邊是廚灶。
（外）你媳婦的臥房在哪裡？（淨）這鎖門的便是。（外）為何鎖
著？（淨）小的因痛傷兒死，不忍開看，因此一向封鎖的。（外）
開進去。（淨）吓。

　　（外）

【太師引】啟門扃，四顧房櫳靜，把那窗兒開了。（生）
吓。（外）你看窗外牆垣也高峻得緊，看粉牆兒高高護庭。就
是房中牆壁也十分堅固，縱然有窺鄰行徑，料東家無隙堪
乘。那侯三姑口供：那金環、寶鈔放在床前桌上。如今看起來，

想就是這張小桌兒了。這樣所在，怎得遺失？**又不是車中雀連宵潛影，哪裡有知恩鳥唧將別贈。**既不是竊取，又非私贈，難道真個飛了去不成？好難揣擬也！**如昏鏡茫然未明。**叫地方。（付）有。（外）與我開了熊家大門，待本府進去。（付）吓。（外走介）**怎做得飛熊入夢竟無徵？**（付）請老爺進去。（外）一進門來，你看：**蛛絲懸破壁，塵土滿頭來。**好淒涼也！**看四壁，伶仃如懸磬，難道恁窮酸偏不老成？**與馮家雖則一牆之隔，卻也迥絕難過，不要說是行奸下毒，就是欲謀一面，私通一語，卻也甚難。況馮玉吾也說，從來未曾露目，眼見得奸情是沒有的了。沒有奸情，那同謀一事是益發沒有的了。**既不曾壁光鑿映，怎裝誣掩耳偷鈴？**那邊書架宛然猶在，只是那金環從何而至？如此光景，終無下落。不要說他二人之罪難明，就是本府也難回覆上臺。吓，似這般捕風捉影，怕不做一場畫餅？呀！那上邊隱隱的有個窟籠，不知什麼。叫皂隸，上去看來，可與間壁相通的？（生）吓。啟爺，那窟籠是個老鼠穴，通不通一時看不出……（外）吓！是老鼠穴麼？（背介）好奇怪！吾前日夢見雙熊各唧一鼠，必有緣故在裡頭。**還思省，記得熊唧鼠鳴，早難道三刀兩刃直恁欠聰明！**

不要管。左右，把那牆窟籠撬開來看。（生）吓！啟爺，牆中有寶鈔一束，麵餅一個。（外）寶鈔麼？取上來看。咳！這樣冤獄，若非下官虛衷細鞫，那枉死城中又添上兩名新鬼了。馮玉吾。（淨）有。（外）鼠穴內有件東西，你可認得？（淨）吓！這就是十五貫寶鈔，原來那熊友蕙藏在這個所在！（外）胡說！這明明是鼠蟲唧失，還要把人坑陷？左右，把馮玉吾押下小船，候本府回蘇聽審。地方，回去。（付）吓。（下）（外）打道開船。（眾）

嚇。

　　　（外）

【劉潑帽】幾回搖拽心旌，一時間打破疑城。夢中昭告賴神靈應，探鼠穴，歸寶鈔，全生命。

　　　（老旦、丑上）船頭接爺。（眾打扶手下）（外）吩咐開船。晝夜兼行，趕回蘇州。（老旦應下）（外）且住，山陽一案雖已察明，那無錫一案茫無證據。也罷，且待舟過無錫，一面吩咐船頭放舟前行，本府扮作江湖術士，悄地上岸私行察訪便了。

【尾】淵魚察見非吾幸，得情更自動哀矜，則看我閃爍雙睛加倍明！（下）

按　語 ✐

〔一〕本齣出自朱素臣撰《十五貫》第十七齣〈踏勘〉。

十五貫・拜香

淨：艄公。

生：熊有蘭，兄。

小生：熊有蕙，弟。

付、丑：熊氏兄弟的隨從

外：況鍾，蘇州太守。。

末、貼、老旦：況鍾的僕人。

（淨扮船家，付、丑扮院子，引生、小生上）

（二生合）

【水紅花】微名幸不外孫山[1]，覲天顏，銅符新綬。三千里路遙望長安，過江干，蘇臺在眼。（生）梢水，這裡是什麼地方了？（淨）是楓江了。（生）快趲到皇華亭去。（淨）是，曉得。（二生）猶記中流鼓棹，兩地陷奇冤，今日輕舟一葉又生還也囉！

（淨）啟爺，已到皇華亭了。（生）吩咐挽船。（淨）吓。（生）兄弟，我和你聯登金榜，同任江西，雖然感佩君恩，實出況公生全之德。為此，特地到彼衙門叩謝，就此上岸，和你步行前去便了。（小生）哥哥，況公恩德非比泛常，今日公堂叩謝，須當極

---

[1]　底本作「孤山」，據清順治鈔本《十五貫》（《古本戲曲叢刊》三集景印）改。

其誠敬。依兄弟愚見，還須換了微服，手執香條，與哥哥步去。
（生）說得有理！院子。（付、丑）有。（生）取青衣、小帽過
來。（付、丑）吓。（二生換衣介）

【朝元令】衣裁草菅，權作民家扮。香燃絳檀，可許天心
挽。[2]吩咐打扶手。（付、丑）吓，打扶手。（淨）吓。（付、
丑、二生上岸）（淨下）（二生合）咫尺黃堂，匍匐曾慣，稽
顙哀呼不憚。德海恩山，雲陽市西奪命還。（付、丑）啓
爺，已是蘇州府前了。（二生）快把手揭投進。（付、丑）曉得。
門上有人麼？（末上）是哪個？（付）新科進士熊爺叩謁。（末）
老爺公務未回，留下揭帖罷。（下）（小生）哥哥，我和你伺候恩
公回府，跪門叩見便了。（生）說得有理！院子。（付、丑）有。
（生）把香條點了。（付、丑）吓。（二旦隨外上）念切遠天
涯，功名百尺竿。（二生跪介）老恩臺。（外）吓！你兩個是
何人？（二生）難生熊友蘭、熊友蕙特來叩謝恩公。（外）呀呀
喲！原來是熊氏弟兄。為何如此打扮？請起。如今是下官的公祖父
母了，快請更衣相見。（生）老恩臺說哪裡話！蒙恩活命，銘感二
天，再生之德，粉身難報，怎敢更衣。（外）豈有此理！快些換
了。（二生）如此，從命了。（二生換衣介）明鏡誦包彈，遊
鱗是繪殘。痛腸難按，止不住鮫珠無限，鮫珠無限。

　　老恩臺請上，受晚生兄弟一拜。（外）治生也有一拜。（生）
不忝列鵷班。（小生）相期振羽翰。（外）雙鳳喜高鳴，英雄此日
看。請坐。（二生）案下罪囚，豈敢抗坐。（外）說哪裡話！英雄
偶然失足耳。請坐。（二生）告坐了。（外）吩咐備酒。（二旦）

2　底本作「香撚降檀，可許天心旦」，據清順治鈔本《十五貫》改。

嚇。（下）

（二生）晚生輩萬分僥倖，一叨南昌司理，一叨靖安知縣——老恩臺梓地，正好盡力圖報。（外）公祖此行，為朝廷牧民，非為寒家養奸，此去力行善政，懲治豪強；倘或弟之家人、子弟有不肖干犯者，煩盡法處之，這便是二位之好處了。（二生）承老恩臺之教，令晚生輩愧感交集。

（外）且住，二位為民父母，內治尤在所急，不知別後一載，可曾娶夫人否？（二生）滯迹蓬茅，至今尚未。（外）如此，下官有一言不便面講，明日相煩司理過公竟造寶舟，轉致二位；倘念區區薄面，乞賜允諾。（末上）啓爺，酒席完備了。（外）二位，治生有蔬酒一盃，休嫌簡褻，只算治生衙署寂寞，借此扳話耳。（二生）多謝老恩臺，晚生輩還要求老恩臺將地方利弊一一指教，只是攪擾不當。（外）好說。投轄酒非慳。（二生）論心話可投。（付）請。（二生）不敢。請。（同下）

按　語

〔一〕本齣出自朱素臣撰《十五貫》第二十五齣〈拜香〉。

占花魁·酒樓

小生：秦種，賣油郎。
貼：王美娘，名妓。
淨：龜公。
丑：酒保。
付：時阿大，按摩師傅。

（小生上）

【引】透骨痴情難自遣，捱長夜輾轉如年。

我，秦種。昨日偶從湖上經過，只見片石居邊，綠楊深處，畫閣迎風，朱扉臨水，閃出一個絕色女子！眉灣欺柳，痴裡藏姣；臉暈憎桃，羞中露媚，使我目斷魂迷，神馳心死！只是，可笑他一出來就進去了，我呆立半晌，並不見影兒。但不知是何等人家有此美女子，叫我好難摹擬。今早巴得天明，便欲到彼飽看一回。咳！想我就得見面，也是無益的事；但是足尚未行，心已先往。我且停一日生意，閑步一回。

【忒忒令】西子湖迢迢繞旋，天台路匆匆偏遠。迷離望眼，怕又早天兒晏。博得個花弄影，竹搖風，人移玉，也算做三生不淺。

（淨抱琵琶，隨貼上）

【尹令】度柳浪鶯聲百囀，過花港蘋香一片，春曉蘇堤蔥蒨。（淨）姐姐，今日齊太尉的船泊在斷橋，請姐姐快些下船。

（貼）橋斷山連，絕勝仇池小有天。（下）

　　（小生看介）（淨）要嫖就嫖，看僥？看僥？狗彲養個！（下）（小生）呀！果然有緣又得見他，方纔飽看一回。

【品令】真個是傾城傾國，花笑玉生煙。他向湖邊青雀，頃刻影飄然。徘徊顧望，恍隔雲堵面。為雲為雨，怎做曲終不見？指點迷津，想洞口漁郎自有船。

　　我想此番會面，比昨日更覺親切，但到底不知他的下落……此處有一臨湖酒樓，不免上去沽飲一壺；他在船上，可以眺望，倘遇著熟人，又可以問個來歷。酒家。（丑上）來哉！李白聞香下馬，劉伶知味停車。客人，阿是要吃酒個僥？（小生）我要臨湖賞玩，自飲一壺，隨意將幾碟菜來。（丑）介嘿樓浪請坐。（下）

　　（小生）你看，果然好個西湖景致也！

【豆葉黃】望琉璃萬頃，碧草芊芊。見浮屠倒影中流，水色接山光如練。馬嘶金勒，珠聯翠鈿。看多少蘭橈畫舫，看多少蘭橈畫舫，盡度曲臨風，聒耳笙歌鬧喧。

　　（付上）按摩為活計，修療作生涯。自家時阿大的便是。我俚個樣人常靠酒船上活搭活搭，哪曉得個兩日聽得寡服兵到子了，個兩隻酒船纔弗知畔子囉里去哉。我說，賭場裡去走走看，囉裡曉得新太爺大張告示，禁子個賭博冰炭能介拉丑！我說，個嘿哪處？兩蕩場哈纔去弗得，只怕我輩之人要休矣，要休矣！此處有一臨湖酒樓倒鬧熱個，弗知阿有僥個官人、相公拉丑吃酒？等我去跌介兩記，掗介兩把，騙俚呷糯米水兵兵個肚子也是好個。革俚是哉。（向內問介）阿爹，多時好？樓浪阿有人丑？（內）有一個。（付）介嘿，等我上去做子生活，下來替阿爹掗兩把舌頭嘿哉。（內）胡說！（作上樓介）無人拉里吃酒吓。（看介）吓！有一個

拉玌。咳，蓋個體面人也歡喜對壁撞個。來便來哉，弗知阿歡喜個？弗要管，上俚一上看。

　　（小生）吓，你是什麼人？（付）我是一個人。（小生）你是什麼人？（付）我是這個……（小生）吓，按摩。我這裡不用，下去。（付）吓，官人弗用，吾就去哉。咳，蓋個後生也是怕哈落個。咈！想是我個兩日踏著子魇門哉，阿便剌毛花柵個能介樣氣質。崒！做正要拉革里做生意個了，下去，下去。豈有此理！纔學子個樣弗喜個，叫我囉里去活個牢性命？轉去看。

　　（小生）你去了怎麼又轉來？（付）官人，我拉里想……（小生）你想什麼？（付）我想，我俚個種人倒是少不得個。（小生）怎麼少不得？（付）官人，弗是個，這[1]酒席用著小人個嘘。假如人家生日賀喜個，就要用著小人哉。弗論囉個相公大爺，拿個分單交拉我子，也有三錢一分個、五錢個勒、一兩個勒……小人依子分單浪各家去，一掠掠齊子，原封弗動交還子個位相公哉。倘然個個人家訂期一日要吃酒哉，是我去下帖子，張宅、李宅、王宅、吳宅……一下下到子。個日亦要邀客哉，官人吓，個日倒忙個嘘，也有出去個，也有開店個，是我去是介蝦扒蟹拉、扯勒拽勒……一請請到哉。亦要我替俚玌揩檯抹櫈、端茶端水、定席篩酒……有介等官人吃得歡天喜地，吃子兩鍾，一恭而別居去哉。還有蓋等官人吃弗得酒，恐怕吃輸拉別人子，硬生猛頸熬拉肚裡子，兩太陽像個放鷳鴿介能天，就像個箬帽大，是我流勢，去拿熱茶來俚吃。或者官人叫我替俚背心浪跌介兩記，捏介兩把，我就拉俚背心浪廷洞廷洞，擂鼓能介一陣跌。憑吾希迷爛醉個人，我跌得他醉而復醒，個

1　底本作「之」，當是「這」形訛，參酌文意改。

叫做揣摩穴道。（小生）嗨！（付）還有一等好處，就是官人在此獨坐無聊，或者對我說：「哪里有唱個，去尋一個來，陪我吃呷酒，開開心。」我奉子官人之命，弗是介呆頭木西個立拉里個嘘；就是橘核能介一闠闠到唱個虱去，就像個鷹抓個能介，抓子一個來，交還子個位官人哉。我個樣人，叫子「煙花使者，術院先鋒」！

　　（小生）吓！你認得女客的？是有觳的人了。（付）儕個有觳！無非弗討惹厭個。（小生）你姓什麼？（付）官人問我個姓麼，我姓隨。（小生）什麼？（付）我姓那個……這個……隨。（小生）什麼？（付）時吓！官話纔聽弗出個。（小生）敢是姓時？（付）正是姓時，打官話嘿隨哉那。（小生）號是什麼？（付）號叫年幼，亦叫酒鬼。（小生）酒鬼？如此，你會吃酒的了？（付）官人，說便是介說，原吃弗多個。快活呢，酒壺裡兩、三壺；悶起來，是介十七八壺。（小生）哪裡吃得這許多。（付）官人，別人吃弗得悶酒，我阿大極吃得悶酒。

　　（小生）我有一句話問你。（付）官人有儕說話問我？（小生）我倒忘了！有酒在此，你且吃一盃。（付）官人篩酒我吃，多謝個官人，有緣。（小生）乾了麼？（付）乾子半日哉。（小生）可曉得是什麼酒？（付）囫圇咽子下去，弗曾嚐得滋味，等我再吃一盃。（小生）你再吃一盃。（付）多謝官人。唔後來要做狀元個，官人是一副狀元面孔了。（小生）是什麼酒？（付）個個酒是糯米搭水做虱個。（小生）這是「梅花三白」，又叫做「狀元紅」。（付）個叫「梅花三白」了？介嘿，等我再嚐嚐看……官人，果然是「梅花三白」！天生我個張嘴，吃毡。（小生）敢是吃亂了？（付）正是，吃亂哉。吓，官人，還是我拉人家做子生活，

個星大官相公都曉得我個毛病，纏弗不個銅錢銀子，倒不個酒籌，也有白酒、冬陽、生甘，十月白煮酒，撇王湯。倘然陰天坐拉屋裡無倲做，我拿個兩根酒籌，總把打得居來，倒拉尺四鑊子裡乩，把火一熱，嗤弗用倲碗咧、鍾子，屋裡一向有一隻本山窰玉盃，拷起來嚼死嚼活。一日子，我拉人家做子生活，促介兩個魚頭罩拉哈，不拉個隻看死人個瘋猫，拍撻！（小生）怎麼？（付）拍撻打得捫渣希爛！（小生）打碎了？（付）正是，打碎哉那！亦換子家生哉……（小生）換了什麼？（付）換子黑赤赤廠口尖底喇叭樣，官人乩屋裡也有個。（小生）是什麼？（付）就是研醬個石擂盆。

　　（小生）我且問你，近邊有個絕色女子，你可認得麼？（付）囉里個個弗認得？我替官人做起生活來！官人，吜說倆哪打扮、哪介樣範，我就曉得哉。（小生）這也使得。

【玉交枝】他住在垂陽深院，粉牆朱樓那邊。麝蘭一陣香風散，驀現出嫦娥月殿。湘江六幅恁翩躚，鮫綃兩袖多姣倩。（付）官人，約來幾哈年紀哉？（小生）正青春盈盈妙年，他抱琵琶悠悠洛川。

　　（付偷酒吃介）吓，抱琵琶悠悠洛川？官人，是拉里哉！這是花魁娘子。果然標致！阿要等我說個星好處來官人聽聽？他一捏腰肢纖細，二眸秋水澄清，三寸弓鞋窄窄，四肢體態輕盈，五官秀色可餐，六銖徙徙煙輕，七竅玲瓏透露，八眉翠黛染成，九重春色為最，十相具足堪稱。（小生）你倒不要說他的妙處，我都看見的了，只說他何等人家？姓甚名誰？（付）官人：

【六么令犯】他是青樓魁選，在王家芳名頓傳。（小生）他姓王麼？咳！這等女子，落在門戶人家，可惜吓！（付）官人，比眾不同：門庭盡公子王孫，車馬喧闐。受用足花臺月榭，

詩酒留連。（小生）他叫什麼名字？（付）他叫王美娘，如今人都稱他「花魁娘子」。（小生）與他相處一宵要多少銀子？（付）相處一宵，足足要十兩細絲白練㕶。（小生）吓！要十兩！（付）阿呀，官人，請收子涎唾。切莫枉流涎，問織女銀河怎填。

　　（內）阿大，下來做生活。（付）吓，來哉。官人，我下去做子生活就來個。（下）

　　（小生）原來這等女子落在娼家，豈不可惜！我想，人生天地間，若得這等女子摟抱他一夜，死也甘心！呸，我終日挑著油擔，怎想非分之事？況他交往的都是貴客，我賣油的縱有銀子，也難近他……（想介）我想，老鴇愛鈔，若有了銀子，哪怕不從？只是，怎得十兩銀子？咳！十兩頭要緊，十兩頭要緊。吓！自古有志者事竟成，我自明日為始，日逐將本錢扣出，積趲三分，只消一年便成事了。

【江兒水】情向前生種，人逢今世緣，怎做伯勞東去撇卻西飛燕。叫我思思想想心心念，拚得個成針磨杵休辭倦。看瞬息韶華如電，但願得一霎風光，不枉卻半生之願。

　　（付上）官人，個搭一隻船來哉。哪！哪！王美娘拉㕶打十番。

　　（小生）

【川撥棹】聽歌聲串，反教人情展轉。盼煞那畫舫嬋娟、盼煞那畫舫嬋娟，逐春風魂飛爾前。空教人望斷鳶，轉教人泣斷猿。

【尾】從今收拾閒留戀。（付）休負卻舞裙歌扇。（小生）我無限春心託杜鵑！

　　（付）官人，下去會子賬，我搭唔到塘上去踱踱何如？（小

生）使得。（付）吓，官人下來會賬哉！（同下）

按　語 ✎

〔一〕本齣出自李玉撰《占花魁》第十四齣〈再顧〉。

〔二〕選刊此齣的坊刻散齣選本還有《醉怡情》。選抄此齣的散齣
鈔本有中國社科院圖書館藏《集錦》。

療妒羹・題曲

貼：喬小青，才媛。

　　（貼扮小青，持《牡丹亭》上）雨深花事想應捐，小閣孤燈人未眠。不怕讀書書易盡，可憐度夜夜如年。我，喬小青。空負俊才，竟遭奇妒，自分桐灰爨下，驥死櫪中，不意楊夫人一見如故，憐惜安慰，綽有深情；敢謂惟賢知賢，還是不幸之幸。前日向他借得許多書籍，真個是五車誇富，二酉爭奇！誦讀之餘，愁苦若失。內有《牡丹亭》曲本一冊，本是湯臨川所撰。柳夢梅畫邊遇鬼，杜麗娘夢裡逢夫；有境有情，轉幻轉艷。草草讀過一遍，止悉大凡。（內打一更介）今夜雨滴空堦，愁心欲碎，便勉就枕函，終難合眼，不免再將來重閱一遍。

【桂枝香】杜公名守，請這陳生宿秀。俏書生小姐聰明，頑伴讀梅香即溜。剛念得《毛詩》一首，詠〈關雎〉好述，〈關雎〉好述。好笑杜麗娘悄然廢書而嘆，道：「聖人之情見乎詞矣。」便春心拖逗，向花園行走。感得那夢綢繆，那柳夢梅驀地將他抱去，軟款真難得，綿纏不自由。

【前腔】雖則是想邊虛搆，也是他緣中原有。夢得正好，那不湊趣的花片偏要把他驚醒來。似這小花神妒色驚回，倒不如後來的老冥判原情寬宥。最妙的是〈尋夢〉這一齣，恨風光不留，風光不留，把死生參透，只要與夢魂廝守。（又看介）咳，痴丫頭！做了個夢，怎生就害起病來吓？甚來由，假際

猶擔害,真時怎著愁?

（內打二更介）（又看介）

【前腔】這是相思症候,誰識得個中機縠?石姑姑道術無靈,陳教授醫功莫奏。他說若不描畫真容留傳于世,豈知西蜀杜麗娘有如此之美貌乎?把丹青自勾,丹青自勾。他又在畫上題詩一首道:不在梅邊相就,便在柳邊重遘。（淚介）我那麗娘姐姐吓,你真個死了!下場頭:院草成墳樹,衙齋改寺樓。

你聽,窗外風雨越發大了。

【前腔】風聲冬吼,雨情秋雷。似同咱淚點飄零,敢也為嬌娥儘懆。（又看介）後來柳生養病梅花觀中,恰好拾得此畫。想情緣未酬,情緣未酬,湖山鑽透,覓得個風魔消受。那柳生又是個痴漢,只管美人小姐的叫無休,直叫得冷骨心還熱,僵魂意轉柔。

（內打三更介）

【前腔】半年幽媾,少不得一朝明剖。那時,柳生聽了鬼話,挖開墳墓,果然還魂重活。那裡是註重生陽壽還該,方信道歷萬劫情腸不朽。妙在不去通知陳最良,若一通知,他這迂腐老兒怎肯相信?那墳再也開不成了。不道杜平章也是一般見識。笑拘儒等籌,拘儒等籌,把生人活口,只認作子虛烏有。漫推求,相府開甥舘,還虧得天街報狀頭。

（作看完介）「第云理之所必無,安知情之所必有?」臨川序語,大是解醒。

【前腔】魂還非謬,詞傳可久。若不信拔地能生,可聽說和天都瘦。似俺小青今日裡呵,怕不待臨川淚流,臨川淚

流，好趁你這殘香餘酒，略寫我慵妝懶繡。（內打四更介）數更籌，（內作風聲介）（遮燈介）燭閃褰衣護，窗開剪紙修。

　　《牡丹亭》翻閱已完，待我再看別種……原來只這幾本舊曲。
【長拍】一任你拍斷紅牙，拍斷紅牙，吹酸碧管，可賺得淚絲沾袖。總不如這《牡丹亭》，一聲〈河滿〉，便潸然四壁如秋。（重看介）待我當做杜麗娘摹想一回。這是芍藥欄，這是太湖石。呀！夢中的人來了也。半晌好迷留，是那般憨愛，那般癆瘦。只見幾陣陰風涼到骨，想又是梅月下俏魂遊。天吓！若都許死後自尋佳偶，我豈惜留薄命，活作羈囚？

　　咳！似他這樣夢，我小青怎麼再不做一個兒？
【短拍】便道今世緣慳，今世緣慳，難道來生信斷，假華胥也不許輕遊？只怕世上沒有柳夢梅，誰似他納采掛墳頭，把畫兒當綵毬拋授？若不是痴情絕種，可容我偷識夢中愁？

　　桌兒上偶有花箋在此，不免題詩一首。（寫吟，場上用笙合）冷雨幽窗不可聽，挑燈閒看《牡丹亭》。人間亦有痴于我，何必傷心是小青？（掩卷淚介）
【尾聲】從今譜夢傳奇後，添附新詩一首。麗娘吓麗娘！你可聽語傷心也向夢裡酬。

　　（內打五更，掩面拭淚下）

按　語

〔一〕本齣出自吳炳撰《療妒羹》第九齣〈題曲〉。

〔二〕選刊此齣的坊刻散齣選本還有《新鐫歌林拾翠》。

幽閨記・大話

丑、付、外、淨、末：虎頭山的草寇。

（丑、付、外、淨上）

【水底魚】擊鼓鳴鑼，殺人併放火。倚山為寨，號為攔路虎。金銀財寶，刼來如糞土。無錢買路，霸王也難過，霸王也難過。

山中壯士，全無救苦之心；寨內強人，儘有害民之意。不思昔日蕭何律，且效當年跖盜心。（淨）眾兄弟，你我不是別人。（丑）是僥等人了？（淨）乃虎頭山草寇是也。虎頭寨中共有五百名嘍囉，你我東西南北四哨都在這裡，還有中央大哥不見。我們一些生意沒有，待他來時必有意思。

（末上）人無橫財不富，馬無野草不肥。列位請了。（眾）中央大哥回來了！手中明晃晃的是什麼東西？（末）列位，我昨夜巡山到山均裡，只見霞光萬道，瑞氣千條。被我把刀尖掘下去，只見一個石匣，石匣裡面一頂金盔、一把寶劍。我拿來與眾兄弟看看。（丑）好吓，虎頭山當滅了！（眾）啐！當興了。（丑）拿來與我們眾人分了罷。

（末）成功不毀。列位，不是這等的，我們虎頭山五百名嘍囉，只少一個寨主，如有人戴得此盔者，拜他為寨主。（丑）這等說，拿來我戴。（末）你就要戴，通些文墨，作些詩句，不然，說幾句大話纔好戴。（丑）要說大話？走子我窠門裡來哉，拿來我戴

子說。（眾）要說了戴。（丑）喂，大話是哪亨說？（眾）是你說大話，倒問起我每來？（丑）吓，拉里哉！日月未分我在先。（眾）好吓！（丑）拿來我戴。（眾）再說。（丑）還要說？來吓，再說嚧。姜要伸腰，頭撞子天。一天星斗未完全。（眾）好！（丑）日月未分我出世，壽星老兒纔把胎頭剃。王母娘娘是我親妹子，彭祖公公是我小兄弟。五湖四海做硯臺水，日月拿來做我的網巾圈。洋子江裡金山是我屁眼裡個痔，北寺塔是我勾氣通簪。左脚一跨，踏遍子滿蘇州。滿城旗桿，即算脚裡踏介點木廢屑。一盹眼淚，淹殺子千萬條勾鬐栗鰍！（眾）好！果然大話。

　　（丑）拿來我戴……盔內有鬼！（眾）盔內哪有鬼？（丑）無鬼不成盔。（歪帶介）（眾）歪戴了。（丑）這是有出典的，叫做「耳不聞」。（反戴介）（眾）反了。（丑）點兵剿捕！（眾）不是，頭上的盔反了。（丑）哪說一日皇帝弗曾做就反哉？（眾）戴好了。（丑）個嗓是有出典勾，眾朝臣來見我，把珠簾捲起嚡。（眾）這是怎麼？（丑）一個皇帝一個律法，你拿個「你知我」。（眾）什麼「你知我」？（丑）劍哉耶！插在我「楊柳細」。（眾）又是什麼「楊柳細」？（丑）腰吓！（眾）單打歇後語勾。（丑）寡人做了皇帝，頒行天下，都要打歇後語。（抖介）阿喲！（眾）不要抖。（丑）這是劉備的兒子。（眾）怎麼說吓？（丑）叫做阿斗。你盹推我去坐子。（眾）什麼呢？（丑）推位讓國。（眾）不要搖。（丑）這是堯舜皇帝。（眾）怎麼坐在椅角上？（丑）這是吊角將軍。（跳介）（眾）這是怎麼？（丑）小秦王三跳澗。走過去，走過來。（眾）這是怎麼？（丑）這是武王亂點兵。白虎殿可曾造完？（眾）還未。（丑）快些抬到白虎殿去罷！孤家要駕崩了……（跌介）

　　（淨）我看你這個嘴臉，怎做得寨主？吜㐌看我來就有樣子哉。（末）也要通文。（淨）容易！混沌初分我出身，伏羲神農是我的後輩人。山中寨主無人做，五百名嘍囉獨我尊。拿盔進上來我戴！（末）拿紅帽來我拿了。（淨）且放拉個搭，備而不用。我今日做了寨主，你們都要聽我的號令，如違了旨意，就要梟首示眾！（末）好欺心！寨主尚未做得成，就要殺兄弟。（淨）不是，先說過了，日後方見得寡人言顧行。都走過一邊聽點，走拉個手去。（眾走介）（淨）走拉西邊去。阿呀弗好哉！（抖倒介）（眾扶介）（淨）戴不得，戴不得！戴在頭上就有一萬斤重。寨主好做，熬不得這般疼痛！還戴我的紅帽子安穩。（末笑介）若戴得此盔，我也先戴了。（丑）阿呀，列位哥，方纔我戴子個頂盔，好像京東人事，逐點逐點收攏來哉。（末）列位，我們將他做個難人法兒，但遇客商過去，有買路錢的放他過去；如無買路錢，就與他戴了，壓倒了他，東西都是我們的了。（眾）說得有理！

【節節高】強梁勇猛人，會一家，殺人放火張威霸。行刦掠，聚草糧，屯人馬，慣戰武藝都瀟灑。從來賊膽天來大，猶如猛虎離山窩，聞風哪個不驚怕。（同下）

按　語

〔一〕本段主體情節、曲文接近汲古閣《六十種曲》本《幽閨記》第九齣〈綠林寄跡〉前半齣。

幽閨記・上山

生：陀滿興福，左丞相之子，又名蔣世昌。
丑、末、淨：虎頭山的草寇。

（生上）

【醉羅歌】那日那日離都下，流落流落在天涯。畫影圖形編挨查，到處都張掛。我把草為裯褥，橋為住家，山花當飯，溪流當茶。我陀滿興福今日至於此地，那些個一刻千金價。（內吶喊介）（生）呀！兵戈擾，道路賒，幾番回首望京華。

（眾嘍囉上）望京華，望京華，全憑刼掠作生涯。若無金銀來買路，一刀兩段掩黃沙。（生）你每這夥是什麼人？（丑）咋！青天白日，不帶眼珠子出來。我們麼，杭州人說話，無非要丟兒的。（生）原來你們這一夥都是剪徑的毛賊麼。（丑）兒籃裡勾表號，纏不俚題子出來哉。（生）我行路辛苦，肚中飢餓，有好酒飯拿來與我吃，有銀錢送些與我做盤纏。（丑）壞哉壞哉！倒替土地討起三牲紙陌來哉。個是哪說！（末）他是說大話的。叫他殺得過，我們與他東西。

（丑）嚇咋！你若要東西，殺得我們過，不點儔拉吾。（生）哪個敢來？（淨與生殺介）（倒介）（丑）完了完了！倒了虎頭山的架子，待我去拿他，要活的就是活的，要死的就是死的。咋！看刀！（與生殺，丑跪倒介）

（眾）不是這樣，我們一齊上，叫他雙拳不敵四手。（眾）說得有理！（生）你每都來。（眾戰，俱倒介）（丑）阿呀，殺他不過，拿「難人法」來。（眾）拿便拿去，你不要怕它。（丑作抖介）（眾）不要抖。（丑）不抖，如何？（眾）好。（丑又作抖，跪介）（生）盤纏來。（丑）請壯士戴一戴。（眾）怎麼跪他？（丑）弗知哪亨軟子下來哉。

（生）吓，這夥毛賊哪裡來的這頂金盔？包裹內放他不下，待我踹碎了罷。（眾）請壯士戴一戴。（生）你們要我戴麼？（眾）正是。（丑）一發拿勾劍拉俚拿子，便如法起來哉耶。（丑將劍與生介）太上老君急急如令，敕！阿有點頭痛？（生）為什麼頭痛？（眾）阿有點眼花？（生）也不眼花。（丑）阿呀！個是眞命強盜哉！（眾）眞命寨主！（生）盤纏來。（眾）要盤纏，隨我進山去便有。（生）就隨你去。

（眾作轉介）壯士，你來得去不得了。（生）哇！我要來自來，要去自去，誰敢攔阻。（丑）我這裡虎頭山，山前有九州，山後有九州，二九一十六州。（眾）一十八州。（丑）啐！俚新來晚到，弗知坑缸井灶，落個兩州拉丑，換點豆腐、白酒吃吃也是好個。（眾）壯士，我每虎頭山上一十八州，自種自吃，不納稅糧。有五百名嘍囉，少個寨主，留壯士在此做個寨主如何？（生）你們要我在此做個寨主麼？（眾）正是。（生）你眾人且退後。（眾）吓。（生）且住，如今朝廷畫影圖形拿我，無處安身，莫若在此權住幾時再作道理。叫眾嘍囉。旣要我在此做寨主，須要聽我約束。（丑）弗對個。（眾）怎麼呢？（丑）前日子有一個人叫我阿伯，我弗肯；我倒要叫俚阿叔？（眾）號令謂之約束！請壯士留名。（生）我姓蔣，雙名世昌。（眾）如此，我每就扯蔣大王旗號便

了。（生）叫眾嘍囉。（眾）有。

　　（生）

【紅繡鞋】我本為蓋世英雄，英雄，奸邪嫉妒難容，難容。萬山深處隱其蹤，不是路，且相從。屯作蟻，聚威風。屯作蟻，聚威風。（眾同下）

按　語　　　　　　　　　　　　　　　✐

〔一〕本段主體情節、曲文接近汲古閣《六十種曲》本《幽閨記》第九齣〈綠林寄跡〉後半齣。

幽閨記‧請醫

末：王公，旅店老闆。

淨：翁郎中，庸醫。

旦：王瑞蘭，蔣瑞隆之妻。

小生：蔣瑞隆。

　　（末上）貧無達士將金贈，病有良醫說藥方。自家乃招商店中王公便是。前日我店中歇下個秀才和一位娘子，因在途中失了一個親人，得了一個佳人，憂鬱驚恐，七情感傷，竟染成一病。那娘子著我請個先生看看，不免就去走遭。不多三五步，咫尺是他家。來此已是。先生在家麼？（淨內）囉個？（末）請先生去看病的。（淨）弗拉屋裡。（末）哪裡去了？（淨）醫殺子人了，到縣前去出官哉。（末）什麼說話！（淨）吾丞有幾個人丞？（末）只有老漢一人。（淨）少來，再叫兩個來，好扛我去。（末）為何？（淨）腳浪生子天泡瘡了，走弗動。（末）怎麼自己不醫好了？（淨）吾阿曉得盧醫不自醫？（末）休得取笑，快些出來。（淨上）來哉。

【水底魚犯】四代行醫。（末）先生，只有三代吓。（淨）弗瞞吾說，昨夜頭添子一個阿孫哉。三方人盡知。（末）四方吓。（淨）個一方不我醫絕子種哉。不論貴賤，請著即便醫。盧醫扁鵲，料他直恁的。人人道我催命鬼。

　　我做郎中真熟慣，下藥之時不懶慢。熱病與他柴胡湯，冷病與

他五苓散。醫得東邊纔出喪，西邊又入殮，南邊買棺材，北邊又氣斷。若論我里做郎中，十個醫殺九個半。（末）先生。（淨）你是何人來請我？想必也是該死漢是囉個嘘！（開門介）阿呀，老伯伯，裡向請坐。（末）先生請了。（淨）老伯伯，唱喏，請坐。（末）有坐。先生，你在那裡自言自語說些什麼？（淨）學生姓翁，家住橋東，燒人個是我隔壁隣舍，做棺材個是我丈人搭子伯公，我若弗送殺介兩個，叫我里丈人、隣舍只好喝西風。（末）休得取笑。

　　（淨）請問老伯伯尊姓？（末）老漢乃招商店中王公。（淨）吓，呒是個人吓，是鬼介？（末）我是人吓。（淨）我記得呒吃歇我一帖藥個吓。（末）吃了先生的藥就好了。（淨）好哉？個是千中選一乩嘘。（末）什麼說話！（淨）囉個有病了？（末）我店中有個秀才染病，特請先生去看看。（淨）介沒吃子茶勒去。（末）不消了。（淨）介沒有慢。（末）好說。（淨）阿二，背子藥箱去看病。（內）弗拉屋裡。（淨）阿呀，故嘿哪處？小兒不在家，無人背藥箱嘿那？（末）老漢背了去罷。（淨）哪哼好得罪吓介？（末）何妨。（淨）介沒權當小兒哉嘘。（末）說什麼話！快些拿出來。（淨）吷，是哉。介嘿背好子。喂，阿聽得，看好子屋裡，我去看個病就來個。有人來請我看病，上子水牌嘿是哉。（內）是哉。

　　（淨走出門介）（末）先生，打這條路走了罷。（淨）走弗得，走弗得。（末）為何？（淨）幾裡醫殺子人個哉，打壇上走子罷。（末）使得。（淨）王伯伯，此地嘿做一出話靶拉里。（末）什麼話靶？（淨）個一日出去看病，打幾裡走過，只看見多哈男兒拉乩踢球。一個球偏偏滾拉我腳跟頭，我就隨手一腳，踢子破棺材

裡去哉！個個男兒拿我一把吊牢子，說：「要還我個球來，還我個球來！」我說：「弗翻道，等我來拾還子嘿是哉。」姜姜伸個手拉棺材裡去，個個死人一把扯牢子我。（末）阿唷唷！這便怎麼處？（淨）我對嘸說嚄。說道：「先生，我在生時吃子嘸個煎劑藥殺子我，那間個一丸滾痰丸再來弗得個哉。」

　　（末）如此，打大街上走了罷。（淨）大街上益發去弗得。（末）為什麼？（淨）嗓醫殺子人拉丑個。（末）什麼病死的？（淨）一家人家請我看病，個個人拉丑罰瘧疾，我認子俚是傷寒症了，說：「弗翻道個，吃子我一帖藥就好。」嘸丑去買一擔艾得來，替我打子一大條艾絨草荐，拿個病人放拉當中子，谷磔磔一捲，兩頭點起火來，一燒，竟燒子百家姓上一句書出來哉。（末）哪一句呢？（淨）燒得他鳥焦巴弓！（末）如此說，是燒死了？（淨）嗨，也弗是活個哉。阿呀呀，一掀掀炒得亂縱橫，說：「個個瘟郎中醫殺子人哉，捉俚得來鎖拉死人腳浪，告俚當官去。」（末）這便怎麼處？（淨）還虧內中一個老者走得出來，說道：「列位，醫家有割股之心，難道是俚要醫殺了？介沒斷俚買棺材入殮，燒化子便罷。」嘸曉得我囉里來個銅錢銀子買棺材，只得拿大門前個一隻藥櫃得來放個死人來哈當子棺材。亦要叫人來扛，叫弗起人，就是我俚親丁四人。（末）哪四個？（淨）是我俚家主婆、小兒、兒媳哉。扛子棺材，我俚老家主婆說道：「喂，老個，我里又心好哉，唱介隻〈薏里歌〉接接力罷。」我說道：「使得個。」我就第一個來哉，說道：（唱）我做郎中命運低，薏里又薏里。（白）我俚老家主婆來哉，說道：（唱）你醫死了人兒，連累著妻，薏里又薏里。（白）嘸猜我俚個強種拿個扛棒得來，對子地下一甩，說道：（唱）嘸醫殺子胖個，扛不動，薏

里又萬里。（白）我里兒媳好，孝順得極，走得來，對子我深深里介一福，倒說道：公爹，（唱）從今只揀瘦人醫，萬里又萬里。（末）休得取笑。這裡是了。（淨）吓，介沒吓先進去說一聲，拿個藥箱得來，等我來打個磕銃哩介。（坐藥箱上介）（末）官人、娘子有請。

（旦扶小生上）

【引】世亂人荒，幸脫離天羅地網。

（小生坐介）（末）娘子，醫生請到了。（旦）公公，官人病虛之人，叫他悄悄進來。（末）曉得。吓，先生。（淨）阿呀，唪，唪！囉個？（末）先生為什麼打起睡來？（淨）弗要說起。我正拉里做夢，不吓喊醒哉。（末）夢見什麼？（淨）夢見老壽星拖牢子我，要討藥吃。我說：「吓老壽星沒吃僊藥？」俚說道：「我活得弗耐煩哉了，藥殺子我罷。」（末）休得取笑。先生，娘子說官人是病虛之人，有話悄悄的說。（淨）我在行麼。（末）娘子，先生來了。（淨）王伯伯，官人個病弗好個哉。（末）為何？（淨）有個催死鬼虳門前了。（末）這就是娘子。（淨）個位就是娘子僊？（末）正是。（淨）介嘿，藥罐，唱喏。（末）什麼藥罐？（淨）既弗是藥罐，為僊了官人煎得希乾？（末）什麼說話！

（淨）王伯伯，個個就是病人麼？（末）正是。（淨）測測能，他是病虛之人嘘。（喊介）呔！（末）先生，叫你悄悄的，為什麼嚷將起來？（淨）那故是我俚做郎中個法門，是介一拍、一喊，一身冷汗先出，好子一半哉。（末）有如此妙法？（淨）提起腳來把脈。（末）腳上哪有脈息？（淨）有素說個：「病從根腳起」啲。（末）是吓。（淨）阿唷！個雙靴嚓該吃帖藥。（末）靴怎麼吃起藥來？（淨）阿曉得我是醫皮郎中了？（末）先生，快些

看脈！（旦）官人，伸出手來與先生看脈。（淨）阿呀，無用個哉。（末）為何？（淨）小膀冷個哉。（末）這是手。（淨）便介了，無得膀肚腸子個，等我來把脈哉。（坐介）喂，王伯伯：

【奈子花】他犯著產後驚風，莫不是月數不通？

　　（末）先生，來。（淨）哪哼？（末）他是男人，怎麼倒說了女科上去了？（淨）話靶，話靶！我手呢把子官人個脈，眼睛看子娘子了，說子女科浪去哉。（末）用心些。（淨）那間等我看子手浪嘿是哉。（末）這便纔是。（淨）阿呀咤異，弗好哉！（末、旦）為什麼？（淨）哪！

【駐馬聽】脈息昏沉，兩手如冰訛死人。（末、旦）這便怎麼處？（淨）無用個哉。叫幾個尼姑和尚，叮叮咚咚做些功德送出南門；再叫幾個道士拉鬼門關上去招魂；叫幾個木匠乒乒乓乓忙把棺材釘。釘咊個腦蓋骨。哭嗬！（旦哭介）官人吓！（淨）連哭兩三聲。快點叫！（末、旦）官人吓官人！（淨）再叫兩三聲。住毥，住毥！娘子，官人個隻手阿曾動？（旦）沒有動。（淨）王伯伯，官人個隻手阿曾動？（末）不曾動。（淨笑介）介沒弗要慌。是我差拿了手背，你慌則甚？

　　話靶，話靶！我做子一生一世個郎中，再弗曉得手背浪竟無得脈息個。（末）阿唷，阿唷！人都被你嚇死了。（淨）把脈是把弗著個哉，倒弗如猜子罷。（末）須要仔細些。

　　（淨）

【剔銀燈】他滿身上如湯似火燒？（旦）不熱。（淨）阿冷介？（旦）也不冷。（淨）弗冷弗熱，只怕是瘟病哉。口兒裡常常乾燥？（旦）也不乾燥。（淨）終朝飯食都不要？（旦）略吃些。（淨）介嘿撞著子餓殺鬼哉。耳聽得蟬鳴聲噪？（旦）

不聲嗓吓。（淨）咳，心焦？（旦）也不心焦吓。（淨）啐出
來！我是猜弗著了。心焦耶關得吓臷儂事？莫不是病癆？（旦、
末）都不是。（淨）都不是不醫便了。

　　（走介）（末扯介）先生，藥也沒有下，怎麼要去了？（淨）
吓一定要我醫儂？（末）正是。（淨）介沒走開點，夯開吓個屁股
圈來，看看吓生儂個病吓。（旦）官人看仔細。（末）先生，還是
仔細看一看。（淨）脈也把弗著，猜也猜弗著，弗如等我打殺子
俚，一命抵一命罷。（末）先生，還請尊重些。（淨）弗是喲，王
伯伯，自古道：「明醫暗卜」，吓對我說子官人個病哪哼起個，我
嘿就好下藥哉㗅。只是要叫我猜，就猜到開年介日腳也猜弗著喂。
（末）如此，先生，我對你說了，你不要說我告訴你的。（淨）是
哉，弗說出來嘿是哉。（末）那秀才呢，只因亂離時世，在中途失
了一個親人，得了一個佳人，憂鬱驚恐，七情感傷上起的病症。

　　（淨）是介個道理拉哈吓！喂，王伯伯，我有個「喞絲把脈」
拉里。（末）怎麼叫做「喞絲把脈」呢？（淨）個是我俚祖上傳留
下來個。假如到宮裡去看王后娘娘，把脈也拿個隻手刺上去個就弗
雅相哉。（末）不然怎麼樣？（淨）哪！只要用腰裡個條絲縧，一
頭官人喞拉嘴裡子，我聽介聽沒，就曉得官人個病原哉。（末）如
此，先生解下來，官人喞在口中。（淨）叫官人喞牢子，咬緊子繩
頭好把脈。吓，吓，吓，是介個原故了，曉得哉，放子罷。娘子，
官人個病體在亂離時世，路途中失了一個親人，得了一個佳人，憂
愁驚恐，七情感傷起的病麼？（旦）先生真正是神仙了。（淨）吓
臷孫子沒神仙，王伯伯對我說個。（末）啐！怎麼說出我來吓？
（淨）我若弗說吓出來，就是個沒人之德哉耶。（末）先生不要取
笑了，快些下藥罷。

（淨）是哉，等我來下藥哉。咤咤咤！多時弗開藥箱，老蟲做子窠哈哉。啅，拿得去！個叫做「八寶龍飛奪命丹」，九千三百四十七兩三錢五分二厘六毫半銀子合厾個，不拉官人放拉舌頭上，唾津咽下去。（末）官人，唾津咽下去。（小生吃，吐介）（末、旦）阿呀吐了！（淨）虛弱得極哉，所以胃口纔倒哉；娘子也吃個一服。（旦）沒有病，吃它怎麼？（淨）吃子個藥再弗遺精白濁個。（末）休得取笑。（旦吃，吐介）（末）娘子也吐了。（淨）姣寡了，伏侍官人辛苦，所以也吐哉。王伯伯，呧�吃點。（末）老漢沒有病，吃它怎麼？（淨）呧吃子我個藥沒，少弗得有病個喲。（末）不要吃，不要吃！（淨）介個老老弗在行厾來，吃子個個藥，齒落重生，髮白再黑厾來。（末）這樣好的？如此，先生多把些，多把些。（淨）𣭈！方纔沒弗要，聽見說得好子，先生多把些，多把些。來，大大能個撮一把得去，放拉舌頭上，唾津咽下去。（末吃，吐介）阿呀呀，吃不得的！

（淨）啐出來！費子幾哈銅錢銀子合厾個藥，哪說呧也吐我也吐。個個意思，要賴我個藥錢傛？（末）吃了下去就吐了嘿。（淨）啐！藥阿弗會吃，哪哼好生病？走開點，等我來吃拉呧厾看。（末）吃與我每看看。（淨）吃藥嘿，有個吃法個。哪！伸長子個頭頸，張開子嘴，大大能介撮一把，放拉舌頭浪，唾津咽下去。（作鬼臉吃介）如何？阿是弗吐？（又吃介）（末）果然不吐。（淨噁心介）（末）先生敢是要吐了？（淨）弗吐弗吐，就要吐，還要歇介掀厾來。（吐介）（末）先生也吐了。（淨）纔是呧催得慌子了，拿差哉，拿子我里家主婆個𤰝脚䃁哉。（末）休得取笑。先生，如今可寫個藥方。（淨）弗要寫得個喲，纔拉呧身上，記子去罷。（末）怎麼在我身上？（淨）巴頭、柴胡……吹口氣。

（末吹介）（淨）馬屁勃、杜仲、桔梗、浪宕子、牛膝、狗脚跡、
牽牛、貝母、川芎……（末）阿唷，可有什麼了？（淨）沒有了，
阿是纔記得個哉！娘子扶子官人進去罷。（末）便是，扶了官人進
去罷。（旦扶介）官人看仔細。（小生、旦下）

　　（淨）喂，王伯伯，便介了，官人個病弗好，有介個妖怪拉屋
裡了。我拉茅山去燒香，學得個捉鬼法拉里，阿要替你丟捉子出
去？（末）極好的了！（淨）介嘿，吭丟走開點吓，我是用菖蒲劍
個嘘。（畫符介）等我畫道符，捉子出去沒是哉。我奉太上老君急
急如律令，敕！（將扇打介）拉里哉，放拉吭丟老親娘房裡子罷。
（末）使不得！先生，放在外邊去。（淨）要我放拉外頭去僭？
（末）正是。（淨）介嘿跟我來。走走走……王伯伯，吭說聲放
沒，我就放哉。（末）吓，放！（淨）響點。（末）放！（淨）再
響點。（末）放！（淨）放吭丟娘個狗臭屁！（下）

　　（末）嗨！這樣人也要做什麼醫生吓！（下）

按　語

〔一〕本齣主體情節、曲文接近汲古閣《六十種曲》本《幽閨記》
第二十五齣〈抱恙離鸞〉前半齣，但增加許多科諢笑料。

〔二〕選刊此齣的坊刻散齣選本還有：《怡春錦》、洞庭蕭士輯
《綴白裘三集》，它們的文字與《六十種曲》本的〈抱恙離鸞〉幾
無二致。

邯鄲夢・三醉

丑：酒店老闆。
淨、付：酒客
小生：呂洞賓。
末：洞庭湖龍神。

　　（丑上）南湖秋水夜無煙，奈可乘流直上天。且就洞庭賒月色，將船買酒白雲邊。小子在這岳陽樓前開一個大大酒店，因這洞庭湖水廣大，把我家酒都扯淡了。這幾日非但無人來吃，連賒嗦無人來賒哉！今日等我來打掃打掃，收拾收拾乾淨點，看阿有人來。（虛下）

　　（淨上）一生湖海客。（付上）半醉洞庭秋。（合）小二哥。（丑上）來哉來哉。兩位客人阿是吃酒個僖？（淨、付）正是。（丑）樓上請坐。（淨）拿好酒得來。（丑）吓，夥計，拿兩壺好酒得來。吓，客人，酒拉裡。（淨）咻！為僖了個酒壺上有「洞庭」兩字？（丑）無非是盛水的意思。（淨）也罷！拚我每的海量，吞你這洞庭湖，如何？（丑）二位大爺若肯較量，甚好！（淨）小子鄱陽湖生意，飲八百杯罷。（付）小子廬江客，只飲三百杯罷。（丑）這等說，消我的酒不去。吚說，八百鄱陽三百焦，到不得我這壺中半節腰。（淨、付）好大酒壺嘴！（丑下）（淨、付隨意豁拳吃酒介）

　　（小生上）

【粉蝶兒】秋色蕭[1]疎，下的來九重雲樹，捲滄桑半葉淺蓬壺。踐朝霞，乘暮靄，一步捱一步。剛則是背上葫蘆，這淡黃生可人衣服。

【醉春風】則為俺無挂礙的熱心腸，引下些有商量來的清肺腑。這些時蹬[2]著眼下山頭，把世界幾點來數，數。這的是三楚三齊；那的是三秦三晉；更有那找不著的三吳三蜀。

說話之間，前面已是洞庭湖了。你看，好一座岳陽樓也！

【紅繡鞋】趁江鄉落霞孤鶩，弄瀟湘雲影個蒼梧。殘暮雨響菰蒲。晴嵐山市語，煙水捕魚圖，把世人心閑看取。

你看這邊有個酒舖在此，不免進去觀看一番。小二有麼？（丑上）儕人來哉？阿呀師父，幾裡弗便個！過一家罷。（小生）俺不來化緣。（丑）革勒來做儕？（小生）是吃酒的。（丑）吃酒個？樓浪請坐，我去拿酒來。（下）

（小生）

【迎仙客】俺曾把黃鶴樓鐵笛吹，又到這岳陽樓將村酒沽。上得樓來，果然好一派景致也！前面漢陽江，上面瀟湘蒼梧，下面湖北江東。（末上）大仙請了。（小生）龍神請了。（末）不知仙師到此，有失迎接。（小生）豈敢。（丑拿酒上）咦？青天白日拉厾說儕鬼話？（小生）來稽首是有禮數的洞庭君主。請回水府。（末下）（丑）阿要弗色頭，吃酒罷。（下）

1　底本作「消」，據《六十種曲》本《邯鄲記》改。

2　底本作「瞪」，據明末朱墨本《邯鄲夢記》（《古本戲曲叢刊》初集景印）改。

（小生吃酒介）（內雁叫介）聽平沙落雁呼，遠水孤帆出。這其中正洞庭歸客傷心處，趕不上斜陽渡。

（淨）個個道人自言自語拉丒搗僜個鬼？（付）大約是痴個吓。（小生作醉介）（淨）醉丒哉。（付）弗要理俚，我俚吃酒。

（小生）酒是神仙造神仙吃，你每這些人也不知道吃什麼酒！（淨）個嚄可笑，常言道：「一品官，二品客。」難道我每倒不如你？我每穿的是細軟綾羅。（付）吃的是細料茶食。（淨）用的是細絲錁錠。似你這般，不看你吃的，（付）只看你穿的。（淨）骯骯髒髒，（付）希破希爛。（淨）我每醒眼看醉漢。（付）你這醉漢不堪扶。（小生大笑介）哈哈哈！

【石榴花】俺也不和他評高下說精粗，道俺個醉漢不堪扶。偏你那醉人醉眼不糢糊，只怕你沙陀勢比俺更俗，橫死眼比俺更毒。（淨）唗唗唗！你是何方騷道，哪處野狐？出口傷人。你還不去麼？（付）扯破他的衣服！（小生）為甚麼扯斷絲帶，抓破俺衣服，罵俺作頑涎騷道野狐徒？

（付）吓，看看俚葫蘆裡看賣僜個藥？（淨）好笑，好笑，倒有一股燒酒氣。（小生笑介）

【鬥鵪鶉】休笑他盛酒的葫蘆，須有些不著緊的噯！信物。硬擎[3]著七情軀，俺老先生、老先生看汝……（淨、付）看僜？無過是酒色財氣，人人之本等。（小生）則見那使酒的爛了脅肚。（淨）氣呢？（小生）使氣的腆破了胸脯。（付）財呢？（生）急財的守著家兄。（淨）色呢？（小生）好色的守著院主。

3　底本作「拿」，據明末朱墨本《邯鄲夢記》改。

【上小樓】這四般兒非親者故，四般兒為人造畜。（淨）難道！人有了君臣，纔是富貴，有了兒女，纔是快活；都是酒色財氣上來的。（付）是吓，做子一個人，怎生住得手吓。（小生）你道是對面君臣，一胞兒女，貼肉妻夫。則那一口氣不遂了心，來從何處來？去從何處去？俺替你愁，俺替你想，四般兒那時纔住。

（淨）眞正亂話！（付）直頭拉虱放屁！（淨）一會了先生，一些陰陽晝夜都不知道了。（小生笑介）你可知道麼？（付）有僥弗曉得！

（小生）

【么篇】問你如何是畢月烏？（淨）月黑子就是。（小生）如何是房日兔？（付）吃醉子房裡去吐。（小生）你道如何是個三更之半，十月之餘，一刻之初？（付）聽俚嘆僥個臭氣！（小生）問著呵，則是一班兒嘴禿速。難道偏則我出家人有五行攢聚。

（淨）咦，俚包裡有一個磁瓦枕頭拉哈。（付）打碎俚個。（小生）這個瓦枕，你每如何打得碎它。（淨）僥個鐵打個？（付）銅鑄個？（合）打俚弗碎！

（小生）

【白鶴子】是那黃婆土築了基，放在偃月爐。封固的是七般泥，用坎離為藥物。

（淨、付）怎生下火？（小生）

【么】搧風囊隨鼓鑄，磁汞料寫流珠。燒的那粉紅丹色樣殊，全不見枕根頭一線兒絲痕路。（淨、付）枕兒兩頭兩個大窟籠，敢是你害頭風出氣的？（小生）這是按八風開地戶，

憑二曜[4]透天樞。（淨、付）為僨裡向空空的亮？（小生）有甚的空籠樣枕江山，早則是連環套通心腑。列位，都來枕上一會麼？（淨）我每枕的是兩頭繡花綾緞的。（付）我還有踏光布個來。（淨）個樣瓦枕頭是寡漢用個。（小生）倒不寡哩，許多桑田滄海，大千世界，都在裡面哩！半四兒承婼女，並枕的好夫妻。（淨、付）有僨個好處？（小生）好消息在其中，但枕著都有個回心處。

（淨、付）個個道人是痴個，拉丑誣言亂話，我俚弗要理哩。（小生）吓，此處無緣。列位，請了。（淨）走吓娘個清秋路！（付）囉個留吓了？

（小生）

【快活三】不是俺袖青蛇膽氣粗，則是俺憑長嘯海天孤。則俺朗吟飛過洞庭湖，度的是有緣人何處？（下）

（淨、付）那道人被我每囉哢了一回，竟自去了。（付）介嘿，我俚嗉去罷。（淨）說得有理！正是：相逢不飲空歸去。（付）洞口桃花也笑人。請吓。（淨）請。（下）

（小生上）好笑偌大一個岳陽樓，竟無一人可度，只索望西北方迤邐而去。

【鮑老兒】這的是自來的辛苦，一口氣許了師父。少不得逢人問渡，遇主尋途。是不是口邁著道詞，一路的做鬼妝狐。

呀！忽見一道清氣貫于燕之南，趙之北，不免撥轉雲頭順風而去。（內作風聲介）仔細看來，原來是邯鄲地方。此中怎得有神仙

4　底本作「造」，據明末朱墨本《邯鄲夢記》改。

氣象也？（遶場行介）

【耍孩兒】《史記》上單註著會歌舞的邯鄲女，俺則道幾千年尋不出個藺相如。卻怎生祥雲氣罩定不尋俗，滿塵埃他別樣通疏？知他蘆花明月人何處？流水高山客有無？俺仔細抬頭覷，偷鞭影看他驢橛，下探竿識得龍魚。

【尾】欠一個蓬萊洞掃花人，走一片邯鄲城尋地主。但是有緣人，俺盡把神仙許。則這片熱心兒，普天下遇著咱的都姓呂。

　　　（下）

按　語

〔一〕本齣出自湯顯祖撰《邯鄲夢》第三齣〈度世〉後半齣。

〔二〕選刊此齣的坊刻散齣選本還有《怡春錦》。選抄此齣的散齣鈔本有：中國國家圖書館藏佚名抄《戲曲選抄》、中國國家圖書館藏朱執堂抄《時劇集錦》。

邯鄲夢·捉拿

旦：崔氏，盧生之妻。

生：盧生。

小生：盧儔，盧生長子。

貼：盧佣，盧生次子。

付：傳令的差官。

（老旦、丑扮梅香，引旦上）鐵券山河國，金牌將相家。奴家崔氏，俺相公位兼將相，欽賜府第一區。朱門畫戟，紫閣雕檐，皆因邊功重大，以致朝禮尊隆。休說相公，便是為妻子的，說來也驚天動地。奴家是一品夫人，養下孩兒，但是長的，俱與了恩蔭，真是希罕也！（內喝介）呀！喝導之聲，想是相公回府了。正是：月明銀漢三千里，人醉金釵十二樓。（虛下）

（雜扮小軍、末扮院子，引生上）

【賞花時】俺這裡戶倚三星展碧紗，見了些坐擁三台立正衙。樹色遠檐牙，誰近的鴛鴦翠瓦，金彈打流鴉？

【么】俺路轉東華倚翠華，佩玉鳴金宰相家。新築舊堤沙，難同戲耍，春色御溝花。

蓮步趨丹陛，分曹近紫微。曉隨千丈入，暮惹御香歸。某，盧生，在聖上跟前平章了幾樁機務，吃了堂餐，下朝回府。（眾）老爺回府。（生）迴避了。（眾）吓。（下）（三旦上）（生）夫人。（旦）相公回朝，奴家開了皇封御酒與相公把盞。（生）生受

夫人。（吹打坐介）（生）俺與夫人對飲數杯，要連聲叫乾，如不乾者，要罰。（旦）奉令了。（生）乾。（旦）乾。（生）夫榮妻貴，酒乾。（旦）妻貴夫榮，酒乾。（小生、貼上）爹爹、母親在哪裡？阿呀不好了！外面人馬刀鎗擠擠排排，將近府門來了！（生、旦）吓，有這等事！

【醉花陰】這些時直宿朝房夢喧雜，整日價紅圍也那翠匝。鈴閣遠靜無譁，俺是個潭潭相府人家，敢邊廂大行踏！（內）拿吓！（生）呀！聽、聽不住的叫拿，敢是地方上走了賊？（小生、貼）不是。（生）反了獄？（小生、貼）也不是。（生）既不是，怎的響刀鎗人闖馬？

　　（外、淨扮校尉，引付上）打進去！（小生、貼、旦）為什麼？（生）誰敢無禮！

　　（眾）

【畫眉序】聖旨著擒拿！（生）呀！原來駕上差來的。（付）奏發中書到門下。（生）門下為誰？（付）竟收拿公相，此外無他。（生）本爵所犯何罪？（付）這犯由不比尋常，料干係著重情軍法。（生）有何負國，而至于此？（付）下官不知，有駕票在此，跪聽宣讀：「奉聖旨，前節度使盧生，交通番將，圖謀不軌，即刻拿赴雲陽，明正典刑，不許違誤！欽此。」（生）萬歲，萬萬歲！（旦）阿呀相公！（小生、貼）阿呀爹爹！波查，禍起天來大，怎泣奏當今鸞駕？

　　（生）阿呀，這事從何而起？

【喜遷鶯】走的來風馳電發，半空中沒個根芽。待俺面奏聖上訴冤去。（付）閉上朝門了。（生）呀？閉上朝門了？爭也麼差，著俺當朝來攔駕。咳！省可也慢打個商量，咱且退

衙。（付）有旨不容退衙。（生）吓！又不許退衙？夫人，我家本山東，有良田數頃，足以禦寒餒，何苦去求祿，而今及此！思復衣短裘，乘青駒，行邯鄲道中，不可得矣！顛不剌自裁刮。夫人，取佩刀¹過來。（旦）要它何用？（生）待俺自刎了罷。（付）聖上不准自裁，要明正典刑哩！（生）是吓！想俺是個大臣，生死也要明白。夫人，你同這些孽種到午門外叫冤去，俺赴市曹去也！遲和疾鋼刀一下，違聖旨，除死可也無他。

　　（眾同生下）（旦）阿呀兒吓，你爹爹身赴市曹去了，我和你快到午門前叫冤去！（小生、貼）有理。（同哭下）

按　語

〔一〕本段出自湯顯祖撰《邯鄲夢》第二十齣〈死竄〉前半齣。

1　底本作「剌」，據明末朱墨本《邯鄲夢記》（《古本戲曲叢刊》初集景印）改。

邯鄲夢・法場

老旦：高力士。

旦：崔氏，盧生之妻。

小生：盧傳，盧生長子。

貼：盧佴，盧生次子。

淨、外：劊子手。

生：盧生。

末：裴光庭，盧生的同年，欽差。

（老旦上）吾為高力士，誰救老尚書？今日為斬功臣，閉了正殿，看有甚官員來此奏事，只得在此伺候。

（旦、小生、貼上）十步當一步，頃刻午門前。此間正陽門了。兒吓，快去擊鼓！（小生）是。（老旦）咘！午門之外，誰敢囉唣！（旦、小生、貼）阿呀萬歲爺，冤枉吓！（老旦）你是什麼人？（旦）奴家是盧生之妻，誥封一品夫人，領了這班兒子來此叫冤的。（老旦）吓，盧夫人，你有何冤枉？就此披宣。（旦）阿呀萬歲爺吓！（哭介）

【畫眉序】宿世舊冤家，當把盧生活坑殺。有甚駕前所犯？吃幾個金瓜。通番罪暗[1]裡相加，謀叛事關天當耍。

1　底本作「瞎」，據明末朱墨本《邯鄲夢記》（《古本戲曲叢刊》初集景印）改。

（老旦）盧夫人，你在此伺候，待我奏知萬歲便了。（下）（旦）吓，老公公為我每奏知去了，我每且禱告天地，在此等候。波查，禍起天來大，怎泣奏當今驚駕。

兒吓，我每且到那邊候旨去。（下）（內鑼鼓介）（淨、外劊子上）吶！閑人站開！（生綁上）

【出隊子】排列著飛天羅剎，排列著飛天羅剎。（淨、外）小的每叩頭。（生）你每是什麼人？（淨、外）小的每是伏侍老爺的劊子手。（生）是劊子手麼？（淨、外）正是。（生）起過一邊。（淨、外）是。（生）呀！看了他捧刀尖勢不佳。（淨、外）稟爺，有個一字旗兒，請老爺插戴。（生）旗上是什麼字？（眾）是個「斬」字。（生笑介）恭謝天恩。（淨、外）老爺，是個「斬」字，怎麼倒要謝起恩來？（生）你每不知，俺只道是千刀萬剮，原來是只得一個「斬」字！領戴了。（插旗介）（生）那邊蓬席之下酒筵，為何而設？（淨、外）這是光祿寺排的御賜囚筵，一樣插花茶飯哩。（生）吓，為此那旗呵，當做個引魂旛帽插了宮花。那邊鑼鼓聲響，當做個引路笙歌赴晚衙。（淨、外）已到囚筵了。（生）當了個施餤口功臣筵嗄！上鮓。

（淨、外）老爺趁早受用些，時候到了。（生）咳！皇家茶飯已吃夠了。（淨、外）爺吓，黃泉無酒店，沽酒向誰人？還是吃些的好。（生）吓！黃泉無酒店，沽酒向誰人？（淨、外）正是。（生）吓，如此，待俺跪飲一杯。

【么】暫時間酒淋喉下，阿呀聖上吓！還望恁祭功臣澆奠茶。（淨）吶！閑人站開！（生）住了，罪臣還要謝恩。願吾王萬歲，萬歲，萬萬歲！（淨、外）閑人站開！（生）你每不要趕。一任他前遮後擁鬧喧喧，擠的俺前合後偃走踢踏，難道他

有什麼刼場人也則是看著耍?

　　(淨、外)這是西角頭了。(生)前面旛竿下是何處?(淨、外)爺吓!

【滴溜子】旛竿下,旛竿下,立標為罰。雲陽市,雲陽市,風流洒角。休說老爺一位,少甚朝宰功臣這答。套頭兒不稱孤,便道寡。滯了俺一手吹毛,到頭也沒髮。

　　(生)阿呀!(死介)(淨、外)呀!老爺甦醒,老爺甦醒!(生醒介)

【刮地風】嗳呀!討不得怒髮衝冠兩鬢花,(淨、外)爺的頸子嫩,不受苦哩。(生)把似恁試刀痕俺頸玉無瑕。雲陽市好一抹凌煙畫。(淨、外)老爺也曾殺過人來。(生)是吓!俺也曾施軍令斬首如麻。(淨、外)今日老爺也要如此。(生)領頭軍該到咱。幾年間回首京華,(淨、外)落魂橋了。(生)呀!到了這落魂橋下。(淨、外)時候到了,請爺生天。(生)只恁這狠夜叉閧吊牙,甚生天斷頭閒話,休再想片時刻得爭差。虎頭燕頷高懸掛,還只怕血淋浸展污了袍花。

　　(生跌)(外)開刀。(末急上)刀下留人!(淨、外下)

　　(末)奉聖旨:「盧生罪當萬死,朕體上天好生之德,諒免一刀。謫去廣南鬼門關安置,不許頃刻停留。謝恩。」(旦、小生、貼上)萬歲,萬歲,萬萬歲!(旦)阿呀相公!(小生、貼)阿呀爹爹吓!

　　(生)

【四門子】猛魂靈寄在刀頭下,(旦、小生、貼)猛魂靈寄在刀頭下,(生)荷荷荷,還把俺嶮頭顧手自抹。來者何

人？（旦）裴家叔叔在此。（末）小弟裴光庭在此。（生）我的頭呢？（末）年兄好個壽星頭吓！（生）吓，年兄，那奏本秉筆者宇文融也，也要蕭年兄肯押花字。也要他題知斬字連名下，伴著中書怎押花？（末）敢是蕭年兄不知？（生）咳！難道，只怕老蕭何放不的這淮陰胯。（合）看了些法場上的沙，血場上的花，可憐煞將軍戰馬。

　　（末）年兄與年嫂在此叙一叙，小弟覆旨去也。（下）

　　（旦）阿呀兒吓，快同裴叔叔去謝恩。（小生、貼）是，曉得。（下）

　　（旦）相公吓，你怎麼一句話也說不出了？妾身帶得一壺酒在此，一來與你壓驚，二來與你餞行。此杯酒是：

【鮑老催】唏唏嚇嚇，戰兢兢把不住臺盤滑，撲生生遍體上汗毛乍。吸屢屢也，哭得聲乾啞。（內）聖上有旨：「著五城兵馬司催促盧生起程，不許停留時刻。」（小生、貼上）阿呀爹爹吓，五城兵馬司催促爹爹起程，怎麼處？（生）如此，我去也！（旦、小生、貼扯介）（旦）阿呀相公！（小生、貼）爹爹吓，怎捨得撇了我每就去也？（生）咳！你是婦人家不知，朝廷說我圖謀不軌，要安置我在鬼門關外。罪犯之人，限時限刻。人非土木，誰忍骨肉分離？則怕累了賢妻，害了這幾個業種，反為不美；我去也！（旦、小生、貼扯介）（旦）阿呀相公！（小生、貼）阿呀爹爹！眼前兒女空鉤搭，腳頭夫婦難安箚，同死去做一搭。

　　（生）放手，放手！（小生、貼跌介）

　　（生）

【水仙子】呀呀呀、哭壞了他，扯扯扯、扯起他且休把望

夫山立著化。（生）²苦苦苦、苦的這男女每苦煎喳，痛痛痛、痛的俺肝腸激刮。我我我、我瘴江邊死沒了渣，你你你、你做夫人權守著生寨。（旦）阿呀相公，再看看孩兒去！（生）罷罷罷、罷兒女場中替不得咱，好好好、好這三言半語告了君王假，我去也！（旦）相公往哪裡去？（生）我麼，去去去、去那無雁處海天涯。

　　（推跌眾介）（下）（旦）阿呀相公吓！（小生、貼）爹爹吓！

　　（合）

【哭相思】十大功勞誤宰臣，鬼門關上一孤身。流淚眼觀流淚眼，斷腸人送斷腸人。

　　（同哭下）

按　語

〔一〕本段出自湯顯祖撰《邯鄲夢》第二十齣〈死竄〉後半齣。

2　底本作「合」，表示以下同場齊唱；明末朱墨本《邯鄲夢記》、《六十種曲》本《邯鄲記》均作「生」，表示以下曲文仍由生唱。揆諸文意，底本並不正確，據前述二書改。

邯鄲夢·仙圓

淨：漢鍾離。

付：曹國舅。

丑：李鐵拐。

老旦：藍采和。

旦：韓湘子。

貼：何仙姑。

小生：呂洞賓。

生：盧生。

外：張果老。

【清江引】（淨扮鍾離上）漢鍾離半世有神仙分，道貌生來坌。（付扮曹國舅上）雖然國舅親，富貴尋常論。（合）[1]世上人，不學仙真是蠢。

【前腔】（丑扮拐李上）這拐兒是我出海撩雲棍，一步步把蓬萊掙。（老旦扮藍采和上）高歌踏踏春，爨弄的隨時諢。（合前）

【前腔】（旦扮韓湘上）小韓湘會造逶巡醞，頃刻花題韻。（貼扮何仙姑上）笊籬兒漏洩春，撈不上閑愁悶。（合前）

1　因後面二支有「合前」，可知底本「合」字脫，據明末朱墨本《邯鄲夢記》（《古本戲曲叢刊》初集景印）補。

（各見介）（貼）鍾離公，恁高徒洞賓子，奉東華道旨，下界度引真仙，還不見到來，好悶人也！（丑）呔！做仙姑的，開口說悶人，閉口說悶人，我一拐敲斷你笊籬根！（淨）不要取笑。我每同到蟠桃花下跳舞一回。（眾）有理！

【駐馬聽】（淨）漢鍾離到老梳丫髻。（付）曹國舅帶醉舞朝衣。（丑）李孔目拄著拐打磕睡。（貼）何仙姑拈針補笊籬。（老旦）藍采和海山充藥探。（旦）韓湘子風雪棄前妻。（合）兀的那張果老五星輪的穩，算定著呂純陽三醉岳陽回。（眾同下）

（小生引生上）

【點絳唇】一片紅塵，百年銷盡，閒營運。夢醒逡巡，早過了茶時分。

（生）師父，前面一座高山，一汪流水，是哪裡？（小生）此乃蓬萊滄海，大修行之處也。（生）那裡有甚麼景致？

（小生）

【混江龍】俺這裡望前征進，明寫著碧桃花下海仙門。到時節三光不夜，那其間四季長春。（生）這山上敢也有虎？就是那海內又有鯨魚哩！（小生）這海濤中有三番十五眾鰲魚轉眼，到得那山坳裡止一斤十六兩白虎騰身。（生）師父，這般大海，又無船渡，如何過去？（小生）你須合著眼隨我過去。（淨眾上，坐高處介）（生）一匝眼過海來也，喜的是沒有颶風。只是，那海外沒個州郡，好淒涼人也！（小生）恁道是神仙島有三萬丈清涼界全無州郡，比你那鬼門關八千里煙瘴地遠惡州軍。（生）可有剪徑的？（小生）剪徑的無過是走傍門提外事貪天小品。（生）可有跳鬼的？（小生）跳鬼的有得那出陽

神抛伎子散地全員。

（生）呀！那雲端之下是有人家，怎生有穿紅的、穿綠的、癩的、跛的、老的、少的？這一班是什麼人？（小生）這都是你的證明師父，待俺數與你聽：

【有板混江龍】有一個漢鍾離雙丫髻，蒼顏道扮。一個曹國舅八采眉，象簡朝紳。一個韓湘子棄舉業，儒門子弟。一個藍采和他是個打院本，樂戶官身。一個拄鐵拐李孔目，帶些殘疾。一個荷飯笊的何仙姑，挫過了殘春。（生）他每日夜在此何幹？（小生）他每無日夜演禽星看卦象，抽添水火。有時節點殘棋斟壽酒，笑傲乾坤。（生望介）師父，兀那邊來的這老者眉毛好不長也！（小生）眼睜著張果老把長眉毛褪，雖不是開山作祖，仙分裡為尊。

（外上）

【清江引】看蟠花兩度唐堯運，甲子何勞問。蓬山好看春，只要有神仙分。（合）世上人，不學仙真是蠢。

（小生）張仙翁，呂岩稽首。（生跪介）（外）洞賓少禮。後面跪的何人？（生）唐朝狀元丞相趙國公盧生叩見。（外）請起。老丞相，老國公為何這等寒酸了？（生）這是夢吓。（外）雖然是夢，虧你奈煩了五十餘年。今日到了荒山，看你痴情未盡，待等眾仙到來，提醒你一番。（生）多謝師父！（外）你看：雲端之下，眾仙來也！（眾下介）

（合）

【沽美酒】上鵲橋下鵲橋，天應星地應潮。響緋緋漁鼓鬧漁樵，酒暖金花探著藥苗。青童笑來玉女姣，火候傷丹細細的調。河關撒手、撒手正逍遙，莫把那海山春耽誤了。

　　（小生）眾仙稽首。張翁請了。（外）請了。（貼）洞賓先生
引的這痴漢來了。（生）原來就是洞賓先生！這師父弟子拜著了
也。（外）眾仙眞，可將盧生夢中之境，逐位點醒他一番。（眾）
說得極是。啲！痴漢子，你跪下聽者。

　　（淨）

【浪淘沙】甚麼大姻親？太歲花神，粉骷髏門戶一時新。
那崔氏的人兒在何處也？你是個痴人！（生叩頭介）我是個
痴人。

　　（付）

【前腔】甚麼大關津？使著錢神，插宮花御酒笑生春。奪
取的狀元郎在何處也？你是個痴人！（生叩，合前）

　　（丑）

【前腔】甚麼大功臣？掘斷河津，為開疆展土害了人民。
恁那勒石的功勞何處也？你是個痴人！（生叩，合前）

　　（老旦）

【前腔】甚麼大冤親？竄貶在煙塵，雲陽市斬首潑鮮新。
你受過的悽惶何處也？你是個痴人！（生叩，合前）

　　（旦）

【前腔】甚麼大階勳？賓客闐²門，猛金釵十二醉樓春。你
那受過的家園今在何處也？你是個痴人！（生叩，合前）

　　（貼）

【前腔】甚麼大恩親？纏到八旬³，還乞恩忍死護兒孫。鬧

2　底本作「填」，參酌文意改。
3　底本作「巡」，據明末朱墨本《邯鄲夢記》改。

喳喳孝堂在何處也？你是個痴人！（生叩，合前）

　　（外）盧生，你被眾仙真數落這一番，敢待醒也？（生）弟子老實醒也！（外）如此，請仙姑女把那殘花帚櫊柄子傳遞與他。直掃得無花無地非為罕，這其間忘帚忘箕不是痴，那時節騎鸞鶴朝元證聖，才是你跨驢駒入夢便宜。（小生）盧生，你領了帚，拜謝眾仙翁。（生）是。

【沉醉東風】再不想煙花故人，再不想金玉拖身。（眾合）教你三生配馬驢，一世行官運，呀！碑記上到頭難認。富貴場中走一塵，只落得高人哂。

　　（生）

【前腔】雲陽市餐刀嚇人，在鬼門關掙脫了我這殘生。（眾合）這等驚惶恁還未醒，苦戀三台印，那其間多少冤親？日未斜西早欠伸，有甚麼商量要緊！

　　（生）

【前腔】做神仙半是齊天福人，海山深躲脫了這閒身。（眾合）你掀開肉吊窗，蘸破花營運，賣花聲喚醒迷魂。眼見桃花又一春，人世上行眠立盹。

　　（生）

【前腔】除了籍看禾黍邯鄲縣人，著了役掃桃花閬苑童身。老師父，你弟子痴愚，今日得見眾仙翁，則怕還在夢裡！雖然妄早醒，還怕真難認。（眾合）你怎生只弄精魂？便做到痴人說夢兩難分，畢竟是遊仙夢穩。（淨）我每大家一同朝見東華帝君去。（眾）有理！

　　（合）

【清江引】儘榮華掃盡了前生分，枉把痴人困。蟠桃瘦作

薪，海水乾成壘。（淨、眾先下）（生吊場）那時節一翻身，敢黃粱鍋未滾？（下）

按 語 ✎

〔一〕本齣出自湯顯祖撰《邯鄲夢》第三十齣〈合僊〉。

紅梨記・賞燈

末、外：王黼的僕人。

淨：王黼，佞臣。

旦、老旦、丑：教坊女伎。

貼：謝素秋，教坊名伎。

小生、生：小太監。

付：梁師成，權臣，王黼的義父。

　　（末、外扮堂官上，淨蟒袍玉帶上）

【引】皓月金門午夜，和[1]風玉殿先春。內庭曲宴及詞臣，誰似我天顏常近？

　　臘底陽生月正晴，士民遊樂慶昇平。熙熙萬象融和裡，共沐恩光賀聖明。下官王黼，字將明，開封祥符人也。官拜太傅，封楚國公。我性頗黠慧，又善口辯，遭逢聖上，寵冠羣僚。身列三公，位居元宰，深宮曲宴，無不陪扈。下官又故為諧謔，獻笑取悅，聖上呼我為小王太傅，我就稱聖上為「太上道君」。一日，聖上站立牆邊，要上牆去，奈無梯子。我就將兩臂乘聖足而起，大聲叫道：「阿喲，好個爬牆天子！」（笑介）哈哈哈！聖上就笑說道：「全虧你築岩的宰相！」目今海甸初安，朝廷無事。我便上一本，說今

1　底本作「松」，據明泰昌閔氏朱墨本《紅梨記》（《古本戲曲叢刊》初集景印）改。

冬天氣和暖，正該及時為樂，就此十二月令民間搭造燈棚，名曰「預借元宵」。聖上大喜，設宴內庭，特命下官陪侍，一連數日，不[2]得回家。以君臣之契合，全虧父子情深。[3]我自拜太尉梁師成為父，幸仗他在聖上面前讚揚，遂有今日。昨日太尉說要到我家來看燈。當值的。（末、外）有。（淨）筵席可曾完備？（末、外）俱已完備了。（淨）那太尉爺就是你家的太老爺一般，筵席須要齊整。（外、末）是。

（淨）昨日大內承應的教坊女樂頭兒叫什麼名字？（末）名喚謝素秋。（淨）今日可在我府中承應？（末、外）在此伺候。（淨）喚他每過來。（末、外）吓，官妓們走動。（旦上）蛾眉攢翠。（貼上）笑臉含羞。（老旦上）安排舞袖。（丑上）整頓歌喉。（合）官妓們叩頭。（淨）起來。哪一個是謝素秋？（旦、丑）是他。（淨）妙吓！我府中歌兒舞女雖多，卻沒有這妮子娉婷嬝娜。我若要他進府，卻有何難？吓，且宴過了太尉爺再作道理。過來。（末、外）有。（淨）太尉爺到時，即忙通報。（末、外）吓。（淨同眾下）（小生、生扮小太監，引付短拐上）

【引】寶炬騰輝三島，鸞笙叶氣千門。御香滿袖散氤氳，但願得常依鳳袞。

紫宸朝罷侍鵷班，詔賜宮刀白玉環。宦曜自來垂上象，貂璫獨喜近龍顏。咱家，太尉梁師成。性善柔媚，言多甘悅。出入宮寢三十餘年，歷踐台司二十餘任。都人目為隱相，天子喚作可兒。宮掖巡遊，常向臂肩循絳繫；殿頭宣拜，每將口語代黃麻。將相公卿，

2　底本作「只」，據明泰昌閔氏朱墨本《紅梨記》改。

3　明泰昌閔氏朱墨本《紅梨記》作「似此君臣契合，多虧父子情深」。

個個稱門生故舊；后妃嬪御，人人呼咱為尚父元公。以此，賄賂如山，門庭成市。從我者加官進爵，逆我者立見誅夷。兒童已賜緋衣，廝養半登黃甲。大兒王黼，開應奉局于都下，月給何止萬緡。小兒朱勔，總花石綱于蘇州，歲輸不下億計。（笑介）咦嘻，咦嘻！真個是財可通神，威堪震主。連日在內庭侍宴，不得空閑。昨日王黼兒約咱去看燈。嗾，孩子們，今日是王老爺家約咱去看燈，邀過幾次了？（二生）兩三次了。（付）兩三次了？我每擾他的肥嘴兒去罷。（二生）是。（付）嗾，打導。（二生）吓，打轎。（付）不用打轎，我每一路看燈，步行了去罷。（二生）吓，是。（付）燈火明龍閣，笙歌滿鳳城。（二生）嗾，有人麼？（末、外上）是哪個？（二生）快通報，太尉爺到了。（末、外）曉得。老爺有請。（淨素服上）怎麼說？（末）太尉爺到了。（淨慌出跪迎介）孩兒王黼迎接恩父大人。（付）嗳嗳嗳，起來起來。好燈吓！（進介）（淨）恩父大人請上，待孩兒拜見。（付）咱和你是爺兒們，不要行這個禮；下次再這麼著，就要罰你了。（淨）從命了。（付）坐著罷。（淨定坐介）告坐了。（付）王老爺，好個預借元宵的本，虧你想得到吓。自從建了艮嶽，聖上整日在內遊賞，不想時遇隆冬，那些百卉凋傷，車駕久不臨幸，正在那大內閑坐，適遇見了你那預借元宵的本，咱就從頭至尾讀了這麼一遍，不覺喜動天顏。（淨打拱介）多謝恩父大人提攜。（付）王老爺，我教你一個法兒：大凡官家不要容他閑著，常把那些聲色貨利打夥兒過日子，他就不想到政事上來了。左班那些秀才官兒，就有什麼詞兒、賦兒也入不進去。（淨）多謝恩父大人的指教！

　　（付）孩子們，今日我在此看燈，那些御前承應的都齊著麼？（外、末跪介）啓上太尉爺，五花爨弄三百名，搬演雜劇三百套，

駕前鼓吹十八部，教坊妓女一百二十名都齊在此。（付）這都是伺候我的？咳，我連日在內庭侍宴，聽得厭煩了，那些雜劇、院本，誰耐煩去瞧它！都打發他每去罷。（末、外）吓。（淨）恩父大人，這些都打發了去，太寂寞了，莫若留歌妓們在此奉酒罷。（付）旣是王老爺說了，罷，止留歌妓們在此奉酒，餘者都不用，去罷。（外、末欲行介）（付）嗷！狗囊的，話也沒有講完，就要跑。你跑到哪裡去？怪根子狗囊的。（淨）老爺還有話吩咐你每。（付看二生介）每人賞他一吊大黃錢，不必來謝，去罷。（淨）王鑾這里自有賞賜，何勞恩父大人重賞？（付）王老爺，不是吓，不把他每幾個錢，他就要抱怨著咱哩。（外、末稟介）啓爺，酒完了。（淨）看酒。（作定席介）（付還定，淨推介）（淨、付更衣介）（付）我的巾呢？（二生）沒有帶來。（付）怪狗囊的，為什麼不帶來？（二生）今日爺還要該班兒哩。（淨）恩父大人，王鑾這里有巾。（付）不要了，我還要該班兒去，不換了罷。（各坐席介）

（合）

【香柳娘】喜燈月競新，喜燈月競新，寒威乍損，想梅花已漏江南信。（付作吃物介）（內燈樂鑼鼓介）（外、末跪介）請太尉爺觀燈。（付出席介）好燈吓！看鰲山砌雲，看鰲山砌雲，青禁玉樓隣，彤幃絳河近。（合）判行樂及辰，判行樂及辰，只恐後月今宵，陰晴無准。

（又各見入席介）（付吃介）來來來，你把這個酒飯一股腦兒拿上來，不用囉囉蘇蘇的。（末、外）吓，上酒。（付起介）打導。（淨推介）酒還沒有飲，再請少坐。（付）還要坐？罷了，旣是這麼著，咱倒坐在一塊兒來，說說講講的倒好。（淨）王鑾不

敢。（付）不要這麼，來坐坐罷。（淨）孩兒告坐了。（付）噯，又來多禮了。孩子每，抬我的飛轎到王老爺這里來吓。（二生）是。

（淨）恩父大人，教坊女樂內有個謝素秋倒也好，喚他過來。（付）什麼謝素丟吓？（淨）是謝素秋。喚他們出來。（外）教坊女走動。

（貼、旦、老旦、丑上）（淨）過來見了太尉爺。（眾）妓女們叩頭。（付）起來，起來。姑娘每好？（眾）好。老爺好。（付）哪一個叫謝素秋？（丑）是他。（付）你就叫謝素秋。來來來，這裡來。（作摟貼介）不要害羞，不要害怕。好眉毛兒，好口兒，好一個杏臉桃腮兒！怪不得王老爺喜歡你，在我跟前稱讚你。（淨）恩父大人喜歡，他就造化了。（付）咦，王老爺，咱喜歡不中用。只中看，不中吃，光光兒的一點兒也沒有。（淨）吓，又來取笑了。（付）謝素秋，你今年幾歲了？（貼）十六歲了。（付）吓。（生）爺，他今年十六歲了。（付）啜，狗囊的，我問他，誰要你來問麼？他十五十六，你便仔麼著呢。（生）他說是十六。（付）拉腌子去罷，狗囊的。（又摟貼介）你今年纔十六歲，仔麼有這兩個大奶奶頭子？王老爺，你看這沒臉面的，向著我咬指哩。謝素秋，你唱個〈囉蘇山坡羊〉與我聽罷。（貼）不會。（付）〈夜夜遊〉呢？（貼）也不會。（付）打個了蜂兒與我瞧瞧。（貼）都不會。（付）吓，不中用的！可惜這麼一個孩子糟塌掉了，仔麼都不會。（淨）他每會唱南調。（付）南調哼哼唧唧，一句也聽不出來。（生）爺，我們家裡有一班弋陽腔。（付）啜，狗囊的，又來多嘴了！王老爺，我家裡有班弋陽腔，好砍吓、殺吓，熱鬧的了不得。（笑介）咻！嘻嘻嘻。既是王老爺說了嘿，也罷！

隨他唱一個曲兒罷。（貼）是。（淨）好生唱。

　　（貼）

【寄生草】喜預借元宵，樂朱簾外燈月皎。繁絃急管頻頻鬧，梅花處處將春報。章臺細柳堪將笑，歡娛何惜醉今朝。（付又作吃物、打板、看貼渾介）（貼）星滿華堂，燈影徘徊，太平天子樂滔滔，唱一曲和昇平古梁州也那陳隋調。

　　（付）好一個「太平天子樂滔滔」，好吓！唱完了麼？（貼）是。（付）唱得好！孩子們，每人賞他一個元寶。另外賞謝素秋一把金豆兒。（淨）過來，謝了太尉爺。（貼、眾跪介）多謝太尉爺。（付起身，又摸貼嘴介）嗽！打導吓。（淨）再請少坐。（付）王老爺，不消了，咱還要去該班兒哩。（拱介）（末、外隨送出介）（淨跪送介）（付、二生出介）與我多多致意王老爺。（外、末）多多拜上太尉爺。（二生）爺，好筵席，十分齊整，人人有賞。（付）好快活！該班兒去罷。正是：笙歌歸院落，燈火下樓臺。（同下）

　　（淨）好難得太尉爺歡喜，各人有賞。喚謝素秋過來。看桌盒到書房裡去。（外、末）吓。（淨看貼下）（貼、旦、老旦、丑跟淨下）（末）好一個梁太尉吓！（外）正是。（同下）

按　語

〔一〕本齣出自徐復祚撰《紅梨記》第三齣〈豪讌〉。

兒孫福・宴會

旦：徐利，徐家三男，光祿大夫。

付：伺候徐利的堂候官。

丑：徐亨，徐家次男，武狀元。

小生：徐乾，徐家長男，文狀元。

貼：徐貞，徐家么兒，國舅，翰林供奉。

（旦冠帶，末扮僕隨上）

【引】禍福遷移似塞翁，還疑在夢兒中。

日暮蒼山遠，春深花自閑，故國難回首，遊子幾時還？下官，徐利。奉母親之命尋取二哥，誰知流落于山谷之中，幾致絕命。幸遇赤松子拯救，又傳我仙方賑濟飢民，承府縣奏聞朝廷，奉旨欽召進京，封為光祿大夫之職。雖叨榮幸，只是二哥消息杳然，不能報覆母親。我想，人生在世，貪圖榮貴，不顧母兄，豈是人乎？前日雖曾報聞，少慰母懷，即日上表奏明，親到南中查取二哥回來，少盡弟兄之情，報覆母親之命便了。今日奉旨賜宴文武狀元，因此命下官主席陪宴。堂候官。（付上）有。（旦）筵席可曾完備？（付）完備多時了。（旦）各位老爺到時，即忙通報。（付）曉得。（同下）

（四雜扮四牢子，隨丑上）

【新水令】平空的紗帽偶飛來，問何驟然擔戴？非干遊說口，沒甚濟川才。一味的信口胡柴，騙得這武狀元多聲

價。

　　（雜）武狀元到。（付上）老爺有請。（旦上）怎麼說？（付）武狀元到了。（旦）道有請。（付）老爺出來。（旦）請。（丑）請了。（旦）請了。（丑背介）呀，這官兒好似我三弟一般。（旦背介）呀，這武狀元好似我二哥模樣。（丑）先生為何只管看著下官？（旦）聲音越發是了。（丑）呀！果然是三弟。（旦）呀！正是二哥。（丑）阿呀三弟！哈哈哈！（旦）二哥拜揖。（丑）快活，快活！閑話少說，阿媖阿好乩？（旦）二哥，自你別後，母親無一日不想念你。一日偶然問起，我不合說了個「四」字……（丑）咳！弗要說咭。（旦）那時我就改口說了泗州。（丑）好吓！轉口得快。（旦）有什麼好！母親說道此去泗州不遠，措置些盤纏，與你尋了二哥回來。（丑）個嘿哪處？千山萬水，吾囉哩認得？（旦）一路尋問到了蘆州地方。（丑）兄弟，虧吾囉哩有個多哈盤纏到得蘆州吓？（旦）你道兄弟哪裡有這許多盤費吓，一路呵，

【步步嬌】只得做吳市吹簫求人貸，誤被山巒隔。（丑）咳，可憐！以後呢？（旦）連飯也沒處去討，連朝餓怎挨？虧了樵父相携，赤松賑濟。（丑）僖個叫赤松？（旦）是個仙人。（丑）遇著子仙人？個哈妙！謝天地！三弟，吾個官從何來？（旦）那日到了蘆州，猝然被人拿住。（丑）為僖了捉住子吾介？（旦）只為天時荒旱，寸草不生，那些人飢餓不過，要將我殺來充飢。（丑）阿呀！個嘿哪處介？（旦）多虧了赤松子大仙，贈我辟穀靈丹，轉濟了一郡人民。太守聞知，即上表具奏。蒙聖上呵，恩詔自天來，功名出自匪夷外。

　　（丑）吓！蓋個緣故。兄弟吓，個是吾不違母命，孝心所感

吓。（旦）請問哥哥，官從何來？（丑）兄弟，吓做阿哥個老鶴乞跌，全靠個張嘴浪掙來個。

【折桂令】洞川中苦奉官差，徹夜巡鑼，擊柝燎柴。其夜吾正拉丑思量個娘，即聽得海裡唿喇生能介一響，鑽出一件嘿事來。（旦）是什麼東西？（丑）吓道是儕個？是青龍變馬獸，騾裹勢奔騰，似虎如豺。個個燒願心個，叫子「海馬」。吾個夜看見子，不勝之喜。吾說等吾騎到營裡去請功。（旦）這卻好了。（丑）有儕個好！性命幾乎喪拉哩身浪子！剛騎得上去，乞個燒願心，合對子海裡介一奔……（旦）這便怎麼處？（丑）此時吾嘸身不由主哉，乞吾一把領騌毛扯佳子，一奔奔上子岸。（旦）這就好了。（丑）有儕個好！越弗好哉。吓道奔子儕場化去？（旦）是什麼所在？（丑）卻走到南蠻洞側，眼睜睜無計安排。（旦）呀，到了蠻洞那裡！卻怎麼處？（丑）此際直頭活弗成個哉！即得沿海走去，看見一個墩浪擺個哆哈餚饌拉丑，那時吾嘸用得著哉。我說且吃哩一飽，就死嘸做一個飽鬼。正拉丑大啖，只見兩個洞蠻踱得來哉。（旦）這個不好了吓！（丑）囉哩曉得兩個狗賊看見子吾倒是一嚇，一個說道：「這是中國人吓！如何過來的？」一個說道：「想是飛來的。」吾就順子俚個口一頓鳥說，有枝有葉個嚼哉，個星洞蠻纔是老實頭，竟相信哉。那時倒來求教于我，我就假意兒與彼籌劃，賺得他特地歸降，因此上受職金堦。

　　（雜扮四小軍，隨小生上）

【江兒水】金勒嘶芳草，紅纓襯綠苔。（眾）文狀元到。（付）文狀元到了。（旦）請。（小生）請了。（旦）請了。（丑）請。呀，好似我大哥模樣。（小生）這官兒好似我的二弟。

（丑）請問殿元，尊府是哪裡？（小生）學生是淮陰。（丑）一點也不差！（小生）你莫非是我二弟徐亨麼？（丑）呀！果然是大哥。（小生）呀！**相逢驀地堪驚駭。**（丑）三弟，這就是失散的大哥，過來見了。（且）吓！這就是向年失散的大哥麼？大哥拜揖。（小生）這位是哪個？（丑）這就是三弟徐利，你不認得了？（小生）原來是三弟。可喜，可喜！請問二位兄弟，官從何來？（丑）我因當兵入川招撫洞蠻有功，蒙聖上特授我為武狀元。三弟為尋我，路遇異人傳授辟穀靈丹濟世，特授此職。請問大哥，向來失散在哪裡？怎得名登金榜？（小生）二位賢弟，那年為點秀女，母親遣我往城中打聽，一時迷失道路，誤向人家投宿，原來就是叔孫景府中。被他強納東床生留在，勉拘西席把書程責，刺股懸頭無懈。今日裡幸喜成名，不負青燈數載。

（丑）佳子！吾且問吘，那郡中到屋裡有幾千里路亢？（小生）哪有幾千里，不過數里之程。（丑）原來道！我只道隔兩重海亢了。吘做子親，夫妻兩個日夜同歡同樂，丟個娘拉屋裡竟弗思量哉，還是個人來！

【雁兒樂】為甚麼遠遊兒去不回？全不想高堂母雙眸壞。既不隔幾千里西漢川，敢阻著數萬里東洋海？（且）二哥請息怒。（丑）俚還小來，吾搭吘是親眼見個爺死，死得何等慘傷，撇個娘拉亢受苦，虧吘放得落！怎便硬心腸直恁歪？哪裡是具鬢眉人倫在？倒不如報親慈反哺鳥，你枉卻了學書詩把良心昧。（且）二哥息怒，大哥必有別情。（丑）有偌別情？只不過相挨，貪戀著少年妻恩和愛；丟開，早忘了暮年親十月胎，暮年親十月胎。

（小生）兄弟請息怒，愚兄雖不才，頗知孝道。那夜被他強逼

在家，不得已成就了親事。誰知他是閥閱之家，因我一字不識，恐岳父回來見責，竟將我鎖禁書齋。彼時我幾次告回，岳母道：「我已差人去回覆的了。」（旦）這是他們誆言，以安大哥之心耳。（小生）二位賢弟：

【僥僥令】奈他侯門深似海，嚴錮禁書齋。恰似折翼幽禽又被牢籠在，怎敢戀新婚忘母懷，戀新婚忘母懷。

　　（丑）依唔是介說起來，吾做兄弟倒冤屈子唔哉！

【收江南】呀！卻原來三不孝非伊罪，阿！錯認了蔡伯喈。阿呀阿哥吓，唔弗要怪吾，做兄弟個生成個張老鴉嘴，有僭說話咭立括喇嚷過子就丟開手哉。望賢兄切莫要記心懷，只算誣言浪語亂齊排。恕蚩蚩不才，恕蚩蚩不才，（跪介）俺可也勇于受責罪應該。

　　（小生）賢弟請起。（雜扮四太監，隨貼上）

　　（合）

【園林好】不生男何須怨哀，幸我第門楣換哉。（眾）國舅爺到。（旦）請吓。咦？你是四弟吓！（貼）呀！原來是三哥。（旦）四弟，過來見了大哥、二哥。（小生）這位是誰？（旦）這是四弟。（小生）就是四弟。可喜，可喜！（貼）為何哥哥們通在此？（旦）少頃對你說。卻是你緣何稱了國舅？（貼）哥哥有所不知，因二姐姐生了太子，聖上冊立為正宮，前日特差內監宣召我到京，封為翰林供奉，特尚公主。（旦、丑）有這樣奇事！（合）喜錦上重添花粉，無邊福一齊來，無邊福一齊來。

　　（丑）大哥，兄弟們今日幸爾身榮，況又一時相會，真乃亙古未聞之事。我等雖在此受享朝廷之福，哪知母親在家淒涼苦楚？今日寫一道養親本章，告假回鄉，少全孝道，何如？（小生、旦、

貼）言之有理！只是這本如何寫法便好？（丑）個儕個難？只消依命直講。

【沽美酒】敘當年家室衰，哀哀母共子苦延挨，一似狼狽相依困草萊。把衷情細開，料君王必定鑒裁。（小生、旦、貼）倘然聖上不准，便怎麼處？（丑）若是不准，去求二阿姐。量賢姐身承恩賚，應不忘西山日晁，須不比長門冷待，侍君情枕邊無礙。（小生、旦、貼）只是，深宮內院，音信如何通得？（丑）若弗然，吾有個粗主意拉里。俺呵，憑著我涕頻淚腮，向金堦痛哀。呀！再不准呵，把金章疾解。

　　（小生、旦、貼）說得有理！（付）請各位老爺上席。（小生）今日蒙聖上賜宴，先謝過了恩，然後上席（小生、旦、貼）有理。

　　（合拜介）

【清江引】雁行遙向楓宸拜，感謝君恩大。一姊貴為妃，昆仲封冠蓋，今日裡小團圓先喝采。

　　（丑）國舅請。（小生）我們如今多是國舅了。（丑）弗差！我里纏是國舅哉。哈哈哈……（同下）

按　語

〔一〕本齣出自朱雲從撰《兒孫福》。《兒孫福》存世僅清康熙十年鈔本，殘上卷十八齣，沒有〈宴會〉，本齣可供輯佚、了解故事結局。

〔二〕選刊此齣的坊刻散齣選本還有《審音鑑古錄》。

宵光劍・設計

丑：鄭直，衛青的同父弟。

末：畨水牛，鄭直買通的殺手。

　　（丑上）

【水底魚】堪嘆喬才，公然歸去來，這番撞見，教他平地
惹飛災，惹飛災。

　　莫信直中直，須防仁不仁，我前日哄騙衛青回家，逼勒他寫了
一紙義男文書，著他去看豬。個個入娘賊，明欺我弗識字，個文書
浪弗知寫個僑個，我叫人看看，那人說：「啊呀，啊呀！我看吓頭
青面白個後生，兩隻眼睛銅鈴能介一般，文書上寫個多是笑話！」
故也罷哉，我叫哩看豬，竟把豬兒撇下，爬過熊耳山去了。誰想半
夜裡跑其一隻老虎來，拿我個些豬纏咬殺哉！弗知哩過山時阿曾撞
見老虎？若是，吃子去倒也罷；倘或不死，這口氣怎肯干休？自古
道：「一不做，二不休。」我有一個相識，有千斤氣力，曾見兩條
牛相鬥，走上前去輕輕拆開，因此人人叫他畨水牛。我如今去尋他
擺佈了他，有何不可。此間已是，畨哥在家麼？（末上）是哪個？
【前腔】鬼臉髯腮，霸王力可摧人，撞吾是你命安排，是
你命安排。

　　（開門介）原來是鄭大爺，請裡邊坐。（丑）請吓，咳！
（末）大爺每常見了畨水牛歡天喜地，今日為何這等著惱？（丑）
我只為衛青不仁不義，為此著惱。（末）吓，衛青是大爺的哥哥。

（丑）烏龜王八是哩個兄弟！個是我裡個家生子，只管拉人面前叫我兄弟。我介個人倒有介個阿哥拉丕？為此，特地來尋吾商量擺佈哩。（末）這也不難，待畚水牛去打他一頓，就出了大爺的氣了！

（丑）弗是打個道理，吾前日叫哩居來要哩寫個一張靠身文書，差哩到後門頭看豬，誰想後門頭靠著熊耳山，被他爬過山竟逃走哉！半夜裡跑來一隻老虎，把幾十個豬吃的吃、咬殺個咬殺。為此想吾縱有氣力也打哩不過！個個入娘賊，身長九尺，有萬夫不當之勇，吾囉裡是哩個對手……（末）這等，殺了他罷。（丑）吾若肯殺哩，我送吾五十兩銀子。（末）大爺你說的，若殺了，我是二的吓。（丑）這個自然。（末）只是，沒有刀。（丑）有拉丕！當初我父親在日，煉子七天七夜才煉成一口寶劍，把來懸掛在空中，到夜間放出百道毫光，因此叫它宵光劍。父親在日，常與衛青懸佩，就將赤金嵌上衛青名字。我如今與你拿去，殺了他，就將此劍放在他身邊，官府見了只道他自刎的，哪知是被人殺的，此計如何？（末）好計好計。（丑）老畚吓，

【四邊靜】這是我奇謀秘計人不測。（末）鄭大爺，我是勇霸王力，饒他插翅飛，難逃這災厄。（合）白虹貫日，宵光艷色。殺氣上沖天，愁雲黯[1]默默。

　　（末）大爺，如今衛青在哪裡？（丑）奉公主娘娘懿旨，要造甘泉宮，就在甘泉管工。

【前腔】他在侯門執役為巨擘，從來勇無敵。你須挺雄威，莫教有差失。（合）白虹貫日，宵光艷色。殺氣上沖天，愁雲黯默默。

1　底本作「暗」，參酌文意改。以下同。

　　（丑）明日到我家來，拿了銀子，取了宵光寶劍，就到甘泉去。（末）領命，領命。（丑）宵光出匣神鬼號。（末）管取成功在這遭。（丑）哪知暗裡行謀計？（末）目下災殃怎脫逃？（丑）番哥轉來！（末）怎麼？（丑）你明日到我家取了寶劍，到甘泉訪問俠頭，衛青面白無鬚長大的漢子，不要認差了。（末）這個我曉得，請了。（各下）

按　語

〔一〕《宵光記》傳世有明萬曆唐振吾刊《宵光記》以及清王奕清鈔本《霄光劍總綱》、曲盦鈔本等，本齣主體情節、曲文與明萬曆唐振吾刊《宵光記》第九齣〈付劍〉、清王奕清鈔本《霄光劍總綱》第九齣接近。

〔二〕乾隆四十七年學耕堂《綴白裘新集合編》選刊此齣，刊於《六編‧樂集》。乾隆五十二年博雅堂、乾隆五十二年增利堂本同。

宵光劍・誤殺

付：魏明，工頭。
末：畨水牛，殺手。

（付醉上）
【清江引】湖中日月真堪老，醉裡乾坤小。營運幾多時？爭鬭何日了？怎如我樂陶陶不知天昏曉。

　　自家平陽府伕頭魏明。前日告假回去取棉衣，那些同伴中的朋友，你要帶盤纏回去、我是要什麼衣服東西的……人人來買酒請我，吃得爛醉方才進得函谷關來，乘著月色，走過這山嶺去吧！
【前腔】想人生在世無多好，說什麼財和寶。哪有百年身，枉做千年調，怎如我生前一杯酒妙？

　　（跌介）弗多幾步就走弗動哉，哪處？且在此石頭上打個盹兒再走。（睡介）（末上）受人之託，必當忠人之事。自家畨水牛。那鄭直著我去殺衛青，一逤問來，多說他在甘泉管工，為此尋覓前來。此間已是函谷關了。呀，你看，前面一人睡在那裡，不免上前去問個消息。喂，老兄，你是哪裡來？（付）我麼，
【玉抱肚】我是甘泉來到。（末）老兄為何吃得這般大醉？（付）扯淡！亦弗是吾買拉我吃個，又不是伊行見招。（末）你姓什麼？（付）你問我姓甚名誰，說出恐伊嚇倒。不知明月上花稍，始信人生酒裡逃。

　　（末）老哥你真個姓什麼？（付）我乃甘泉做工伕頭，叫做魏

明。（末）吓，你叫衛青吓？（付含糊應介）魏明嘾魏明哉！（末）原來就是衛青！咳，衛青吓衛青，

【前腔】想你時衰運倒，剛剛的天然湊巧。這的是你八字安排，因此上狹路相遭。咳，衛青吓衛青，不是我要來殺你，是你兄弟鄭直使我來的，**伊家兄弟苦相邀，莫向閻君說我曹**。

老哥，你醉了，待我扶你過這山嶺去罷。（付）好兒子，扶我過山嶺去，明朝倒提一壺請你。（末扶起身，拔劍介）看刀！（殺付介）且喜衛青已殺，身邊必有腰牌，就在月明之下看來。（看介）甘泉做工伕頭魏明，阿呀不好了，殺差了！原來是魏明不是衛青，怎麼處？吓，有了！我如今就把宵光劍撤在屍首身邊，官府見了自然說是衛青殺的，這死罪不怕他逃上天去。（拔劍介）咳，衛青吓衛青！金風未動蟬先覺，暗送無常死不知。（下）

按　語 ✏

〔一〕本齣主體情節、曲文與唐振吾刊《宵光記》第十齣〈謬刺〉、清王奕清鈔本《霄光劍總綱》第十齣接近。

〔二〕乾隆四十七年學耕堂《綴白裘新集合編》選刊此齣，刊於《六編・樂集》。乾隆五十二年博雅堂本、乾隆五十二年增利堂本同。

宵光劍‧報信

淨：鐵勒奴，衛青的結義弟，原是公孫敖的家僕。

小生：公孫敖，衛青的結義友。

　　（淨上）

【園林好】阿呀，啊呀！按不住雄心亂飛，盼不到西京路迷。為知己豈辭勞瘁，慚無計把天回，慚無計把天回。

　　俺，鐵勒奴。昨日送衛青到咸陽，阿呀，原來前日之事倒是他親兄弟陷害的。他又在甯城面前裝圈做[1]套，一棍招成，只限三日內解往西京，就要處決了。咳！人家有這樣兄弟，惱了俺鐵勒奴的手段，我把這狗頭一抓，抓在手中，我就這樣一洒，洒他為[2]齏粉。阿呀，又恐連累著衛哥，不敢動手。昨夜行了一晚，今早行了一早，已到西京，不免趕上前去，報與老爺知道，與他商議，有理吓。（走介）阿呀怎麼閉門在此？呦！門上的。（內）怎麼？（淨）老爺呢？（內）不在府。（淨）哪裡去了？（內）入朝宿禁去了。（淨）今晚可回來？（內）今晚吓……（淨）吒？（內）不回來了。（淨）呀吒！（內）有事明日來罷。（淨）阿呀他今晚又不回來，這便怎麼處？吓，也罷，不免去報與公孫老爺知道，與他商議，有理吓！（走介）呀！怎麼又閉門在此？（打介）開門吓！

1　底本作「牧」，參酌文意改。

2　底本作「為他」，參酌文意乙正。

（小生上）來了！

【五供養】朝回無事，且向衛齋退食逶迤。（淨）開門吓！（小生）可黃昏無作伴，誰個叩荊扉？只得披衣倒屨，是何人戴月來至？（淨打進門介）阿呀老爺吓！（小生）吓，你是鐵勒奴。（淨）吓。（小生）你倉忙情急遽[3]，何事履危機？（淨）不好了！（小生）哪個不好了？（淨）衛青不好了！（小生）衛哥什麼急事麼？（淨）吓！（小生）隨我來。（淨）吓！（小生）忙啟書齋相問端的。

（進書齋介）（小生）鐵勒奴，衛哥有什麼急事，快說與我知道。（淨）阿呀我的老爺吓！（小生）吥！

【玉交枝】（淨）自那日甘泉別離，（小生）甘泉一別直至如今。（淨）我與他朝夕相依。誰知他弟[4]生奸計，謀殺人自作為非。（小生）他自殺了人，與衛哥[5]什麼相干？（淨）爺！他便殺了人，吓！便將衛哥向年所佩宵光劍，把官欺，誰知弓影盃中底。（小生）我且問你，那問官是誰？（淨）老爺，你道那問官是誰？（小生）是哪個？（淨）就是那甯城吓。（小生）他便怎麼樣？（淨）咳！他眯一眯愁雲亂飛，（小生）衛哥不該招認才是。（淨）阿呀爺吓，怎當他深謀巧計。

（小生）不妨，雖是衛哥一時被他問成死罪，少不得還要覆審，我和你慢慢用計救他。（淨）還說慢慢用計救他。（小生）自

3　底本作「處」，據明萬曆唐振吾刊《宵光記》（《古本戲曲叢刊》初集景印）改。
4　底本作「及」，據明萬曆唐振吾刊《宵光記》改。
5　底本作「可」，參酌文意改。

然吓！（淨）那間官道：「禁地殺人決不待時」，只限三日內解往西京，就要，咳……（小生）就要怎麼？（淨）就要處決了。（小生）[6]吓，我想三日內如何有計救他？（淨）還說慢慢用計救他。（小生）眼見得衛哥死也，阿呀衛哥吓！（淨）嗳！（小生）呔！狗才。（淨）老爺。（小生）呣！（淨）阿呀老爺吓：

【川撥棹】你休垂淚，學區區兒女悲，老爺，聞得衛哥的令姐已選入宮。若能覓便寄一音信與他，或者可免。倘春風得到南枝，春風得到南枝，常患年冬冰雪，或可偷天換日。

　　（小生）此計雖好，咳！

【前腔】只是紫禁千門誰敢窺，鸚鵡前頭[7]莫浪題。怕春風漏泄消息，怕春風漏泄消息。禍福難將塞馬期，這等閒纍卵危，這等閒纍卵危。

　　鐵勒奴，此計雖好，只是，怎得個人兒與你傳進？（淨）什麼吓？（小生）此時怎得個人兒與你傳進吓？（淨）這個麼……有！（小生）在哪裡？（淨）他的令姐聖上十分寵愛，聞得平陽宮主每屆時節，遣一使女送禮與那衛娘娘。（小生）吓，送禮。（淨）呣，明日乃端陽佳節，那使女必然出來的。（小生）出來的。（淨）呣，我前日去看那衛哥，我倒認得那使女。（小生）吓，你認得那使女。可曉得他叫什麼名字？（淨）吓，他的名字叫什麼，叫什麼……（小生）叫什麼？（淨）他的名字叫，叫，叫……吓，老爺，叫什麼？（小生）喲呸！我來問你，怎麼反問起我來？（淨）吓吓吓，在這裡，在這裡，他的名字叫……嗳！（小生）叫

6　底本作「淨」，參酌文意改。

7　底本作「難到」，據明萬曆唐振吾刊《宵光記》改。

什麼？（淨）噯！他的名字叫那個那個……（小生）唦吓！狗才，叫又叫不出，只管胡纏。（淨）在這裡，在這裡，阿呀明明記得……他的名字叫傾城，傾城！（小生）可是叫傾城麼？（淨）老爺，正是傾城，正是傾城。（小生）傾城便怎麼？（淨）老爺，明日待我待我打扮做府中蒼頭模樣，入宮灑掃。倘得天賜，傾城出來，老爺，此事或可救得。（小生）嗯，難吓！（淨）哪哪！又是什麼難吓？（小生）莫說外邊言語難入禁中，況且，你的言語如何與女娘講得。（淨）不妨吓，凡事只要隨機應變就是了，有這許多絮絮叨叨咭咭咶咶呀呀嘎！（小生）阿呀鐵勒奴吓，此事非同小可，事若不成，必有大禍，你那時不要懊悔吓。（淨）啊呀老爺，你怎麼小覷我鐵勒奴吓！

【尾】我軀敢惜、言怎移，整備著長戈挽日。我去也。（小生）鐵勒奴轉來。（淨）我不來了。（小生）轉來，轉來！（淨）噯！我再不轉來了。（下）（小生）轉來，轉來！呀，你看他頭也不回竟自去了。難得吓難得！還願得蒼天好護持。（下）

按　語

〔一〕本齣主體情節、曲文與明萬曆唐振吾刊《宵光記》第十三齣〈義謀〉、清王奕清鈔本《霄光劍總綱》第十三齣接近。

〔二〕乾隆四十七年學耕堂《綴白裘新集合編》選刊此齣，刊於《六編·樂集》。乾隆五十二年博雅堂、乾隆五十二年增利堂本同。

索　引

國家圖書館出版品預行編目資料

彙編校註綴白裘

黃婉儀編註. – 初版. – 臺北市：臺灣學生，2017.08
面；公分：

ISBN 978-957-15-1690-5 (全套：平裝)

853.36   104024057

彙編校註綴白裘

編　註　者：黃　　　婉　　　儀
出　版　者：臺 灣 學 生 書 局 有 限 公 司
發　行　人：楊　　　雲　　　龍
發　行　所：臺 灣 學 生 書 局 有 限 公 司
　　　　　　臺北市和平東路一段七十五巷十一號
　　　　　　郵 政 劃 撥 帳 號 ： 0 0 0 2 4 6 6 8
　　　　　　電　話　： (0 2) 2 3 9 2 8 1 8 5
　　　　　　傳　眞　： (0 2) 2 3 9 2 8 1 0 5
　　　　　　E-mail : student.book@msa.hinet.net
　　　　　　http : //www.studentbook.com.tw
本 書 局 登
記 證 字 號：行政院新聞局局版北市業字第玖捌壹號

定價：新臺幣三○○○元

二　○　一　七　年　八　月　初　版

85302　　　　有著作權・侵害必究
ISBN 978-957-15-1690-5 (平裝)